BASTEI
LÜBBE

SCIENCE-FICTION- UND FANTASY-Jubiläumsbände
in BASTEI-LÜBBE-Programm:

Wolfgang Hohlbein
Charity

Drei Romane
in einem Band

BASTEI LÜBBE

BASTEI-LÜBBE-TASCHENBUCH
Band 21 203

Erste Auflage:
Februar 1994

Titelillustration: Luis Royo,
Norma Agency, Barcelona
Umschlaggestaltung:
Agentur Kochlowski
Satz: KCS GmbH,
Buchholz/Hamburg
Druck und Verarbeitung:
Brodard & Taupin, La Flèche,
Frankreich
Printed in France

ISBN 3-404-21203-7

Der Preis dieses Bandes
versteht sich einschließlich der
gesetzlichen Mehrwertsteuer.

Inhalt

ERSTES BUCH

Die beste Frau der Space Force

12. Dezember 1998

Gegenwart

Die Stadt unten im Tal brannte immer noch. Der Himmel im Norden – und nicht nur irgendwo im Norden, sondern überall! – glühte in einem tiefen, drohenden Rot, als wäre die ganze Welt dort wie ein Stück trockener Holzkohle aufgeflammt.

Vor ein paar Minuten hatte sie eine Stelle passiert, an der die Straße aufgerissen war. Drei tote Soldaten hatten den gewaltigen Krater flankiert, der in der Asphaltdecke gähnte und sich bereits mit Wasser füllte, und ein kleines Stück daneben hatte ein Panzer gestanden. Oder das, was davon übrig war: fünfundvierzig Tonnen Stahl, die ein Geschoß in ein ausgeglühtes Wrack verwandelt hatte.

Mit aller Kraft versuchte sie, den Wagen auf dem Weg zu halten. Der Trans-Am schoß mit fast achtzig Meilen die Straße hinauf, und trotzdem hatte sie das Gefühl, nicht von der Stelle zu kommen. Als sie das letzte Mal hiergewesen war (großer Gott, war das wirklich erst drei Monate her?), hatte der Tachometer eine Entfernung von kaum sechs Meilen angezeigt, von der Stadt zum Berg. Aber heute schien die Straße einfach kein Ende zu nehmen. Und als wäre alles übrige noch nicht schlimm genug, hatte es wie aus Kübeln zu regnen begonnen. Wo der Asphalt nicht aufgerissen oder geschmolzen war, glänzte er wie eine Eisbahn und war auch fast genauso glatt.

Der Motor des Trans-Am heulte auf. Der Wagen machte einen Satz, begann zu schlingern und schlitterte durch die nächste Kurve. Es hatte nichts mit Können zu tun, daß sie ihn abfing. Es war nur Glück.

Dahinter lag der Berg. Charity atmete auf, schaltete zurück und beschleunigte wieder. Die Tachometernadel näherte sich der Hundert-Meilen-Marke, berührte sie für einen flüchtigen Moment und sackte wieder zurück, als Charity Gas wegnahm. Sie kannte die Gegend hier wie ihre Westentasche, aber es war Nacht, die Straße war glatt und naß, und sie hatte keine Garantie, daß es hier wirklich noch so aussah, wie sie in Erinnerung hatte.

Ihre Vorsicht rettete ihr das Leben. Das Wachhäuschen neben der Einfahrt war verwaist, und das riesige Maschendrahttor stand offen, aber quer über der Straße dahinter lag ein ausgeglühter Helikopter. Charity fluchte, trat Bremse und Kupplung gleichzeitig und versuchte, den Wagen an dem Hindernis vorbeizusteuern.

Fast hätte sie es sogar geschafft.

Die flache Schnauze des Trans-Am schrammte am Wrack des Hubschraubers entlang. Etwas traf die Windschutzscheibe und verwandelte sie in ein Netz aus blinden Sprüngen, dann platzte ein Reifen. Charity schrie auf und klammerte sich mit aller Kraft am Lenkrad fest, während sich der Wagen in einen Kreisel verwandelte, mit furchtbarer Wucht gegen ein weiteres, unsichtbares Hindernis krachte und schließlich zum Stehen kam; in der gleichen Sekunde, in der sie ernsthaft damit rechnete, daß er einfach umkippen würde.

Der Motor erstarb mit einem Geräusch, das ihr sagte, daß er nie wieder anspringen würde, und plötzlich fiel die Windschutzscheibe einfach in sich zusammen und überschüttete sie mit einem Regen kleiner stumpfer Scherben. Der Wind peitschte eisiges Wasser in den Wagen. Irgendwo in der Nähe züngelten Flammen in den Regen hinaus.

Mit zitternden Händen tastete Charity nach dem Verschluß des Sicherheitsgurtes, löste ihn und beugte sich ganz automatisch vor, um den Zündschlüssel abzuziehen, ehe ihr die Sinnlosigkeit dieser Bewegung bewußt wurde und sie den Arm zurückzog. Statt des Zündschlüssels klaubte sie die Smith & Wesson aus dem Handschuhfach, ließ den Sicherungshebel herumschnappen und stieß mit der Schulter die Tür auf.

Sie hatte Glück gehabt, trotz allem. Der Bunker war nur noch ein paar Schritte entfernt, und sie schien – wider Erwarten – sogar noch im Zeitplan zu liegen: Das riesige Doppeltor war noch nicht ganz geschlossen. Der bleiche Lichtfinger einer Taschenlampe fiel aus dem schmalen Spalt zwischen den beiden hundert Tonnen schweren Stahlflügeln.

Doch seltsam – er bewegte sich nicht. Dabei war ihre Ankunft nun wirklich spektakulär genug gewesen, um bemerkt zu werden.

Einen Moment lang zögerte sie noch, denn der Wagen, obschon zerbeult und fahruntüchtig, war ihr einziger Schutz; alles, was zwischen ihr und dem war, in das sich die Welt im Laufe der letzten sechs Tage verwandelt hatte. Dann prallte irgend etwas gegen das Heck des Wagens; es hörte sich an wie ein Ball aus Leder und kleinen spitzen Stahlstacheln. Sie trieb sich zur Eile an und ließ sich aus dem Wagen fallen – mit einer perfekten Rolle, deren Schwung sie wieder auf die Beine kommen ließ, so rasch, daß sie einen hastigen Schritt machen mußte, um nicht sofort wieder im Morast zu landen. Sie fuhr herum, drehte sich einmal im Kreis und begann auf den Spalt im Berg zuzulaufen. Die Bewegung war so schnell und fließend, daß sie sie kaum spürte. Ihr Tae-Kwon-Do-Lehrer wäre stolz auf sie gewesen.

Aber ihr Tae-Kwon-Do-Lehrer, dachte Charity, war so tot wie die meisten Menschen, und wenn sie nicht verdammt aufpaßte, dann würde sie das auch bald sein.

Sie rannte los.

Sie wurde nicht angegriffen, aber die wenigen Schritte waren die längsten ihres Lebens. Irgendwo über ihr pflügte ein schwarzes Wesen durch den Himmel, und trotz des heftigen Regens war es stickig heiß; ihre Haut brannte, und in der Luft lag ein bitterer, so fremdartiger Geschmack, daß ihr fast übel davon wurde.

Völlig erschöpft erreichte sie das Tor, ließ sich gegen den feuchten Stahl sinken und sah sich aufmerksam um. Noch immer machte niemand Anstalten, sie anzugreifen, aber die Nacht war voller Bewegung und Unruhe. Es war, als wäre die Dunkelheit selbst zu entsetzlichem Leben erwacht, überall huschte, krabbelte und kroch es; in das Peitschen des Regens mischten sich sonderbar rasselnde Laute. Feuchtigkeit glänzte auf schwarzem Chitin und regenbogenfarbigen Insektenaugen. Und die Taschenlampe, deren Strahl direkt neben ihr auf den morastigen Boden fiel, bewegte sich noch immer nicht. Charity nahm all ihren Mut zusammen, drehte sich blitzschnell herum und sprang mit einem Satz durch den schmalen Torspalt.

Die Bewegung rettete ihr das Leben.

Ein Ungeheuer mit vielen Beinen und riesigen Zähnen stürzte gegen das Tor, stieß einen ärgerlichen Pfiff aus und begann sonderbar langsam an dem spiegelglatten Panzerstahl herabzugleiten. Ein zweiter, noch schrillerer Pfiff erscholl, als das Wesen den Boden berührte und sich – plötzlich ganz und gar nicht mehr langsam – auf wirbelnden Beinen herumdrehte.

Aber so schnell es auch war – Charity war schneller. Sie rollte herum, hob die Smith & Wesson und riß den Abzug durch. Die Waffe stieß einen kurzen, peitschenden Laut und eine unterarmlange Feuerlanze aus, und anderthalb Meter vor Charitys Gesicht spritzte etwas auseinander, das eine unangenehme Ähnlichkeit mit einer vielbeinigen Spinne hatte.

Charity unterdrückte den Ekel, den der Anblick in ihr wachrief, sprang auf die Beine und vollführte eine halbe Drehung, die Waffe im Anschlag.

Aber es gab nichts, worauf sie schießen konnte – oder wenn, dann sah sie es wenigstens nicht. Die Halle war so dunkel, daß selbst der Lauf ihrer Smith & Wesson in einer Hand aus schwarzer Watte zu verschwinden schien. Für Sekunden erstarrte sie zu vollkommener Bewegungslosigkeit, schloß die Augen und lauschte.

Sie vernahm Geräusche, sehr viele und sehr beunruhigende Geräusche, aber keine, die sie identifizieren konnte: ein Rascheln und Schleifen, ein Schaben und Zerren, ein leises Wispern, wie von fremden, bösen Stimmen ...

Charity versuchte, diejenigen Laute auszusortieren, die nur Produkt ihrer überreizten Nerven waren, aber es gelang ihr nicht.

Unendlich vorsichtig, um nur kein verräterisches Geräusch zu verursachen, bewegte sie sich rückwärts, ging in die Hocke und tastete mit der linken Hand hinter sich. Ihre Finger glitten über den harten Beton des Hallenbodens, fühlten etwas Weiches – der Anblick des Spinnenungeheuers erschien für einen Moment vor ihren Augen, und wieder fühlte sie Ekel wie eine warme süßliche Woge in ihrer Kehle hochsteigen –, dann Widerstand. Einen Körper. Sie widerstand der Versuchung, sich herumzudrehen, sondern beugte sich nur ein wenig zur Seite und tastete nach der Lampe, während die Waffe in ihrer Hand beständig weitere unruhige Halbkreise durch die Dunkelheit beschrieb und auf alles zielte, was sich darin verbergen mochte.

Endlich ertastete sie das kühle Metall der Stablampe. Einen Moment lang verharrte sie noch reglos. Obwohl ihr die Dunkelheit fast den Verstand raubte, hatte sie beinahe noch größere Angst davor, den Lichtstrahl herumzuschwenken und zu sehen, was sich hinter der Wand aus Schwärze verbarg. Andererseits – kein Schrecken konnte so schlimm sein wie der, den ihr ihr eigenes Unterbewußtsein ausmalte.

Reiß dich zusammen, du hysterische Ziege! dachte sie wütend. Du wärst längst tot, wenn hier irgend etwas wäre! Das stimmte

natürlich nicht – ihre Gegner kamen aus einer Welt, die mit herkömmlicher Logik nicht mehr zu erklären war.

Ihr hämmernder Pulsschlag beruhigte sich ein wenig, und auch das Zittern ihrer Hände nahm ab, wenn es auch nicht ganz aufhörte. Hinter ihrer Stirn kreisten die Gedanken, aber immerhin hatte sie sich so weit in der Gewalt, sich ganz langsam in eine geduckte Stellung zu erheben und die Lampe auszuschalten, ehe sie sie herumdrehte und in die Richtung hielt, in der sie in dieser totalen Dunkelheit das innere Schott vermutete. Mit einer entschlossenen Bewegung schaltete sie die Lampe ein.

Eine Sekunde später wünschte sie sich, es nicht getan zu haben.

Sie hatte sich getäuscht. Es gab durchaus Dinge, die schlimmer als alles Vorstellbare waren.

Es war ein Alptraum. Der dünne, zitternde Lichtkegel ihrer Lampe riß nur Fetzen aus der Dunkelheit, aber allein das wenige, was sie sah, ließ sie zusammenzucken. Wo vor drei Monaten die fast klinisch saubere Schleusenhalle der Bunkeranlage gewesen war, erstreckte sich jetzt etwas, das als Kulisse eines Horror-Filmes hätte herhalten können. Nur daß es Realität war; eine entsetzliche Realität.

Charity unterdrückte ihren Widerwillen, machte einen vorsichtigen Schritt – aber nicht, ohne sich vorher davon zu überzeugen, wohin sie ihren Fuß setzte – und zwang sich, das fürchterliche Bild in allen Einzelheiten aufzunehmen. Grauer Schleim bedeckte den Boden und die Wände. Klumpige Verdickungen klebten überall. Formlose Dinge, die pulsierten und zitterten, als lebten sie. Hier und da krochen kleine, gepanzerte Wesen durch die glitzernde Masse, emsig beschäftigt mit Dingen, die sie nicht verstand und auch gar nicht verstehen wollte, und quer durch die gesamte Halle spannte sich etwas, das wie ein ins Absurde vergrößertes Spinnennetz aussah. Das Spinnentier fiel ihr wieder ein, das sie angegriffen hatte, und ein eisiger Schauer von Furcht lief prickelnd ihren Rücken herab. Dieses Netz war entschieden zu groß, um nur das Werk eines einzigen dieser Tiere zu sein.

Sie machte einen weiteren Schritt, blieb wieder stehen und drehte sich mit klopfendem Herzen einmal um ihre Achse. Wenigstens sah sie keine Leichen. Die Männer, die hier am Tor auf sie gewartet hatten, mußten noch Zeit gefunden haben, sich in Sicherheit zu bringen, ehe dieses Insektenungeheuer die Schleusenhalle in ein Gruselkabinett verwandelt hatte.

Oder waren aufgefressen worden, flüsterte eine Stimme hinter ihrer Stirn. Fast gegen ihren Willen begriff sie, daß manche der zitternden Klumpen, die in das Netz eingesponnen waren, durchaus groß genug waren, einen menschlichen Körper aufzunehmen. Sie zwang sich, den Gedanken nicht zu Ende zu verfolgen, und ging zitternd weiter. Der Lichtstrahl ihrer Lampe tastete wie ein bleicher Geisterfinger durch die Halle.

Die Spinne hockte drei Meter über ihrem Kopf in einem Knotenpunkt dieses sonderbaren Netzes, und sie war sehr viel größer als das Tier, das sie angegriffen hatte. Es war auch nicht wirklich eine Spinne – ihr Körper war rund wie eine Kugel, ohne sichtbaren Kopf oder sonstige Extremitäten, sah man von den vielen haarigen Beinen ab, mit denen sie sich an ihrem Netz festklammerte. Ihr Maul war ein dreieckiger Schlitz, in dem spitze Zähne blitzten, und ihre Augen glichen eher denen von Katzen als von Insekten und wirkten sehr wach, erfüllt von einer Intelligenz, die Charity schaudern ließ.

Charity hob die Waffe und richtete ihren Lauf auf das braungraue Ungeheuer, aber das Tier machte nicht einmal den Versuch, sie anzugreifen.

Es hockte einfach da, blinzelte aus seinen großen, beunruhigend klugen Augen auf sie herab und bewegte dann und wann träge ein Bein.

Beinahe lautlos ging Charity weiter, duckte sich unter einem Faden des riesigen Netzes hindurch und näherte sich rückwärts gehend der gegenüberliegenden Wand und dem Tor. Sie hatte nicht vor, den Öffnungsmechanismus des Schotts überhaupt zu betätigen – wenn dort unten noch jemand am Leben war, dann hatten sie die atombombensichere Tür garantiert mit allem verrammelt, was ihnen zur Verfügung stand –, aber es gab eine kleine Tür, nur wenige Schritte entfernt, und neben anderen nützlichen Gegenständen befand sich auch der elektronische Schlüssel zu diesem Notausgang an ihrem Gürtel.

Die Spinne beobachtete sie, bewegte sich aber immer noch nicht. Charitys Abstand zu ihr wuchs auf fünf, dann auf zehn Meter, und schließlich hatte sie das Tor erreicht. Hinter ihr lag jetzt nur noch der eisige Stahl der zweihundert Tonnen schweren Tür, die diese

Bunkeranlage zur sichersten der Welt machte. Langsam, ohne das gräßliche Tier (Tier?) auch nur eine Sekunde aus den Augen zu lassen, schob sie sich am Tor entlang, bis der Stahl glattem, mit Kunststoff beschichtetem Feld und dann wieder eisigem Metall wich. Die Tür.

Charity zögerte. Wenn dieses . . . Wesen dort oben auch nur einen Teil der Intelligenz besaß, den es ihr zubilligte, dann mußte es wissen, was die Waffe in ihrer Hand bedeutete. Aber es mußte auch ebenso wissen, daß sie entweder die Smith & Wesson oder die Stablampe loslassen mußte, um den Impulsgeber vom Gürtel zu lösen und die Tür zu öffnen. Ihre Gedanken überschlugen sich. Langsam hob sie die Waffe, zielte auf die Stelle genau zwischen den Augen des Insektenungeheuers – und zögerte wieder.

Etwas in ihr sträubte sich dagegen, das Tier einfach zu erschießen. Nicht Mitleid oder Skrupel; beides war ihr in den letzten beiden Wochen gründlich und für alle Zeiten ausgetrieben worden. Aber es war ein Gefühl, das sie warnte, das Monster einfach zu erledigen. Und sie hatte gelernt, auf Gefühle zu hören.

Langsam senkte sie die Waffe wieder, drehte sich herum, bis sie so stand, daß sie die Spinne und die Tür gleichermaßen im Auge behalten konnte, und versuchte mit der linken Hand den Impulsgeber vom Gürtel zu lösen, ohne dabei die Lampe fallen zu lassen.

Es war ein Kunststück, aber es gelang ihr. Zitternd vor Anspannung bewegte sie den kaum zigarettenschachtelgroßen Kasten auf das Panzerschott zu, lauschte auf das kaum hörbare Klicken, mit dem die Magnethalterung einrastete, und drückte mit aller Kraft den einzigen, roten Knopf, der die schwarze Plastikoberfläche des Impulsgebers unterbrach.

Im gleichen Moment bewegte sich die Spinne.

Es ging so schnell, daß sie sich vor Charitys Augen in einen wirbelnden Schatten zu verwandeln schien; ein Huschen, dem ihr Blick kaum zu folgen vermochte. Sie drückte ab, aber sie wußte schon im gleichen Moment, daß die Kugel nicht treffen würde. Das Tier war einfach zu schnell.

Verzweifelt versuchte sie, der rasenden Bewegung des pelzigen Balles mit der Lampe zu folgen, schoß noch einmal und noch einmal – ohne etwas auszurichten.

Dann war das Tier heran, schlug vor ihr einen blitzschnellen

Haken nach rechts – und aus dem Netz über Charity löste sich ein gewaltiges Segment und fiel beinahe lautlos auf sie herab.

Charity schrie auf, machte einen Schritt zur Seite und stürzte auf den harten Betonboden, als sie sich in das dünne klebrige Gespinst verstrickte. Verzweifelt zerrte sie an dem weißen Gespinst, erreichte damit aber nicht mehr, als sich nur noch mehr in dem weitmaschigen Netz zu verheddern. Die einzelnen Fäden waren kaum dicker als ein Haar, aber sie schienen unzerreißbar zu sein, und sie brannten wie Säure, dort, wo sie ihre bloße Haut berührten. Irgendwo hinter und über ihr erscholl ein dünner Pfeifton, gefolgt von einem metallenen Klicken, als die Panzertür aufsprang. Zu spät, dachte sie bitter. Zehn Sekunden zu spät. Verdammt, sie hatte einen Moment lang durchgehalten, hatte sich quer durch die Hölle bis hierher durchgekämpft – und das alles, um zehn verdammte Sekunden zu spät zu kommen!

Der Zorn, mit dem sie dieser Gedanke erfüllte, gab ihr noch einmal die Kraft, sich herumzuwälzen und die Hand nach der Waffe auszustrecken. Verzweifelt versuchte sie, das Brennen und Schneiden der ätzenden Fäden auf der Haut zu ignorieren, zog die Knie an den Körper und bewegte sich rhythmisch, um auf die Seite zu rollen und sich so der Smith & Wesson zu nähern. Die Waffe war ihr entglitten, aber sie konnte nicht weit sein, nur ein Stück, vielleicht einen halben Meter, nahe genug, um sie trotz des würgenden Netzes zu –

Charity erstarrte, als sie ihre Drehung so weit vollendet hatte, daß sie die Waffe erkennen konnte.

Sie lag da, wo sie sie vermutet hatte, sogar noch ein bißchen näher, und die Spinne hockte mit weit ausgebreiteten Beinen darüber!!

Charity starrte das Ungeheuer an, und die Bestie starrte sie an. Sie war jetzt sicher, sich das spöttische Glitzern in den Augen des gewaltigen Spinnentieres nicht nur einzubilden. Das Monster spielte mit ihr, so wie es die ganze Zeit über nur mit ihr gespielt hatte, ein gnadenloses Katz-und-Maus-Spiel, bei dem der Verlierer von Anfang an festgestanden hatte.

Und es war auch jetzt noch nicht zu Ende, dachte Charity düster. Sie war hilflos, bewegungs- und fluchtunfähig eingewickelt in dieses verdammte Netz, und es wäre dem Tier ein leichtes gewesen, jetzt über sie herzufallen und sie zu töten. Aber es tat nichts. Es kam nicht näher, bewegte sich nicht einmal, sondern starrte nur weiter auf sie herab.

Ein Stück hinter der Spinne erkannte sie einen großen bedrohlichen Schatten, und dann kroch ein zweites dieser Insektenungeheuer auf Charity zu, ein drittes, viertes . . .

Sie begriff plötzlich, wie sehr sie sich getäuscht hatte, als sie annahm, es nur mit dieser einen Spinne zu tun zu haben. Die Schleuse war voll von diesen haarigen Ungeheuern. Wahrscheinlich hatten sie zu Dutzenden in der Dunkelheit gelauert.

Charity seufzte leise. Seltsam – sie hatte gar keine Angst. Alles, was sie empfand, war ein heftiges Ekelgefühl, ein wenig Enttäuschung, daß nun alles zu Ende sein sollte, und eine absurde Heiterkeit – eindeutig Hysterie, diagnostizierte sie. Früher (Früher? Vor ein paar Wochen!!) hatte sie sich oft über Filme und Bücher geärgert, in denen der Held im allerletzten Moment aus den haarsträubendsten Situationen gerettet wurde. Sie hatte sich gewünscht, einmal eine Geschichte zu sehen, in der die Retter ein wenig zu spät kamen; vielleicht gerade noch zurecht, um die Reste des tapferen Helden von der Filmleinwand zu kratzen.

Und wie es aussah, ging ihr Wunsch jetzt in Erfüllung.

4. März 1998

Vergangenheit

Selbst über eine Entfernung von fast dreitausend Meilen hinweg bot das Schiff einen beeindruckenden Anblick. Falls es ein Schiff war. Und falls die Daten, die der Computer in die untere rechte Ecke des Bildschirmes eingeblendet hatte, tatsächlich stimmten.

Charity bezweifelte beides, obwohl beides sehr eindeutig schien – es gab weder einen Grund, an den Zahlen zu zweifeln, die die Computer errechnet hatten, noch daran, daß eine fast neunhundert Meter durchmessende, mattsilberne Scheibe, die mit irrsinniger Geschwindigkeit aus dem intergalaktischen Raum herausgestürzt kam und Kurs auf den dritten Planeten der Sonne hielt, irgend etwas anderes als ein Raumschiff sein sollte.

Und doch ...

Alles in ihr sträubte sich einfach dagegen, auch nur einen dieser beiden Gedanken zu akzeptieren. Es gab keine neunhundert Meter durchmessenden Raumschiffe, und die Wahrscheinlichkeit für den Besuch einer anderen, denkenden Spezies aus den Tiefen des Kosmos war eins zu ... eins zu irgend etwas, jedenfalls. So gering, daß man neue Zahlen erfinden mußte, um sie auszudrücken.

Und trotzdem war dieses Ungetüm da. Es grinste sie groß von sämtlichen Monitoren des Kontrollpunktes aus an, bewegte sich seit annähernd fünf Wochen als grünleuchtender Blip über die Radarschirme der Raumüberwachung auf der Erde, und wenn sie ganz genau hinsah, konnte sie es sogar mit bloßem Auge erkennen, als einen von zahllosen, stecknadelkopfgroßen Lichtpunkten, die über die Bugscheibe der CONQUEROR verstreut waren. Das einzige, was ihn von den Millionen Sternen der Milchstraße unterschied, war der Umstand, daß er sich irrsinnig schnell bewegte.

»Wie lange noch?« Mikes Stimme riß sie in die Wirklichkeit zurück. Charity sah auf ihre Instrumente und antwortete automatisch. »Siebzehn Minuten. Elf bis zum Aufstieg.« Sie seufzte, richtete sich im Pilotensitz auf und hob die Hände, wie um sich erschöpft durch das Gesicht zu fahren. Erst dann fiel ihr ein, daß eine solche Geste in einem hermetisch geschlossenen Raumanzug kaum möglich war. Mit einer fast ärgerlichen Bewegung schnippte sie eine Anzahl Schalter auf dem Kontrollpunkt vor sich um und stand auf.

»Kommandant übergibt an Kopiloten«, sagte sie ins Mikrofon des Bordbuches; eine ebenso sinnlose wie alte Vorschrift, denn seit ihrem Start vor dreieinhalb Wochen hatte niemand an Bord auch nur einen Atemzug getan, der nicht auf mindestens drei verschiedenen Videotapes festgehalten und sofort zur Erde gefunkt worden war. Etwas leiser fügte sie hinzu: »Machen Sie es sich bequem, Niles. Für die nächsten neunzig Minuten gehört die Kiste Ihnen.«

Sie konnte Niles' Gesicht nicht erkennen, während er sich in seinem schweren Raumanzug an ihr vorbeischob und im Pilotensitz Platz nahm, aber sie konnte sich den Ausdruck darauf gut vorstellen. Sie alle waren nervös – das waren sie seit ihrem Start vor fünfundzwanzig Tagen, und während der letzten anderthalb Stunden, in denen die CONQUEROR auf Kollisionskurs mit dem fremden Schiff gegangen war, war die Anspannung fast unerträglich geworden.

Und warum auch nicht? Gegen Armstrongs *kleinen Schritt für einen Mann, aber ein gewaltiger Schritt für die Menschheit* war das, was ihnen bevorstand, ein Marathonlauf mit Siebenmeilenstiefeln – nämlich nichts weniger als der erste Kontakt zwischen Menschen und einer außerirdischen Lebensform. Einer *denkenden* Lebensform, keinen einzelligen Mikroorganismen, wie sie sie auf dem Mars gefunden hatten, oder die schleimigen Schimmelpilzgewächse vom Titan, die die irdischen Wissenschaftler in einen Freudentaumel versetzt hatten – sondern intelligenten, denkenden Geschöpfen, die in der Lage waren, ein neunhundert Meter durchmessendes Raumschiff zu bauen und mit einer Geschwindigkeit von mehr als viertausend Meilen in der Sekunde auf die Erde abzuschießen.

Sie hatten gute Gründe, aufgeregt zu sein.

Aber sie durften es nicht. Wenn der Computer recht hatte, dann blieben ihnen weniger als zwölf Minuten, aus der CONQUEROR auszusteigen, zu dem fremden Schiff hinüberzufliegen und es sich anzusehen. Das Ding war einfach zu schnell, um neben ihm herzufliegen oder gar daran anzudocken. Alles, was ihnen blieb, war, auf Parallelkurs zu gehen, ein Stück vor ihm herzufliegen und sich überholen zu lassen. Zwölf Minuten, ehe die Distanz zu groß wurde, um ihre sichere Rückkehr zum Shuttle zu garantieren; vierzehn, wenn man bereit war, den Selbstmörder zu spielen und die Sicherheitsreserven der Rucksäcke bis auf den letzten Treibstofftropfen zu vergeuden.

Charity hatte keine Lust, den Helden zu spielen. Aber sie machte sich Sorgen um Mike, und viel mehr noch um Soerensen. Sie war ziemlich sicher, daß er Ärger machen würde – er gehörte zu jener Art von Wissenschaftlern, die ohne mit der Wimper zu zucken ihr Leben opferten, nur um ihren Namen in irgendeiner Fußnote eines wissenschaftlichen Berichtes verewigt zu wissen. Ihrer Meinung nach war es ein Fehler gewesen, ihn mitzunehmen. Dabei ging es gar nicht um ihn persönlich. Auf einer solchen Expedition hatten Wissenschaftler nichts zu suchen. Sie würden – *falls* es ihnen überhaupt gelang, einen Weg in dieses Ding zu finden! – nicht einmal zehn Minuten im inneren des fremden Raumschiffes verbringen. Was zum Teufel bildete er sich ein, in zehn Minuten erforschen zu können?

»Sieben Minuten«, sagte Niles. »Wir sind auf Kurs. Geht nach oben.« Seine Stimme klang verzerrt, und das lag nicht allein an der schlechten Übertragung der kleinen Helmlautsprecher. Er war verbittert, und sie alle – mit Ausnahme Soerensens – kannten sich zu gut, als daß er versucht hätte, diese Verbitterung zu verbergen. Charity konnte ihn sogar verstehen. Aber das Los war nun einmal auf ihn gefallen, und einer von ihnen *mußte* zurückbleiben; auch wenn er die ganze Zeit über wahrscheinlich so gut wie nichts zu tun hatte. Die CONQUEROR wurde seit drei Stunden ausschließlich von den Computern geflogen, und daran würde sich in den nächsten Stunden auch nichts ändern. Doch selbst der beste Computer konnte versagen. Weder Charity noch einer der anderen hatten besondere Lust, die CONQUEROR auf Nimmerwiedersehen im Weltraum verschwinden zu sehen, nur weil irgendein verdammter Chip durchgebrannt war oder die ETs dort drüben ihr *Hallo Nachbarn!* vielleicht auf einer Frequenz funkten, die ihre Bordrechner ausflippen ließ.

Nacheinander kletterten sie in den Laderaum hinauf. Die beiden riesigen Klappen des Frachtraumes standen weit offen, und für einen Moment kam sich Charity winzig und verloren vor. Um sie herum war jetzt buchstäblich nichts mehr, nur die eisige Kälte des Weltraumes und die Leere zwischen den Planeten. Der Gedanke, daß sie von dieser entsetzlichen Leere jetzt nichts weiter als das bißchen Plastik ihres Schutzanzuges trennten, ließ sie schaudern.

»Dort ist es!« Eine der weißen Gestalten neben ihr hob den Arm und deutete auf einen von zahllosen flimmernden Silberpunkten über ihnen, und Charity erkannte Soerensens Stimme. Sie runzelte spöttisch die Stirn, hütete sich aber, irgend etwas zu sagen. Ihre Worte wurden nicht nur von den fünf anderen, sondern auch von ungefähr *fünftausend* SPACE-FORCE-Leuten auf der Erde mitgehört.

»Drei Minuten«, verkündete Niles' Stimme über die Helmlautsprecher. »Schiff liegt genau auf Kurs. Macht euch fertig.«

Es gab nichts *fertig zu machen,* aber sie war trotzdem beinahe dankbar für Niles' Worte, vielleicht auch nur für den Klang seiner Stimme, der ihr wenigstens die Illusion vorgaukelte, in dieser unendlichen Leere nicht allein zu sein. Schwerfällig drehte sie sich in ihrem plumpen Raumpanzer zur Seite und betrachtete die Gestalten der anderen; eineiige Vierlinge aus Silber und Weiß, die sich nur durch die kleinen Namensschildchen auf den Helmen unterschieden. Es tat ihr sehr leid, Mikes Gesicht nicht erkennen zu können, aber seine Helmscheibe hatte sich automatisch verdunkelt. Trotzdem glaubte sie zu spüren, daß er sie anlächelte, und erwiderte sein Lächeln.

Eines der flachen Silbergesichter – das Namensschildchen darüber behauptete, daß es Soerensen gehörte – wandte sich ihr zu. In den Helmlautsprechern knackte es ganz leise, als sich der Wissenschaftler auf ihre Frequenz schaltete. »Captain Laird?«

»Ja?«

Soerensens ausgestreckte Hand wies auf den schlanken Gammastrahllaser, der an seiner Magnethalterung an der rechten Seite ihres Anzuges hing. »Überlegen Sie es sich noch einmal«, sagte er. »Ich beschwöre Sie, das Ding da nicht mitzunehmen.«

Charity unterdrückte ein Seufzen. Wie oft hatten sie dieses Gespräch in den letzten dreieinhalb Wochen geführt? Hundertmal? Mindestens.

»Ich habe meine Befehle«, antwortete sie unwillig. »Außerdem ist es zu spät. Ich kann nicht mehr zurück ins Schiff.«

»Sie machen einen entsetzlichen Fehler, Captain!« sagte Soerensen fast flehend. »Ich bitte Sie! Wollen Sie einer außerirdischen Lebensform wirklich mit einer Waffe in der Hand gegenübertreten? Wozu?«

»Zum Beispiel, um unverbesserlichen Romantikern wie Ihnen den Arsch zu retten, Soerensen«, sagte sie scharf. »Und jetzt halten Sie gefälligst die Klappe – sonst lasse ich *Sie* hier, Soerensen. Dazu ist es nämlich keineswegs zu spät.« Aber hinter der verdunkelten Sichtscheibe ihres Helmes lächelte sie. Sie war sicher, daß *dieser* Teil ihres Gespräches aus den Bändern herausgeschnitten werden würde, bevor man sie der Öffentlichkeit zugänglich machte.

Soerensen wollte erneut widersprechen. »Schluß jetzt!«

»Zwei Minuten«, sagte Niles, dann: »Eine Minute. Es geht los. Viel Glück. Und bringt mir eine hübsche Außerirdische mit.«

»Keine Privatgespräche mehr, Lieutenant«, sagte Charity, allerdings in einem Ton, der nur für die Zuhörer auf der Erde streng klang. Niles würde wissen, wie sie es wirklich meinte.

»Dreißig Sekunden«, sagte Niles. »Fünfzehn, zehn . . . und los.«

Es war beinahe enttäuschend undramatisch, wie alle wirklichen Weltraumspaziergänge – Charity hatte nicht das Gefühl, zu fliegen, denn es gab weder Schwerkraft noch eine spürbare Beschleunigung. Die CONQUEROR sackte einfach unter ihnen weg und wurde zu einem handgroßen weißen Dreieck, dann zu einem winzigen Punkt und verschwand schließlich ganz. Es ging unglaublich schnell.

Die Sicherheitsleine, mit der sie alle fünf verbunden waren, spannte sich mit einem Ruck, und für einen ganz kurzen Moment führten sie eine Art grotesken Tanz auf, als ihre ganze Fünfergruppe ins Trudeln kam. Dann stachen kleine Lichtlanzen aus Mikes und Soerensens Rucksäcken, schließlich eine dritte, etwas längere aus dem Bellingers. Ihre grotesken Purzelbäume hörten auf, als der Leitcomputer in Charitys Anzug zu dem Schluß kam, daß sie wieder auf dem richtigen Kurs lagen.

Lautlos schwebten sie durch das All. Niemand sprach, und selbst die Atemzüge der vier anderen klangen flacher als gewohnt. Charity glaubte die Sekunden verrinnen zu hören. *Einhundertneunundvierzig,* dachte sie. Genau einhundertneunundvierzig Sekunden bis zum Kontakt, jedenfalls hatte das der Bordrechner der CONQUEROR behauptet. Einhundertneunundvierzig Ewigkeiten. Wie viele davon waren bereits vergangen? Und wie viele Sekunden vorher würden sie das Schiff *sehen?*

Sie widerstand der Versuchung, auf die Uhr zu blicken, und starrte gebannt in die Richtung, aus der die riesige Silberscheibe auftauchen mußte; wie alle anderen.

Als es dann passierte, war sie fast enttäuscht. Es geschah vollkommen undramatisch: Einer der winzigen flimmernden Punkte vor ihnen wurde größer und verlor gleichzeitig etwas von seinem Glanz, und dann stand das Schiff vor ihnen, gigantisch und groß, unglaublich *groß.*

Das Schiff jagte heran, mit einer Geschwindigkeit, die jeder Beschreibung spottete, wurde größer und größter, füllte eine Hälfte des Kosmos vor ihnen vollkommen aus und wuchs noch immer, bis es wie ein aus der Bahn geratener Planet aus mattsilbernem Metall auf sie herabstürzen schien. Chartiy erkannte bizarre, unglaublich *fremdartige* Beschriftungen auf seiner Unterseite, hatte einen flüchtigen Eindruck seiner Form – ganz genau der, die die Kameras und Computergrafiken ihnen gezeigt hatten –, und dann war es heran; ein Gigant von der Form einer flachen, an den Rändern abgerundeten Scheibe, mit einer kaum sichtbaren, kuppelartigen Erhebung auf der Oberseite. Ein perfektes UFO, riesengroß und irgendwie schön in seiner fremdartigen Eleganz.

»Großer Gott!« wisperte Soerensens Stimme in ihrem Helm. »Es ist gigantisch!«

Charity antwortete nicht darauf, aber der Computer in ihrem Anzug schien Soerensens Ausruf als Stichwort zu benutzen – diesmal schossen Flammen aus allen fünf Rucksäcken. Die kleine Gruppe wurde mit jäher Wucht auf die vorbeirasende Scheibe herabgeschleudert. Soerensen schrie vor Schrecken, und selbst Charity mußte mit aller Gewalt den Impuls unterdrücken, in die Kontrollen zu greifen und den rasenden Sturz abzufangen, ehe sie ins Herz dieses künstlichen Mondes aus Stahl hinabgerammt wurden.

Der vernichtende Aufprall, den ihr ihre überreizten Sinne suggerierten, kam nicht. Statt dessen setzte die kleine Gruppe fast sanft auf der Oberfläche des Sternenschiffes auf, und wieder begannen Charitys Sinne für einen Moment zu revoltieren, als die rasende Bewegung des Schiffes von einer Sekunde auf die andere aufzuhören schien. Ihr Magen stülpte sich um, und ihr wurde übel. Aber sie achtete nicht darauf. Drei der siebzehn Minuten, die ihnen blieben, waren vergangen. Sie mußten an die Arbeit gehen.

Und doch taten sie für die nächsten fünf, zehn Sekunden nichts anderes, als einfach dazustehen und fasziniert auf die ungeheuerliche Ebene aus Metall herabzublicken, auf der sie standen.

Was fühlte sie in diesem Moment? Sie wußte es nicht, weder jetzt noch zu irgendeinem späteren Zeitpunkt. Es war . . . erhebend, niederschmetternd, großartig, faszinierend . . . von allem etwas und doch nichts davon wirklich; ein Gefühl, das sie niemals beschreiben konnte, weil es keine passenden Worte dafür gab. Das, was Armstrong empfunden haben mochte, als er den Mond betrat, Kolumbus, als er Amerika entdeckte, Jewgenjew, als seine WOSCHOD auf dem Mars aufsetzte . . . Es war ein unbeschreibliches Empfinden, das sie alle durchströmte und das sie sich alle zugleich klein und winzig wie unglaublich mächtig vorkommen ließ.

Schließlich war es wiederum Soerensen, der das andächtige Schweigen brach. »Dort vorne«, sagte er. »Rechts, Captain Laird. Dort scheint eine Art Einstieg zu sein.«

Charity blickte in die angegebene Richtung und sah, was Soerensen meinte: Nicht einmal weit von ihnen entfernt gähnte ein kreisrundes Loch im Boden.

»Okay. Beeilen wir uns. Und seid vorsichtig.«

Sie gingen los. Die Magnetsohlen ihrer Stiefel weigerten sich, sie am Rumpf des Sternenschiffes festzuhalten, so daß sie sich nur sehr vorsichtig bewegen konnten, um nicht von der Kraft ihrer eigenen Schritte ins All hinauskatapultiert zu werden, aber sie schafften es. Nach einer knappen Minute standen sie in einem Dreiviertelkreis, dessen Größe von der Länge ihrer Sicherheitsleinen bestimmt wurde, um den Einstieg herum und blickten in die Tiefe.

Es schien tatsächlich ein Zugang ins Innere des Schiffes zu sein, aber er führte irgendwie ins Nichts, denn die gebündelten Lichtstrahlen ihrer Scheinwerfer trafen nirgendwo auf Widerstand. Das Licht verlor sich irgendwo in fünfzig, vielleicht auch hundert Meter Entfernung in der Schwärze.

»Worauf warten wir?« fragte Soerensen. Er machte einen Schritt und blieb wieder stehen.

Charity blickte gebannt in die Tiefe. Was sie sah – genauer gesagt, was sie *nicht* sah –, gefiel ihr nicht. Es gab keine Wände. Keinen Boden. Nichts. Wenn es ein Schacht war, dann mußte er fast durch das gesamte Schiff führen.

»Worauf warten wir, Captain?« fragte Soerensen noch einmal. »Wir haben nur noch achteinhalb Minuten.«

»Das gefällt mir nicht«, antwortete Charity. Etwas warnte sie, aber sie wußte nicht einmal, *wovor.* Verdammt, wenn sie nur ein bißchen mehr Zeit hätte, zu überlegen!

»Soerensen, Bellinger, Landers – ihr bleibt hier«, befahl sie. »Mike und ich gehen allein.«

Charity schaltete sein Funkgerät kurzerhand ab, löste ihre Sicherheitsleine aus dem Verband und machte einen vorsichtigen Schritt nach vorne. Auf der anderen Seite des Einstieges tat Mike es ihr gleich.

Schnell, aber trotzdem mit scheinbar quälender Langsamkeit glitten sie in die Tiefe. Für einen Moment streiften die Strahlen ihrer Scheinwerfer das Metall ihrer Schiffshülle, und ihr fiel auf, wie dick und unsauber verarbeitet es war: eine gut meterdicke Platte aus grobem Stahl. Nicht einmal die Ränder des Einstieges waren ganz glatt. Das Loch schien mehr aus dem Rumpf herausgebrochen als sorgfältig hineingeschnitten worden zu sein. Vielleicht durch den Aufprall eines Meteoriten, überlegte sie.

Dann waren sie hindurch, und die Strahlen ihrer Scheinwerfer verloren sich wieder in allesumfassender Schwärze. Es gab keine Möglichkeit, die Geschwindigkeit ihres Hinabsinkens zu schätzen, denn um sich herum war nichts als Dunkelheit, aber sie glaubte zu spüren, daß sie sich erhöhte. Behutsam griff sie an ihren Gürtel, ließ ihre Rucksackrakete eine kurze Feuerzunge ausstoßen und spürte, wie sich ihr Sturz in die Tiefe verlangsamte.

»Was ist los?« fragte Soerensens Stimme in ihrem Helm. »Was sehen Sie dort unten, Captain?«

Charity ignorierte ihn. Sie sah nichts. Der armdicke Strahl ihres Scheinwerfers kreiste beständig, aber er förderte nichts als Leere zutage. Dieses gewaltige Raumschiff enthielt nichts. Vielleicht war es eine Art Beiboothangar, in dem sie sich befanden, vielleicht ...

Sie zwang sich, den Gedanken nicht zu Ende zu verfolgen, und konzentrierte sich statt dessen darauf, ihren Scheinwerferstrahl beständig weiterkreisen zu lassen. Sie waren nur hier, um zu *sehen.* Herumraten konnten sie später.

Schließlich zeigte der Lichtstrahl doch etwas – über ihr. Der bleiche Kreis aus weißem Halogenlicht tastete zitternd über roh zusammengefügte Stahlplatten und glitt weiter, ohne mehr als diesen künstlichen metallenen Himmel zu treffen.

»Verdammt, Laird, was *sehen* Sie?« rief Soerensen. »So reden Sie doch! Wir haben nur noch sieben Minuten. Was haben Sie gefunden?!«

Charity seufzte. »Kommen Sie herunter und sehen Sie es sich selbst an, Professor«, sagte sie. »Aber passen Sie auf, daß sie sich nicht den Kopf stoßen. Es ist verdammt eng hier drinnen.«

Nicht einmal eine Sekunde später tauchte der Lichtstrahl von Soerensens Scheinwerfer über ihnen auf, dicht gefolgt von dem Bellingers und Landers. Mike hob seine eigene Lampe und leuchtete die drei winzigen silberhellen Gestalten an, die fünfzig Meter über ihnen durch die Decke kamen. Soerensen fluchte, als ihn der Lichtstrahl blendete.

Dann verstummte er jäh, als er begriff. Für einen Moment tat er Charity fast leid. Sie selbst war eher überrascht gewesen, als sie begriffen hatte, daß dieses riesige Schiff nichts anderes als Leere transportierte. Für Soerensen mußte eine Welt zusammenbrechen.

»Noch sechs Minuten«, sagte Mike. »Was tun wir? Weiter nach unten?«

Charity schüttelte den Kopf, dann fiel ihr ein, daß die Bewegung im Inneren ihres Helmes wohl kaum zu sehen war. »Nein«, sagte sie. »Macht euch fertig – ich zünde eine Leuchtgranate.«

Sie glitten zu Soerensen und den anderen hinauf. Charity befestigte ihre Sicherheitsleine wieder an den Anzügen Soerensens und Bellingers, überzeugte sich mit einem Blick davon, daß Mike auf der anderen Seite dasselbe tat, dann nahm sie ihre vorgeschriebene Position ein. Sie bildeten jetzt ein gleichmäßiges Fünfeck, mit nach außen gewandten Gesichtern und – weitaus wichtiger – Kameralinsen. Mit etwas Glück würden sie das Innere des gesamten Schiffes aufnehmen können.

»Jetzt«, meinte Charity.

Zwanzig Meter unter ihnen flammte eine grellweiße Miniatursonne auf. Für einen Moment war Charity blind, trotz des Filters, der sich blitzartig vor die Sichtscheibe ihres Helmes senkte. Dann gewöhnten sich ihre Augen an das schattenlose grelle Licht, und was sie sah . . .

Sie befanden sich im Inneren eines ungeheuerlichen, stählernen Domes. Decke und Wände bestanden aus mattem, beinahe weißem Metall, in dem eine große Anzahl runder Löcher waren, gleich dem, durch das sie das Schiff betreten hatten. Über und neben ihnen waren keine Schatten, denn es gab nichts, was Schatten hätte werfen können – neunundneunzig Prozent dieser riesigen fliegenden Scheibe waren schlicht und einfach *leer.*

Nur unter ihnen war etwas zu sehen. Der grelle Teppich aus Licht, durch den sie hindurchblicken mußten, löste die Konturen auf wie leuchtende Säure und verwandelte den Boden der Flugscheibe in eine surrealistische Landschaft aus Schatten und ineinanderlaufenden Linien und Umrissen.

Die Leuchtgranate erlosch, und die Dunkelheit schlug wie eine Woge über ihnen zusammen. Für eine Sekunde hatte Charity das Gefühl, in der plötzlichen Schwärze nicht einmal mehr atmen zu können.

»Nach unten!« sagte Soerensen. »Wir müssen hinunter, Captain. Da ist etwas! Schnell!«

Der Unterton in seiner Stimme verrät eindeutig Panik, dachte Charity besorgt. Aber das änderte nichts daran, daß er recht hatte. Trotzdem hielt sie ihn mit einem ärgerlichen Ruck zurück, als er sich an ihr vorbeisinken lassen wollte.

»Mike?« fragte sie.

»Fünf Minuten«, antwortete Mike. »Knapp.«

Charity sah unentschlossen nach oben, weitere fünf unwiderbringlich verschenkte Sekunden, für die Soerensen ihr fünf Jahre Fegefeuer an den Hals wünschen würde. Ihre anfängliche Besorgnis, den Einstieg nicht wiederzufinden, war unbegründet – dieses Schiff war ein fliegender Schweizer Käse, in dessen Rumpf sich Hunderte von Ausstiegen befanden. Und doch behagte ihr der Gedanke nicht, in dieses Labyrinth aus Schatten und unbekannten Dingen hinabzusteigen.

»Okay«, sagte sie. »Aber seid vorsichtig. Sie rühren nichts an, Soerensen, verstanden?«

Statt einer Antwort ließ sich der Wissenschaftler erneut in die

Tiefe sinken, und diesmal hinderte ihn Charity nicht daran. Alle ihre Sinne arbeiteten mit mindestens zweihundert Prozent ihrer Leistung, und sie sah und hörte und fühlte und roch Dinge, von denen sie bis jetzt nicht einmal gewußt hatte, daß es sie gab.

Ihre Lichtstrahlen stießen auf Widerstand. Etwas Großes, Schwarzes tauchte aus der Dunkelheit unter ihnen auf und verschwand wieder, und plötzlich waren sie von Schatten und mattblinkenden, sonderbaren Dingen umgeben, schräg gegeneinandergeneigten Ebenen aus stumpfem Metall, pyramidenförmigen, runden, kubischen und absolut unbeschreibbaren Formen, dazwischen Gräben und jäh aufklaffende, unregelmäßig geformte Löcher, die in weite, unbekannte Tiefen hinabführten, und endlich etwas, das wenigstens annähernd *technisch* aussah, ohne daß Charity sagen konnte, was es nun war.

Soerensen sicherlich auch nicht – was ihn allerdings nicht daran hinderte, unentwegt kleine, verzückte Laute auszustoßen und seine Lampe immer hektischer hin und her zu schwenken. Charitys Unwohlsein verstärkte sich. Welches Prädikat man immer auf die Technologie der Fremden anwenden wollte – einen angenehmen Anblick bot sie nicht.

Sie setzten auf einer fast fußballfeldgroßen Ebene aus grauem Metall auf, in der zahllose kleine Risse und Spalten prangten. Einige von ihnen schienen mit grober Gewalt in das Material hineingebrochen worden zu sein.

»Vier Minuten«, sagte Mike unaufgefordert. »Drei, bis wir zurück müssen.«

»Okay«, antwortete Charity. »Dann fangt an.«

Bellinger und Sanders lösten ihre Sicherheitsleinen aus dem Verband und begannen in fliegender Eile, aber ohne Hast, ihre mitgebrachten Instrumente aufzubauen und wenigstens einen Teil der Tests und Messungen durchzuführen, die auf der Wunschliste von Soerensens irdischen Kollegen gestanden hatten, während Mike behutsam niederkniete und ein Vibro-Messer aus dem Gürtel zog.

Charity beobachtete ihn aufmerksam, ohne ihre Umgebung dabei auch nur für eine Sekunde aus dem Auge zu lassen. Sie hatte den Laser schon auf halbem Wege nach unten von ihrem Anzug gelöst; jetzt schaltete sie die Sicherung aus und den Gammaverstärker ein. Die Waffe begann lautlos in ihren Händen zu vibrieren, und in ihrem gläsernen Lauf glomm ein bösartiges, blutfarbenes Licht auf. Soerensen sah auf, aber er sagte nichts. Entweder, dachte sie, hatte er endgültig begriffen, daß *sie* für die Sicherheit der Expedition verantwortlich war, oder die verbleibenden Sekunden waren ihm einfach zu kostbar, um sie mit einer weiteren überflüssigen Bemerkung zu verschwenden.

Mike schabte mit seinem Messer einen handlangen Span aus der Metallplatte, auf der sie standen, verstaute ihn sorgfältig in einer Tasche seines Anzuges und sah sich nach etwas anderem um, an dem er herumkratzen konnte, während Soerensen aufgeregt am Ende der Sicherheitsleine herumlief.

»Da drüben!« sagte er. »Dieser schwarze Zylinder, Captain!«

Charity sah Mike an.

»Zwei Minuten.« Mike nickte, löste seine Sicherheitsleine und beugte sich neugierig über irgend etwas am Boden, ohne sie oder Soerensen eines weiteren Blickes zu würdigen, und Charity wandte sich mit einer auffordernden Geste an den Wissenschaftler.

»Halten Sie sich fest, Professor.« Sie gab Soerensen nicht einmal Zeit, zu antworten, sondern flog los, direkt auf den gewaltigen schwarzglänzenden Zylinder zu, der ihn so faszinierte.

Sie verbrauchten ein Viertel ihrer verbliebenen Zeit, um ihn zu erreichen, aber das Ergebnis schien den Einsatz zu lohnen: Soerensen stieß einen kleinen faszinierten Schrei aus und riß sie fast von den Füßen, als er versuchte, auf das Ding loszustürmen, kaum daß sie wieder auf dem Boden aufgesetzt hatten.

»Der Antrieb!« sagte er ehrfürchtig. »Das muß eine der Antriebsmaschinen sein. Filmen Sie es, Captain! Nehmen Sie alles auf!«

Charity antwortete gar nicht. Ihre Helmkameras liefen, seit sie die CONQUEROR verlassen hatten. Sie hätten sie nicht einmal abschalten können, selbst wenn sie es gewollt hätten. Und außerdem hatte sie etwas entdeckt, das sie wesentlich mehr faszinierte als der monströse Raketenmotor vor ihnen.

Das hieß – *faszinierte* war nicht das richtige Wort. Es war ...

Es war ein gewaltiger Block aus schwarzem Metall, fünfzig, sechzig Meter breit und so hoch wie ein zweistöckiges Haus. Er war vollkommen glatt, und auf seiner Oberfläche ruhte etwas, das sich ihren Blicken beständig zu entziehen schien, so absurd es klang.

»Großer Gott!« flüsterte Soerensen. »Was ist *das?!*«

Charity mußte sich nicht zu ihm umdrehen, um zu wissen, was er meinte. Auch er hatte den schwarzen Block entdeckt. Und das Ding auf seiner Oberseite.

Was sie sahen, war faszinierend und erschreckend zugleich: Es war ein Ring, ein gewaltiger, dreißig, vierzig Meter durchmessender Kreis aus silbern schimmerndem Metall – vielleicht auch Kristall –, der wie eine auf die Kante gestellte Münze aufrecht auf dem gewaltigen Eisenblock ruhte. Er bewegte sich nicht, sondern schien so tot zu sein wie alles in diesem Schiff, und trotzdem ... umgab ihn etwas. Etwas wie ein Mantel aus ... ein unsichtbares ungreifbares und trotzdem unübersehbares Etwas, das sich ihren Blicken beständig entzog, immer, wenn sie glaubten, es endlich genau erkennen zu können; zwei Bilder, die sich überlagerten, ohne daß man eines davon klar identifizieren konnte.

Soerensen machte einen Schritt auf den gewaltigen Block zu, aber Charity hielt ihn zurück. »Nein«, sagte sie.

»Warum nicht?« Soerensens Stimme klang nicht mehr ganz so aufsässig wie bisher. *Er spürt es auch,* dachte Charity. Sie war nicht allein mit dem unangenehmen Gefühl, das ihr der Anblick bereitete.

»Das Ding gefällt mir nicht«, antwortete sie. »Ich ... weiß nicht, warum, Professor, aber ich bin ziemlich sicher, daß es besser wäre, wir gehen nicht zu nahe heran.«

Seltsamerweise widersprach Soerensen diesmal nicht. Dafür meldete sich Mikes Stimme wieder zu Wort:

»Noch dreißig Sekunden, Freunde. Letzter Aufruf für die Passagiere Flug Nulleins Transgalaxis-Spacelines nach Hause.«

Charity fuhr sich nervös mit der Zunge über die Unterlippe. Es war seltsam – so sehr sie der Anblick dieses riesigen aufrecht stehenden Ringes beunruhigte, fiel es ihr doch gleichzeitig schwer, den Blick davon zu lösen. Irgend etwas ging davon aus, eine Aura, die einen Teil ihrer Seele berührte und ihn zu Eis erstarren ließ. Es war wie ein Hauch des Bösen, der sie gestreift hatte.

Mühsam riß sie sich von dem schauerlich-faszinierenden Anblick los und drehte sich herum. »Kommen Sie, Professor«, sagte sie. »Der Bus wartet.«

Sie hatte ein wenig geschlafen; nicht besonders lange, denn obwohl sie nach dem Siebzehn-Minuten-Ausflug in eine fremde Welt so müde wie nach einem anstrengenden Dauerlauf gewesen war, war sie viel zu aufgewühlt, als daß sie sich einfach hinlegen und schlafen konnte, als wäre nichts geschehen.

Jetzt saß sie wieder im Pilotensessel der CONQUEROR und blickte in das samtene Schwarz des Weltraums hinaus. Das fremde Schiff war längst ihren Blicken entschwunden, nicht einmal mehr ein Lichtpunkt unter vielen auf seinem Weg zur Erde. *Wenn* es zur Erde flog. Sie war sich dessen nicht mehr so sicher, nach allem, was sie gesehen hatten.

Es war sehr still an Bord des Schiffes. Nichts war von der Aufregung zu spüren, die sie erwartet hatte; im Gegenteil. Sie alle waren sehr ruhig, kaum jemand hatte ein Wort gesprochen; selbst Soerensen redete nur jede halbe Stunde ein paar Worte, immer dann, wenn sich die Erdstation meldete und er Antwort auf eine Frage gab, die dreißig Minuten mit Lichtgeschwindigkeit zu ihnen unterwegs gewesen war. Zum ersten Mal, seit sie damit begonnen hatte, die interessanten Stunden ihres Lebens im Weltraum zu verbringen, empfand sie die Zeitverzögerung als Erleichterung.

Charity fühlte sich . . . betäubt. Alles war so anders gewesen, als sie es sich vorgestellt hatte. Keine fremden Lebewesen, keine intergalaktische Hypertechnologie, nur Leere und kantige Klötze aus Eisen und . . . und dieses Ding, dieser riesige, flimmernde Ring, von dem sie immer noch nicht wußte, was er war, und der ihr selbst jetzt, in der bloßen Erinnerung, noch panische Angst einflößte.

Was war das? dachte sie. Bloße Xenophobie? Nichts als die angeborene natürliche Angst vor allem Fremden, Unbekannten? Oder mehr?

Sie seufzte, warf einen routinemäßigen Blick auf ihre Kontrollen und stellte ebenso routinemäßig fest, daß alles in Ordnung war und die Computer die CONQUEROR wie gewohnt präzise und zuverlässig auf Kurs hielten. »Kommandant verläßt den Pilotensitz«, sagte sie und stand auf. »Bellinger – übernehmen Sie einen Moment?«

»Selbstverständlich.«

Sie brach mit einer der eisernen Vorschriften, indem sie nicht einmal wartete, bis der hünenhafte Deutsche den Platz des Piloten eingenommen hatte, sondern wandte sich sofort um und verließ das Cockpit. Leise, um Landers und Niles nicht zu wecken, die ihren wohlverdienten Schlaf schliefen, durchquerte sie den schlauchförmigen Mannschaftsraum und ließ sich den Schacht zum Labor hinabgleiten; ein Fünfmetersprung, der bei der annähernden Schwerelosigkeit an Bord der CONQUEROR zu einem kaum spürbaren Hüpfer wurde.

Soerensen saß über ein Mikroskop gebeugt am Tisch und sah nicht einmal auf, als sie das Labor betrat. Charity lächelte lautlos in sich hinein. Jetzt, als die Anspannung von ihr abgefallen war, gestand sie sich ein, daß sie ihm unrecht getan hatte – er war weder so naiv, wie sie ihm unterstellte, noch der Idiot, als den sie ihn ziemlich offen behandelt hatte. Sie war Soldat und er Forscher, und das war eben ein grundlegender Unterschied. Im Grunde war er ein ganz netter Kerl. Aber das würde sie ihm gegenüber natürlich nicht zugeben.

Er sah auf, als sie sich dem Tisch bis auf zwei Schritte genähert hatte, und für einen Moment mußte sie ein Lächeln unterdrücken, als sich ihr die absurde Vorstellung aufdrängte, Soerensens rechtes Auge kreisrund und plattgedrückt zu sehen, von den fünf oder sechs Stunden, die er jetzt schon über das Mikroskop gebeugt dasaß. Sie fragte sich, warum er nicht den Monitor benutzte, um sich seine Funde genauer anzusehen.

»Captain Laird.« Soerensens Stimme klang überaus versöhnlich. »Alles in Ordnung?«

Charity nickte. »Unser Baby liegt auf Kurs«, antwortete sie. »Keine Angst. In neunzehn Tagen sind Sie wieder zu Hause.« Sie deutete mit einem Lachen auf das Mikroskop. »Haben Sie den Nobelpreis schon gesichtet?«

Soerensen reagierte ganz anders, als sie erwartet hatte – weder schien er amüsiert noch verärgert zu sein. Als sie ihn eingehend musterte, glaubte sie fast, eine ganz leise Spur von Enttäuschung auf seinen Zügen zu erkennen. Oder war es Sorge?

»Was haben Sie, Professor?« fragte sie. »Irgend etwas, das ich wissen müßte?«

Soerensen schüttelte hastig den Kopf. »Nein«, sagte er rasch. »Nur ...« Er zögerte, sah das Mikroskop vor sich an, als erwarte er Hilfe von ihm, und seufzte tief.

»Ich weiß es nicht«, sagte er schließlich. »Es ist alles ... ganz anders, als ich es mir vorgestellt habe.«

»Das geht mir genauso«, gestand Charity. Sie setzte sich neben Soerensen auf die Schreibtischkante und schlug die Beine übereinander. Sie sah ihn nicht an, als sie weitersprach. »Ich frage mich, ob es sich gelohnt hat.«

»Gelohnt?« Soerensens Tonfall machte deutlich, daß er ernsthaft an ihrem Verstand zweifelte. »Wie meinen Sie das?«

Charity machte eine weit ausholende Handbewegung. »Nun, wir haben dieses Schiff riskiert, unser aller Leben und einige hundert Millionen Dollar, nicht wahr? Und das alles, um zehn Minuten lang in einem leeren Schiff herumzufliegen und ein paar Fotos zu machen.«

»Sie sind ein Barbar, Captain«, behauptete Soerensen.

Charity grinste. »Stimmt. Deshalb hat man mich ausgesucht, diese Expedition zu leiten. Aber im Ernst, Professor – hat es sich gelohnt?«

»Zweifellos«, sagte Soerensen. »Es hätte sich für *eine* Minute gelohnt. Selbst für eine Sekunde.«

»Für Sie«, räumte Charity ein. »Aber für die Menschheit?«

Soerensen seufzte. Dann lächelte er. »Sicher – der Hintergedanke war vielleicht, auf Außerirdische zu treffen. Niemand hat es gesagt, aber selbstverständlich haben wir gehofft, sie zu sehen. Vielleicht sogar ... Kontakt mit ihnen aufzunehmen. Wir sind nicht wegen dieser zehn Minuten hierhergeflogen, Captain, sondern wegen der *Chance.«*

»Aber wir hatten sie nicht. Keine ETs«, sagte Charity nickend. Und fügte mit einem versöhnlichen Lächeln hinzu: »Aber wenigstens auch keine menschenfressenden Aliens, nicht wahr?«

Soerensen blieb weiterhin ernst. »Es ist ... wahrscheinlich zu früh, um irgend etwas Definitives zu sagen«, sagte er. »Aber ich ...« Er brach wieder ab, lehnte sich plötzlich zur Seite und zog ein Hochglanzfoto aus einem fast zwanzig Zentimeter hohen Bilderstapel auf dem Tisch. Während Charity geschlafen hatte, hatte er Hunderte von Abzügen von den Bildern machen lassen, die sie geschossen hatten. Er hielt Charity das Bild hin. »Sehen Sie sich das an.«

Charity gehorchte. Im ersten Moment war sie überrascht – das

Bild zeigte den gewaltigen Raketenmotor, den sie entdeckt hatten, aber zehnmal schärfer und detaillierter, als sie ihn in Erinnerung hatte. Nun, schließlich hatten sie nicht umsonst die besten Kameras und empfindlichsten Filme an Bord, die es überhaupt gab.

Eine Weile betrachtete sie das Bild neugierig, dann sah sie Soerensen an und zuckte mit den Schultern. »Und? Ein ganz normaler Raketenmotor.«

»Eben«, sagte Soerensen. Irgendwie klang er niedergeschlagen, fand Charity. »Das ist es ja gerade.«

Charity legte den Kopf schräg und sah ihn fragend an. Soerensen nahm ihr das Bild fort, klaubte ein weiteres aus dem Stapel, machte aber keine Anstalten mehr, es ihr zu zeigen. Er seufzte. »Wie gesagt, es ist nur mein erster Eindruck, aber . . .«

Er sprach auch jetzt nicht weiter, und Charity glaubte plötzlich auch zu wissen, warum: Weil er Angst vor dem hatte, was er eigentlich sagen wollte.

»Aber?« sagte sie.

Soerensen seufzte wieder. Er wirkte verstört. »Dieses Triebwerk, Captain Laird«, sagte er. »So etwas haben wir vor zehn Jahren schon besser gebaut.«

Es dauerte einen Moment, bis Charity begriff. Aber sie war nicht sehr überrascht. Eigentlich hatte sie es die ganze Zeit über gewußt.

»Ich habe die Proben untersucht, die Lieutenant Wollthorpe vom Schiff genommen hat«, fuhr Soerensen fort, als sie nicht reagierte. »Wissen Sie, was es ist?«

»Woher?«

»Titanium«, sagte Soerensen. »Ganz normales Titanium. Nicht einmal besonders reines. Dieses Schiff hier besteht aus einem besseren und widerstandsfähigeren Material.«

»Sie wollen sagen, daß unsere großen Brüder aus dem Kosmos gar nicht so großartig sind«, sagte Charity leise.

»Ich will überhaupt nichts sagen«, fauchte Soerensen, plötzlich gereizt. Vielleicht war ihm eingefallen, daß jedes seiner Worte aufgenommen und sofort und live zur Erde gefunkt wurde. »Wir waren nicht einmal zehn Minuten im Inneren dieses Schiffes. Wir haben nur einen Bruchteil dessen gesehen, was es enthält.«

»Zum größten Teil gar nichts«, erinnerte Charity. »Wissen Sie, Professor – das ist es, was mir das größte Kopfzerbrechen bereitet.

Wer baut ein so gewaltiges Schiff, um es dann vollkommen leer auf die Reise zu schicken?«

»Vielleicht war es nicht immer leer«, sagte Soerensen.

Charity lachte gequält. »Ja, sicher. Es wird irgendwo unterwegs ausgeplündert worden sein, wie? Von Raumpiraten.«

»Es war sehr lange unterwegs«, erwiderte Soerensen ernst. Er deutete wieder auf die Materialproben. »An diesem Metall klebt kosmischer Staub. Ich kann mit diesen primitiven Geräten hier keine genauen Bestimmungen vornehmen, aber dieses Schiff bewegt sich seit mindestens fünfzehntausend Jahren durch das All. Vielleicht auch schon viel länger. Haben Sie eine Ahnung, was in dieser Zeit alles passieren kann?«

Natürlich hatte Charity das nicht – niemand hatte das –, aber sie nickte trotzdem. Sie wußte, was Soerensen meinte.

»Vielleicht gab es eine Katastrophe«, sagte sie. »Vielleicht ist es nicht fertig geworden. Vielleicht war es eine Art Transporter, der außer Kontrolle geriet, ehe er beladen wurde. Ich kann mir keinen anderen Grund vorstellen, ein so riesiges Schiff zu bauen, als den, irgend etwas zu transportieren.«

»Sie nicht«, bestätigte Soerensen. »Und ich auch nicht. Aber das heißt nicht, daß es so war. Wissen Sie, wie außerirdische Lebensformen denken?«

»Nein«, gestand Charity. »Aber wenn dieses Schiff wirklich so rückständig ist, wie Sie sagen . . .«

»Das habe ich nicht gesagt«, unterbrach sie Soerensen. »Es ist in Teilen primitiver, als ich erwartet habe, das stimmt. Andererseits wären *wir* nicht in der Lage, ein solches Riesenschiff zu bauen und zu anderen Sonnensystemen zu schicken.«

»O doch«, widersprach Charity. »Es ergäbe nur keinen Sinn.«

Soerensen nickte, starrte an ihr vorbei und biß sich auf die Unterlippe. »Da ist noch etwas«, sagte er, ohne sie anzusehen.

Charity wurde hellhörig. »Ja?«

Der Wissenschaftler beugte sich über den Tisch und nahm ein in durchsichtiges Plastik verschweißten Gegenstand zur Hand. »Das hier hat Lieutenant Bellinger gefunden«, sagte er. »Ganz in der Nähe dieses sonderbaren Ringes. Was glauben Sie, was es ist?«

Charity hatte keine besondere Lust, Ratespielchen zu spielen, aber sie tat ihm den Gefallen, sich das Fundstück einige Sekunden lang genauer anzusehen. Es war ein längliches, geschwärztes Stück Metall oder Kunststoff, brüchig und porös geworden von Soerensens mindestens fünfzehntausend Jahren, die es in absolutem Vakuum und Weltraumkälte dagelegen hatte.

»Und?« fragte sie.

Soerensen nahm ihr den Gegenstand vorsichtig wieder aus der Hand – immerhin war er etliche Millionen Dollar wert – und legte ihn an seinen Platz zurück. »Ich habe es für irgendein Bruchstück gehalten«, sagte er. »Etwas, das von etwas anderem abgebrochen ist, vielleicht auch einfach nur Abfall, den man wegzuräumen vergessen hat.«

Charity sah ihn verwirrt an.

»Dann habe ich es durchleuchtet.« Er drehte sich herum und schaltete einen der zahllosen Monitoren an der Wand vor sich ein. Charity erkannte den Umriß des länglichen Gegenstandes, den sie gerade in der Hand gehalten hatte. »Diese schwarze Masse ist nichts als kosmischer Staub«, fuhr er fort. »Eine Art Kruste, die sich darauf gebildet hat. Und das da«, fügte er nach einer genau berechneten Pause hinzu, »war darunter, Captain Laird.«

Er drückte einen Knopf, und das Bild wechselte.

Charity erkannte es sofort, aber alles in ihr weigerte sich, es zu akzeptieren.

Es war eine Art Finger; allerdings nicht der Finger eines Menschen, sondern eine Klaue, fünfzehn Zentimeter lang und mit zwei übergroßen, verkrüppelt wirkenden Gelenken. Sie bestand aus schwarzem, brüchig gewordenem Chitin.

Es war die Klaue eines gigantischen Insektes.

Warum erschreckte sie diese Klaue so? Sie war nicht einmal sicher, daß es sich wirklich um eine solche handelte – selbstverständlich hatte Soerensen es nicht gewagt, sie schon an Bord der CONQUEROR von ihrem Panzer aus kosmischem Staub zu befreien, und er hatte es ebensowenig gewagt, irgendwelche anderen Untersuchungen anzustellen, so daß sie auf das nicht besonders scharfe Ultraschallbild angewiesen waren – keine Röntgenaufnahmen, keine weiteren Durchleuchtungen, nichts, was ihren Fund in irgendeiner Weise beeinträchtigen konnte.

Und trotzdem war die Beunruhigung geblieben. Charity sah das Bild der ins Riesenhafte vergrößerten Insektenkralle im Traum. Sie fragte sich, warum dieses Bild sie so verfolgte, und mit solchem Schrecken. Dieses Krallenwesen war seit gut fünfzehntausend Jahren tot, und selbst wenn sie Insekten waren, was war schlimm daran? Was hatte sie erwartet? Kleine grüne Männchen oder galaktische Telefonfetischisten mit großen Köpfen und Leuchtfingern? Lächerlich.

Das war die eine Seite, die logische.

Leider gab es noch eine andere, und sie sorgte dafür, daß Charity während des achtzehntägigen Fluges nach Hause nicht besonders gut schlief. Es war nicht allein diese Kralle, die sie gefunden hatten: Bei aller verständlicher Paranoia mußte sie sich eingestehen, daß es ein Dutzend überzeugender und wahrscheinlich einige tausend *mögliche* Erklärungen für dieses Fundstück gab. Aber etwas ... hatte sie im Inneren dieses riesigen Sternenschiffes berührt. Und verändert. Der Blick. In ihren Träumen sah sie ihn immer wieder, und manchmal war der zyklopische Ring auf seiner Oberfläche nicht leer, sondern erfüllt von namenlosen schrecklichen Dingen, und ein paarmal krochen Insektenwesen aus ihm heraus und auf sie zu, und ...

Und an dieser Stelle wachte sie regelmäßig auf, als wäre der Regisseur dieses ganz privaten Horror-Filmes in ihr zu dem Schluß gekommen, daß es genug war.

Sie sprach zu niemandem von ihren Träumen, nicht einmal zu Mike. Einmal spielte sie mit dem Gedanken, mit Bellinger zu reden – wozu hatten sie einen Psychologen an Bord? –, aber der Gedanke an die zigtausend anderen Ohren, die ihr Gespräch mithören würden, brachte sie von der Idee ab. Es gab keinen Ort auf der CONQUEROR, an dem sie ungestört reden konnten. Angeblich waren die Mikrofone und Sender abgeschaltet worden, nachdem sie ihre Mission erfüllt hatten, aber Charity hatte da gewisse Zweifel.

Was die technische Seite ihres Rückfluges anbelangte, verlief alles so perfekt, wie es überhaupt nur möglich war. Nach achtzehneinhalb Tagen – die gute alte Erde war so freundlich gewesen, ihnen entgegenzukommen – tauchte die CONQUEROR in die Atmosphäre ein und landete fast auf die Minute genau auf einem großräumig abgesperrten Teil der Jefferson-Air-Base.

Sie hatte mit einigen Unannehmlichkeiten gerechnet, aber was nach ihrer Rückkehr geschah, übertraf ihre schlimmsten Befürchtungen. Sie wurde von den anderen getrennt und untersucht, und danach begannen die Verhöre, unter denen sie mehr litt, als sie zugeben wollte. Keine Sekunde ihres Aufenthaltes auf dem Schiff, zu der sie nicht befragt wurde, keine Videoaufnahme, die sie nicht erklären mußte, keine ihrer eigenen Worte – oder auch nur hingeworfenen Bemerkungen –, die ihr vom Band vorgespielt wurden und die sie kommentieren mußte, immer und immer und immer wieder, bis sie bald selbst nicht mehr wußte, was sie nun gesagt hatte und warum. Am Ende kam sie sich beinahe wie eine Verbrecherin vor.

Und als sie fertig waren und sie – endlich – entließen, begann der zweite Teil der Tortur: Das Sternenschiff war in einigen hunderttausend Kilometern Entfernung an der Erde vorübergerast und näherte sich nun der Sonne, und sie und die fünf anderen waren die einzigen Informationsquellen für die Öffentlichkeit.

Es war die Hölle.

Nach drei Tagen sehnte sie sich in das Verhörzimmer im NASA-Hauptquartier in Houston zurück, und nach weiteren drei Tagen spielte sie ernsthaft mit dem Gedanken, auf jeden Reporter zu schießen, der ihr näher als fünf Meter kam. Es war beinahe unmöglich, den Fernseher einzuschalten oder eine Zeitung aufzuschlagen, ohne ihr Porträt zu erblicken.

Es dauerte drei Wochen, dann geschah etwas, was das Interesse der Öffentlichkeit schlagartig von Captain Charity Laird und den anderen Mitgliedern der CONQUEROR-Expedition ablenkte:

Das Sternenschiff kam zurück.

Und diesmal landete es.

12. Dezember 1998

Gegenwart

Es waren keine heldenhaften Retter, sondern ein Strahl aus blutfarbenem Licht, der von irgendwo über Charity herabstach und das Spinnenmonster aufspießte. Das Tier verwandelte sich im Bruchteil einer Sekunde in einen rauchenden Schlackehaufen, aber der Laserblitz erlosch nicht, sondern wanderte im Zickzack weiter, brannte eine rotleuchtende Spur in den Beton des Bodens und traf ein zweites Ungeheuer, und fast im gleichen Moment flammten ein zweiter und dritter Laserstrahl auf, während der erste flackernd erlosch. Fünf Sekunden Dauerfeuer, dachte Charity kalt. Das Magazin der Waffe mußte fast leergeschossen sein.

Erst dann begriff sie ganz allmählich, daß sie gerettet war; wenigstens für den Augenblick.

Jemand beugte sich über sie. Ein Gesicht, das nur schattenhaft hinter der getönten Scheibe eines Helmes sichtbar war, blickte auf sie herab, Lippen formten eine lautlose Frage, während die beiden anderen Männer ununterbrochen weiterschossen. Großer Gott, dachte Charity, wie viele dieser Spinnenungeheuer waren hier?!

Der Mann über ihr legte sein Gewehr zu Boden, packte sie kurzerhand unter den Armen und zerrte sie mit sich, während er sich rückwärts gehend auf die Tür zubewegte, durch die er und die beiden anderen gekommen waren. Charity erhaschte einen kurzen Blick auf die Schleusenhalle, und was sie sah, ließ ihr Herz abermals einen schmerzhaften Sprung machen: Die Schwärze war dem flackernden roten Licht zahlloser Brände gewichen, und dieses Höllenlicht offenbarte ihr ein geradezu apokalyptisches Bild. Der Boden der Halle schien zu leben, ein brauner, brodelnder Teppich aus Hunderten von Spinnentieren, zwischen denen sich andere, gepanzerte Kreaturen bewegten, die nur aus Zähnen und Stacheln zu bestehen schienen. Die Laser der beiden Soldaten brannten die angreifenden Tiere zu Dutzenden nieder, aber es war sinnlos. Ihre Übermacht war einfach zu groß, um sie selbst mit der zehnfachen Anzahl von Waffen aufhalten zu können.

Die beiden Soldaten zogen sich in den kleinen Schleusenraum

zurück, in dem sich Charity und ihr Retter befanden. Die Faust des einen hämmerte auf eine Schalttafel, und die Tür begann sich zu schließen. Aber sie tat es mit quälender Langsamkeit, und als begriffen die Tiere, daß ihnen ihre schon sicher geglaubte Beute im letzten Moment doch noch zu entkommen drohte, verdoppelten sie ihre Anstrengungen. Trotz des mörderischen Laserfeuers gelang es einem der gewaltigen Spinnentiere, noch durch die Tür zu schlüpfen, ehe sie sich endgültig schloß.

Charity schrie vor Schrecken auf, als sie sah, wie einer der Soldaten seine Waffe senkte und auf die Bestie anlegte. Wenn dieser Idiot seinen Gammastrahllaser in dieser winzigen Kammer abfeuerte, dann wurden nicht nur die Spinne, sondern sie alle vier gleich mitgebraten!

Aber der Mann begriff im letzten Moment, was er beinahe getan hätte; vielleicht warnte ihn auch Charitys Schrei. Statt zu feuern, drehte er die Waffe in den Händen herum und erschlug das Tier mit dem Kolben. Schweratmend richtete er sich auf und wandte sich Charity zu. Ein verzerrtes Grinsen malte sich hinter der Sichtscheibe seines Helmes ab. »Danke. Ich . . . hätte fast die Nerven verloren.«

Er warf sein Gewehr zu Boden, griff an den Hals seines silberfarbenen Schutzanzuges und löste mit einer heftigen Bewegung den Helm. Darunter kam ein sehr junges – und im Augenblick sehr erschöpftes – Gesicht zum Vorschein; dunkle Augen, in denen eine unbestimmte Furcht nistete, ein schmaler, fast blutleer zusammengepreßter Mund und Wangen, die eingefallen und grau und krank aussahen. Er war nicht älter als fünfundzwanzig, aber sein Gesicht war das eines Menschen, der hundert Jahre Terror erlebt hatte. Seit dieser ganze Alptraum begonnen hatte, hatte Charity fast nur in solche Gesichter geblickt.

»Alles in Ordnung mit Ihnen?« fragte er. Ohne auch nur eine Antwort abzuwarten, ging er neben ihr in die Hocke, zog ein Messer aus dem Gürtel und begann die Fäden zu zerschneiden, die Charity einhüllten. Obwohl er sehr vorsichtig zu Werke ging, preßte Charity vor Schmerz die Lippen aufeinander. Die Fäden brannten nicht nur wie Säure auf der Haut, sie klebten auch verdammt fest, und hier und da blieben Blut und kleine Hautfetzchen an ihnen haften, wenn er sie abschnitt. Als er endlich fertig war, standen ihr die Tränen in den Augen. Sie fühlte sich, als hätte jemand versucht, sie bei lebendigem Leibe zu häuten.

»So«, sagte der junge Soldat. »Das reicht fürs erste. Den Rest schneidet Ihnen der Doc herunter. Unten im Bunker. Alles in Ordnung?« fragte er noch einmal.

Charity nickte, setzte sich behutsam auf und tastete mit zusammengebissenen Zähnen nach ihrem Gesicht. An ihren Fingerspitzen klebte Blut, als sie die Hand zurückzog.

»Fabelhaft«, antwortete sie. »Wer sind Sie? Der Foltermeister der Station?«

Ihr Retter lachte leise. »Das Empfangskomitee«, sagte er. »Wenigstens das inoffizielle. Das andere . . .« Er deutete mit dem Daumen über die Schulter zurück, ». . . haben Sie ja schon kennengelernt.« Er seufzte, richtete sich mit einer kraftvollen Bewegung auf und wurde übergangslos wieder ernst. »Ich bin Lieutenant Stone. Captain Laird, wie ich vermute?«

»Erwarten Sie noch andere Gäste?« erkundigte sich Charity gepreßt. Sie ignorierte Stones hilfreich ausgestreckte Hand, stemmte sich aus eigener Kraft auf die Füße und blieb schwankend stehen.

Stone nickte sehr ernst. »Ein paar«, sagte er. »Aber ich fürchte, sie werden nicht mehr kommen. Es ist ein Wunder, daß Sie es geschafft haben.« Er hob rasch die Hand, als sie etwas sagen wollte. »Wir sollten lieber von hier verschwinden«, sagte er. »Hier oben ist es nicht mehr sicher. Und Sie müssen zum Arzt, Captain.«

Charity fragte sich vergeblich, was er mit diesen Worten meinte – die Tür, durch die sie gekommen waren, war einen halben Meter dick und würde wahrscheinlich selbst einem taktischen Atomsprengkopf standhalten. Aber sie wagte nicht zu widersprechen, und zumindest mit seiner letzten Bemerkung hatte er recht – wenn sie sich jemals gewünscht hatte, einen Arzt zu sehen, dann jetzt. Und sei es nur, um ihr dieses widerwärtige klebrige Zeug vom Körper zu schneiden.

Erschöpft nickte sie.

Stone steckte sein Messer weg, half ihr, sich vollends hochzurappeln, und führte sie zum Lift.

Der Weg nach unten kam ihr länger vor als sonst; die Kabine bewegte sich ruckhaft und langsam. Aus dem kontrollierten Sturz, der die Kabine normalerweise in weniger als dreißig Sekunden fast eine halbe Meile tief in die Erde hinabgleiten ließ, war ein ruckelndes Bocken und Schlingern geworden. Einmal flackerte die Beleuchtung, und mehr als nur einmal hatte sie das Gefühl, sich überhaupt nicht mehr von der Stelle zu bewegen. Und die besorgten Blicke, die Stone und seine beiden Kameraden miteinander tauschten, bewiesen ihr, daß es mehr als nur ein Gefühl war. Aber sie verbot sich jede Frage. Sie würde früh genug erfahren, wie es um die Station bestellt war. Und im Grunde wollte sie es gar nicht so genau wissen. Ihr Bedarf an schlechten Neuigkeiten war in den letzten Wochen gedeckt worden.

Trotzdem war die Fahrt in die Tiefe wie eine Reise in eine andere, längst vergessene Zeit, ein Trip in eine Epoche, die unwiderruflich vorüber war und wahrscheinlich nie wieder kommen würde. Erschöpft lehnte sie sich gegen die Wand, sah die mattgelbe Neonröhre unter der Kabinendecke an und lächelte. Stone blickte sie verwirrt an.

»Keine Angst, Lieutenant«, sagte Charity. »Ich bin nicht verrückt geworden. Ich mußte nur gerade daran denken, wie genügsam einen so ein kleiner Weltuntergang doch macht.«

Der Blick des jungen Lieutenants wurde noch fragender, und Charity fügte mit einer Kopfbewegung auf die Leuchtstoffröhre hinzu: »Es tut schon gut, eine elektrische Lampe zu sehen, die noch halbwegs funktioniert.«

Stone blickte sie noch einen Moment lang mit der gleichen Verwirrung an, aber dann lächelte er ebenfalls. »Auf den unteren Ebenen funktioniert noch fast alles«, sagte er. »Wenigstens, was die technische Seite angeht.«

Charity entschied, auch diese Bemerkung zu ignorieren, und machte eine fragende Handbewegung auf die Laserwaffen der drei Soldaten. »Und diese Dinger?«

»Alles gehärtet«, antwortete Stone. »Wir waren unter einer Meile Granit eingegraben, als der große Knall kam.« Eine Art morbider Neugier, die Charity nicht besonders gefiel, trat in seinen Blick. »War es schlimm, oben?«

»Es ging«, antwortete Charity einsilbig. »Ich bin schon angenehmer gereist, wenn Sie das meinen.«

Wenn Stone ihr plötzlicher Stimmungsumschwung auffiel, so ignorierte er ihn. »Woher kommen Sie?« fragte er. »Jetzt, meine ich?«

Einen Moment lang überlegte Charity ernsthaft, ihn mit ein paar eindeutigen Worten darauf hinzuweisen, daß sie nicht nur ungefähr zehn Jahre älter als er, sondern auch Captain der US-Space Force war, und er nur ein einfacher Lieutenant. Aber dann kam ihr der Gedanke selbst lächerlich vor. Die Sternenschiffe von Moron hatten nicht nur ihre Militärbasen zusammengebombt, auch solche Dinge wie Rangunterschiede und Offiziersstreifen waren unbedeutend geworden. »New York«, antwortete sie. »Ich war eine Woche unterwegs. Und jetzt fragen Sie mich bitte nicht, wie ich es geschafft habe. Ich weiß es nämlich selbst nicht.«

Stone setzte zu einer Antwort an, aber in diesem Moment hatte sie das Ziel ihrer Fahrt in die Unterwelt erreicht; der Aufzug kam mit einem ungewohnt harten Ruck zum Stehen, und die Türen glitten auf. Stone klaubte seinen Laser vom Boden auf, hängte sich die schwere Waffe lässig über die Schulter und machte eine einladende Handbewegung.

Charity sah sich überrascht um, als sie die Kabine verließ. Die aufgemalte 27 auf der gegenüberliegenden Wand verriet deutlich, daß sie sich nicht auf der Kommandoebene befanden, sondern ein gutes Stück darunter, genauer gesagt auf der tiefsten Sohle der Bunkeranlage.

»Befehl des Kommandanten«, sagte Stone, der ihren fragenden Blick richtig deutete. »Wir haben die Mannschaftsquartiere schon vor einer Woche hier herunter verlegt. Ist alles ein bißchen beengt, im Moment.«

Charity sah ihn zweifelnd an. Die Mannschaftsquartiere hier? Sie war niemals hier unten gewesen, aber sie kannte die Pläne dieser Anlage auswendig – hier unten sollte es eigentlich nichts anderes geben als Magazine und Lager und die verschiedenen Entsorgungs- und Überlebensanlagen; schon wegen der ungemütlichen Nähe zum Reaktor, dessen atomares Herz nur ein paar Meter unter dem Beton des Korridores schlug.

»Warum?« fragte sie.

Stone zuckte die Achseln. »Die oberen zehn Ebenen wurden evakuiert«, antwortete er. »Ich weiß nicht, warum. Aber es gibt ein Gerücht, nach dem . . .« Er zögerte, dann sah er wohl ein, daß er schon ein wenig zu viel geredet hatte. »Man erzählt sich, daß Becker vorhat, den ganzen Bunker zu versiegeln«, sagte er. »Ein paar von den Jungs haben Sprengladungen angebracht. Aber wie gesagt – Gerüchte.«

Versiegeln? Sprengladungen? Es fiel Charity schwer, Stone zu glauben. Vor allem, weil sie ziemlich wenig Sinn ergaben. Sie dachte einen Moment darüber nach, dann verdrängte sie diese Frage und ging weiter.

Die Illusion, allein in dieser Welt aus dunklen Gängen zu sein, zerplatzte wie eine Seifenblase, als sie das Ende des Stollens erreicht hatten und Stone die Tür öffnete. Charity machte einen Schritt an Stone vorbei in den angrenzenden Raum und blieb verblüfft stehen. Vor ihr breitete sich eine hohe, gut fünfzig mal fünfzig Schritte messende Halle aus, die vor Menschen schier aus den Nähten zu platzen schien. Nicht nur Soldaten wie Stone oder sie, sondern auch Zivilisten: Männer, Frauen und Kinder, von denen einige in schlichtweg erbärmlichem Zustand zu sein schienen. Viele saßen einfach auf dem Boden oder hatten sich primitive Lagerstätten aus Kleidern und Decken gemacht, und vor der gegenüberliegenden Wand entdeckte sie gar zwei kleine, weiße Plastikzelte. Ein paar geschwärzte Stellen auf dem Betonboden bewiesen, daß sie sogar Feuer gemacht hatte.

»Was zum Teufel ist hier los?« fragte Charity verblüfft. »Was tun diese Leute hier?«

Stone lächelte gequält. »Das fragt sich Commander Becker seit einer Woche auch, Captain Laird«, antwortete er. »Die Leute«, fügte er sehr viel ernsthafter hinzu, als Charity ihn scharf ansah, »sind aus Brainsville, dem Dorf unten am Berg.«

»Die Stadt ist angegriffen worden?« Es war keine wirkliche Frage. Schließlich war sie vor nicht einmal einer Stunde selbst durch die verkohlte Ruinenlandschaft gefahren, in die sich Brainsville verwandelt hatte. Trotzdem nickte Stone.

»Vor acht Tagen«, bestätigte er. »Sie haben alles niedergemacht, was sich bewegte. Das da sind die einzigen Überlebenden.«

Charity schwieg schockiert. In der ehemaligen Lagerhalle befanden sich vielleicht hundertfünfzig Menschen – aber Brainsville hatte fast dreitausend Einwohner gehabt!

»Sie kamen in zwei Schulbussen hier herauf«, fuhr Stone fort. »Wir konnten sie schlecht draußen stehenlassen und zusehen, wie diese Ungeheuer sie auffressen, nicht wahr?«

Nein, dachte Charity düster. Das konnten sie nicht. Obwohl sie es eigentlich gemußt hätten. Aber sie war sehr froh, daß Becker seine Befehle in dieser Beziehung mißachtet hatte. Ein neuer, sehr tiefgehender Schmerz flammte in ihr auf, als sie das Häufchen Überlebender sah . . . Warum? dachte sie. Warum nur?

Aber diese Frage hatte sie sich in den vergangenen vier Wochen vielleicht eine Million Male gestellt, ohne auch nur ein einziges Mal eine Antwort zu finden. Vielleicht gab es keinen Grund.

»Kommen Sie, Captain«, sagte Stone beinahe sanft. »Commander Becker erwartet Sie bereits.«

Schweigend ging Charity weiter. Sie sprach kein einziges Wort mehr, bis sie die Krankenstation erreicht hatten.

18. August 1998

Vergangenheit

»Na? Endlich wach?« Mikes Finger krochen auf ihr Gesicht zu, machten sich einen Moment lang an ihrem Hals zu schaffen und versuchten sich einen Weg unter die Decke zu graben, zogen sich dann aber blitzschnell zurück, als sie spielerisch danach schlug. Charity war viel zu müde, um zu treffen; außerdem wollte sie das auch gar nicht.

»Laß mich in Ruhe«, murmelte sie, das Gesicht halb unter der Decke vergraben. »Wenn du überschüssige Energien hast, dann steh auf und mach Kaffee.«

Mike runzelte in übertrieben geschauspielerter Enttäuschung die Stirn. »Du bist prüde«, behauptete er.

»Nein«, gab Charity gähnend zurück. »Müde. Ich habe seit zehn Jahren nicht geschlafen.« Sie lauschte einen Moment auf das Schweigen, das ihr antwortete. Es war das erste Mal seit Wochen, daß sie nicht durch Stimmen oder ein Klopfen an der Tür oder das Schrillen des Telefons geweckt wurde; das erste Mal, daß sie einfach aufstehen und sich anziehen konnte, ohne Angst haben zu müssen, vom Dach des gegenüberliegenden Hauses herab gefilmt zu werden. Im stillen dankte sie Gott, daß er das fremde Raumschiff geschickt hatte. Ruhm konnte zu einer Last werden. Vor allem, wenn man ihn gar nicht wollte.

Sie bemerkte, daß Mike tatsächlich aufgestanden war und sich in der Küche zu schaffen machte. Verschlafen hob sie den Kopf, blinzelte auf die Armbanduhr und registrierte ohne besondere Überraschung, daß sie länger als zwölf Stunden geschlafen hatte. Trotzdem fühlte sie sich alles andere als ausgeruht.

Einen Moment lang genoß sie es noch, einfach so dazuliegen und sich in die Wärme der zerknautschten Bettwäsche zu kuscheln, dann stand sie widerwillig auf, schlurfte ins Bad und verbrachte die nächsten zehn Minuten damit, unter den eiskalten Strahlen der Dusche vollends wach zu werden.

Der Duft von frisch aufgebrühtem Kaffee zog durch die kleine Wohnung, als sie in die Küche ging. Mike hatte nicht nur Kaffee gemacht, sondern ein üppiges Frühstück vorbereitet. Charity verspürte wenig Appetit, aber sie lächelte trotzdem dankbar.

Sie setzte sich und runzelte die Stirn, als sie bemerkte, wie Mike sie mit Blicken förmlich auszog.

»Jetzt wird gefrühstückt«, sagte sie bestimmt.

»Ich hätte eine bessere Idee.«

»Lustmolch«, erwiderte Charity betont sachlich.

»Was willst du?« sagte er. »Ich habe ein gewisses Nachholbedürfnis. Immerhin habe ich dich die letzten zehn Wochen nur im Raumanzug oder auf Bildern gesehen.«

»Und das war anscheinend schon zuviel«, seufzte Charity. »Ich hätte dir doch irgendein schleimiges Sternenmonster von Bord des Schiffes mitbringen sollen. Außerdem – was willst du? Wir waren fast sechs Wochen ununterbrochen zusammen.«

»Aber nicht allein.« Mike zog eine Grimasse. »Und schon gar nicht unbeobachtet, oder?«

Charity lächelte. »Ach, die paar Kameras. Wir hätten uns eine goldene Nase verdienen können, wenn wir Tantiemen für die Filme bekommen hätten.« Sie nippte an ihrem Kaffee und wollte eine weitere spöttische Bemerkung hinzufügen, aber in diesem Moment schrillte die Türglocke.

Mike fuhr erschrocken zusammen. Einen Moment lang blickte er sie fragend an, dann verschwand die gute Laune geradezu schlagartig von seinem Gesicht. »Wenn das wieder so ein beschissener Reporter ist . . .«

Es klingelte erneut, und diesmal hielt der unbekannte Besucher den Finger auf dem Klingelknopf. Mike wollte aufspringen, aber Charity hielt ihn mit einem raschen Kopfschütteln zurück, schloß ihren Morgenrock und stand auf. Das Schrillen der Klingel brach nicht ab, während sie zur Tür ging, sondern schien noch aufdringlicher und drängender zu werden.

Charity machte sich nicht einmal die Mühe, durch den Spion zu blicken, sondern riß die Tür mit einem Ruck auf und setzte zu einer alles anderen als freundlichen Begrüßung an.

Aber vor der Tür stand kein Reporter, sondern ein schlanker junger Mann in der blauen Uniform der Space Force.

»Captain Laird?« fragte der Lieutenant.

Charity nickte. Ihr Gegenüber zog einen Dienstausweis aus der

Brusttasche, hielt ihn eine halbe Sekunde lang in die Höhe und machte dann eine vage Kopfbewegung. »Man hat mir gesagt, daß ich Lieutenant Wollthorpe bei Ihnen finde. Ist das richtig?«

»Geht Sie das etwas an?« fragte Charity freundlich.

»Im Prinzip nicht«, gestand ihr Gegenüber. »Aber ich muß Sie bitten, mich zu begleiten. Beide.«

»Was ist passiert?«

Charity sah flüchtig auf. Sie hatte nicht einmal gemerkt, daß Mike ihr nachgekommen war. Der Space-Force-Lieutenant schüttelte andeutungsweise den Kopf.

»Das kann ich Ihnen nicht sagen«, antwortete er. »Ich habe nur den Befehl, Sie abzuholen. Beide. Und schnell – bitte.«

Mike setzte zu einer Antwort an, beließ es aber dann bei einem Achselzucken und drehte sich ohne ein weiteres Wort um, und nach einer Weile folgte ihm auch Charity. Sie beide kannten den Ton in der Stimme des jungen Lieutenants zu gut, um nicht zu wissen, daß es *wirklich* dringend war. Und sie hatten ein zehnwöchiges Martyrium hinter sich – Becker würde sie kaum wegen einer Lappalie nach drei Tagen aus ihrem wohlverdienten Urlaub rufen.

Sie machte sich nicht Mühe, den Lieutenant hereinzubitten, aber kaum drei Minuten später traten Mike und sie – komplett und vorschriftsmäßig in ihre Uniformen gekleidet – wieder zu ihm heraus. Schweigend folgten sie ihm in den Aufzug.

Sie fuhren nicht nach unten, wie sie erwartet hatte, sondern nach oben, auf das Dach des Apartmenthauses hinauf, auf dem ein Helijet mit laufendem Motor auf sie wartete – ein Jetcopter, der gut zweifache Schallgeschwindigkeit machte und alles andere als unauffällig war. Commander Becker würde sie kaum mit einer *solchen* Maschine abholen lassen, nur um sich nach ihrem Wohlbefinden zu erkundigen, dachte sie. Trotzdem sagte sie kein Wort, sondern folgte dem Lieutenant geduckt bis zum Einstieg. Eine Hand streckte sich ihr entgegen und zog sie reichlich unsanft ins Innere der Maschine. Der Helijet hob ab, kaum daß Mike und der junge Lieutenant ihr gefolgt waren.

Verwirrt blickte sie aus dem Fenster und sah, wie die Dächer New Yorks unter ihr in die Tiefe stürzten. Was der Pilot der Maschine hier vollführte, war erstens vorschriftswidrig und zweitens nichts anderes als ein Alarmstart.

Mike setzte sich neben sie, und sie bemerkte erst jetzt, daß sie nicht mehr allein waren – der junge Lieutenant, der sie abgeholt hatte, hatte auf der gepolsterten Bank ihr gegenüber Platz genommen; sein Gesicht wirkte nicht mehr ganz so verkrampft wie zuvor.

»Das Schiff?« fragte sie.

Der Lieutenant zuckte zusammen und nickte dann. »Woher wissen Sie das?«

Charity lächelte. »Vielleicht weibliche Intuition. Vielleicht«, fügte sie nach einer winzigen Pause hinzu, »auch nur ein Schuß ins Blaue. Sie sollten nicht sofort alles gestehen, nur weil jemand rein zufällig die Wahrheit erraten hat, Lieutenant.«

»Was soll das?« raunte Mike. »Mußt du den armen Kerl so in Verlegenheit bringen?«

»Ja«, antwortete Charity, so laut, daß ihr Gegenüber die Worte garantiert mitbekam – er sollte es auch. »Schließlich hat er mir den Urlaub verdorben.«

»Der Befehl kam von ganz oben«, erwiderte der Lieutenant verlegen.

»Und wohin geht die Reise jetzt?« fragte Charity.

»Ins Pentagon«, antwortete der Lieutenant. »Und mehr«, fügte er hinzu, »darf ich Ihnen im Moment nicht sagen, Captain. Ich könnte es nicht einmal, wenn ich wollte.«

Charity unterdrückte ein Lächeln. Sie begriff, daß Mike recht hatte: Sie brachte den armen Burschen in Verlegenheit, und er konnte wahrscheinlich am allerwenigsten dafür. Man hatte ihm nur die undankbare Aufgabe zugeteilt, sie und Mike zu holen. Was war mit den anderen Mitgliedern ihrer Crew?

Auf ihre Frage erntete sie ein abermaliges Achselzucken. »Ich habe nur den Befehl, Sie und Lieutenant Wollthorpe abzuholen. Aber ich glaube ja – die ganze Crew.«

Charity war nicht sehr überrascht. Es hätte wenig Sinn ergeben, nur sie und Mike zurückzupfeifen – es gab nichts, was sie oder er allein und ohne die anderen erlebt hatten.

Sie lehnte sich im Sitz zurück, schloß die Augen und verschlief den Rest des Fluges. Sie erwachte erst wieder, als der Helijet auf dem Dach des Pentagons landete, wo sie von einer ganzen Abteilung bewaffneter, aber sehr schweigsamer Soldaten in Empfang genommen wurden. Ihrer und Mikes Ausweis wurden pedantisch überprüft. Erst dann gestattete man ihnen, sich zusammen mit den Wachsoldaten in einen winzigen Aufzug zu quetschen und das Allerheiligste zu betreten.

Die Fahrt nach unten dauerte sehr lange – entweder, der Aufzug war ein gutes Stück langsamer, als sie angenommen hatte, oder die Reise ging ein gutes Stück unter die Erde. Nach einer Ewigkeit hielt die kleine Kabine an, und Charity atmete erleichtert auf.

Sie sah sich mit unverhohlener Neugierde um, während Mike und sie den Soldaten durch die nur trüb beleuchteten Gänge folgten. Nicht, daß es viel zu sehen gegeben hätte – die Wände waren fensterlos und kahl, in blassen Pastellfarben gestrichener Beton ohne irgendwelche Beschriftungen, an den Türen lediglich Zahlen, und in der Luft lag nur das Summen der Klimaanlage.

Hastig rekapitulierte sie noch einmal alles, was sie über das Sternenschiff wußte. Viel war es nicht; aber das lag wohl eher daran, daß *niemand* viel über diese riesige Scheibe aus der Galaxis wußte, nicht einmal das Wissenschaftlerteam, das seit zwei Wochen damit beschäftigt war, sie Millimeter für Millimeter zu untersuchen. Und es kam hinzu, daß sie in den letzten Wochen eine heftige Abneigung gegen dieses Thema entwickelt hatte. Andererseits war es schlichtweg unmöglich, *nichts* über das Sternenschiff zu hören. Es gab seit Wochen nur noch ein Thema in den Medien.

Nach einer schier endlosen Odyssee durch meilenlange menschenleere Korridore erreichten sie ihr Ziel: eine weitere, unscheinbare Tür, vor denen ihre Führer stehenblieben und ihnen wortlos bedeuteten, einzutreten.

Sie war nicht sonderlich überrascht, mit Ausnahme Bellingers die gesamte Crew der CONQUEROR vorzufinden – einschließlich Soerensens –, und sie war auch nicht besonders erstaunt, das markante Gesicht Commander Beckers zu erblicken; was im übrigen nichts Gutes verhieß; wo Becker auftauchte, gab es Ärger.

Womit sie aber nicht gerechnet hatte, war der Anblick des schlanken, nicht sehr hochgewachsenen Mannes am Kopfende des Tisches. Sie war ihm niemals zuvor begegnet. Natürlich. Jeder kannte das Gesicht des Präsidenten der Vereinigten Staaten von Amerika.

»Wenn Sie sich wieder gefaßt haben, Captain Laird«, sagte Becker halblaut, »dann schließen Sie bitte die Tür und setzen sich.«

Charity fuhr zusammen, merkte erst jetzt, daß sie tatsächlich mitten im Schritt erstarrt war und den Präsidenten unverwandt anstarrte, und schloß hastig die Tür hinter sich. Sie wollte salutieren, aber Becker winkte unwillig ab und deutete auf einen der wenigen freigebliebenen Stühle. Charity setzte sich. Ihr Herz begann ein wenig schneller zu schlagen.

»Was ist passiert?« fragte sie knapp.

Der Präsident lächelte flüchtig, während Becker sie eindeutig mißbilligend ansah, aber nicht antwortete, sondern demonstrativ auf seine Armbanduhr blickte. Charity fiel auf, daß es nur noch einen einzigen freien Stuhl am Tisch gab. Offensichtlich war ihre Runde noch nicht komplett.

Sie sah sich um, begrüßte Niles, Landers und Soerensen mit einem raschen Kopfnicken und stellte mit wachsender Beunruhigung fest, wie hochkarätig die Besatzung dieses unterirdischen Konferenzraumes war – mit Ausnahme der ehemaligen CONQUEROR-Crew schien es niemanden hier drinnen zu geben, der nicht mindestens zwei Sterne auf den Schultern trug. Allermindestens. Was zum Teufel war passiert?

Sie warf Soerensen einen fragenden Blick zu, erntete aber nur ein Achselzucken. Der Wissenschaftler wußte so wenig wie sie. Sein Gesicht wirkte sehr ernst. Er rauchte, und seine Finger hatten die Zigarette fast zerdrückt, ohne daß er es überhaupt zu bemerken schien.

Ihre Geduld wurde auf eine harte Probe gestellt. Hinterher begriff sie überrascht, daß sie weniger als fünf Minuten auf den Mann gewartet hatten, für den der letzte Stuhl reserviert war, aber sie wurden zu einer Ewigkeit. Und als er dann kam, war Charity nicht die einzige, die überrascht zusammenfuhr und ihn anstarrte.

Der Mann war grauhaarig; sein Alter konnte sie kaum schätzen. Er hatte ein verschlossenes Gesicht und Hände, die feingliedrig wie die eines Chirurgen waren und nicht zu seiner übrigen Erscheinung passen wollten. Wie Becker und die meisten anderen im Raum trug er Uniform, und auf seinen Schultern protzten gleich vier Sterne – aber es gab noch etwas, was ihn von Commander Becker und den anderen unterschied:

Seine Uniform war hellbraun, und sowohl auf seiner Mütze als auch auf dem Kragen der dazu passenden Jacke leuchteten kleine, blutrote Sowjetsterne.

Becker stand auf, als der Russe hereinkam. Er lächelte, aber der Blick, den er den anderen dabei zuwarf, enthielt eindeutig eine Warnung. Wortlos eilte er ihrem Besucher entgegen, geleitete ihn zu seinem Stuhl und hastete dann zu seinem eigenen Platz zurück.

»Meine Herren«, begann er. »Madame . . .« Das galt nur Charity, denn sie war die einzige Frau im Zimmer. ». . . ich muß Sie nicht extra darauf hinweisen, daß dieses Gespräch und alles, was Sie vielleicht anschließend erfahren sollten, absoluter Geheimhaltung unterliegt.«

Er hält sich nicht einmal mit einer Begrüßung auf, dachte Charity verwundert. *Was um Gottes willen ist passiert?!*

»Und um allen Spekulationen vorzubeugen«, fuhr Becker fort, »General Demisow ist auf ausdrücklichen Wunsch des Präsidenten der Vereinigten Staaten hier, sowohl als Beobachter als auch als Repräsentant seiner Regierung. Bitte sparen Sie sich also irgendwelche überflüssige Fragen.« Er legte eine kleine Kunstpause ein, nickte noch einmal in Demisows Richtung und fuhr fort:

»Die meisten von Ihnen werden ahnen, worum es geht – vor allem, da ja wohl jeder hier Captain Laird und ihre Crew kennen dürfte.«

»Das Sternenschiff«, sagte Mike überflüssigerweise. »Was ist passiert?«

Becker bedachte ihn mit einem strafenden Blick. Aber er antwortete trotzdem. »Das wissen wir nicht. Noch nicht. Wir sind hier, um es herauszufinden.« Er starrte einen Moment lang an Mike vorbei ins Leere und seufzte hörbar. Plötzlich sah er sehr alt aus, fand Charity. Und sehr müde.

Becker sprach nicht weiter, wie sie alle erwartet hatten, sondern setzte sich wieder und hob die linke Hand. »Den Film, bitte.«

Eine unsichtbare Hand am Ende einer ebenfalls unsichtbaren Mikrofonverbindung legte ein paar Schalter um, und für eine Sekunde senkte sich tiefe Dunkelheit über den Raum. Charity streckte unwillkürlich die Hand nach Mikes Fingern aus und war plötzlich sehr froh, ihn in der Nähe zu wissen. Sie hatte Angst.

Als die riesige Videowand hinter Becker eine halbe Sekunde später aufleuchtete, zeigte sie nichts, was diese Angst irgendwie begründet hätte, sondern nur ein Bild, das vielleicht ungewöhnlich war, seit ein paar Wochen aber über jeden Bildschirm der Welt flimmerte: das Schiff, eine grausilberne, zerschrammte Stahlkappe, die wie über den Nordpol gestülpt zu sein schien. Der Schnee, den seine feuerumtoste Landung geschmolzen hatte, war längst wiedererstarrt und zu einem flachen See aus Eis geworden, auf dem die Zelte und Fertigbau-Iglus der verschiedenen Forscherteams standen. Ein ganzer Schwarm riesiger Lastenhubschrauber umkreiste den stählernen Koloß, aber sie sahen aus wie kleine Libellen aus Metall; Zwerge gegen den leblosen Giganten, der aus den Tiefen des Kosmos auf den Nordpol herabgestürzt war.

Gegen ihren Willen spürte Charity wieder eine fast unangenehme Erregung, als sie das Sternenschiff sah. Der Anblick an sich war absurd: In den letzten drei Wochen hatten eine Unzahl amerikanischer, russischer, englischer, französischer, deutscher und einiger anderer Forscherteams die stählerne Scheibe untersucht, und sie alle waren zu einem Schluß gekommen, der die Euphorie ein wenig gedämpft hatte, in die das Erscheinen des Schiffes die Welt stürzen wollte: Das Schiff war kein technisches Wunderwerk. Es war primitiv, seine Technik in großen Teilen sehr viel einfacher konstruiert und gebaut als vergleichbare irdische Maschinen. Und es war auf eine Weise gelandet, die geradezu haarsträubend erschien: Wie ein flach geworfener Stein war es auf die Erdatmosphäre geprallt, nachdem es bei seinem Rundflug um die Sonne offensichtlich einen Großteil seiner Geschwindigkeit aufgezehrt hatte, als weißglühender Meteor sieben-, acht-, neunmal von der Lufthülle der Erde zurückgefedert und schließlich tiefer gesunken. Die riesigen Raketenmotoren in seinem Rumpf hatten nicht ein einziges Mal gezündet. Das Ding war einfach wie eine unglaublich große Frisbee-Scheibe durch die Atmosphäre gerauscht, wobei sich seine Unterseite in weißglühenden Schrott verwandelt hatte.

Charity verstand eine Menge von Navigation, aber sie weigerte sich einfach, die bloße Möglichkeit zu akzeptieren, daß man eine Landung wie *diese* vorausberechnen konnte.

Beckers Stimme riß sie in die Wirklichkeit des Konferenzsaales zurück. Er hatte lange genug gewartet, sie alle noch einmal das Bild des Sternenschiffes betrachten und in sich aufnehmen zu lassen. Als er weitersprach, klang seine Stimme anders als zuvor ...

»Sie alle kennen diese Aufnahmen«, sagte er. »Sie sind einen Tag alt – dreiundzwanzig Stunden, um genau zu sein. Was Sie jetzt sehen werden, ist eine Satellitenaufnahme, nicht ganz dreißig Minuten alt.«

Wieder hob er die Hand, und das Bild wechselte.

Im ersten Moment erkannte Charity kaum einen Unterschied. Das Bild war nicht mehr dreidimensional, sondern flach, und die Farbqualität hielt nicht mit der vorhergehenden Aufnahme mit, aber das war auch alles – Perspektive und Bildausschnitt waren gleich.

Dann erkannte sie es. Und diesmal konnte sie ein erschrokkenes Aufatmen nicht mehr ganz unterdrücken.

Das Bild war still. Es war keine Fotografie – man erkannte deutlich die bizarren Muster, zu denen der Wind den Schnee rings um das Schiff formte, und etwas weniger deutlich den Schatten einer Wolke, die gemächlich über die riesige Eisfläche trieb – aber die Helikopter waren verschwunden. Zwischen den buntfarbenen Zelten und Iglus regte sich nichts. Kein Fahrzeug. Kein Mensch.

»Was ist passiert?« fragte Soerensen. Charity hörte nur wissenschaftliche Neugier in seiner Stimme, nicht das allermindeste Gefühl.

»Das wissen wir nicht«, antwortete Becker. »Der Funkkontakt brach vor sieben Stunden ab, schlagartig und zu allen Gruppen gleichzeitig. Seither haben wir kein Lebenszeichen mehr empfangen. Von niemandem.«

»Aber dort sind Tausende von Leuten!« protestierte Soerensen. »Irgend jemand muß doch . . .«

»Fast anderthalbtausend Wissenschaftler, aus allen Teilen der Welt«, unterbrach ihn Becker ruhig. »Dazu eine fünftausendköpfige Einheit der UNO und . . .« Charity sah, wie er im Dunkeln den Kopf wandte und seinen sowjetischen Kollegen kurz ansah, ehe er weitersprach. ». . . eine etwas kleinere Eliteeinheit der US Air Force. Ich nehme an, unsere russischen Kollegen sind dort ebenfalls vertreten.«

Demisows Gesicht war in der Dunkelheit nicht zu erkennen, aber sein Schweigen war Antwort genug.

»Sie haben natürlich jemanden hingeschickt, um nachzuschauen«, vermutete Charity.

»Wir haben es versucht«, sagte Becker.

Er starrte unverwandt weiter auf das Bild der riesigen, entsetzlich *toten* Scheibe.

»Versucht?« Mike beugte sich gespannt vor. »Was soll das heißen, Commander?«

Becker seufzte, in einer Art, die klarmachte, daß er ein Eingeständnis zu machen hatte. Er sah Mike nicht an, als er antwortete. »Wir kommen nicht heran«, sagte er. »Wir haben vier Jets und ein halbes Dutzend Hubschrauber verloren, bevor wir es begriffen. Etwas ... umgibt dieses Schiff. Eine Art Schutzschild.«

»Ein Schutzschild?« Charity konnte Soerensens zweifelndes Stirnrunzeln fast hören. »Was soll das heißen?«

»Keine unsichtbare Mauer oder irgendein Science-Fiction-Kram, Professor.« Charity war überrascht, als sie merkte, daß Demisow antwortete. Der Russe sprach ein fast perfektes Englisch. »Irgend etwas bringt unsere Maschinen zum Versagen. Eine Art ... Feld, wenn Sie mir diesen laienhaften Ausdruck gestatten, das jeden elektrischen Fluß zum Erliegen bringt. Man kann das Gebiet passieren, aber nur zu Fuß.«

»Dann schicken Sie Männer mit Hundeschlitten hin«, sagte Soerensen. »Das ...«

»... haben wir getan, Professor«, unterbrach ihn Becker ungeduldig. »Wofür halten Sie uns?«

»Und?«

»Nichts«, sagte Becker. »Der Durchmesser dieses Feldes beträgt exakt einhundertfünfzehn Meilen. Es wird Tage dauern, bis sie dort sind.«

»Und die ... die Teams?«

Charity kannte die Stimme nicht, die diese Frage stellte. Aber sie hörte die Angst, die darin mitschwang. »Die Wissenschaftler und Soldaten. Sind Sie ... alle tot?«

»Wahrscheinlich«, sagte Becker kalt. »Tot oder zumindest bewegungsunfähig. Sie sehen es selbst. Nicht das geringste Lebenszeichen.«

Aber das war nicht alles, das spürte Charity. Es konnte ein Dutzend logischer Erklärungen dafür geben, daß auf der Satellitenaufnahme niemand zu sehen war – allen voran die, daß mit sämtlichem elektrischen Gerät natürlich auch im gesamten Lager die Heizungen ausgefallen waren. Und es war bitterkalt am Nordpol. Niemand hatte bei Temperaturen von fünfzig Grad unter Null große Lust zu einem Spaziergang.

»Warum setzen Sie keine Fallschirmjäger ein?« fragte dieselbe Stimme, die sich gerade um die Teams gesorgt hatte.

Becker lachte leise. Es klang abfällig. »Dieses Feld hat die Form einer Halbkugel, General Watkins«, sagte er. »Wir haben leider keine Flugzeuge, die fünfzig Meilen hoch fliegen.«

»Irgendwelche Lebenszeichen aus dem Schiff?« fragte Soerensen. »Irgendwelche Radiosignale, Strahlungen?«

Becker schüttelte den Kopf. »Nein«, sagte er. »Aber etwas anderes. Wir haben diese Sitzung nicht allein wegen dieses . . . Phänomens . . . einberufen.«

»Sondern?« fragte Soerensen.

Diesmal antwortete Becker nicht sofort. Es fiel Charity schwer, die Schatten der anderen vor der hellerleuchteten Videowand zu unterscheiden, aber ihr war, als tauschte Becker einen raschen, fragenden Blick mit dem Präsidenten, ehe er weitersprach.

»In ein paar Stunden erfahren Sie es sowieso, Professor, falls kein Wunder mehr geschieht. Der Präsident der Vereinigten Staaten wird den Notstand ausrufen. Ich fürchte, das da . . .« Er deutete auf den Bildschirm. ». . . ist erst der Anfang.«

»Der Anfang *wovon*?« fragte Soerensen. Seine Stimme zitterte. Er wußte die Antwort so gut wie jeder andere hier, dachte Charity. Beckers rhetorische Mätzchen waren absolut überflüssig. Aber vielleicht hatte er auch einfach nur Angst, es auszusprechen.

Und es war auch nicht Becker, der auf Soerensens Frage antwortete, sondern der Mann neben ihm, der Präsident der USA. »Der Anfang eines Krieges, Professor. So leid es mir tut – aber es hat keinen Zweck, die Augen vor der Wahrheit zu verschließen. Wir müssen mit einem Angriff rechnen. Ich fürchte, er hat längst begonnen.«

Soerensens Stimme bebte. »Aber das ist doch Unsinn! Es kann tausend harmlose Erklärungen für dieses Phänomen geben, und . . .«

»Wir haben noch mehr, Professor«, sagte Becker, und obwohl er sehr leise gesprochen, ja, fast geflüstert hatte, verstummte Soerensen abrupt.

»Das da«, fuhr Becker fort, »kam vor sieben Stunden über Satellit herein, ein paar Sekunden, bevor die Verbindung abbrach. Sehen Sie genau hin.«

Das Bild auf der Videowand wechselte. Sie zeigte jetzt das Innere des Schiffes. Die Kamera war auf den gigantischen Eisenblock gerichtet, den Soerensen und Charity im Inneren der Scheibe entdeckt hatten. Das grelle Licht der Scheinwerfer ließ ihn weniger unheimlich und düster erscheinen; es zeigte, daß er nicht schwarz, sondern vom gleichen stumpfen Grau war wie der größte Teil des Schiffes. Die winzigen Gestalten der Männer, die an seinem Fuß und auf seiner Basis herumkrochen, ließen ihn noch viel größer erscheinen. In ihren pelzgefütterten Mänteln und Kapuzen sahen die Männer aus wie vermummte Ameisen, die auf einem zyklopischen Opferstein herumkrochen.

Das Bild wechselte. Die Umrisse der Männer zerflossen und bildeten sich neu, ganz leicht verändert nur. Becker ließ das Videoband in maximaler Zeitlupe ablaufen. Sekundenlang erstarrte die kubische Alptraumlandschaft vor ihnen wieder zur Reglosigkeit, zerfloß dann erneut –

»Sehen Sie genau hin«, sagte Becker. »Es ist nur ein einziges Bild. Die Übertragung ist sofort zusammengebrochen.«

Wieder zerflossen die Konturen der Männer, aber diesmal waren es nicht nur sie, die sich veränderten. Charitys Blick war wie gebannt auf den titanischen Silberring gerichtet, der auf der Oberseite des Blockes thronte – und sie sah deutlich, wie auch er sich veränderte, ein Stück in die Breite und Höhe zu gleiten schien, als wäre er ... *gewachsen? Aber wie war das möglich? Es war ein Ring aus kompaktem Titanium; das hatten Soerensens Kollegen eindeutig festgestellt!* Doch als das nächste und letzte Bild erschien –

WAR ES NICHT MEHR LEER!!!

Plötzlich waberte und wogte dort etwas ... Eine unförmige Schwärze bewegte und formte sich.

Charity schrie auf, aber ihr Schrei ging im entsetzten Keuchen der anderen unter.

Es war ein Ungeheuer. Eine zehnbeinige Bestie aus schwarzbraunem Chitin, die entfernt an einen riesenhaft vergrößerten Käfer erinnerte, gleichzeitig aber ganz anders war, so unbeschreiblich *fremd,* daß sein bloßer Anblick Charity Schmerzen bereitete.

Trotzdem zwang sie sich, ihn genau zu betrachten, denn der Rest vor ihr, der nicht vor Entsetzen und Unglauben zu Eis erstarrt war, war von dem Anblick auf morbide Weise fasziniert. Das Ungeheuer war gigantisch. Wenn sie den Ring, aus dem es hervorkroch *(Ring? Es war ein* TOR! *dachte sie hysterisch, großer Gott, dieses Ding war nichts anderes als ein gottverdammter Materietransmitter),* wenn sie diesen Ring als Maßstab nahm, mußte er an die fünfzehn Meter lang sein. Sein riesiger, zangenbewehrter Schädel hing gute vier Meter über den eingefrorenen Gestalten der Männer auf dem Bild, die ihn noch gar nicht bemerkt hatten, und jedes einzelne seiner Beine war so dick wie der Körper eines Menschen. Seine Kraft – diese entsetzliche Insektenkraft, die in seinem gepanzerten Leib schlummern mochte – mußte ausreichen, einen Sherman-Tank in die Höhe zu heben und zu zerquetschen.

Aber es kam noch schlimmer. Dieses Ungeheuer war nicht allein durch das Tor gekrochen – etwas hockte in seinem Nacken.

Die Gestalt ähnelte entfernt einem Menschen, aber sie hatte vier Arme und war entschieden zu groß, um wirklich humanoid zu sein. Ihr Körper wirkte wie eine primitive Rüstung, die aus dem gleichen Material wie der Panzer ihres Reittieres zu bestehen schien, und von ihrem Gesicht waren nur die Augen zu erkennen, die die Betrachter selbst von der Videowand herab voller Haß anzustarren schienen. Eine ihrer vier vielfingrigen Hände hielt eine Art Zügel, der mit dem Schädel des Riesenkäfers verbunden war.

In den drei anderen lagen schlanke, mattsilbern blinkende Stäbe. Und Charity war mehr als nur sicher, daß es sich dabei um nichts anderes als um Waffen handelte.

Drei Stunden, zehn Tassen Kaffee und ungefähr zweihundert Zigaretten später saßen sie zusammen in Beckers Büro, fünf Etagen über dem geheimen Konferenzraum. Ihr Kreis war kleiner geworden – sie hatten noch lange geredet, aber Charity hatte Mühe, sich an alles zu erinnern, was gesagt worden war. Es fiel ihr schwer, ihre Gedanken zu ordnen, und es war fast unmöglich, wirklich zu *begreifen,* was vor zehn Stunden am Nordpol passiert war und vielleicht jetzt noch dort geschah.

»Sie haben es gewußt, nicht wahr?«

Charity sah auf und blickte durch einen Schleier aus grauem Zigarettenrauch in Soerensens Gesicht.

Sie waren wieder unter sich, die gesamte alte Crew der CON-

QUEROR, zusammen mit einem sehr schweigsamen jungen Mann, der sich als Lieutenant Terhoven vorgestellt hatte und offensichtlich Bellingers Platz einnehmen sollte. Becker hatte noch lange geredet, und dann war das Gespräch ganz genau so verlaufen, wie Charity es sich vorgestellt hatte. Irgendwann zu seinem Ende hin war das Wort *Megatonnen* gefallen. Der Wahnsinn begann also, und er hieß Krieg. Als die Runde sich aufzulösen begann, hatte Becker sie und die anderen angewiesen, in sein Büro zu gehen und dort auf sie zu warten. Charity hatte das ungute Gefühl, zu ahnen, was dieser Befehl bedeutete.

»Wie ... was meinen Sie, Professor«, sagte sie unwillig.

»Dort oben, im Schiff«, sagte Soerensen. Er starrte sie an. »Als wir das erste Mal im Schiff waren, draußen. Sie ... Sie haben es gespürt. Ich habe Ihr Gesicht beobachtet, als Sie diesen Block angesehen haben.«

»Warum sprechen Sie das Wort nicht aus?« sagte Charity böse. Plötzlich hatte sie Lust, jemandem weh zu tun – warum nicht Soerensen? »Es ist ein Materietransmitter.«

»Unsinn«, widersprach Soerensen ein bißchen zu hastig. »So etwas ist naturwissenschaftlich unmöglich.«

»Nennen Sie es, wie Sie wollen«, fauchte Charity. »Sie haben es genauso deutlich gesehen wie wir.«

»Ich habe ein Bild gesehen«, antwortete Soerensen. Er begriff sichtlich nicht, woher ihre plötzliche Feindschaft kam, aber er wehrte sich immerhin, was ihn Charity wieder ein bißchen sympathischer machte. »Es kann täuschen. Eine Projektion vielleicht, eine bewußte Irreführung ...«

»Der Russen, Professor?« Niles' Stimme troff vor Hohn. »Vielleicht steckt ja auch die IRA dahinter, wer weiß. Und so ganz nebenbei haben Sie ein Kraftfeld erfunden, das unsere gesamte Technik zu Schrott macht.«

»Sie sind ein Ignorant«, fauchte Soerensen. »Wir können über ...«

»Das reicht.« Mike schlug mit der flachen Hand auf den Tisch, und für einen Moment kehrte tatsächlich Ruhe ein. Soerensen senkte betroffen den Blick, und Niles sah demonstrativ weg. Mike blickte Charity an.

»Was hat er damit gemeint, Cherry?«

Charitys Ärger fand ein neues Ziel. Sie haßte es, wenn er sie so nannte, vor allem in der Öffentlichkeit, und das wußte er ganz genau.

»Woher soll ich das wissen«, sagte sie. »Frag ihn doch selbst.«

Mike hätte es wahrscheinlich sogar getan, aber in diesem Moment wurde die Tür aufgerissen, und Commander Becker stürmte herein. Wenn es überhaupt möglich war, dachte Charity, dann hatte sich der Ausdruck auf seinem Gesicht noch weiter verdüstert. Einen Moment lang blieb er unter der Tür stehen und wedelte demonstrativ mit der Hand in der Luft vor seinem Gesicht herum, um die blaugrauen Rauchschwaden zu vertreiben, dann eilte er zum Fenster und schaltete die Klimaanlage höher. Es wurde spürbar kälter im Zimmer, aber der Zigarettenrauch blieb.

»Das ist Wahnsinn«, fuhr Soerensen fort, in einem Ton und mit einem Blick, als hätte er Becker gar nicht bemerkt. »Wir sitzen hier und... und reden über einen Krieg mit außerirdischen Wesen, die...«

»Noch«, fiel ihm Becker scharf ins Wort, »reden wir über gar nichts, Professor. Sie haben völlig recht – wir haben nur ein paar Bilder gesehen, die alles mögliche bedeuten können.«

Charity sah überrascht auf. Becker hatte ihr Gespräch mitgehört. Sie fragte sich, warum.

»Aber es ist wahrscheinlich, daß es zu... Konflikten kommt«, sagte Mike vorsichtig.

Becker sah ihn fast ausdruckslos an. »Wir sind auf DEFCON 2, wenn Sie das meinen«, sagte er nach einer Weile. »Aber das heißt nicht zwangsläufig, daß es zu Kampfhandlungen kommen muß. Das Ganze kann sich als Irrtum herausstellen. Als Überreaktion der einen oder anderen Seite. Als Mißverständnis...« Er hob in einer hilflos aussehenden Bewegung die Hände.

»Das ist Wahnsinn!« beharrte Soerensen. »Das muß ein Alptraum sein. Ein... ein Krieg zwischen zwei Planeten ist völlig unmöglich. Selbst wenn sie hierherkommen könnten, es würde sich gar nicht lohnen.«

»Sie sind doch schon da, Professor«, sagte Becker, fast sanft.

»Aber es ist Irrsinn«, murmelte Soerensen. Charity spürte, daß er dem Zusammenbruch nahe war. »Ein... ein Volk, das weit genug fortgeschritten ist, andere Welten zu besuchen, kann nicht ...«

»Auf Eroberungen aus sein?« Niles schnaubte. »O nein, natürlich nicht. Es muß ethisch viel höherstehend als wir sein, nicht wahr? Ich glaube, so etwas Ähnliches haben die Indianer vor zweihundert Jahren hier auch gedacht. Und wissen Sie was, Professor? Sie hatten unrecht.«

Soerensen fuhr hoch, aber der erwartete Protest blieb aus. Er blickte Niles nur an, sah dann wieder weg und zündete sich eine weitere Zigarette an, obwohl die alte erst halb aufgeraucht im Aschenbecher lag.

»Das alles ergibt überhaupt keinen Sinn«, sagte Landers plötzlich. Mit Ausnahme Terhovens war er bisher der Schweigsamste von ihnen gewesen; tatsächlich hatte Charity fast vergessen, daß er überhaupt da war. Jetzt sah er abwechselnd Becker und Soerensen an.

»Verdammt, wir alle wissen doch, wie es im Inneren dieses sogenannten Sternenschiffes aussieht. Das Ding ist primitiver, als hätten wir es gebaut.«

»Und?« fragte Becker.

»Woher kommt dieser ... dieser Materiesender, oder was immer es ist? Er paßt einfach nicht ins Bild.«

»Da paßt eine ganze Menge nicht ins Bild«, bestätigte Becker. »Aber damit sollen sich die Wissenschaftler auseinandersetzen, nicht wahr? Früher oder später werden wir eine Erklärung finden.«

»Wenn sie uns Zeit dazu lassen.«

Becker sah Charity scharf an. »Sie sind nicht hier, um Pessimismus zu verbreiten, Captain«, sagte er. »Die Lage ist ernst, aber wir werden mit ihr fertig, keine Sorge. Es ist nur ein Schiff, ganz egal, wie groß es auch ist. Und ganz egal, wie viele Riesenkäfer und sonstige Ungeheuer herauskommen, wenn es sein muß, sprengen wir sie in die Luft.«

Ja, dachte Charity, das war ganz genau die Antwort, die sie von Becker erwartet hatte. Und ein wenig hoffte sie sogar, daß er recht hatte, daß sie es *konnte*, wenn sie mußten. Sie war nicht sicher.

»Das klingt, als warteten Sie nur darauf, Becker!« sagte Soerensen aufgebracht.

Becker blieb ruhig. »Nein«, sagte er gelassen. »Wenn Sie es genau wissen wollen, habe ich eine Scheißangst davor. Aber ich bin vorbereitet, wenn es sein muß.«

»Warum sind wir hier, Commander?« fragte Charity, ehe Soerensen erneut loslegen konnte. »Doch sicher nicht, um über einen Angriff auf die Aliens zu beraten, oder?«

Becker lächelte schwach und wurde sofort wieder ernst. »Nein«, sagte er. »Ich wollte Ihnen Ihre Marschbefehle persönlich mitteilen, das ist alles. Die CONQUEROR und ihre beiden Schwesterschiffe werden verlegt. Vorsorglich«, fügte er hinzu.

»Verlegt? Wohin?«

»SS Nulleins«, antwortete Becker.

Charity hatte das halbwegs erwartet, aber sie fragte sich, warum. Und sie stellte diese Frage laut.

»Weil wir nur drei Kampfschiffe haben, Captain«, antwortete Becker unwillig. »Und weil wir gerne auf alle Eventualitäten vorbereitet sind. Sie kennen Plan Omega, oder?« Der Tadel in seiner Stimme war unüberhörbar. Bis auf Soerensen wurden alle plötzlich sehr ruhig. Der Wissenschaftler blinzelte irritiert. »Plan Omega?«

Charity sah Becker fragend an, und der Commander nickte.

»Ein Planspiel für den Ernstfall«, erklärte Charity. »Natürlich nicht für den, der jetzt eingetreten ist, sondern für die ...« – sie betonte die Worte absichtlich spöttisch, was ihr einen weiteren ärgerlichen Blick Beckers eintrug – »... *unwahrscheinliche Vorstellung*, daß es eines Tages zum großen Knall zwischen uns und Demisows Brüdern auf der anderen Seite kommen sollte, Professor. *Survival Station Nulleins* ist der sicherste und tiefste Bunker dieses Landes. Angeblich hält er sogar einen Volltreffer aus, obwohl das noch niemand probiert hat. Plan Omega sieht vor, die Regierung der Vereinigten Staaten in diese Anlage zu evakuieren.«

»Mit einem *Raumschiff?*«

Charity lächelte. »Natürlich nicht. Aber es gibt bombensichere Hangaranlagen dort. Und vielleicht brauchen wir die drei Schiffe hinterher.«

»Und wozu?«

»Na, zum Beispiel, um uns einen neuen Planeten zu suchen, falls unsere gute alte Erde ein bißchen zu mitgenommen sein sollte.«

»Das reicht, Captain«, sagte Becker ärgerlich. Und sein Blick fügte hinzu: *Er muß nicht unbedingt den ganzen Plan erfahren.*

Plan Omega sah noch mehr vor: nämlich im allerschlimmsten Fall der Fälle die Erdregierung mit Hilfe der drei Schiffe auszufliegen, auf eine der Mondbasen oder die Orbitstadt, sollte noch eine existieren. Immerhin, dachte Charity spöttisch, war es möglich, daß die Jungs von dort oben aus ein Fleckchen Erde entdeckten, das noch nicht bombardiert worden war ...

»Und ... was soll ich dabei?« fragte Soerensen verwirrt.

Becker lächelte kalt. »Überleben, Professor. Haben Sie keine Lust dazu?« Er machte eine rasche Handbewegung, als Soerensen widersprechen wollte. »Der Befehl kommt vom Präsidenten persönlich, Soerensen. Und ich habe ihm dazu geraten. Verdammt, Sie gehören zu den fünf besten Köpfen auf der Welt, was unser Problem angeht. Glauben Sie im Ernst, wir werfen Sie den Außerirdischen zum Fraß vor?«

Beckers Wortschatz gefiel Charity nicht besonders, aber sie schwieg dazu und fragte nur einfach: »Wann?«

»So schnell wie möglich. Sie fliegen noch heute zurück und überführen die DESTROYER, anschließend die CONQUEROR. Die ENTERPRISE befindet sich noch im Dock. Aber ich mache ein bißchen Dampf. In ein paar Tagen ist sie flugfähig.«

Wenn es dann noch irgend etwas gab, wohin sie fliegen konnte, dachte Charity. Aber das sprach sie vorsichtshalber nicht laut aus.

12. Dezember 1998

Gegenwart

Doktor Tauber brauchte fast eine halbe Stunde, auch den letzten Rest der klebrigen Substanz aus ihrem Haar und von ihrer Haut zu pflücken, und er ging dabei alles andere als sanft zu Werk. Charity kannte ihn seit Jahren, und sie war bisher immer ganz froh gewesen, daß sich ihre Bekanntschaft auf rein private Dinge beschränkt hatte. Tauber war ein grauhaariger Mann Mitte Vierzig, mit kräftigen Händen, die eher zu einem Hufschmied gepaßt hätten als zu einem Arzt. Er war sicher sehr fähig, aber er gehörte nicht zu den Ärzten, die ihre vornehmste Pflicht darin sahen, ihren Patienten ein Mindestmaß an Unannehmlichkeiten zuzufügen.

Und er machte bei Charity keine Ausnahme, nur weil sie eine Frau war; das Zeug, mit dem er die Fäden von ihr herunterwusch, brannte kaum weniger als die Spinnenseide. Mehr als einmal konnte sie sich einen Schmerzlaut nicht mehr ganz verkneifen, und als er endlich fertig war und ihr mit einem Kopfnicken zu verstehen gab, daß sie jetzt aufstehen und sich wieder anziehen konnte, atmete sie so erleichtert auf, daß sich seine buschigen Augenbrauen mißbilligend zusammenzogen.

»Tut weh, nicht?« sagte er, in einer Art, von der Charity nicht wußte, ob sie spöttisch oder ernst gemeint war.

Sie rang sich zu einem gequälten Lächeln durch, stand vorsichtig von der lederbezogenen Liege auf und bückte sich nach ihren Kleidern, führte die Bewegung aber nicht zu Ende. Die schwarzen Jeans und ihr T-Shirt waren schon vor einer Woche reif für die Mülltonne gewesen.

Tauber wies mit einer Kopfbewegung auf den weißen Wandschirm, der auf der anderen Seite der Liege stand. »Dahinter liegt eine frische Uniform für Sie«, sagte er. »Ich weiß nicht, ob sie paßt, und die Rangabzeichnen sind wohl auch falsch. Aber das«, er lächelte, »spielt ja wohl im Moment keine besondere Rolle mehr.«

Er beobachtete sie scharf, während sie um die Liege herumging, und ging ihr nach.

»Sobald Sie mit Becker gesprochen haben, will ich Sie noch einmal sehen, Captain«, sagte er. »Die Wunde da an Ihrem Bein gefällt mir nicht.«

Charity schürzte die Lippen. »Mir auch nicht«, sagte sie. »Aber sie heilt schon ganz gut.« Tatsächlich hatte sie die Verletzung während der vergangenen drei Tage praktisch gar nicht mehr gespürt. Erst jetzt, als Tauber sie darauf ansprach, fühlte sie wieder ein leichtes Klopfen im rechten Oberschenkel. Aber es war eher lästig als wirklich schmerzhaft. Rasch, ehe Tauber Gelegenheit hatte, sie gründlicher in Augenschein zu nehmen und vielleicht noch mehr zu finden, schlüpfte sie in den einteiligen Kampfanzug und zog den Reißverschluß hoch. Tauber hatte recht gehabt – er war um mindestens drei Nummern zu groß, und die Rangabzeichen waren die eines Fregattenkapitäns der Navy. Mochte der Teufel wissen, wie das Ding hier herunter kam. Sie schloß den Gürtel, schaltete den Bordcomputer ein und drückte die Prüftaste. Das halbe Dutzend kleiner Leuchtdioden begann in beruhigendem Grün zu flackern.

»Das Ding ist in Ordnung«, sagte Tauber, der ihr neugierig zusah. »Und falls es Sie beruhigt, Captain – sein Träger ist nicht darin gestorben, sondern . . .«

»Schon gut«, unterbrach ihn Charity hastig. »Das will ich gar nicht so genau wissen.«

Tauber grinste, zog eine angebrochene Zigarettenpackung aus der Brusttasche seines Kittels und hielt sie ihr hin. Charity schüttelte den Kopf.

»Angst vor Lungenkrebs?« fragte Tauber, während er sich selbst eine Zigarette aus der Packung schnippte und mit einem billigen Einwegfeuerzeug anzündete. »Das brauchen Sie nicht zu haben, meine Liebe. Ich glaube nicht, daß noch irgend jemand von uns lange genug lebt, um eine solche Krankheit zu bekommen.«

»Sollten Sie nicht Optimismus verbreiten, Doc?« fragte Charity.

Tauber zuckte die Achseln und blies eine Rauchwolke in ihre Richtung.

Charity zögerte einen Moment, dann streckte sie die Hand aus, nahm die Zigarettenschachtel aus Taubers Brusttasche und zündete sich doch eine an. Nach dem ersten Zug hustete sie. Eigentlich hatte sie das Rauchen vor drei Jahren aufgegeben. Aber vielleicht war es ein guter Moment, wieder damit anzufangen. »Ist es so schlimm?«

»Schlimmer«, sagte Tauber ruhig. »Ich weiß nicht, was Becker

Ihnen gleich erzählen wird, aber was immer es ist – glauben Sie ihm nicht. Wir haben noch ein paar Wochen. Wenn sie nicht vorher hier herunterkommen und uns umbringen.«

Charity dachte an zweihundert Tonnen schwere Panzertüren, an elektronisch gesteuerte Laserbatterien und Giftgasbarrieren, aber nichts von alledem vermochte Taubers Worten auch nur einen Deut von ihrer beunruhigenden Eindringlichkeit zu nehmen.

»Die Leute sterben«, fuhr Tauber fort, als sie nicht antwortete. »Man sieht es noch nicht, aber sie sterben. Viele sind krank, noch mehr verletzt.« Er schnippte seine Asche auf den Boden und sah einem winzigen Glutpünktchen nach, das sich von der Spitze seiner Zigarette löste und auf halbem Wege erlosch wie ein fallender Miniatur-Meteorit. »Und noch schlimmer ist, Sie wollen nicht mehr. Wir hatten neunzehn Selbstmorde in den letzten beiden Wochen.«

Nichts von alledem überraschte Charity. Nach einem Volltreffer war Bunkerkoller die Gefahr Nummer zwei auf der Liste gewesen, die ihre Ausbilder ihr und den anderen eingehämmert hatten.

»Sie waren draußen«, sagte Tauber plötzlich. »Wie sieht es aus?«

Charity nahm einen tiefen Zug aus ihrer Zigarette und genoß das kurze Schwindelgefühl, das das ungewohnte Nikotin hinter ihrer Stirn auslöste, ehe sie antwortete: »Wollen Sie das wirklich wissen, Doc?«

»Nein«, sagte Tauber. »Aber erzählen Sie trotzdem. Was ist mit New York?«

Sie begriff erst in diesem Moment, worauf Tauber die ganze Zeit über hinausgewollt hatte – er selbst stammte aus New York. Seine Frau, seine Kinder und überhaupt seine ganze Familie lebten dort. Falls sie noch lebten. Sie antwortete nicht.

Tauber lächelte bitter. »Ich verstehe«, sagte er. »Aber Sie können mir ruhig die Wahrheit sagen, Charity. Ich habe den Idiotentest ebenso bestanden wie Sie. Sonst wäre ich nicht hier, wissen Sie?«

»Natürlich«, antwortete Charity. »Aber ich ... ich weiß es nicht. Die Stadt wurde angegriffen, aber das ... das heißt nicht, daß Ihre Familie tot sein muß. Es gab eine Menge Überlebende. Viele sind herausgekommen, ehe es richtig losging.«

»Vielleicht ist es gerade das, wovor ich Angst habe«, murmelte Tauber, so leise, daß sie nicht wußte, ob die Worte nicht für sie bestimmt gewesen waren. Sie reagierte auch nicht darauf, sondern tat das, was sie schon vor fünf Minuten hätte tun sollen – sie drückte ihre Zigarette in den Aschenbecher, richtete sich auf und wandte sich zur Tür.

»Ich muß gehen, Doc. Becker wartet auf mich.«

Tauber starrte an ihr vorbei ins Leere. Er schien ihre Worte gar nicht gehört zu haben. Mit einem Ruck wandte sich Charity vollends um und verließ die kleine Kammer, so schnell sie nur konnte.

Lieutenant Stone und die beiden anderen Soldaten erwarteten sie vor der Tür. Sie hatten die Zeit genutzt, ihre silberglänzenden Schutzanzüge auszuziehen, und wirkten nun wie ganz normale, junge Soldaten; vielleicht sogar ein bißchen zu jung für die Aufgaben, die ihnen zugedacht waren. Einer von ihnen rauchte, der andere sprach mit Stone. Charity konnte die Worte nicht verstehen, ihr Tonfall war sehr ernst.

Der Soldat mit der Zigarette erschrak sichtbar, als er Charity erblickte. Für einen Moment wußte er offensichtlich nicht, wohin mit seinen Händen.

»Bringen Sie mich zu Becker, Lieutenant«, sagte sie, an Stone gewandt.

Sie durchquerten ein zweites Mal die große Halle, in der die Leute aus Brainsville untergebracht waren. Eine fast greifbare Anspannung lag in der Luft.

Dann begriff sie. Vorhin, als sie das erste Mal hiergewesen waren, hatte kaum jemand Notiz von ihnen genommen. Jetzt starrten sie Dutzende von Augenpaaren an, und die allerwenigsten dieser Blicke waren freundlich. Aber auch nicht feindselig, sondern ... ja, was eigentlich? überlegte sie verwirrt. Wenn sie den Ausdruck, den sie in den Gesichtern dieser Menschen las, hätte beschreiben müssen, dann wäre ihr als allererstes das Wort vorwurfsvoll eingefallen. Und vielleicht enttäuscht.

Aber warum? Während sie zwischen Stone und den beiden anderen Soldaten zum Lift ging, überlegte sie angestrengt, was sich verändert hatte, in den wenigen Minuten, die sie bei Tauber gewesen war. War es ihre Kleidung? Vorhin hatten sie nur Stone und seine beiden Begleiter gesehen, die eine fremde und offensichtlich verletzte Frau zum Arzt brachten, eine Frau in Zivilkleidern. Jetzt trug sie Uniform.

Sie erreichten den Lift, ehe sie den Gedanken zu Ende verfolgen konnte, und Stone drückte den Knopf zur 19. Etage, der Kommandoebene. Die Türen glitten lautlos zu, und auch die Fahrt verlief diesmal wie gewohnt – sehr schnell und fast unmerklich, ohne die allerkleinste Erschütterung. Sie überlegte, ob sie Stone fragen sollte, was mit den Leuten unten in der Halle los war, tat es aber dann nicht. Wahrscheinlich war gar nichts mit ihnen los. Sie hatten Angst, das war alles. Und verdammt noch mal, sie hatten allen Grund dazu.

29. November 1998
Vergangenheit

Der Abend, an dem die Invasion *wirklich* begann, unterschied sich kaum von denen davor: Die Welt befand sich seit drei Monaten in einer Art Schockzustand, und daran hatte sich nichts geändert, seit die Nachricht vom Verschwinden der Wissenschaftler und Soldaten aus der Nähe des Sternenschiffes an die Öffentlichkeit gedrungen war. Becker und seine Leute hatten alles versucht, aber natürlich ließ es sich nicht geheimhalten. Und natürlich geschah genau das, was Tausende von berufsmäßigen Schwarzsehern prophezeit hatten: Die Welt stürzte ins Chaos. Aber dies war Charitys ganz persönliche Geschichte, und sie gehörte zu den wenigen – vielleicht Glücklichen –, die sehr wenig von all den entsetzlichen Begleiterscheinungen dieser noch gar nicht stattgefundenen Invasion mitbekamen, ganz einfach, weil sie viel zu tief in der Geschichte drinsteckte, viel zu sehr beschäftigt war, um Zeit zu einem großen Überblick zu finden. Natürlich war sie informiert: An tausend Orten auf der Welt brach Panik aus, es entstanden Sekten, Kriege flammten auf oder erloschen jäh, die Selbstmordrate stieg um etliche tausend Prozent; und selbst wenn das Schiff in diesem Moment abhob und wieder im Weltraum verschwände, wäre der angerichtete Schaden mit einem direkten Angriff durchaus zu vergleichen.

Aber die Fremden würden nicht gehen. Irgendwie wußte Charity es. Sie hatte es gespürt, schon im allerersten Moment, als sie dort oben im Inneren dieses riesigen leeren Schiffes stand und den titanischen Block sah, und Soerensen hatte es gespürt, und alle anderen hatten es in ihren Blicken gelesen. Was immer sie vorhatten, es hatte noch nicht einmal richtig begonnen.

Sie stand auf, schaltete den Fernseher ab, der wieder einmal eine Satellitenaufnahme des Schiffes zeigte – das Bild hatte sich in den letzten zwölf Wochen nicht verändert –, und trat auf den Balkon hinaus. Die Stadt lag still und fast dunkel unter ihr, und es war bereits empfindlich kalt, vor allem hier oben, fünfzehn Stockwerke über der Straße. New York schien ausgestorben zu sein. Nur wenige Autos krochen unter ihr über den Asphalt, die Leuchtreklamen und die Nachtbeleuchtungen der Bürohochhäuser waren abgeschaltet... Die Notstandsgesetze galten noch immer, und erstaunlicherweise wurden sie auch eingehalten. Charity fragte sich, wie lange das Leben in dieser Zehn-Millionen-Stadt noch so weiterlaufen konnte, ehe alles zusammenbrach. Wenn dieser Belagerungszustand, in den sie sich freiwillig begeben hatte, noch lange anhielt, brauchten die Außerirdischen gar nicht mehr zu kommen.

Sie seufzte, leerte ihren Martini – es war der dritte an diesem Abend, und somit der letzte, den sie sich selbst gestattete – und sah auf die Uhr. Es war nach zehn. Mike war vor einer halben Stunde hinuntergegangen, um irgendwo ein paar Hamburger aufzutreiben, aber er war längst überfällig. Sie machte sich Sorgen um ihn. Die Stadt war nicht mehr sicher. Jeder dritte Wagen, der noch auf der Straße war, trug das fleckige Grün der Nationalgarde.

Sie spielte einen Moment lang ganz ernsthaft mit dem Gedanken, ihr Martiniglas am ausgestreckten Arm über die Balkonbrüstung zu halten und dann in die Tiefe fallen zu lassen, und tat es dann doch nicht. Ihr Blick wanderte nach oben, suchte den Sternenhimmel ab. Es war kalt, aber wie viele kalte Novembernächte war auch diese ganz besonders klar. Über ihr flimmerten Tausende von Sternen. Alles sah so friedlich aus. So verdammt friedlich, als herrsche dort oben nichts als die große Leere, als gäbe es dort nichts, was eines Tages hierherkommen und...

Ja, und was? dachte sie. Bereiteten sie wirklich einen Angriff vor? Und wenn ja, warum? So viele Fragen, auf die sie vermutlich niemals eine Antwort finden würden.

Fröstelnd drehte sie sich um und ging in die Wohnung zurück. Sie schloß die Balkontür nicht, obwohl die Novemberkälte dadurch weiter ins Zimmer strömte. Immer öfter in letzter Zeit hatte sie das Gefühl, ersticken zu müssen, wenn sie in einem geschlossenen Raum war.

Sie ging zum Regal, nahm sich ein Buch und versuchte zu lesen, ohne auch nur einen Blick auf den Titel zu werfen. Nach einer Weile merkte sie, daß sie seit fünf Minuten die gleiche Seite anstarrte, und legte es wieder aus der Hand. Verdammt, auch sie war nur ein Mensch, und auch sie hatte ein Recht, Angst zu haben. Vielleicht sogar ein bißchen mehr als der Rest der Menschheit, ganz einfach, weil sie ein bißchen mehr wußte als die allermeisten anderen. So zum Beispiel, daß keiner der Männer, die sie und die Russen in den vergangenen drei Monaten zum Nordpol geschickt hatten, zurückgekommen war. Oder zum Beispiel, daß ein paar von Beckers überschlauen Mitarbeitern in gerade diesem Moment dabei waren, eine Wasserstoffbombe mit einem primitiven Aufschlagzünder zusammenbastelten, die sie im allerschlimmsten Fall aus dem Orbit heraus auf die Sternenscheibe werfen wollten. Charity bezweifelte, daß dieser Plan auch nur die geringste Aussicht auf Erfolg hatte. Was immer diese Außerirdischen waren, die da am Nordpol hockten und einen ganzen Planeten nur durch ihre bloße Anwesenheit in Lähmung versetzten – *dumm* waren sie gewiß nicht.

Sie warf das Buch achtlos in eine Ecke, stand wieder auf und begann ruhelos im Zimmer auf und ab zu gehen. Die Untätigkeit, zu der sie seit zwei Tagen verdammt war, machte sie rasend. Nach drei Monaten Dauerstreß hatte sie sich nach ein paar Tagen Ruhe gesehnt, aber es zeigte sich, daß diese Ruhe keine Erholung, sondern der pure Nervenkrieg war. Sie kam sich vor wie jemand, der auf dem elektrischen Stuhl saß und darauf wartete, daß der Knopf gedrückt wurde. Seit zwölf Wochen. Außerdem hatte sie Hunger. Wo blieb Mike mit diesen verdammten Hamburgern?

Sie mußte sich noch geschlagene zehn Minuten gedulden, bis sie die Aufzugtür hörte und dann Mikes schnelle – beunruhigend schnelle, dachte sie – Schritte. Sie war bei der Tür, eine Sekunde, bevor er den Klingelknopf berührte. Und sie sah sofort, daß etwas passiert war. Er war blaß. Sein Atem ging schnell, als wäre er die fünfzehn Stockwerke hinaufgerannt, statt mit dem Aufzug zu fahren.

»Was ist passiert?« fragte sie.

Mike antwortete nicht auf ihre Frage, sondern drängte sich an ihr vorbei und lief ins Wohnzimmer. Hastig schaltete er den Fernseher ein und gestikulierte ihr, zu ihm zu kommen.

»Verdammt, was ist los?« fragte Charity noch einmal.

»Etwas tut sich beim Sternenschiff«, fiel ihr Mike ins Wort. »Zum Teufel, wieso hast du das Ding nicht angelassen, wie ich es gesagt habe?«

Charity verzichtete auf eine Antwort, zumal in diesem Moment der Fernsehschirm aufleuchtete und das vertraute Bild des Sternenschiffes zeigte, übertragen von einem Satelliten, der in dreihundertfünfzig Meilen Höhe über dem Nordpol geparkt war.

Das hieß – es war nicht ganz das vertraute Bild. Es hatte sich verändert, aber es dauerte einen Moment, bis Charity auffiel, was es war. Dann erschrak sie.

Etwas kam aus dem Schiff heraus; genauer gesagt, fünfhundertundzwölf unbekannte Objekte, denn genau soviel Löcher waren in die Oberseite der riesigen Stahlscheibe gestanzt. Und in jedem dieser Löcher war jetzt eine silberne, kreisrunde Scheibe erschienen. Wenn die Löcher – wie Charity wußte – einen Durchmesser von fünf Metern hatten, mußten diese Flugobjekte etwa drei Meter messen. Ganz langsam stiegen sie höher, Millimeter für Millimeter, wie es durch die verkleinerte Abbildung aussah, in Wirklichkeit aber mit ganz erstaunlicher Geschwindigkeit. Charity konnte weder Düsenflammen noch irgendeine andere Art von Antrieb erkennen. Die Scheiben glitten einfach in die Höhe, als existiere so etwas wie Schwerkraft für sie nicht. *So viel zum Thema primitive Technik,* dachte sie düster.

»Großer Gott, ich glaube, es geht los«, murmelte Mike. »Was ist das?«

Aus dem Fernseher drang jetzt die Stimme eines Kommentators, der überflüssigerweise erklärte, was einige Milliarden Menschen live auf der Mattscheibe miterlebten. Charity hörte gar nicht hin. Wie Mike trat sie näher an den Apparat heran und beugte sich vor, als könnte sie so mehr Einzelheiten erkennen.

Die kleine Flotte silberfarbener Flugscheiben stieg allmählich höher, wobei sie sich sowohl vom Schiff als auch voneinander entfernten, so daß sie eine riesige, allmählich expandierende Halbkugel über der Sternenscheibe bildeten.

»Es geht los«, sagte Mike noch einmal.

Er hatte recht. Es ging unheimlich schnell – und ohne jegliche Warnung: Von einer Sekunde auf die andere wurde aus dem gemächlichen Dahingleiten der kleinen Silbermünzen ein rasender Flug in die Höhe. Die geordnete Formation zerplatzte wie unter einer lautlosen Explosion, als die Scheiben in alle Himmelsrichtungen davonrasten, und dann ...

... erlosch das Bild. Der Fernseher flimmerte nur noch.

Mike stöhnte. »Das wär's«, flüsterte er. »Sie haben den Satelliten heruntergeholt.«

Ohne noch ein weiteres Wort zu verlieren, wandten sie sich um und zogen ihre Uniformen an. Nicht einmal zwei Minuten später verließen sie das Apartment. Bei den Jungs im Pentagon mußte eine gehörige Schraube locker sein, dachte Charity, *diese* Bilder live über die Mattscheiben zu schicken.

Draußen auf den Fluren war schon der Teufel los. Der Korridor war voller Menschen und Lärm. Jemand schrie hysterisch, aber noch war die Panik nicht *wirklich* losgebrochen. Die Leute hatten noch nicht ganz begriffen, was sie gerade gesehen hatten. Und Charity hatte keine besondere Lust, noch in diesem Haus zu sein, wenn sie es begriffen.

Sie berührte Mike am Arm und deutete auf den Treppenschacht. »Komm. Ehe er auch verstopft ist.«

Sie liefen los, aber sie waren nicht die ersten, die auf diesen Gedanken kamen. Ein dicker Mann, der einen gewaltigen Koffer mit sich schleppte und eine kaum weniger dicke Frau hinter sich herzerrte, blockierte die Treppe, und aus der Tiefe des Schachtes drangen jetzt die ersten Schreie herauf.

»Sie kommen!« keuchte der Dicke. »Gott im Himmel, steh uns bei, sie kommen. Sie werden uns alle umbringen.«

Da kannst du sogar recht haben, dachte Charity düster. Trotzdem zwang sie sich zu einem Lächeln, trat einen halben Schritt zurück und wartete, daß der Dicke mit seinem Koffer sich an ihr vorbeischob und die Treppe freigab.

Aber er dachte nicht daran. Statt dessen blieb er stehen und starrte sie und Mike an. »Sie ... Sie sind Soldaten«, sagte er und wies auf ihre Uniformen. »Sie werden sie abschießen, nicht? Sie werden sie doch vertreiben, oder?« Er ließ seinen Koffer fallen und streckte die Hände nach Charity aus.

Mike packte Charity kurzerhand am Arm, drängte den Dicken mit Gewalt zur Seite und zerrte sie hinter sich her. Die Schreie aus dem Treppenschacht wurden lauter. Irgendwo krachte ein Schuß.

Er ließ sie erst los, als sie das Dach erreicht und die Feuertür hinter sich zugeworfen hatten. Charity trat wütend einen Schritt zurück und funkelte ihn an. »War das nötig?« fragte sie scharf. »Verdammt, der arme Kerl hatte nur ...«

»Nur ein bißchen Angst«, unterbrach sie Mike grob. »Nicht wahr? So wie zehn Millionen anderer in dieser Stadt.« Er deutete mit einer wütenden Geste in den Himmel hinauf. »Was hattest du vor? Ihn mitzunehmen? Der Hubschrauber ist leider nicht groß genug, um zehn Millionen Anhalter aufzunehmen.«

Charity starrte ihn an, aber sie bezweifelte, daß Mike ahnte, was in diesem Moment hinter ihrer Stirn vorging. Es ging schon los, dachte sie betäubt. Die Fernsehübertragung war noch nicht einmal fünf Minuten her, aber es ging schon los. Selbst Männer wie Mike begannen sich zu verändern.

Schaudernd wandte sie sich um, trat an die Dachbrüstung und blickte in die Tiefe.

Auf den Straßen waren mehr Autos aufgetaucht, aber noch immer wirkte die Szenerie relativ friedlich. Es würde nicht mehr lange so bleiben. In ein paar Minuten war dort unten die Hölle los. Keiner von diesen Narren, die sich in ihre Autos geschwungen hatten und versuchten, die Stadt zu verlassen, würde auch nur bis zur Brücke kommen.

Sie sah nach oben – wo blieb der Hubschrauber? –, und plötzlich mußte sie sich eingestehen, daß auch sie keinen Deut anders empfand. Auch sie wollte nichts als weg hier. Sicher, es war ihre Pflicht – der Plan war auf die Sekunde genau ausgearbeitet, für den Fall, der jetzt eingetreten war, aber das änderte nichts daran, daß sie eine unendliche Erleichterung bei dem Gedanken empfand, in wenigen Augenblicken in einen Helijet steigen und aus dem Hexenkessel entkommen zu können, in den sich die Stadt verwandeln würde.

Mikes Hand deutete schräg nach oben, und sie folgte der Bewegung. Der kleine Lichtpunkt, auf den Mike gedeutet hatte, wuchs heran und näherte sich rasend schnell. Ein hohes, an- und abschwellendes Heulen mischte sich ins Geräusch des Windes und die Schreie, die aus dem Haus heraufdrangen. Der Helijet. Er kam pünktlich. Beckers militärischer Apparat schien mit der Präzision einer riesigen, sorgfältig gewarteten Maschine anzulaufen. Der Gedanke beruhigte Charity allerdings nicht besonders. Sie hatte das sehr sichere Gefühl, daß bald jemand eine große Menge Sand ins Getriebe von Beckers kleiner Vernichtungsmaschinerie werfen würde.

Sie traten vom Landeplatz zurück, als der Helijet heulend herunterkam. Seine Bewegungen waren nicht ganz präzise – er verzichtete darauf, das Haus einmal zu umkreisen, um sich davon zu überzeugen, daß der Landeplatz auch frei und ein Aufsetzen ungefährlich war, sondern stürzte beinahe vom Himmel. Eine Gestalt erschien in der offenstehenden Tür, und eine Hand winkte ungeduldig. Geduckt rannten Mike und sie auf den Kopter zu und sprangen hinein.

Die Maschine hob ab, kaum daß sie eingestiegen waren.

Es begann zu regnen, während der Jetcopter dem abgesperrten Teil des La-Guardia-Flughafens entgegenstürzte; so schnell und so tief, daß Charity mehr als einmal Angst hatte, sie würden die Dächer der Hochhäuser streifen, über die sie hinwegheulten. Der Helikopter mußte eine Spur aus zertrümmerten Fensterscheiben und geplatzten Trommelfellen hinter sich herziehen.

Der Flug selbst dauerte nur wenige Minuten, aber sie kreisten fast eine Viertelstunde über dem Platz, ehe der Pilot endlich die Erlaubnis zur Landung bekam und aufsetzte, sehr hart und nur wenige Dutzend Schritte vom Abfertigungsgebäude entfernt, das zu einer provisorischen Kommandozentrale umgewandelt worden war.

Als sie den Kopter verließen, begriff sie den Grund für die Wartezeit – das Flugfeld war voller Maschinen – Helikopter, Jets, kleine rotorgetriebene Sportmaschinen und gewaltige Transporter, deren buckelige Leiber sich wie die Rücken riesiger stählerner Wale in die Nacht erhoben. Und es kamen ständig mehr. Offensichtlich hatte jeder Pilot in Reichweite des Flugplatzes den Befehl bekommen, seinen Kurs zu ändern und La Guardia anzufliegen. Ein paar Meilen entfernt zog sich eine schnurgerade doppelte Linie aus weißem Licht über das Flugfeld: der in aller Hast errichtete Stacheldrahtzaun, mit dem die Nationalgarde das Flugfeld in zwei ungleichmäßige Hälften geteilt hatte. Die kleinen Lichter von Autoscheinwerfern krochen durch die Nacht auf diese hellerleuchtete Linie zu, und gerade, als Charity und Mike hinter ihrem Führer das Abfertigungsgebäude betraten, erhob sich ein halbes Dutzend kleiner Hubschrauber vom Flugfeld und glitt im Tiefflug auf den Zaun zu. Männer, klein wie Spielzeugsoldaten, nahmen längs des Zaunes Aufstellung. Voller Verbitterung begriff Charity, daß der Kommandant der Truppe ganz offensichtlich mit Angriffen rechnete – Angriffen der Zivilbevölkerung, nicht der Fremden. Großer Gott, was geschah mit ihnen? Sie vernichteten sich gegenseitig, noch bevor die Fremden überhaupt angegriffen hatten!

Das Abfertigungsgebäude war völlig überfüllt. Die riesige Eingangshalle schien vor grünen und blauen Uniformen überzuquellen. Hunderte von Stimmen schrien Hunderte von Befehlen, und ein ganzes Dutzend Lautsprecher versuchte sich gegenseitig zu übertönen. Von der riesigen Multivisionswand unter der Decke herab verkündete ein Nachrichtensprecher mit ernstem Gesicht schlechte Neuigkeiten, die im chaotischen Lärm der Stimme untergingen.

Irgendwie brachte ihr Führer das Kunststück fertig, sie und Mike einigermaßen unbeschadet durch dieses Chaos zu schleusen. Sie erreichten einen Aufzug, vor dessen geschlossenen Türen zwei Männer der Nationalgarde Wache hielten, mit grimmigen Gesichtern und mit drohend vor die Brust gehaltenen Maschinenpistolen.

Die Männer traten beiseite, als ihr Führer einen Ausweis zückte und gebieterisch in die Höhe hielt. Einen Augenblick später glitten die Lifttüren wie von Geisterhand bewegt auseinander, und sie betraten die Kabine, die sie rasch und ohne anzuhalten in die Höhe transportierte.

Ihr Ziel war die Glaskuppel des Towers. Auch hier oben herrschte mehr Gedränge als gewohnt, aber es war zumindest nicht so überfüllt, daß man keinen Schritt tun konnte, ohne irgend jemandem auf die Zehen zu steigen oder den Ellenbogen in die Nieren zu rammen. An den grünleuchtenden Radarschirmen und Computerpulten saßen jetzt Soldaten, und der Mann, der mit hinter dem Rücken verschränkten Händen vor der Panoramascheibe stand und auf die Rollbahn hinunterblickte, trug die Uniform eines Brigadegenerals. Aber davon abgesehen, dachte Charity, war der Anblick geradezu absurd normal. Sie spürte nicht einmal etwas von dem Schrecken, der unten in der Halle allgegenwärtig gewesen war. Alle Gespräche, die sie hörte, wurden sehr leise geführt.

Der Mann vor dem Fenster drehte sich herum, als sie ihm bis auf drei Schritte nahe gekommen waren. Charity kannte sein Gesicht nicht, aber sein Blick sagte ihr, daß er *sie* kannte – natürlich.

Sie wollte salutieren, der General jedoch winkte ab. »Lassen Sie diesen Unsinn, Captain Laird«, sagte er. »Ich bin General Hardwell. Willkommen bei uns.« Seine Stimme klang kalt und nicht besonders sympathisch, aber er lächelte. Irgendwo draußen über dem Flughafen begann eine Sirene zu schrillen, dann gesellte sich eine zweite dazu, eine dritte. Charity sah ganz automatisch nach Westen, zur Stadt. Die Lichter New Yorks erhellten noch immer die Nacht. Der Anblick unterschied sich nicht im mindesten von dem, den die Skyline dieser Stadt seit einem halben Jahrhundert bot. Mit ein bißchen Phantasie, dachte sie, konnte man sich einbilden, daß gar nichts passiert wäre.

»Irgendwelche Neuigkeiten?« fragte Mike neben ihr.

Der General schüttelte andeutungsweise den Kopf. »Nein. Wir wissen hier nicht mehr als Sie. Sie haben die Übertragung gesehen?«

»Ja«, sagte Charity finster. »Welcher Idiot ist auf die Idee gekommen, die Bilder live auszustrahlen? Verdammt, eine Zeitverzögerung von zehn Sekunden hätte gereicht, um diese Panik zu . . .«

Sie sprach nicht weiter, als sie begriff, daß der Mann, dem sie diese Vorhaltungen machte, ungefähr so viel dafür konnte wie sie selbst. Sie lächelte verzeihungsheischend. »Tut mir leid.«

Hardwell winkte ab. »Schon gut. Wir sind alle ein bißchen nervös, nicht wahr?« Er lächelte ebenfalls, starrte einen Moment lang an ihr vorbei ins Leere und wurde übergangslos sehr ernst.

»Sie waren doch auf diesem Schiff«, sagte er. »Glauben Sie, daß es . . . Bomben sind?«

Bomben? Charity starrte ihn an. Es dauerte fast zehn Sekunden, bis sie überhaupt begriff, was er meinte.

Es war wie ein zweiter, nachträglicher Schock. Bei allem, was sie in den vergangenen zwanzig Minuten gedacht und gefühlt haben mochte – der Gedanke, daß es sich bei den Objekten, die das Sternenschiff ausgespien hatte, um *Bomben* handeln konnte, war ihr nicht einmal gekommen. Dabei war es so naheliegend! Hastig schüttelte sie den Kopf.

»Kaum«, sagte sie. »Es ergäbe ziemlich wenig Sinn, finden Sie nicht?« Aber was, dachte sie, was um alles in der Welt, was dieses verdammte Schiff und seine Absender in den letzten Monaten getan hatten, ergab überhaupt einen Sinn? Trotzdem fügte sie hinzu: »Ich kann es mir nicht vorstellen. Wenn sie uns bombardieren wollten, hätten sie es verdammt viel einfacher anstellen können, nicht wahr?«

Die Erklärung klang selbst in ihren eigenen Ohren ziemlich dünn, aber Hardwell gab sich offensichtlich damit zufrieden – zum einen, dachte sie, weil es ganz genau das war, was er hören *wollte*, und zum anderen, weil *sie* es war, die es gesagt hatte. Ihre Worte hatten Gewicht, weil sie zu den wenigen Menschen gehörte, die jemals an Bord dieses Schiffes gewesen waren.

»Haben Sie den Flughafen deshalb in eine Festung verwandelt?« fragte Mike.

Hardwell wich seinem Blick aus. »Wir bereiten alles für eine Evakuierung vor«, sagte er nach einer Weile, ohne direkt auf Mikes Frage zu antworten. »Obwohl ich nicht weiß, wie lange wir sie aufhalten können.«

»Sie?«

Hardwell deutete mit einer zornigen Kopfbewegung auf die Lichtglocke New Yorks. »Die zehn Millionen Männer und Frauen dort drüben, die aus der Stadt heraus wollen«, antwortete er. »Verdammt, sind Sie so naiv, oder tun Sie nur so, Lieutenant?«

Mike tat das einzig Vernünftige – er ignorierte Hardwells gereizten Ton und kam ohne weitere Umschweife auf den eigentlichen Grund ihres Kommens zu sprechen. »Die Maschine ist startklar?«

Hardwell nickte und schüttelte gleich darauf den Kopf. »Die Maschine schon«, sagte er. »Aber die Mannschaft noch nicht. Ich habe Befehl, Sie hierzubehalten, bis Ihre Crew komplett ist. Sie werden in drei Eagles zur Jefferson-Air-Base geflogen.«

»Wer fehlt noch?« fragte Mike.

»Alle«, antwortete Hardwell gereizt. »Sie und Captain Laird waren die ersten. Lieutenant Niles wird in ein paar Augenblicken mit einem Kopter eintreffen. Er ist schon auf dem Weg hierher. Die anderen . . . Es kann eine Stunde dauern.«

Jemand berührte ihn an der Schulter und hielt ihm einen kleinen Zettel hin. Hardwell warf einen flüchtigen Blick darauf, runzelte die Stirn und steckte ihn in die Rocktasche. Er gab sich Mühe, sich nichts von seinen wahren Gefühlen anmerken zu lassen, aber er sah eindeutig betroffen aus.

»Schlechte Neuigkeiten?« fragte Charity.

Hardwell zögerte. Dann nickte er. »Ja. Aber keine, die Sie betreffen. Ich . . .« Er wurde wieder unterbrochen, von einem anderen Adjutanten, der sich aber diesmal nicht an ihn, sondern an Charity wandte.

»Captain Laird?«

Charity nickte.

»Ein dringender Anruf für Sie. Drüben, im Büro des Operators.« Der Mann deutete auf eine schmale, offenstehende Tür am gegenüberliegenden Ende des Raumes. Das Zimmer dahinter lag im blauen Halbdunkel eines eingeschalteten Videoschirmes.

Mike und sie folgten dem jungen Soldaten, während Hardwell diskret zurückblieb und sie so wenigstens der Peinlichkeit enthob, ihm die Tür vor der Nase zuwerfen zu müssen. Der Raum war sehr klein; sein Inneres bestand praktisch nur aus einer gewaltigen, rundum laufenden Computerkonsole, auf der gleich Dutzende von Monitoren prangten. Im Moment war allerdings nur ein einziger davon eingeschaltet. Ein junger Mann saß davor, der sich hastig erhob und den Raum verließ, als er Charity erkannte. Sie wartete, bis Mike die Tür hinter ihm geschlossen hatte, ließ sich in den noch warmen Sitz fallen und tippte ihren Erkennungscode in das winzige Zahlenfeld unter dem Bildschirm. Der Schriftzug: TOP SECRET – AUTHORIZED PERSONS ONLY verschwand und machte dem Gesicht Commander Beckers Platz, dreidimensional und in Farbe und so besorgt, wie sie ihn noch nie zuvor gesehen hatte.

»Commander?«

»Captain Laird – Gott sei Dank, Sie sind schon da. Dieser Idiot, mit dem ich gerade gesprochen habe, konnte mir nicht einmal sagen, ob . . .« Er brach abrupt ab, machte eine ärgerliche Geste und atmete tief ein. »Wo sind die anderen?«

»Mike . . . Lieutenant Wollthorpe«, verbesserte sie sich hastig, »ist bei mir. Lieutenant Niles wird in wenigen Minuten eintreffen. Die anderen . . . Hardwell sagt, es kann eine Stunde dauern.«

»Verdammt.« Becker zog eine Grimasse. »Kriegen Sie die Kiste zu dritt hoch?«

»Die ENTERPRISE?« Charity schüttelte entschieden den Kopf.

»Unmöglich«, sagte sie, in einem Ton, von dem Becker hoffentlich begriff, daß er endgültig war. »Wir können sie vielleicht zu dritt starten, aber ganz bestimmt nicht landen. Nicht in Ihrem Rattenloch.«

»Eine Stunde.« Becker ignorierte das Wort, mit dem Charity die Bunkeranlage bezeichnet hatte. »Und noch mindestens zwei, bis sie in Jefferson sind. Verdammt, so viel Zeit haben wir nicht mehr!«

»Wir brauchen sie aber«, antwortete Charity ruhig. »Die ENTERPRISE ist ein Space-Shuttle, Commander, keine Cessna. Es war riskant genug, die beiden anderen Schiffe zu Ihnen zu bringen. Wenn ich mit einer halben Mannschaft versuche, das Schiff in Ihren Hangar zu steuern, werde ich Ihnen ein hübsches Loch in Ihren Berg sprengen – möchten Sie das?«

Becker musterte sie finster und schwieg.

»Was ist passiert?« fragte Mike, der sich neugierig über ihre Schulter gebeugt hatte. »Diese Flugscheiben...«

»Bomben«, sagte Becker. »Es sind verdammte Wasserstoffbomben, Lieutenant.«

Charitys Herz setzte für eine Sekunde aus.

»Was... haben Sie... gesagt?« stammelte sie.

Becker starrte auf einen Punkt irgendwo neben der Kamera. Sein Gesicht war wie Stein, aber in seinen Augen loderte etwas, das Charitys Furcht noch vertiefte. »Zwei unserer Eagles haben versucht, eines dieser Dinger abzuschießen«, sagte er. »Sie haben es geschafft, Captain. Das Ergebnis war eine Atomexplosion, Gott sei Dank weit draußen über dem Meer. Wir wissen noch nichts Genaues, aber unsere Jungs hier schätzen sie auf mindestens fünfzig Megatonnen.« Sein Blick kehrte wieder zur Kamera zurück. Das Funkeln darin war nicht erloschen. »Verstehen Sie jetzt, warum wir keine Zeit mehr haben?«

»Bomben?« murmelte Charity. »Aber es sind... über fünfhundert!«

»Fünfhundertzwölf«, sagte Becker. »Oder fünfhundertelf, um genau zu sein.«

»Aber das ergibt doch keinen Sinn!« flüsterte Mike. Sein Gesicht war grau. Seine Stimme schwankte und hörte sich an wie die eines alten, uralten Mannes. »Warum sollten sie...«

»Das weiß ich nicht«, unterbrach ihn Becker. »Verdammt noch

mal, niemand weiß, warum sie irgend etwas tun. Tatsache ist, daß diese Dinger im Augenblick dabei sind, sich über die gesamte Erde zu verteilen, und zwar in einer Höhe, in der unsere Jets nicht mehr an sie herankommen.«

»Und die Abwehrraketen?« Mike kreischte jetzt wirklich. »Die SDI-Satelliten und Laserka...«

»Was schlagen Sie vor, Lieutenant?« unterbrach ihn Becker. »Daß wir sie einzeln abschießen?«

Mike antwortete nicht mehr, und auch Charity schwieg für endlose, lange Sekunden, in denen sie Beckers Videobild anstarrte, ohne ihn wirklich zu sehen. Ein Gefühl entsetzlicher Hilflosigkeit machte sich in ihr breit. Plötzlich begriff sie, daß sie machtlos waren, daß ihnen ihr ganzer, ungeheuerlicher Militärapparat rein gar nichts mehr nutzte, nicht gegen *diese* Bedrohung. Selbst wenn sie es geschafft hätten – selbst wenn Becker und seine Männer ein Wunder vollbrachten und sie es irgendwie schafften, diese bösartigen Sternentaler zu eliminieren, bevor sie sich auf die fünfhundert größten Städte der Erde stürzten – Charitys Phantasie weigerte sich einfach, sich vorzustellen, was geschah, wenn *fünfhundert* Wasserstoffbomben gleichzeitig in der Atmosphäre dieses Planeten explodierten.

»Was ... tun sie im Moment?« fragte sie. Sie war fast erstaunt, ihre eigene Stimme zu hören.

Becker blickte auf irgend etwas außerhalb des Aufnahmewinkels der Kamera, ehe er antwortete. »Sie steigen«, sagte er. »Anscheinend bilden sie eine Art Schild über der ganzen Erde. Wie es aussieht, in fünfzig bis siebzig Meilen Höhe. Wenn sie ihre Geschwindigkeit beibehalten, haben wir noch anderthalb Stunden. Und danach bekommen wir vermutlich die große Rechnung präsentiert.«

Es war völlig verrückt – aber für Sekunden wünschte sich Charity nichts mehr, als daß Becker recht hatte, daß in anderthalb Stunden irgendeine schreckliche Insektenfratze auf allen Bildschirmen der Welt erscheinen und die Erde für besetzt erklären würde oder irgendwelche Forderungen stellte, ganz egal, wie absurd sie waren, denn die Alternative war einfach zu schrecklich, um den Gedanken auch nur zu *denken*.

»Hören Sie, Laird«, sagte Becker plötzlich. »Wir haben noch

fünfundneunzig Minuten, vielleicht mehr. Sie warten, bis Ihre Mannschaft komplett ist, und dann kommen Sie hierher.«

»Und das Schiff?«

»Vergessen Sie die ENTERPRISE«, sagte Becker. »Wir haben zwei Schiffe hier in der Basis, aber sie nutzen uns verdammt wenig, wenn niemand da ist, der sie fliegen kann.«

Er schaltete ab, ehe Charity eine weitere Frage stellen konnte. Aber es dauerte noch sehr lange, bis sie sich aus dem Sessel erhob und wieder in den Tower hinausging.

Sie war – unabhängig von allen Verschlüsselungen und Codes – sehr sicher, daß Hardwell nicht mitgehört hatte, aber vermutlich waren Mike und sie nicht halb so gute Schauspieler, wie sie bis zu diesem Moment geglaubt hatten, denn der General sah sie nur stumm an, und als er sich umwandte und wieder auf seinen einsamen Beobachtungsposten vor der Panoramascheibe zurückkehrte, da hatte sie das Gefühl, einen gebrochenen Mann vor Augen zu haben.

Sie selbst fühlte nichts. In ihr war nur Leere. Sie hatte sich oft gefragt, was sie wohl empfinden würde, wenn das Ende der Welt irgendwann einmal gekommen war; entweder das *wirkliche* Ende der Welt, so wie jetzt, oder das Ende ihres privaten kleinen Kosmos, der Tod, der im Endeffekt für sie das gleiche bedeutete.

Ein absurder Gedanke nistete sich hinter ihrer Stirn ein, und er ließ sich auch nicht vertreiben, so sehr sie es versuchte: Wenigstens würde es schnell gehen. Wenn die Aliens ihre Bomben wirklich warfen, war New York zweifellos eines der Ziele – und sie waren der City nahe genug, um bei einer Explosion *dieser* Stärke kaum mehr mitzubekommen als einen raschen, sehr hellen Blitz, und vielleicht nicht einmal das.

Plötzlich kam ihr ihrer aller Situation geradezu aberwitzig vor. Rings um sie herum lief das Leben – fast – normal weiter. Der Tower war erfüllt vom Piepen und Summen der Computer und den gedämpften Stimmen der Männer, die sie bedienten, draußen auf dem Flugfeld starteten und landeten ununterbrochen Maschinen, sie sah einen jungen Mann an sich vorbeihasten und im Vorübergehen lächeln und erwiderte es ganz automatisch. Sie stand dicht neben Mike, aber sie hatte nicht einmal das Bedürfnis, seine Hand zu ergreifen oder ihn zu küssen – keine großen Gesten. Nichts. Sie warteten, das war alles.

Hardwell deutete auf einen kleinen Lichtpunkt, der sich dem Flughafen von Osten her näherte. »Die Maschine mit Ihrem Kollegen«, sagte er.

Charity nickte, aber sie konnte nicht antworten. Für Momente war sie von einer bleiernen Schwere befallen. Das Gefühl fiel erst von ihr ab, als sich zehn Minuten später die Aufzugtür hinter ihnen öffnete und Niles in den Kommandoraum stürmte. Anders als Mike und sie trug er keine Uniform, sondern ein großkariertes blaues Holzfällerhemd und dazu vollkommen unpassende Bermuda-Shorts. Er sah reichlich albern aus, aber niemand lachte.

Niles begrüßte sie knapp und wandte sich mit einem fragenden Blick an Mike. »Was ist passiert?«

»Erklär es ihm«, sagte Charity leise. »Aber nicht hier.« Sie deutete auf den Operator-Raum und sah zu, wie Mike mit Niles in dem winzigen Verschlag verschwand und die Tür hinter sich zuzog. Sehr schmerzlich wurde ihr bewußt, daß sie nicht die einzige war, die den beiden nachblickte, und daß wahrlich nicht viel Phantasie dazu gehörte, zu erraten, was die beiden Space-Force-Männer so Geheimnisvolles zu besprechen hatten. Wie lange würden sie es noch geheimhalten können, und vor allem – wie lange würde sie es *wollen?* Verdammt, all diese Männer hier hatten ein Recht, zu erfahren, daß sie nur noch neunzig Minuten zu leben hatten.

Die Zeit verstrich träge. Mike und Niles blieben fast zehn Minuten fort, und Charity konnte regelrecht spüren, wie die Nervosität im Tower stieg. Eine unangenehme Anspannung begann sich in dem großen, rundum verglasten Raum breitzumachen, die sie wie die Berührung eines elektrischen Feldes auf der Haut fühlte.

Niles' Gesicht war starr, als er zurückkam, aber er schien dasselbe zu empfinden wie sie – auch in seinem Blick war keine wirkliche Angst, sondern nur eine sonderbare Mischung aus Betroffenheit und Leere. Sie erinnerte sich, daß er als einziger von ihnen verheiratet war und ein Kind hatte. Seine Familie lebte in New York.

Sie sah auf die Uhr. Zwanzig der neunzig Minuten, von denen Becker gesprochen hatte, waren vorbei. Und sie sehnte sich fast danach, daß auch der Rest verstrich. Schlimmer als alles, was passieren konnte, war das Warten.

»Wieviel Zeit haben wir noch?« fragte eine Stimme hinter ihr.

Charity sah auf und erkannte Hardwells Gesicht als verzerrte Spiegelung in der Scheibe vor sich. Sie lächelte müde.

»Ich bin kein besonders guter Schauspieler, wie?« sagte sie. Erst danach drehte sie sich um und sah Hardwell direkt an, statt mit seinem Spiegelbild zu sprechen.

»Wer ist das schon, in einer Situation wie dieser?« erwiderte Hardwell. »Wie lange?«

Charity zögerte. »Siebzig Minuten«, sagte sie dann. Verdammt, warum nicht? Er wußte es ohnehin. Jeder hier wußte es. »Mindestens«, fügte sie hinzu.

»Siebzig Minuten«, wiederholte Hardwell. Er versuchte zu lächeln, aber es gelang ihm nicht. Schließlich deutete er mit der Hand nach unten, auf das Flugfeld. »Zeit genug. Wenn... wenn Sie wollen, lasse ich Sie rausfliegen, Captain«, sagte er stockend.

Charity schwieg sehr lange. Hardwells Reaktion verwirrte sie. Er tat ihr sehr leid. »Das werden wir sowieso, General«, sagte sie schließlich. »Unsere Befehle lauten, von hier zu verschwinden, sobald die Crew komplett ist. Ich weiß allerdings nicht«, fügte sie hinzu, »ob es noch irgend etwas gibt, wohin es sich zu fliegen lohnt.« Ein paar bleiche Gesichter in ihrer Nähe blickten auf, und Charity begriff plötzlich, daß sie laut genug gesprochen hatte, um die Männer jedes Wort verstehen zu lassen. Aber die Reaktion, auf die sie wartete, kam nicht. Die Männer starrten sie nur an.

Plötzlich hatte sie einen geradezu irrwitzigen Einfall. »Wir haben noch Platz, General. Auf einen Passagier mehr oder weniger kommt es nicht an.«

Mike fuhr sichtlich erschrocken zusammen, und auch Niles blickte sie an, als zweifele er an ihrem Verstand. Hardwell lächelte nur.

Er schüttelte den Kopf. »Nein«, sagte er. »Ich bleibe hier. Sie haben recht, Captain – wenn es... wirklich passiert, dann gibt es nichts mehr, wohin es sich zu fliehen lohnt. Außerdem glaube ich nicht...«

Charity erfuhr nie, was General Hardwell nicht glaubte. Ebensowenig, wie irgend jemand je erfuhr, wieso sich Beckers Computer so drastisch verrechnet hatten.

Aber sie hatten es. Die siebzig Minuten, die sie angeblich noch hatten, schrumpften jäh zu einer halben Sekunde zusammen, der Zeit, die die fünfhundertelf galaktischen Bomben reglos verharrten, nachdem sie ihre Position fünfundsiebzig Meilen über der Erdoberfläche eingenommen hatten. Sie bildeten jetzt ein regelmäßiges Muster, mit einer einzigen Ausnahme mathematisch perfekt über den gesamten Globus verteilt.

Aber dieses geometrische Netz aus fünfhundertundelf drei Meter durchmessenden, fliegenden Bomben existierte in dieser Form nur eine halbe Sekunde lang.

Dann explodierte es.

12. Dezember 1998

Gegenwart

Zum zweiten Mal innerhalb kurzer Zeit war es wie ein Schritt in eine andere Welt, als sich die Lifttüren vor ihr und Stone öffneten. Nur daß es diesmal eine Welt war, die ihr nicht behagte und ihr niemals behagt hatte; die summende, leise hektische Welt einer militärischen Kampfstation, die sich in höchster Alarmbereitschaft befand. Und das, obwohl es ja eigentlich ihre Welt war. Aber es gab einen Unterschied – sie hatte niemals zu den Knopfdrückern und Computer-Strategen gehört, und sie hatte auch niemals einen besonderen Hehl daraus gemacht, daß sie sie im Grunde verachtete, obgleich sie natürlich wußte, daß sie nötig waren.

Charity war zu einer Zeit in die Space Force eingetreten, in der die Möglichkeit eines Krieges längst in die Größenordnung hypothetischer Hochrechnungen geraten war; mit einer Wahrscheinlichkeit sehr weit rechts hinter dem Komma. Und sie hatte es auch nicht getan, weil sie Spaß an Kriegsspielen hatte, sondern weil eine militärische Laufbahn ihr so etwas wie einen Hauch von Abenteuer versprochen hatte, auch wenn dieses Abenteuer zu neunundneunzig Prozent aus Drill und Disziplin und nicht zuletzt Langeweile bestand. Trotzdem entschädigte sie der kleine verbliebene Rest für vieles andere. Charity war – ihrer eigenen Meinung nach – um mehrere hundert Jahre zu spät geboren worden. Sie ertrug es nicht, in einer Welt zu leben, in der das aufregendste Erlebnis eine Fahrt mit achtzig Meilen in der Stunde über den Highway war, und sie hatte sich niemals für Senso-Spiele oder andere elektronische Ersatzbefriedigungen begeistern können. Deshalb trug sie seit elf Jahren die schwarzgrüne Uniform der US-Space Force, und wahrscheinlich lebte sie auch deshalb noch. Ohne ihre Spezialausbildung hätte sie den Weg hierher niemals geschafft. Wahrscheinlich wäre sie nicht einmal aus New York herausgekommen.

Charity wartete, bis Stone in den Lift getreten war und die Türen sich geschlossen hatten, dann trat sie mit einem Schritt über die erste der beiden feuerroten Linien, die einen weitgeschwungenen, doppelten Halbkreis vor dem Aufzug bildeten, schloß für einen

Moment die Augen und betete, daß die Class-A-Codierung in ihrer Hundemarke den Weg von New York hierher ebenso unbeschadet überstanden hatte wie sie. Aber allein die Tatsache, daß sie diesen Gedanken überhaupt denken konnte, bewies schon, daß es so war – wäre sie mit einer beschädigten oder falsch klassifizierten ID-Marke über die erste dieser beiden harmlosen Linien getreten, hätte sie jetzt schon herausgefunden, wie sich ein Hähnchen in einem Mikrowellenherd fühlte.

Trotzdem wartete sie die vorgeschriebenen zehn Sekunden, bis das rote Licht vor ihr auf Grün wechselte, ehe sie es wieder wagte, zu atmen und schließlich weiterzugehen. Die beiden Wachsoldaten, die mit lässig geschulterten Maschinenpistolen jenseits der zweiten roten Linie standen, nickten ihr freundlich zu. Einer stieß einen leisen Pfiff aus, als Charity an ihm vorüberging, und grinste. Charity erwiderte sein Lächeln, öffnete die durchsichtige Kunststofftür am anderen Ende des Raumes und trat ins Allerheiligste der Station.

Es war das sechste Mal, daß sie hier war, und das sechste Mal, daß der Anblick sie tief genug beeindruckte, um sie einen Moment verharren zu lassen.

Die Tür führte auf eine schmale, um den ganzen gewaltigen Raum herumlaufende Empore hinaus. Unter ihr lag ein riesiger Saal, kreisrund und in der Mitte leicht ansteigend, so daß der Sessel des Kommandanten samt seiner halbrunden Computerkonsole den Raum um Mannshöhe überragte. Zahllose Computertische, auf denen Hunderte von kleinen und großen Monitoraugen flimmerten, bildeten ein scheinbares Durcheinander, in dem nur das Auge eines Kundigen eine komplizierte, sehr klug durchdachte Ordnung ausmachen konnte. Fast die gesamte gegenüberliegende Wand wurde von einem gigantischen Bildschirm eingenommen, der im Moment die farbige Holografie einer überdimensionalen Weltkarte zeigte. Zwischen all diesen Computern und Schalttafeln und Monitoren wirkte das halbe Hundert blauuniformierter Stabssoldaten beinahe verloren. Die ganze Anlage war im Grunde nichts anderes als ein übergroßer Computer, und die Menschen dort unten – vielleicht mit Ausnahme Beckers und einer Handvoll Offiziere – bloße Handlanger, die taten, was die Computer von ihnen verlangten. Sie hätte ebensogut in Houston oder auf der Wall Street stehen können.

Der einzige – allerdings entscheidende – Unterschied, der zu gleichartigen Computern auf der Welt bestand, war vielleicht der, daß dieser hier noch funktionierte.

Diese Halle, eine halbe Meile unter dem Granit der Rocky Mountains und so geheim, daß selbst die meisten von denen, die hier arbeiteten, nicht genau wußten, wo sie wirklich lag, war so etwas wie das Herz der Welt. Eines von zwei Herzen wahrscheinlich. Eine ähnliche Anlage mußte es auch in der UdSSR geben. Aber das änderte nichts daran, daß die Fäden der Macht hier zusammenliefen. Von diesen harmlosen Computerpulten fünf Meter unter ihr aus konnten sämtliche Waffensysteme der Army befehligt, gestartet und gelenkt werden. Das Gehirn des Dritten Weltkrieges, gebaut, um niemals benutzt zu werden.

Sie entdeckte Becker an einem der Pulte unter sich; eine schmale, grauhaarige Gestalt, die sich nach vorne gebeugt hatte und erregt mit einem jungen Offizier diskutierte. Charity löste sich von ihrem Platz, stieg in den Saal hinab und steuerte im Slalom auf den General zu. Das Raunen zahlloser Stimmen und das elektronische Wispern einer ganzen Computerarmee hüllten sie ein, und der riesige Videoschirm überschüttete die Szene mit düsterem, rotem Licht. Fast gegen ihren Willen sah Charity auf. Die Karte, die der Schirm zeigte, war ein genaues Gegenstück derer, die sie vor einer Woche in New York gesehen hatte, und wie auf dieser zeigten auch hier die rotleuchtenden Flecken die Gebiete an, die besetzt und aufgegeben waren. Sie erschrak, als sie sah, wie sehr sie sich ausgebreitet hatten.

Sie schüttelte den Gedanken ab, ging weiter und erreichte Becker genau in dem Moment, in dem er sich von dem jungen Offizier abwandte. Sie blieb stehen, salutierte lässig und registrierte amüsiert, wie sich Beckers Brauen irritiert zusammenzogen, als er ihre Aufmachung bemerkte. Aber zu ihrer Überraschung verbiß er sich jede Bemerkung über die unvorschriftsmäßige Uniform, sondern machte eine Bewegung, die man mit viel gutem Willen als Erwiderung ihres Grußes auffassen konnte, und gebot ihr dann mit einer Geste, mit ihm zu kommen.

Er schwieg auch weiter, während sie den Saal durchquerten und auf der anderen Seite wieder auf die Empore hinaufstiegen. Durch eine schmale Plexiglastür führte er sie in ein winziges Büro, in dem es nichts weiter als einen vollkommen leeren Schreibtisch und zwei unbequeme Stühle gab. Wie die Tür war die gesamte Wand, in die sie eingelassen war, von dieser Seite aus durchsichtig, so daß man einen ungehinderten Blick auf den Kommandoraum hatte.

Becker deutete mit einer knappen Geste auf einen der Stühle, nahm selbst Platz und sah sie fragend an. »Ich habe nicht mehr mit Ihnen gerechnet, Captain Laird«, sagte er.

Charity sah demonstrativ auf die Armbanduhr. »Ich dachte, ich wäre pünktlich«, sagte sie. »Ein paar Minuten . . .«

Becker machte eine ärgerliche Handbewegung. »Ich habe nicht gesagt, daß Sie zu spät sind, Captain«, sagte er. »Ich bin überrascht, daß Sie es überhaupt geschafft haben. Sie sind der . . .« Er lächelte gezwungen und verbesserte sich: ». . . die erste, die seit vier Tagen zu uns durchkommt. Die Burschen schießen sich allmählich auf uns ein.«

»Das habe ich gemerkt«, antwortete Charity. »Ohne Lieutenant Stone und seine beiden Kameraden . . .«

Becker unterbrach sie abermals mit einer befehlenden Geste, aber Charitys Ärger darüber hielt sich in Grenzen. Man mußte kein besonders guter Menschenkenner sein, um zu erkennen, daß Becker physisch und psychisch am Ende war.

»Ich habe Ihre Ankunft über Monitor verfolgt«, sagte er. »Aber ich habe Sie nicht hergebeten, um mit Ihnen über Ihre wundersame Rettung zu sprechen, Captain. Sie kommen aus New York?«

Es war keine Frage, aber Charity nickte trotzdem.

»Auf direktem Weg?«

»So direkt, wie es ging«, antwortete Charity. »Die PAN-AM-Flüge waren alle ausgebucht, wissen Sie, und . . .«

»Verdammt, hören Sie mit dem Blödsinn auf, Captain!« fauchte Becker. »Ich kann mir vorstellen, daß es nicht leicht war, hierher zu kommen. Aber genau deshalb reden wir ja miteinander. Sie waren draußen. Mit Ausnahme der Flüchtlinge aus Brainsville sind Sie der erste Mensch, der seit fast zwei Wochen hierherkommt. Und Sie haben fast das halbe Land durchquert. Wie sieht es aus?«

»Dort draußen?« Charity deutete mit einer Kopfbewegung auf die überdimensionale Weltkarte, die in blutigem Rot von der gegenüberliegenden Wand heruntergrinste.

»Es ist die Hölle«, sagte sie nach einer Weile. »Sie sind überall, General. Und sie vernichten einfach alles, was sich ihnen in den Weg stellt. Und alles, was vor ihnen flieht, ebenso.«

Becker blickte sie betroffen an und schwieg.

»Ich ... ich weiß selbst nicht mehr genau, wie ich es geschafft habe«, fuhr Charity fort. »Ein paarmal war es reines Glück, ein paarmal ...« Sie dachte an Mike, und plötzlich steckte in ihrem Hals ein bitterer, harter Kloß, der sie für Sekunden am Weitersprechen hinderte.

»Es war wohl nur Glück«, sagte sie schließlich.

Becker war taktvoll genug, für die nächsten zehn Sekunden zu schweigen. Er mußte spüren, daß es sie eine Menge mehr gekostet hatte als nur Glück, sich bis hierher durchzuschlagen.

»Wie sieht es draußen aus, Captain Laird?« wiederholte er beinahe sanft. »Ich verstehe, daß es Ihnen schwerfallen muß, darüber zu reden, aber ich brauche Informationen. Wir sind hier zwar sicher, aber auch von allen Informationen abgeschnitten; jedenfalls fast allen.« Er lachte bitter, als er Charitys erstaunten Blick bemerkte. »Lassen Sie sich nicht von alledem da täuschen«, sagte er mit einer Geste auf den Kommandoraum. »Unsere Computer funktionieren zwar noch, aber das ist auch schon alles. Das Gehirn arbeitet noch, aber sie haben uns Augen und Ohren ausgestochen und beide Hände abgeschlagen, wenn Sie so wollen.«

»So schlimm?« fragte Charity betroffen.

»Schlimmer«, antwortete Becker ernst. »Wir sind machtlos.« Er lachte wieder, und diesmal klang es fast wie ein Schrei. Charity begriff plötzlich, daß das, was wie ein ganz normaler Rapport begonnen hatte, sich zu einem sehr privaten Gespräch entwickelte.

»Erinnern Sie sich noch, daß Sie mich einmal einen Knopfdruck-Soldaten genannt haben, Captain?« fragte Becker. »Jetzt bin ich es. Ich habe jede Menge Knöpfe, auf die ich drücken kann, aber das ist auch alles. Deshalb muß ich wissen, wie es oben aussieht. Gibt es noch Widerstand?«

»Widerstand?« Charity wiederholte das Wort, als müsse sie sich erst mühsam in Erinnerung rufen, was es überhaupt bedeutete. Dann schüttelte sie den Kopf. »Nein, General. Oder doch, sicher, aber ...«

»Aber sie schlagen unsere Jungs«, führte Becker den Satz düster zu Ende.

»Schlagen?« Charity machte ein Geräusch, von dem sie selbst nicht so recht wußte, was es bedeutete. Eine innere Stimme warnte sie, weiterzusprechen, aber etwas – vielleicht Beckers verzweifelter Blick, vielleicht auch nur einfach ihre eigene Verbitterung – brachte sie dazu, den Dolch nicht nur noch tiefer in die Wunde zu rammen, sondern auch noch herumzudrehen.

»Nein, General«, sagte sie. »Sie schlagen sie nicht. Sie vernichten sie, wo immer sie sie finden. Sie machen Treibjagd auf jeden, der eine Uniform trägt.«

»Aber es muß doch Widerstandsnester geben!« sagte Becker. »Irgend jemand muß sich doch wehren. Sie sind doch auch durchgekommen, und . . .«

»Natürlich gibt es den«, sagte Charity. Ihre eigenen Worte taten ihr leid, aber ihr fiel kein Weg ein, sie zurückzunehmen. Sie war erschöpft und so gereizt wie Becker. Menschen in ihrer beider Zustand sollten nicht miteinander reden, dachte sie. Laut sagte sie: »Es wird überall gekämpft. Im Norden sind ein paar Bomben gefallen. Ich . . .« Sie blickte einen Moment auf die Karte, dann sah sie wieder Becker an. »Ich war bis jetzt der Meinung, Sie hätten sie geworfen.«

»Ich wollte, ich könnte es«, antwortete Becker grimmig. »Verdammt, ich wollte, nur ein Teil dieser beschissenen Knöpfe dort unten würde noch funktionieren. Ich würde diese verdammten Ungeheuer in die Galaxis zurückbomben, aus der sie gekommen sind.«

Charity verbiß sich eine Antwort. Becker machte es ihr sehr leicht, ihr schlechtes Gewissen zu beruhigen. Auch wenn er ihr im Moment leid tat – er war im Grunde nichts als das Arschloch, für das sie ihn immer gehalten hatte. Und Männer wie er waren einmal der Garant für die Sicherheit dieses Landes gewesen!

»Es gibt überall noch Widerstand«, knüpfte sie an ihre eigenen Worte an. »Aber ich glaube nicht, daß es noch lange dauern wird.«

Becker starrte sie an, aber in Wahrheit schien sein Blick durch sie hindurchzugehen. Sie war nicht einmal sicher, ob er ihre letzten Worte überhaupt gehört hatte.

»Wenn ich es nur verstehen könnte«, sagte er. Seine Stimme klang flach, fast tonlos. »Es ist so ... so sinnlos. Kein Ultimatum. Keine Drohungen. Keine Forderungen – nichts. Warum tun sie das?«

Vielleicht gab es keine Antwort auf diese Frage. Vielleicht war der einzige Grund dieses Überfalles auf eine ganze Welt der, sie zu vernichten, so entsetzlich und absurd es klang. Vielleicht war es Gott, der gekommen war, um ihnen die große Schlußrechnung zu präsentieren, vielleicht die galaktischen Vettern der Wale, die sich für den Völkermord an ihren Brüdern revanchierten. Eine Erklärung war so gut und schlecht wie die andere.

»Es tut mir leid, daß ich keine besseren Neuigkeiten mitbringe«, fuhr sie nach einer Weile fort. »Aber das ist das, was ich erlebt habe. Möglicherweise sieht es nicht überall so aus.«

Ihre Worte waren nicht mehr als ein schwacher Versuch, Becker aufzumuntern.

Er lächelte dankbar, wenn auch nur sehr flüchtig. »Möglicherweise«, sagte er. »Trotzdem müssen wir mit dem Schlimmsten rechnen. Ich habe Vorkehrungen getroffen, die Station zu isolieren.«

»Isolieren?« Charity hatte sich nicht gut genug in der Gewalt, den Schrecken ganz zu verhehlen, den ihr Beckers Worte einjagten.

»Isolieren«, bestätigte Becker. »Glauben Sie nicht, daß wir hier unten absolut sicher sind, Captain Laird. Sie haben gesehen, was oben in der Schleusenkammer passiert ist.«

»Trotzdem ...« begann Charity, wurde aber sofort wieder von Becker unterbrochen:

»... habe ich gesagt, daß ich Vorkehrungen getroffen habe, Captain. Das heißt nicht, daß ich es auch tun werde. Im Moment sind wir hier unten noch sicher. Solange sich daran nichts ändert ...« Er ließ das Ende des Satzes offen und breitete statt dessen die Hände aus. Dann erhob er sich mit einem Ruck.

»Lassen Sie sich ein Bett zuweisen, Charity, und schlafen Sie sich aus«, sagte er, mit völlig veränderter Stimme und sehr viel lauter, plötzlich wieder der befehlsgewohnte, überlegene Kommandant, kein alter Mann mehr, der vor Angst halb wahnsinnig war. »Wir sind im Moment hier unten zwar etwas beengt, aber Stone wird schon ein Quartier für Sie auftreiben. Wenn Sie sich ausgeruht haben, erwarte ich Ihren ausführlichen Bericht.«

Charity erhob sich und salutierte, aber Becker sah schon gar nicht mehr hin. Er lief so schnell aus dem Zimmer, daß es fast wie eine Flucht aussah.

30. November 1998

Vergangenheit

Stille. Das war das erste, was sie bewußt registrierte, als sie wieder erwachte: eine betäubende, tödliche Stille, die sich über allem ausgebreitet hatte, so als hielte die ganze Welt den Atem an, und ein rötliches, flackerndes Licht, das von sehr weit herkam und durch ihre geschlossenen Lider drang. Ein leichter Schmerz an der linken Hüfte – wie ein blitzschnelles Schlaglicht erinnerte sie sich, sich einfach zu Boden geworfen zu haben, beide Arme über dem Kopf verschränkt, eine rein instinktive und völlig sinnlose Reaktion. Ein zweites Schlaglicht, fast schon rührend in seiner naiven Hilflosigkeit: ein alter Film aus den fünfziger Jahren, Bilder von Menschen, die sich in den Straßengraben warfen und Aktentaschen über den Kopf hielten, zum Schutz vor der Bombe. Lächerlich.

Wieso lebte sie noch?

Erst jetzt, als wäre diese Frage der Auslöser gewesen, erwachte sie *wirklich.* Der Schmerz in ihrer Hüfte verblaßte zu einem leisen Pochen, sie spürte, daß sie auf Glassplittern lag und aus einer kleinen Wunde im Gesicht blutete, die aber nicht weh tat. Irgendwo in ihrer Nähe stöhnte jemand.

Vorsichtig öffnete Charity die Augen. Sie war auf alles gefaßt – einen verwüsteten Tower, Flammen, verkohlte Leichen, den brodelnden Feuerpilz einer Bombe am Horizont – aber nichts von alledem war da.

Es war sehr dunkel. Alle Lichter waren erloschen. Die einzige Helligkeit kam von den Flammen, die irgendwo draußen auf dem Flugfeld tobten und in deren Prasseln sich jetzt immer mehr Schreie und andere Geräusche mischten. Aber keine Zerstörung. Nicht die absolute Verheerung der Bombe.

Unsicher stand sie auf. Sie erinnerte sich nicht, das Bewußtsein verloren zu haben. Der Sturz konnte es kaum gewesen sein, denn sie war nicht besonders hart aufgeschlagen; vielmehr schien irgend etwas in ihr einfach abgeschaltet zu haben, wie eine völlig überlastete Sicherung.

Das Stöhnen wurde lauter. Sie drehte sich herum, sah ein blasses, blutüberströmtes Gesicht neben sich und erkannte, daß der Mann nicht schwer verletzt war, wohl aber heftig blutete. Ohne einen besonderen Anlaß sah sie auf die Uhr. Die Quarzanzeige war erloschen, aber die Zahl im Datumsfenster war noch weitergesprungen – es mußte kurz nach Mitternacht sein. Sie hatten einen weiteren Tag geschenkt bekommen.

Wieso funktionierte die Uhr nicht mehr? Irgendwie erschien ihr diese Frage plötzlich ungemein wichtig, das letzte Stück in einem gewaltigen Puzzlespiel, das alles erklären mochte.

Sie richtete sich vollends auf, sah sich nach Mike um und entdeckte ihn fast am anderen Ende des Kontrollraumes, wo er über einem stöhnenden Mann kniete und sich an ihm zu schaffen machte. Gleich neben ihm lag eine zweite, vollkommen reglose Gestalt. Die Bombe hatte sie verfehlt, aber sie hatte trotzdem Opfer gefordert; nicht nur draußen auf dem Flugfeld.

Der Gedanke brachte einen zweiten, sehr viel schlimmeren mit sich. Sie war schon auf dem halben Wege zu Mike, blieb aber dann wieder stehen und sah nach Osten.

Die Stadt war verschwunden.

Wo das von Menschenhand geschaffene Sternendiadem New Yorks auf dem Horizont glänzen sollte, gähnte ein gewaltiger Abgrund aus Schwärze, als hätte sich die Nacht aufgetan und die Millionenstadt einfach verschlungen. Zum ersten Mal seit mehr als zweihundert Jahren herrschte an diesem Teil der nordamerikanischen Küste wieder die Nacht.

Wie betäubt drehte sie sich herum und blickte auf das Flugfeld herab. Ein paar Feuer brannten, aber sonst war nichts zu hören und zu sehen.

Erst jetzt fiel ihr die Stille wirklich auf, vielleicht, weil sie allmählich ihren Grund begriff: Es war nicht das allumfassende Schweigen des Todes, sondern eine Stille, als wäre die Welt einfach abgeschaltet worden. Der gesamte Flughafen lag so still und gelähmt da wie die Riesenstadt im Osten, wie vielleicht dieses ganze Land, vielleicht die ganze Welt. Die Dimension dieses Gedankenganges war zu groß, als daß sie ihn sofort in voller Tragweite akzeptieren konnte.

»Alles in Ordnung mit Ihnen?«

Sie fuhr aus ihren Betrachtungen hoch, drehte sich um und

lächelte, als sie Hardwell erkannte; dankbar, daß er sie in die Wirklichkeit zurückgeholt hatte. Sie nickte.

»Sie bluten.«

»Ein Kratzer«, antwortete Charity abwertend. »Nichts gegen das, was uns hätte passieren können, oder?«

Ihre Worte schienen Hardwell zu irritieren. Er hatte es noch nicht begriffen. Er war ein intelligenter Mann, aber wie sie alle stand auch er noch unter dem Schock der Geschehnisse. Plötzlich verdüsterte sich sein Gesicht. Er fuhr herum und begann zu brüllen:

»Verdammt, wo bleibt das Licht? Wieso schaltet niemand diese beschissene Notbeleuchtung ein?!«

»Weil sie nicht funktioniert, General«, antwortete eine Stimme aus der Dunkelheit heraus. Es war Niles. Der hochgewachsene Schwarze kam langsam auf Hardwell und sie zu. In der Dunkelheit waren sein Gesicht und seine Hände kaum zu sehen. Irgendwo zwei Handbreit über dem Kragen seines Hemdes blitzte das Weiß seiner Zähne.

»Der Generator ist im Eimer«, fügte er hinzu.

»Verdammt, dann soll ihn jemand reparieren«, fauchte Hardwell. »Wir . . .« Er stockte, sah Niles verwirrt an und fragte: »Woher wollen Sie das wissen?«

»Warum schauen Sie sich nicht um, General?« gab Niles zurück. »Sehen Sie vielleicht irgendwo so etwas wie Licht?« Er lachte leise. »Wir haben die Trompeten von Jericho ein bißchen zu früh geblasen. Sie wollten uns nicht vernichten. Noch nicht.«

»Aber . . .«

Plötzlich begann Niles zu schreien: *»Verdammt, sind Sie so dämlich, oder tun Sie nur so, General? Diese Bomben waren nicht dazu gedacht, uns zu vernichten! Sie haben uns entwaffnet!«*

»Niles!« sagte Charity scharf. Nicht, daß sie Niles nicht verstand. Seine Ruhe war so falsch und gespielt gewesen wie ihre eigene, und irgendwie mußte wohl jeder auf seine Weise mit dem Unvorstellbaren zurechtkommen. Aber Schreien nutzte ihnen jetzt überhaupt nichts. Zu Hardwell gewandt, fuhr sie fort:

»Lieutenant Niles hat recht, General. Ihr Notstromaggregat wird nicht funktionieren. Unsere Freunde vom Mars haben ihn gerade abgeschaltet.«

Hardwell wurde noch bleicher, als er ohnehin schon war. »Was soll das heißen?«

Das wußte er ganz genau, dachte Charity. Aber er *wollte* es einfach nicht wissen. Sie deutete in die Richtung, in der New York im Schwarz der Nacht versunken war. »Das da, General. Sie sehen es doch.«

Hardwells Augen weiteten sich vor Entsetzen, als er endlich begriff. »Sie meinen . . .«

»Ich meine«, unterbrach ihn Charity gereizt, »daß ganz genau das passiert ist, was Sie und Ihre Kollegen seit einem halben Jahrhundert befürchtet haben. Die elektromagnetische Schockwelle der Bomben hat ihre ganze schöne Kriegselektronik zerstört.« *Ja,* dachte sie müde, *Niles hatte nur zu recht gehabt, und, verdammt noch mal, sie hätten es wissen müssen. Die Fremden hatten sie entwaffnet, mit einem einzigen, gewaltigen Hieb, der höchstwahrscheinlich die ganze Welt getroffen hatte.* Jetzt, im nachhinein, gehörte nicht einmal besonders viel Phantasie dazu, sich auszurechnen, was passiert war:

Die Bomben waren hoch genug gewesen, die Erdoberfläche durch ihre Explosion nicht in Mitleidenschaft zu ziehen, aber wahrscheinlich hatten sie alles vom Himmel gefegt, was sie in den vergangenen fünfzig Jahren jemals dort hinaufgeschossen hatten, Beckers heißgeliebte SDI-Stationen und ihre russischen Gegenstücke ebenso wie jeden verdammten Wetter- und Nachrichtensatelliten, und höchstwahrscheinlich auch die Orbitstadt, falls die Druckwelle ihr nicht einen Tritt verpaßt und sie auf eine Reise ohne Wiederkehr in Richtung Alpha Centauri geschickt hatte.

Die wirkliche, verheerende Wirkung dieser ungeheuerlichen Explosion von über fünfhundert Wasserstoffbomben aber hatten die allermeisten Menschen wahrscheinlich noch gar nicht begriffen, so wenig wie Hardwell, der sie noch immer aus großen Augen anstarrte und vergeblich darauf wartete, daß sie weitersprach. Wahrscheinlich saßen sie jetzt überall auf der Welt im Dunkeln – so wie die zehn Millionen Ahnungslosen drüben in New York – und warteten darauf, daß die Lichter wieder angingen.

Sie würden nicht wieder angehen. Der NEMP, das Schreckgespenst aller Nuklearstrategen, die ungeheuerliche elektromagnetische Schockwelle einer Atomexplosion, hatte ihn ein für allemal abgeschaltet. Charity hatte keine Ahnung, wie stark er gewesen war, aber sie war sehr sicher, daß er – begonnen mit dem Mikrochip in ihrer Armbanduhr bis hin zum Norad-Computer unter den Rockys – alles zerstört hatte, was auch nur entfernt nach Elektronik aussah. Und keiner von ihnen hatte bisher *wirklich* begriffen, was das bedeutete; sie selbst eingeschlossen.

»Dann ... dann müssen wir die Generatoren reparieren«, stammelte Hardwell. »Wir haben Techniker hier, und ...«

»Sparen Sie sich die Mühe«, unterbrach ihn Charity leise. »Da ist nichts mehr zu reparieren, General.« *Begriff er denn immer noch nicht, daß hier nicht einfach nur ein paar Sicherungen durchgebrannt waren?* »Schicken Sie Ihre Leute lieber in die Keller oder besser gleich in die Museen. Sie sollen nachsehen, ob irgendwo noch ein paar Röhrengeräte herumstehen. Vielleicht funktionieren sie noch.«

Hardwell schürzte kampflustig die Lippen, aber Charity drehte sich einfach um und ließ ihn stehen, um endgültig zu Mike hinüberzugehen. Niles schloß sich ihr an.

Mike war mit seiner Erste-Hilfe-Aktion fertig, als sie neben ihm anlangten. Der Mann, den er versorgt hatte, sah übel aus. Seine Stirn und seine rechte Schläfe waren eine einzige Wunde, und auf dem Radarpult, vor dem er lag, klebte überall Blut. Aber er versuchte aus eigener Kraft auf die Füße zu kommen, und irgendwie schaffte er es sogar, sich in den Sessel hochzustemmen.

»Er hat es immer noch nicht begriffen, wie?« Mike deutete mit einer Kopfbewegung auf Hardwell, der mit überschnappender Stimme nach irgend jemandem schrie, der sich *gefälligst um dieses verdammte Licht kümmern* sollte.

»Doch«, antwortete Charity. Für einen ganz kurzen Moment fühlte sie sich schwach und unsagbar allein, trotz der Nähe all dieser Menschen.

»Was tun wir?« fragte Niles. Mike sah ihn ratlos an.

»Ich meine – bleiben wir hier?«

»Nein«, antwortete Charity spöttisch. »Wir warten auf den nächsten Bus und fahren zurück in die Stadt, was denn sonst?«

Niles' Blick war wie Eis, aber er erwiderte nichts, und Charity hatte das sichere Empfinden, daß es sehr klug von ihm war, so zu handeln. Sie war niemals unbeherrscht oder gar jähzornig gewesen, aber im Augenblick hatte sie das Gefühl, ihm schlichtweg an die Kehle springen zu müssen, wenn er nur noch ein einziges Wort sagte. *Großer Gott – was sie tun sollten?!* Was *konnten* sie tun? Nichts, verdammt noch mal. Und die Frage war auch gar nicht, was *sie* tun würden, sondern vielmehr, was die *anderen* tun würden.

»Du willst zurück zu deiner Familie«, sagte Mike nach einer Weile. Er nickte, als Niles nicht antwortete. »Vielleicht wäre es das Klügste.«

»Zurück nach New York?« Der Gedanke, in diese große, finstere Stadt zurückzukehren, ließ Charity schaudern. Aber schließlich hatte *sie* ja auch nicht Frau und Kind dort zurückgelassen. »Und wie?«

»Zu Fuß, wenn es sein muß«, sagte Mike lakonisch. »Es ist weit, aber es hat ziemlich wenig Sinn, hier zu warten, nicht?«

Außerdem könnte es hier bald verdammt ungemütlich werden, dachte Charity. Der NEMP hatte den Menschenstrom, der aus der City hierher unterwegs war, sicher ein wenig aufgehalten, aber sie würden kommen, jetzt, wo sie glauben mußten, noch einmal eine kurze Gnadenfrist bekommen zu haben, und nur die allerwenigsten von ihnen würden begreifen, daß all diese Flugzeuge und Hubschrauber auf dem Landefeld nie wieder aufsteigen würden.

»Wir sollten Hardwell warnen«, sagte Mike leise.

»Glaubst du, er weiß nicht, was passieren wird?« Charity schnaubte. »Der Mann ist kein Idiot.« Sie drehte sich um, sah aber nicht Hardwell an, sondern blickte an ihm vorbei auf den Flughafen hinaus, fast, als könne sie die gewaltige Menschenmenge bereits sehen, die irgendwann in einer oder zwei Stunden dort auftauchen würde, ein tobender Mob, der wahnsinnig vor Angst war und einfach nur fliehen wollte. Sie mußte an Landers und Terhoven denken, der Bellingers Stelle in ihrer Crew eingenommen hatte. Sie war sehr sicher, daß die beiden tot waren. Ihre Maschine mußte im gleichen Augenblick vom Himmel gestürzt sein wie alle anderen Fluggeräte. Und wenn sie noch lebten – nun, dann waren sie Hunderte von Meilen entfernt. Keine Chance, hierher zu gelangen, selbst wenn sie es wollten. Die Welt war wieder größer geworden, in einer einzigen Sekunde. *Sehr viel* größer. Nein – es machte keinen besonderen Sinn mehr, auf sie zu warten.

»Gehen wir«, sagte sie.

Hardwell machte nicht einmal den Versuch, sie aufzuhalten. Charity hatte sogar das Gefühl, daß er aus irgendeinem Grunde froh war, als sie zu ihm ging und ihm erklärte, sie, Mike und Niles wollten versuchen, in die Stadt zurückzugelangen. Aber er lehnte es auch ab, sie zu begleiten, oder auch nur einem seiner Männer die Erlaubnis dazu zu geben. Immerhin bestand er darauf, sie von einem halben Dutzend seiner Männer bis zum Highway eskortieren zu lassen. Außerdem befahl er ihnen, ihre Waffen mitzunehmen.

Eine Viertelstunde später verließen sie den Flughafen und wandten sich nach Osten. Sie sahen Hardwell niemals wieder.

Die Welt war im wortwörtlichen Sinne größer geworden – aus dem kaum fünf Minuten dauernden Flug nach La Guardia war ein fast achtstündiger Fußmarsch geworden, und Charity war längst mit ihren Kräften am Ende, lange bevor sie die Brücke erreicht hatten und die Wolkenkratzer Manhattans vor ihnen lagen. Sie waren dem Highway gefolgt, was vielleicht nicht der kürzeste, auf jeden Fall aber der sicherste Weg war. Überall auf der Straße sahen sie liegengebliebene Autos und Menschen, die nicht wußten, wohin sie eigentlich fliehen sollten.

Erstaunlicherweise war es nicht zu einer allgemeinen Panik gekommen. An ein paar Stellen waren Brände ausgebrochen, und zwei- oder dreimal hatten sie Schüsse gehört. Die Stadt New York schien noch von einer tiefen Lähmung befallen zu sein. Sehr viele Menschen versuchten, die Stadt zu verlassen – es mußten Tausende sein, die ihnen im Laufe der Nacht entgegengekommen waren –, aber diese Massenflucht war nur eine Art hoffnungsloses Aufbäumen gegen das Schicksal. Der Atomschlag der Fremden hatte die Welt nicht vernichtet, er hatte sie paralysiert. Vielleicht für immer.

Es wurde hell, als sie sich der City näherten. Sie hatten den Highway schließlich doch verlassen, einfach um den Weg abzukürzen. Zwei der Soldaten, die Hardwell ihnen mitgegeben hatten, waren noch bei ihnen; sie hatten sich schlichtweg geweigert, zum Flughafen zurückzugehen, und weder Charity noch Mike oder Niles hatten irgendwelche Einwände gehabt, sie mitzunehmen. Und niemand konnte es ihnen verübeln, daß sie es vorzogen, am Leben zu bleiben.

Charity war müde. Ihr Rücken schmerzte vom langen ungewohnten Laufen, und das Gewehr über ihrer linken Schulter schien eine Tonne zu wiegen. Sie hatten die Waffen nicht gebraucht, aber ihr Gewicht hatte ihr zumindest ein trügerisches Gefühl von Sicherheit gegeben.

Sie blieb stehen, rieb fröstelnd die Hände aneinander und blies hinein, ohne das betäubende Kribbeln aus ihren Fingern vertreiben zu können. Die Kälte war grausam. Im Jahrhundert der Zentralheizungen und Klimaanlagen vergaß man manchmal, daß der November schon fast zum Winter gehörte, aber die vergangenen Stunden hatten ihnen diese Tatsache sehr nachhaltig ins Gedächtnis zurückgerufen.

Auch die Dunkelheit hatte ihr Fortkommen erschwert. Sie hatte vorher nicht gewußt, *wie* dunkel eine Nacht in einer Stadt sein konnte, in der sämtliche Lichter ausgefallen waren.

Jetzt begann es zu dämmern. Der Himmel im Osten färbte sich grau, und das Licht verschaffte ihr wenigstens die Illusion, daß die grausame Kälte ein wenig nachließ. Die Skyline Manhattans tauchte allmählich aus der Nacht auf, wie eine titanische Riesenhand mit zu vielen und zu eckigen Fingern, die irgendwie anklagend gegen den Himmel ausgestreckt zu sein schienen. Sie wirkten abgestorben, selbst jetzt noch, als sich das erste Licht auf den gläsernen Fassaden der Hausgiganten brach und diese entsetzliche Finsternis endgültig zu vertreiben begann.

So tot wie ...

Ja – wie diese ganze Gegend, dachte Charity.

Erst jetzt fiel ihr die Totenstille auf. Keine Menschen mehr, keine Geräusche.

»Was ist los?« Mike sah sie fragend an. Charity zuckte mit den Achseln und warf ihm einen zugleich hilflosen wie warnenden Blick zu. Niles und die beiden Soldaten waren ebenfalls stehengeblieben. Einer der Männer nahm seine M16 von der Schulter und entsicherte sie. Das metallische helle Klicken hallte unheimlich verzerrt von den Wänden der Straßenschlucht wider.

»Nichts«, antwortete Charity mit einiger Verspätung auf Mikes Frage. »Aber es ist zu still.«

»Irgend etwas stimmt hier nicht«, sagte der Soldat, der sein Gewehr entsichert hatte.

Charity nickte. Es überraschte sie nicht, nicht allein mit diesem mulmigen Gefühl zu sein; und sie war jetzt sehr sicher, daß es *keine* Einbildung war. Sie hatte oben im Sternenschiff, zusammen mit Soerensen ein ähnliches Gefühl gehabt.

Auch der zweite Soldat nahm jetzt seine Waffe von der Schulter, und einen Augenblick später folgten Niles, Mike und Charity seinem Beispiel. Sehr vorsichtig gingen sie weiter. Die Straße erweiterte sich vor ihnen zu einem ovalen, langgestreckten Platz. Alles, was weiter als zwanzig oder dreißig Schritte entfernt war, lag noch in Dunkelheit getaucht. Wieder, wenn auch diesmal nur für Sekunden, empfand Charity dieses sonderbare Gefühl. Dann gewöhnten sich ihre Augen an die veränderten Lichtverhältnisse, und sie *sah*, was sie bisher nur gespürt hatte.

Sie waren da.

Für drei, vier, fünf endlose Sekunden war dieser Gedanke alles, was sie denken konnte; eine bloße Feststellung, von einem lähmenden Schrecken begleitet: Sie waren da.

Es waren drei – zwei der gigantischen, käferartigen Kreaturen, die sie in der Videoaufzeichnung gesehen hatte, und noch ein drittes, irgendwie unförmiges Ungeheuer, sehr viel größer als die Käfer, das sich aber nicht weit genug aus dem Schutz der Dunkelheit hervorwagte, als daß Charity es genau erkennen konnte. Sie war auch nicht sehr versessen darauf. Die angedeutete Bewegung und die schattenhaften, kantigen Umrisse, die sie sah, waren mehr als genug für ihren Geschmack. Die Tore der Hölle hatten sich geöffnet und spien ihre Ungeheuer aus.

»Jesus!« flüsterte Niles neben ihr. »Was in Gottes Namen ist das?«

Charity warf ihm einen raschen, mahnenden Blick zu, gleichzeitig wich sie ein paar Schritte in die Straße zurück und preßte sich enger gegen die Wand. Sie betete, daß keines der Insektenmonster zufällig in ihre Richtung geblickt hatten. Aus den Augenwinkeln sah sie eine weitere Bewegung in den Schatten auf der anderen Seite des Platzes: eine kleinere, schlanke Gestalt mit zu vielen Armen und einem Gesicht wie aus gehämmertem schwarzem Stahl trat neben einen der elefantengroßen Käfer und begann sich an ihm zu schaffen zu machen. Plötzlich hatte sie Angst. Ganz entsetzliche Angst.

Trotzdem funktionierte ein Teil ihres Verstandes noch mit der gewohnten Präzision, jener Teil, den sie in langen Jahren erbarmungslosen Trainings ausgebildet hatte und der ihr jetzt wie ein gefühlloser Computer erklärte, daß sie sich nicht nur in akuter Lebensgefahr befanden, sondern vielleicht auch eine einmalige Chance hatten. Wenn es ihnen gelang, diese drei Monster dort drüben auszuschalten; vielleicht sogar ihren Reiter lebend in die Hände zu bekommen . . .

Sie ließ sich selbst keine Zeit, eines der zahllosen Argumente zu überdenken, die dagegen sprachen, sondern sah fragend zu Mike hinüber. »Schnappen wir sie uns?«

Mike erblaßte, aber er nickte trotzdem, und zu ihrer Erleichterung erkannte sie auch auf den Gesichtern der beiden Soldaten nur Angst, nicht dieses lähmende Entsetzen, das sie befürchtet hatte. Aber sie wußten ja auch nicht, was sie da vor sich hatten; anders als Mike und Niles sahen *sie* diese Ungeheuer zum ersten Mal. Wahrscheinlich waren sie einfach nur verwirrt.

Niles deutete auf die Häuser auf der anderen Seite des Platzes. »Ich versuche es dort«, sagte er. »Vielleicht kann ich mich in ihren Rücken schleichen, ohne daß sie es bemerken.«

Charity nickte, hielt ihn aber zurück, als er loslaufen wollte. »Wie verständigen wir uns?«

»Gar nicht«, knurrte Miles. »Ich warte, bis ihr anfangt zu schießen.«

»Okay. Nimm einen der Männer mit. Und paßt auf – es können noch mehr Kakerlaken da sein.«

Niles nickte, winkte einen der Soldaten zu sich heran und deutete mit dem Lauf seines Gewehres nach oben. Charity begriff. Offensichtlich hatte er vor, sich über die Dächer an die Insektenmonster heranzuarbeiten.

Sie zogen sich ein Stück weiter in den Schutz der Straße zurück, während Niles und sein Begleiter in einem Haus verschwanden. Charity schätzte, daß sie mindestens fünf Minuten brauchen würden, um ihre Positionen einzunehmen. Sie sah auf die Uhr, entschloß sich, ihnen die doppelte Frist zu gewähren und verdrückte sich in einen Hauseingang. Mike folgte ihr, während der Soldat am Fußende der Treppe zurückblieb, das Gewehr im Anschlag.

»Seltsam«, sagte Mike plötzlich.

Charity sah ihn an. »Was?«

»Das da.« Mike deutete auf den Soldaten. »Das hier ist ein historischer Augenblick, nicht?« Er lachte spöttisch. »Der erste Kontakt zwischen Menschen und einer außerirdischen Lebensform. Und was tun wir? Wir schießen auf sie.«

»Es ist nicht der erste Kontakt«, widersprach Charity unwillig. Großer Gott, worauf wollte er hinaus? »Der erste Kontakt fand am Nordpol statt«, fügte sie hinzu. »Leider können wir die Überlebenden nicht mehr fragen, wie er genau ausgesehen hat!«

»Trotzdem ist es Wahnsinn«, beharrte Mike. »Wir sollten ... wenigstens miteinander sprechen, statt aufeinander zu schießen.«

Charity erwiderte nichts, sondern starrte zum hundertsten Male auf ihre kaputte Uhr und ärgerte sich, daß sie es schon wieder vergessen hatte.

Sie versuchte einzuschätzen, wie lange Niles und der Soldat schon weg waren, und gestand sich mit einem leisen Gefühl von Erschrecken ein, daß sie es nicht konnte.

Und vielleicht hat auch er recht, wisperte eine dünne, aber sehr aufdringliche Stimme hinter ihrer Stirn. *Wir waren es, die ihr Schiff dort oben im All quasi gekapert haben. Wir waren es, die Soldaten und Bomben zum Nordpol geschafft haben. Wir haben Raketen mit Atomsprengköpfen auf ihr Schiff gerichtet.*

Plötzlich wurde irgendwo über ihr ein Fenster geöffnet, sehr vorsichtig, aber doch nicht so leise, daß sie es nicht gehört hätte. Sie sah auf und erblickte einen schlanken, schwarzen Arm, dann ein dunkles Gesicht, das auf die Straße hinunterblickte. Charity erschrak, gleichzeitig packte sie Zorn. Niles schien es darauf angelegt zu haben, von den Außerirdischen entdeckt zu werden.

Immerhin war Niles umsichtig genug, nicht nach ihnen zu rufen, sondern ihnen nur mit Gesten zu verstehen zu geben, daß sie zu ihm kommen sollten. Charity preßte ärgerlich die Lippen aufeinander. Was zum Teufel tat er da? Sie hatte ihn auf dem halben Wege zum anderen Ende des Platzes gewähnt. Die Vorstellung, einen Angriff – ganz egal, gegen wen – zu führen und sich auf eine Rückendeckung zu verlassen, die es nicht gab, gefiel ihr nicht.

Trotzdem zögerte sie nur noch einen Moment, sich aus ihrer Deckung zu lösen und zusammen mit Mike und dem zweiten Soldaten zu der Tür zu laufen, in der Niles und sein Begleiter verschwunden waren. Für zwei, drei endlose Sekunden waren sie ohne Deckung. Aber sie hatten Glück: Alles blieb still.

Mike deutete mit dem Lauf seiner Maschinenpistole in den Hausflur hinein. Hier drinnen herrschte noch Nacht, die das bißchen dunkelgrauer Dämmerung, das durch die Türritzen und das Fenster hereinsickerte, schon nach wenigen Schritten aufsog. Immerhin konnte sie weit genug sehen, um zu erkennen, daß sich der Flur vor ihnen teilte, einer führte weiter ins Gebäude hinein, der andere zu einer Treppe. Dann hörte sie plötzlich Geräusche: Schritte und ein gedämpftes Flüstern.

Hintereinander stürmten sie die Treppe hinauf. Die Stimme, die sie gehört hatten, gehörte Niles – er kam ihnen entgegen, kaum daß sie das erste Stockwerk erreicht hatten.

»Verdammt, Niles – was fällt dir ein?« empfing ihn Charity. »Du solltest lange schon –«

»Sie sind alle tot«, unterbrach sie Miles.

Charity erstarrte. Neben ihr atmete Mike scharf ein, wie unter einem kurzen, jähen Schmerz. Entsetzt starrte sie Niles an. »*Wer* ist tot?« fragte sie, obwohl sie die Antwort längst wußte.

Niles' Stimme zitterte deutlich, als er antwortete. »Alle, Laird. Alle, die hier ... hier gelebt haben. Sie ...« Charity ging an ihm vorbei und stieß mit einem Fußtritt die Tür vor sich auf. Dahinter lag eine kleine schäbige Wohnung, die nur aus einem einzigen Zimmer bestand. Hier war es heller als draußen auf dem Flur, so daß Charity die grausige Szene in allen entsetzlichen Einzelheiten erkennen konnte.

Es waren vier – ein Mann, eine Frau und zwei Kinder. Die beiden Mädchen lagen unter dem leblosen Körper ihrer Mutter begraben, als hätte sie noch sterbend versucht, sie mit ihrem eigenen Leib vor dem zu schützen, was sie umgebracht hatte. Der Mann lag ein Stück abseits, mit dem Gesicht nach unten und in sonderbar verkrümmter Haltung, die ausgestreckte rechte Hand um ein Stuhlbein gekrallt. Er war der einzige, der nicht aussah, als schliefe er bloß.

»Es ist überall dasselbe«, sagte Niles hinter ihr. »Überall im ... im Haus. Es müssen Dutzende sein.«

Charity ging zögernd weiter, blickte einen Moment auf die tote Frau und die beiden Mädchen hinab und kniete dann neben dem

Leichnam des Mannes nieder. Obwohl – oder vielleicht gerade *weil?* – man ihm als einzigen ansah, daß er auf gewaltsame Weise ums Leben gekommen war, brachte sie es einfach nicht über sich, die Leichen der beiden Kinder oder der Frau zu berühren.

Sie gab Mike ein Zeichen, an der Tür aufzupassen, legte die Maschinenpistole aus der Hand und versuchte, den Leichnam auf den Rücken zu drehen. Er war erstaunlich schwer, und selbst, als sie es geschafft hatte, seine Hand von dem Stuhlbein zu lösen, bereitete es ihr erhebliche Mühe, ihn auf den Rücken zu wälzen. Sein Gesicht war schlaff, ohne irgendeine Spur von Schrecken oder Schmerz, so, als wäre er einfach nur eingeschlafen, nein, nicht einmal das: so, dachte sie entsetzt, als hätte man ihn einfach *abgeschaltet,* wie eine Maschine, die nur zufällig aus Fleisch und Blut bestand.

Sie unterdrückte ihren Widerwillen, beugte sich tiefer über den Toten und untersuchte ihn auf Verletzungen hin.

Sie fand nichts. Keine Wunden, mit Ausnahme eines Kratzers an der Stirn, den er sich beim Sturz zugezogen haben mochte, nichts, was ihr irgendwie verriet, *wie* dieser Mann ums Leben gekommen war.

Schaudernd richtete sie sich auf und beugte sich nun doch über die tote Frau. Sie versuchte fast krampfhaft, die beiden toten Mädchen nicht anzusehen, konnte aber nicht vermeiden, daß ihr Blick das Gesicht des älteren Kindes streifte. Es war so schlaff wie das seines toten Vaters, die Züge hatten denselben, leeren Ausdruck.

Als sie den Arm der toten Frau anhob, rollte der Leichnam von den beiden kleineren Körpern herunter, mit einem sonderbaren, sehr unangenehmen Geräusch. Fast, dachte sie, und allein bei dem bloßen Gedanken zog sich ihr Magen zu einem einzigen Schmerz zusammen, fast, als gäbe es in diesem ganzen toten Körper keinen einzigen Knochen mehr, der nicht zehnmal gebrochen worden ist. Aber auch der Körper der Frau wies keine erkennbaren Verletzungen auf.

Mit einer hastigen Bewegung stand Charity auf, bückte sich nach ihrer Waffe und wandte sich zu Niles um.

»Sieht es . . . überall so aus?«

Niles nickte.

Mike deutete auf die Tür, die Charity aufgetreten hatte. »Sie war abgeschlossen«, sagte er. »Von innen. Du weißt, was das bedeutet?«

Charity nickte. Was immer diese Leute umgebracht hatte, es war nicht durch die Tür oder die Fenster hereingekommen, sondern hatte sie laut- und warnungslos und wahrscheinlich sehr schnell getötet, irgendeine entsetzliche Art von ... von Strahlenwaffe vielleicht, die dieses Haus und wahrscheinlich auch die angrenzenden Gebäude getroffen und alles Leben ausgelöscht hatte. Welcher Natur diese entsetzliche Waffe auch immer war, dachte sie bitter, ihre Wirkung hätte die Erfinder der Neutronenbombe in schiere Verzückung versetzt. Die Wohnung war nicht im mindesten in Mitleidenschaft gezogen worden; nicht einmal ein einziges Glas war zerbrochen. Aber sie war sehr sicher, daß es in diesem Haus kein Leben mehr gab.

Plötzlich hatte sie gar keine Angst mehr. Alles, was sie noch spürte, war Zorn. Ein so kalter, entschlossener Zorn, daß sie sich fast ein wenig davor fürchtete.

»Gehen wir«, sagte sie.

Draußen war es mittlerweile ein wenig heller geworden, ansonsten hatte sich nichts verändert. Die beiden elefantengroßen Käfer hockten noch immer reglos da, erstarrt wie schrecklich große, schrecklich häßliche Statuen, und auch das dritte Riesenwesen hatte sich nicht bewegt.

Charitys Aufmerksamkeit galt dem vierten, fast-humanoiden Lebewesen, das sich zwischen den drei chitingepanzerten Giganten bewegte. Es war eindeutig eine Kreatur der Art, wie sie sie auf dem Videoband gesehen hatten. Die Gestalt war ein gutes Stück größer als ein Mensch, aber so dürr, daß sich Charity unwillkürlich fragte, wieso es nicht beim ersten Windzug, der es traf, einfach in der Mitte durchbrach. Die vier Arme, die in beständiger Bewegung waren, verliehen diesem Wesen geradezu groteske Züge. Die Bewegungen erinnerten an eine Spinne, sie waren flink und abrupt und sehr zielbewußt. Wahrscheinlich war das Wesen höllisch schnell, wenn es sein mußte.

Charity hatte nicht vor, ihm die Chance zu geben, diese Vermutung unter Beweis zu stellen.

Ruhig visierte sie den Kopf der Kreatur an, senkte den Lauf der MP um eine Winzigkeit, drückte ganz automatisch auf den Auslöser der Zielsuchautomatik und fluchte lautlos in sich hinein, als der kleine rubinrote Laserpunkt nicht kam. Die Entfernung war nicht besonders groß – zwanzig, allenfalls fünfundzwanzig Meter, aber eine MP war keine Waffe, mit der man besonders präzise schießen konnte, und wahrscheinlich würde sie keinen zweiten Schuß haben, wenn der erste nicht traf. Und sie hatte Mike und den anderen ausdrücklich verboten, auf dieses Wesen zu schießen. Sie brauchten es lebend.

Trotzdem – sie mußte es riskieren. Langsam, Millimeter für Millimeter, senkte sie den Lauf der MP weiter. Das Zentrum des winzigen Fadenkreuzes vor ihrem rechten Auge glitt am schimmernden Chitinpanzer des Sternenwesens herab, verharrte einen Moment auf seiner Hüfte und pendelte sich dann auf das ein, was sie für sein rechtes Knie hielt. Ihre Finger berührte den Abzug, fand den Druckpunkt und verharrte noch einmal. Sie war nervös. Ihre Hände zitterten. Aber sie wußte, daß es nicht besser werden würde, wenn sie wartete. Im Gegenteil.

Sie drückte ab.

Der peitschende Knall beendete die trügerische Ruhe schlagartig, die sich über dem Platz ausgebreitet hatte, und plötzlich geschah alles gleichzeitig und zehnmal schneller, als Charity sich in ihren schlimmsten Befürchtungen ausgemalt hatte. Von den Dächern der gegenüberliegenden Häuser herab begannen Mike und die beiden Soldaten zu schießen, und zwei Meter neben ihr stieß Niles' Waffe eine grelle Feuerzunge aus, aber sie zwang sich, alles andere zu ignorieren und das Zielfernrohr wieder auf den Vierarmigen zu richten.

Ihr Schuß hatte getroffen. Das Wesen war zu Boden gestürzt und umklammerte mit zwei seiner vier Hände sein zerschossenes Bein. Aber es war keineswegs ausgeschaltet.

Unter seiner grotesken Maske drangen hohe, pfeifende Töne hervor, und in seinen beiden übrigen Händen lagen plötzlich zwei der kleinen Metallstäbe, die Charity von der Videoaufnahme her kannte.

Sie fluchte, zielte erneut und drückte ab, aber diesmal traf sie nicht. Einen halben Meter neben dem Insektenwesen schlugen Funken aus dem Asphalt der Straßendecke, im gleichen Augenblick jagte etwas über Charitys Kopf und riß ein faustgroßes Stück aus der Wand hinter ihr. Verletzt oder nicht, das Wesen da unten schoß verdammt gut. Sehr viel besser als sie.

Auf dem Platz tönte ein schriller, durch und durch unmenschlicher Schrei, ein Kreischen wie von zerbrechendem Stahl, und als Charity vorsichtig den Kopf über den Rand ihrer Deckung hob, sah sie, daß einer der Riesenkäfer zusammengebrochen war. Mike und die beiden Soldaten konzentrierten ihr Feuer jetzt auf das andere Insektenungeheuer, während Niles mit verbissenem Gesicht Schuß auf Schuß auf das dritte Ungeheuer abgab, das ziellos im Kreis herumrannte. Charity sah, daß er fast jedesmal traf, aber sie sah auch, daß die allermeisten seiner Geschosse einfach von der Panzerung der außerirdischen Bestie abprallten.

Trotzdem dauerte es nur noch Sekunden. Der zweite Riesenkäfer brach zusammen, und schließlich zersplitterte auch die Panzerung des letzten Monsters im konzentrierten Feuer der vier Maschinenpistolen. Charitys MP blieb die ganze Zeit hindurch auf den Vierarmigen gerichtet. Aber sie schoß nicht. Die beiden oberen Hände des Außerirdischen umklammerten noch immer seine beiden Waffen, er schien jedoch begriffen zu haben, daß sein nächster Schuß sein letzter war.

Niles hörte erst auf zu feuern, als ihm die Munition ausging. Mit grimmigem Gesichtsausdruck schob er ein frisches Magazin in die Waffe, richtete sich vollends hinter dem Fenster auf und nahm den Vierarmigen ins Visier. Er feuerte, ehe Charity auch nur begriff, was er vorhatte.

»Wenn er das nicht begriffen hat, ist ihm nicht zu helfen«, sagte er. »Geh. Ich halte ihn in Schach.«

Sie nickte, schwang sich mit einer fließenden Bewegung über das Fensterbrett und sprang die drei Meter bis zur Straße hinunter. Für einen Moment war sie hilflos, als sie das Gleichgewicht verlor und sich abrollen mußte, um nicht vom Schwung ihrer eigenen Bewegung von den Füßen gerissen zu werden, aber Niles drohend aus dem Fenster zielende Waffe tat ihre Wirkung: der gepanzerte Kopf des Außerirdischen drehte sich zwar wie ein schrecklicher schwarzer Roboterschädel und folgte ihrer Bewegung, aber er schoß nicht.

Zu leicht, dachte Charity. *Das war einfach zu leicht!* Seit ihrem ersten Schuß auf den Außerirdischen war nicht einmal eine Minute vergangen. Charity konnte nicht glauben, daß es so einfach sein sollte, mit einem Angreifer fertig zu werden, der eine ganze Welt gelähmt hatte.

Vorsichtig näherte sie sich der schwarzbraun gepanzerten Gestalt, wobei sie einen respektvollen Bogen um einen der toten Riesenkäfer schlug, der wie ein umgestürzter Lastwagen auf der Straße lag. Er ist tatsächlich so groß wie ein LKW, dachte sie ungläubig. Plötzlich war sie Hardwell sehr dankbar dafür, daß er darauf bestanden hatte, ihnen die Waffen mitzugeben. Mit der kleinen Pistole, die zu ihrer normalen Uniform gehörte, hätte sie nicht viel gegen diese zwölfbeinigen Monster ausrichten können.

Der Vierarmige begann sich zu regen, als sie näher kam, sehr langsam, fast übervorsichtig, als wisse er ganz genau, daß eine zu hastige Bewegung sein Ende bedeutete. Die beiden klobigen Silberstäbe glitten aus seinen Händen und polterten zu Boden.

Charity umkreiste ihn, stieß die Waffen mit der Fußspitze davon und setzte die Mündung der MP direkt auf seinen Brustpanzer. Die Bewegungen des Wesens hörten abrupt auf. Nur die Augen hinter den schmalen Sehschlitzen seiner Maske glitzerten haßerfüllt.

»Okay, Freund«, sagte Charity laut. »Ich weiß nicht, ob du mich verstehst, aber wenn, dann tust du besser nichts, was mich nervös machen könnte. Ich will dich nicht umbringen, aber ich habe auch keine besondere Lust, von *dir* umgebracht zu werden.«

Sie bezweifelte, daß das Wesen die Worte verstand, aber es begriff sehr wohl die Bedeutung der Waffe, die auf seine schmale Brust zielte. Charity wartete noch eine Sekunde, dann hob sie den linken Arm und winkte Niles, zu ihr herunterzukommen. Sie widerstand der Versuchung, den Blick zum Dach zu heben und nach Mike und den beiden Soldaten zu sehen. Irgendwie hatte sie das sehr sichere Gefühl, daß es besser war, diesen spinnengliedrigen Alien nicht eine Sekunde aus den Augen zu lassen. *Zu leicht. Viel zu leicht.*

Niles sprang auf die Straße herunter und im gleichen Augenblick griff der Fremde an.

Charity hatte sein Gesicht und seine Hände keinen Moment aus den Augen gelassen, aber es war kein Mensch, den sie niederhielt, und sie hatte – so absurd es klang – einfach *vergessen,* daß er mehr als zwei Hände besaß. Sein oberes Armpaar rührte sich nicht, aber seine dritte Hand schlug mit der Gewalt eines Dreschflegels gegen den Lauf ihrer MP und schmetterte ihr die Waffe einfach aus der Hand, während seine vierte Klaue sich um ihr Fußgelenk schloß.

Ein entsetzlicher Ruck brachte sie aus dem Gleichgewicht und warf sie nach hinten, und fast im gleichen Augenblick war das Wesen über ihr, mit der Schnelligkeit einer übergroßen Spinne – und ihrer Kraft. Charity keuchte vor Schrecken und Schmerz, als sie spürte, wie übermenschlich stark diese so lächerlich dürren Gliedmaßen waren. Ihre Arme wurden zur Seite gedrückt wie die eines Kindes, das mit einem Erwachsenen kämpft, und fast gleichzeitig schloß sich das zweite Handpaar des Außerirdischen um ihre Kehle.

Ein einzelner Schuß krachte, und ein unsichtbarer Hammerschlag schien den Brustpanzer des Fremden zu treffen. Splitter von schwarzem Chitin überschütteten Charity, dann kippte das groteske Wesen in einer fast gemächlichen Bewegung zur Seite und glitt von ihr herab.

Charity richtete sich benommen auf, tastete nach ihrem Hals und verzog die Lippen, als sie die blutigen Kratzer fühlte, die schon die erste, fast flüchtige Berührung der schrecklichen Krallen in ihre Haut gerissen hatten. Eine halbe Sekunde später ...

»Alles in Ordnung?« fragte Niles.

Sie nickte, warf ihm einen dankbaren Blick zu und beugte sich über den toten Außerirdischen. Trotz aller Erleichterung war sie enttäuscht – sie hätte viel darum gegeben, dieses Wesen lebend in die Hände zu bekommen. Es wäre so wichtig gewesen!

»Tut mir wirklich leid, Laird«, sagte Niles. »Aber ich hatte keine andere Wahl.«

Das entspricht sogar der Wahrheit, dachte Charity. Ein paar Sekunden später, und das Wesen hätte ihr das Genick gebrochen. Sie hatte kein Recht, zornig auf Niles zu sein. Es spielte keine Rolle, ob er das, was er getan hatte, *wollte* oder nicht. Immerhin hatte er ihr das Leben gerettet.

Mühsam plagte sie sich, beugte sich über den Außerirdischen und betrachtete ihn genauer. Niles' Schuß hatte seinen Brustpanzer zerfetzt und ein fast tellergroßes Loch in das Rückenteil seiner sonderbaren Rüstung gerissen, aber sie entdeckte erstaunlich wenig Blut.

Mit zitternden Händen versuchte sie, die glatte schwarze Maske zu lösen, die das Gesicht des Außerirdischen verbarg. Es gelang ihr, denn sie war nur mit einer primitiven Klammer am Rest des glänzenden Helmes verbunden. Darunter kam ein schmales, trotz aller Fremdartigkeit beinahe menschliches Gesicht zum Vorschein. Die Natur schien auf dem Heimatplaneten dieses Wesens in groben Zügen die gleiche Entwicklung eingeschlagen zu haben wie auf der Erde; die Kreatur hatte zwei Augen, eine Art flacher Nase und einen breiten, fast lippenlosen Mund, der im Tode offenstand und eine Doppelreihe sehr kleiner, stumpfer Zähne zeigte. Mattglänzendes braunes Fell bedeckte das Gesicht des Fremden. Auch seine Augen wirkten beinahe menschlich. Mit Ausnahme seiner sechs Gliedmaßen war dieses Wesen wirklich fast humanoid zu nennen.

Dann nahm Charity die Waffe des Fremden zur Hand. Sie war sehr schwer, und es war eigentlich nur ein plumper Metallstab mit einem kompliziert aussehenden Verschluß an der einen und einem pennygroßen runden Loch an der anderen Seite. Charity spürte ein rasches Vibrieren, als sie das silberglänzende Metall berührte, und sie glaubte einen Laut zu hören, ein Summen, das sehr beunruhigend auf sie wirkte.

Niles trat nervös zur Seite, als sie die Mündung der Waffe versehentlich in seine Richtung hielt. Charity lächelte entschuldigend, legte den Silberstab behutsam wieder aus der Hand und richtete sich auf. »Wir nehmen den ganzen Kram mit«, sagte sie. »Die Waffen und den Leichnam.« Sie sah sich angespannt um. »Ich möchte nur wissen, was sie hier gewollt haben.«

Mike und die beiden Soldaten kamen zurück. Mikes Gesicht verdüsterte sich, als er näher kam und die allmählich größer werdende Blutlache sah, in der der Fremde lag.

»Ist er tot?«

Charity nickte.

»Verdammt«, sagte Mike. »Wir hätten ihn lebend gebraucht.«

»Niles hatte keine andere Wahl«, sagte Charity hastig. »Dieses Ding war dabei, mir den Kopf abzureißen.« Sie schnitt ihm jede Antwort, die er hätte geben können, mit einer befehlenden Handbewegung ab und deutete auf das Haus, aus dem er und die beiden anderen gekommen waren. »Irgend etwas Besonderes da drinnen?« fragte sie.

Mike schüttelte den Kopf. »Nur Tote«, sagte er. »Und ...«

Und um ein Haar wären dies die letzten Worte seines Lebens gewesen. Hinter ihm, auf der anderen Seite des Platzes öffnete sich eine Tür, und ein riesiges Wesen mit vier Armen trat aus dem Haus heraus. Charity schrie auf, riß ihre Waffe in die Höhe und versetzte Mike gleichzeitig einen Stoß, der ihn haltlos zur Seite taumeln und auf die Knie herabfallen ließ.

Charity und der Fremde schossen gleichzeitig. Das Krachen ihrer Maschinenpistole verschluckte den dumpferen, leiseren Knall der Waffe des anderen, aber einen halben Schritt vor ihr, genau dort, wo Mike vor einer Sekunde noch gestanden hatte, prallte ein sonderbares Geschoß mit entsetzlicher Wucht gegen den Boden und spritzte auseinander.

Charity ließ sich zur Seite kippen und hielt den Abzug dabei durchgedrückt. Eine MP-Salve raste auf den Fremden zu, jagte funkensprühend über die Wand neben ihm – und verwandelte seinen Panzer in eine Wolke schwarzer Splitter. Mit einem schrillen, schmerzhaft hohen Schrei stürzte das Wesen nach hinten und verschwand wieder in dem Haus, aus dem es gekommen war.

Und trotzdem hatte es getroffen.

Der Soldat, der unmittelbar neben Mike gestanden hatte, wankte plötzlich. Auf seinem Gesicht erschien ein Ausdruck unerträglichen Schmerzes. Er ließ die Waffe fallen, machte einen halben taumelnden Schritt und hob die Hände an die Brust. Dann brach er lautlos zusammen. Sein Rücken war eine einzige, riesige Wunde.

Charity wartete nicht, bis Mike wieder auf die Füße gekommen war, sondern rannte los. Sie hatte recht gehabt, dachte sie verzweifelt! Es war zu leicht gewesen – und sie hatten sich wie blinde Anfänger benommen.

Sie erreichte das Haus, setzte mit einem gewaltigen Sprung über die Leiche des Vierarmigen hinweg, der die Tür blockierte, und kam mit einer Rolle wieder auf die Füße. Etwas Dunkles, Glitzerndes floh vor ihr in die Dämmerung, dann hörte sie klackende, rasend schnelle Schritte. Sie rannte los, blieb noch einmal stehen, verschwendete fünf, sechs kostbare Sekunden damit, das Magazin ihrer Waffe zu wechseln, und lief weiter, im gleichen Augenblick, in dem Mike und die beiden anderen hinter ihr ins Haus stürmten.

Sie hörte Schritte des Fremden noch immer, obwohl sie sich

rasend schnell entfernten; ihre Sinne schienen mit übernatürlicher Schärfe zu arbeiten. Hastig befahl sie Mike zu sich heran und gab Niles und dem anderen Soldaten einen Wink. »Nach links – versucht ihn zu umgehen. Und paßt auf. Es können noch mehr da sein!«

Die Bemerkung war vermutlich überflüssig. Nach dem, was dem unglückseligen Trooper passiert war, würde Niles wahrscheinlich ohnehin *erst* schießen und dann nachsehen, was er getroffen hatte. Charity hoffte nur, daß es keiner von ihnen war.

Sie stürmten weiter. Die Schritte des Spinnenarmigen waren jetzt nicht mehr zu hören, aber sie hatte sich die Richtung gut eingeprägt, aus der sie gekommen waren. Und das Haus war nicht besonders groß – entweder, das Wesen hatte es durch eine Hintertür verlassen, oder ...

Es hatte nicht. Charity stürmte durch eine offenstehende Tür, warf sich automatisch zur Seite – und erstarrte.

Hinter der Tür mußte eine der gleichen, ärmlichen Wohnungen gelegen haben, wie sie sie oben gefunden hatten, aber jetzt erstreckte sich vor ihr ein wahres Trümmerfeld. Die Wände zu den Nachbarwohnungen waren verschwunden, so sauber herausgeschnitten wie mit einem großen Messer. Von der Decke rieselte der Putz. Ein fremdartiger, scharfer Geruch hing in der Luft. Von dem vierarmigen Fremden war nichts mehr zu sehen.

Dafür entdeckte sie etwas anderes.

In der Mitte des Raumes stand ein riesiger, dünner Ring aus silberfarbigem Material. Und in seinem Inneren erkannte sie dasselbe Wogen und Wabern, das den Ring im Inneren des Sternenschiffes erfüllt hatte.

»Verdammt, was ist das?« flüsterte Mike. Seine Stimme bebte.

Charity zuckte stumm die Achseln, machte einen Schritt auf den scheinbar schwerelos in der Luft hängenden Kreis aus Metall und lebendiger Schwärze zu und blieb wieder stehen. Es war, als wäre sie in einen Strom unsichtbarer elektrischer Energie getreten, der ihre Haut prickeln und jedes einzelne Härchen auf ihrem Körper sich aufstellen ließ. Sie versuchte vergeblich, den Schild aus Schwärze mit Blicken zu durchdringen.

»Jetzt wissen wir wenigstens, woher diese Biester so plötzlich gekommen sind«, murmelte Mike. Nervös sah er Charity an. »Wir sollten verschwinden. Ich habe das Gefühl, unser Freund kommt gleich zurück. Aber bestimmt nicht allein.«

Charity nickte, wandte sich aber noch nicht um, sondern hob statt dessen ihre Waffe und jagte einen einzelnen Schuß durch das Innere des Materiesenders.

Das Ergebnis enttäuschte sie. Die Kugel durchschlug die Wand aus wabernder Finsternis ohne sichtbaren Widerstand und bohrte sich in die rückwärtige Wand des Zimmers. Sie runzelte die Stirn, drehte sich herum und sah den Soldaten an. Ihr Blick blieb an der Granate haften, die er am Gürtel trug.

»Geben Sie mir das Ding«, befahl sie.

Der Mann gehorchte, während Mike sie gleichermaßen fragend wie mißbilligend anblickte. »Was hast du vor?« fragte er. »Willst du das Ding in die Luft sprengen?« Er klang nicht sehr begeistert.

Charity antwortete nicht, sondern scheuchte ihn und die beiden anderen mit einer befehlenden Handbewegung zurück, ehe sie sich wieder dem Ring zuwandte. Sie war nicht sicher – aber für einen Moment glaubte sie, daß das Wogen und Wabern darin stärker geworden sei.

»Verschwindet«, sagte sie. »Wartet draußen auf mich.«

Mike wollte widersprechen, doch ihr Blick brachte ihn zum Verstummen. Wortlos drehte er sich herum und beeilte sich, Niles und dem Soldaten zu folgen, die keine Sekunde gezögert hatten, Charitys Befehl nachzukommen.

Auch Charity zog sich aus dem Raum zurück, blieb aber in der Tür stehen und ging in die Hocke. Vorsichtig wechselte sie die MP von der rechten in die linke Hand, zog mit den Zähnen den Sicherungsring der Granate heraus und konzentrierte all ihre Aufmerksamkeit darauf, den Zündhebel niederzuhalten. Dann wartete sie.

Ihre Geduld wurde nicht lange strapaziert. Sie hatte sich nicht getäuscht – das Gleiten und Wogen im Inneren des Ringes hatte sich verändert. Sie hatte jetzt eher den Eindruck, in einen unendlich langen, von nichts anderem als Schwärze erfüllten Korridor zu blicken. Sie betete, daß ihre Vermutung richtig war, nämlich die, daß der Spinnengliedrige die Tür zum Sternenschiff hinter sich zugeworfen hatte, als er vor ihr floh, und nicht etwa, daß dieses Tor nur in einer Richtung funktionierte. Für einen Moment war sie noch einmal versucht, auf die wispernde Stimme hinter ihrer Stirn zu hören, die ihr riet, wegzulaufen, solange sie es noch konnte. Aber dann dachte sie wieder an die beiden toten Kinder, die sie gesehen hatte, und blieb.

Und es wäre wahrscheinlich ohnehin zu spät gewesen. In der Schwärze entstanden jetzt Dinge, die dunkel, aber nicht schwarz waren und ganz und gar nicht körperlos. Ein gigantischer Insektenschädel mit fürchterlichen Mandibeln bildete sich, faustgroße, regenbogenfarbig schimmernde Facettenaugen starrten aus einem Gewirr hart glänzender Gliedmaßen auf sie herab –

– und Charity warf die Granate.

Sie beschrieb einen perfekten, beinahe langsamen Bogen, verfehlte den riesigen Insektenschädel um eine Handbreit und verschwand in der lebendigen Schwärze des Transmittertores.

Sie rannte los, ehe die drei Sekunden vorbei waren, die der chemische Zünder ihr noch gewährte. Als sie den Hausflur erreichte, erscholl hinter ihr ein dumpfes, sonderbar weiches Krachen. Das Haus begann zu zittern. Eine zweite, etwas heftigere Explosion erfolgte, als sie durch die Tür stürmte, und plötzlich sah sie den Widerschein eines unerträglich hellen, weißen Lichtes, das sich hinter ihr aus dem Nichts heraus in die Eingeweide des Hauses fraß.

Das Gebäude brach in einer Wolke aus Rauch und Flammen und wirbelnden Trümmerstücken zusammen, noch ehe sie Mike und die anderen erreicht hatte.

12. Dezember 1998
Gegenwart

Die Behälter waren riesig und silberfarben und sahen wirklich wie sorgsam polierte Treibstofftanks aus, wie sie so auf ihren spindeldürren Metallbeinen standen, eingewoben in ein ganzes Nest von Ver- und Entsorgungsleitungen, Kabeln und Drähten und Computeranschlüssen. Die dünne Schicht aus Goldstaub, die jede Korrosion verhindern sollte, ließ sie sehr geheimnisvoll wirken, ein Eindruck, der von den blinkenden Kontrolleuchten am Ende der sechs zylinderförmigen Stahlsärge noch verstärkt wurde.

Charity war ziemlich mulmig zumute. Der Anblick machte ihr angst, und allein der Gedanke, sich in eines dieser Dinger zu legen und lebendig begraben zu lassen, ließ sie schaudern. Man mußte schon ziemlich verrückt sein, um sich töten zu lassen, nur um am Leben zu bleiben.

»Das kommt ganz darauf an, wie sehr man am Leben hängt, nicht wahr?«

Charity fuhr erschrocken zusammen, drehte sich herum und blickte direkt in Stones Gesicht. Mit einem deutlichen Gefühl der Verlegenheit begriff sie, daß sie ihren letzten Gedanken laut ausgesprochen hatte.

»Wenn man das da . . .« Sie deutete mit einer Kopfbewegung auf die Tanks. ». . . Leben nennen will«, antwortete sie. »Ich verstehe etwas anderes darunter.«

Stone machte eine vage Handbewegung. »Wenn Sie recht hätten, hätte man sich das Geld für diesen Bunker sparen können, finden Sie nicht?«

»Möglich«, antwortete Charity verwirrt. Erst dann fiel ihr der erste Gedanke wieder ein, der ihr bei Stones Anblick gekommen war. »Was tun Sie hier unten, Lieutenant?«

Stone lächelte. »Was tun Sie hier, Captain?« sagte er. »Soweit ich weiß, ist das Betreten dieser Räume streng verboten – selbst für Leute mit einem Class-A-Ausweis.«

»Und wie kommen Sie dann hierher?«

»Oh, ich bin so eine Art Mädchen für alles, wissen Sie?« erwiderte

Stone lächelnd. »Das bringt eine Menge Arbeit mit sich, aber auch das eine oder andere Privileg. Wie zum Beispiel völlige Bewegungsfreiheit. Becker sucht Sie.«

Den Nachsatz, der die eigentliche Antwort auf ihre Frage war, hätte sie um ein Haar überhört. »Wieso?«

Stone zuckte die Achseln. »Keine Ahnung. Ich soll Sie zu ihm bringen, das ist alles.« Er machte eine einladende Geste, aber er trat nicht zur Seite, als Charity auf ihn zuging.

»Gestatten Sie mir eine persönliche Frage, Captain?«

Charity sah ihn einen Moment lang nachdenklich an. Sie war nicht sicher, ob sie irgendeinen persönlichen Kontakt mit Stone wünschte. Nicht jetzt, und vielleicht überhaupt nie wieder. Freundschaften hatten so wenig Sinn, wenn der Weltuntergang vor der Tür stand. Trotzdem nickte sie.

»Sie . . . Sie waren doch draußen«, begann Stone. Charity nickte abermals. Die Frage war reichlich überflüssig.

»Ich wollte Sie schon vorhin fragen, aber wir . . . nun ja, der Augenblick erschien mir nicht besonders günstig.« Er wich ihrem Blick aus. Charity fühlte, wie schwer es ihm fiel, weiterzusprechen. »Wir erfahren hier unten nicht viel«, fuhr er fort. »Becker hat so etwas wie eine Nachrichtensperre verhängt, aber ich glaube, in Wirklichkeit weiß er selbst nichts Genaues. Sie . . . Sie haben von Bomben gesprochen.«

Charity schwieg. Sie war allein mit Becker in dem kleinen Büro gewesen, aber auch die Wände von SS Nulleins schienen Ohren zu haben. Und schlechte Nachrichten sprachen sich schnell herum, daran hatte nicht einmal die Invasion der Außerirdischen etwas geändert.

»Ich stamme aus Missouri, wissen Sie«, sagte Stone. »Meine Familie lebt dort, und ich . . .«

»Sie wollen wissen, ob auch dort Bomben gefallen sind«, sagte Charity, als Stone endgültig nicht weitersprach. Er nickte.

»Ich weiß es nicht«, antwortete sie wahrheitsgemäß. »Niemand weiß das, Lieutenant. Ich weiß nicht einmal, wer diese verdammten Bomben geworfen hat. Ich habe ein paar Explosionen gesehen, aber sie waren sehr weit weg.« Und sie würde es ihm nicht einmal sagen, wenn sie es genau gewußt hätte. Verdammt, sie alle hatten wahrscheinlich nur noch ein paar Tage zu leben – wer war sie, ihm auch noch die letzte Hoffnung zu nehmen? In Wahrheit hatte sie eine ganze Menge mehr gesehen als nur ein *paar Bomben:* Die Welt im Norden war in einer Orgie aus Feuer und unerträglich grellem Licht untergegangen. Selbst sie hatte es kaum überlebt, obwohl sie mehr als hundert Meilen entfernt gewesen war.

»Ich weiß es nicht«, sagte sie noch einmal.

»Sie sagen das nicht nur, um mich zu trösten?« fragte Stone.

Charity lachte, und sie tat es ganz bewußt hart und abfällig. »Wofür halten Sie mich, Lieutenant?« fragte sie. »Für Ihren Beichtvater? Ich weiß nicht, was dort los ist, zum Teufel. Ich habe das halbe Land durchquert, aber ich weiß so wenig wie Sie. Es gibt keine Sechs-Uhr-Nachrichten mehr, wissen Sie? Nicht einmal ein verdammtes Telefon. Vielleicht haben sie den halben Planeten zusammengebombt.«

Ihr bewußt verletzender Ton ließ Stone zusammenzucken. Sein Blick flackerte noch immer, aber er hatte sich jetzt wieder in der Gewalt. Der Zusammenbruch, den sie halbwegs erwartet hatte, kam nicht. Nach einer Weile trat er von der Tür zurück.

Aber kurz, bevor sie den Raum verließ, sah sie Stone noch einmal an, und sie bemerkte, daß sein Blick starr auf das halbe Dutzend schimmernder Kälteschlaf-Tanks gerichtet war. Sie nahm sich vor, Becker bei Gelegenheit zu fragen, ob er sicher war, keinen Fehler zu begehen, indem er diesem halben Kind so großes Vertrauen schenkte.

Dann betraten sie die Liftkabine und fuhren wieder nach oben.

Als sie den halben Weg hinter sich hatten, begannen überall in der Station die Alarmsirenen zu heulen.

4. Dezember 1998
Vergangenheit

Es hatte mehr als zweihundert Jahre gedauert, diese Stadt zu bauen. Der Zusammenbruch erfolgte in einer einzigen Nacht.

Der Weg zurück nach Manhattan war ein Alptraum gewesen, an den sie sich nur noch bruchstückhaft erinnerte. Irgendwo auf halber Strecke hatte sie aufgehört, all die Schrecken und all das Unvorstellbare in sich aufnehmen zu wollen, das sie sahen. Sie hatte schon an jenem allerersten Morgen begriffen, daß die Welt sich nun endgültig verändert hatte und daß New York nie wieder das werden würde, was es einmal gewesen war.

Die Straßen waren mit liegengebliebenen Fahrzeugen verstopft gewesen. An zahllosen Stellen waren Brände ausgebrochen, und überall wurde gekämpft. Sie waren am Ende ihrer Kräfte gewesen, als sie gegen Mittag das Apartmenthaus im Herzen Manhattans erreicht hatten. Auf dem Weg dorthin hatten sie alles gesehen, was zum Szenario einer sterbenden Millionenstadt gehörte: Panik, Tod und Angst, Plünderer und Menschen, die gegeneinander kämpften, nur keine Außerirdischen. Es waren die Bewohner New Yorks selbst, die ihre eigene Stadt zerstörten.

Sie verscheuchte den Gedanken, stand auf und goß sich mit zitternden Händen einen Martini ein. Ihre Hände zitterten jetzt oft, und sie ertappte sich immer häufiger dabei, mehr Alkohol zu trinken, als ihr guttat. Sie mußte aufpassen. Es war drei Tage her, daß ein halbes Kind in der Uniform der Nationalgarde vor der Tür ihres Apartments aufgetaucht war und sie und Mike hierhergebracht hatte, an einen der vier oder fünf Orte in New York, in denen das Leben wenigstens noch einen Anschein von Normalität hatte: die Keller der BANK OF AMERICA, ein ganzes Labyrinth von Stahlkammern und Gängen, winzigen Büros und nur unwesentlich größeren Schlaf- und Aufenthaltsräumen. Die kaum zwei mal drei Schritte messende Kammer, die man ihr und Mike allein zugewiesen hatte, stellte einen unbeschreiblichen Luxus dar.

Sie blickte auf das Zifferblatt der mechanischen Uhr, die an der Wand gegenüber der Tür hing, stellte fest, daß sie noch eine gute halbe Stunde Zeit hatte bis zu Beckers routinemäßigem Anruf, und machte sich trotzdem auf den Weg. Draußen würde es laut und hektisch zugehen, aber hier drinnen hatte sie das Gefühl, zu ersticken; trotz der Klimaanlage, deren Summen so tat, als hätte es den Weltuntergang dreißig Meter über ihren Köpfen gar nicht gegeben.

Sie zog ihre Uniformjacke an, verließ die Kammer und machte sich auf den Weg zu dem zur Kommandozentrale umgewandelten Datensicherungsraum der Bank. Die Gänge waren nicht ganz so überfüllt, wie sie angenommen hatte. In den letzten drei Tagen hatte sich die Lage hier unten ein wenig beruhigt, was allerdings nicht etwa hieß, daß es wirklich *ruhig* gewesen wäre. Immerhin war aus dem völligen Tohuwabohu der ersten vierundzwanzig Stunden eine Art geordnetes Chaos geworden, in das Colonel Stanley tatsächlich so etwas wie ein System gebracht hatte; ein System zwar, das nur er allein und sonst niemand verstand, das aber funktionierte.

Soweit in dieser Stadt überhaupt noch etwas funktionierte, dachte sie bitter. Wieder drohten sie die Erinnerungen an den entsetzlichen Marsch durch New York zu übermannen, und wieder gelang es ihr nur mit Mühe, sie zu verscheuchen. Es waren nicht nur die Angriffe der Fremden – jene erste Gruppe, der sie begegnet waren, war nicht die einzige geblieben –, sondern der totale Zusammenbruch einer riesigen Stadt. New York hatte sich in ein Gebirge aus Stein verwandelt. Es gab keine Wasserversorgung mehr, keinen Strom. Kein Telefon und keine Ärzte, keine Taxis und keine Feuerwehr, kein . . .

New York starb einen gnadenlosen Tod.

Gestern – war es gestern, als Mike und sie draußen gewesen waren? Sie wußte es kaum noch. Man verlor rasend schnell jedes Zeitgefühl, in dieser unterirdischen Welt aus Neonlicht und weißgestrichenem Beton. Gestern oder wann auch immer hatten sie das Bankgebäude verlassen, um sich draußen umzusehen, und hatten ein Geräusch gehört, das fast wie eine wunderbare Musik geklungen hatte: das Brummen eines Automotors. Augenblicke später war ein uralter Militärlaster vor dem Bankgebäude vorgefahren. Jemand hatte die zerstörte Zündspule herausgenommen und durch etwas Selbstgebasteltes ersetzt, dessen Anblick jeden Ingenieur in den Wahnsinn getrieben hätte, aber jedenfalls funktionierte. Stanley und die anderen waren fast in einen Freudentaumel ausgebrochen, aber Charity hatte der Anblick eher deprimiert. Das alles war von ihrer High-Tech-Welt übriggeblieben.

Sie erreichte die Kommandozentrale, zeigte dem Posten vor den Eingang ihren Dienstausweis und trat geduckt an der tonnenschweren Panzertür vorbei. Noch vor einer Woche hätte ihr Dienstausweis ihr diesen Weg nicht geöffnet. Nur ein paar Schritte von ihr entfernt, gleich hinter der angrenzenden Wand, lag der Tresorraum der Bank, ein chromblitzendes Gewölbe, in dem genug Geld aufgestapelt war, um diese ganze Stadt zu kaufen. Nur, daß es jetzt nichts mehr wert war. Anderson und ein paar andere Bankleute, die manchmal noch hier herunterkamen und nervös die Soldaten beobachteten, die an ihren unersetzlichen Computern herumspielten, wollten das noch nicht wahrhaben, obwohl es auch der einfachste Soldat bereits wußte.

Trotzdem war sie für die Paranoia dieser Bankmenschen und ihrer Vorgesetzten sehr dankbar, denn schließlich war sie dafür verantwortlich, daß es dieses Gewölbe überhaupt gab, ein Kellergeschoß der Bank, das nicht nur bombensicher, sondern auch gegen jede nur denkbare Form elektromagnetischer Strahlung gehärtet war – und das alles nur, dachte Charity spöttisch, um auch nach dem großen Knall noch die genauen Kontostände der Einleger dieser Bank zu kennen! Es war absurd. Manchmal fragte sie sich, ob sie einer Rasse von unheilbar Geisteskranken angehörte.

Noch absurder allerdings war, daß es in dieser ganzen Stadt drei Banken und ein Krankenhaus gab, dessen Computeranlagen auf diese Weise geschützt waren – keine einzige militärische Anlage, geschweige denn die Telefonzentralen oder auch nur ein einziges verdammtes Funkgerät! Die Militärs kannten die Gefahr eines NEMP seit fünfzig Jahren, aber niemand in dieser Stadt hatte etwas dagegen unternommen, ganz einfach, weil es *zu teuer* gewesen wäre.

Sie sah sich nach Mike um, entdeckte ihn nirgends und winkte statt dessen Stanley zu, der über einen Kartentisch gebeugt dastand und Zahlen auf den Rand eines Blattes kritzelte. Eilig durchquerte sie den Raum, beugte sich neugierig über seine Schulter und sah, daß es eine Straßenkarte New Yorks war. Große Gebiete waren schraffiert, andere mit roten oder grünen Kreuzen versehen. Sie fragte nicht, was diese Markierungen bedeuteten.

»Sie sind früh«, sagte Stanley, ohne von seiner Karte aufzublicken. In seiner Stimme schwang eine leise Spur von Mißbilligung mit. Es war nichts Persönliches; ganz im Gegenteil. Charity spürte, daß Stanley sie mochte, und auch sie empfand eine gewisse Sympathie für ihn. Aber Stanley hätte den Platz, den Mike und sie beanspruchten, bitter nötig gehabt. In einer Stadt, deren funktionierende Teile auf knapp dreihundert Quadratmeter zusammengeschrumpft waren, machte jeder uneingeladene Besucher Unannehmlichkeiten.

»Wie sieht es aus?« fragte sie, eigentlich nicht aus wirklichem Interesse, sondern vielmehr, um überhaupt etwas zu sagen.

Zu ihrer Überraschung sah er jetzt doch von seiner Karte auf. »Hier?« fragte er. »Oder im Rest der Welt.«

»Ist das ein Unterschied?«

»Und ob«, antwortete Stanley ernsthaft. Sorgsam faltete er seine Straßenkarte zusammen und deutete Charity, näher heranzutreten. Darunter kam eine Weltkarte im DIN-A2-Format zutage. Jemand hatte mit roter Tusche große Teile Nordamerikas, Europas und Asiens übermalt; auch auf dem Rest der Welt prangten rote Flecken.

»Die roten Stellen sind Gebiete, die sie besetzt haben«, sagte er. »Jedenfalls die, von denen wir *wissen*, daß sie da sind. Aber wahrscheinlich sind es sehr viel mehr. Ist schwer geworden, an Neuigkeiten zu kommen, wissen Sie?«

Charity erschrak ein wenig. Vor zwei Tagen, als er ihr diese Karte das erste Mal gezeigt hatte, waren die roten Flecke weniger zahlreich gewesen und sehr viel kleiner. Es war nicht die Tatsache ihres Vormarsches an sich, sondern die *Schnelligkeit*, mit der er sich entwickelte. Wenn es so weiterging, dachte Charity bedrückt, hatten sie die ganze Erde in vier Wochen erobert.

»Und hier?« fragte sie.

»New York?« Stanley lächelte. »Sehr viel besser als in den meisten großen Städten. Ich schätze, daß sie an etwa fünfzig Stellen aufgetaucht sind. Aber wir werden mit ihnen fertig.«

Seine Worte ließen Charity schaudern. Ihr Gesichtsausdruck

schien ihre Gefühle sehr deutlich zu verraten, denn Stanley lächelte plötzlich und versuchte, seinerseits ein beruhigendes Gesicht zu ziehen. »Nur keine Sorge«, sagte er. »Wir werden mit ihnen fertig. Wenn es sein muß, können wir uns monatelang halten. Vielleicht Jahre.«

Charity blickte auf die Weltkarte. Die roten Flecken darauf behaupteten das Gegenteil.

»Das ist etwas anderes«, sagte Stanley, als hätte er ihre Gedanken gelesen. »Verwechseln Sie eine Stadt wie New York nicht mit dem offenen Land. Dort sind sie unseren Jungs wahrscheinlich haushoch überlegen, vor allem jetzt, wo sie uns praktisch entwaffnet haben. Aber hier ...« Er machte eine weit ausholende Handbewegung. »New York ist so etwas wie eine Bergfestung, wissen Sie? Wir haben zwar keine reguläre Armee hier, aber die Nationalgarde allein bringt leicht hunderttausend Mann auf die Beine. Und jeder gute Amerikaner«, fügte er hinzu, nun allerdings eindeutig spöttisch, »hat schließlich sein Gewehr im Schrank, nicht?«

»Es waren bisher nur wenige«, sagte Charity vorsichtig. »Eine Art Vorhut.«

Stanley nickte. »Sicher. Lassen Sie sie ruhig kommen, Captain Laird. Wir werden auch ohne Raumschiffe und Laserkanonen mit ihnen fertig, mein Wort darauf. Diese Ungeheuer werden sich einer Million guter altmodischer Gewehrläufe gegenübersehen, wenn sie wirklich so dumm sind, diese Stadt erobern zu wollen.«

Charity widersprach nicht. Sie wußte, wie wenig Sinn es hatte, mit Stanley über dieses Thema streiten zu wollen. Sie hatte es versucht, gleich am ersten Tag, aber es war zwecklos – und vermutlich hatte Stanley sogar recht. Es war völlig unmöglich, eine Stadt wie New York *erobern* zu wollen. Aber vielleicht wollten sie das gar nicht. Die Angriffe der letzten Tage waren wahrscheinlich nur Nadelstiche gewesen, die keinem anderen Zweck dienten, als ihre Stärke zu testen. In Wahrheit hatten sie es gar nicht nötig, New York zu *erobern.* Sie brauchten nur abzuwarten, bis alles von selbst zusammenbrach.

Stanley wollte weitersprechen, aber in diesem Moment erwachte das Funkgerät pfeifend zum Leben. Stanley sah auf, runzelte überrascht die Stirn und trat nach einem Blick auf die Uhr hinter den Mann, der das Gerät bediente. Charity folgte ihm. Es war zu früh für Beckers Routineruf.

Fast gebannt sah sie zu, wie der Soldat behutsam an den klobigen Armaturen des uralten Röhrengerätes arbeitete, um den Sender scharf einzustellen. Der Apparat stammte nicht nur *scheinbar,* sondern im wortwörtlichen Sinne aus einem Museum, ebenso wie das knappe Dutzend anderer Funkgeräte, das jetzt New Yorks einzige Verbindung zur Außenwelt darstellte.

»Becker?« fragte Stanley nervös.

Der Mann an den Kontrollen nickte und reichte Stanley die Kopfhörer. »Für Sie, Sir«, sagte er. »SS Nulleins. Commander Becker persönlich.«

Stanleys Gesichtsausdruck wurde noch um einige Nuancen düsterer, während er sich die Kopfhörer überstülpte und auf dem Stuhl Platz nahm, den der Soldat für ihn räumte. Er meldete sich, antwortete ein paarmal mit *Ja* oder *Nein* auf Fragen, die Becker am anderen Ende der Leitung stellte, und stand nach ein paar Augenblicken wieder auf. Sein Blick flackerte.

»Er will Sie sprechen, Captain Laird«, sagte er.

Charity blickte ihn einen Moment fast perplex an, dann stülpte sie sich die schweren Kopfhörer über – sie waren so altmodisch und unpraktisch wie das Gerät, zu dem sie gehörten. Der Techniker, der das Gerät normalerweise bediente, tippte ihr auf die Schulter.

»Drücken Sie die rote Taste, wenn Sie sprechen wollen, Captain«, sagte er.

Charity nickte dankbar und meldete sich. Als sie die Taste wieder losließ, füllten sich die Kopfhörer mit Rauschen und einer Unzahl piepsender und pfeifender Störgeräusche. Sie hatte Mühe, Beckers Stimme zu verstehen.

»Captain Laird«, begann Becker. Trotz der miserablen Übertragungsqualität glaubte Charity, einen gehetzten Ton in seiner Stimme zu vernehmen. »Hören Sie zu, Captain. Stellen Sie keine Fragen, sondern hören Sie einfach nur zu. Wenn Sie antworten müssen, tun Sie es mit Ja oder Nein – verstanden?«

Charity drückte die rote Taste am Funkgerät und sagte: »Aber selbstverständlich, Commander.«

»Wo sind Wollthorpe und Niles?« fragte Becker. »Bei Ihnen?«

»Nein«, antwortete Charity. »Mike... Lieutenant Wollthorpe befindet sich hier bei mir, wo Niles ist... weiß ich nicht.« Das entsprach nicht ganz der Wahrheit. Sie wußte ziemlich genau, wo Niles sich im Moment aufhielt – am anderen Ende der Stadt nämlich, bei seiner Familie. Falls sie noch lebten.

Becker fluchte. »Okay – versuchen Sie ihn aufzutreiben. Und dann kommen Sie hierher. Alle drei, oder nur Wollthorpe und Sie, wenn Sie ihn nicht finden.«

»Was ist passiert?« fragte Charity.

»Plan Omega läuft an«, antwortete Becker. Er atmete hörbar ein. »Termin ist der 13. Dezember. Schaffen Sie das?«

Der 13.? dachte sie schockiert. Das waren nur noch acht Tage – normalerweise genug, um achtmal nach Timbuktu und zurück zu fliegen, aber in einer Welt ohne Helijets verdammt wenig, um eine Entfernung von fast zweitausend Meilen zu bewältigen. Trotzdem sagte sie: »Ja.« Becker würde früh genug merken, wenn sie es *nicht* schafften. Er wußte so gut wie Sie, was er von ihnen verlangte.

»Was ist passiert?« fragte sie noch einmal. »Warum...«

»Verdammt, Sie sollen den Mund halten!« schrie Becker. »Ich versuche Sie und die beiden anderen da rauszuholen, begreifen Sie das nicht? Sie sind dabei, sich um ihren Hals zu reden, Kindchen.«

Und dich um deine Freiflugkarte zum Mars, fügte Charity in Gedanken böse hinzu. Einer der Plätze auf der CONQUEROR war für Becker reserviert. Aber das sprach sie dann doch lieber nicht laut aus.

»Wie meinen Sie das?« fragte sie vorsichtig, wobei sie sich bemühte, ein möglichst unbefangenes Gesicht zu machen. Sie war sich der Tatsache bewußt, daß nicht nur Stanley sie anstarrte, sondern die gesamte Besatzung des Kommandoraumes.

»Es wird ernst«, antwortete Becker. »Drüben in Europa scheinen ein paar Bomben gefallen zu sein. Niemand weiß etwas Genaues, aber wir haben einige sehr starke Erschütterungen registriert.«

Und ihr macht die Rettungsboote fertig, dachte Charity. Deshalb drängte Becker so darauf, sie und die anderen in die Station zu bringen – schließlich war sie der Steuermann. Sie fragte sich nur, wohin sie es lenken sollte.

»Aber das ist nicht alles«, fuhr Becker fort. »Sie haben Tokio ausgelöscht, und... ein paar weitere. Wir verlieren ungefähr alle zehn Minuten den Funkkontakt mit einer anderen Stadt. Ich weiß nicht, was da vorgeht, Laird, aber es sieht so aus, als wenn sie jetzt wirklich Ernst machen. Und ich bin sicher, daß New York ganz oben auf ihrer Liste steht. *Deshalb* will ich, daß Sie von dort verschwinden – klar?«

»Verstanden, Sir«, antwortete Charity. Ein schlechter Geschmack breitete sich in ihrem Mund aus. *So viel zum Thema Widerstand,* dachte sie.

»Geben Sie mir noch einmal Stanley«, verlangte Becker.

Charity stand auf, nahm die Kopfhörer ab und reichte sie Stanley. Sie schwieg, während Stanley gebannt auf Beckers Stimme lauschte und nur ein paarmal mit einem halblauten *Ja* antwortete, und sie versuchte zumindest, die Blicke zu ignorieren, die sie aus zwei Dutzend angstvoll geweiteter Augenpaare trafen. Diese Männer und Frauen würden ihr ihre Gefühle einfach ansehen, so deutlich, als stünden sie mit flammenden Lettern auf ihrer Stirn geschrieben. Was sollte sie ihnen sagen, wenn sie sie fragten, was passiert war? Daß sie wahrscheinlich nur noch ein paar Stunden zu leben hatten?

Stanley beendete das Gespräch und stand auf. Sein Gesicht war leichenblaß, als er sie ansah. »Ich habe den Befehl bekommen, Sie so schnell wie möglich aus der Stadt herauszubringen, Captain«, sagte er. »Was ist passiert?«

Becker hatte es ihm nicht gesagt, dachte Charity. Sie kam sich wie eine Verräterin vor.

»Ich weiß es nicht«, antwortete sie ausweichend. »Er weiß selbst nichts Genaues. Es sieht so aus, als wären in Europa ein paar Bomben gefallen.«

Sie versuchte zu lächeln, spürte aber selbst, daß sie nur eine Grimasse zog.

»Bomben?«

»Ihre Leute sind nicht die einzigen Bastler, wie es aussieht«, antwortete sie lahm. »Vielleicht habe ich mich getäuscht, und unsere Freunde vom Mars wohl auch. Wir sind nicht ganz so hilflos, wie sie meinten.« Es war ein ziemlich plumper Versuch, die Spannung zu lösen, und er schlug auch fehl. Sowohl Stanley als auch alle anderen hier mußten einfach merken, daß jedes einzelne Wort gelogen war. Aber Stanley widersprach nicht mehr, sondern starrte nur einen Moment lang an ihr vorbei. Dann hob er die Hand und deutete zur Decke.

»Okay, ich habe meine Befehle«, sagte er mühsam. »Holen Sie Ihre Sachen, Captain. Ich bringe Sie hier heraus.«

»Und wie?«

Stanley lächelte matt. »Können Sie reiten?«

Sie konnte, aber eine Stunde später wünschte sie sich beinahe, Stanleys Frage mit Nein beantwortet zu haben. Ihr Rücken schmerzte unerträglich, und sie spürte jeden einzelnen Hufschlag des Pferdes auf dem Asphalt wie einen Tritt ins Kreuz. Sie hatten Manhattan fast von einem Ende zum anderen durchquert, und es war wie ein Spießrutenlauf durch die Hölle gewesen. Zweimal waren sie angegriffen worden, und beide Male nicht etwa von außerirdischen Ungeheuern, sondern von verzweifelten Menschen, die es auf ihre Pferde abgesehen hatten.

Sie hatten nicht den Weg zur Brücke eingeschlagen, wie Charity erwartet hatte, sondern waren fast in entgegengesetzter Richtung geritten, und vor fünf Minuten hatten sie eine Stacheldrahtsperre passiert, die einen ganzen Häuserzug umgab. Seit sie die Barriere hinter sich hatten, hatte Charity nur noch Soldaten gesehen. Ein für alle Zeiten abgeschalteter Panzer blockierte die Straße. Ein beeindruckender Anblick, dachte Charity spöttisch. Die Außerirdischen würden sich totlachen, wenn sie ihn sahen. Immerhin stellte er das Nonplusultra irdischer Waffentechnik dar, ein Ungetüm von schier unvorstellbarer Vernichtungskapazität.

Vorsichtig umkreisten sie den toten Giganten, schlängelten sich durch eine weitere Stacheldrahtsperre und näherten sich einem langgestreckten Lagerhaus, vor dem eine ganze Hundertschaft Soldaten Lager bezogen hatte. Stanley, der jetzt ein Stück voraus ritt, wechselte ein paar Worte mit einem Offizier, deutete auf die Halle und dann auf sie und Mike und beendete das Gespräch schließlich mit einer befehlenden Geste. Er sah nicht besonders gut gelaunt aus, als Charity ihr Pferd neben ihn lenkte und ihn fragend ansah. »Probleme?«

»Nein«, log Stanley. »Kommen Sie. Es ist nicht mehr weit.« Aber er ritt nicht weiter, sondern schwang sich mit einer zornigen Bewegung aus dem Sattel und wartete, bis Charity und Mike seinem Beispiel gefolgt waren.

Der stechende Schmerz in Charitys Rücken erwachte zu neuer Wut, als sie vom Pferd stieg und den ersten Schritt machte; trotzdem war sie erleichtert, wieder auf ihren eigenen Füßen zu stehen. Als Stanley sie gefragt hatte, ob sie reiten konnte, hatte sie angenommen, daß er ihr auch ein *Reitpferd* geben würde; keinen kreuzlahmen Gaul, den seine Leute wahrscheinlich aus dem Schlachthaus geholt hatten . . .

Sie warf dem Pferd einen feindseligen Blick zu, löste ihren Rucksack vom Sattelgurt und beeilte sich, Stanley zu folgen.

Sie betraten die Halle.

Zuerst sah Charity gar nichts. Ihre Augen hatten sich an zwei Stunden Sonnenlicht gewöhnt und brauchten Sekunden, um sich auf die Dämmerung hier drinnen umzustellen. Es gab Licht – ein Dutzend grellweißer Inseln aus Helligkeit, die von großen Karbidscheinwerfern in die Schwärze gestanzt wurden –, aber der krasse Kontrast zwischen künstlicher Nacht und ebenso künstlicher Helligkeit schien die Schwärze eher noch zu betonen.

Dann begannen sich ihre Augen an die neuen Lichtverhältnisse zu gewöhnen, und wenn das, was sie im allerersten Moment glaubte, der Wahrheit entsprach, dachte sie, dann hatte Stanley verdammt recht, die Hälfte seiner kleinen Armee hier aufzubieten . . .

Der Hubschrauber war mindestens zwanzig Jahre alt. Die Pilotenkanzel war eine zerkratzte runde Plexiglaskugel, in der gerade Platz für zwei Passagiere war, von der spindeldürren Konstruktion des Schwanzes blätterten mindestens fünf verschiedene Lackschichten herunter, und der Motor sah aus, als hätten Stanleys Leute ihn aus einem Vorläufer der Arche Noah ausgebaut.

»Großer Gott, sagen Sie bloß, das Ding fliegt noch?« sagte Mike fassungslos.

Stanley warf ihm einen ganz und gar undeutbaren Blick zu, antwortete aber nicht, sondern hob befehlend die Hand.

»Croyd!«

Ein kleiner, kahlköpfiger Mann in einem weißen Kittel voller Öl- und Schmutzflecken löste sich aus der Dunkelheit und kam auf ihn zu. Seine Überraschung, als er Charity und Mike erkannte, war nicht zu übersehen. Aber er verbiß sich jede Bemerkung und sah nur Stanley fragend an.

»Colonel?«

Stanley deutete auf den Hubschrauber. »Wie weit sind Sie, Croyd?« fragte er knapp. »Fliegt er?«

Croyd nickte ganz automatisch, dann zuckte er mit den Schultern. »Theoretisch, ja«, antwortete er. »Der Motor läuft. Aber ob das Ding überhaupt noch jemals fliegt, kann niemand sagen. Wir haben noch keinen Probeflug gemacht, wenn Sie das meinen.«

»Er wird funktionieren müssen«, antwortete Stanley barsch. Er deutete auf Charity. »Sie kennen Captain Laird?«

»Wer kennt sie nicht?« antwortete Croyd. Er lächelte flüchtig. »Ich freue mich, Sie kennenzulernen.« Er wurde übergangslos ernst. »Sie wollen wirklich mit diesem Ding fliegen?«

»Wenn wir es weiter als zehn Zentimeter in die Luft bekommen, ja«, antwortete Charity lächelnd.

»Das werden Sie«, antwortete Croyd überzeugt. »Diese alten Vögel waren robuste kleine Maschinchen, die so schnell nichts umwirft. Aber es ist zu früh.« Er wandte sich wieder an Stanley. »Kommen Sie morgen wieder, Colonel. Oder besser in zwei Tagen. Der Hubschrauber muß doch . . .«

Stanley schnitt ihm mit einer zornigen Geste das Wort ab. »Wir haben weder bis morgen Zeit noch bis übermorgen, Croyd«, sagte er heftig. »Fliegt er, oder fliegt er nicht?«

Croyd schwieg einen Moment, eher verblüfft als erschrocken, oder gar eingeschüchtert. »Theoretisch, ja«, wiederholte er. »Aber . . .«

»Dann ist es ja gut«, sagte Stanley. »Alles andere wird sich zeigen. Weisen Sie Captain Laird in die Instrumente ein.«

Croyd starrte ihn aus aufgerissenen Augen an, aber Stanley gab ihm keine Gelegenheit mehr, zu widersprechen, sondern fuhr auf dem Absatz herum und verschwand mit schnellen Schritten im Hintergrund der Halle. Croyd blickte ihm kopfschüttelnd nach.

»Was hat er?«

Charity zuckte die Achseln. »Ich weiß es nicht«, sagte sie. Ein wenig war sie selbst überrascht, wie glatt ihr die Lüge von den Lippen kam.

»Vielleicht ist er böse, daß wir ihm sein Spielzeug wegnehmen«, sagte Mike.

Croyd sah jetzt doch ein wenig erschrocken aus. »Aber Sie bringen es doch zurück, oder?«

»Selbstverständlich – falls wir nicht damit vom Himmel fallen.« Mike klaubte seinen Rucksack vom Boden auf und schlenderte auf den Hubschrauber zu.

Croyd blieb stehen, um sich eine filterlose Zigarette anzuzünden. Er stieß eine blaue Rauchwolke in Mikes Richtung und lächelte übertrieben schadenfroh. »Ich bin nicht besonders scharf darauf, den Testpiloten zu spielen. Können Sie mit einer solchen Maschine umgehen?«

Mike nickte. »Natürlich«, sagte er beleidigt.

»So natürlich ist das gar nicht«, antwortete Croyd, während sie sich dem Hubschrauber näherten. »Ich weiß, daß Sie ein Raumschiff fliegen können, aber das da ist etwas anderes, glauben Sie mir. Sie haben keinerlei Hilfsmittel. Keine Computer, die jeden ihrer Fehler ausbügeln. Nicht einmal einen Höhenmesser. Wenigstens keinen«, fügte er hinzu, »der funktioniert. Eine Maschine wie diese zu fliegen, erfordert eine Menge Fingerspitzengefühl.«

Sie hatten den Helikopter erreicht. Croyd öffnete die Kanzeltür, trat einen Schritt zurück und machte eine einladende Handbewegung. Mike zögerte unmerklich, aber dann gab er sich einen sichtlichen Ruck, warf sein und Charitys Gepäck in den schmalen Stauraum hinter den Sitzen und kletterte umständlich in die Maschine hinein. Charity hörte ihn seufzen. »Mein Gott, das Ding stammt ja noch aus der Steinzeit.«

Croyd nickte ungerührt. »Seien Sie froh, daß das so ist, Lieutenant. Wenn er zehn Jahre jünger wäre, hätten wir ihn kaum hingekriegt.«

»Haben Sie sich deshalb dieses Wrack ausgesucht?« fragte Charity.

Wenn Croyd die Bezeichnung *Wrack* störte, so ließ er sich nichts anmerken. Er nickte. »Zum Teil«, gestand er. »Eine Maschine jüngeren Datums wäre mir persönlich auch lieber gewesen, glauben Sie mir. Aber es hätte keinen Sinn gehabt. Wir bräuchten Wochen, um eines dieser vollelektronischen Spielzeuge wieder hinzukriegen – falls wir es überhaupt schaffen. Das hier . . .« Er schlug mit der flachen Hand gegen die Pilotenkanzel, und der ganze Helikopter begann leicht zu zittern. ». . . ist so etwas wie ein Dinosaurier, wissen Sie? Ein einfacher, robuster Motor und so gut wie keine Elektronik.« Er deutete auf den Motor, der hinter und über der Pilotenkanzel angebracht war. »Das Schätzchen da oben hat uns ein bißchen Kopfzerbrechen bereitet, aber jetzt läuft es wieder.«

»Woher haben Sie die Ersatzteile?« fragte Charity.

»Ersatzteile?«

»Zündspule, Kerzen, Verteiler . . .« Sie machte eine Handbewegung, um anzudeuten, daß sie die Aufzählung noch weiterführen konnte, es aber nicht für nötig hielt.

»Es gibt keine«, sagte Croyd lakonisch. »Alles selbstgebaut. Gute amerikanische Handarbeit.« Er lächelte flüchtig. »Falls Sie landen sollten, passen Sie auf, daß der Motor nicht ausgeht. Es gibt keinen Anlasser.«

»Oh«, sagte Charity. Croyd grinste, streckte übertrieben galant den Arm aus und half ihr, zu Mike in die Kabine zu klettern. Anschließend zog er sich schnaubend selbst auf die Kufen des Helikopters hinauf und beugte sich vor, um Mike die Instrumente zu erklären; ein Unterfangen, das mit einigen wenigen Worten erledigt war, denn die allermeisten Anzeiger funktionierten nicht mehr.

»Das da ist die Tankanzeige«, sagte er abschließend. »Sie geht nicht. Wenn die Kiste anfängt zu rütteln, schalten Sie an diesem Hebel auf Reserve. Anschließend haben Sie noch ungefähr zehn Minuten Zeit, die nächste Tankstelle zu finden.«

»Wie groß ist die Reichweite?« fragte Mike.

Croyd zuckte mit den Schultern. »Keine Ahnung. Der Tank faßt hundert Gallonen – also vielleicht zweihundert Meilen. Kaum mehr. Diese alten Motoren haben einen gesegneten Appetit.«

Zweihundert Meilen, dachte Charity betroffen. Das bedeutete, daß sie acht- bis zehnmal nachtanken mußten, ehe sie SS Nulleins erreichten. Sie wußte, daß sie es nicht schaffen würden. Nicht mit diesem Wrack.

»Aber um Ihren Treibstoffvorrat brauchen Sie sich keine Sorgen zu machen«, fuhr Croyd aufgeräumt fort. »Der Vogel ist vollgetankt. Es reicht, wenn sie ein Stück aufs Meer hinausfliegen und ein paar Runden drehen. Wir wollen nicht wissen, ob das Ding kunstflugtauglich ist, sondern nur, ob es *fliegt.«*

Mike sah verwirrt auf, aber Charity warf ihm einen raschen, warnenden Blick zu, und er schluckte die Antwort herunter, die ihm auf der Zunge gelegen hatte. Vielleicht war es besser, wenn er nicht wußte, daß sie nicht wiederkommen würden.

Stanley kam zurück, und Croyd beendete seine Erklärung in aller Hast und sprang wieder zu Boden, um den Colonel Platz zu machen. Charity sah, wie er um den Hubschrauber herumging und geschickt am Heck hinaufkletterte, um sich am Motor zu schaffen zu machen. In der rechten Hand hielt er ein gut anderthalb Meter langes Seil. Es dauerte einen Moment, bis sich Charity an seine Worte erinnerte, den fehlenden Anlasser betreffend. Er und seine Kollegen mußte eine Art Schwungrad gebastelt haben, um ihn wie die Maschine eines Motorbootes anzuwerfen.

»Sind Sie soweit?« fragte Stanley. Er sprach sehr leise, wohl damit Croyd und die anderen Mechaniker seine Worte nicht hörten. Charity nickte.

»Ich . . . hoffe, Sie kommen durch«, sagte Stanley leise. Es klang traurig, aber Charity spürte, daß es ehrlich gemeint war. Plötzlich hatte sie das Bedürfnis, ihm in irgendeiner Weise Trost zuzusprechen. Und sei es nur, um sich auf diese Weise selbst einzureden, daß sie ihn und all die anderen hier nicht einfach im Stich ließen. Aber sie nickte nur dankbar.

»Fliegen Sie so lange wie möglich an der Küste entlang«, sagte Stanley. »Soviel ich weiß, konzentrieren sie sich im Moment eher auf das Landesinnere. Und falls Sie auftanken müssen, tun Sie es auf irgendeinem Highway, möglichst weit weg von der nächsten Stadt. Es gibt wahrscheinlich fünfzig Millionen Menschen in diesem Land, die sie ohne zu zögern umbringen würden, um einen Platz in dieser Maschine zu kriegen.«

»Ich weiß«, sagte Charity. »Wir . . . wir passen schon auf, Colonel.«

»Sie werden es nicht schaffen«, fuhr Stanley fort. Er sprach schnell, fast tonlos, in der Art eines Mannes, der hastig einen auswendig gelernten Text herunterrasselte, um ja nichts zu vergessen. »Nicht mit diesem Schrotthaufen. Wenn Sie runter müssen, versuchen Sie irgendeinen Wagen wieder flottzumachen. Einen alten Ford vielleicht oder einen Dodge oder Volkswagen. Die Dinger bestehen praktisch nur aus Blech, kaum Elektronik.«

Charity wollte antworten, aber Stanley hörte nicht mehr hin. Mit einem Satz sprang er von der Kufe der Maschine herab, warf die Tür zu und hob befehlend den Arm. Über Charitys und Mikes Köpfen erwachte der altmodische Benzinmotor des Helikopters stotternd und spuckend zum Leben. Einen Moment lang lief er unruhig und drohte wieder auszugehen, aber dann gab Mike vorsichtig Gas, und sein Lauf wurde gleichmäßiger. Über dem zerschrammten Plexiglas der Kuppel begannen sich die vier Rotorblätter ganz langsam zu drehen.

Die großen Rolltore der Halle wurden geöffnet. Grelles Sonnenlicht flutete in die Halle und ließ Charity blinzeln. Mike hob schützend die Hand vor die Augen, griff mit der anderen in die Brusttasche seines Hemdes und zog eine Sonnenbrille hervor.

Auf einen weiteren Wink Stanleys hin befestigten einige Soldaten zwei Drahtseile an den Kufen des Hubschraubers und zogen die kleine Maschine ins Freie. Charity mußte sich alle Mühe geben, um möglichst gelassen auszusehen, während sie darauf warteten, starten zu können. Die Männer wichen respektvoll vor den pfeifenden Rotoren zurück und bildeten einen weiten Kreis um die Maschine. Wieder hatte sie das Gefühl, all diese Männer im Stich zu lassen. Ein bißchen kam sie sich fast vor, als wäre *sie* schuld an dem, was ihnen passieren würde.

»Ist irgend etwas?« fragte Mike. Ihm war nicht entgangen, wie ruhig sie plötzlich geworden war und wie verkrampft sie auf ihrem Sitz hockte.

Charity schüttelte den Kopf und sah demonstrativ in eine andere Richtung. Zwei Minuten später hoben sie ab.

Sie hatten Glück, in zweifacher Hinsicht. Croyd und seine Männer schienen wirklich so etwas wie ein kleines Wunder vollbracht zu haben, denn der Hubschrauber flog ganz ausgezeichnet, und der Tag war beinahe windstill, so daß Mike sich ganz darauf konzentrieren konnte, sich an diesen seltsamen Vogel zu gewöhnen.

Sie folgten Croyds Rat und flogen in geringer Höhe, aber sehr schnell, aufs offene Meer hinaus, schlugen dann einen Bogen und näherten sich wieder der Küste. Die verwaiste Plastikwelt von Coney Island huschte unter ihnen hinweg, dann jagte der Schatten des Helikopters über die ersten Häuser der Vororte hinweg. Drüben in Manhattan hatte die Stadt einen chaotischen Anblick geboten, aber hier wirkte sie... tot. Sie hatte damit gerechnet, daß das Motorengeräusch der Maschine die Menschen auf die Straße locken würde, aber sie sah niemanden. Wenn hier überhaupt noch jemand lebte, dann verkrochen sie sich in ihren Häusern. Fast gegen ihren Willen mußte sie wieder an das Haus voller Toter denken, das sie entdeckt hatten. Vielleicht war es dort unten dasselbe, dachte sie schaudernd. Vielleicht waren es Häuser voller Leichen, über die sie hinwegflogen.

Mike beugte sich ein wenig im Pilotensitz vor, blickte nach unten und korrigierte den Kurs des Hubschraubers dann ein wenig. Sie flogen jetzt fast parallel zur Küste und kaum noch höher als dreißig Meter. Trotzdem regte sich unter ihnen nichts.

»Niles?« fragte sie.

Mike nickte. »Wenn ich das Haus finde«, sagte er. »Sieht alles ein bißchen anders aus, von hier oben.«

Gut zehn Minuten lang flogen sie nach Süden. Sie sahen jetzt doch gelegentlich Menschen – hier und da einen Radfahrer oder ein paar Leute, die der Lärm der Rotoren aus den Häusern gelockt hatte.

Schließlich erreichten sie die Straße, in der Niles' Haus lag. Selbst aus einer Höhe von weniger als dreißig Metern deutete hier nichts auf die Katastrophe hin, die den Lebensnerv New Yorks durchschnitten hatte – eine normale Straße voller kleiner, geschmackvoller Einfamilienhäuser, die sich hinter liebevoll gepflegten Vorgärten aneinanderreihten.

Mike lenkte den Helikopter im Tiefflug über das Haus hinweg, in dem Niles mit seiner Familie wohnte, kam in einer weit geschwungenen Kurve zurück und setzte auf dem kurzgeschnittenen Rasen vor dem Haus auf, so dicht, daß die Rotoren fast das Vordach berührt hätten. »Beeil dich«, sagte er knapp.

Charity löste ihren Sicherheitsgurt und wollte die Tür öffnen, aber Mike hielt sie am Arm zurück. »Nimm das Ding mit«, sagte er und machte eine Kopfbewegung auf die Maschinenpistole, die zwischen ihren Sitzen lag.

Einen Moment lang war Charity fast versucht, es zu tun. Dann schüttelte sie den Kopf, stieß die Tür auf und sprang aus der Kanzel, ehe Mike sie abermals zurückhalten konnte. Geduckt lief sie auf das Haus zu, wobei sie sich aufmerksam nach beiden Seiten hin umsah. Hinter den Fenstern des Nachbarhauses erschien ein Schatten; etwas blinkte. Aber niemand kam auf die Straße heraus.

Hinter ihr heulte der Motor des Helikopters auf, und für einen Moment warf sie der künstliche Sturmwind der Rotoren fast um, als Mike die Maschine wieder startete und zehn Meter über der Straße in der Luft anhielt. Offensichtlich nahm er Stanleys Warnung sehr ernst.

Die Tür wurde geöffnet, als sie noch zwei Meter vom Haus entfernt war, und Niles trat heraus. Er trug eine einfache, schwarze Cordhose und eines der grell bunten Hemden, die er so liebte. Unter seinem Gürtel steckte eine Pistole. Und er wirkte kein bißchen überrascht, als er Charity sah.

Sekundenlang blickte er sie schweigend an, dann hob er den Kopf und sah zu dem Helikopter hinauf. »Wo habt ihr denn das Museumsstück aufgetrieben?« fragte er. Seine Stimme klang sehr müde. Charity sah einen Schatten hinter ihm im Haus und ein Paar dunkler Augen, die sie fast angstvoll musterten. Sie registrierte mit einem völlig unbegründeten Gefühl des Schreckens, daß es die Augen eines Kindes sein mußten. Eine M16 mit aufgeschraubtem Zielfernrohr lehnte an der Wand. Mit aller Gewalt mußte sie sich dazu zwingen, Niles wieder anzublicken.

»Es fliegt, oder?« sagte sie.

Niles lachte humorlos. »Ja«, sagte er. »Es geht wieder aufwärts, wie?«

»Wir . . . haben den Rückruf bekommen«, sagte sie zögernd. »Vor zwei Stunden, Niles. Von Becker persönlich.«

»SS Nulleins?« Niles deutete wieder auf den Hubschrauber. »Mit dem Ding?«

»So weit wir kommen«, antwortete Charity achselzuckend. Verdammt, was war nur mit ihr los? Plötzlich fiel es ihr schwer, weiterzusprechen.

»Wir alle drei, Niles«, sagte sie.

Niles verzog die Lippen, aber sie wußte nicht einmal, ob es ein Lächeln sein sollte. »Ist da drinnen Platz für drei Passagiere?«

Charity schüttelte wortlos den Kopf, und auch Niles schwieg fast eine Minute lang. »Dann wünsche ich euch viel Glück«, sagte er schließlich.

»Du . . . kommst nicht mit?«

Niles lächelte jetzt wirklich. »Nein, Captain. Auch nicht, wenn Sie es mir befehlen.«

»Du weißt, was das bedeutet?« fragte sie sehr leise.

Niles nickte abermals. Sein Gesicht war wie eine Maske aus Stein.

Nach einer Weile drehte sie sich einfach herum und gab Mike ein Zeichen, den Helikopter zu landen, damit sie wieder einsteigen konnte. Als der Helikopter eine halbe Minute später wieder startete, beugte sie sich noch einmal im Sitz vor und blickte in die Tiefe. Niles stand zusammen mit einer dunkelhäutigen Frau und einem vielleicht zehnjährigen Mädchen hinter dem Haus. Die Frau winkte ihnen zu. In den Armen des Kindes lag eine Maschinenpistole, aber es hielt sie nicht wie eine Waffe, sondern so, wie ein Kind eine Puppe hielt, in beiden Armen und fest gegen die Brust gepreßt. Charity vergaß dieses Bild nie wieder.

Sie waren hundert Meilen von New York entfernt, als die Stadt unterging, und trotz der großen Entfernung konnten sie es *sehen.* Der Tag war sehr klar, und sie flogen jetzt sehr hoch, so daß die Türme Manhattans noch immer als verschwommene Silhouette vor dem Horizont zu erkennen waren. Als es geschah, wendete Mike den Hubschrauber und hielt ihn reglos in der Luft, so daß sie das schreckliche Schauspiel in allen Einzelheiten verfolgen konnten.

Es war eine Art Nebel, der aus dem Nichts kam und sich wie eine halbdurchsichtige riesige Kuppel über New York stülpte; die Faust eines Giganten, die sich lautlos um die Millionenstadt schloß und alles Leben darin auslöschte. Die steinernen Giganten Manhattans stürzten nicht, es gab keinen Rauch, keine Flammen, auch keine schreckliche Explosion, die die Stadt vom Angesicht der Erde fegte. Sie dachte an das reglos daliegende Haus, das Niles und der Soldat vor fünf Tagen entdeckt hatten, und plötzlich wußte sie, daß es dieselbe fürchterliche Macht war, die jetzt nach der ganzen Stadt griff und alles Leben darin auslöschte – schnell und gnadenlos und gründlich.

Die Glocke aus grauem Nichts blieb nur für wenige Minuten über der Stadt, ehe sie sich aufzulösen begann, sehr langsam und ungleichmäßig, als wäre die Macht, die sie bisher in ihrer Form gehalten hatte, urplötzlich erloschen und gäbe sie nun dem Wind preis. In der Kuppel aus waberndem Nebel entstanden große, wirbelnde Risse... schließlich war es nur noch ein dünner Schleier, aus dem die Wolkenkratzer Manhattans emporwuchsen wie abgestorbene Bäume aus einem nebelverhangenen Motor.

Mike wendete schweigend den Hubschrauber und brachte die Maschine wieder auf Kurs. Keiner von ihnen sprach ein einziges Wort, bis sie das erste Mal zwischenlanden mußten.

12. Dezember 1998

Gegenwart

Der Kontrollraum glich einem Hexenkessel. Das Licht flackerte in hektisch pulsierendem Rot, und die Sirenen schrillten und schrillten. Sie hielt nach Becker Ausschau, konnte ihn aber nirgends entdecken, was aber kein Wunder war: In dem riesigen Computersaal herrschte das reinste Chaos.

Die Karte auf dem Wandschirm war verschwunden; statt dessen zeigte der riesige Monitor jetzt einen Ausschnitt einer der oberen Etagen; welche, konnte Charity nicht genau erkennen, denn das Bild war voller Staub und Rauch und fliegender Trümmer. Sie sah fliehende Menschen, hinter ihnen ein riesiger Schatten. In die aufgeregten Rufe der Zentralbesatzung mischten sich gellende Schreie und das gedämpfte Krachen von Explosionen.

Endlich entdeckte sie Becker – er stand auf der anderen Seite der Zentrale, auf halber Höhe der Treppe, die zu der rundum laufenden Empore hinaufführte. Charity rief seinen Namen, winkte aufgeregt mit den Armen und schaffte es tatsächlich, seine Aufmerksamkeit zu erregen. Becker blieb stehen, erwiderte ihr Winken und wartete ungeduldig, bis sie sich durch das Chaos in der Zentrale zu ihm durchgekämpft hatte.

»Was ist passiert?« fragte sie erregt.

Becker deutete mit einer fast wütenden Kopfbewegung auf den Bildschirm.

»Sie sind durchgebrochen«, sagte er. Charity fiel erst jetzt auf, daß er in Schweiß gebadet war.

»Durch die Tore?«

Becker schüttelte abgehackt den Kopf. »Nein. Es . . . es sieht so aus, als kämen sie direkt aus dem Boden.«

Aber das war unmöglich! dachte Charity fassungslos. Über ihnen war eine halbe Meile Granit! Ungläubig wandte sie sich um und starrte auf den riesigen Videoschirm. Und wie um Beckers Worte auf gräßliche Weise zu bestätigen, klärte sich in diesem Moment das Bild. Der Staub, der den Blick der Kamera bisher verschleiert hatte, legte sich ein wenig, und sie sahen zum ersten

Mal den Gegner, der die sicherste Bunkeranlage der Welt gestürmt hatte:

Sie erkannte jetzt, welchen Teil der Bunkeranlage die Kamera zeigte – es war nicht die Eingangshalle, sondern die dritte Ebene, ein riesiger Wohn- und Lagerkomplex, der bereits mehr als dreihundert Meter unter dem Boden lag. Die Rückwand der gewaltigen Halle, auf die die Kameraoptik gerichtet war, war zusammengebrochen. Die mannsdicken Stahlbetonpfeiler, die die Decke getragen hatten, waren wie Streichhölzer zusammengeknickt, und auch in den Wänden und im Boden gähnten Risse. Und inmitten dieses Chaos aus Trümmern und wirbelndem Staub . . .

Charity stöhnte vor Entsetzen.

Es war ein Monster; ein Ungeheuer im wahrsten Sinne des Wortes: ein gigantischer, sicher mehr als zwanzig Meter langer und gut fünf Meter durchmessender Wurm von schwarzbrauner Farbe, ohne irgendwelche erkennbaren Gliedmaßen oder Sinnesorgane. Sein Körper befand sich in beständiger, zuckender Bewegung, als lebte jedes einzelne seiner zahllosen Segmente für sich. Ein gigantisches Maul öffnete und schloß sich wie das eines Fisches auf dem Trockenen. Charity erkannte eine fünffach gestaffelte Reihe kräftiger stumpfer Zähne.

Ein dünner, blutroter Laserstrahl stach nach dem Ungeheuer. Er traf, aber eine Wirkung war nicht zu erkennen. Das braunschwarze Fleisch schien die geballte Ladung an Lichtenergie einfach aufzusaugen, wie ein ausgetrockneter Schwamm einen Wasserstrahl.

Das Bild schwankte. Selbst durch hundert Meter massiven Fels hindurch spürte Charity das Zittern, als ein weiterer Teil der Rückwand zusammenbrach.

Aus dem Chaos tauchte ein zweiter dieser gigantischen Wurmkreaturen auf, und diesmal erkannte sie deutlich den kreisrunden Schacht, aus dem sie hervorgekrochen kam. Einen Schacht, der direkt in den gewachsenen Fels der Rockys hineinführte und sanft anstieg . . .

»Großer Gott!« stammelte Becker. »Sie . . . sie fressen sich durch den Berg!«

Wieder zuckten Laserstrahlen über das Bild. Charity sah, wie die schwarze Panzerhaut des Ungeheuers in einem sanften, sehr dunklen Rot zu glühen begann, dann Blasen zu werfen und zu schwelen

– und plötzlich bäumte sich der Wurm auf, warf sich in blinder Agonie hin und her –

– und begann sich in rasender Schnelligkeit in den Boden hineinzugraben! Die Laserstrahlen folgten ihm wie ein Gespinst aus tödlichem Licht, aber dann geschah das, was Charity befürchtet hatte – einer nach dem anderen erloschen die dünnen Lichtfäden, als die Waffen einfach leergeschossen waren. Nach kaum einer Minute war der monströse Wurm verschwunden. Wo er gelegen hatte, gähnte ein fünf Meter durchmessendes, kreisrundes Loch im Boden.

»Das reicht«, sagte Becker. Sehr viel lauter und zu einem Mann irgendwo in dem Durcheinander unter ihnen gewandt fügte er hinzu: »Rob – sagen Sie diesen Idioten, daß sie aufhören sollen zu schießen! Rückzug!«

»Was haben Sie vor?« fragte Charity erschrocken.

Becker schürzte fast trotzig die Lippen. »Was glauben Sie, Captain Laird?« fragte er. »Ich tue das, was ich schon vor zwei Tagen hätte tun sollen. Ich sprenge. Vielleicht geben sie auf, wenn sie denken, daß hier unten alles zerstört ist.«

»Aber Sie . . .«

Becker schnitt ihr mit einer barschen Bewegung das Wort ab. »Sie kennen Ihre Befehle, Captain«, sagte er. »Gehen Sie!«

»Gehen?« Charity schrie fast. »Sie müssen verrückt sein, Becker! Es dauert Stunden, das Schiff startklar zu machen. Die CONQUEROR . . .«

»Ist seit einer Woche startklar«, unterbrach sie Becker unwillig. »Verdammt, halten Sie mich für einen Idioten, Laird? Holen Sie Ihre Ausrüstung, und warten Sie in der Schleuse auf uns. Das ist ein Befehl.«

Eine einzige, endlose Sekunde lang starrte Charity ihn nur an, dann drehte sie sich wortlos um und verließ die Zentrale.

6. Dezember 1998

Vergangenheit

Es wurde wieder hell, als sie das dritte Mal zwischenlanden mußten, und diesmal hatten sie weniger Glück. Der Flug durch die Nacht war ein Alptraum gewesen. Unter ihnen waren keine Lichter gewesen. Hier und da hatten sie ein Feuer gesehen, aber sie hatten sich gehütet, ihm nahe zu kommen.

Zumindest eines war kein Problem gewesen: Treibstoff. Mike war einfach nur dem Highway nach Westen gefolgt, und seine Rechnung war aufgegangen. Unter den Tausenden von Wagen, die auf dem grauen Betonband liegengeblieben waren, hatten sie zweimal Tanklaster voller Benzin entdeckt, so daß das Nachtanken weder gefährlich noch zeitraubend geworden war. Mike hatte den Helikopter einfach auf der Straße aufgesetzt und mit laufendem Motor aufgetankt, während Charity mit entsicherter Waffe Wache hielt. Sie hatten Stanleys Warnung nicht vergessen. Und sie hatten während der ganzen Nacht keinen einzigen Außerirdischen gesehen.

Sie entdeckten auch jetzt keinen, aber auch keinen Tankwagen. Es war hell geworden, und vor fünf Minuten hatte Mike fluchend auf den Reservetank umgeschaltet, nachdem der Motor zu spucken begonnen hatte. Seitdem glitten sie in zwanzig Metern Höhe über den Highway hinweg.

»Wie lange noch?« fragte Charity.

Mike zuckte die Achseln. »Keine Ahnung. Vielleicht fünf Minuten. Aber ich will nichts riskieren. Schlimmstenfalls landen wir neben irgendeinem Wagen und zapfen den Tank an.«

Sein Tonfall machte deutlich, daß ihm die Idee nicht gefiel. Sie waren beide müde. Sie hatten vierundzwanzig Stunden nicht geschlafen. Und sie flogen über ein Land, das sich im Krieg befand, auch wenn sie davon bisher noch nichts gemerkt hatten. Es kam Charity fast absurd vor, daß sie den Gegner, der eine ganze Welt in die Knie gezwungen hatte, bisher kein einziges Mal zu Gesicht bekommen haben sollten.

»Schau, da vorne.« Mike deutete auf einen kleinen, rechteckigen

Umriß, der am Ende des monotonen Betonbandes aufgetaucht war und allmählich heranwuchs. Plötzlich atmete er erleichtert auf. »Das Glück ist mit den Dummen«, verkündete er. »Ein Drive-In. Komplett mit Tankstelle und Motel.« Er grinste. »Ich spendiere dir einen kalten Hamburger, sobald wir getankt haben, einverstanden?«

Charity rang sich mühsam dazu durch, sein Lächeln wenigstens andeutungsweise zu erwidern, nahm den Feldstecher von den Knien und blickte aufmerksam zu der kleinen Ansammlung schäbiger Gebäude hinüber. Alles wirkte vollkommen normal: Vor dem Restaurant stand ein halbes Dutzend Autos, und ein Stück neben der Tankstelle lag ein riesiger, hellgrün gestrichener Tankwagen.

»Bingo«, sagte sie. »Da steht ein Tanker. Die nächsten dreihundert Meilen sind uns sicher.« Und damit hätten sie dann die Hälfte geschafft. Viel mehr, als sie zu hoffen gewagt hatten . . .

Mike nahm vorsichtig Gas weg, flog eine Schleife und näherte sich dem Motel von der der Straße abgewandten Seite, während Charitys Blick aufmerksam über die umliegende Landschaft glitt. Sie hatten abermals Glück – es gab im Umkreis von mehreren Meilen nichts als flache Steppe, auf der kaum ein Strauch wuchs. Keine Gefahr, von einem Angreifer aus dem Hinterhalt überrascht zu werden.

»Okay«, sagte Mike. »Wir machen es wie beim letzten Mal – ich tanke, du stehst Schmiere.« Er grinste. »Pfeif dreimal, wenn die Bullen kommen.«

Sie landeten fünf Meter neben dem Tanker. Mike ließ den Gashebel ganz vorsichtig los und wartete mit angehaltenem Atem darauf, daß der Motor ausging, aber das tapfere Maschinchen lief munter weiter. Charity fragte sich, wie lange der fünfundzwanzig Jahre alte Motorblock die Dauerbelastung noch aushalten würde, bevor er ihnen schlichtweg um die Ohren flog.

Sie stieß die Tür auf, sprang mit einem federnden Satz aus dem Hubschrauber und hob sofort ihr Gewehr. Auf der anderen Seite kletterte Mike umständlich aus der Maschine heraus, reckte sich ausgiebig und strich sich müde über Gesicht und Augen, ehe er sich daranmachte, den Hubschrauber zu umkreisen und auf den Tankwagen zuzugehen.

Er erreichte ihn nie.

Wahrscheinlich war es ihre Müdigkeit, die sie hatte leichtsinnig werden lassen. Es ging alles so schnell, daß Charity nicht einmal dazu kam, einen warnenden Ruf auszustoßen. Die Tür des Motels flog mit einem scheppernden Laut auf, und ein halbes Dutzend Bewaffneter stürmte ins Freie; im selben Moment tauchte ein Gewehrlauf im Fenster des Lastwagens auf. Charity erstarrte mitten in der Bewegung.

»Gut so«, sagte eine Stimme. Sie kam irgendwo aus dem Dunkel hinter dem Gewehr, und sie klang sehr entschlossen, aber auch voller Angst. »Mach jetzt lieber keine falsche Bewegung, Kleine. Leg dein Gewehr weg, aber hübsch langsam.«

Charity gehorchte. Aus den Augenwinkeln sah sie, wie auch Mike behutsam die Arme hob und zu einer Stelle am hinteren Ende des zwölf Meter langen Trucks blickte. Hinter den Zwillingsreifen des Lasters war eine geduckte Gestalt aufgetaucht. Auch sie hielt ein Gewehr.

»Hören Sie«, sagte sie vorsichtig. »Wir sind nicht Ihre Feinde.«

Sie bekam keine Antwort und hob vorsichtshalber die Arme noch ein wenig höher. Zwei Sekunden später verschwand der Gewehrlauf aus dem Fenster der Fahrerkabine, und die Tür wurde aufgestoßen. Ein vielleicht zwanzigjähriger blonder Junge in einem zerschlissenen Overall sprang aus dem Wagen. Das Gewehr in seinen Händen war eine uralte Remington, die wahrscheinlich nicht einmal auf zwanzig Meter genau schoß. Aber das nutzte ihr verdammt wenig – der Junge war kaum drei Meter von ihr entfernt, und er sah ganz so aus, als wäre er zu allem entschlossen. Außerdem war er halb wahnsinnig vor Angst.

»Wir sind auf eurer Seite«, sagte sie noch einmal. »Wirklich.«

Der Junge antwortete nicht, aber in die Angst in seinem Blick mischte sich etwas wie vorsichtige Erleichterung. Trotzdem blieb er mißtrauisch. Er *wollte* ihr gerne glauben, das spürte sie, aber er konnte es nicht.

Sie versuchte die Hände herunterzunehmen und provozierte damit eine rasche, drohende Bewegung des Gewehres. »Tun Sie lieber nichts, wozu Sie keine Zeit mehr hätten, es zu bereuen«, sagte der Junge.

Charity unterdrückte ein Seufzen. *In welchem Film hatte er diesen Satz aufgeschnappt?* dachte sie. Aber sie gehorchte trotzdem.

Aus dem Motel näherte sich ihnen jetzt eine Gruppe von fünf oder sechs Männern. Zwei von ihnen gingen auf den Helikopter zu, während die anderen hinter dem Jungen stehenblieben. Zwei weitere Gewehre und der Lauf einer kleinen Damenpistole richteten sich auf Charity.

»Hören Sie«, sagte sie, »wir sind amerikanische Soldaten, keine Marsmenschen. Ihre Vorsicht in allen Ehren, aber ich bin müde und mir tut jeder einzelne Knochen im Leib weh. Kann ich jetzt vielleicht endlich die Hände herunternehmen?«

Sie hatte ziemlich scharf gesprochen, und der rüde Ton erzielte die Wirkung, die sie sich erhofft hatte. Der Junge wirkte plötzlich nicht mehr halb so sicher; schließlich nickte er.

»Sagt Stan Bescheid«, sagte er, an einen der anderen Männer gewandt. »Wir haben sie. Ich glaube nicht, daß es Russen sind.«

Russen? Charity riß die Augen auf und starrte den Jungen an. *Was zum Teufel...*

Ihre Überraschung entging dem Jungen keineswegs, und natürlich deutete er es völlig falsch. Das mißtrauische Funkeln in seinen Augen wurde wieder stärker. »Oder?« fragte er.

»Natürlich nicht«, antwortete Charity hastig. »Verdammt, schauen Sie sich meine Uniform an – sehe ich aus wie ein russischer Soldat?«

Der Junge kam tatsächlich einen Schritt näher und blickte mißtrauisch auf das kleine Sternenemblem über ihrer Brust. »US Space Force?« Er starrte sie an, drehte den Kopf und blickte zum Helikopter hinüber. Plötzlich grinste er. »Komische Raumschiffe habt ihr neuerdings.«

Seine Bemerkung brach den Bann. Charity konnte regelrecht sehen, wie die Spannung aus den Gesichtern der anderen wich, und auch der Junge atmete hörbar auf. Trotzdem zögerte sie noch einen Moment, die Hände herunterzunehmen. Diese Männer waren mehr als nur *nervös.* Eine einzige falsche Bewegung, und ihre Reise fände ein vorzeitiges Ende.

Sie setzten sich in Bewegung und gingen zum Motel hinüber. Der Motor des Helikopters erstarb mit einem seufzenden Geräusch, als sie die halbe Strecke geschafft hatten, aber Charity sah sich nicht einmal um. Irgendwie würden sie das Ding schon wieder in Gang kriegen, dachte sie. Und wenn nicht... nun, sie waren ohnehin schon sehr viel weiter gekommen, als sie erwartet hatte. Im Moment interessierte sie sich sehr viel mehr für ein Bett. Mike und sie brauchten dringend Schlaf.

Im Inneren des Motels hielten sich etwa zehn Menschen auf – ein paar Angestellte, ein ältliches Ehepaar, dem man seine Angst selbst auf zwanzig Meter Entfernung ansah, ein Mann in kariertem Hemd, den sie ganz instinktiv als den Fahrer des Tanklasters einschätzte, und ein junges Pärchen in Lederkleidung. Sie erinnerte sich flüchtig, eine Harley draußen auf dem Parkplatz gesehen zu haben. Strandgut, dachte sie, das der nie erklärte Krieg in diesem Motel zusammengetrieben hatte.

Ein übergewichtiger Mann in einem schlecht sitzenden Anzug kam auf sie und Mike zu, als sie das Lokal betraten. Mit Ausnahme des älteren Ehepaares war er der einzige, der keine Waffe trug, und doch wußte sie, daß sie dem Führer dieser kleinen Gemeinschaft gegenüberstand.

»Sie sind Stan?« fragte sie.

Er nickte. Sein Blick war vollkommen ausdruckslos, während er Mike und sie musterte. »Und Sie Captain Laird, wenn ich mich nicht irre.«

»Jedenfalls heiße ich nicht Lairdowska«, antwortete Charity säuerlich. »Wie zum Teufel kommen Sie auf die Schnapsidee, daß wir Russen sein könnten?«

Stan zuckte unbeeindruckt die Achseln. »Gibt nur zwei Möglichkeiten, oder? Die Ameisen oder die Roten. Wie Ameisen sehen Sie nicht aus, Captain.«

Ameisen? dachte sie verwirrt. Dann begriff sie. Keiner von diesen Menschen wußte, was wirklich passiert war – wahrscheinlich waren sie vor fünf Tagen hier einfach durch Zufall zusammengekommen, und alles, was sie gesehen hatten, war der große Blitz. Seither saßen sie hier fest.

Sie verzichtete auf eine Antwort auf Stans Bemerkung, steuerte einen der Tische an und ließ sich seufzend daran nieder. Plötzlich war sie nur noch müde. Und sie hatte entsetzliche Angst vor den Fragen, die sie stellen würden.

»Sie sehen aus, als könnten sie eine kleine Stärkung vertragen«, sagte Stan, nachdem sich auch Mike zu ihnen gesetzt hatte. »Polly – mach unseren Gästen etwas zu essen. Und einen starken Kaffee.« Er lächelte, als er Charitys dankbaren Blick bemerkte, zog sich einen Stuhl heran und ließ sich rittlings darauf nieder. Nach und nach kamen auch die anderen heran, bis Mike, Charity und er von einem guten Dutzend Männern und Frauen umringt waren.

»Was ist passiert?« fragte Stan schließlich. Charity sah widerstrebend auf, und er mußte spüren, daß sie ihm nicht antworten *wollte,* denn er fügte mit einer entschuldigenden Geste hinzu: »Wir sind seit einer Woche von allem abgeschnitten, wissen Sie? Hier funktioniert fast nichts mehr. Hat es . . . Krieg gegeben?«

Charity schüttelte den Kopf, nickte und schüttelte gleich darauf wieder den Kopf. Mike warf ihr einen warnenden Blick zu, aber sie ignorierte ihn. Sie konnte diese Leute einfach nicht belügen, obwohl sie das sichere Gefühl hatte, einen schlimmen Fehler zu begehen, wenn sie antwortete.

»Nicht mit den Russen, wenn Sie das meinen«, sagte sie. »Ich fürchte, drüben sieht es auch nicht anders aus als hier.«

»Es waren die Ameisen?«

Eine sonderbare Bezeichnung für die Außerirdischen, dachte Charity. Sie nickte. »Sie haben sie gesehen?«

»Ein paar«, antwortete der junge Mann in der Motorradkleidung. »Vor zwei Tagen. Haben sich drüben in den Hügeln rumgetrieben. Aber sie sind nicht hergekommen.«

Wären sie es, dachte Charity, *dann wärst du kaum noch am Leben, mein Freund.* Dann sah sie wieder Stan an und versuchte zu lächeln. »Sie sind nicht die einzigen, die abgeschnitten sind«, sagte sie vorsichtig.

Stans Gesicht verdüsterte sich. »Der große Knall, nicht?« sagte er. »Sie haben dieses ganze verdammte Land lahmgelegt.«

»So ungefähr«, gestand Charity.

»Sie können nicht hier bleiben«, sagte Mike. »Es kann Monate dauern, bis Hilfe kommt. Und die Außerirdischen . . .«

»Die sollen nur kommen«, unterbrach ihn der Junge, der Charity überrascht hatte. »Wir haben Lebensmittel für ein halbes Jahr. Und genug Munition, um sie auf den Mars zurückzuschicken.«

Stan schwieg dazu. Seinem Gesicht war nicht die mindeste Regung anzusehen. Aber Charity spürte genau, was in ihm vorging. Außer ihr und Mike war er vielleicht der einzige, der wußte, was *wirklich* auf sie zukam.

»Ihr Hubschrauber«, sagte Stan plötzlich. »Wieso fliegt er? Hier funktioniert nichts mehr.«

»Ein paar Techniker in New York haben ihn hingekriegt«, antwortete Charity ausweichend. »Ich habe allerdings keine Ahnung, wie lange er durchhält.«

»Aber wenn er funktioniert, dann müssen doch auch andere Maschinen wieder arbeiten«, sagte der Motorradfahrer. »Ich meine – unsere Jungs werden doch kommen und diese verdammten Aliens zurückjagen, oder?«

Charity wollte antworten, aber Stan war schneller. Mit einer befehlenden Geste wandte er sich an den anderen. »Halten Sie den Mund, Patrick. Sie sehen doch, daß die beiden völlig fertig sind. Ich schlage vor, wir lassen Sie jetzt erst einmal in Ruhe. Sie werden essen und sich dann gründlich ausschlafen, Captain. Sie sehen aus, als könnten Sie beides gebrauchen.«

Sie hatten weder für das eine noch für das andere Zeit, aber Charity widersprach nicht. Ihre Chance, SS Nulleins lebend zu erreichen, war nicht besonders groß, wenn Mike oder sie am Steuerknüppel des Helikopters einschliefen. Dankbar nickte sie Stan zu.

Er lächelte. »Machen Sie sich keine Sorgen um Ihren Hubschrauber«, sagte er. »Wir tanken ihn auf, und Patrick kann sich die Maschine ansehen. Er versteht eine Menge von Motoren. Morgen früh können Sie weiterfliegen.«

Charity zögerte noch immer, obwohl sie im Grunde recht gut wußte, daß sie gar keine andere Wahl hatte, als Stans Angebot anzunehmen. Sie war nicht einmal sicher, ob er sie überhaupt gehen lassen würde, wenn sie darauf bestanden. Sie kannte ihn und die anderen ja erst seit wenigen Minuten. Was, wenn Stanley mit seiner Warnung recht gehabt hatte? Was, wenn . . .

Wenn ich allmählich anfange, hinter jeder freundlichen Geste eine Falle zu wittern? dachte sie. Ihre Menschenkenntnis sagte ihr, daß sie diesen Leuten hier vertrauen sollte. Mike nahm ihr die Entscheidung ab, indem er nickte. »Wir nehmen Ihr Angebot an, Stan«, sagte er. »Falls wir Ihnen nicht zur Last fallen.«

»Bestimmt nicht«, sagte Stan. »Im Gegenteil, Lieutenant. Wir haben auf jemanden wie Sie gewartet. Aber ganz so billig«, fügte er nach einer winzigen Pause hinzu, »kommen Sie uns nicht davon. Sie müssen uns alles erzählen, wenn Sie gegessen haben – einverstanden?«

»Ein Steak gegen Informationen?« Mike zuckte die Achseln. »Warum nicht?« Und wahrscheinlich, fügte Charity in Gedanken hinzu, war das ohnehin die Währung, in der in Zukunft in diesem Land bezahlt werden würde.

Falls es überhaupt noch eine Zukunft gab.

Sie mußte vier oder fünf Stunden geschlafen haben. Dem Stand der Sonne nach zu urteilen, war es kurz vor Mittag, als sie die Augen aufschlug, und es dauerte einen Moment, bis sie spürte, daß sie nicht mehr allein im Zimmer war. Dann fuhr sie mit einem Ruck hoch und griff nach der Pistole, die unter ihrem Kopfkissen lag.

Stan hob erschrocken die Hände. »Nicht!« sagte er hastig. »Ich bin es nur.«

Charity blickte ihn einen Moment lang verwirrt an, dann senkte sie die Waffe. »Haben Sie noch nie gehört, daß man anklopft, wenn man das Schlafzimmer einer Dame betritt, Stan?« fragte sie müde.

»Vor allem, wenn sie eine Waffe unter dem Kopfkissen hat«, fügte Stan hinzu. »Ich weiß. Nehmen Sie sie ruhig herunter, Miß Laird. Ich will nur mit Ihnen reden. Ohne die anderen«, fügte er hinzu. Er machte einen Schritt auf sie zu und blieb abermals stehen.

»Legen Sie das Ding zur Seite«, bat er noch einmal. »Ich will wirklich nur reden.«

Mit einem verlegenen Lächeln legte sie die Waffe auf das Bett, stand auf und taumelte schlaftrunken zum Waschbecken. Der Wasserhahn drehte sich quietschend, aber es kam kein Tropfen heraus. Nein, dachte sie ärgerlich – sie war wirklich noch nicht ganz wach.

Stan lächelte, kam mit zwei raschen Schritten zu ihr herüber und goß frisches Wasser aus einem großen Porzellankrug in das Becken. Charity seufzte. Ob sie sich irgendwann einmal daran gewöhnen würde, daß sie um gut zweihundert Jahre zurückgeworfen worden waren? Kaum.

Sie wusch sich flüchtig, fühlte sich aber hinterher kein bißchen wacher.

»Also?« sagte sie. Sie sah Stan nicht an, sondern ging zum Fenster und blickte hinaus. Alles sah so friedlich aus. Sie schauderte.

»Sie haben uns nicht die Wahrheit gesagt, heute morgen, nicht wahr?« begann Stan.

Charity betrachtete ihr eigenes Spiegelbild in der verschmutzten Scheibe. »Wollen Sie sie denn hören?«

»Ich glaube schon«, sagte Stan. Er klang fast ein bißchen verärgert. »Wie schlimm ist es wirklich?«

»Schlimmer«, sagte Charity hart. »Sie haben New York vernichtet, wenn Sie es ganz genau wissen wollen. Und wahrscheinlich jede andere Großstadt in diesem ganzen Land.«

Stan wurde ein bißchen blaß, nahm die Nachricht aber ansonsten fast ausdruckslos hin.

»Die Hilfe, auf die Sie warten, wird nicht kommen, Stan«, fuhr sie fort, ein wenig sanfter, weil ihr ihre eigenen Worte schon wieder leid taten. »Es gibt keine Hilfe mehr. Die Army ist paralysiert, und ich fürchte, die Ameisen werden kaum warten, bis sie sich wieder erholt hat.« Sie schüttelte traurig den Kopf und wünschte sich, sich nicht vor zwei Jahren das Rauchen abgewöhnt zu haben. Vielleicht sollte sie Stan um eine Zigarette bitten. Dann fuhr sie fort: »Ich würde Ihnen gerne den Rat geben, von hier zu verschwinden, Stan, aber ich kann es nicht. Ich wüßte nicht, wohin ich Sie schicken sollte, wissen Sie? Ich glaube, Sie haben es hier ganz gut getroffen. Wenigstens leben Sie noch.«

»Keine Hilfe?« murmelte Stan, als hätte er alles, was sie danach gesagt hatte, gar nicht gehört. Charity überlegte, ob sie sich vielleicht in ihm getäuscht hatte. Vielleicht war er nicht so stark, wie sie und Mike angenommen hatten, sondern spielte nur den Führer.

Sie schüttelte den Kopf. »Wenn Sie auf die Air Force warten, Stan«, sagte sie sanft, »muß ich Sie enttäuschen. Das fünfundzwanzig Jahre alte Wrack dort draußen *ist* die Air Force.«

»Aber warum?« murmelte Stan. »Es ist bisher nichts passiert.«

»Hier«, sagte Charity – obwohl sie zugeben mußte, daß Stan nicht völlig unrecht hatte. Sie hatten keine Außerirdischen gesehen, seit sie New York verlassen hatten, und das, obwohl sie jetzt beinahe tausend Meilen weit geflogen waren. Aber die Karte in Stanleys Büro behauptete das Gegenteil.

»Vermutlich konzentrieren sie sich im Moment darauf, den

Widerstand zu zerschlagen«, sagte sie. »Ich denke, daß Sie hier noch eine Weile Ruhe haben werden, Stan. Die meisten unserer Waffen funktionieren nicht mehr, aber das heißt nicht, daß wir wehrlos sind. Es dauert eine Weile, eine ganze Welt zu erobern.« Sie lachte bitter.

»Keine Hilfe?« murmelte Stan noch einmal. Er wirkte erschüttert, so sehr, wie sie es noch nie zuvor bei einem Menschen gesehen hatte. Und plötzlich begriff sie. Das Dutzend Menschen, das das Schicksal hier zusammengeführt hatte, hatte ihn zu ihrem Führer gewählt, aber er hatte ihnen wahrscheinlich nur Mut geben können, weil sie alle glaubten, daß irgendwann Hilfe kommen würde. Wenn sie die Wahrheit erfuhren, würde ihre Gemeinschaft so schnell zerbrechen, wie sie entstanden war.

»Sie sollten versuchen, sich in die Berge durchzuschlagen«, sagte sie. »Das ist der einzige Rat, den ich Ihnen geben kann, Stan. Es ist ein verdammt langer Weg, zu Fuß, aber . . .«

»Wir werden fahren«, sagte Stan. Charity sah ihn überrascht an.

»Patrick hat sich ihren Hubschrauber angesehen«, erklärte Stan. »Keine Sorge, er hat nichts angerührt. Aber er sagt, es wäre eigentlich ganz leicht, wenn man nur einmal wüßte, wie man es macht. Wir werden ein paar der Wagen flottmachen und so viel Benzin mitnehmen, wie wir können. Ich . . . ich weiß nur noch nicht genau, wie ich es ihnen beibringen soll.«

»Soll ich es tun?« fragte Charity.

Stan schüttelte traurig den Kopf. »Das ist meine Aufgabe«, sagte er. »Aber ich . . . werde warten, bis Sie wieder abgeflogen sind.« Er seufzte, ließ sich auf einen Stuhl sinken und verbarg das Gesicht in den Händen. Er tat Charity sehr, sehr leid.

Aber sie sagte nichts mehr, sondern wartete, bis er nach einer Weile wieder aufstand und sie allein ließ, ehe sie sich umzog und ihr Gepäck wieder zusammenpackte.

Sie aßen noch einmal zusammen, ehe sie abflogen. Charity war sicher, daß Stan niemandem etwas von ihrem Gespräch verraten hatte, aber die anderen schienen zu spüren, daß irgend etwas nicht stimmte. Sie redeten sehr wenig, und so absurd es war – Charity hatte das sichere Gefühl, daß nicht nur Stan erleichtert war, als sie schließlich aufstanden und erklärten, es wäre Zeit aufzubrechen.

Diesmal saß Charity hinter dem Steuerknüppel. Sie winkte Stan und den anderen zum Abschied zu, zog den Helikopter vorsichtig höher und flog noch eine Schleife um das Drive-In. Mike runzelte vielsagend die Stirn, aber er war klug genug, nichts zu sagen.

Aber sie brachte die Maschine auch anschließend nicht wieder auf Kurs, sondern flog auf die Berge zu. Mike sah sie verwirrt an.

»Was soll das?« fragte er barsch.

Charity deutete mit einer Kopfbewegung auf die Hügelkette vier oder fünf Meilen vor ihnen. »Der Junge hat gesagt, er hätte die Fremden dort beobachtet«, antwortete sie. »Ich will mir das ansehen.«

»Und wozu?« Mike gab sich nicht einmal mehr Mühe, seine Verärgerung zu verbergen.

»Vielleicht, weil ich gerne weiß, was hinter mir ist«, antwortete Charity. Aber das war nicht der wahre Grund – die Wahrheit war, daß sie sich auf eine völlig widersinnige Art für das Schicksal der Menschen am Drive-In verantwortlich fühlte. Und das mindeste, was sie für sie tun konnten, war, sich davon zu überzeugen, daß sie in Sicherheit waren.

Sie waren es nicht.

Eine gräßliche Szenerie breitete sich unter ihnen aus. Wo vor Tagen noch nichts als unberührte Steppe und Sand und ein paar Büsche gewesen waren, lag jetzt eine ungeheuerliche Masse chitinglitzernder gepanzerter Körper, zwischen denen sich eine seltsame schwarze Pyramide erhob. Charity konnte das Gefühl nicht besser in Worte fassen – es war schlicht und einfach *unangenehm*, das schwarze Bauwerk anzusehen. Etwas in ihr krampfte sich zusammen, wenn sie es versuchte.

Zitternd setzte sie den Feldstecher ab, reichte ihn an Mike weiter und kroch wieder ein Stück den Hügel hinab, hinter dem sie den Hubschrauber gelandet hatten. Ein flaues Gefühl breitete sich in ihrem Magen aus, als sie daran dachte, was ihnen wahrscheinlich passiert wäre, hätte sie den Hügel überflogen, um sich das dahinterliegende Tal aus der Luft heraus anzusehen, wie sie es ursprünglich vorgehabt hatte.

Mike kam zurück. Er war sehr blaß, und seine Hände zitterten, als er ihr den Feldstecher zurückgab. Er sagte kein Wort, aber Charity spürte, daß er darauf wartete, daß sie aufstehen und zum Hubschrauber zurückgehen würde. Statt dessen klappte sie das Fernglas mit einer raschen Bewegung auf, kramte einen Film aus der Brusttasche ihrer Uniform und legte ihn ein.

»Was zum Teufel hast du vor?« fauchte Mike.

»Das siehst du doch«, antwortete Charity, kaum weniger gereizt als er. »Ich mache ein paar Aufnahmen. Ich will wissen, was sie dort unten treiben.«

Sie gab Mike keine Gelegenheit, zu widersprechen, sondern robbte den sandigen Hang wieder hinauf, schob sich vorsichtig auf den Hügelkamm und setzte den Feldstecher abermals an. Der Mikrocomputer in seinem Inneren funktionierte nicht mehr, und sie verstand absolut nichts vom Fotografieren, aber sie hoffte, daß Beckers Spezialisten wenigstens einigermaßen schlau aus den Aufnahmen werden würden, die sie machte.

Mike tauchte wieder neben ihr auf. Sie rechnete mit neuen Vorwürfen, aber er schwieg, während sie den Feldstecher langsam von links nach rechts schwenkte und alle paar Sekunden auf den Auslöser drückte.

»Das ist unglaublich«, murmelte Mike. »Es... ergibt keinen Sinn. Großer Gott – Sternenschiffe und Materietransmitter und dann *das da!*«

Charity antwortete nicht, aber sie verstand ihn. Was sich unter ihnen ausbreitete, das war... einfach absurd.

Ihre genaue Zahl war schwer zu schätzen, aber Charity vermutete, daß es Tausende dieser bizarren Kreaturen sein mußten, die sich in dem flachen Hügeltal sammelten. Durch das Fernglas hatte sie beobachtet, daß sie aus dem pyramidenförmigen Gebäude im Zentrum des Lagers kamen; ein dünner, aber unaufhörlicher Strom aller nur denkbaren Horrorkreaturen, von denen einige nur mit Mühe aus dem halbrunden Eingang der Pyramide herauskriechen konnten.

Es waren nicht nur die riesigen Käferwesen, die das Tal bevölkerten, oder ihre vierarmigen Reiter, sondern ein ganzes Sammelsurium der absonderlichsten Kreaturen, die nur eines gemeinsam hatten – sie alle wirkten auf die eine oder andere Art gefährlich. Und mit Ausnahme der Vierarmigen, die die Sturmtruppen der Fremden zu sein schienen, waren es ausnahmlos *Tiere.*

»Vielleicht doch«, sagte sie plötzlich. Sie senkte den Feldstecher, fuhr sich müde mit dem Handrücken über die Augen und deutete mit einer Kopfbewegung ins Tal hinab. »Es ergibt Sinn, wenn man . . .« Sie suchte nach den passenden Worten, fand sie nicht und zuckte die Achseln. »Wenn man anders denkt als wir«, sagte sie schließlich.

»Und wie?« Mikes Tonfall machte deutlich, daß auch er sich Gedanken über diese Frage gemacht hatte. Und vielleicht war er zu dem gleichen, schrecklichen Ergebnis gekommen wie sie.

»Ich vermute, das da sind nur die Sturmtruppen«, sagte Charity. »Die große Dampfwalze, die sie vorausschicken, weißt du?«

»Es sind *Tiere*«, sagte Mike betont.

»Und?« fragte Charity. »Wir schicken Raketen oder Roboter und sie Tiere – wo ist der Unterschied? Vielleicht haben sie sie zu keinem anderen Zweck gezüchtet.«

»Aber . . .«

»Verdammt noch mal, würde es etwas ändern, wenn dort unten zehntausend Roboter aufmarschiert wären?« unterbrach ihn Charity gereizt. »Diese Monster funktionieren perfekt, oder? Du kannst ja runtergehen und dich bei ihnen beschweren, daß sie sich nicht an die Spielregeln halten!«

»Es ist so . . . so unmenschlich«, sagte Mike nach einer Weile.

»Sie sind keine Menschen«, erinnerte Charity gereizt. »Und wer immer sie sind, das da unten sind nicht unsere wirklichen Gegner. Es sind ihre Panzer.« Aber sie verstand, was Mike meinte. Neben der ungeheuerlichen Gefahr, die diese Armee aus Horrorkreaturen darstellte, gab es auch noch einen psychologischen Effekt, und sie war nicht einmal sicher, ob er nicht sogar beabsichtigt war. Nicht nur Mike wäre es einfach leichter gefallen, gegen eine Armee gefühlloser Roboter mit Strahlenwaffen zu kämpfen. Diese Invasion der Ungeheuer lähmte schon durch ihren bloßen Anblick.

»Und wahrscheinlich haben sie es schon auf Dutzenden von Welten getan«, knüpfte sie an ihre unterbrochene Rede an. »Sie schicken diese Ungeheuer, und wenn alles vorbei ist, kommen sie selbst und sammeln die Trümmer auf.«

Sie setzte endgültig den Feldstecher ab, verstaute ihn sorgsam in der ledernen Hülle an ihrem Gürtel und begann langsam den Hang wieder hinabzukriechen. Mike folgte ihr. Auf halber Strecke erhoben sie sich und rannten geduckt zum Hubschrauber. Charity schickte ein Dankgebet zum Himmel, daß der Wind gegen sie stand und das Rotorengeräusch vom Hügel fortwehte.

Sie hoben ab. Charity flog sehr vorsichtig, kam höher als fünf, sechs Meter, und so langsam, wie es die Maschine überhaupt zuließ. Erst, als sie sich eine gute Meile vom Hügel und damit dem Camp der Fremden entfernt hatte, wagte es Charity, den Hubschrauber ein wenig höher zu steuern und in eine sanfte Linkskurve zu lenken.

»Was hast du jetzt schon wieder vor?« fragte Mike ärgerlich.

»Ich warne Stan und die anderen«, erwiderte Charity. »Falls du nichts dagegen hast.«

Mike sagte nichts, aber sein Blick sprach Bände, und er schwieg auf eine ganz bestimmte, nicht sehr freundliche Art. Charity war ziemlich sicher, daß er sie nach der nächsten Zwischenlandung nicht noch einmal an den Steuerknüppel lassen würde. Verdammt, was war nur mit ihm los? dachte sie. Er hatte sich verändert, seit sie New York verlassen hatten. Sie war plötzlich sehr sicher, daß sie sich voneinander trennen würden, sobald sie ihr Ziel erreicht hatten.

12. Dezember 1998

Gegenwart

Sie schaffte es nicht. Irgend jemand schien beschlossen zu haben, den Teil der Rocky Mountains, in denen sich der Bunker befand, als Amboß zu benutzen, jedenfalls waren die Erschütterungen beinahe unbeschreiblich. Trotz aller Panik war sie umsichtig genug, nicht den Aufzug zu benutzen, was ihr wahrscheinlich das Leben rettete.

Sie verlor für Sekunden das Bewußtsein, so hart war der Schlag, der den Berg traf und sie von den Füßen riß, und als sie wieder erwachte, war das Licht erloschen und dem düsteren Rot der Notbeleuchtung gewichen. Der Berg stöhnte. Überall rings um sie herum krachte und polterte es, als stürze der ganze unterirdische Bunker zusammen. SS Nulleins war in ein natürliches Höhlensystem hineingebaut worden. Einige schwere Erschütterungen konnten das ganze verdammte Labyrinth zusammenbrechen lassen.

Mühsam arbeitete sie sich auf die Füße, wischte sich Staub und Blut aus dem Gesicht und verzog schmerzhaft die Lippen, als die alte Wunde in ihrem Oberschenkel sich wieder meldete. Warmes Blut lief an ihrem Bein herab.

Sie biß die Zähne zusammen, klaubte ihren Tornister unter dem Berg von Schutt und Staub hervor und humpelte weiter. Vor ihr wurden die Schreie lauter, dann hörte sie das Geräusch von Schüssen und das hohe, boshafte Summen eines Lasers. Großer Gott – waren sie schon hier?

Ihr Armbandfunkgerät meldete sich piepsend. Charity drückte die Antworttaste und hielt das Gerät ans Ohr, aber alles, was sie hörte, war ein helles, an- und abschwellendes Pfeifen und ein paar vollkommen unverständliche Wortfetzen. Sie fluchte, humpelte mit zusammengebissenen Zähnen weiter und ließ Gewehr und Rucksack einfach fallen, als sie eines der Wandtelefone entdeckte.

Sie hatte kaum damit gerechnet – aber es funktionierte noch. Becker höchstpersönlich meldete sich, als sie den Knopf drückte. »Laird – wo sind Sie?«

»Irgendwo auf halber Strecke«, antwortete Charity. »Was ist passiert?«

Becker ignorierte ihre Frage. »Versuchen Sie sich zum Schiff durchzuschlagen, Captain«, sagte er. »Wir kommen so schnell wie möglich nach.«

»Der halbe Bunker ist zusammengebrochen«, antwortete Charity. »Ich glaube nicht, daß ich die Schleuse erreiche. Wir . . .«

»Verdammt, dann benutzen Sie den Fluchttunnel!« brüllte Becker. »Ich habe jetzt keine Zeit für Diskussionen, Captain! Tun Sie, was ich Ihnen gesagt habe! Wir sind in spätestens zwanzig Minuten beim Raumschiff!«

Es klickte leise, als Becker die Verbindung kurzerhand unterbrach. Charity starrte den Hörer einen Herzschlag lang wütend an, knallte ihn auf die Gabel zurück und bückte sich abermals nach ihren Sachen. Becker hatte nicht einmal so unrecht – der Hangar, in dem die CONQUEROR und ihr Schwesterschiff standen, war weit genug von der eigentlichen Bunkerfestung entfernt, um vielleicht noch intakt zu sein. Was immer SS Nulleins getroffen hatte – und es mußte etwas verdammt Großes gewesen sein! –, war mit Sicherheit auf das Herz der Bunkeranlage gezielt gewesen, nicht auf einen fast fünf Meilen entfernt liegenden Raumschiffhangar, von dessen Existenz ohnehin nur eine Handvoll Leute wußten.

Ihr Bein schmerzte stärker. Sie sah an sich herab und bemerkte einen dunklen, allmählich größer werdenden Fleck über der Wunde. Aber das war jetzt unwichtig. Wenn sie nicht verdammt schnell hier herauskam, dachte sie, brauchte sie sich um das Loch in ihrem Oberschenkel wohl keine Gedanken mehr zu machen . . .

Mit zusammengebissenen Zähnen humpelte sie weiter, erreichte die nächste Abzweigung und blieb abermals stehen. Wo zum Teufel war dieser verdammte Fluchttunnel? Becker hatte ihn ihr nur ein einziges Mal gezeigt, und allein der Gedanke daran hatte ihr eine solche Furcht eingejagt, daß sie sich den Standort seiner Eingänge kaum gemerkt hatte – es war nicht unbedingt jedermanns Sache, sich in ein Loch fallen zu lassen, um anderthalb Meilen weit in immer größer werdenden Spiralen in die Tiefe zu rutschen . . .

Das Schießen vor ihr wurde lauter, und zwischen dem peitschenden Rattern der MP-Salven und dem Schreien hörte sie noch einen anderen Laut, ein Geräusch, das ihr nur zu bekannt vorkam und das ihr schier das Blut in den Adern gerinnen ließ: das dumpfe, trockene Krachen der plumpen Insektenwaffen, wie die Außerirdischen sie benutzten.

Und als sie das Ende des Korridors erreicht hatte, entdeckte Charity sie auch. Ein halbes Dutzend der riesigen Wurmkreaturen lag reglos zwischen den Trümmern, und hinter und zwischen ihnen bewegten sich Dutzende der schlanken, vierarmigen Söldnerkreaturen. Charity begriff schmerzhaft, daß diese riesigen Würmer nichts als die Vorhut gewesen waren, die Pioniere, die den Weg in den Bunker freischaufelten und denen jetzt die Sturmtruppen folgten. Der Angriff schien nicht besonders erfolgreich zu sein – es waren kaum zwei Dutzend Soldaten, die sich gegen die Insektenwesen wehrten, aber offenbar schossen sie sie zu Hunderten ab; beinahe schneller, als sie aus den riesigen Wurmlöchern herauskommen konnten. Trotzdem würde es nichts nutzen, dachte sie verbittert. Einen Gegner, der über unbegrenzte Reserven verfügt, konnte man nicht zermürben.

Mit einem lautlosen Fluch zog sie sich ein Stück in den Gang zurück, entdeckte eine weitere Abzweigung, an der sie das erste Mal einfach vorbeigelaufen war, und humpelte los. Ihr Bein schmerzte immer stärker.

Als sie in den Seitengang eindrang, stand sie einem Schatten gegenüber. Instinktiv hob sie ihr Gewehr, hörte einen erschrockenen Ausruf und nahm im letzten Moment den Finger vom Abzug, als sie ihren Gegenüber erkannte.

»Stone!« rief sie. »Was zum Teufel tun Sie hier?«

»Ich habe Sie gesucht«, antwortete Stone. Nervös blickte er sich um und deutete dann in die Richtung, aus der er gekommen war. »Wir müssen weg. Kommen Sie, Captain!«

»Was soll das?« fragte Charity gereizt. »Ich habe meine Befehle, Lieutenant, und Sie . . .«

»Vergessen Sie sie«, unterbrach sie Stone. »Sie sind überall, Laird. Es ist aus. Aber ich kann sie hier herausbringen, wenn Sie wollen.«

Charity rührte sich noch immer nicht. »Heraus?« fragte sie. »Und wohin, Lieutenant? Dort oben ist nichts als eine radioaktive Hölle!«

Stone lachte hart. »Ach? Sie denken, wir wären von einer Bombe getroffen worden?« Er schüttelte so heftig den Kopf, daß seine Haare flogen. »Das war Becker«, sagte er.

»Becker?« Charity atmete erschrocken ein. Sie wußte, was Stone meinte, aber sie wollte es einfach nicht glauben.

»Dieser Idiot hat die Sprengsätze gezündet«, sagte Stone bitter. »Es war keine Atombombe, Captain. Becker hat den halben Bunker in die Luft gejagt. Es gibt jetzt keinen Ausgang mehr.«

8. Dezember 1998

Vergangenheit

Der Friede der vergangenen Tage und die Grabesruhe von Stans Drive-In täuschten – sie sahen mehr und mehr die Spuren schwerer Kämpfe, je weiter sie ins Landesinnere vordrangen, und allein während des nächsten Tages wurden sie zweimal direkt angegriffen – von einem Insektenmonster, das zum Glück viel langsamer war als der Helikopter; Mike wich dem ersten Angriff des fliegenden Scheusals aus und gab dann einfach Gas. Das zweite Mal hatten sie weniger Glück – Mike bemerkte die Gefahr zu spät, und sie fanden sich unversehens in einem Schwarm faustgroßer, schwarzbrauner Tiere, die sich gleich zu Tausenden auf den Helikopter stürzten. Sie waren nicht schnell und nicht widerstandsfähig genug, etwa die Plexiglaskanzel zu zerschlagen, aber sie prasselten wie Maschinengewehrfeuer auf den kleinen Hubschrauber herab. Hinterher kam es Charity fast wie ein Wunder vor, daß Mike die Maschine überhaupt in der Luft hatte halten können.

Aber sie mußten landen. Der Motor begann zu stottern, und die Kanzel war so verschmiert mit den zermalmten Resten der Insekten, daß sie beinahe blind waren.

Sie flogen noch ein Stück – zehn, vielleicht zwölf Meilen, von denen Charity inbrünstig hoffte, daß sie ausreichten, sie aus der Reichweite des fliegenden Schwarmes zu bringen, dann zog Mike die Maschine herunter. Ein paar Meilen abseits der Straße blinkte ein kleiner See in der Vormittagssonne, an dessen Ufer sie landeten.

Während Charity mit einem ihrer Uniformhemden und reichlich Wasser aus dem See versuchte, die klebrigen Reste der Rieseninsekten von der Kanzel zu wischen, kletterte Mike auf die Maschine hinauf und untersuchte den Motor. Charity hörte ihn gedämpft fluchen.

»Was ist los?« fragte sie.

»Was los ist?« Mike fluchte erneut. »Komm rauf und schau dir die Schweinerei an, dann weißt du, was los ist«, fauchte er. »Diese verdammte Scheiße verkleistert den ganzen Motor! Ich brauche mindestens eine Stunde, um den Dreck herunterzubekommen. Wenn ich es überhaupt schaffe!«

Trotz allem konnte Charity ein Lächeln nicht unterdrücken. Mike hörte sich an wie jemand, der gerade entdeckt hat, daß der Nachbarsjunge mit einem Nagel den Lack seines neuen Wagens verziert hatte. Vielleicht, dachte sie spöttisch, war das ihr Untergang gewesen: die Außerirdischen hätten nicht die menschliche Rasse, sondern ihre Autos angreifen sollen. Möglicherweise hätte sich der gerechte Zorn einer ganzen Welt voller Autofahrer erhoben und sie wieder zurück in die Galaxis gefegt.

Sie schüttelte – noch immer lächelnd – den Kopf, trat einen Schritt vom Hubschrauber zurück und blinzelte zu Mike hinauf. »Kriegst du es hin?«

»Ich hoffe es«, grollte Mike. »Ich . . .«

Er sprach nicht weiter, und obwohl Charity ihn nur als schwarzen Umriß gegen die Sonne erkennen konnte, sah sie doch, wie er erschrocken aufsah und nach Süden blickte.

»Da kommt jemand«, sagte er. »Ein . . . ein Wagen!«

Charity drehte sich herum und hob die Hand über die Augen. Ein schwarzer Punkt kroch auf sie zu und zog eine gewaltige Staubwolke hinter sich her. Mike kletterte umständlich vom Hubschrauber herunter, während sich Charity in die Kanzel beugte und ihr Gewehr holte.

Es war ein schwarzer Trans-Am, der sich über die Steppe zu ihnen quälte. Er fuhr schnell, und mehr als einmal rechnete Charity ernsthaft damit, daß der flache Sportwagen einfach in einem Schlagloch steckenbleiben oder sich die Achsen brechen würde. Aber nichts davon geschah – der Wagen kam näher und blieb schließlich vor dem Hubschrauber stehen. Charity erkannte die Silhouette einer einzelnen Person hinter der abgedunkelten Frontscheibe.

Sie gab Mike ein Zeichen, zurückzubleiben, nahm das Gewehr in einer nur scheinbar lässigen Haltung in die Armbeuge und ging auf den Wagen zu. Das Fenster wurde heruntergelassen, als sie noch zwei Schritte davon entfernt war. Ein sehr blasses, sehr erschrockenes Gesicht blickte zu ihr auf.

»Gott sei Dank, Sie sind ein Mensch«, sagte der junge Mann. Charity hatte selten eine solche Erleichterung in der Stimme eines Menschen gehört.

»Sollten wir etwas anderes sein?« fragte sie verwirrt.

Der Fahrer des Trans-Am antwortete nicht darauf, sondern öffnete die Tür und stieg umständlich aus dem Wagen. Seine Bewegungen wirkten erschöpft, und Charity sah erst jetzt, daß er eine völlig zerfetzte Uniform trug. Über seiner rechten Hüfte war ein großer, kaum eingetrockneter Blutfleck. Sein Blick flackerte. Er schien halb verrückt vor Angst zu sein.

»Wer sind Sie?« fragte Charity noch. »Und was ist passiert?«

»Harker«, antwortete der Soldat. »Sergeant Jonathan Harker, 7. Panzerbataillon. Und wahrscheinlich der einzige, der noch lebt.« Er begann nervös auf der Stelle zu treten und sah sich immer wieder um, als fürchte er, die Fremden könnten jeden Moment hinter ihm aus dem Boden wachsen. »Ich habe Ihren Hubschrauber gesehen und gehofft, daß Sie landen«, fuhr er fort. »Und Gott sei Dank haben Sie es getan. Ich habe kaum noch Benzin. Bitte – Sie müssen mir helfen! Sie töten uns. Ich . . . ich glaube nicht, daß einer der anderen noch lebt. Ich bin nur entkommen, weil . . . weil ich dieses Ding hier gefunden habe.« Er deutete auf den Trans-Am. »Aber sie sind hinter mir her.« Charity verbiß sich die Frage, wieso der Trans-Am überhaupt noch fuhr. »Sie können ein paar Gallonen Benzin von uns haben«, sagte Mike, der mittlerweile ebenfalls herangekommen war. »Aber jetzt erzählen Sie erst einmal, was überhaupt passiert ist, Mann. Sie wurden angegriffen?«

»Angegriffen?« Harker kreischte fast. »Sie haben uns aufgerieben! Ich . . . ich habe nie so etwas erlebt. Es . . . es müssen Millionen sein. Und es werden immer mehr. O Gott, sie . . . sie vernichten alles. Sie töten jeden, den sie sehen.«

Mike wollte Harker erneut unterbrechen, aber Charity warf ihm einen raschen, warnenden Blick zu. Sie spürte, daß der junge Soldat ganz kurz vor dem Zusammenbruch stand. Ein falsches Wort, und sie würden überhaupt nichts mehr erfahren.

»Jetzt beruhigen Sie sich erst einmal, John«, sagte sie. »Im Moment sind Sie nicht in Gefahr.« Sie deutete auf den Helikopter. »Wir sind den ganzen Morgen über geflogen, ohne auch nur einen einzigen Außerirdischen zu sehen.«

»Sie kommen«, beharrte Harker.

»Das mag ja sein«, sagte Charity, eine Spur härter. »Aber nicht jetzt. Sie werden sich jetzt verdammt noch mal beruhigen und uns dann erzählen, was passiert ist.«

Mike verdrehte ungeduldig die Augen, aber Charity machte abermals eine warnende Geste. Harker war halb verrückt vor Angst. Sie konnten schon froh sein, wenn er überhaupt sprach.

Harkers Augen waren voller Panik, aber er beruhigte sich tatsächlich ein wenig. Trotzdem dauerte es noch fast fünf Minuten, ehe er sich wieder so weit in der Gewalt hatte, mit dem geforderten Bericht zu beginnen.

»Wir waren drüben in Colinsville stationiert«, begann er, »als das Licht ausging. Ein kleines Kaff, vielleicht fünfzig Meilen von hier. Kein Mensch wußte, was überhaupt passiert war, verstehen Sie? Zuerst dachten wir, daß die Bomben gefallen wären, aber nach und nach erfuhren wir dann die Wahrheit. Viele sind einfach abgehauen. Desertiert, verstehen Sie? Wollten nach Hause zu ihren Familien.«

»Und dann kamen die Fremden?« fragte sie behutsam.

Harker schüttelte den Kopf. »Nicht gleich. Zuerst war alles friedlich. Wir hörten von Kämpfen, weiter im Osten und im Norden, aber bei uns . . . tat sich nichts. Es sieht so aus, als würden sie nur das Militär angreifen. Flughäfen, Basen, die Magazine der Nationalgarde . . .«

Harker trat nervös von einem Fuß auf den anderen. Sein Blick irrte zwischen dem Hubschrauber und den Hügeln im Norden hin und her. Er war ein Kind, dachte Charity, halb mitleidig, halb verärgert. Man sollte Kinder nicht in Uniformen stecken und dann von ihnen erwarten, die Arbeit von Männern zu tun.

»Haben Sie . . . eine Zigarette?« fragte Harker plötzlich. Charity schüttelte den Kopf, aber Mike griff in die Jackentasche und förderte ein noch nicht angebrochenes Päckchen Marlboro zutage.

»Behalten Sie sie«, sagte er. »Aber seien Sie sparsam. So etwas wird heute nicht mehr hergestellt. Vorkriegsware.«

Harker lächelte pflichtschuldig, griff nach den Zigaretten und senkte die andere Hand in die Tasche, um ein Feuerzeug herauszuziehen.

Wenigstens war es das, was Charity glaubte.

Aber er zog kein Feuerzeug hervor, sondern eine Pistole, und er griff auch nicht nach der Zigarettenpackung, sondern nach Mikes Handgelenk, schnell und hart und mit einem Male gar nicht mehr nervös, sondern mit solcher Kraft, daß Mikes instinktive Abwehrbewegung zu spät kam. Mike schrie auf, brach in die Knie, als Harker seinen Arm rasch und brutal verdrehte, und versuchte vergeblich, seinen Griff zu sprengen.

Charity ließ sich einfach zur Seite fallen, kam mit einer blitzschnellen Rolle wieder auf die Füße und federte auf Harker zu.

Ein Schuß krachte. Zehn Zentimeter vor Charitys Füßen spritzte der Sand auf, und sie erstarrte mitten in der Bewegung. Ganz langsam hob sie die Hände, starrte Harker einen Moment lang fassungslos an und drehte sich dann ganz langsam zur Seite.

Es war nicht Harker, der geschossen hatte. Der Kofferraum des Trans-Am hatte sich geöffnet, und zum Vorschein kam ein grün uniformierter GI, dessen M16-Gewehr drohend auf Charitys Magen wies. Sie konnte sein Gesicht nicht genau erkennen, aber sie war ziemlich sicher, daß der nächste Schuß nicht nur den Sand vor ihr treffen würde.

»Sehr gut«, sagte eine Stimme auf der anderen Seite des Wagens. Vorsichtig, um den Mann mit dem Gewehr – und vor allem seinen Zeigefinger – nicht noch nervöser zu machen, als er ohnehin schon war, drehte sie sich herum und erkannte einen dritten Uniformierten, der sich ohne sichtbare Hast hinter dem Wagen aufrichtete. Auch in seiner Hand lag eine Pistole, aber er hielt die Waffe sehr nachlässig. Charity fragte sich, wo er hergekommen war. Der Kofferraum des Trans-Am war nicht groß genug, gleich zwei Männer zu verstecken. Er mußte hinter den Sitzen gelegen haben. In Gedanken verfluchte sie sich für ihren eigenen Leichtsinn, sich den Wagen nicht genauer angesehen zu haben.

»Gut, daß Sie vernünftig sind, Captain«, sagte der Mann, während er langsam um den Wagen herum auf sie zukam. »Wenn Sie es auch bleiben, werden wir uns sicher verstehen. Wenn nicht, wird Mark Sie erschießen. Klar?«

Charity nickte. »Klar«, sagte sie gepreßt. Jetzt, als er näher kam, sah sie, daß er die Uniform eines Generals trug. »Wer sind Sie?« fragte sie. »Barton?«

»General Barton, um genau zu sein, Captain. Aber sonst stimmt es.« Barton wandte sich an den Jungen, der Mike überwältigt hatte. »Sie kommen klar, Harker?«

Harker lächelte wortlos.

Der Mann mit dem Gewehr kletterte umständlich aus dem Kofferraum des Wagens heraus, ohne sie allerdings dabei auch nur eine halbe Sekunde aus dem Visier zu lassen, und Barton richtete seine Pistole auf Mike.

»Lassen Sie ihn los, Harker«, befahl er. »Aber vorsichtig.«

Harker gehorchte, sprang rasch einen Schritt zurück und drückte den Lauf seiner Pistole gegen Mikes Schläfe, als er sich erhob. Mike ballte hilflos die Fäuste und erstarrte zur Reglosigkeit.

»Verdammt, Barton, was soll das bedeuten?« fragte Charity. »Wir stehen auf derselben Seite!«

»Habe ich das Gegenteil behauptet?« fragte Barton.

»Dann nehmen Sie diese verdammte Pistole herunter!« verlangte Charity.

»Sofort«, sagte Barton. »Sobald Sie Ihre Waffe weggelegt und mir Ihr Ehrenwort als Offizier gegeben haben, keine Dummheiten zu machen.«

»Sind Sie völlig verrückt geworden?« keuchte Charity. »Wovon reden Sie überhaupt? Was soll dieser Überfall?!«

»Begreifst du es immer noch nicht?« sagte Mike leise.

»Was?« Charity funkelte ihn und Barton abwechselnd an.

»Sie wollen den Hubschrauber«, sagte Mike. »Nicht wahr, General?«

Barton nickte. Er lächelte noch immer.

Zumindest in einem Punkt hatte Harker die Wahrheit gesagt, dachte Charity wütend – Colinsville *war* ein Kaff, ein Nest, das normalerweise wahrscheinlich nicht einmal tausend Einwohner hatte und die Bezeichnung *Ortschaft* nur mit sehr viel gutem Willen verdiente. Aber immerhin – es hatte ein eigenes Gefängnis, das nur aus einem einzigen, großen Raum bestand, der von einem Gitter aus daumendicken Eisenstäben in zwei gleichgroße Hälften geteilt wurde. Barton war sogar zuvorkommend genug gewesen, Mike und ihr Einzelzimmer zuzuweisen: Sie war in die rechte und er in die linke der beiden Gitterkäfige gesperrt worden.

Seither waren fünf oder sechs Stunden vergangen. Gegen Mittag war einer von Bartons Männern gekommen und hatte ihr und Mike einen Becher mit kaltem Tee und ein paar lieblos geschmierte Sandwiches durch das Gitter gereicht, während ein zweiter GI mit entsichertem Gewehr dabeistand und aufpaßte, daß sie nicht versuchten, durch die Gitterstäbe zu schlüpfen oder ihn mit dem Sandwich zu erschlagen. Zwei weitere Bewaffnete hielten draußen auf dem Gang Wache.

Charity bewegte sich unruhig auf dem harten Bett. Sie hatte versucht, es Mike gleichzutun und die Zeit wenigstens zu nutzen, um zu schlafen, aber sie konnte es nicht. Der Gedanke, daß ihre Reise nach allem *hier* enden sollte, trieb sie fast zur Raserei. Und sie verzieh es sich einfach nicht, sich auf so plumpe Art von Barton und Harker überrumpelt haben zu lassen. Sie mußten hier heraus, ganz egal, wie!

Das Geräusch eines Schlüssels, der im Schloß gedreht wurde, riß sie aus finsteren Überlegungen. Sie sah auf, stemmte sich gemächlich auf die Ellenbogen hoch und stand mit einem Ruck auf, als sie Barton erkannte.

Er hatte sich verändert, und es war keine Veränderung, die Charity gefiel. Barton hatte seine Generalsuniform gegen einen schmucklosen Kampfanzug getauscht, und sein Gesicht war zum Teil mit Ruß geschwärzt. Über seiner rechten Schulter hing eine Maschinenpistole; drei Handgranaten baumelten von seinem Gürtel herab.

Charity zog die linke Augenbraue hoch. »Wollen Sie Krieg spielen, General?« fragte sie spöttisch.

»Nein«, antwortete Barton gelassen. »Ich werde das tun, was Sie und all diese anderen Idioten im Pentagon versäumt haben, Captain. Ich sprenge diese verdammten Aliens dorthin zurück, wo sie hergekommen sind.«

»Ich fürchte nur, dazu brauchen Sie mehr als drei Handgranaten«, sagte Mike. Charity hatte nicht einmal gehört, daß er aufgestanden war. Wütend trat er an das Gitter heran und schloß die Hände um die rostigen Stäbe. Barton wich einen halben Schritt zurück, obwohl er nicht einmal in Mikes Reichweite war.

»Das haben wir, Lieutenant, das haben wir«, versicherte er. »Wir sind nicht ganz so wehrlos, wie diese Biester glauben.« Er legte den

Kopf auf die Seite, als lausche er, und deutete zum Fenster. »Hören Sie das?«

Charity konzentrierte sich einen Moment, und sie hörte tatsächlich etwas – sehr weit entfernt, aber eindeutig: das Geräusch eines schweren Dieselmotors, der langsam auf Touren kam.

Barton lächelte triumphierend. »Sie hören recht, Captain. Ich habe ein paar begabte Techniker unter meinen Jungs. Dieses Pack wird sich wundern, wenn es in die Läufe unserer Panzer blickt. Aber nicht lange.«

»Panzer?« Es gelang Mike nicht ganz, seine Überraschung zu verbergen, was den Ausdruck von Triumph auf Bartons Gesicht noch verstärkte.

»Nicht sehr viele«, gestand er. »Und auch nicht unbedingt die neuesten Modelle. Aber genug, um mit ein paar größenwahnsinnigen Ameisen fertig zu werden, glauben Sie mir.«

»Sie sind ja verrückt«, sagte Mike. »Sie werden nicht einmal in ihre Nähe kommen!«

»O doch«, widersprach Barton. »Nicht zuletzt wegen Ihres Hubschraubers. Wir wissen jetzt wenigstens genau, wo sie sind. Und wie viele es sind. In ein paar Stunden ist der ganze Spuk vorbei.«

»Und Sie lassen uns frei und geben uns den Helikopter zurück«, sagte Charity.

Barton zog eine Grimasse. »Seien Sie nicht albern, Captain Laird. Ich werde . . . über Ihre Freilassung nachdenken, sobald ich zurück bin, aber der Helikopter . . .« Er seufzte und breitete in einer entschuldigenden Geste die Hände aus. »Ich fürchte, wir brauchen ihn ein wenig dringender als Sie.«

»Das glaube ich nicht«, sagte Mike, mühsam beherrscht. »Wir fliegen nicht zu unserem Privatvergnügen durch die Gegend, General. Wir . . .«

»Ich weiß«, unterbrach ihn Barton hart. Plötzlich klang seine Stimme verändert. »Halten Sie mich für einen Idioten, Wollthorpe?« fragte er scharf. »Verdammt, ich weiß genau, wer Sie sind. Und ich kann mir ganz gut denken, *warum* Sie unterwegs sind. Wahrscheinlich werden die Dienste von euch unersetzlichen Raumfahrern irgendwo ganz dringend gebraucht. Doch wozu? Um die Idioten, die für diesen Schlamassel hier verantwortlich sind, in

Sicherheit zu bringen?« Er lachte schrill. »Tut mir leid, Lieutenant, da spiele ich nicht mit.«

»Diese *Idioten,* General«, sagte Charity vorsichtig, »sind die gleichen Leute, denen Sie den Treueid geleistet haben.«

»Unsinn!« widersprach Barton. »Ich habe diesem Land die Treue geschworen. Ich habe geschworen, es mit meinem Leben zu verteidigen, und genau das werde ich tun.« Wütend trat er dichter an das Gitter heran und deutete mit einem anklagend ausgestreckten Zeigefinger auf Mike und sie. »Sie«, sagte er, »haben ihre Chance gehabt, Captain. Sie hätten dieses verdammte Ding in die Luft sprengen sollen, solange sie es noch konnten! Statt dessen habt ihr es hierher geholt! Ihr . . .« Er brach ab, biß sich auf die Unterlippe und ballte die Fäuste. Dann beruhigte er sich so schnell wieder, wie er in Zorn geraten war.

»Sie hatten Ihre Chance«, sagte er noch einmal.

Charity starrte ihn betroffen an. »Glauben Sie das wirklich?« fragte sie. »Daß wir sie geholt haben?«

»Jedenfalls haben Sie nichts getan, um sie fernzuhalten«, antwortete Barton. »Sie hatten alle Möglichkeiten dazu, oder nicht? Sie hätten dieses Ding in den Kosmos sprengen können, mit ihrem Schiff. Aber Sie haben nichts getan.«

Mike seufzte. »Niemand wußte, was passieren würde«, sagte er.

In Bartons Augen blitzte es auf. »O doch«, widersprach er heftig. »Ich wußte es und andere auch. Ich habe versucht, diese Narren im Generalstab zu warnen, aber sie haben nicht auf mich gehört.« Er lachte bitter. »Sie haben mich ausgelacht, diese Narren, und auf die großen Brüder aus dem Weltraum gewartet. Und jetzt sind sie da.«

»Und Sie glauben wirklich, sie vertreiben zu können?« fragte Charity. »Mit einem Hubschrauberwrack und ein paar alten Panzern?«

Einen Moment lang schien Bartons Selbstsicherheit wirklich erschüttert. Dann schüttelte er trotzig den Kopf. »Natürlich nicht«, sagte er. »Aber ich kann tun, wofür ich bezahlt werde. Ich kann mich wehren. Und ich bin nicht der einzige. Wir werden mit ihnen fertig, auch ohne eure Hilfe.«

»Was Sie tun, ist glatte Befehlsverweigerung, General«, sagte Charity. »Ist Ihnen das klar?«

Barton lachte. »Befehl?« wiederholte er. »Wessen Befehl, Captain? Sie haben mir nichts zu befehlen.« Er deutete mit einer Kopfbewegung auf ihre Uniform. »Ich gehöre zur Army, nicht zur Space Force.«

Charity schüttelte den Kopf. »Aber Sie unterstehen ebenso dem Präsidenten.«

Barton wurde merklich unsicher. Eine halbe Minute lang starrte er sie nur an, und sie konnte regelrecht sehen, wie es hinter seiner Stirn arbeitete. Und wenn es ihr gelungen wäre, in diesem Moment die richtigen Worte zu finden, hätte sie ihn sogar zur Vernunft bringen können.

Aber sie fand sie nicht, und der Moment verstrich ungenutzt. Nach ein paar Sekunden schüttelte Barton abermals den Kopf. »Ich weiß nicht, ob Sie die Wahrheit sagen oder nicht, Captain«, sagte er. »Aber wahrscheinlich stimmt es sogar. Sie sind unterwegs zu Ihrem Schiff, nicht wahr?«

Charity nickte. Es brachte nichts ein, Barton zu belügen.

»Ein Präsident, der sein Volk im Stich läßt, verdient keine Loyalität«, erklärte Barton.

»Das ist doch Unsinn«, widersprach Charity sanft. »Niemand spricht davon, irgend jemanden im Stich zu lassen, General. Aber Lieutenant Wollthorpe und ich sind wahrscheinlich die einzigen, die das Raumschiff fliegen können. Und wir brauchen es. Mit einem einzigen Schiff wie der CONQUEROR können wir tausendmal so viel ausrichten wie Sie mit Ihren Soldaten. Vielleicht ... können wir sogar das Mutterschiff zerstören.«

Barton preßte die Augen zu schmalen Schlitzen zusammen. »Wieso sollte Ihnen jetzt gelingen, was Sie vorher nicht konnten?« fragte er mißtrauisch.

»Weil sie nicht damit rechnen«, antwortete Mike an Charitys Stelle. »Es ist eine Chance, General. Sie können nicht wissen, daß das Schiff noch einsatzfähig ist.«

Barton überlegte einen Moment. »Der Versuch war es wert, Lieutenant«, sagte er dann. »Aber trotzdem – nein. Vielleicht lasse ich Sie frei, wenn wir zurück sind. Vielleicht gebe ich Ihnen sogar einen Wagen.« Er grinste. »Sie sollten mir Glück wünschen.«

Mikes Miene verdüsterte sich. »Wollen Sie wirklich wissen, was ich Ihnen wünsche, General?« fragte er.

Barton blickte ihn einen Moment lang mit steinerner Miene an. Dann schüttelte er den Kopf, wandte sich wortlos um und verließ die Zelle. Sie erfuhren nicht einmal, warum er überhaupt gekommen war.

12. Dezember 1998

Gegenwart

»Dort entlang!« Stones Stimme drang nur verzerrt unter seiner halbdurchsichtigen Atemmaske hervor, und sein Gesicht war hektisch gerötet, wo es nicht von pulverfeinem, weißem Staub bedeckt war. Sie folgte mit Blicken der Richtung, in die sein ausgestreckter Arm wies, erkannte nichts als Trümmer und Staub, nickte aber trotzdem. Sie hatte längst jede Orientierung verloren. Außerdem kannte er sich hier unten sowieso viel besser aus als sie. So schnell es der pochende Schmerz in ihrem Bein zuließ, folgte sie ihm. Die Hitze stieg. Selbst die Luft aus der kleinen Sauerstoffpatrone an ihrem Gürtel schmeckte warm.

Sie kämpften sich durch den Qualm und erreichten das Ende des Stollens. Stone deutete auf eine offenstehende Lifttür. Die Kabine dahinter war verschwunden. Ein halbes Dutzend Drahtseile hing sonderbar schlaff herab, und der blutigrote Widerschein von Feuer erhellte den rechteckigen Schacht.

Stone begann ungeduldig mit beiden Händen zu gestikulieren, als sie zögerte, beugte sich durch die offenstehenden Türen und deutete auf eine Reihe kleiner, eiserner Trittstufen, die senkrecht an der Wand in die Tiefe führten.

»Los!« befahl er. »Ehe hier alles zusammenbricht!«

Charity zögerte noch einmal einen endlosen Augenblick, aber dann trat sie entschlossen an ihm vorbei, griff nach der obersten Stufe und zog sich mit einem kraftvollen Ruck in den Schacht. Die Hitze wurde immer unerträglicher. Unter sich, sehr tief unter sich, konnte sie die brennenden Trümmer der abgestürzten Liftkabine erkennen, und der Aufzugschacht wirkte wie ein Kamin, in dem die glühendheiße Luft nach oben stieg.

Trotzdem ging es besser, als sie zu hoffen gewagt hatte. Sie hatte noch für eine halbe Stunde Sauerstoff, und ihr Kampfanzug hielt wenigstens die allerschlimmste Hitze fern. Rasch, aber sehr vorsichtig kletterte sie in die Tiefe.

Becker, du verdammter Idiot, dachte Charity immer wieder. Stones Worte hatten sie getroffen wie eine Ohrfeige, obwohl sie keinen

Moment an seinen Worten gezweifelt hatte. Sie hätte es sich selbst denken können, und schließlich hatte Becker es ja sogar gesagt – aber offenbar hatte sie sich schlichtweg geweigert, die Wahrheit zu akzeptieren; nämlich die, daß auch ein Mann wie Becker die Nerven verlieren und einen entsetzlichen Fehler begehen konnte.

Die Türen der nächsten Ebene waren geschlossen. Sie kletterten weiter. Die Hitze war kaum mehr auszuhalten. Sie konnten sich jetzt nur noch zwei, allerhöchstens drei Ebenen über der untersten Sohle des Bunkers befinden, und Charity begann sich ernsthaft zu fragen, wo Stone überhaupt hin wollte – ihres Wissens gab es außer der Notrutsche keinen zweiten Ausgang aus dem Bunker, schon gar nicht hier unten. Trotzdem kletterte sie weiter, bis er ihr das Zeichen gab, den Schacht zu verlassen. Die kleine Anstrengung, den Arm auszustrecken und sich in die Sicherheit des Korridores zu ziehen, überstieg fast ihre Kräfte.

Schweratmend ließ sie sich zu Boden sinken, riß die Sauerstoffmaske vom Gesicht und atmete gierig ein und aus. Die Luft hier unten schmeckte wesentlich schlechter als die aus der Patrone, sie war heiß und stank nach Qualm und Staub, aber sie hatte nur diesen winzigen Vorrat und mußte sparsam sein.

Charity sah müde auf, als Stone neben ihr aus dem Schacht geklettert kam. Auch er nahm seine Maske herunter und atmete ein paarmal tief durch, ehe er sie sorgfältig wieder an seinem Gürtel befestigte und statt dessen das Lasergewehr vom Rücken nahm. Charity verfluchte ihren eigenen Leichtsinn, selbst keine Waffe mitgenommen zu haben. Aber verdammt, sie hatte geglaubt, wenigstens noch diese paar Minuten zu haben! Alles war so entsetzlich schnell gegangen!

»Wohin?« fragte sie.

Stone sah sich einen Moment lang mit deutlicher Hilflosigkeit um. Dann deutete er nach links. »Versuchen wir es. Vielleicht haben wir Glück, und sie sind noch nicht hier.«

Sie liefen weiter. Der Boden unter ihren Füßen zitterte noch immer leicht, und manchmal glaubte Charity wieder dieses schreckliche, hämmernde Geräusch zu hören, als wenn irgendwo Wände zusammenstürzten. Dann erkannte sie, daß es nur das Hämmern ihres eigenen Herzens war.

Endlich sah sie, wonach sie so lange vergeblich gesucht hatte:

einen kreisrunden, feuerrot gestrichenen Stahldeckel, massiv wie eine Safetür und mit einem Schloß versehen, zu dem es nur ein knappes Dutzend Schlüssel gab. Die Fluchtrutsche.

Sie blieb stehen, lehnte sich einen Moment gegen die Wand, um wieder zu Atem zu kommen, und griff dann in die Tasche. Ihre Finger zitterten so stark, daß sie Mühe hatte, den kleinen, kompliziert geformten Schlüssel zu finden.

»Wir müssen weiter, Captain«, sagte Stone keuchend. »Sie können jeden Moment hier auftauchen!«

Charity schüttelte den Kopf. Sie wollte antworten, aber ihr Mund war plötzlich voller bitter schmeckendem Speichel. Sie hatte das Gefühl, sich übergeben zu müssen, wenn sie auch nur versuchte, zu sprechen. Unsicher kramte sie den Schlüssel hervor, taumelte auf das Panzerschott zu und versuchte ihn ins Schlüsselloch zu stecken. Ihre Hände zitterten so stark, daß es ihr nicht gelang.

»Helfen Sie mir, Stone«, sagte sie mühsam. »Ich . . . schaffe es nicht.«

Stone rührte sich nicht von der Stelle. Seine Augen waren weit vor Angst und Unglauben. »Sie wollen doch nicht wirklich da rein?« fragte er.

»Haben Sie eine bessere Idee?« keuchte Charity. »Verdammt, Stone, es ist aus! Der ganze Laden hier geht in ein paar Minuten in die Luft.« Sie begriff, daß er ihr nicht helfen würde, drehte sich wieder um und versuchte erneut, den Schlüssel in den schmalen, plastikversiegelten Schlitz zu schieben. Diesmal gelang es ihr, aber sie mußte beide Hände zu Hilfe nehmen; die linke, um ihre rechte zu halten, die einfach zu stark zitterte. Wie wollte sie nur ein Raumschiff fliegen?

»Das werden Sie nicht tun«, sagte Stone ruhig. Seine Stimme klang hysterisch. Vorsichtig ließ sie den Schlüssel los, drehte sich ganz langsam herum . . .

. . . und blickte genau in den Lauf seines Lasergewehres.

»Sind Sie . . . wahnsinnig geworden?« fragte sie entsetzt.

Stone schüttelte den Kopf. Charity sah, wie sein Zeigefinger nervös über den Abzug der tödlichen Waffe strich.

»Sie werden nicht dort hineingehen«, sagte er noch einmal. »Ich brauche Sie hier.«

»Stone, bitte«, sagte Charity verzweifelt. Ihre Gedanken überschlugen sich. Stone meinte es ernst, das spürte sie ganz genau. Aber er war zu weit entfernt, als daß sie eine reelle Chance gehabt hätte, ihn zu überwältigen. Nicht mit ihrem verletzten Bein. »Sie ... Sie können mitkommen«, sagte sie. »Ich sorge dafür, daß Sie einen Platz auf der CONQUEROR bekommen. Ich brauche sowieso Hilfe im Cockpit, und ...«

»Gehen Sie von der Tür weg«, unterbrach sie Stone. »Schnell!«

Charity nahm die Hände ein wenig höher und trat gehorsam zwei Schritte zur Seite. Stones Lasergewehr folgte ihrer Bewegung.

»Was ... was haben Sie vor?« fragte Charity stockend. Sie verlagerte ihr Körpergewicht ein wenig, versuchte, das verletzte Bein zu entlasten, um Kraft für einen Sprung zu sammeln. Es war Wahnsinn, aber sie hatte keine Wahl. Er würde schießen, das wußte sie.

»Das werden Sie schon noch früh genug merken«, antwortete Stone. »Sie werden mich hier herausbringen, Captain. Und ich Sie. Aber wir schaffen es nur zusammen.«

Charity deutete mit einer Kopfbewegung auf die Panzertür. »Ich habe Ihnen doch gesagt, daß Sie mitkommen können, Stone. Ich hätte Sie sowieso mitgenommen. Das Schiff ist groß genug. Stecken Sie die Waffe weg. Ich verspreche Ihnen, daß ...«

Sie sprang. Völlig ansatzlos federte sie auf Stone zu, drehte sich dabei halb um ihre Achse und zielte mit dem linken, unverletzten Fuß auf sein Handgelenk.

Und Stone drückte ab.

9. Dezember 1998

Vergangenheit

Barton und seine kleine Armee waren kurz nach seinem Besuch im Gefängnis abgerückt, und mit Ausnahme des Mannes, der ihnen das Essen gebracht hatte, war er der letzte gewesen, der zu ihnen kam.

Der Rest des Tages war so vergangen, wie Tage in Gefängnissen seit Urzeiten zu vergehen pflegten: langsam und eintönig und vor allem von Langeweile bestimmt. Irgendwann war es ihr trotz allem gelungen einzuschlafen.

Charity erwachte, als ein lauter Donner die ganze Stadt erzittern ließ. Für eine halbe Sekunde drang hellroter Feuerschein durch das winzige Zellenfenster, dann erlosch er wieder.

Verwirrt setzte sie sich auf, lauschte einen Moment und fuhr sich müde mit der Hand über die Augen. In der Zelle neben ihr regte sich Mike. Auch er sah müde aus, aber auch auf seinem Gesicht war der gleiche, ungläubige Schrecken zu erkennen, den auch Charity spürte.

»Was war das?« fragte er alarmiert.

Charity hob andeutungsweise die Schultern, stand vollends auf und trat ans Fenster.

Sie mußte sich auf die Zehenspitzen stellen, um hinaussehen zu können, doch sie sah nichts anderes als das, was sie den ganzen Tag über gesehen hatte: einen kleinen, von einer zwei Meter hohen Ziegelsteinmauer umschlossenen Innenhof, auf dem sich Abfälle und leere Kisten und Farbeimer stapelten. Der Himmel war schwarz.

»Es klang wie eine Explosion«, sagte sie zögernd. »Vielleicht war es auch . . .«

»Was?« fragte Mike, als sie nicht weitersprach. Seine Stimme klang spöttisch. »Das *klang* nicht nur wie eine Explosion – es war eine«, fuhr er fort. »Unser Freund Barton kommt zurück. Und ich fürchte, nicht allein.«

Charity sah ihn nachdenklich an. Aber sie verzichtete auf eine Antwort, sondern drehte sich wieder herum und blickte abermals aus dem Fenster. Sie lauschte angestrengt, aber der Explosionsdonner wiederholte sich nicht. Dafür glaubte sie ein fernes Rufen zu hören und dann sehr schnelle Schritte, die sich dem Gebäude näherten. Jemand schrie.

Mike begann wütend an den Gitterstäben zu rütteln. »Wache!« brüllte er. »Kommen Sie her! Verdammt noch mal, Wache!«

Charity hatte nicht damit gerechnet – aber tatsächlich hörten sie plötzlich das Geräusch der Schlüssel, und einer der beiden Männer, die draußen auf dem Flur Wache hielten, kam herein. Er war blaß und wirkte überaus nervös.

»Was geht da draußen vor?« fragte Mike aufgeregt. »Sie greifen an, nicht wahr? Sie kommen hierher. Verdammt, machen Sie die Tür auf!«

Der Mann machte einen halben Schritt auf das Gitter zu und blieb wieder stehen. Irgendwo, sehr weit entfernt, aber näher als beim ersten Mal, krachte eine zweite Explosion.

»Lassen Sie uns raus!« sagte Mike noch einmal. »Um Gottes willen, Mann, sie werden uns alle umbringen, wenn wir nicht fliehen!«

»Unsinn«, widersprach der Soldat. »Barton wird schon mit ihnen fertig.«

»Das hört man«, antwortete Mike gereizt. »Verdammt, sind Sie taub? Sie hören doch, was da draußen los ist!«

»Ich... kann nicht«, antwortete der GI nervös. »Barton läßt mich erschießen, wenn ich Sie laufenlasse.« Und damit wandte er sich fast fluchtartig um und warf die Tür hinter sich zu.

»Bravo«, sagte Charity spöttisch. »Fühlst du dich jetzt besser?«

Mike funkelte sie wütend an. »Dieser Idiot«, fauchte er. »Wir werden hier verrecken, nur weil dieser hirnlose Idiot da draußen Krieg spielen muß!«

So aufbrausend und wütend hatte sie Mike noch nie erlebt. Er hatte sich sehr verändert, ohne daß sie genau sagen konnte, worin diese Veränderung bestand.

Ohne ein weiteres Wort trat sie wieder ans Fenster und blickte hinaus. Sie hörte jetzt keine einzelnen Schüsse mehr, sondern ganze Salven. Dann und wann huschte ein roter Lichtreflex über den Himmel.

»Wir müssen hier heraus«, sagte Mike gehetzt. »Verdammt, ich habe keine Lust, in diesem Loch zu krepieren!«

Charity trat ein Stück vom Fenster zurück, drehte sich zu ihm um und machte eine beruhigende Handbewegung. »Du hilfst uns bestimmt nicht, wenn du in Panik gerätst«, sagte sie. »Wir . . .«

Irgend etwas stimmte nicht. Aus den Augenwinkeln hatte sie eine Bewegung am Fenster wahrgenommen und fuhr herum –

– und schrie gellend auf.

Wo vor Sekunden noch ein rechteckiger Ausschnitt des Nachthimmels gewesen war, glotzte sie jetzt ein gewaltiger, schwarzer Insektenschädel an, ein monströses gepanzertes Ding mit einem einzigen, irisierenden Auge, das sich wie der Sehschlitz einer mittelalterlichen Rüstung quer über die ganze Breite des Insektengesichtes zog. Dünne, biegsame Antennen peitschten in ihre Richtung.

Für die Dauer eines endlosen, grauenerfüllten Herzschlages starrte das gewaltige Facettenauge des Ungeheuers Charity direkt an, dann verschwand das Alptraumgesicht wieder. Und ein ungeheuerlicher Schlag traf das Gebäude. Charitys abermaliger Schreckschrei ging im Krachen der zerberstenden Mauer und dem hellen, zornigen Pfeifen des Monstrums unter.

Die Erschütterung riß sie von den Füßen. Noch im Fallen sah sie, wie ein gewaltiger, gezackter Riß quer durch die Wand und bis zur Decke hinauflief, krümmte sich instinktiv zusammen und schlug die Arme über den Kopf, als Trümmer und Staub auf sie herabrieselten.

Ein zweiter, kaum weniger heftigerer Schlag traf das Haus. Die Wand, in der das Fenster gewesen war, brach in einer gewaltigen Staubwolke zusammen, und plötzlich glänzten schwarzbraunes Chitin und schreckliche Klauen zwischen den niederprasselnden Steinen. Das Ungeheuer schob sich mit fast gemächlichen Bewegungen auf Charity zu.

Sie hörte Mike schreien, kroch verzweifelt vor dem angreifenden Monster weg und prallte gegen das Gitter. Ein gigantisches Ameisenbein schlug nach ihr und verfehlte sie um Zentimeter.

Ein Schuß krachte, so dicht an ihrem Ohr, daß sie glaubte, ihr Trommelfell würde platzen. Das Rieseninsekt bäumte sich auf, stieß ein hohes, zorniges Pfeifen aus und warf den Kopf hin und her. Sein flaches Panzergesicht war plötzlich voller Blut.

Ein zweiter Schuß fiel. Das Ungeheuer taumelte, machte noch einen letzten, mühsamen Schritt und brach zusammen.

Charity plagte sich auf, während der Soldat, der sie gerettet hatte, bereits den Schlüssel von seinem Gürtel nestelte und ihre Zellentür öffnete. Es war der gleiche Mann, mit dem Mike vor ein paar Minuten gesprochen hatte. Seine Augen waren starr vor Entsetzen.

»Schnell!« keuchte Mike. »Um Gottes willen, beeilen Sie sich, Mann!«

Der GI war so nervös, daß er die Tür zu Charitys Zelle kaum aufbekam. Sein Blick irrte immer wieder zu der toten Insektenkreatur, als rechnete er jeden Augenblick damit, sie wieder aufstehen und abermals angreifen zu sehen. Es dauerte fast eine Minute, bis er Charity endlich aus ihrem Gefängnis befreit hatte.

Wortlos nahm sie ihm den Schlüssel aus der Hand, stieß ihn grob beiseite und befreite auch Mike.

»Eine Waffe!« keuchte Mike. »Wir brauchen Waffen – gibt es hier welche?«

Der Soldat nickte, fuhr auf der Stelle herum und stürmte durch die Tür, so schnell, daß Charity und Mike fast Mühe hatten, ihm zu folgen. Irgendwo in ihrer unmittelbaren Nähe explodierte etwas. Das ganze Gebäude erzitterte.

Der Soldat riß einen Schrank auf und warf Mike eine Maschinenpistole zu. »Munition finden Sie da drinnen«, sagte er. »Und jetzt hauen Sie ab, Mann.« Er fuhr herum, riß die Tür auf und rannte mit weit ausgreifenden Schritten auf die Straße hinaus.

Er kam nicht einmal zwei Schritte weit. Ein dunkler, glitzernder Schatten fiel direkt vom Himmel und begrub ihn unter sich. Das Blitzen rasiermesserscharfer Klauen erstickte seinen Schrei.

Mike riß seine MP in die Höhe und drückte ab, aber nichts geschah. Fluchend legte er den Sicherungshebel um, zielte erneut auf die Kreatur und drückte ab – aber noch immer funktionierte die Waffe nicht. Das Insektenmonster richtete sich langsam über dem toten Soldaten auf und drehte sich herum. Kleine, gnadenlose Augen starrten sie an.

Mit aller Macht packte Charity die Tür, warf sie ins Schloß und legte den Riegel vor.

»Runter!« schrie Mike.

Charity gehorchte, und sie tat es keine Sekunde zu früh! Irgend etwas traf die Tür mit der Wucht eines Dampfhammers. Das Holz zersplitterte, fingerlange, mörderische Krallen rissen und fetzten.

Charity rollte sich blindlings zur Seite, kam mit einem Satz wieder auf die Füße und sprang zurück, als sie sah, wie Mike die nutzlose Waffe fallenließ und ein anderes Gewehr aus dem Schrank riß.

Und diesmal funktionierte die Waffe. Die Tür erzitterte ein zweites Mal wie unter einem Hammerschlag, als er die MP hochriß und schoß. Von draußen drang ein gellender, durch und durch unmenschlicher Schrei herein, dann das Geräusch von splitterndem Horn. Schließlich hörten sie den Aufprall eines schweren Körpers. Aber Mike schoß immer weiter, hielt den Abzug gekrümmt, bis das Magazin leer war. Auch dann hielt er die Waffe noch starr in der Hand.

Charity trat vorsichtig an ihn heran und berührte ihn an der Schulter. Mike fuhr zusammen wie unter einem Schlag. Aber dann erkannte er sie. Aus dem lähmenden Entsetzen in seinem Blick wurde nackte Angst.

»Alles wieder okay?« fragte Charity mißtrauisch. Sie kannte die Vorzeichen einer beginnenden Panik zu gut, um sich selbst noch etwas vorzumachen. Plötzlich wußte sie mit unerschütterlicher Sicherheit, daß Mike es nicht schaffen würde. Er war kein Kämpfer. Er hatte gelernt, ein Raumschiff zu fliegen und mit einer Laserkanone auf Raketen zu schießen, nicht, sich gegen einen lebendig gewordenen Alptraum zu wehren.

»Ich . . . glaube schon«, antwortete er mühsam. Er versuchte zu lächeln. Es mißlang.

»Dann laß uns verschwinden.« Charity schob ihn mit sanfter Gewalt zur Seite, öffnete den Waffenschrank vollends und entdeckte zu ihrer Erleichterung eine zweite Maschinenpistole. Hastig hängte sie sich die Waffe über die Schulter, nahm so viele Ladestreifen an sich, wie sie gerade noch tragen konnte, und bedeutete Mike mit einer Kopfbewegung, sich ebenfalls zu bewaffnen. Dann ging sie in den Zellenraum zurück.

»Wo willst du hin?« fragte Mike erschrocken.

»Raus«, antwortete Charity. Sie deutete mit einer Kopfbewegung auf die zerschossene Vordertür. »Hast du vielleicht Lust, *diesen* Ausgang zu nehmen?«

Mike antwortete nicht darauf, aber sie hätte auch gar nicht mehr hingehört. Ihr Herz machte einen schmerzhaften Sprung, als sie in die offenstehende Zelle zurücktrat und das erschossene Rieseninsekt sah, das den Ausweg blockierte. Das Loch, das das Monstrum in die Wand gerissen hatte, war groß genug, um bequem hindurchzuschlüpfen, aber sie würden über den gewaltigen Kadaver klettern müssen. Charitys Magen zog sich zu einem harten, stacheligen Klumpen zusammen. Aber sie schaffte es, irgendwie. Und es war nicht einmal so schlimm, wie sie geglaubt hatte.

Colinsville glich einem Tollhaus. Die Stadt stand in Flammen. Aus den entfernten Gewehrsalven war ein nicht enden wollendes Krachen und Dröhnen geworden, in das sich nur noch dann und wann der dumpfe Schlag der Panzerkanone mischte. Menschen hasteten ziellos und in Panik umher. Der Himmel war rot vom Widerschein des gewaltigen Feuers, das sich rasend schnell in die Stadt hineinfraß. Ein Soldat taumelte schreiend vorüber. Irgendeine winzige Gestalt hockte in seinem Nacken, und sein Hemd war voller Blut. Charity hob ihre Waffe, aber der Mann war zu schnell vorüber. Und wahrscheinlich hätte sie ihn ohnehin nicht mehr retten können.

Schaudernd vor Entsetzen drehte sie sich um und blickte das Flammenmeer an, das im Norden von Colinsville tobte; eine Wand aus Feuer, die das vor sich hertrieb, was von Bartons zweitausend Mann übriggeblieben war – ein jämmerlicher Haufen aus panikerfüllten Männern, die in wilder Flucht die Straße herabgerannt kamen. Und hinter ihnen ...

Das Licht war zu grell, so daß Charity kaum etwas erkennen konnte, aber was sie sah, nahm ihr fast den Atem. Es war eine Armee aus kriechenden, hüpfenden, flatternden, hopsenden und rennenden Horrorkreaturen, ein Bild von Hieronymus Bosch, das zum Leben erwacht war. Die Männer schossen ununterbrochen, und sie trafen ununterbrochen, aber die grelle Wand aus Feuer spie immer mehr furchterregende Bestien aus.

»Dorthin!« Mike deutete hektisch nach rechts, nicht direkt in die dem Feuer entgegengesetzte Richtung, sondern auf eine schmale Gasse auf der anderen Seite der Hauptstraße. Sie wußten beide, daß es Selbstmord war, sich der fliehenden Menschenmenge anzuschließen. Sie würden einfach niedergetrampelt werden.

Trotzdem hätten sie es beinahe nicht geschafft. Am anderen Ende der Ortschaft ertönte ein dumpfes Krachen, als sie die Straße zur Hälfte überquert hatten, und plötzlich fühlte Charity einen entsetzlich heißen, rasenden Luftzug. Eine halbe Sekunde später explodierte die Panzergranate am anderen Ende der Straße, inmitten der heranrasenden Insektenarmee.

Aber auch inmitten von Bartons Leuten . . .

Charity sah entsetzt weg, rannte blindlings weiter und blieb erst stehen, als sie die rettende Gasse erreicht hatten. Mike ließ sich neben ihr auf die Knie fallen, hob seine MP und jagte einen kurzen Feuerstoß in die Dunkelheit vor ihnen.

Schweratmend drehte sich Charity um. Der Panzer kam rasselnd näher, und sie erkannte jetzt, daß es ein uralter Sherman war, ein Modell aus dem Zweiten Weltkrieg, das nur noch aus Rost und ein bißchen Farbe zu bestehen schien. Eine untersetzte Gestalt mit grauem Haar ragte aus der offenen Einstiegsluke.

»Barton!« schrie sie. »Um Gottes willen, hören Sie auf!«

Ihre Worte gingen im Brüllen der Panzerkanone unter. Eine zehn Meter lange Flammenzunge stach über die Straße und explodierte eine halbe Meile entfernt in der Wand eines zweistöckigen Gebäudes. Charity schloß geblendet die Augen, als das Haus in einer Wolke aus Feuer und fliegenden Trümmern auseinanderflog.

Dann hob sie ihre Waffe, zielte kurz und drückte ab. Ein einzelner Schuß löste sich peitschend.

Die Kugel prallte harmlos einen Meter vor Barton vom Stahl ab, aber Bartons Kopf flog mit einem Ruck herum. Trotz der großen Entfernung konnte sie seinen Schrecken sehen, als er sie erkannte.

»Hören Sie auf, Sie Idiot!« schrie sie mit überschnappender Stimme. »Sie bringen Ihre eigenen Leute um!«

Der Turm des Panzers drehte sich. Für einen kurzen, schrecklichen Moment war Charity fast sicher, daß die nächste Granate sie und Mike treffen würde, aber dann bewegte sich die Kanone wieder zurück. Der Panzer fuhr klirrend weiter, verminderte sein Tempo für einen Moment und beschleunigte wieder, als Barton sich aus der Luke herausstemmte und zu Boden sprang.

Die Front der Insektenungeheuer war noch näher gekommen, aber ihr Vormarsch verlor jetzt rasch an Geschwindigkeit. Auf der Straße vor Colinsville hatte sie Bartons Männer einfach vor sich hergetrieben, doch hier fanden die GIs genügend Deckung, um sich ihnen in den Weg stellen zu können.

»Sind Sie zufrieden, Sie dämlicher Hund?« begrüßte Mike den General. »Wie viele von Ihren Männern leben noch? Hundert?«

Bartons Lippen preßten sich zu einem schmalen Schlitz zusammen. Er zitterte. Aber er sagte kein Wort.

Charity warf Mike einen raschen, warnenden Blick zu, zog Barton mit einer groben Bewegung in die Deckung der Mauer zurück und deutete nach Norden. »Was ist passiert?« fragte sie einfach.

»Es war . . . eine Falle.« Bartons Stimme klang flach. Von seiner unerschütterlichen Siegessicherheit war nichts mehr geblieben. »Wir haben sie umstellt«, fuhr er fort. »Wir hatten ihr Lager gefunden, vom Helikopter aus. Ein Tal in den Bergen, nur ein paar Meilen von hier.«

»Und?« fragte Mike, als Barton nicht weitersprach.

»Ich weiß es nicht«, murmelte Barton. »Wir hatten sie in der Falle. Es . . . es schien alles so einfach zu sein. Ich kenne dieses Tal. Es . . . es ist klein, kaum eine halbe Meile tief. Aber plötzlich waren sie da. Millionen. Großer Gott, es müssen . . . es müssen Millionen sein. Sie tauchen wie aus dem Nichts auf. Wir haben Tausende abgeschossen, aber es . . . es werden immer mehr.«

Charity starrte blicklos zu Boden. Bartons Worte entsetzten sie. Sie hätten es ihm sagen können, dachte sie matt. Er war wahrscheinlich wirklich davon überzeugt, siegen zu können. Von dem Materietransmitter hatte er keine Ahnung gehabt.

Charity sah nach Norden. Der Vormarsch der Fremden war nicht vollends zum Stehen gekommen, aber doch beinahe. Bartons Männer hatten sich in die umliegenden Häuser zurückgezogen und schossen jetzt gezielt auf die heranstürmenden Kreaturen, und auch der Panzer eröffnete immer wieder das Feuer. Charity sah, daß er gezielt die großen Käferwesen anvisierte, mit denen Mike und sie bereits Bekanntschaft gemacht hatten. Sie sah keinen einzigen der Vierarmigen, was sie allerdings nicht erstaunte.

»Wie viele Panzer haben Sie noch?«

Barton schüttelte den Kopf. »Keinen. Das ist . . . der letzte. Es waren nur vier«, fügte er in einem entschuldigenden Tonfall hinzu, für den Charity ihm am liebsten den Gewehrlauf in die Zähne geschlagen hätte.

Plötzlich hörte sie das Knattern eines Hubschraubers, der sich der Stadt näherte. Sie sah auf, blickte in den Himmel und erkannte ihren Helikopter. Sie erschrak.

Die Maschine taumelte wie ein betrunkener Schmetterling. Das Motorgeräusch klang unregelmäßig, und der Pilot schien Mühe zu haben, die Maschine überhaupt in der Luft zu halten.

Barton sprang auf, lief ein paar Schritte auf die Straße hinaus und riß ein Walkie-talkie aus dem Gürtel. »Harker!« schrie er. »Ich bin hier! Runter!«

»Der . . . der Mistkerl will abhauen!« keuchte Mike. »Verdammt, er läßt uns einfach im Stich!«

Er wollte aufspringen, aber Charity riß ihn im letzten Moment zurück.

Der Hubschrauber erreichte die Straße nicht. Harker versuchte es, aber er bekam immer größere Schwierigkeiten, die Maschine zu steuern. Plötzlich war noch etwas am Himmel; ein riesiges Wesen aus schwarzem Leder, das mehr durch die Luft torkelte, als es flog.

Aber die scheinbare Schwerfälligkeit seiner Bewegungen täuschte. Plötzlich schoß es auf den taumelnden Helikopter zu, hing einen Moment fast reglos über den rasenden Rotoren – und schloß sich wie eine formlose Riesenfaust um die winzige Maschine.

Der Hubschrauber explodierte noch in der Luft. Ein Teppich aus Feuer und brennenden Trümmern regnete auf die Stadt herab, zusammen mit den zerfetzten Überresten des Wesens, das den Helikopter vernichtet hatte.

Und in der gleichen Sekunde begann der endgültige Angriff der Monster.

Als wäre die Vernichtung des Helikopters ein Zeichen gewesen, tat sich die Nacht am anderen Ende der Straße auf und spie alle Kreaturen der Hölle aus. Es waren viele Tausende, eine ungeheuerliche Walze aus glitzerndem Horn, das die Straße, das Feuer, die Häuser und selbst den Panzer einfach überrollte. Charity sah, wie sich drei der gigantischen Käferwesen gleichzeitig auf den Sherman-Tank stürzten und ihn kurzerhand umwarfen, mit einer Kraft, die einfach unvorstellbar war. Augenblicke später explodierte etwas im Inneren des Panzers, und greller Feuerschein überstrahlte noch einmal die Armee der Horrorkreaturen.

»Weg hier!« brüllte Mike mit überschnappender Stimme. Er sprang auf, riß Charity einfach mit sich und hetzte los.

Keine Sekunde zu früh. Ein mannsgroßes Ding mit Tausenden von kleinen, nadelspitzen Stacheln rollte wie ein losgerissenes Rad über die Straße auf sie zu. Mike schoß und traf, aber im gleichen Moment lösten sich Dutzende der kleinen Hornstacheln aus dem Monstrum und prallten wie tödlicher Hagel an der Stelle gegen die Wand, wo er und Charity gerade noch gesessen hatten.

Einer von ihnen traf. Charity spürte einen harten, betäubenden Schlag gegen den Oberschenkel, einen kleinen Moment der Schwäche – und dann raste ein entsetzlicher Schmerz durch ihr Bein und explodierte überall in ihrem Körper zugleich. Sie schrie gellend auf, stürzte zu Boden und umklammerte ihren Oberschenkel. Blut lief in breiten Strömen über ihr Bein. Die Hornnadel mußte ihren Schenkel glatt durchschlagen haben.

Mike versuchte sie in die Höhe zu ziehen, aber sofort schoß eine neue, unerträgliche Schmerzwelle durch ihren Körper. *Vergiftet*, dachte sie. *Der Dorn mußte vergiftet worden sein!* Das Ding war kaum dicker als eine Stricknadel gewesen, aber der Schmerz war trotzdem entsetzlich, pure Agonie, die jeden einzelnen Nerv in ihrem Körper in Flammen setzte. Blindlings schlug sie Mikes Hand beiseite, krümmte sich erneut und schrie.

Sie registrierte kaum, daß Mike sie mit einer Hand am Arm ergriff und in die Gasse zurückschleifte, aus der sie gerade geflohen war, während er mit der anderen die MP schwenkte und blindwütig um sich schoß.

Dann erlosch der Schmerz, so schnell, wie er gekommen war. Ihr Bein tat weiter fast unerträglich weh, und sie bezweifelte, daß sie laufen konnte, aber die fürchterliche Qual, die ihr gesamtes Nervensystem gepeinigt hatte, war fort. Wenn es Gift gewesen war, hatte ihr Körper es rasch absorbiert. Trotzdem – ein einziger oder gar mehrere Treffer dieser lebenden Pfeile in den Körper...

Sie dachte den Gedanken vorsichtshalber nicht zu Ende, sondern stemmte sich mühsam hoch, tauschte das Magazin ihrer MP gegen ein neues aus und kroch ungeschickt an Mikes Seite. Er sah überrascht hoch, hörte aber nicht auf, zu schießen. Und als sie auf die Straße hinausblickte, wußte sie auch, warum.

»Großer Gott!« flüsterte sie. »Das ist das Ende.«

»Ja«, antwortete Mike gepreßt. »Das ist . . .« Er stockte, runzelte die Stirn und sah verwirrt nach rechts und links. »Wo ist Barton?«

Charity zuckte automatisch die Achseln, doch dann fiel ihr ein, daß sie ihn vorhin gesehen hatte. Er war zu einem niedrigen Gebäude am anderen Ende der Straße hinübergerannt.

»Dort«, sagte sie.

»In der Scheune?« Mike nickte grimmig. »Das habe ich mir gedacht. Der Mistkerl will abhauen! *Los!«*

Er sprang auf, riß Charity brutal mit sich und rannte im Zickzack über die Straße, wobei er wild um sich schoß.

Sie hatten Glück; ein allerletztes Mal. Die Monster konzentrierten ihre Angriffe auf ein Gebäude auf der anderen Straßenseite, in dem sich einige von Bartons Männern verschanzt hatten, so daß sie nicht angegriffen wurden. Trotzdem hätte zumindest Charity es nicht geschafft, wenn Mike sie nicht einfach mit sich gezerrt hätte. Ihr Bein blutete noch immer, und die Schmerzen wurden durch das Laufen nicht gerade besser.

Aber Mike gestattete ihr auch jetzt noch keine Atempause. Sie erreichten den Lagerschuppen, in dem sie Barton hatte verschwinden sehen, und Mike trat kurzerhand die Tür ein.

Dahinter lag eine weitläufige, fast leere Lagerhalle, die von einer Petroleumlampe nur schwach erhellt wurde. Direkt vor dem Tor stand der schwarze Trans-Am, in dem Harker zu ihnen gekommen war. Unter der getönten Windschutzscheibe konnten sie die Silhouette General Bartons erkennen.

Mike blieb stehen, hob das Gewehr und legte es an. »Tun Sie es nicht, Barton«, sagte er. »Ich schwöre Ihnen, daß ich Sie erschieße, wenn Sie den Zündschlüssel auch nur ansehen.«

Der Schatten hinter der Scheibe erstarrte.

»Keine Bewegung«, fuhr Mike drohend fort. »Cherry – mach das Tor auf.«

Charity schob mit zusammengebissenen Zähnen den schweren Riegel zur Seite. Die kleine Anstrengung überstieg fast ihre Kräfte. Ihr wurde schwindelig. Sie blieb einen Moment reglos stehen, um Atem zu holen, dann wollte sie das Tor vollends aufschieben, aber Mike hielt sie mit einem raschen Kopfschütteln zurück.

»Nicht«, sagte er. »Noch nicht. Geh zum Wagen. Paß auf, daß er keine Dummheiten macht.«

Der schwarze Trans-Am begann vor ihren Augen zu verschwimmen, als sie den ersten Schritt machte. Sie war so schwach. Und die Schmerzen wurden stärker. Es kostete sie ihr letztes bißchen Energie, neben die Fahrertür zu treten. Die Kraft, ihre Waffe zu heben, hatte sie schon nicht mehr.

Barton blickte sie aus schreckgeweiteten Augen an. »Hören Sie«, begann er. »Wir können zusammen fahren. Der Wagen ist groß genug. Ich ... ich ergebe mich.«

»Halt die Schnauze!« sagte Mike hart. »Raus aus dem Wagen.«

Barton rührte sich nicht. Sein Gesicht war weiß wie das eines Toten. »Sie können mich doch nicht zurücklassen«, wimmerte er. »Das ist Mord.«

»Tun Sie, was er sagt«, murmelte Charity. »Wir nehmen Sie mit, aber jetzt ... tun Sie es. Es ist besser ... für Sie.« Sie war so schwach, daß sie sich an der Wagentür festhalten mußte, um nicht zu stürzen. Barton blickte entsetzt zu ihr auf, schließlich aber gehorchte er.

Charity sah die Maschinenpistole zu spät, die er auf den Knien hatte. Sie schrie warnend, aber im gleichen Moment stieß Barton die Tür mit solcher Wucht auf, daß sie einfach von den Füßen gerissen wurde, und ließ sich aus dem Wagen fallen. Mike und er feuerten gleichzeitig.

Mikes Kugel durchschlug die Tür des Trans-Am, Bartons rechte Hand und dann seinen Hals, während Bartons Salve Mikes beide Knie zerschmetterte und eine blutige Spur über seine Brust zog. Es dauerte eine halbe Stunde, ehe Charity wieder genug Kraft gesammelt hatte, Bartons Leichnam vollends aus dem Trans-Am herauszuzerren und seine Taschen nach dem Schlüssel zu durchsuchen. Der Kampflärm draußen auf der Straße hatte nachgelassen, aber nicht ganz aufgehört, und einmal hatte etwas an der Tür gekratzt. Die beiden Flügel des großen Holztores, die jetzt nicht mehr verriegelt waren, hatten sich bewegt, aber was immer dort draußen gestanden hatte, war nicht hereingekommen. Nach allem, was es ihr angetan hatte, schien sich das Schicksal nur einen letzten, bösen Scherz mit ihr erlaubt zu haben.

Ihr wurde wieder übel, als sie sich hinter das Lenkrad des Trans-Am zog und mit zitternden Fingern den Zündschlüssel ins Schloß steckte. Ihr rechtes Bein war steif; sie würde Kupplung, Gas und

Bremse nur mit dem linken Fuß bedienen müssen, aber irgendwie würde es schon gehen. Sie hatte keine Angst mehr. Sie fragte sich, was draußen auf der Straße auf sie warten mochte, aber sie dachte auch diesen Gedanken ohne Angst.

Ihr Blick streifte Mikes reglosen Körper. Sie hatte es bisher krampfhaft vermieden, ihn auch nur anzusehen, aber es war nicht halb so schlimm, wie sie geglaubt hatte. Sie spürte . . . nichts. Aber der Schmerz würde kommen.

Sie drehte den Zündschlüssel. Der Wagen sprang sofort an. Ein letztes Mal visierte sie das Tor über die flache Schnauze des Trans-Am hinweg an, dann legte sie behutsam den Gang ein und gab Gas. Vor ihr lagen noch fast tausend Meilen, und jede einzelne davon konnte geradewegs in die Hölle führen. Aber sie wußte einfach, daß sie es schaffen würde. Irgendwie.

12. Dezember 1998
Gegenwart

Ihr linker Arm brannte. Alles, was sie fühlte, war Schmerz, ein entsetzlicher, brennender Schmerz, der im Takt ihres rasenden Herzschlages pulsierte und ihr die Tränen in die Augen trieb. Sie konnte kaum noch denken.

Wenn Stone ihr nicht von Zeit zu Zeit einen Stoß in den Rücken versetzt hätte, hätte sie längst aufgegeben und sich in irgendeine Ecke gekauert, um zu sterben.

Aber das ließ er nicht zu. Immer, wenn sie stehenbleiben wollte, versetzte er ihr einen weiteren Stoß mit dem Gewehrlauf; und wenn ihre Kräfte einfach versagten, was jetzt immer öfter und in immer kürzeren Abständen geschah, zerrte er sie grob auf die Füße und stieß sie weiter. Rings um sie herum brach der Bunker Stück für Stück zusammen. Das Wimmern der Alarmsirenen war längst verstummt, und große Teile der unterirdischen Höhlen und Stollen waren wieder in die Dunkelheit versunken, aus der die Menschen sie für wenige kurze Jahre herausgerissen hatten. Sie hörte Schreie und Schüsse und dazwischen immer wieder das dumpfte Echo schwerer Explosionen. Es war ein Wunder, daß sie kein einziges Mal angegriffen wurden.

Charity hatte längst die Orientierung verloren. Sie wußte nicht mehr, auf welcher Ebene sie waren oder wohin Stone sie brachte. Sie wußte nur, daß er den Verstand verloren haben mußte.

Sie blieb stehen, als Stone ihr mit einer abgehackten Geste gebot, anzuhalten.

Warnend hob er die Waffe, deutete auf die gegenüberliegende Wand und machte eine Bewegung, sich dorthin zu setzen und nicht zu rühren.

Charity hätte es nicht einmal gekonnt, wenn sie es gewollt hätte. Ihr linker Arm und ihr rechtes Bein führten einen verbissenen Wettkampf darin, sich gegenseitig mit Schmerzwellen zu übertreffen; sie fühlte sich so schwach wie nie zuvor im Leben.

Stone sah sie einen Moment lang scharf an, dann drehte er sich mit einer abrupten Bewegung um und verschwand in einem Seitengang. Aber sie wußte, wie sinnlos jeder Fluchtversuch war. Er würde nur Sekunden fortbleiben.

Für Augenblicke drohte sie die Besinnung zu verlieren. Alles um sie herum begann sich zu drehen. Übelkeit breitete sich in ihrem Magen aus.

Verbissen kämpfte Charity das Gefühl nieder, atmete gezwungen tief ein und aus und konzentrierte sich mit aller Macht darauf, die schwarzen Schleier zu vertreiben, die ihre Gedanken einlullen wollten. Der Schmerz in ihrem Arm trieb ihr die Tränen in die Augen.

Dabei war die Wunde kaum größer als ein Stecknadelkopf. Stone hatte den Laser auf die niedrigste Wirkungsstufe eingestellt gehabt, und ihr Körperschild hatte dem Strahl zusätzlich Energie entzogen. Aber das, was ihren Arm schließlich getroffen und durchbohrt hatte, war immer noch genug gewesen, jeden einzelnen Nerv in ihrer linken Körperhälfte zur Weißglut zu bringen. Sie wußte nicht, ob sie den Arm jemals wieder würde bewegen können.

Stone kam zurück. Auf seinem Gesicht lag noch immer der gleiche, gehetzte Ausdruck. Hastig überzeugte er sich davon, daß der Gang hinter ihnen noch leer war, dann kniete er neben ihr nieder und half ihr dabei, aufzustehen. Charity wollte seinen Arm beiseite stoßen, aber sie konnte es nicht.

»Geht es noch?« fragte er. Er lächelte. »Es ist nicht mehr weit. Nur ein paar Schritte.«

»Hören Sie doch auf, Stone«, sagte Charity mühsam. »Das ... das hat doch alles ... keinen Zweck mehr.« Selbst das Sprechen bereitete ihr Mühe.

»O doch«, widersprach Stone. »Sie werden mir noch dankbar sein, Captain.« Er verstärkte den Druck seiner Hand ein wenig und zwang sie mit sanfter Gewalt, weiterzugehen. Ein weiterer finsterer Gang nahm sie auf. Stone schaltete seinen Scheinwerfer ein und ließ den bleichen Lichtstrahl über weißgestrichenen Beton gleiten. Flüchtig sah sie eine gewaltige Panzertür, deren Schloß offensichtlich mit einem Laser herausgeschnitten worden war.

Aber sie begriff trotzdem erst, als er sie durch diese Tür stieß und sie die Tanks sah.

Für einen Moment vergaß sie sogar ihre Schmerzen, so verblüfft war sie. Es war so naheliegend, daß sie sich fragte, wieso sie nicht längst von selbst auf die gleiche Idee gekommen war. Aber es war auch ebenso verrückt wie naheliegend. Die Tanks! Großer Gott, das ... das konnte überhaupt nicht funktionieren!

»Das ist nicht Ihr Ernst, Stone«, sagte sie erschüttert.

Stone ließ ihren Arm los, entfernte sich rückwärts gehend und machte sich irgendwo hinter ihr an der Wand zu schaffen. Der grelle Strahl seiner Taschenlampe wich dabei keine Sekunde von Charitys Gesicht.

Etwas klickte, und mit einem Male erlosch das blendende Weiß von Stones Lampe, aber eine Sekunde später glomm unter der Decke das düstere Rotlicht der Notbeleuchtung auf. Charity taumelte vor Schwäche. Der Schock klang ebenso rasch ab, wie er gekommen war, und Schmerzen und Übelkeit meldeten sich zurück. Mühsam drehte sie sich zu Stone um und sah zu, wie er sich an der Kontrolltafel neben der Tür zu schaffen machte. Er stellte sich nicht besonders geschickt dabei an, aber er hatte Erfolg. Irgendwo hinter ihr begann ein Elektromotor zu summen. Über der Tür flackerte ein Warnlicht, dann ein zweites, und dann schoben sich zwei gewaltige, gezahnte Metallplatten aus Boden und Decke und eine zweite, zwanzig Zentimeter starke Tür aus fast unzerstörbarem Stahl, die sich in wenigen Augenblicken schließen und diesen Raum hermetisch versiegeln würde. Charity wußte, daß es außer einem atomaren Sprengkopf nicht viel gab, was diese Barriere zerstören konnte.

»Bitte, Stone«, sagte sie so ruhig, wie sie nur konnte. »Sie wissen nicht, was Sie tun. Das ist Selbstmord!«

Stone lachte, aber sein Gesicht blieb dabei unbewegt. Nur sein Blick flackerte. »Selbstmord wäre es, draußen zu bleiben«, sagte er. »Sie werden die Dinger da jetzt einschalten, Captain. Zwei Stück – einen für mich und einen für Sie.«

Charity blickte unsicher zu dem halben Dutzend gewaltiger Stahlsärge hinüber, auf die Stone gedeutet hatte. Dann schüttelte sie den Kopf. »Das kann ich gar nicht«, behauptete sie. Nervös sah sie zur Tür. Die beiden stählernen Zahnreihen waren nur noch einen halben Meter voneinander entfernt. Noch Sekunden, und die Falle schloß sich.

»Das ist nicht wahr!« sagte Stone heftig. Das Lasergewehr in seinen Händen ruckte drohend hoch. »Ich weiß, daß Sie es können. Ich habe mich erkundigt, wissen Sie?«

»Theoretisch«, sagte Charity leise. »Es ist Selbstmord, Stone! Niemand hat diese Dinger je ausprobiert; außer ein paar Affen. Und von denen ist nur die Hälfte wieder aufgewacht!«

»Ich weiß«, antwortete Stone. Die Panzerplatten waren jetzt noch fünfzehn Zentimeter voneinander entfernt. Noch Sekunden, dachte Charity. Sie mußte irgend etwas tun, wenn sie jemals wieder aus dieser Falle herauskommen wollte!

Aber sie konnte es nicht. Stone hatte keinen Zweifel daran gelassen, daß er ihr auch noch in den anderen Arm schießen würde, wenn sie versuchte, ihn anzugreifen oder zu fliehen.

»Eine Fünfzig-Prozent-Chance reicht mir«, fuhr Stone fort. »Ist mehr, als wir draußen haben, oder?«

»Und die anderen? Becker und . . . und die, die jetzt unten beim Schiff auf uns warten?« fragte Charity. »Sie bringen sie um, Stone.«

»Das haben sie schon längst selbst getan«, antwortete Stone zornig. »Was glauben Sie, wie weit Sie mit ihrem lächerlichen Raumschiff kommen, ehe die Fremden Sie abschießen?« Er schüttelte heftig den Kopf und deutete befehlend auf die Tanks. »Fangen Sie an, Captain.«

Die stählernen Zahnreihen berührten sich. Es geschah vollkommen lautlos. Nur die flackernden Warnlampen über der Tür erloschen wieder. Charity schloß mit einem kaum hörbaren Seufzer die Augen. Gefangen, dachte sie. Nein, schlimmer – sie waren lebendig begraben.

»Fangen Sie an!« sagte Stone noch einmal.

»Und wenn ich es nicht tue?« Charity lächelte. »Sie können mich nicht zwingen, Stone. Erschießen Sie mich, wenn es Ihnen Spaß macht. Das geht schneller.«

Stone lächelte kalt, und Charity begriff, daß er auf diese Antwort gewartet hatte. »Vielleicht kann ich das wirklich nicht«, sagte er. »Aber Sie werden es tun, Captain – entweder jetzt oder in ein paar Tagen, wenn sie halb verrückt vor Hunger und Durst sind.« Er hob befehlend die Waffe. »Los!«

Wahrscheinlich hatte er sogar recht, dachte Charity. Es war aus, so oder so.

Trotzdem dauerte es noch lange, ehe sie sich umdrehte und zögernd auf den ersten der sechs riesigen Hibernationstanks zuging.

Hatte ihr der Anblick beim ersten Mal nur Unbehagen eingeflößt, so erfüllte er sie jetzt mit nackter Angst. Der Tank war gewaltig, und trotz seiner unbestreitbaren technischen Eleganz hatte er etwas Düsteres an sich. Alles in ihr krampfte sich bei dem bloßen Gedanken zusammen, sich in dieses Ding legen zu sollen.

»Fangen Sie an«, sagte Stone noch einmal. »Und keine Tricks. Ich passe genau auf, daß Sie beide Apparate gleich programmieren. Und dann werfe ich eine Münze, um zu entscheiden, in welchem Sie Platz nehmen dürfen, Captain.«

Charity ballte hilflos die Fäuste. Stones Wahnsinn hatte Methode. Er war verrückt, aber nicht dumm.

Unsicher machte sie sich an die Aufgabe, das elektronische Herz des Kälteschlaftanks zu programmieren, sehr langsam und von nichts als der fast panischen Furcht erfüllt, einen Fehler zu begehen. Eine entsetzliche Vision stieg vor ihrem inneren Auge auf: Sie sah sich selbst, hilflos in einen der gewaltigen Stahlsärge eingesperrt, bei vollem Bewußtsein, aber sterbend, durch irgendeinen dummen Programmierfehler, ein Zittern ihrer Hände, einen qualvollen, tage-, vielleicht wochenlangen Tod sterbend. Sie verscheuchte die Vision.

»Wie lange wollen Sie schlafen, Lieutenant?« fragte sie.

»So lange es geht«, antwortete Stone. »Stellen Sie die maximale Laufzeit ein.«

Charity sah auf. »Das können hundert Jahre sein«, sagte sie vorsichtig. Oder tausend. Diese Anlagen waren so gut wie unzerstörbar. Aber das sprach sie nicht aus.

»Um so besser«, sagte Stone. »Los! Tun Sie, was ich gesagt habe.«

Sie gehorchte. Als sie fertig war, winkte Stone sie zurück, warf einen kurzen, aber sehr aufmerksamen Blick auf die Kontrollen am Kopfende des Tanks und deutete auf den Stahlsarg daneben. »Jetzt den.«

Sie brauchte zehn Minuten, um auch den zweiten Computer zu programmieren, und Stone wiederholte die Prozedur – er scheuchte sie zurück und betrachtete das komplizierte Schaltpult. Dann ging er zwischen den Tanks hin und her, offensichtlich, um die beiden Anlagen zu vergleichen. Verdammter Narr, dachte Charity.

»Scheint in Ordnung zu sein«, sagte Stone schließlich. »Jetzt fragt sich nur noch, was Sie wirklich getan haben, Captain.« Er lächelte flüchtig. »Nicht, daß Sie mich für einen kompletten Idioten halten,

Laird. Ich bin ziemlich sicher, daß Sie das Ding so programmieren können, daß ich nie wieder aufwache. Haben Sie es getan?«

»Ich bin kein Mörder«, antwortete Charity.

»Ich weiß.« Stone deutete mit einer Geste auf den Tank, den sie als erstes eingeschaltet hatte. »Nach Ihnen, Captain.«

Charity zögerte. Sie hatte Angst. Schreckliche Angst.

Aber schließlich setzte sie sich doch in Bewegung. Langsam trat sie auf den gewaltigen Stahlzylinder zu, berührte die rote Taste an seinem Kopfende und trat zurück, als der Deckel lautlos auseinanderklappte. Das Innere des Tanks war winzig, verglichen mit seinem klobigen Äußeren – eine schmale, mit weichem Schaumgummi ausgeschlagene Röhre, in deren rechter Seite eine Anzahl kleiner Kontrollinstrumente und Anschlüsse untergebracht waren. Eine Lampe verbreitete gelbes, gedämpftes Licht. Sie schauderte. Es war kein Tank, es war ein Sarg. Sie würde wahnsinnig werden, wenn sie auch nur eine einzige Minute darin verbringen mußte.

»Gehen Sie«, sagte Stone noch einmal.

Langsam kletterte sie in den Tank, streckte sich auf dem weichen Schaumgummipolster aus und griff mit zitternden Händen nach einem kleinen Metallring, der neben ihr an der Wand hing. Ein Dutzend dünner verschiedenfarbiger Drähte verband ihn mit dem Computer tief im Inneren des Tanks. Sie spürte, wie sich eine Anzahl winziger spitzer Nadeln in ihre Haut senkten, als sie den Ring über ihr linkes Handgelenk streifte und schloß.

Stone beugte sich über sie. Er beobachtete sehr aufmerksam, was sie tat. Und Charity flehte lautlos, daß es richtig war. Großer Gott, man hatte es ihr zehnmal erklärt, aber ihr Gehirn war wie leergefegt. Es war, als hätte sie alles vergessen, was sie jemals gelernt hatte!

»Viel Glück, Captain Laird«, sagte Stone leise. Und fügte hinzu: »Das mit Ihrem Arm tut mir leid. Aber ich mußte es tun, das verstehen Sie doch, oder?«

»Ja«, antwortete Charity. »Ich verstehe es.« Sie wollte noch mehr sagen, aber alle Worte erschienen ihr plötzlich so sinnlos und überflüssig. Rasch griff sie mit der freien Hand nach der durchsichtigen Sauerstoffmaske, die von der Decke hing, stülpte sie über Mund und Nase und spürte, wie sie sich festsaugte. Irgendwo unter ihr begann eine Pumpe zu arbeiten. Die Luft, die ihre Lungen füllte, schmeckte plötzlich bitter.

Sie sah noch, wie Stone zurücktrat und die Hand nach dem roten Schalter ausstreckte, und sie sah auch noch, wie sich der Deckel des gewaltigen stählernen Sarges ganz langsam wieder zu schließen begann, dann griff etwas wie eine warme weiche Hand nach ihren Gedanken, eine Hand, die jeden Schmerz und alle Angst auslöschte. Sie hatte das Gefühl, in einer unendlich warmen, unendlich wohltuenden Umarmung zu versinken. Und ganz kurz, bevor sie endgültig einschlief, fand sie noch Zeit für einen einzigen Gedanken:
Was würde sie erwarten?

ENDE DES ERSTEN BUCHES

ZWEITES BUCH

Dunkel ist die Zukunft

1

Schmerz weckte sie. Es gelang ihr nicht, ihn genau zu lokalisieren; eine Milliarde kleiner, kribbelnder Tierchen mit spitzen Zähnen lief durch ihren Körper, kroch durch ihre Adern, fraß sich an ihren Nervenbahnen entlang. Dann ein einzelner Gedanke, scheinbar sinnlos: Es wird weh tun. Sehr weh. *Irgend jemand hatte das einmal zu ihr gesagt, irgendwann und irgendwo, eine Million Lichtjahre in der Vergangenheit. Wann und wo und wer genau, das hatte sie vergessen. Vielleicht hatte sie es nie gewußt.*

Dann eine neue Erinnerung: ein schmales Gesicht mit Augen voller Angst und Wahnsinn, ein ... Gewehr, das auf sie gerichtet und – ja, und auch abgedrückt worden war.

Gut, dachte sie. Ihre Erinnerungen kamen zurück. Noch ergaben sie keinen Sinn, und noch vermochte sie nicht zwischen echten Erinnerungen und dem zu unterscheiden, was ihr aus dem endlos langen Alptraum gefolgt sein mochte, der hinter ihr lag. Aber allein, daß sie diesen Gedanken denken konnte, bewies, daß sich die grauen Spinnweben in ihrem Kopf aufzulösen begannen.

Es wird lange dauern. Vielleicht Tage.

Sie versuchte sich zu bewegen. Es ging nicht. Nun, sie hatte Zeit. Und vielleicht war es ohnehin klüger, zuerst in ihrem Kopf für Ordnung zu sorgen. Mit dem Einfachsten beginnen: Sie war ... war ...

Sie konnte sich nicht einmal an ihren Namen erinnern, und es war dieser Gedanke, der sie zum ersten Mal an den Rand der Panik brachte, seit sie die Fesseln jenes todesähnlichen Schlafes abgestreift hatte, in den sie irgendwann, vor unendlich langer Zeit gesunken war. Ganz schwach glaubte sie zu wissen, daß sie sich nicht freiwillig in diesen Zustand begeben hatte und daß sie ...

Es geschah so plötzlich, daß sie aufgeschrien hätte, wäre sie nur in der Lage dazu gewesen: Eine gewaltige, zehnfingrige Insektenklaue schlug nach ihren Gedanken und zerfetzte den Schleier aus grauen Spinnweben, der sich darüber ausgebreitet hatte.

Charity erwachte.

Sie war auf der Flucht. Das Leben eines *Wastelanders* brachte es zwangsläufig mit sich, daß man sehr früh lernte, sich durchzuschlagen und mit Gefahren fertig zu werden. Sie kannte alle Tricks, um die Reiter von der richtigen Spur abzubringen, und genug kleine Kunstgriffe und Kniffe, selbst einen Shark zu narren.

Aber heute war ein ganzes Dutzend hinter ihr her, und sie hatte die Spuren von mindestens drei Reitern gesehen. Ihre Chancen standen, vorsichtig formuliert, nicht besonders gut. Im Moment war sie zwar in Sicherheit, aber die Felsenhöhle, in die sie sich zurückgezogen hatte, bot ihr nur für kurze Zeit Schutz. Die Sharks waren nicht dumm – und zu allem Überfluß wurde die Höhle von einer Fangspinne bewohnt, wie die zahllosen kleinen Knochenhaufen bewiesen, die unter ihren nackten Füßen knisterten. Das Tier würde nicht vor Einbruch der Dunkelheit zurückkommen, und es war fraglich, ob es einen so großen Gegner wie einen Menschen überhaupt angreifen würde; aber Net hatte weder Lust, es herauszufinden, noch ihr Nachtlager mit einer kopfgroßen, zehnbeinigen Scheußlichkeit zu teilen. Sie hatte noch eine gute Stunde, ehe sie ihre Deckung verlassen mußte. Und dann . . .

Vorsichtig schob sie sich ein wenig näher an den Höhlenausgang heran und spähte zu den Bergen hinüber. Net hatte fast das Gefühl, nur die Hand ausstrecken zu müssen, um ihre Ausläufer berühren zu können. Aber sie wußte auch, wie sehr dieser Eindruck täuschte. Die klare Luft hier oben verzerrte die Entfernungen. Bis zu den ersten Hängen mußten es einige Meilen sein. Und es war fraglich, ob sie selbst dort sicher wäre – die Reiter kamen nie in die Berge, aber diese verdammten Sharks stießen in letzter Zeit immer weiter nach Süden vor.

Verdammt, was hatte sie nur falsch gemacht? Es war doch nicht das erste Mal, daß sie sich an eine Reiterkarawane herangepirscht hatte, um Lebensmittel zu stehlen! Wieso veranstalteten sie plötzlich eine Treibjagd auf sie, als hätte sie sich die goldene Klobrille des Statthalters unter den Nagel gerissen?

Sie schloß die Augen und lauschte einen Moment angestrengt. Für eine Sekunde glaubte sie das hohe Summen eines noch weit entfernten Sharks zu hören, aber dann merkte sie, daß sie sich das Geräusch nur einbildete. Nein – wenigstens für den Moment schienen sie ihre Spur verloren zu haben.

Ihre Hand tastete nach der Waffe, die unter ihrem Kleid verborgen war. Schmerzhaft wurde ihr bewußt, daß ihr Vorrat an Springmaden auf zwei zusammengeschrumpft war und daß sie die Tiere zudem seit drei Tagen nicht gefüttert hatte. Möglicherweise funktionierte das Ding überhaupt nicht mehr. Aber das würde sie schon merken, dachte sie resignierend. Sie konnte es sich nicht leisten, einen ihrer zwei letzten Schüsse zu vergeuden, nur um sicher zu sein.

Net schob sich behutsam ganz aus der Höhle heraus, richtete sich auf und drehte sich einmal im Kreis. Das Licht hier war gnadenlos, und der fast weiße Sand der Wüste reflektierte jeden einzelnen Sonnenstrahl wie ein riesiger Spiegel. Sie hätte niemals so weit nach Norden gehen dürfen. Aber sie *war* nun einmal in dieser Situation, und es gab absolut niemanden, dem sie die Schuld dafür in die Schuhe schieben konnte. Sie hatte sich ganz allein hineingebracht.

Net verschob ihre sinnlosen Selbstvorwürfe auf später, sah sich noch einmal sichernd nach allen Seiten um und ging los. Sie hatte Durst, aber drüben in den Bergen würde sie genug Wasser finden. Wenn sie es bis dorthin schaffte. Und es gab eine ganze Menge, was dagegen sprach.

Charity erwachte endgültig. Mühsam öffnete sie die Augen, starrte die kahle Betondecke fünf Meter über ihrem Kopf an und begriff, daß sich der Tank geöffnet hatte. Ihre Erinnerungen waren zurückgekehrt. Sie waren schlagartig und ohne Vorwarnung gekommen, und Charity gestand sich widerwillig ein, daß sie wohl auch der Grund für ihre Bewußtlosigkeit gewesen waren. Es war lächerlich, aber sie war wie eine hysterische alte Jungfer schlichtweg vor Schrecken in Ohnmacht gefallen, als sie begriffen hatte, wo sie war.

Sie versuchte sich zu bewegen. Jede Bewegung ihres Körpers bereitete höllische Schmerzen. Großer Gott, sie würde nie wieder laufen können, dachte sie. Selbst das Atmen bereitete ihr Mühe. Unter Aufbietung aller Kräfte stemmte sie sich ein wenig in die Höhe, zog die Knie an und versuchte in eine Lage zu rutschen, in der sie wenigstens ihren Körper betrachten konnte.

Sie schien ihren Tiefschlaf einigermaßen überstanden zu haben, auch wenn es ihr zuerst nicht so vorkam: Das Dutzend haarfeiner Nadeln in ihrem linken Handgelenk stach wie Feuer, die Wunde in ihrem rechten Oberschenkel klopfte im Takt ihres Herzens, und ihr linker Arm versuchte ihr immer noch einzureden, daß er in Wirklichkeit in hellen Flammen stünde. Der Tank hatte wirklich hervorragend funktioniert, dachte sie griesgrämig. Er hatte nicht nur ihren Körper vor dem Altern bewahrt, sondern auch die beiden Verletzungen nicht heilen lassen.

Sie wartete fast fünf Minuten, bis sie mit zusammengebissenen Zähnen die Hand nach dem Metallreif ausstreckte, der um ihrem linken Handgelenk lag, und ihn löste. Es tat ekelhaft weh, und dort, wo die Nadeln gewesen waren, traten kleine hellrote Blutströpfchen aus ihrer Haut. Sie würde Stone die Zähne einschlagen, dachte sie wütend. Einen für jeden Tropfen Blut, der jetzt über ihre Hand lief.

Der Zorn aktivierte neue Kräfte in ihr. Stöhnend setzte sie sich ganz auf, sah zuerst nach rechts, dann nach links und musterte dann den benachbarten Tank, einen sechs Meter langen, schimmernden Sarg aus verchromtem Stahl, in dem Stone lag. Er war noch geschlossen.

Ein jäher Schrecken durchfuhr sie. Vielleicht war er tot. Die Chancen, den Hibernationstank zu überleben, standen fünfzig zu fünfzig, erinnerte sie sich. Sie war erwacht, aber vielleicht hatte es Stone erwischt, und er faulte seit einem Jahrhundert in seinem Zwanzig-Millionen-Dollar-Sarg vor sich hin.

Sie würde es kaum herausfinden, wenn sie weiter hier saß und den Tank anstarrte. Charity wartete, bis sie sich kräftig genug dazu fühlte, dann stemmte sie sich aus dem Tank, tastete vorsichtig mit dem Fuß nach der obersten Stufe der kleinen Treppe und stieg zitternd hinunter. Anschließend blieb sie zehn Minuten lang zitternd und völlig außer Atem sitzen und kämpfte abwechselnd gegen Übelkeit und eine neue Ohnmacht an, die sie überfallen wollte.

Aber ihre Kräfte kamen jetzt rasch zurück. Vor einer halben Stunde hatte sie nicht einmal die Energie gehabt, die Hand zu heben, geschweige denn, eine anderthalb Meter hohe Leiter hinunterzusteigen. Sie stand auf, machte einen Schritt auf Stones Tank zu und kehrte wieder um. Bevor sie den Streit fortsetzten, den sie vor zehn oder vielleicht auch zehntausend Jahren unterbrochen hatten, war es vielleicht besser, zuerst einmal gewisse Dinge herauszufinden – zum Beispiel die Antwort auf die Frage, wie lange ihr unfreiwilliger Schlaf gedauert hatte.

Sie mußte auf die andere Seite, um einen Blick auf den Steuercomputer zu werfen. Es war ihr bisher gar nicht aufgefallen, daß der Tank zwei Meilen lang war, aber das war ungefähr die Strecke, die sie sich an dem schimmernden Metall entlangquälte, mit kurzen Schritten, nach vorne gebeugt wie eine zweihundertjährige Greisin und keuchend vor Anstrengung.

Das Ergebnis lohnte die Mühe nicht. Der Computer war so tot, wie er nur sein konnte: Das Dutzend kleiner Kontrollichter auf seiner Oberfläche war erloschen und der Bildschirm matt und voller Staub. Aus der mechanischen Digitalanzeige neben dem Gerät grinste sie eine 888 an.

Achthundertachtundachtzig Jahre? Verwirrt – und mehr als nur ein bißchen erschrocken – beugte sie sich vor und klopfte mit den Fingerknöcheln gegen das verstaubte Glas. Etwas klickte. Die mittlere der drei Achten verwandelte sich in eine Null, und Charity begriff, was geschehen sein mußte: Wie der Computer hatte auch das Zählwerk schlicht und einfach den Geist aufgegeben. Was den Weckvorgang aktiviert und den Tank aufgeklappt hatte, mußte eine Art Notautomatik gewesen sein. Im stillen bedankte sie sich bei den unbekannten Technikern, die dieses Gerät konstruiert hatten. Ihre Umsicht hatte ihr das Leben gerettet.

Damit wußte sie allerdings immer noch nicht, wie lange sie geschlafen hatte, aber das war im Moment auch nicht so wichtig. Sie lebte, das allein zählte.

Plötzlich kam ihr ein anderer, weit unangenehmerer Gedanke. Dieser ganze Tiefschlafkomplex hatte eine eigene Energieversorgung, und es war nur zu logisch, daß die Tanks dabei oberste Priorität genossen. Das matte Glimmen der einst grellweißen Leuchtröhren unter der Decke verriet ihr genug über den Zustand der Reaktorladung. Wie zum Teufel sollte sie hier herauskommen? Sie erinnerte sich sehr lebhaft an die tonnenschwere Panzertür, die Stone hinter sich geschlossen hatte.

Wieder blieb sie zehn Minuten lang sitzen, ehe sie sich an den Rückweg machte. Diesmal war der Tank nur eine Meile lang, und für die Expedition hinüber zu dem Stones brauchte sie kaum eine Viertelstunde. Noch ein paar Tage, und sie würde den ganzen Raum durchqueren können, ohne auch nur ein einziges Mal vor Erschöpfung in Ohnmacht zu fallen.

Das Schaltpult an Stones Tank war gleichfalls tot, seine Digitalanzeige stand komplett auf Null. Sie streckte die Hand nach dem großen, roten Knopf aus, der den Öffnungsmechanismus in Gang setzte, zog die Finger dann aber schnell zurück. Selbst, wenn das Wunder geschah und der Tank sich öffnete – sie hatte plötzlich Angst vor dem, was sie vielleicht finden würde.

Charity verscheuchte den Gedanken, streckte noch einmal die Hand aus, und diesmal berührte sie den Knopf. In der ersten, schrecklichen Sekunde geschah gar nichts, aber dann drang irgendwo aus den Tiefen des Tanks ein leises, metallisches *Klack*, und das Wunder geschah: Der riesige, stählerne Sarg teilte sich und klappte auseinander wie ein Paar gewaltiger Käferflügel.

Der Tank war leer.

Charity starrte sekundenlang verblüfft auf die Schaumstoffunterlage, auf der sich noch deutlich die Umrisse eines menschlichen Körpers abzeichneten. Erleichterung und Wut erfüllten sie; Erleichterung, weder einen mumifizierten Leichnam noch ein Häufchen Staub und ausgebleichter Knochen vorzufinden, und Wut, weil dieser leere Tank nur eines bedeuten konnte: Stone war vor ihr aufgewacht, und er hatte sich nicht einmal die Mühe gemacht, sie zu wecken, sondern war ...

Verwirrt sah sie sich um. Der Raum war riesig und vollgestopft mit Geräten und Schränken und nicht zuletzt dem halben Dutzend zyklopischer Tanks, aber es gab trotzdem kein Versteck, das groß genug gewesen wäre, einen erwachsenen Menschen zu verbergen.

Und das wiederum bedeutete, daß er einen Ausgang gefunden hatte ...

Für einen Moment vergaß Charity ihre Erschöpfung. Sie trat von Stones Tank zurück, blickte sich aufgeregt um – und wäre beinahe gefallen, als ihre Beine ihr den Dienst verweigerten.

Keine Panik jetzt! dachte sie. Es mußte eine Lösung geben. Die Konstrukteure dieser Anlage mußten eine solche Situation vorausgesehen haben. Wenn sie die Nerven behielt und logisch vorging, würde sie ...

Ihr Blick fiel auf einen roten Gegenstand, der in Stones leerem Tank lag, und fast im gleichen Moment hatte sie das heftige Bedürfnis, sich selbst zu ohrfeigen. Sie hatte die Plastikmappe mit den Notfallinstruktionen schlichtweg vergessen. Es gab eine in jedem Tank, nicht nur in dem Stones. Ächzend zog sie sich über den Rand des offenstehenden Stahlsarges, angelte den roten Hefter hervor und begann zu lesen. Auf den zwei Dutzend engbedruckten Seiten stand alles, was sie wissen mußte.

Trotzdem dauerte es noch länger als zwei Stunden, bis sie soweit war, den Bunker zu verlassen. Charity erholte sich zusehends, was nicht zuletzt an den Pillen lag, die sie in einem Schrank fand und von denen sie kurzerhand eine ganze Handvoll schluckte. Sie hatte keine Ahnung, was sie draußen erwartete, aber sie würde jedes bißchen Kraft brauchen, das sie bekommen konnte.

Offenbar war auch Stone den Instruktionen gefolgt; einer der sechs gepackten Tornister fehlte, außerdem zwei Lasergewehre und eine MP; wenn sie Stones eigene Waffe mitzählte, dann stand zu vermuten, daß dieser Wahnsinnige vier Gewehre mit sich schleppte. Charity schüttelte seufzend den Kopf, hängte sich selbst einen Laser über die Schulter und nahm nach kurzem Zögern noch ein Messer und eine kleine, zusammenklappbare Maschinenpistole aus dem Waffenschrank.

Den Bunker zu verlassen erwies sich als relativ leicht — und sehr gefährlich. Auch der Fluchtweg war von einer dreißig Zentimeter starken Panzerstahlplatte versperrt gewesen, aber anders als beim Haupteingang hatten ihre Konstrukteure hier eine Vorrichtung angebracht, die die Tür elektrisch *geschlossen* hielt. Sobald der Strom ausfiel, klappten die beiden Panzerstahlflügel automatisch auseinander. Nein, die Tür war nicht das Problem. Das, was Charity den puren Angstschweiß auf die Stirn trieb, lag dahinter.

Es war rund, hatte einen Durchmesser von anderthalb Metern und war pechschwarz. Eine Fluchtrutsche, die in immer größer werdenden Spiralen in die Tiefe führte. Und sie hatte panische Angst, sie zu benutzen. Sie war durch ähnliche, kleinere Anlagen geflitzt, früher, in einer Welt, in der es noch Schwimmbäder und Freizeitparks gegeben hatte, aber das hier war etwas ganz anderes. Sie hatte keine Ahnung, was sie am anderen Ende erwartete und ob dieses verdammte Ding überhaupt noch in Ordnung war. Die

Sprengungen hatten den ganzen Berg erschüttert. Die Vorstellung, mit achtzig oder hundert Meilen in der Stunde in irgendwelche Trümmer zu rutschen, gefiel ihr nicht besonders. Und außerdem hatte sie einfach Angst vor dem, was sie finden würde, selbst wenn es ihr gelang, aus diesem Loch herauszukommen.

Aber welche Wahl hatte sie schon?

Entschlossen hob sie ihren Tornister hoch, stemmte ihn über den Rand des Schachtes und ließ ihn los. Eine Weile stand sie reglos und mit angehaltenem Atem da und lauschte, aber aus der Tiefe drang kein Laut herauf. Sie würde selbst herausfinden müssen, was sie am Ende der Rutsche erwartete.

Charity knipste ihre Taschenlampe an, steckte sie so unter den Gürtel, daß der Strahl nach unten zeigte, und zog sich behutsam auf den Rand des kreisrunden Einstiegs hinauf. Sie spürte, wie ihr Herz zu rasen begann. Ganz vorsichtig schob sie sich ein Stück weiter nach vorne und blickte dem Lichtstrahl der Taschenlampe nach, der sich irgendwo in fünf, sechs Metern Tiefe in der Schwärze verlor. Kalter Schweiß bedeckte ihre Stirn.

Sie begann zu rutschen. Im allerersten Moment war ihre Fahrt ins Ungewisse fast langsam, aber wirklich nur im allerersten Moment – dann hatte sie die erste Biegung des Stollens hinter sich, und der Tunnel machte einen jähen Knick.

Es dauerte vielleicht eine Minute, aber es war eines der schlimmsten Erlebnisse, die sie bis dahin in ihrem Leben gehabt hatte. Der Kunststoff, mit dem der Schacht ausgekleidet war, war zehnmal glatter als Eis. Sie schrie und versuchte vergeblich, sich irgendwo festzuhalten, und wurde immer schneller, während sie wie eine lebende Kanonenkugel mit siebzig, achtzig, vielleicht hundert Meilen in der Stunde nach unten schoß.

Dann endlich hatte sie das Ende ihrer Höllenfahrt erreicht. Der tanzende Lichtstrahl ihrer Lampe raste plötzlich nicht mehr über hellweißen Kunststoff, sondern verlor sich in der Dunkelheit. Für eine endlose, gräßliche Sekunde flog sie scheinbar schwerelos durch die Luft, schrie und folgte gleichzeitig fasziniert dem Flug ihrer Taschenlampe, die sich aus ihrem Gürtel gelöst hatte und wie ein kleiner, glimmender Leuchtkläfer davontorkelte.

Dann prallte sie auf.

Der Aufprall war so hart, daß sie fast das Bewußtsein verlor, aber er war nicht so schmerzhaft, wie sie erwartet hatte. Sekundenlang blieb sie benommen liegen und lauschte in sich hinein, ehe sie es überhaupt wagte, die Augen zu öffnen.

Sie konnte sehen. Es war nicht so völlig dunkel, wie sie im ersten Moment angenommen hatte. Sie lag auf dem Boden einer gewaltigen Höhle, deren Decke sich hundert oder mehr Meter über ihr wölbte. Von irgendwoher kam Licht, heller Sonnenschein, der das Dunkel hier durchdrang.

Noch immer benommen, aber unverletzt, setzte Charity sich auf und sah sich noch einmal und gründlicher um.

Der Hangar. Der Fluchttunnel hatte sie geradewegs in den Raumschiffhangar der Bunkerstation geführt, einer riesigen Höhle zwei Meilen neben und eine unter dem eigentlichen Bunker, am Boden eines auf natürliche Weise entstandenen Canyons gelegen. Riesig und verschwommen konnte sie die Silhouetten der beiden Raumschiffe erkennen, die im hinteren Drittel der Höhle startbereit auf ihren Rampen standen. Kein Laut war zu hören.

Sie plagte sich auf, verlor dabei beinahe erneut das Gleichgewicht und erinnerte sich erst jetzt wieder daran, daß irgend etwas ihren Sturz aufgefangen hatte. Verwirrt erkannte sie, worauf sie gelandet war: Es war nichts anderes als ein Stapel Matratzen und Decken, den jemand – Stone? – am Ende der Tunnelröhre placiert hatte. Auf einer Decke bemerkte sie ein goldenes ›C‹. Als sie sich bückte und den Boden untersuchte, entdeckte sie einen eingetrockneten Blutfleck. Er schien sehr alt zu sein, auf jeden Fall älter als die paar Stunden, mit denen sie Stones Vorsprung bisher ganz instinktiv angesetzt hatte, aber es war eindeutig Blut. Ja, es mußte Stone gewesen sein. Die Sachen stammten aus der CONQUERER. Offenbar hatte er sich beim Aufprall verletzt und ihr helfen wollen.

Für einen Moment bekam sie Angst, Stones Leiche irgendwo zu finden. Aber das war natürlich Unsinn – er konnte nicht sehr schwer verletzt sein, wie das improvisierte Sprungtuch bewies, das er für sie aufgebaut hatte. Es war mit Sicherheit ein hartes Stück Arbeit gewesen, das ganze Zeug aus dem Schiff zu holen und hierher zu bringen.

Ihr Zorn auf Stone sank beträchtlich, als ihr klar wurde, daß er ihr vielleicht das Leben gerettet hatte. Nicht, daß sie seine Beweggründe verstand – warum, verdammt noch mal, hatte er sie nicht geweckt, wenn er so um ihr Wohlergehen bemüht war?

Umständlich klaubte sie ihre Sachen zusammen – der Tornister lag nur wenige Schritte neben ihr, die Taschenlampe war beim Aufprall zerbrochen –, blickte noch einmal die beiden gewaltigen Space-Shuttles an und überlegte, hinüberzugehen und sie in Augenschein zu nehmen.

Aber sie tat es nicht. Warum auch? Sie hatte keine Möglichkeit, die Schiffe zu starten. Wahrscheinlich besaßen die Schiffe ohnehin nur noch Schrottwert. Die Jahre, die sie nutzlos herumgestanden und auf eine Besatzung gewartet hatten, hatten sie vermutlich vollkommen zerstört.

Plötzlich erinnerte sie sich an Beckers letzten Funkspruch. Er und die anderen würden im Schiff auf sie warten, hatte er gesagt. Sie hatte keine besondere Lust, über ihre Leichen zu stolpern, wenn sie die CONQUEROR betrat. Alles, was seit ihrem Erwachen geschehen war, war ihr wie ein großes Spiel vorgekommen: aufregend, unheimlich, auch gefährlich, aber irgendwie nicht *ernst*. Einen Toten zu finden – und sei es auch nur ein fünfhundert oder auch fünftausend Jahre altes Skelett, würde aus dem Spiel tödlichen Ernst machen.

Sie wandte sich dem Licht zu und ging los.

Sie würde es nicht schaffen. Net wußte es seit einer Stunde, wenngleich dieses Wissen zuerst nur eine nagende Furcht gewesen war, die sie selbst als pure Nervosität abgetan hatte. Sie war am Ende ihrer Kraft. Zu allem Überfluß war sie auch noch auf einen scharfkantigen Stein getreten und hatte sich eine heftig blutende Wunde am rechten Fuß zugezogen. Jetzt, kurz vor Einbruch der Dämmerung, hatte sie die bittere Gewißheit, dieses eine Mal zu hoch gespielt zu haben.

Sie hatte ihre Spuren entdeckt: die Abdrücke großer, horngepanzerter Insektenfüße und die kleineren, schmaleren, aber viel tiefer eingegrabenen Spuren von Gummireifen. Reiter und Sharks, dachte Net bitter. Außerdem hatte sie Lichter in den Bergen gesehen: das flackernde rote Glutauge eines Feuers, das auf halber Höhe des Passes entzündet worden war und das kein Problem darstellte – ihm konnte sie ausweichen –, und dann und wann ein geisterhaft weißes Aufleuchten, das wie ein Finger aus Helligkeit über die Felsen strich. Sharks kurvten dort mit ihren Maschinen in den Felsen. Es gehörte nicht allzuviel Phantasie dazu, sich auszumalen, wonach sie suchten. Nach ihr. Sie verstand nur immer weniger, warum. Was, bei den schwarzen Göttern von Moron hatte sie getan?

Net gestand sich ein, daß es ziemlich naiv gewesen war, sich allen Ernstes einzureden, daß ihre Glückssträhne anhalten würde. Vielleicht hatte sie auf dem Weg hierher ihren Vorrat an Glück aufgebraucht. Wenn sie bedachte, daß sie mittlerweile von einer kleinen Armee gejagt wurde, dann hätte sie gar nicht so weit kommen dürfen.

Trotz all dieser düsteren Überlegungen ging sie weiter, denn Net wußte genau, daß sie jetzt nicht mehr umkehren konnte. Die Höhle würde sie niemals wiederfinden. Und die Nacht schutzlos auf der Ebene zu verbringen...

Net dachte den Gedanken lieber nicht zu Ende. Statt dessen beeilte sie sich, so schnell wie möglich vorwärts zu kommen. Sie war am Ende, aber sie würde kämpfen.

Die Schatten begannen zu einer schwarzen Mauer zusammenzuwachsen, als sie die ersten Ausläufer der Berge erreichte. In der hereinbrechenden Dunkelheit schien das Feuer stärker zu leuchten, und ab und zu trug der Wind das Heulen eines Sharks heran, ohne daß er ihr allerdings auch nur einmal gefährlich nahe kam.

Aber das war auch nicht notwendig. Net war es gewohnt, Dinge zu vollbringen, von denen andere behauptet hätten, sie seien unmöglich, aber auch ein *Wastelander* war letztendlich nur ein Mensch, und ein Mensch mußte von Zeit zu Zeit trinken. Die einzige Quelle in weitem Umkreis befand sich auf halber Höhe des Berges, dort, wo das Feuer brannte. Die Sharks brauchten einfach nur auf sie zu warten.

Net griff übellaunig unter ihr Kleid, zog die Waffe heraus und steckte sie gleich wieder weg. Es gab nicht viel, worauf sie schießen konnte, sie würde, indem sie das Ding offen in der Hand hielt, den Sharks nur verraten, daß sie bewaffnet war.

Nicht, daß das irgend etwas ändern würde. Net war so gut wie tot, und sie wußte es. Eine der beiden Maden im glatten, schwarzen

Lauf der Waffe war für sie bestimmt. Ein häßlicher Tod, aber nichts gegen das, was die Sharks mit ihr machen würden, wenn sie sie lebend fingen.

Sie schlich vorsichtig weiter. Das bleiche Licht der Shark-Maschinen huschte noch immer unruhig über die Felsen. Vielleicht hatte sie doch eine Chance, denn der Hang wurde immer unwegsamer. Geländegängig oder nicht, dachte sie grimmig, die Maschinen der Sharks konnten nicht fliegen.

Es war vollends dunkel geworden, als sie das Lager erreichte. Es waren Sharks, wie sie befürchtet hatte, und sie hatten ihr Lager unmittelbar an der Quelle aufgeschlagen. Net entdeckte drei ihrer Maschinen; große, schwarzglänzende Ungeheuer, deren ausgeschaltete Scheinwerfer sie wie riesige silberblinde Augen anstarrten. Drei oder vier andere fuhren in der Gegend herum und suchten sie, jeden Moment konnten sie zurückkommen. Wenn sie etwas unternehmen wollte, dann jetzt.

Lautlos schob sie sich weiter, zog die Waffe unter dem Kleid hervor und sah sich gebannt um. Drei Maschinen, drei Gestalten – aber das bedeutete nicht, daß es nur drei waren. Sharks fuhren oft zu zweit, und weitere Maschinen mochten irgendwo in der Nähe abgestellt sein, außerhalb der flackernden Halbkugel aus rotem Licht, die das Feuer schuf. Net begann sich ohnehin über die Sorglosigkeit zu wundern, die die Sharks an den Tag legten. Das Feuer war meilenweit zu sehen, und die drei unterhielten sich ziemlich laut. Zum ersten Mal, seit sie ihre verzweifelte Flucht über die Ebene begonnen hatte, kamen ihr Zweifel, daß wirklich *sie* es war, der dieser ganze Aufstand galt.

Sie verscheuchte den Gedanken und visierte den ersten Shark an. Er saß kaum fünf Meter vor ihr. Sein schwarzglänzender, gekrümmter Rücken bot ein prachtvolles Ziel, das sie gar nicht verfehlen konnte.

Aber sie zögerte, abzudrücken. Sie hatte nur zwei Schüsse, und selbst, wenn sie auch noch einen zweiten Shark erwischte – was ganz und gar nicht sicher war, Sharks waren fast so schnell, wie sie brutal waren –, dann blieb noch einer übrig, der sich entweder auf sie stürzen oder seine Kameraden um Hilfe rufen konnte. Die Aussicht, einen Shark mit bloßen Händen anzugreifen, gefiel ihr nicht besonders.

Statt die Waffe zu benutzen, richtete sie sich vorsichtig auf dem Felsen auf, sah sich noch einmal sichernd nach allen Seiten um – und sprang mit einem federnden Satz in den kleinen Tümpel hinab.

Die drei Sharks wirbelten so schnell herum, wie Net befürchtet hatte, als sie das Geräusch des aufspritzenden Wassers hörten, aber Net war noch schneller als sie. Mit einem einzigen Satz – das Wasser des Tümpels ging ihr kaum bis an die Knie – war sie am Ufer und visierte den vordersten Shark über den Lauf ihrer Waffe hinweg an. »Keine Bewegung!« sagte sie scharf. »Rühr dich, und du bist tot!«

Der Shark erstarrte, und auch seine beiden Kameraden stockten mitten in der Bewegung. Net konnte ihre Gesichter hinter den schwarzen Masken aus Leder und Metall nicht erkennen, aber es war nicht sehr schwer, nachzuempfinden, was sie beim Anblick der Waffe verspüren mochten. Es gab unangenehmere Todesarten, als von einer Springmade zerfetzt zu werden. Aber nicht sehr viele.

»Rührt euch nicht!« sagte sie noch einmal. Vorsichtig stand sie auf, bewegte sich ein paar Schritte nach links und deutete mit der freien Hand auf die Feldflasche, die am Tank einer der Maschinen hing. »Ich will nichts von euch. Nur etwas Wasser. Du da!« Sie machte eine Kopfbewegung zu dem Shark, auf dessen Rücken sie gezielt hatte. »Mach die Flasche voll. Aber vorsichtig.«

Der Shark gehorchte, während die beiden anderen sie weiter schweigend ansahen. »Wer bist du?« fragte der eine schließlich. Seine Stimme drang nur verzerrt unter dem schweren Lederhelm hervor. Und sie klang nicht unbedingt so, als hätte er übergroße Angst vor ihr. »Was soll das Theater? Wenn du wirklich nur Durst hast, dann nimm dir Wasser. Es ist genug da. Kein Grund, mit diesem Ding da herumzufuchteln.«

Net antwortete nicht, und der Shark deutete ihr Schweigen vollkommen falsch. Plötzlich richtete er sich auf, streckte fordernd eine Hand aus und trat einen Schritt auf sie zu. »Gib es her, Kleines, ehe du jemanden verletzt.«

Net hielt sich nicht damit auf, ihm eine Warnung zuzurufen. Sie senkte die Waffe um eine Winzigkeit und drückte ab. Die Springmade jagte mit einem schrillen Geräusch aus dem Lauf und ließ eine mehr als mannshohe Sandfontäne vor den Füßen des Sharks hochspritzen. Als der Staub auseinandertrieb, gähnte ein halbmetergroßer Krater im Sand vor der schwarzen Gestalt.

»Der nächste trifft«, sagte sie kalt. »Verstanden?«

Der Shark nickte.

»Ich will keinen Streit mit euch«, sagte Net noch einmal. »Nur ein wenig Wasser. Und euer Versprechen, mir nicht nachzukommen.« Sie wedelte mit ihrer fast leergeschossenen Waffe, um ihre Worte zu unterstreichen, und deutete dann den Paß hinauf.

»Du ... du gehörst zu den *Wastelandern*, nicht wahr?« sagte der Shark plötzlich, auf den sie geschossen hatte. Er lachte ganz leise. »Niemand sonst wäre verrückt genug, so etwas zu tun. Du kannst uns trauen.«

»Einem Shark?« Net legte so viel Verachtung in dieses eine Wort, daß der Shark nicht noch einmal versuchte, sie zu überzeugen. »Dann laß es«, sagte er achselzuckend. »Aber wenn du einen guten Rat von mir hören willst, Kleine ...«

»Will ich nicht«, sagte Net, aber der Shark sprach unbeeindruckt weiter.

»... dann würde ich heute nacht nicht dort hinaufgehen.« Er deutete auf den Hang. »Könnte ungemütlich werden.«

Seltsam – aber für einen Moment war Net fast überzeugt davon, daß er es ehrlich meinte. Dann zuckte sie mit den Schultern. »Wenn ich deine Hilfe brauchen sollte, lasse ich es dich wissen«, sagte sie. Mit einer herrischen Bewegung wandte sie sich an den anderen.

»Wo bleibt das Wasser?«

Der Shark richtete sich langsam auf, schraubte den Deckel auf die Feldflasche und kam auf sie zu. Als er noch zwei Meter von ihr entfernt war, machte Net eine befehlende Geste mit der Waffe. »Das reicht. Laß sie fallen!«

Der Shark gehorchte.

Für den Bruchteil einer Sekunde folgte Nets Blick dem Sturz der kleinen Feldflasche – und der Shark nutzte seine Chance. Net sah einen Schatten auf sich zufliegen, hörte einen Schrei, den einer der anderen ausstieß, um sie abzulenken, und drückte ganz instinktiv ab.

Sie traf. Der Shark schrie, dann wurde aus seinem Schrei ein irrsinnig hohes, schauerliches Kreischen, und im gleichen Moment prallte er gegen sie. Net versuchte noch zur Seite zu springen, aber es war zu spät. Der Shark starb sofort, aber er riß sie von den Füßen und begrub sie noch im Fallen unter sich. Net schrie auf, rollte sich herum und versuchte den schweren Körper von sich herunterzustemmen. Plötzlich war sie über und über mit Blut besudelt. Ein Gefühl unbeschreiblichen Ekels durchflutete sie.

Dann waren die beiden anderen über ihr. Einer riß den Körper seines toten Kameraden von ihr, der andere packte ihren Arm und zerrte sie so grob auf die Füße, daß sie abermals vor Schmerz aufschrie. Eine Hand aus schwarzem Leder schlug ihr ins Gesicht, und der Schmerz raubte ihr fast das Bewußtsein.

Als sich die blutigen Schleier von ihrem Blick hoben, schwebte das schwarze Ledergesicht des Sharks vor ihr. In seinen Augen glomm die pure Mordlust.

»Miststück!« sagte er und schlug sie wieder. Diesmal gelang es Net, den Kopf ein wenig zur Seite zu drehen, so daß sie dem Hieb die allergrößte Wucht nahm. Trotzdem stöhnte sie erneut vor Schmerz.

»Worauf wartest du?« fragte der Shark, der sie gepackt hatte. »Schneid ihr die Kehle durch!«

Die Hand des anderen zuckte zum Gürtel, wo er ein Messer trug, aber dann glitt sie wieder zurück. »Ich habe eine bessere Idee«, sagte er kopfschüttelnd.

»Dafür ist keine Zeit«, entgegnete der andere. »Verdammt, wir können morgen so viele Weiber haben, wie wir wollen, aber wenn Skudder hört, was hier passiert ist, dann . . .«

»Das muß er ja nicht, oder?« unterbrach ihn der Shark. »Außerdem meine ich nicht, was du denkst. Nein, die Kleine soll bezahlen. Aber mit einem Messer wäre die Sache zu einfach.« Er lachte böse, drehte sich herum und nahm die Waffe auf, die Net beim Sturz aus der Hand gefallen war. »Sie soll auf die gleiche Weise krepieren wie Den. Laß sie los!«

Der Mann hinter ihr sprang fast erschrocken zur Seite, und Net taumelte. Sie fiel auf die Knie, blieb einen Moment reglos hocken und stand wieder auf. Die Mündung ihrer eigenen Waffe deutete drohend auf ihr Gesicht.

»Na?« sagte der Shark. »Willst du nicht winseln, Kleines?«

»Nein«, antwortete Net. Und sprang auf ihn zu. Der Abzug der leergeschossenen Waffe klickte zweimal rasch hintereinander, und die Augen hinter der schwarzen Ledermaske weiteten sich erstaunt, als der Shark begriff, daß er nur noch ein nutzloses Stück Holz in der Hand hielt. Net ließ ihm keine Zeit, seine eigene Waffe zu ergreifen, sondern trat mit aller Gewalt zu. An eine Stelle, an der auch Sharks besonders empfindlich waren.

Der Shark keuchte, ließ die Waffe fallen und krümmte sich. Ganz langsam und ohne einen Laut sackte er auf die Knie. Eine halbe Sekunde später kippte er nach hinten, als Net ihm das rechte Knie ins Gesicht rammte.

Und damit endete ihre Glückssträhne. Sie hörte ein Geräusch hinter sich, fuhr blitzschnell herum – und sah gerade noch die Faust des dritten Sharks auf ihr Gesicht zurasen.

Der Schlag riß sie von den Beinen. Sie stöhnte, hob schützend die Hände über das Gesicht und krümmte sich voller Qual, als der Shark ihr in die Seite trat. Sie wußte, daß er sie totprügeln würde.

Aber plötzlich ertönte hinter ihr ein helles, metallisches Klicken.

»Aufhören!« sagte eine scharfe Stimme.

Der Shark hielt tatsächlich für einen Moment verblüfft inne. Verwirrt richtete er sich auf, sah sich wild um – und holte zu einem weiteren Tritt aus.

Ein Schuß krachte. Net sah eine handlange, orangerote Feuerzunge aus den Schatten neben sich brechen, und fast im gleichen Sekundenbruchteil spritzte der Sand zwischen den Füßen des Sharks auf.

»Aufhören, habe ich gesagt«, fuhr die Stimme fort. »Oder bist zu schwerhörig, Freund?«

Schritte. Net stemmte sich mühsam auf die Ellbogen hoch, drehte stöhnend den Kopf – und unterdrückte im letzten Moment einen verzweifelten Aufschrei.

Eine große, sehr schlanke Gestalt war aus der Dunkelheit getreten. In der Hand hielt sie ein sonderbar kurzläufiges Gewehr, dessen Mündung drohend auf den Shark gerichtet war.

Aber das war es nicht, was Net fast zur Verzweiflung trieb. Was sie bis ins Mark erschreckte, war die sonderbare Kleidung der Fremden und der sonderbar blasse, fast weiße Teint, der selbst im Feuerschein deutlich zu erkennen war.

Die Götter spielten wirklich ein grausames Spiel mit ihr, dachte sie bitter. Vielleicht würde der Shark ihr nichts mehr tun, aber wenn, dann hatte sie den Teufel mit dem Beelzebub ausgetrieben. Vor ihr stand eine Tiefe!

2

Es war ein Zehntausend-Volt-Elektroschock, der ihre Seele traf und irgend etwas darin auslöschte. Sie hatte geglaubt, auf alles vorbereitet gewesen zu sein, und tatsächlich hatte sie sich bemüht, sich alle nur denkbaren Szenarien auszumalen, während sie den Hang hinaufgeklettert war.

Der Weg war schwierig gewesen, aber nichtsdestotrotz der einzige, der ihr sinnvoll erschien. Der Canyon, an dessen Ende das riesige Hangartor lag, war mehrere Meilen lang, und er führte praktisch nirgendwohin, außer zu einer kleinen, kahlen Ebene. Aber sie mußte in die entgegengesetzte Richtung, nach Süden, über den Rücken des Berges hinweg, unter dem sich die Bunkerstation befand.

Und jetzt wünschte sie sich fast, es nicht getan zu haben. Fassungslos starrte Charity auf das Land, das sich im letzten Tageslicht unter ihr ausbreitete. Früher, vor ein paar Ewigkeiten, war diese Gegend eine der fruchtbarsten der Vereinigten Staaten gewesen, aber jetzt...

Sie hatte alle denkbaren Möglichkeiten durchgespielt, hatte auch an eine radioaktiv verstrahlte Kraterlandschaft gedacht, aber diese trostlose, braune Ebene, die sich ohne Unterbrechung bis zum Horizont erstreckte, hatte sie sich nicht vorstellen können. Auf dieser verbrannten Erde wuchs nichts mehr; hier und da entdeckte sie häßliche, schwarze Flecken, wo die Erde zu Glas geworden und anschließend geborsten war. Obwohl es bereits dunkelte und die Temperaturen rasch fielen – es mußte Herbst sein, dachte sie automatisch, vielleicht sogar schon Winter –, spürte sie die Hitze, die tagsüber dieses Land zu einem Glutofen machte. *Großer Gott, was war hier passiert?!*

Und plötzlich erinnerte sie sich. An das weißblaue Sonnenfeuer, das immer und immer wieder im Norden aufgeflammt war, an das Grollen und Zittern der Erde, den Brandgeruch, der in der Luft gehangen hatte, und an die brodelnden Pilze aus Flammen und Glut, die die Nacht verschlungen hatten. Mit einiger Verspätung und einem gehörigen Schrecken kam sie auf die Idee, auf ihren Geigerzähler zu sehen. Die Nadel schlug ganz leicht aus; die Radioaktivität war erhöht, aber sie lag nicht im gefährlichen Bereich. Entweder waren die Bomben sehr viel weiter im Norden gefallen, als sie angenommen hatte – oder es war alles sehr lange her.

Sie steckte den Geigerzähler wieder ein, drehte sich einmal im Kreis und beschloß, den Weg weiterzugehen, den sie einmal eingeschlagen hatte. Die Berge sahen aus, wie sie seit zwei- oder dreihundert Millionen Jahren aussahen, aber aufs Geratewohl einfach ins Gebirge hineinzumarschieren, erschien ihr wenig sinnvoll.

Charity hatte noch nicht einmal zwei Schritte gemacht, als sie das Feuer sah.

Es brannte auf halber Höhe des Berges, nicht sehr weit vom ehemaligen Bunkereingang entfernt. Sie erkannte plötzlich das grelle Licht von Scheinwerfern; drei, vier, dann fünf, die eine Weile wie betrunkene Leuchtkäfer um das Feuer herumtanzten und dann den Berg hinunterzutorkeln begannen. Es gab also noch Leben hier. Jemand oder etwas, der jemanden oder etwas suchte, dachte Charity spöttisch. Eine wahrhaft umfassende Lagebeschreibung; aber die einzige, die sie hatte. Seufzend setzte sie sich in Bewegung.

Der Weg den Berg hinauf war schwierig. Sie spürte das Gewicht ihrer Ausrüstung und geriet bald außer Atem. Sie war noch lange nicht wieder in Form. Es wurde dunkel, lange bevor sie das Feuer erreichte, und es war seine sehr sonderbare Nacht: anders als alle, die Charity zuvor erlebt hatte. Der Himmel war unheimlich klar, und die Sterne strahlten ihr fahles Licht auf die Erde herab. Es war sehr still, als wäre alles Leben aus diesem Teil der Berge geflohen.

Sie begann sich vorsichtiger zu bewegen, als sie dem Feuer näher kam. Der Wind trug Stimmen zu ihr heran; also mußten auf dieser öden Welt noch Menschen leben. Trotzdem blieb sie schließlich stehen, sah sich einen Moment suchend um und wich dann vom Weg ab, um sich dem Lager von der Seite her zu nähern. Vorsichtig schlich sie an die Feuerstelle heran.

Vor ihr war ein wildes Handgemenge im Gange. Charity konnte im flackernden Licht der Flammen nicht allzuviel erkennen, aber es schienen drei zu sein – zwei Gestalten in eng anliegenden, schwarzen Ledermonturen, die eine junge Frau gepackt hielten und wütend auf sie einredeten. Eine dritte Ledergestalt lag reglos ein paar Meter daneben.

Charity entsicherte ihre Waffe und sah sich noch einmal um.

Was sie erkannte, war derartig bizarr, daß sie sich im ersten Moment ernsthaft fragte, ob sie vielleicht noch träumte. Die beiden Ledergestalten sahen aus wie die Urenkel von Mad Max. Ihre Kleidung war zerfetzt und mit kleinen Fell- und Metallstücken ausgebessert worden, ihre Gesichter verbargen sie unter Lederhelmen, unter denen sie obendrein noch schwarze Masken trugen. Wie um das Bild zu vervollständigen, standen auf der anderen Seite des Feuers drei schwere Motorräder.

Für einen Moment atmete sie erleichtert auf. Wenn es noch Motorräder gab, konnte sie nicht sehr weit in die Zukunft geworfen sein – wenigstens keine achthundertachtundachtzig Jahre, wie der Computer ihres Tanks ihr einzureden versucht hatte. Allerdings sahen die beiden Gestalten nicht gerade vertrauenerweckend aus. Einer der beiden hielt das Mädchen fest, während der andere ihr eine schallende Ohrfeige versetzte.

Charity hob die Waffe ein wenig, zögerte aber noch. Das Mädchen war sehr jung, allerhöchstens zwanzig, mit kurzgeschnittenem, dunklem Haar und einem schmalen, aber energischen Gesicht, und Charity ergriff ganz instinktiv ihre Partei. Aber am Boden lag der reglose – und wahrscheinlich tote! – Motorradfahrer, und es war besser, noch einen Moment zu beobachten, ehe sie sich einmischte.

Einer der beiden Männer hob eine Waffe auf und zielte damit auf das Mädchen, während sich der andere hastig zurückzog. Charity visierte das rechte Bein des Motorrad-Typs durch die Nachtoptik ihrer MP an und krümmte den Zeigefinger um den Abzug.

Aber sie mußte nicht schießen. Das Mädchen war nicht halb so hilflos, wie es bisher ausgesehen hatte. Statt zu fliehen, trat sie fast gemächlich auf den Mann zu – und versetzte ihm einen Tritt zwischen die Oberschenkel. Der Motorradfahrer brach zusammen, aber dann war der zweite heran, versetzte der jungen Frau einen Hieb gegen den Hals und trat ihr in die Seite, als sie stürzte.

Charity trat mit einem entschlossenen Schritt aus ihrer Deckung heraus und ließ den Sicherungshebel ihrer MP bewußt hörbar zurückschnappen. »Aufhören!« sagte sie laut.

Tatsächlich stockte der Motorradfahrer mitten in der Bewegung, aber nur für einen Moment – dann holte er zu einem neuen, noch wütenderen Tritt nach dem gestürzten Mädchen aus. Charity seufzte, zielte kurz und jagte einen einzelnen Schuß genau zwischen seine Füße.

»Aufhören, habe ich gesagt«, sagte sie noch einmal und hörbar schärfer als beim ersten Mal. »Oder bist du schwerhörig, Freund?« Langsam und mit erhobener Waffe trat sie vollends in den Feuerschein, machte eine drohende Bewegung, die den Mann veranlaßte, einen Schritt zurückzuweichen, und beugte sich zu dem Mädchen herab, ohne den Mad-Max-Verschnitt dabei auch nur eine Sekunde aus den Augen zu lassen.

Das Mädchen hatte sich auf die Ellbogen hochgestemmt und starrte sie an. Aus ihrer aufgeplatzten Unterlippe lief Blut über ihr Kinn. Sie zitterte am ganzen Leib.

»Keine Angst, Kleines«, sagte Charity. »Der tut dir nichts mehr. Alles in Ordnung?« Sie hatte keine Ahnung, ob das Mädchen ihre Worte überhaupt verstand; aber sie hoffte wenigstens, daß sie den beruhigenden Tonfall begriff und das Lächeln, mit dem sie ihre Worte begleitete.

Sie tat es nicht.

Irgend etwas schien gründlich schiefzulaufen, aber das begriff Charity eine halbe Sekunde zu spät. Das Mädchen sprang plötzlich auf, stieß einen kleinen, erschrockenen Schrei aus – und schlug ihr die geballten Fäuste seitlich gegen den Hals.

Charity fiel. Für zwei, drei Sekunden bekam sie keine Luft mehr. Sie stürzte, rollte instinktiv herum und kippte ein zweites Mal nach hinten, als das Mädchen ihr brutal den nackten Fuß ins Gesicht stieß.

Dann, während das Mädchen sich aufrappelte und davonlief, griff der Motorradfahrer an. Charity sah einen riesigen, eisenbeschlagenen Stiefel auf sich zurasen, riß instinktiv die Arme hoch und nahm dem Tritt so wenigstens die ärgste Wucht. Die Ledermaske aber setzte sofort nach. Der Kerl warf sich auf sie. Ein Messer blitzte auf.

Charity griff verzweifelt nach dem Arm des Angreifers, packte ihn und brachte die Messerspitze einen Zentimeter vor ihrem Gesicht zum Halten. Aber sie spürte auch sofort, daß sie der Kraft des Mannes nicht gewachsen war. Das Messer bewegte sich ein Stück zurück, ruckte dann wieder vor und ritzte ihre Wange.

Charity setzte alles auf eine Karte. Statt sich weiter gegen den

Messerhieb zu wehren, ließ sie den Arm plötzlich los, drehte blitzschnell den Kopf zur Seite und zog gleichzeitig mit aller Kraft die Knie an den Körper. Die Messerklinge glitt wie ein weißglühender Draht über ihr Gesicht und rammte mit einem klirrenden Laut in den Boden, einen halben Fingerbreit neben ihrem Hals, aber der Angreifer verlor durch den plötzlichen Ruck das Gleichgewicht. Mit einem überraschten Laut glitt er halb von ihr herunter, versuchte mit beiden Händen sein Messer aus dem Boden zu reißen und keuchte vor Schmerz, als Charity sich endgültig losriß und ihm in der gleichen Bewegung den Ellbogen seitlich gegen den Hals schlug.

Sie kam frei. Ihr Hieb hatte den anderen nicht ausgeschaltet, doch er war für einen Moment benommen, lange genug jedenfalls, daß Charity vollends auf die Füße springen und zwei, drei Schritte zurückweichen konnte. Das Mädchen war längst in der Dunkelheit verschwunden, Charity sah aus den Augenwinkeln, wie der zweite Motorradfahrer torkelnd auf die Beine kam. Einen Kampf gegen zwei dieser Männer gleichzeitig würde sie kaum durchstehen. Nicht in dem Zustand, in dem sie war.

Sie fuhr herum, nahm einen Schritt Anlauf und sprang. Der Mann in Leder riß instinktiv die Arme hoch, in einer Bewegung, die Charity ziemlich drastisch klarmachte, daß ihm ihre Art zu kämpfen keineswegs fremd war, aber er war noch ein wenig benommen, und seine Abwehr kam den Bruchteil einer Sekunde zu spät.

Charitys Füße krachten gegen seine Brust und ließen ihn zurücktaumeln. Mit wild rudernden Armen prallte er gegen eines der Motorräder, riß es um und fiel rücklings über die Maschine. Ein keuchender Schmerzlaut drang unter seinem Lederhelm hervor.

Charity war blitzschnell wieder auf den Beinen und bei ihm. Ihre Handkante traf seinen Hals mit aller Kraft, die sie aufbringen konnte. Der Mann stöhnte, verdrehte die Augen und verlor endgültig das Bewußtsein. Charity richtete sich blitzschnell wieder auf, fuhr herum – und erstarrte.

Der zweite Motorradmann hatte ihre eigene Waffe aufgehoben und zielte damit auf sie. Die Mündung der Miniatur-MP deutete genau auf ihre Brust. Charity sah, wie sich sein Finger ein wenig krümmte.

Aber der Schuß, auf den sie wartete, fiel nicht. Statt dessen glühte über dem Lauf der MP ein kleines, rubinrotes Auge auf, und auf Charitys Brust erschien ein münzgroßer, roter Lichtfleck. Der Mann blinzelte erstaunt, blickte fassungslos auf die Waffe herunter und drückte noch einmal auf den Auslöser des Laserzielgerätes statt auf den Abzug.

Charity wartete nicht, bis er die Mechanik der ihm fremden Waffe ergründet hatte. Mit einem einzigen Satz war sie bei ihm, schlug ihm die MP aus der Hand und fegte ihn mit einem Tritt in die Kniekehlen von den Beinen. Als er stürzte, bückte sie sich nach der MP, wartete fast gemächlich, bis er sich wieder aufrichten wollte – und schlug ihm den Kolben in den Nacken. Nicht heftig genug, um ihn umzubringen, aber genug, ihm ein paar Stunden Schlaf und mächtige Kopfschmerzen zu bescheren. Blitzschnell richtete sie sich auf, drehte sich einmal um ihre Achse und schwenkte die Waffe hin und her.

Aber es war niemand mehr da, auf den sie schießen konnte.

Es dauerte eine Weile, bis Charity begriff, daß es vorbei war. Und daß es beinahe *endgültig* vorbei gewesen wäre. Diesmal hatte sie nur Glück gehabt. Hätte der Ledermann nicht zufällig den falschen Knopf gedrückt . . .

Sie ließ sich erschöpft gegen den Sattel einer der beiden Harleys sinken. Alles drehte sich um sie herum. Ihr Herz hämmerte, und in ihrem Mund war plötzlich ein Geschmack, als müsse sie sich übergeben. Der kurze Kampf hatte sie völlig ausgelaugt.

»Mein Gott«, flüsterte sie müde. »Ein Königreich für ein Zauberschwert und ein fliegendes Pferd.«

»Also«, sagte eine Stimme hinter ihr, »über das Zauberschwert können wir sprechen, aber wo ich ein fliegendes Pferd hernehmen soll, das weiß ich auch nicht so genau.«

Irgendwo in der Dunkelheit hinter ihr raschelte es. Charity fuhr hoch, riß die Waffe herum und schaltete den Lasersucher ein. Der fingernagelgroße rote Punkt huschte über Felsen und dürres Geäst und blieb auf einem faltigen Gesicht hängen, das große Ähnlichkeit mit einem alten Scheuerlappen hatte. »Nicht schießen!« quäkte ein dünnes, sehr erschrockenes Stimmchen. »Ich gehöre nicht zu den Sharks!«

Charity löste mit der Linken die Taschenlampe vom Gürtel,

schaltete sie ein und richtete den Strahl auf die Gestalt, die hinter ihr aus den Büschen getreten war. Ihr Schrecken schlug in Staunen und Verwirrung um. Der Mann war . . . eine Witzfigur, die irgend jemand zum Leben erweckt hatte.

Sein Gesicht war faltig und hatte einen unnatürlichen, fahlen Teint. Unter einer gewaltigen, weit vorgewölbten Stirn, die in eine makellos glänzende Glatze überging, blinzelten sie zwei winzige Äuglein hervor an, in denen nicht der kleinste Schimmer von Weiß war. Seine Nase sah so aus, als hätte jemand kräftig darauf herumgetrampelt, und der Mund des Mannes war dünn und spitz, die Lippen so hell, daß sie fast durchscheinend wirkten. Dahinter grinsten Charity die schlechtesten Zähne an, die sie jemals gesehen hatte. Alles in allem war dieser Schädel riesig, während der Körper des Fremden klein und spindeldürr war. Der Mann trug einen bis auf den Boden reichenden Umhang aus braunen und grauen Fetzen, aus dem nur seine Hände hervorragten. Sehr magere, fast graue Hände.

Das Scheuerlappengesicht verzog sich zu einer Grimasse. »Verdammt, tu das Licht weg«, quäkte der Fremde, während er auf einen der bewußtlosen Motorradfahrer deutete. »Willst du, daß ihre Kumpel dich sehen und herkommen?«

Charity schaltete hastig die Lampe aus und überwand endlich ihren Schrecken. »Wer sind Sie?« fragte sie.

Der Zwerg antwortete nicht, sondern kam mit kleinen, trippelnden Schritten näher, wodurch er in den Lichtschein des Feuers geriet und Charity ihn genauer betrachten konnte. Neugierig beugte er sich über einen der bewußtlosen Motorradfahrer, stieß ihn unsanft mit dem Fuß an und nickte, als keine Reaktion erfolgte.

»Saubere Arbeit«, sagte er anerkennend. »Aber du solltest sie töten, solange du es noch kannst. Sie werden nicht erfreut sein, wenn sie aufwachen.«

Charity ignorierte seine Worte. »Wer sind Sie?« fragte sie noch einmal.

»Wer ich bin?« Das graue Gesicht verzog sich zu etwas, das sein Besitzer wohl für ein Lächeln halten mochte. »Wo kommst du her, Süße, daß du noch nie von mir gehört hast? Aber egal – ich habe jedenfalls lange niemanden mehr getroffen, der so sauber mit den Sharks aufgeräumt hat wie du.«

»Das ist keine Antwort«, sagte Charity ärgerlich. Sie hob drohend die Waffe, aber der Zwerg schien ganz genau zu wissen, daß sie nicht vorhatte, sie zu benutzen. Er grinste noch breiter, kam mit trippelnden Schrittchen näher und verbeugte sich übertrieben tief vor ihr.

»Gestatten Sie, daß ich mich vorstelle, schöne Unbekannte?« flötete er. »Mein Name ist Abn El Gurk Ben Amar Ibn Lot Fuddel der Vierte, Besorgungen aller Art, Informationen, Schwarzmarktware und Waffen, Drogen und Mietkiller gegen Aufpreis. Stets zu Diensten.«

Charity starrte Abn El Sowieso verblüfft an und fragte sich, ob sie das alles vielleicht nicht nur träumte.

»Meine Freunde nennen mich einfach nur Gurk«, fuhr der Kauz fort. »Und du gehörst natürlich dazu. Wer die Sharks so aufmischt wie du, den habe ich lieber zum Freund als zum Feind.«

»Aha«, sagte Charity.

Abn El Gurk Ben Amar Ibn Lot Fuddel der Vierte, Besorgungen aller Art, Informationen, Schwarzmarktware und Waffen, Drogen und Mietkiller gegen Aufpreis, lächelte wissend, wurde aber dann sehr schnell wieder ernst. »Du solltest hier verschwinden, Liebling«, sagte er. »Die Schüsse sind bestimmt meilenweit gehört worden. In ein paar Minuten dürfte es hier von Sharks wimmeln.«

Charity blickte erschrocken zu den drei reglosen Gestalten herüber. »Es gibt noch mehr solche Typen?« Die Lichter, die sie gesehen hatte, fielen ihr ein, noch ehe Gurk antwortete.

»Klar«, sagte der Gnom. »Wenn ich du wäre, würde ich mich verpissen, ehe sie hier sind. Es sei denn, du hast eine überzeugende Erklärung für das, was hier passiert ist.« Er seufzte. »Ist allerdings nicht einfach, einem arschgesichtigen Shark überhaupt irgend etwas zu erklären.«

Charity unterdrückte ein Grinsen. Gurks Ausdrucksweise war nicht unbedingt druckreif, aber sehr treffend. Und wahrscheinlich hatte er recht. Es würde schwierig werden, mit diesen Mad-Max-Imitatoren fertig zu werden.

»Verschwinde«, sagte Gurk noch einmal. »Hätte mich gerne noch ein bißchen mit dir unterhalten, aber ich bin auch nicht scharf darauf, die Sharks zu treffen. Wenn du mal was brauchst, dann wende dich an mich.«

»Und wie?« fragte Charity amüsiert. »Ich nehme nicht an, daß du im Telefonbuch stehst.«

»Frag einfach nach mir«, rief Gurk. »Hier kennt mich jeder.« Er wandte sich zum Gehen, dann zögerte er noch einmal. »Und noch einen Rat«, sagte er, »ausnahmsweise sogar kostenlos: Halte dich aus dem Norden fern. Dort wimmelt es von Sharks.«

Charity sah ihm nach, bis er in der Dunkelheit verschwunden war. Sie war irgendwie verwirrt, aber auch amüsiert. Dabei glaubte sie keinen Augenblick, daß dieser El Gurk auch nur halb so harmlos war, wie er aussah. Aber sie glaubte auch zu spüren, daß er es ehrlich meinte.

Und so ganz nebenbei, dachte sie, hatte er verdammt recht mit seiner Warnung. Sie hatte die Scheinwerfer ja selbst gesehen, es gab noch mehr dieser Motorradtypen. (Wie hatte Gurk sie genannnt? Sharks?) Sie sollte sehen, daß sie wegkam.

Sie drehte sich um, machte ein paar Schritte vom Feuer weg und blieb dann noch einmal stehen. Nachdenklich betrachtete sie die drei rostzerfressenen Harleys, ging dann wieder zurück und schraubte die Ventile aus den Reifen von zweien. Außerdem schüttete sie eine Handvoll Sand in ihre Tanks. Die dritte Maschine ließ sie unbeschädigt.

Sie fühlte sich nicht besonders sicher, als sie in den Sattel des riesigen Motorrad-Ungetüms stieg. Der Schlüssel steckte. Die Maschine sprang sofort an, als sie den Starter betätigte. Das dumpfe Grollen mußte meilenweit zu hören sein. Und sie war nicht einmal sicher, daß sie mit dem Ding zurechtkam. Aber irgendwie hatte sie das ungute Gefühl, zu Fuß nicht allzuweit zu kommen.

Entschlossen legte sie einen Gang ein und gab Gas.

Als es ihr endlich gelungen war, die schwere Maschine wieder aufzurichten und zum zweiten Mal in den Sattel zu klettern, fuhr sie sehr viel vorsichtiger an.

Skudder holte blitzschnell aus. Der Schlag war so hart, daß Reg taumelte und das Gleichgewicht verlor. Hätten ihn zwei der anderen nicht aufgefangen, wäre er gestürzt.

»Idiot«, sagte Skudder kalt. Sein Gesicht blieb bei diesen Worten völlig unbewegt, und auch seine Stimme klang eigentlich nicht drohend; nicht einmal besonders erregt. Aber der Schein trog. Alle, die ihn kannten, hätte diese vermeintliche Ruhe eher gewarnt.

Reg rappelte sich mühsam hoch, schüttelte wütend das halbe Dutzend Arme ab, das ihn stützte, und wischte sich mit dem Handrücken das Blut vom Kinn. Skudders Schlag hatte seine Unterlippe aufplatzen lassen. Aber in seinen Augen war nur Angst, als er Skudder ansah. »Es war nicht unsere Schuld, Skudder«, sagte er.

»Nicht eure Schuld, so?« wiederholte Skudder kalt. Er bedachte Reg und den neben ihm stehenden Garth mit einem Blick, der die beiden zusammenzucken ließ, und schüttelte spöttisch den Kopf. »Natürlich war es nicht eure Schuld«, fuhr er fort, aber nun in eindeutig sarkastischem Ton. »Ich hätte wissen müssen, daß ihr überfordert seid, nicht wahr.« Zornig ballte er die Faust. In seinen Augen blitzte es. »Verdammt, ich schicke acht meiner besten Männer los, um eine Frau zu fangen, und was passiert? Einer von ihnen läßt sich umbringen, und weil das allein ja noch nicht reicht, verliert ihr auch noch drei Maschinen? Bin ich eigentlich nur von Idioten umgeben, oder habt ihr nur vergessen, eure Gehirne mitzunehmen?!«

Garth senkte betreten den Blick, aber in Regs Augen regte sich so etwas wie Trotz. »Du hast gesagt, wir sollen eine Frau einfangen«, antwortete er. »Aber das war keine Frau, das . . . das war eine Wildkatze!« stieß er erregt hervor. »Die Kleine war bis an die Zähne bewaffnet, und sie hat gekämpft wie ein Mann!«

Skudder bedachte Regs Gesicht mit einem sehr langen, abfälligen Blick. »Das sieht man«, sagte er spöttisch. »Gegen euch alle drei zugleich, nehme ich an.«

»Ja«, sagte Reg, lächelte unsicher und verbesserte sich fast sofort. »Das heißt, eigentlich nicht. Sie hat erst Garth fertiggemacht und dann mich. Ich hatte keine Chance.«

»Und da waren noch die *Wastelander*«, fügte Garth hinzu. Skudder entging der rasche, fast beschwörende Blick nicht, den er mit Reg tauschte. »Davon wußten wir auch nichts.«

»Du kannst uns nicht für einen Hinterhalt verantwortlich machen, von dem wir nichts wußten«, fuhr Reg fort.

»*Wastelander?*« Skudder ignorierte Regs letzten Satz. »Wie viele?«

Reg wirkte plötzlich sehr unsicher, und Skudder wußte, daß er log, als er antwortete: »Ich ... ich weiß nicht genau. Fünf oder sechs, vielleicht. Vielleicht auch ein paar mehr oder weniger.«

»Vielleicht auch nur einer?« sagte Skudder freundlich. Reg schwieg.

»Wie hat er ausgesehen?« fuhr Skudder fort. »Wo ist er hergekommen?«

»Es war ein Mädchen«, antwortete Garth, ohne ihn anzusehen. »Fast noch ein Kind. Ist wie aus dem Nichts aufgetaucht und hat Den erschossen.«

Zumindest das, dachte Skudder ärgerlich, schien der Wahrheit zu entsprechen. Die Männer hatten Dens Leichnam mitgebracht, und er hatte ihn sich sehr gründlich angesehen. Er war eindeutig mit einer Madenwaffe erschossen worden, die nur die *Wastelander* benutzten. Eine widerwärtige Art zu sterben.

»Und dann?« fuhr er fort.

Garth sah weg und begann unruhig mit der Stiefelspitze auf dem Boden zu scharren, während Regs Blick unruhig herumirrte, als suchte er verzweifelt nach einem Fluchtweg. »Wir haben uns die Kleine natürlich geschnappt«, antwortete er zögernd. »Aber Garth hatte sie kaum gepackt, als die andere auftauchte und ihn von hinten niederschlug.«

»Und du hast seelenruhig dabei zugesehen«, vermutete Skudder.

Regs Gesicht verdunkelte sich vor Zorn. »Nein«, fauchte er. »Ich bin auf sie los, aber ...«

»Er hatte keine Chance, Skudder«, sagte Garth, als Reg nicht weitersprach. »Das war nicht die ahnungslose Frau, die wir schnappen sollten. Die Kleine war eine ausgebildete Nahkämpferin.«

Skudder starrte Garth einen Herzschlag an, aber er schluckte die wütende Antwort herunter, die ihm auf der Zunge lag. An der Geschichte der beiden war irgend etwas faul, das spürte er. Wahrscheinlich hatten sie mehr getan,als sich die *Wastelanderin* nur zu schnappen, wie Reg es ausgedrückt hatte, und wahrscheinlich hatte Charity Laird sie nicht nur durch einen reinen Zufall so vollkommen überrumpeln können. Aber immerhin – Den war tot, Regs rechte Schulter gebrochen und Garth' Gesicht sah aus, als hätte jemand darauf Stepptanzen geübt. Ganz egal, ob sie nun abgelenkt waren oder nicht – das war nicht das Werk einer total verstörten, hilf- und ahnungslosen jungen Frau, die sie hatten einfangen sollen. Wütend ballte er die Faust.

»Okay«, sagte er. »Verschwindet, ihr Nieten. Laßt euch verarzten, und dann seht zu, daß ihr irgendwo neue Maschinen auftreibt. Bis ihr welche gefunden und fertiggemacht habt, dürft ihr in der Küche mithelfen. Aber begrabt zuerst Den«, fügte er hinzu.

Die beiden sagten kein Wort mehr, sondern drehten sich hastig herum und verschwanden. Skudder gab auch den übrigen Männern ein Zeichen, ihn allein zu lassen. Er legte sorgfältig den Riegel hinter ihnen vor und verließ das Zimmer durch eine andere Tür. Über eine kurze Betontreppe, deren drei unterste Stufen geborsten waren, gelangte er in einen kleinen Keller. Der Raum war vollgestopft mit Gerümpel, Kisten und Truhen. An den Wänden hingen Waffen – angefangen von einer modernen Maschinenpistole, deren letzte Munition er vor mehr als einem Jahr verschossen hatte, bis hin zu Pfeil und Bogen und einem reichverzierten, handgearbeiteten Tomahawk, der weitaus effektiver war als eine leergeschossene MP. Zumindest in der Hand eines Mannes, der damit umgehen konnte. Und Skudder konnte.

Wie immer, wenn er hier herunterkam, fiel sein Blick fast automatisch auf die altertümlichen Waffen an der Wand, blieb einen Moment auf einem gewaltigen, bunten Federschmuck hängen, der seine Sammlung krönte, und wanderte dann zu dem kleinen Tischchen vor der gegenüberliegenden Wand. Der Tisch bestand aus verchromtem Metall. Es gab auch nicht sehr viele, die von seiner Existenz wußten und von dem modernen Fernsehempfänger, der darauf stand.

Skudder streckte die Hand aus, berührte den einzigen, roten Knopf, der die Seitenwand des Monitors unterbrach, und wartete geduldig, bis die Mattscheibe zu flimmern begann. Ein leises Rauschen drang aus dem Gerät, dann ein an- und abschwellender Pfeifton, der Skudder heute so sehr wie beim allerersten Mal schaudern ließ, als er ihn gehört hatte.

Anders als sonst mußte er nur wenige Augenblicke warten, bis der weiße Schnee auf der Mattscheibe einem Bild wich. Gleichzeitig richtete sich die kleine Optik der mit dem Empfänger gekoppelten Kamera auf sein Gesicht. Skudder wußte, daß er nun irgendwo – wo immer das sein mochte – auf einem ähnlichen Bildschirm zu sehen war, während auf seinem Monitor wie gewohnt nur das verschlungene, flammendrote ›M‹ Morons erschien.

»Skudder?« Trotz der schlechten Empfangsqualität erkannte er einwandfrei Daniels Stimme. Anders als sonst mußte er nicht erst geholt werden. Skudder vermutete, daß er schon lange und sehr ungeduldig neben dem Empfänger gesessen und auf Skudders Ruf gewartet hatte. Er hörte auch deutlich die Erregung in Daniels Stimme.

»Habt ihr sie?«

Skudder schwieg einen Moment, dann schüttelte er den Kopf. »Nein«, sagte er.

Fünf Sekunden Schweigen. Dann: »Was soll das heißen – nein?«

»Sie ist meinen Leuten ... entkommen«, antwortete Skudder zögernd.

»Entkommen?« Daniel schrie fast. »Du hast ...«

»Ich habe«, unterbrach ihn Skudder ärgerlich und mit leicht erhobener Stimme, »acht meiner besten Männer losgeschickt. Sie hat einen getötet und zwei andere niedergeschlagen. Ich bin froh, daß die übrigen noch leben.« Er schwieg einen ganz kurzen Moment. »Sie hätten mir sagen müssen, wie gefährlich diese Frau ist«, fügte er hinzu.

Daniel schwieg eine ganze Weile, und als er endlich weitersprach, klang er zu Skudders Überraschung kaum noch zornig, sondern beinahe amüsiert. »Das ist typisch Captain Laird«, murmelte er. »Ich hätte es wissen müssen. Trotzdem ...« Der Tonfall änderte sich wieder und wurde befehlend und kalt wie gewohnt. »... ihr müßt sie einfangen. Und nach Möglichkeit lebend.«

»Einfangen?« Skudder lachte ganz leise. »Wie stellen Sie sich das vor? Sie hat eine unserer Maschinen gestohlen. Sie kann überall sein.«

»Dann sucht sie!« befahl Daniel barsch. »Du hast genug Männer.«

Skudder schnaubte. »Hören Sie!« sagte er erregt. »Ich brauche eine Armee, wenn ich die Ebene nach einem einzelnen Menschen durchkämmen soll. Und selbst, wenn wir sie ...«

»Das mit der Armee ist eine gute Idee«, unterbrach ihn Daniel kalt. »Ich könnte dir eine schicken, Skudder. Willst du das?«

Er sprach nicht weiter, aber Skudder überhörte die kaum verhohlene Drohung nicht, die in seinen Worten mitschwang. Ein Gefühl hilfloser Wut machte sich in ihm breit. Aber er widersprach nicht mehr, sondern schüttelte nur stumm den Kopf.

»Gut«, fuhr Daniel fort. »Dann haben wir uns verstanden. Du hast zweiundsiebzig Stunden, Captain Laird zu finden. Ach – und noch etwas«, fügte er spöttisch hinzu. »Wenn du sie findest, paß auf dich auf, ja? Sie ist gefährlich.«

Das rote ›M‹ auf dem Bildschirm erlosch, aber Skudder starrte die flimmernde Mattscheibe noch sehr lange an, ehe er sich wütend vorbeugte und das Gerät ausschaltete. Irgendwann, dachte er grimmig, würde er es Daniel heimzahlen. Wer immer er sein mochte.

3

Charity hatte das Gebirge verlassen, und das Wunder, auf das sie gehofft hatte, war tatsächlich eingetreten: Obwohl sie mehrmals die grellen Scheinwerfer gesehen hatte und ihr einmal eine der Maschinen fast bis auf Sichtweite nahe gekommen war, hatte man sie nicht entdeckt – was aber wohl daran lag, daß die Sharks sie für einen der ihren gehalten haben mußten. Charity hatte sich nach überraschend kurzer Zeit an das Motorrad gewöhnt. Außerdem hatte sie sich Gurks Rat zu Herzen genommen; statt nach Norden lenkte sie die Harley nach Süden, in die gewaltige Ebene hinein, die sie von der Höhe des Passes aus gesehen hatte. Sie fuhr eine gute Stunde – die letzten vierzig Minuten mit ausgeschaltetem Scheinwerfer –, ehe sie es wagte, die Maschine anzuhalten und sich einen Lagerplatz für die Nacht zu suchen.

Sie verbarg die Maschine sorgfältig, suchte sich einen überhängenden Felsen und rollte sich darunter zum Schlaf zusammen; allerdings nicht, ohne ihre Waffe griffbereit neben sich zu legen und den Körperschild des Anzuges einzuschalten. Zumindest die zweite Vorsichtsmaßnahme erwies sich als berechtigt. Sie wachte in der Nacht nicht auf, aber am nächsten Morgen sah sie im Sand neben sich eine Anzahl kleiner Klauenabdrücke. Etwas war in der Nacht gekommen, hatte sich einen gehörigen elektrischen Schlag geholt und sich wieder getrollt.

Beim ersten Licht des neuen Tages fuhr sie weiter, nachdem sie auf einen der Felsen geklettert und eine Weile vergeblich nach Verfolgern Ausschau gehalten hatte. Sie war durstig, und doch wagte sie es noch nicht, den knappen Wasservorrat in ihrer Feldflasche anzugreifen. Sie schätzte, daß es kaum später als sechs Uhr morgens war, aber die Sonne brannte bereits unbarmherzig vom Himmel. Der Tag würde sehr heiß werden.

Zum Glück hatte sie wenigstens genügend Treibstoff. Die Harley verfügte über zwei große, jeweils dreißig Liter fassende Reservetanks, die die Stelle der früheren Packtaschen einnahmen. Sie würde ungefähr sechshundert Meilen mit diesem Ding fahren können. Theoretisch. Praktisch kam sie nicht einmal zwanzig Meilen weit, ehe ihre Fahrt zum ersten Mal unterbrochen wurde.

Zuerst war es nur ein winziger dunkler Punkt, der vor ihr auf dem Horizont auftauchte, ein schwarzes Etwas, das mit sonderbar starren Bewegungen vorwärts krabbelte. Aber aus dem einen Punkt wurden zwei, dann fünf, und schließlich waren es so viele, daß Charity es aufgab, sie zählen zu wollen. Sie nahm Gas weg und ließ die Harley über die flachen Hügel rollen. Die schwarzen Punkte auf dem Horizont wuchsen ganz langsam heran. Und obwohl Charity sie immer noch nicht richtig erkennen konnte, bekam sie ein ziemlich mulmiges Gefühl. Eine sonderbare Erinnerung blitzte in ihren Gedanken auf und erlosch sofort wieder.

Sie entschloß sich anzuhalten. Ächzend stemmte sie die Maschine auf den Ständer, kletterte umständlich auf den Sattel und löste den Feldstecher von ihrem Gürtel. Aus den drei oder vier Dutzend ameisengroßen Punkten wurde eine riesige Armee elefantengroßer braunschwarzer Giganten, die vor ihr über die Ebene zog. Charitys Hände krampften sich so fest um das Glas, als sie begriff, womit sie es zu tun hatte: Es waren keine Ameisen, aber die Assoziation war gar nicht so falsch gewesen. Die Tiere ähnelten gigantischen, sechsbeinigen Käfern, deren Rückenpanzer im Licht der Morgensonne wie polierter Stahl glänzte. Aus den riesigen Schädeln stachen gewaltige Zangen, und selbst über die große Entfernung hinweg glaubte Charity das boshafte Funkeln zu erkennen, das in ihren buntschillernden Facettenaugen glomm. Trotz ihrer fast absurden Größe bewegten sich die Tiere erstaunlich schnell und in fast militärischer Präzision. Aber das war kein Zufall. Im Nacken jedes dieser Gigantenkäfer hockte eine dürre, glänzende Gestalt, die an einen mittelalterlichen Ritter in einer schwarzen Rüstung erinnerte. Nur daß diese Reiter statt zwei vier Arme besaßen.

Mehr erschüttert als erschrocken setzte Charity den Feldstecher ab, fuhr sich nervös mit der Hand über das Gesicht und blickte dann erneut zu der grotesken Karawane hinüber. Sie war ein wenig näher gekommen, aber wenn sie ihren Kurs nicht plötzlich änderte, bestand kaum Gefahr. Sie würde meilenweit an ihr vorübermarschieren.

Diese schrecklichen Kreaturen sah sie nicht zum ersten Mal; weder die titanischen Käferdinger noch ihre Reiter. Sie hatte gegen sie gekämpft, sie war vor ihnen geflohen, sie hatte ein paar von ihnen erschossen und sie hatte mit angesehen, wie ihre Kameraden von diesen Ungeheuern in Stücke gerissen worden waren, aber selbst die Erinnerung an diese schrecklichen Szenen berührten sie kaum. Alles, was sie fühlte, war Entsetzen.

Charity taumelte wie unter einem Schlag. Mit letzter Kraft schaffte sie es, vom Sattel der Harley herunterzuspringen und sich taumelnd neben der Maschine in den Sand sinken zu lassen. Ihre Finger hatten plötzlich nicht einmal mehr die Kraft, das Fernglas zu halten. Und jetzt, fast vierundzwanzig Stunden nach ihrem Erwachen, schlug die Erinnerung mit aller Macht zu. Sie waren da! Vor ihr, nur ein paar Meilen entfernt, und zu real, um sie weiter aus ihren Gedanken zu verdrängen. Plötzlich begriff sie, warum sie wirklich hier war, daß es sie nicht wie eine weibliche Ausgabe Robinson Crusoes einfach an die Ufer eines fremden Landes verschlagen hatte, sondern daß sie geflohen war, geflüchtet aus einer Welt, die unter dem Ansturm einer Armee menschenfressender Insektenmonster aus dem Weltraum auseinanderbrach, geflohen vor dem Ansturm einer fremden, unbegreiflichen Macht, die die Zivilisation der Erde mit unbegreiflichen Mitteln und aus unerfindlichen Gründen einfach niederwalzte. *Sie waren hier. Hier!* Egal, wie weit sie in die Zukunft geflohen war, Charity begriff ganz plötzlich, daß es nicht mehr ihre Welt war, in der sie sich befand, sondern daß sie den Außerirdischen gehörte, ein ... ein Planet der Ungeheuer, auf dem die Menschen allerhöchstens noch geduldet waren.

Die Karawane der Ungeheuer schob sich langsam von Westen nach Osten über den Horizont und verschwand schließlich. Aber es verging noch mehr als eine Stunde, bis Charity die Kraft fand, sich wieder in den Sattel der Harley zu ziehen und weiterzufahren.

Gegen Mittag fand sie die Farm. Sie war nur noch eine ausgebrannte Ruine, und sie hätte sie wahrscheinlich übersehen, hätte sie nicht alle zwanzig oder dreißig Minuten haltgemacht, um sich mit dem Fernglas umzuschauen. In den Gebäuden rührte sich nichts, und doch hatte sie das vage Gefühl, dort auf Menschen zu treffen.

Sie fuhr weiter, umkreiste die Farm einmal in sicherem Abstand und lenkte das Motorrad schließlich auf das ehemalige Wohnhaus zu. Auch in diesem Gebäude hatte ein Feuer getobt, aber wenigstens stand das Dach noch, während die Schuppen und Ställe der Farm nicht einmal mehr baufällig waren; es waren Trümmer, die wie das Skelett eines verkohlten Riesentieres aussahen. Wo früher ein Getreidesilo gestanden haben mußte, gähnte ein breiter Krater, auf dessen Grund sich schmutziges Wasser zu sammeln begonnen hatte.

Charity überblickte diese düstere Szenerie, ohne das Wohnhaus auch nur einen Moment aus den Augen zu lassen. Langsam näherte sie sich dem Gebäude, hielt fünf Meter vor der Treppe an und ließ den Motor der Harley noch zwei-, dreimal aufbrüllen, ehe sie abstieg; falls sich dort Menschen verbargen, sollten sie nicht glauben, daß sie sich etwa anpirschen wollte. Sie kam in friedlicher Absicht.

Charity stieg ab, entfernte sich ein paar Schritte von der Maschine und sah weiter aufmerksam zum Haus hinüber. Hinter der geschwärzten Eingangstür rührte sich nichts, aber Charity glaubte, Blicke zu spüren, die sich auf sie richteten.

Und ihr Gefühl täuschte sie nicht. Im Haus blieb es weiter still, aber hinter sich vernahm sie plötzlich ein Poltern, und als Charity sich herumdrehte, stand sie einem kleinwüchsigen, grauhaarigen Mann gegenüber, der aus der Ruine des heruntergebrannten Schuppens trat. In seiner Hand lag eine kleine Waffe, die drohend auf ihr Gesicht zielte.

Charity hob ganz langsam die Hände, versuchte sich zu einem Lächeln zu zwingen und trat einen Schritt auf den Grauhaarigen zu. Sofort machte der Mann mit der Waffe eine bedrohliche Handbewegung.

»Sie brauchen keine Angst zu haben«, sagte sie, sehr langsam und übermäßig betont, damit er ihre Worte auch verstand, aber er antwortete nicht, sondern starrte sie nur weiter aus seinen dunklen, tiefliegenden Augen an. Er war eine Handbreit kleiner als sie, aber von sehr kräftigem Wuchs, und seine Haut war so sonnenverbrannt, daß sie sich im ersten Moment nicht einmal sicher war, einem Weißen gegenüberzustehen. Sein Haar war strähnig und begann vor der Zeit auszufallen, und auf seinen Wangen glänzten Bartstoppeln. Seine Hände waren über und über mit kleinen, weißen Narben bedeckt, und seine Kleider bestanden eigentlich nur noch aus Fetzen.

»Verstehen Sie mich?« fragte sie, als der Grauhaarige noch immer schwieg.

Er nickte, sagte aber auch jetzt noch kein Wort, sondern kam näher, wobei er ihr mit Gesten zu verstehen gab, ein Stück vom Motorrad wegzugehen. Charity gehorchte.

Hinter ihr polterte es abermals, und als sie vorsichtig den Kopf drehte, sah sie, daß die Haustür geöffnet worden war. Zwei Gestalten traten heraus – ein dunkelhaariger Mann, jung genug, um der Sohn des Grauhaarigen sein zu können, und eine schlanke Frauengestalt. Es war das Mädchen, das sie am Abend zuvor vor den Sharks gerettet hatte.

»Das ist sie!« sagte das Mädchen heftig. »Ich bin ganz sicher. Schieß sie nieder, Dad!«

Charity zuckte zusammen und drehte sich hastig wieder herum. Zum Glück schien Dad nicht ganz so blutrünstig zu sein wie seine undankbare Tochter, denn er schoß nicht; aber er senkte die Waffe auch nicht, sondern kam drohend näher, und er machte eine befehlende Geste. Charity verstand, was er wollte. Fast behutsam legte sie ihre beiden Waffen vor sich in den Sand, zog unaufgefordert auch noch ihr Messer aus dem Gürtel, legte es daneben und hob wieder die Hände.

»Ich bin nicht ihr Feind«, sagte sie gepreßt. »Ich weiß nicht, was Ihre Tochter Ihnen erzählt hat, aber ich . . .«

»Halt den Mund«, unterbrach sie der Grauhaarige. Mit einer unwilligen Geste scheuchte er sie zurück, stellte sich mit gespreizten Beinen über die beiden Gewehre und musterte abwechselnd sie und das Motorrad. Charity hatte plötzlich das Gefühl, daß es ein Fehler gewesen sein mochte, die Maschine zu stehlen. Nach allem, was sie gestern erlebt hatte, schienen die Sharks nicht unbedingt zu den beliebtesten Zeitgenossen zu gehören.

»Lassen Sie es mich erklären«, sagte sie. »Ich . . .«

»Was gibt es da zu erklären?« unterbrach sie das Mädchen erregt. »Schau sie dir an! Du weißt, wer sie ist. Und sie fährt eine Maschine der Sharks.«

»Und außerdem wärst du jetzt ziemlich tot, wenn sie dir nicht geholfen hätte, du dumme Kuh«, mischte sich eine dritte, quäkende Stimme ein, die Charity vage bekannt vorkam. Verwirrt drehte sie sich herum – und sog überrascht die Luft zwischen den Zähnen ein, als sie den Zwerg mit dem riesigen Kahlkopf entdeckte, der hinter dem Mädchen aus dem Haus getreten war.

»Gurk!«

»Ihr kennt euch?« In Dads Augen blitzte es mißtrauisch auf, und Charity glaubte, schon wieder einen Fehler gemacht zu haben.

»Ja«, sagte Gurk. »Wir haben uns gestern abend gesehen – ein paar Minuten, nachdem diese Frau, der deine bescheuerte Tochter so gerne den Hals abschneiden möchte, ihr das Leben gerettet hat.«

»Sie ist eine Tiefe!« behauptete das Mädchen aufgebracht.

»Ach?« machte Gurk. »Woher weißt du das? Hast du schon einmal eine gesehen?«

»Ich . . . nein«, gestand das Mädchen kleinlaut, aber nur, um eine Sekunde später wütend hinzuzufügen: »Aber ich weiß auch, wie . . .«

»Du weißt gar nichts, Net«, fiel ihr Gurk ins Wort. »Ohne sie wärst du jetzt tot. Und um ein Haar hätte man sie umgebracht, weil du dich so überaus dankbar erwiesen hast. Und die Maschine«, fügte er mit einer Kopfbewegung auf die Harley hinzu, »hat sie den Sharks geklaut, nachdem sie die beiden Typen fertiggemacht hat, die dich in die Mangel genommen hatten.« Zornig wandte er sich an Dad. »Nimm endlich die Waffe herunter. Sie steht auf unserer Seite.«

Diesmal gehorchte Dad wirklich, wenn auch erst nach neuerlichem, sehr langem Zögern. Allerdings schien es mit seinem Vertrauen nicht weit her zu sein, denn er bückte sich rasch nach Charitys Waffen, hängte sie sich über die Schultern und deutete Charity dann, ins Haus zu gehen.

»Bob«, rief er dem jungen Mann zu, »bring die Maschine in den Schuppen. Und du, Net«, fügte er mit erhobener Stimme hinzu, als das Mädchen abermals etwas sagen wollte, »bist jetzt still. Wir unterhalten uns drinnen weiter.«

Net verstummte tatsächlich. Aber der Blick, den sie Charity zuwarf, sprühte förmlich vor Zorn. Charity schenkte ihr das freundlichste Lächeln, das sie im Moment zustande bringen konnte, und ging an ihr vorbei ins Haus.

Drinnen war es schattig und kühl und überraschend sauber. So heruntergekommen das Haus von außen aussah, so wohnlich war der einzige, große Raum. Offenbar hatten Dad und seine Familie von überall halbwegs brauchbare Möbel zusammengetragen, aber alles wirkte doch irgendwie geschmackvoll. Unter den zugenagelten Fenstern an der gegenüberliegenden Wand standen vier niedrige Betten, und über der Feuerstelle im Kamin, die jetzt allerdings erloschen war, war eine Art Gitterrost angebracht worden, der verriet, daß sie jetzt zum Kochen diente.

Dad deutete befehlend auf den wuchtigen Tisch, der in der Mitte des Zimmers stand. »Setz dich«, sagte er. »Hast du Hunger?«

Charity nickte, dann schüttelte sie den Kopf und setzte sich. »Nur Durst«, gestand sie.

»Das ist kein Wunder«, murmelte Dad. »Ein ziemlicher Wahnsinn, am hellen Tage mit einem Motorrad über die Ebene zu fahren. Hattest du keine Angst, einer Heuschrecke zu begegnen?«

Nein, das hatte Charity nicht – vor allem deshalb nicht, weil sie keine Ahnung hatte, worum es sich bei der Art von Heuschrecken handeln mochte, von der Dad sprach. Sie antwortete nicht.

Draußen vor dem Haus heulte der Motor der Harley auf. Eine Sekunde später erfolgte ein dumpfer Aufprall, gefolgt von einem Schwall wütender Flüche. Charity lächelte still in sich hinein. Offensichtlich hatte Bob versucht, das Motorrad zu starten.

Dad wandte sich an das Mädchen. »Geh und sag Mom Bescheid, daß wir Besuch haben. Sie soll Essen machen.«

»Du solltest sie umlegen«, sagte Net haßerfüllt.

»Reizend«, sagte Charity lächelnd. »Wirklich reizend, Ihre Tochter.«

Net funkelte sie noch einmal zornig an und verschwand dann ohne ein weiteres Wort, und Dad nahm auf der anderen Seite des Tisches Platz. Charitys Lasergewehr und die MP lehnte er neben sich an den Stuhl, während die eigenartige Waffe, mit der er auf sie gezielt hatte, vor ihm auf dem Tisch liegenblieb. Charity wartete darauf, daß er irgend etwas sagte, ihr Fragen stellte oder auch von sich aus zu erzählen begann, aber er schwieg weiter. Gurk, der hinter ihnen das Haus betreten hatte, zog sich scharrend einen Stuhl heran, kletterte umständlich hinauf; auch er blickte sie nur an und schwieg. Charity begann sich immer unbehaglicher zu fühlen.

Schließlich kehrte Net zurück, aber sie war nicht allein. In ihrer Begleitung befanden sich Bob und eine vielleicht fünfzigjährige

Frau mit streng zurückgekämmtem schwarzen Haar und einem scharfgeschnittenen Gesicht, die ihre Mutter sein mußte. Während die Frau zum Kamin ging und schweigend einige Scheite auf die Asche legte, nahmen Net und ihr Bruder rechts und links neben ihrem Vater Platz.

Schließlich verlor Charity die Geduld. »Wenn Sie fertig damit sind, mich anzustarren, Dad, dann können wir vielleicht reden«, sagte sie. »Ich habe nämlich ein paar Fragen an Sie.«

»Und wir an dich.« Es war Bob, der antwortete, nicht Dad.

»Okay«, sagte Charity. »Fang an.«

»Wer bist du, wenn du nicht zu den Sharks gehörst?« fragte Bob. »Und wo kommst du her?«

Charity seufzte. Eine wahrhaft intelligente Frage, aber immerhin ein Anfang. »Ich bin Captain Charity Laird«, antwortete sie. »Offizier der U.S. Space Force.«

Bobs Blick bewies ihr eindeutig, daß ihm diese Worte rein gar nichts sagten, und Dad bestätigte ihre Vermutung, indem er nachhakte: »Was soll das sein, U.S. Space Force? Und wieso hast du drei Namen?«

»Ich habe . . .« begann Charity, brach mit einem Kopfschütteln ab und setzte dann in sanfterem Ton neu an. »Sie können mich einfach Charity nennen, Dad. Und die Space Force ist . . .« Sie suchte nach Worten. »So etwas wie die Armee, in der ich diene.«

»Armee?« In Dads Augen funkelte es mißtrauisch, und auch Net und ihr Bruder sahen sie argwöhnisch an. »Du bist eine Kriegerin?«

»So könnte man es nennen«, sagte Charity. »Aber es ist nicht ganz richtig. Ich . . . ich komme von sehr weit her.«

»Und was willst du hier?« Die Frage kam blitzschnell. Charity wußte, daß sie jetzt keine falsche Antwort geben durfte, wollte sie nicht in noch größere Schwierigkeiten geraten.

»Zuerst einmal nur Informationen«, sagte sie vorsichtig. »Ich bin völlig fremd hier. Ich weiß weder, wo ich bin, noch wer Sie sind, noch wer diese Sharks waren . . .« Sie sah Net an, die peinlich berührt zusammenzuckte. ». . . denen ich gestern abend begegnet bin.«

»Dann mußt du wirklich von sehr weit herkommen«, sagte Dad. »Du stellst Fragen wie jemand, der gerade vom Himmel gefallen ist.«

Das ist nicht ganz falsch, dachte Charity düster. Aber sie hütete sich, diesen Gedanken laut auszusprechen.

Dad deutete auf den Gnom, der das kurze Gespräch aufmerksam verfolgt hatte. »El Gurk behauptet, daß man dir trauen kann«, sagte er. »Aber ich weiß nicht, ob ich Gurk trauen kann.«

»Solange du mich bezahlst, schon«, sagte Gurk trocken. »Es sei denn, es kommt einer, der mehr zahlt.« Seine nachtschwarzen Augen ließen Charity erschaudern. Jetzt, da sie ihn das erste Mal im Tageslicht sah, wirkte er noch unheimlicher als in der vergangenen Nacht. Seine Augen waren tiefschwarz, als seien sie überhaupt nicht menschlich.

Ein Geräusch hinter ihr ließ sie aufblicken. Mom war vor dem Kamin auf die Knie gefallen und versuchte, mit Hilfe eines Reibeholzes ein paar Späne zu entzünden. Charity schüttelte den Kopf, stand wortlos auf, trat neben sie und ließ ihr Feuerzeug aufschnappen. Die kleine Gasflamme leckte gierig an den trockenen Blättern, die Mom unter das Feuerholz gestopft hatte, und setzte sie augenblicklich in Brand.

Als sie zum Tisch zurückkam, starrte nicht nur Dad sie aus weit aufgerissenen Augen an. Auch auf Bobs Gesicht malte sich ein Ausdruck ungläubigen Staunens, ja fast Schreckens ab.

»Glaubt ihr es jetzt?« fragte Net leise. »Ich habe euch gesagt, sie ist eine verdammte Tie...«

»Halt endlich den Mund«, unterbrach sie Dad, nicht einmal sehr laut, doch Net verstummte augenblicklich. Dad starrte Charity weiter sehr durchdringend an, und sie konnte regelrecht sehen, wie es hinter seiner Stirn arbeitete. Dann entspannte sich sein Gesicht.

»Ganz egal, was du bist«, sagte er. »Du hast Net das Leben gerettet. Wir schulden dir Dank. Du kannst bleiben. Und deine Fragen werde ich beantworten.«

Sie redeten sehr lange. Moms Essen war ausgezeichnet, und Charity kam wieder zu Kräften. Sie erzählte vorsichtig von sich, wobei sie allerdings mit Bedacht sehr vage blieb, um nicht zuviel von sich zu verraten. Sie selbst erfuhr eine Menge über Dads Familie und die Welt, in der sie lebten. Die vier gehörten zu einer Gruppe von Menschen, die sich selbst *Wastelander* nannten und wie Nomaden umherzogen. Sie kamen oft zu dieser Farm zurück, die sie sich im Laufe der Jahre hergerichtet hatten, aber meistens hielten sie sich in der großen Ebene auf. Sie lebten von dem, was das Schicksal ihnen schenkte – ein wenig Jagd, ein wenig Sammeln, ein wenig Diebstahl, wobei es allerdings einen strengen Ehrenkodex gab, daß ein *Wastelander* niemals einen anderen bestahl. Aber es zogen oft Karawanen über die Ebene, und es schien nicht besonders schwer zu sein, sich an sie anzuschleichen und ihnen Wasser oder Essen zu stehlen. Die Fremden schienen überall zu sein, und Dads Worte ließen keinen Zweifel daran, daß sie die Herren des Planeten waren. Wie es jenseits der Ebene aussah, wußte niemand der vier. Die *Wastelander* mieden die Außerirdischen nach Möglichkeit, diese wiederum ließen die *Wastelander* in Ruhe – solange sie sie nicht bei irgendwelchen Diebstählen erwischten. Net war am vergangenen Abend in die Berge geflohen, weil sie von einem Trupp Reiter gejagt worden war, wie Dad die gigantischen Käferwesen nannte. Charity erinnerte sich schaudernd an die Armee, die sie am Morgen durch das Fernglas gesehen hatte. Beinahe gegen ihren Willen empfand sie so etwas wie Achtung vor Net, als sie den beiläufigen Ton registrierte, in dem das Mädchen über ihre Flucht sprach.

Leider erfuhr sie sehr wenig darüber, wie es auf dem Rest dieses Planeten aussah. Dad und seine Frau waren in dieser Gegend geboren worden, ihre Eltern waren *Wastelander* gewesen wie sie, und auch ihre Kinder würden es wieder werden und diese trostlose Einöde wahrscheinlich niemals verlassen – was Charity ganz und gar nicht verstand.

»Aber habt ihr denn nie versucht, von hier wegzugehen?« fragte sie ungläubig.

»Weggehen?« Dad nippte an dem bitter schmeckenden Tee, den Mom ihnen nach dem Essen bereitet hatte, und schüttelte den Kopf. »Aber wieso denn?« fragte er verwundert.

»Um . . . um . . .« Charity breitete hilflos die Hände aus, erntete einen schadenfrohen Blick von Gurk und sagte: »Um eure Lage zu verbessern, zum Beispiel. Das Leben hier muß ziemlich hart sein.«

»Das ist es«, bestätigte Dad ungerührt. »Aber wir leben, und wir wissen auch, daß wir wahrscheinlich morgen noch leben, wenn wir ein bißchen aufpassen.«

»Und das ist anderswo nicht so?«

»Woher sollen wir das wissen?« fragte Net scharf. »Wir waren niemals woanders. Warum nicht? Wir haben zu essen, und die Reiter lassen uns in Frieden. Manchmal gibt es Ärger mit den Sharks, aber meistens werden wir mit ihnen fertig.«

»Gestern abend schien das anders zu sein«, sagte Charity.

Net fuhr zusammen und senkte für einen Moment den Blick. Aber sie fing sich schnell wieder. »Okay«, sagte sie. »Ich war in den Bergen, und die Berge sind ihr Gebiet. Hier in der Ebene hätten sie mich nie gekriegt.«

Das klang nicht ganz überzeugend, aber Charity hielt es für besser, es dabei zu belassen. Sie hatte nichts davon, Net in Verlegenheit zu bringen.

»Außerdem kommst du doch von außerhalb«, fuhr das Mädchen aggressiv fort. »Du solltest uns sagen können, wie es dort aussieht.«

Charity seufzte. »Anders«, sagte sie ausweichend. »Aber auch nicht sehr viel besser, wenn ich ehrlich sein soll.« Sie seufzte erneut, sah Net, ihren Vater und die beiden anderen der Reihe nach an und fügte hinzu: »Ehrlich gesagt – ich bin vor ihnen geflohen. Sie haben mein . . . mein Land auch überfallen.«

»Und besiegt«, vermutete Dad. »Deine Armee . . .«

»Wurde geschlagen, ja«, sagte Charity. »Wir haben uns gewehrt, aber . . .«

»Morons Heerscharen sind unbesiegbar«, sagte Dad ruhig. »Das weiß jeder. Gibt's noch andere Krieger?«

»Ich glaube nicht«, antwortete Charity. »Nein, ganz bestimmt sogar. Ich denke, ich bin die einzige, die es geschafft hat.« Sie dachte an Stone und überlegte einen Moment, ihnen von ihm zu erzählen, verwarf den Gedanken aber fast sofort wieder. Stone war längst fort, und wahrscheinlich längst tot. Wäre er vor ihr hiergewesen, hätte Dad davon gewußt. Ihre Situation kam ihr immer grotesker vor. Sie saß hier, trank Tee und redete mit ihm, als wäre sie eine Fremde, die gerade vom Mond gekommen war. Dabei wußte sie viel besser als er, was *wirklich* passiert war.

Aber sie versuchte nicht, ihn aufzuklären. Seine Welt war fremd und bizarr und wahrscheinlich sehr gefährlich, aber sehr klein und überschaubar. Der Gedanke an einen Schlaf, der Jahre oder vielleicht auch Jahrhunderte gedauert hatte, hätte nicht in sein Weltbild gepaßt.

»Wie lange ist es schon her?« fragte sie vorsichtig.

»Her?« Dad sah sie verwundert an. »Was?«
»Der Angriff«, erklärte Charity. »Ich meine, wann . . . wann sind sie gekommen?«
»Gekommen?« Dad blinzelte.
»Moron«, sagte Charity. »Die Reiter.«
»Ich verstehe nicht. Du . . .« Plötzlich hellte sich sein Gesicht auf. »Oh, du denkst, sie hätten uns auch überfallen?« Er schüttelte den Kopf. »Nein, nein, das ist ein Irrtum. Sie waren schon immer hier. Wenigstens so lange, wie ich mich erinnern kann.«
Charity lächelte müde. »Welches Jahr schreiben wir?«
Dad zuckte gleichmütig mit den Achseln. »Wir schreiben nicht auf, wie viele Jahre vergangen sind«, antwortete er. »Wozu? Eines ist wie das andere. Mein Vater und mein Großvater waren *Wastelander.* Welchen Nutzen hat es, sich zu merken, wie viele Jahre vergangen sind?«
Charity hob hastig ihre Tasse und trank, um Dad nicht zu zeigen, wie sehr sie seine Antwort entsetzte.
»War das bei euch anders?« erkundigte sich Bob.
Charity nickte. »Ja. Wir . . . wir haben die Jahre gezählt.«
»Aber das ist völlig sinnlos«, sagte Net.
Charity wollte eigentlich gar nicht antworten, aber irgend etwas brachte sie dazu, ihre Tasse abzustellen und das Mädchen anzusehen. »Wir zählen nicht nur die Jahre, wir zählen auch die Tage und die Stunden«, antwortete sie.
»Und wozu?«
Charity seufzte. »Manchmal ist es ganz praktisch, weißt du? Wenn ich sage, daß ich fortgehe und in zwei Stunden wieder hier bin, dann mußt du zum Beispiel nicht die ganze Zeit herumstehen und auf mich warten, sondern bist pünktlich zur vereinbarten Zeit wieder am Treffpunkt.«
»Woher soll ich genau wissen, wann zwei Stunden vorüber sind?« fragte Net. »Niemand kann das so genau schätzen.«
»Ich schon«, widersprach Charity heftig. Nets Fragerei begann ihr auf die Nerven zu gehen. Aber schließlich war sie selbst schuld. »Ich kann dir sogar sagen, wann eine Minute vorüber ist. Man kann es messen. Mit einer Uhr.« Sie hob den Arm und streifte die Jacke zurück, damit das Mädchen ihre Armbanduhr sehen konnte. »Siehst du? Bis auf den Augenblick genau. Ich bin jetzt genau seit vier Stunden und zweiunddreißig Minuten bei euch.«

Net beugte sich neugierig vor, betrachtete das Ziffernblatt der Uhr interessiert und ließ sich wieder zurücksinken. »Trotzdem ist es nutzlos«, sagte sie stur. »Und gefährlich.«

Gefährlich? Charity sah sie verwirrt an, aber sie verzichtete darauf, eine Frage zu stellen. Es gab Wichtigeres zu klären.

»Dabei fällt mir ein, daß ich nicht mehr allzu lange bleiben kann«, fuhr sie in bewußt beiläufigem Ton fort. »In welche Richtung muß ich fahren, wenn ich auf andere Menschen treffen will?«

»Nur ein paar Meilen nach Norden«, sagte Gurk grinsend, »und schon bist du bei den Sharks.«

Charity schenkte ihm einen giftigen Blick und wandte sich an Dad. »Es gibt doch außer den Sharks und euch sicher noch andere?«

»Du fährst heute nirgendwo mehr hin«, bestimmte Dad, statt ihre Frage zu beantworten. »Es wird bald Nacht. Die Ebene ist für dich zu gefährlich. Trotz deiner Waffen.«

»Und morgen früh?« sagte Charity, womit sie sein Angebot, hier zu übernachten, stillschweigend annahm.

Dad überlegte einen Moment, dann zuckte er mit den Achseln. »Andere Menschen? Sicher, es gibt sie. Aber ... im Norden sind die Sharks, im Osten die Berge und im Süden und Westen die große Ebene. Was dahinter liegt, weiß ich nicht.«

Charity stöhnte auf. Aus diesen Leuten würde sie nichts herausbringen. Doch plötzlich fiel ihr etwas ein, das sie die ganze Zeit über hatte fragen wollen und aus einem ihr selbst unbegreiflichen Grund einfach *vergessen* hatte.

Mit einem fragenden Blick wandte sie sich an Net. »Gestern nacht«, sagte sie. »Wie hast du mich da genannt? Eine Tiefe? Wer soll das sein?«

»Es gibt eine Legende«, sagte Gurk sehr hastig.

»Das ist keine Legende!« fuhr Net den Gnom an. »Es gibt sie! Jedermann weiß das!«

Gurk zog eine Grimasse und wollte etwas entgegnen, aber Charity gebot ihm mit einer ärgerlichen Handbewegung zu schweigen. »Ein anderes Volk, so wie eures?« erkundigte sie sich.

»Sie sind nicht wie wir!« widersprach Net heftig. »Sie sind ...« Sie suchte nach Worten. »Sie töten«, sagte sie schließlich. »Sie sind wie du. Tragen sonderbare Kleider und reden Dinge, die niemand versteht, und sie haben auch Waffen wie du. Und sie töten jeden, der in ihr Gebiet kommt.«

»Und wo liegt dieses Gebiet?« fragte Charity erregt.

»Sie leben unter der Erde. Irgendwo in den Bergen«, antwortete Net. »Da, wo ich dich getroffen habe. Deswegen dachte ich ja, du wärst eine von ihnen. Vielleicht bist du es ja.«

»Unsinn!« unterbrach sie Gurk aufgebracht. »Du und deine Tiefen! Hirngespinste sind das. Niemand hat sie je gesehen, oder?«

»Das hat man doch!« rief Net aufgebracht. »Sonst wüßte man ja nicht, daß es sie gibt, oder?«

Charity wurde plötzlich sehr nachdenklich.

Charity war Dad und seiner Familie im nachhinein sehr dankbar dafür, die Nacht bei ihnen verbringen zu können; aber sie lehnte Nets Angebot ab, das Bett mit ihr zu teilen, und zog es vor, in dem Schuppen zu schlafen, in dem Bob ihre Maschine versteckt hatte. Äußerlich eine Ruine, verbarg sich hinter dem feuergeschwärzten Tor ein großer, wohlbestückter Lagerraum, in dem die *Wastelander* alle möglichen Gegenstände aufbewahrten, die sie von ihren Streifzügen mitgebracht hatten. Bei einer Menge Dinge konnte sich Charity beim besten Willen nicht vorstellen, was sie damit anfangen wollten – wie zum Beispiel einem halben Dutzend beschädigter Fernsehempfänger oder einer ganzen Kiste voller kleiner, silberfarbener CD-Platten –, aber vermutlich konnte man gerade in einer solchen Welt einfach *alles* gebrauchen.

Charity war sehr müde, obwohl es noch früh war, doch auch die *Wastelander* hatten sich schon zur Ruhe begeben. Bob hatte ihr ein Lager aus Decken und Kleidungsstücken bereitet, auf das sie sich beinahe sofort ausstreckte.

Trotzdem fand sie keinen Schlaf. Zu viel ging ihr durch den Kopf, zu viele Fragen waren nicht beantwortet worden. Alles war so ... so *anders*, als sie es sich vorgestellt hatte. Nicht, daß sie irgendeine auch nur halbwegs klare Vorstellung von dem gehabt hätte, was sie erwarten mochte, aber sie wußte zumindest, was sie *nicht* erwartet hätte: nämlich eine postatomare Wüstenlandschaft, in der die wenigen Überlebenden von motorradfahrenden Mad-Max-Imitatoren terrorisiert wurden.

Sie lag lange wach, grübelte und starrte die rußgeschwärzte Decke über sich an, ohne das Durcheinander hinter ihrer Stirn ordnen zu können. Draußen wurde es dunkel, und mit der Nacht drangen sonderbare Geräusche zu ihr herüber.

Schließlich – sie sah auf ihre *überflüssige* Uhr und stellte fest, daß gut zwei Stunden vergangen waren, seit sie sich hingelegt hatte – stand sie wieder auf, hängte sich ihre MP über die Schulter und verließ die Scheune.

Es war kalt geworden. Der Mond stand als riesige, runde Scheibe am Himmel und überschüttete die Ebene mit silbernem Licht, in dem sich die Schatten wie finstere Schluchten abhoben. Der Wind trug sonderbar beunruhigende Laute herüber.

Nervös drehte Charity sich einmal um ihre Achse, stellte erleichtert fest, daß sie allein war, und lehnte sich gegen das Scheunentor. Vor ihr erstreckte sich die Ebene, und auf der anderen Seite erhoben sich die Berge, aus denen sie gestern abend erst geflohen war.

Und zu denen sie zurückkehren würde, dachte sie. Morgen, sobald die Sonne aufging. Sie hatte Angst davor, aber gleichzeitig wußte sie auch, daß sie keine andere Wahl hatte.

Ihr Blick fiel auf einen kleinen mattglänzenden Gegenstand, der neben der Tür im Staub lag. Sie hob ihn auf und erkannte im schwachen Mondlicht, daß es sich um eine der Waffen handelte, die sie schon einmal bei Net gesehen hatte – ein gut zwanzig Zentimeter langer, klobiger Stab aus Holz, der sehr schwer war und keine sichtbare Öffnung hatte. Als sie ihn in der Hand drehte, spürte sie ein schwaches Vibrieren, als bewege sich etwas in seinem Inneren.

»Ich würde das weglegen, wenn ich du wäre«, sagte ein dünnes Stimmchen hinter ihr.

Charity schrak zusammen, drehte sich herum und blinzelte überrascht auf Gurk herab, der wie aus dem Nichts hinter ihr aufgetaucht war. Aber sie verbiß sich die Frage, wie zum Teufel er das geschafft hatte.

»Und ich wäre sehr vorsichtig damit«, fügte Gurk hinzu.

»So?« sagte sie nur.

Gurk streckte die Hand aus, nahm ihr den Stab aus den Fingern und schob ihn mit einer ganz und gar *unvorsichtigen* Bewegung unter seinen Gürtel. »Eine primitive Waffe, aber trotzdem ziemlich effektiv«, sagte er. »Der Stab ist hohl, weißt du? In seinem Inneren sind nur ein paar Springmaden.«

»Was ist das?«

Gurk grinste. »Ein paar niedliche kleine Tierchen. Sie stammen von einem Planeten, dessen Namen ich lieber nicht auszusprechen versuche. Ich habe keine Lust, mir die Zunge zu verknoten. Sie sind immer hungrig, weißt du? Wenn du auf den Auslöser drückst, dann wird eine von ihnen freigelassen und stürzt sich auf das erstbeste warmblütige Lebewesen, das es wittert. Sie sind ekelhaft schnell. Und ihr Gift wirkt auf der Stelle.« Er zog eine Grimasse. »Ich muß mit Dad reden. Irgendwann wird noch ein Unglück passieren, wenn Net ihre Waffen weiter einfach so herumliegen läßt.«

Er legte den Kopf schräg und sah Charity nachdenklich an. »Ich weiß, was du denkst«, sagte er.

»So?«

Gurk nickte. Seine dürre Greisenhand deutete auf die Berge im Osten. »Das Mädchen redet Unsinn«, sagte er, in einem sehr ernsten, fast schon besorgten Tonfall, den Charity an ihm noch nicht kannte. »Es ist eine Legende.«

»Woher willst du das wissen?« fragte Charity. Sie hatte eigentlich gar keine Lust, sich mit dem Gnom zu unterhalten, aber sie wollte ihn auch nicht zu brüsk abfertigen.

»Du kannst mir glauben«, sagte Gurk, ohne ihre Frage direkt zu beantworten. »Die Tiefen sind eine Legende.«

»Es ist wohl auch eine Legende, daß diese Welt einmal den Menschen gehört hat, wie?« sagte Charity sarkastisch, aber zu ihrer Überraschung schüttelte Gurk nur den Kopf. Seine gewaltige Größe ließ die Bewegung absurd aussehen; so, als wolle sein Schädel jeden Moment einfach von dem viel zu dürren Hals herunterfallen.

»Nein«, sagte er. »Das ist die Wahrheit.«

»Du weißt . . .«

»Ich bin kein kleingeistiger *Wastelander,«* sagte Gurk beleidigt. »Ich weiß eine Menge. Ich weiß zum Beispiel auch, daß du nicht aus irgendeinem Land kommst, das sie überfallen haben.« Er lachte leise und deutete mit der Hand in den Himmel hinauf. »Woher kommst du wirklich? Von dort? Oder aus der Vergangenheit?«

Diesmal war Charity ehrlich überrascht. Sie schwieg eine ganze

Weile, und Gurk schien deutlich zu spüren, mit wieviel Mißtrauen sie seine Frage plötzlich wieder erfüllte, denn er fügte hinzu:

»Keine Angst, Charity. Abn Gurk Ben Amar Ibn Lot Fuddel der Vierte ist kein Spion Morons. Ich kann im Gegensatz zu Dad und den anderen zwei und zwei zusammenzählen. Es gibt nur diese zwei Möglichkeiten.«

»So?« sagte Charity lauernd.

Gurk nickte heftig. »Ich komme viel herum«, sagte er. »Ich habe eine Uniform wie die, die du da trägst, schon gesehen. Und auch Waffen wie deine. Aber die waren verdammt alt. Deine sehen aus, als wären sie nagelneu.«

»Vielleicht sind sie es«, sagte Charity.

»Woher kommst du?« fragte Gurk noch einmal. Charity antwortete nicht, und nach einer Weile gab er es auf und zuckte mit den Schultern. »Na ja, geht mich auch nichts an. Ich dachte nur, du wärst ein bißchen dankbarer, nach allem, was ich für dich getan habe. Aber die Dankbarkeit ist wohl aus der Mode gekommen.« Er seufzte. »Egal. Jedenfalls solltest du dir den Gedanken aus dem Kopf schlagen, in die Berge zurückzugehen. Die Sharks werden dich kriegen. Und wenn nicht sie, dann die Reiter. Ich glaube, sie suchen dich.«

»Ein Grund mehr, die Tiefen zu finden«, antwortete Charity.

Gurk seufzte übertrieben. »Es gibt sie nicht, verdammt noch mal«, sagte er heftig. »Sie sind eine Legende, mehr nicht.«

»Für mich klingt Nets Beschreibung nicht nach einer Legende«, antwortete Charity gleichmütig. »Eher nach Überlebenden, die es irgendwie geschafft haben, sich in Sicherheit zu bringen.«

Gurk starrte sie an, dann schüttelte er erneut den Kopf. »Das glaubst du nur, weil du es glauben willst«, behauptete er. »Du rennst in dein Verderben, wenn du wirklich in die Berge zurückkehrst. Du solltest nach Süden gehen. Die Ebene ist groß, aber mit der Maschine kannst du es schaffen, wenn du ein bißchen Glück hast.«

»Und dann? Was soll ich dort im Süden?«

»Überleben«, antwortete Gurk ernsthaft. »Dazu bist du doch hier, oder?«

»Und was finde ich dort?« erwiderte Charity. »Dad hat gesagt, daß . . .«

»Dad weiß nicht alles«, unterbrach sie Gurk ungehalten. »Die Ebene ist groß, aber sie reicht nicht bis ans Ende der Welt. Es sind zwei Tage mit deiner Maschine, allerhöchstens zweieinhalb.«

»Bis wohin?« fragte Charity, aber Gurk schwieg. »Wenn du das alles so genau weißt, warum hast du dann vorhin nichts davon erzählt?«

Gurk lachte hart. »Warum sollte ich? Glaubst du, ich tue denen einen Gefallen, wenn ich ihnen erzähle, daß es hinter der Ebene ein Land gibt, in dem sie besser leben können?« Er schüttelte heftig den Kopf. »Mit der Wahrheit würde ich sie umbringen. Sie würden losziehen und irgendwo zugrunde gehen. Der Weg ist gefährlich, und das, was hinter der Ebene liegt, noch gefährlicher. Tödlich für einen *Wastelander.* Du kannst es schaffen. Vielleicht.«

»*Was* schaffen?« fragte Charity ungeduldig. »Was liegt hinter der Ebene, Gurk?«

»Was zahlst du?« sagte Gurk anstelle einer Antwort.

Sekundenlang starrte Charity ihn verstört an, ehe sie begriff. Dann schlug ihre Verwirrung in Zorn um. Wütend streckte sie die Hand aus und versuchte Gurk zu packen, verfehlte ihn aber, weil er mit einer erstaunlich behenden Bewegung zur Seite auswich. »Du kleine, gierige Ratte!« sagte sie drohend. »Du . . .«

»Was willst du?« unterbrach sie Gurk. »Jeder muß leben, nicht? Ich lebe von Informationen – und davon hast du schon genug bekommen, ohne zu bezahlen. Du willst wissen, was hinter der Ebene liegt? Ich weiß es. Also bezahle mich.«

Charity schluckte die wütende Antwort herunter, die ihr auf der Zunge lag. Irgendwie konnte sie Gurk sogar verstehen; was ihren Ärger aber kaum dämpfte.

»Was verlangst du?« fragte sie gepreßt.

Gurk deutete, ohne zu zögern, auf die MP über ihrer Schulter. »Die Waffe da.«

Charity lachte böse. »Die kannst du haben«, sagte sie drohend. »Zwischen die Zähne. Vergiß es.«

Gurk war nicht sonderlich enttäuscht, sondern zuckte nur abermals mit den Schultern. »Einen Versuch war es wert«, sagte er. »Aber gut – gib mir dein Feuerding, und ich verrate dir, wie du die Ebene überwinden kannst. Und was dahinter liegt.«

Für einen Moment war Charity fast versucht, seinem Vorschlag zu folgen. Schließlich – es war nur ein billiges Einwegfeuerzeug, ein Plastikding, das sie für ein paar Cent...

Sie erkannte den Fehler in diesem Gedanken gerade noch rechtzeitig, um die Hand wieder zurückzuziehen, die sie schon nach der Tasche ausgestreckt hatte. »Nein«, sagte sie. Sie drehte sich um, blickte wieder zu den Bergen hinüber und versuchte, sich Nets Worte ins Gedächtnis zurückzurufen. »Sie tragen Kleider wie ich«, murmelte sie. »Und haben Waffen wie ich. Und sie leben unter der Erde...«

Die Worte waren nicht für Gurk bestimmt gewesen, aber er antwortete trotzdem. »Du bist verrückt. Sie werden dich einfach umbringen. Glaubst du, die Leute hier haben umsonst solche Angst vor ihnen? Sie sind tausendmal schlimmer als die Sharks!«

»Ach?« fragte Charity lauernd. »Woher weißt du das? Ich denke, es gibt sie gar nicht?«

Gurk zog eine Grimasse. »Und selbst wenn«, sagte er trotzig. »Du findest sie niemals. Ihr Versteck ist zu gut. Nicht einmal die Sharks haben es geschafft, sie aufzuspüren.«

Charity lächelte. »Und wenn ich nun genau wüßte, wo sie sind?« fragte sie.

Gurk sperrte Mund und Augen auf und starrte sie an. »Du... du weißt...«

»Ich denke schon«, antwortete Charity ruhig. »Jedenfalls weiß ich, wo ich nach ihnen suchen muß.«

»Wo?« fragte Gurk erregt. »Wo sind sie? Verrate es mir!«

»Gerne«, erwiderte Charity freundlich, drehte sich herum und ging wieder in die Scheune. Aber bevor sie die Tür direkt vor Gurk zuwarf, rief sie ihm noch zu: »Sobald wir uns über den Preis geeinigt haben, den dir diese Information wert ist.«

4

Zwei oder drei der ärmlichen Hütten brannten noch immer, als Skudder und Raoul die Siedlung erreichten. Der Wüstenwind trieb die Qualmwolken bereits auseinander, die ihnen im Verlaufe der letzten Stunde den Weg gewiesen hatten. Skudder sah ein halbes Dutzend Maschinen, die auf dem ehemaligen Dorfplatz abgestellt waren, und ein paar andere, die den jenseitigen Ausgang der Schlucht blockierten.

Seine Leute hatten die Siedlung ausgelöscht. Raoul und er hatten fast ein Dutzend Leichen gesehen, zwei von ihnen trugen das schwarze Leder der Sharks. Die *Wastelander* hatten sich verzweifelt zur Wehr gesetzt, aber natürlich hatten sie keine Chance gehabt. Das Dorf war regelrecht ausradiert worden. Skudder glaubte nicht, daß auch nur einer seiner Bewohner überlebt hatte.

Der Anblick erfüllte ihn mit hilflosem Zorn. Er hatte ein Dutzend *Wastelander* getötet, seit er die Führung der Sharks übernommen hatte, und fast ebenso viele seiner eigenen Leute, aber der Anblick des geschleiften Dorfes machte ihm zu schaffen. Diese ganze Aktion war eigentlich sinnlos und überflüssig gewesen.

Mit einem wütenden Tritt auf die Bremse brachte er die Maschine in der Dorfmitte zum Stehen, kippte sie auf den Ständer und sprang aus dem Sattel. Ein paar der Männer – die, die nicht damit beschäftigt waren, die Toten auszuplündern – kamen zögernd näher, und Skudder erkannte erst jetzt, daß es Kinks Gruppe war, die dieses Gemetzel angerichtet hatte.

Wortlos stieß er einen der Männer aus dem Weg, ging mit mächtigen Schritten auf Kink zu und riß ihn grob an der Schulter herum. Kink knurrte wütend; sein Gesicht verzerrte sich zu einer Grimasse, und er ballte die Faust. Dann erkannte er Skudder und ließ die Hand wieder sinken. Skudder bedauerte fast, daß Kink nicht zugeschlagen hatte. Dann hätte er ihm die Lektion erteilen können, die er schon lange verdiente.

»Was ist hier passiert?« fragte er in herrischem Ton. »Hast du diesen Wahnsinn befohlen?«

Kink starrte ihn verwirrt an. Offensichtlich begriff er gar nicht, was Skudder meinte.

»Verdammt noch mal, ich will wissen, was hier passiert ist!« brüllte Skudder ihn an. »Haben sie euch angegriffen, oder was soll das?«

»Angegriffen?« Kink schluckte nervös. »Ich... ich verstehe nicht. Du hast doch selbst gesagt...«

»Ich habe gesagt, ihr sollt das Mädchen suchen«, unterbrach ihn Skudder, nun wieder mühsam beherrscht. »Ich habe gesagt, ihr sollt die *Wastelander* ein bißchen ausquetschen, ja, aber ich habe nicht gesagt, daß ihr sie alle umbringen sollt!«

Raoul berührte ihn am Arm. »Laß ihn«, sagte er beruhigend. »Es ist nun mal passiert.« Er lächelte, gab Kink ein Zeichen zu verschwinden und zog Skudder ein Stück mit sich. »Ich verstehe dich ja«, sagte er sehr leise, damit keiner der anderen ihn verstand, »aber du mußt sie auch verstehen. Es war eine *Wastelanderin*, die dem Mädchen zur Flucht verholfen hat. Und sie hat Den umgebracht. Die Jungs wollen ihre Rache.«

»Das hier ist keine Rache«, sagte Skudder aufgebracht. »Verdammt, ich habe nichts dagegen, die *Wastelander* ein bißchen aufzumischen, aber das ist... ist eine Kriegserklärung.«

Raoul antwortete nicht, Skudder begriff plötzlich, daß Raoul im Grunde sogar recht hatte; zumindest von seinem Standpunkt aus. Wütend riß er sich los, drehte sich herum und lief ein paar Schritte, ehe er wieder stehenblieb.

Er fühlte sich hilflos. Hilflos und aufgebracht und sehr allein. Und er brodelte innerlich vor Zorn, nicht nur auf Kink, der ein Idiot war und es wahrscheinlich einfach nicht besser wußte, sondern auf sich, diese Laird und vor allem auf Daniel, der ihm mit seinem Anruf vor vier Tagen diesen ganzen Mist eingebrockt hatte.

Es dauerte lange, bis er sich wieder so weit in der Gewalt hatte, daß er zu Raoul zurückgehen konnte. Sein Stellvertreter blickte ihn aufmerksam und mit einem unübersehbaren Ausdruck von Sorge an. »Alles wieder in Ordnung?« fragte er.

Skudder nickte, obwohl er es besser wußte. Nichts war in Ordnung, aber das mußte er Raoul nicht breit erklären.

Sie waren noch am vergangenen Abend aufgebrochen, Raoul und er an der Spitze einer gewaltigen Kolonne von fast hundert Maschinen. Er hatte beinahe die Hälfte seiner Leute mitgenommen

– völlig absurd, wenn er bedachte, daß sie eine einzelne Frau suchten! Aber es hing sehr viel davon ab, daß sie sie auch fanden.

Doch bisher gab es nicht einmal eine Spur von ihr. Sie hatten sich aufgeteilt, kaum daß sie die Ebene erreicht hatten, und Skudder selbst hatte zusammen mit Raoul vier oder fünf *Wastelander*-Familien aufgestöbert. Niemand aber hatte die fremde Frau gesehen, nach der sie suchten, und Skudder war ziemlich sicher, daß sie die Wahrheit gesagt hatten. Raoul und er waren bei ihren Nachforschungen nicht gerade zimperlich vorgegangen.

»Haben sie wenigstens irgend etwas erfahren?« fragte er, noch immer zornig, aber äußerlich wieder beherrscht.

Raoul schüttelte den Kopf. »Nein. Niemand hat eine Fremde gesehen oder von ihr gehört. Wir müssen weitersuchen.«

»Verdammt, wir können nicht jeden *Wastelander* in der Gegend umbringen«, sagte Skudder. »Sie muß hier irgendwo sein.«

»Es sei denn, sie ist wieder zurück in die Berge gelaufen«, sagte Raoul.

Skudder überlegte einen Moment, dann schüttelte er den Kopf. »Nein«, sagte er überzeugt. »So dumm ist sie nicht. Sie würde wissen, daß sie dort keine Chance hat. Sie *muß* hier irgendwo sein.« Einen Moment lang sah er Raoul nachdenklich an, dann machte er eine entschlossene Kopfbewegung nach Osten, zu den Bergen hin.

»Such ein paar zuverlässige Jungs aus«, sagte er. »Wir fahren zurück. Vielleicht finden wir eine Spur.«

»Sie kann schon hundert Meilen weit weg sein«, gab Raoul zu bedenken. »Dens Maschine war fast vollgetankt.«

»Ich weiß«, knurrte Skudder. »Aber ich finde sie. Ganz egal, wo sie sich versteckt.« Er hatte nicht mehr viel Zeit. Von den zweiundsiebzig Stunden, die Daniel ihm gegeben hatte, waren bereits vierundzwanzig verstrichen. Und Daniel war niemand, der mit sich handeln ließ.

Die *Wastelander* pflegten im Morgengrauen aufzustehen. Charity hatte das Gefühl, gerade erst eingeschlafen zu sein, als Net sie weckte und ins Haus brachte, wo ein Frühstück auf sie wartete, das ihr ärmlich vorkam, für diese Leute hier wahrscheinlich aber eher fürstlich war. Sie vermißte Gurk am Tisch, aber auf ihre Frage antwortete Dad nur, daß er schon sehr früh weggegangen wäre. Nach dem Frühstück verabschiedete Charity sich. Sie hatte das sichere Gefühl, daß Dad und die anderen sie nicht ungern gehen ließen. Trotzdem hatte sie das heftige Bedürfnis, sich bei den *Wastelandern* erkenntlich zu zeigen. Und obwohl sie wußte, daß sie es bald schon bereuen würde, zog sie zum Abschied ihr Feuerzeug aus der Tasche und schenkte es Mom.

Die *Wastelanderin* starrte sie ungläubig an, während sie das kleine weiße Plastikding in ihre Hand fallen ließ. »Sei sparsam damit«, sagte Charity. »Es hält nicht ewig.« Dann drehte sie sich herum und lief aus dem Haus.

Bob hatte die Harley bereits aus dem Schuppen geholt und ihr Gepäck auf dem Rücksitz verstaut; inklusive des Lasergewehrs, das er mit Stricken so fest an den Gepäckträger gebunden hatte, daß sie eine Stunde brauchen würde, um es wieder loszubekommen. Sie lächelte ihm dankbar zu, ehe sie sich in den Sattel schwang und davonfuhr.

Sie entfernte sich in südlicher Richtung von der Farm, aber sie fuhr nur so weit, daß sie sicher sein konnte, von dort aus nicht mehr gesehen zu werden, dann bog sie vom Weg ab und hielt wieder auf die Berge zu.

Sie war sich der Tatsache völlig bewußt, wie verrückt ihr Vorhaben war. Sie war keineswegs davon überzeugt, die Tiefen wirklich zu finden. Vielleicht waren sie wirklich nur eine Legende. Gurk hatte vollkommen recht: Menschen in Not, Menschen, die unterdrückt oder gejagt wurden, erfanden sich immer einen Retter, der die Erlösung versprach und es etwas leichter machte, ihr Leiden durchzustehen. Aber wenn es sie gab, dann ließ Nets Beschreibung nur den Schluß zu, daß es sich um Überlebende handelte, Menschen wie sie, die es irgendwie geschafft hatten, sich einen Teil der alten Zivilisation zu bewahren. Auch die Vermutung, daß sie aus irgendwelchen sagenumwobenen Tiefen stammten, paßte. Schließlich befand sich unter den Bergen das ehemals größte und sicherste Bunkersystem der Welt.

In das die Fremden eingedrungen waren und das sie systematisch in Trümmer gelegt hatten, kurz bevor du in den Tank gestiegen bist, wisperte eine Stimme hinter ihrer Stirn.

Sie verscheuchte den Gedanken. Verdammt, sie wußte selbst,

wie klein die Chance war, irgendwo auf Hilfe zu stoßen; sie brauchte ihr boshaftes Unterbewußtsein nicht, um sich daran zu erinnern.

Eine Felsgruppe tauchte vor ihr aus der Ebene auf; ein idealer Aussichtspunkt. Charity hatte ihre unheimliche Beinahe-Begegnung vom vergangenen Morgen nicht vergessen. Vorsichtig umkreiste sie den Felsen einmal und hielt schließlich auf der Schattenseite an. Den Felsen zu erklimmen war schwerer, als sie geglaubt hatte, denn seine Oberfläche war spiegelglatt und fühlte sich unter ihren Händen wie poliertes Glas an. Sie war völlig außer Atem, als sie es endlich geschafft hatte, und brauchte zwei oder drei Minuten, um wieder zu Kräften zu kommen. Obwohl sie seit nicht einmal einer halben Stunde unterwegs war, war ihre Kehle schon wie ausgetrocknet; die Hitze war schon jetzt drückend. Für die heißesten Stunden des Tages würde sie sich ein Versteck suchen müssen.

Sie setzte den Feldstecher an. Das monotone Braun der verbrannten Ebene glitt hundertfach vergrößert an ihr vorbei, nur dann und wann unterbrochen durch eine Spalte, einen Felsen oder – sie hielt den Atem an. Der Spur, die ihr Motorrad im Sand hinterlassen hatte, folgte eine sonderbare, abscheuliche Kreatur. Der Anblick jagte ihr einen eisigen Schauer über den Rücken. So ein Ungeheuer hatte sie noch nie zuvor zu Gesicht bekommen. Es kroch ihr nach, und es war ziemlich groß. Ganz entfernt erinnerte es Charity an ein Gila-Monster, es war aber keine Echse, sondern eher ein Insekt, denn seine Haut war glänzend und hart und in mehrere ungleich große Segmente unterteilt. Seine Beine – sechs insgesamt – schritten träge und abrupt voran. Der Kopf des Wesens war eine glotzäugige Scheußlichkeit, über der sich zwei dürre Antennenfühler unablässig hin und her bewegten. Kein Zweifel war möglich, das Wesen verfolgte sie. Aber mit ihrer schnellen Harley würde sie es vermutlich abschütteln können.

Langsam schwenkte sie das Glas weiter, betrachtete einen Moment lang einen anderen, bizarren Umriß – der sich allerdings bei genauerem Hinsehen nur als Felsbrocken herausstellte – und ließ den Blick weiter über die Ebene wandern.

Dann entdeckte sie Rauch.

Schwere, schwarze Qualmwolken stiegen am Horizont auf; ohne den Feldstecher hätte sie sie wahrscheinlich nicht einmal bemerkt.

Irgendwo in der Ferne glaubte sie auch Flammen zu sehen – genau dort, wo Dads Farm lag.

Charity sprang mit einem Fluch auf, kletterte hastig vom Felsen herunter und schwang sich wieder auf die Maschine. Ohne auch nur eine Sekunde zu zögern, startete sie die Harley, fuhr los und brachte sie gleich darauf mit einer abrupten Bewegung wieder zum Stehen. Sie vergeudete fast eine Minute damit, an den Knoten herumzuzerren, mit denen Bob ihr Lasergewehr festgebunden hatte, ehe sie endlich ihr Messer zog, um die Stricke kurzerhand durchzuschneiden. Hastig hängte sie sich die Waffe über die Schulter, stieg wieder auf das Motorrad und raste weiter. Die schwarzen Qualmwolken, die sie bald schon mit bloßem Auge sah, wiesen ihr den Weg. Ihre schlimmsten Befürchtungen wurden noch übertroffen. Es war nicht nur das Haupthaus, das Feuer gefangen hatte – die gesamte Farm brannte wie ein übergroßer Scheiterhaufen.

Charitys Beklemmung wurde zu einer Mischung aus Entsetzen und Wut, als sie die vier schweren Motorräder entdeckte, die vor dem brennenden Wohnhaus abgestellt waren. Sharks. Sie waren zurückgekommen. Irgendwie hatten sie es geschafft, in dieser Einöde ihre Spur zu verfolgen. Wahrscheinlich hatten sie alle umgebracht. Und es war ihre Schuld!

Rücksichtslos gab sie Gas und raste auf die Farm zu. Sie erkannte zwei, drei Gestalten in schwarzem Leder, die sich wie schreckliche Dämonenfiguren vor dem lodernden Feuer abhoben, und sie sah auch, wie sich zwei von ihnen überrascht umwandten, als sie ihre Harley hörten. Einer hob die Hand, zum Zeichen, daß sie langsamer fahren sollte. Er schien sie für einen Shark zu halten.

Aber Charity bremste nicht ab, sie gab Gas, schaltete im letzten Moment brutal herunter und ließ die Kupplung los; die Harley-Davidson machte einen gewaltigen Satz, der Hinterreifen drehte durch, und das Vorderrad krachte gegen den völlig überrumpelten Shark.

Der Aufprall schleuderte Charity aus dem Sattel, aber damit hatte sie gerechnet, und ganz plötzlich waren ihre Reaktionen wieder da, so schnell und präzise, wie sie es gewohnt war. Sie fiel, rollte sich ab und rammte dem zweiten Shark beide Füße in den Leib. Der Mann brach zusammen und blieb reglos liegen.

Als sich Charity benommen in die Höhe stemmte, stürmte der dritte Shark heran.

Sie ließ ihm keine Chance. Blitzschnell nahm sie den Laser von der Schulter, legte auf ihn an und drückte ab. Ein kaum nadeldünner, rubinroter Lichtblitz, im grellen Licht des Feuers beinahe unsichtbar, durchbohrte das Bein des Sharks und brachte ihn zu Fall. Die Waffe war nicht auf eine tödliche Wirkung eingestellt gewesen, aber der Schock würde den Mann für Stunden betäuben. Trotzdem lief sie mit zwei, drei schnellen Schritten auf ihn zu und stieß ihn grob mit dem Gewehrlauf an, ehe sie es wagte, sich herumzudrehen und nach dem letzten verbliebenen Shark Ausschau zu halten.

»Bravo«, sagte eine Stimme hinter ihr. »Saubere Arbeit.«

Charity fuhr erschrocken herum und hob die Waffe. Aber sie drückte nicht ab. Hinter ihr, gut zwanzig Meter entfernt, vor der brennenden Scheune, stand der vierte Shark, und obwohl sie ihn vor dem Hintergrund der lodernden Flammen kaum erkennen konnte, ließ sein Anblick sie erschauern.

Er war sehr groß und muskulös. Sein Gesicht war unter einem schwarzen Helm verborgen, aber Charity glaubte, seinen Blick selbst durch das abgedunkelte Visier hindurch zu spüren. Sie wußte plötzlich, daß sie dem Anführer der Sharks gegenüberstand.

»Erschießt du mich mit dem Ding da, wenn ich mich bewege?« fragte der Shark. Seine Stimme klang fast spöttisch. »Es ist heiß hier. Ich würde gerne ein paar Schritte zur Seite treten.«

Charity antwortete nicht, aber sie machte eine entsprechende Bewegung mit dem Laser, und der Shark trat vier, fünf Schritte vom Feuer weg. Sie erkannte jetzt, daß er ein kurzstieliges Beil in der rechten Hand trug. Eine ekelhafte Waffe, aber keine, die ihr Kopfzerbrechen bereiten mußte.

»Du mußt Laird sein«, sagte der Shark, nachdem er wieder stehengeblieben war.

Charity war verblüfft. »Du kennst meinen Namen?«

»Wie du siehst.« Ein leises, spöttisches Lachen drang unter dem Helm hervor. »Du hättest dir eine Menge Ärger ersparen können, wenn du gleich zu mir gekommen wärst«, fuhr er fort.

»Was... willst du von mir?« fragte Charity verstört. »Woher

weißt du meinen Namen, und wer ...« Sie stockte, sah sich unsicher nach beiden Seiten um und machte eine befehlende Geste mit dem Gewehr. »Nimm den Helm ab«, sagte sie. Es machte sie nervös, das Gesicht ihres Gegenübers nicht sehen zu können, während sie mit ihm sprach.

Der Shark gehorchte schweigend, wobei er allerdings nur eine Hand benutzte. Die rechte hielt noch immer die Axt, während er den Helm achtlos vor sich in den Sand warf.

»Zufrieden?« fragte der Shark spöttisch.

Charity wußte nicht, ob sie *zufrieden* mit dem war, was sie sah – auf jeden Fall war sie überrascht. Der Shark war ziemlich jung, vielleicht Anfang Dreißig. Sein Gesicht wirkte nicht einmal unsymphatisch, wenn auch sehr hart, und es kam ihr zugleich fremdartig und sonderbar vertraut vor. Sein Haar glänzte im tiefsten Schwarz, das Charity jemals gesehen hatte.

»Ich bin Skudder«, sagte der Shark plötzlich, in einer Art, als erwarte er, daß dieser Name Charity irgend etwas sagte. »Und du mußt Laird sein. Warum hast du meine Leute umgebracht?«

Statt zu antworten, deutete Charity auf den brennenden Hof. »Warum habt ihr diese Leute hier umgebracht?«

»Umgebracht?« Skudder lächelte gefühllos. »Wir haben niemanden umgebracht«, sagte er. »Sie waren ... nicht besonders kooperativ, so daß wir ihnen ein bißchen einheizen mußten. Aber sie leben noch. Und wenn du vernünftig bist, dann bleibt das auch so.«

Charitys Gedanken überschlugen sich fast. Sie glaubte ihm kein Wort, aber es war immerhin *möglich*, daß er die Wahrheit sagte – was nichts anderes bedeuten würde, als daß sie Dad und seine Familie zum Tode verurteilte, wenn sie auch nur den winzigsten Fehler beging. Aber wenn auch nur die Hälfte von dem stimmte, was Net und die anderen ihr über die Sharks erzählt hatten, dann würden sie sowieso sterben.

»Was willst du von mir?« fragte sie.

»Ich?« Skudder schüttelte lächelnd den Kopf. »Nichts. Jemand möchte dich sprechen. Ich habe nur den Auftrag, dich zu ihm zu bringen. Lebend.«

»Jemand? Wer?«

Skudder schwieg und lächelte, und es war dieses Lächeln, das

Charity irritierte. Dieser Skudder war entweder völlig verrückt – oder er fühlte sich absolut sicher. Weder die eine noch die andere Möglichkeit gefiel ihr besonders.

»Und wenn ich nun keine Lust habe, mitzukommen?« fragte sie. »Du kannst mich nicht zwingen.«

»Bringt das Mädchen«, sagte Skudder ruhig. Die Worte galten nicht ihr, sondern irgend jemandem hinter Charity, und sie widerstand im letzten Moment der Versuchung, sich herumzudrehen. Ob es nun ein Trick war oder nicht, solange sie den Laser auf Skudders Brust richtete, war sie relativ sicher.

Es war kein Trick. Hinter ihr wurden Schritte laut, dann tauchten zwei Sharks vor ihr auf, die ein zappelndes Bündel hinter sich herschleppten. Obwohl Net an Händen und Füßen gefesselt war, schienen die beiden Mühe zu haben, sie zu halten.

»Nun?« sagte Skudder ruhig. »Glaubst du immer noch, daß ich dich nicht zwingen könnte? Ein Wort von mir genügt, und die Jungs töten sie. Sie freuen sich schon darauf.«

»Dann erschieße ich dich«, sagte Charity entschlossen.

»Das würde auch nicht viel ändern«, erwiderte der Shark. »Das Mädchen wäre tot, und die Jungs würden dich fertigmachen. Gib auf. Es ist genug Blut geflossen.«

Sie wollte Net und ihre Familie nicht zum Tode verurteilen, aber verdammt, was sollte sie tun?

Skudder schien ihre Gedanken zu erraten, denn er lächelte wissend und kam einen Schritt näher, blieb aber sofort wieder stehen, als Charity drohend mit dem Gewehr fuchtelte. »Du traust mir nicht«, sagte er seufzend. »Das verstehe ich sogar. Aber du mußt keine Angst haben. Wir sollen dich lebend zu Daniel bringen.«

»Daniel? Wer ist das?« Charity fragte eigentlich nur, um Zeit zu gewinnen.

Skudder zuckte mit den Achseln. »Das weiß ich so wenig wie du. Also – wie lange willst du noch da stehen und auf mich zielen? Bis dir die Arme einschlafen?«

Charity sah sich fast verzweifelt um. Außer Skudder und den beiden, die Net hielten, waren noch zwei weitere Sharks auf der Bildfläche erschienen. Jede der Maschinen, die links von ihr standen, mußte mit zwei Mann besetzt gewesen sein.

»Ich komme nicht mit«, sagte sie. »Und ihr werdet auch das Mädchen loslassen, oder ...«

»Oder?« fragte Skudder lauernd.

Anstelle einer Antwort schwenkte Charity blitzschnell das Gewehr herum, jagte einem der Sharks, die Net hielten, einen Laserstrahl ins Bein und richtete die Waffe sofort wieder auf Skudder. Der Verletzte brüllte auf, kippte mit einer fast komisch anmutenden Bewegung zur Seite und blieb stöhnend liegen.

»Oder ich erschieße dich«, sagte sie ernst. »Es macht mir nichts aus, Skudder. Mit den drei Figuren da werde ich fertig.«

Skudder antwortete nicht, aber in seinen dunklen Augen glomm Wut auf. Und dann tat er das, was Charity am allerwenigsten erwartet hätte. Rasch hob er den Arm und winkte die beiden Männer zurück, die, als Charity schoß, zu ihren Waffen gegriffen hatten. »Nicht«, sagte er. »Laßt sie. Sie hat recht. Sie würde euch Narren umbringen.«

»Du ... läßt uns gehen?« fragte Charity ungläubig.

Skudder nickte. »Ja. Aber wir sehen uns wieder. Laßt das Mädchen los.«

Die Worte galten dem Shark, der Net festhielt. Er zögerte, griff dann aber gehorsam nach seinem Messer und schnitt Nets Fesseln durch. Net fiel mit einem erschöpften Keuchen auf die Knie, rappelte sich unsicher wieder auf.

»Sieh zu, ob du die Maschine aufrichten kannst«, sagte Charity zu ihr. »Schnell.« Gleichzeitig machte sie ein paar Schritte rückwärts, richtete den Laser auf die Motorräder, mit denen die Sharks gekommen waren, und drückte auf den Auslöser, nachdem sie die Waffe auf volle Leistungsstärke eingestellt hatte. Ein fingerdicker, rubinroter Strahl traf den Tank der ersten Harley.

Das Motorrad explodierte. Die Wucht der Detonation ließ die drei anderen Maschinen umkippen wie hintereinander aufgestellte Dominosteine. Das Feuer griff rasch auf sie über.

»Nur, damit wir uns nicht zu schnell wiedersehen«, sagte Charity freundlich. Skudder starrte sie an und schwieg. Nur der Zorn in seinen Augen loderte heftiger.

»Ich schaffe es nicht allein!« rief Net. Ihre Stimme klang eindeutig verzweifelt. »Hilf mir!«

Charity nickte, bewegte noch einmal drohend die Waffe und ging rückwärts auf sie zu.

Sie kam nur ein paar Schritte weit. Ihr Fuß stieß gegen den Körper des bewußtlosen Shark, den sie niedergeschossen hatte, sie machte einen hastigen Schritt – und schrie erschrocken auf, als sich eine Hand um ihren Knöchel schloß und mit furchtbarer Kraft zupackte.

Trotzdem reagierte sie mit fast übermenschlicher Schnelligkeit. Sie versuchte nicht, sich loszureißen, sondern drehte sich herum und schlug dem Shark den Gewehrkolben in den Nacken. Der Mann verlor zum zweiten Mal das Bewußtsein, und Charity wirbelte abermals herum und richtete die Waffe wieder auf Skudder und die anderen.

Aber so schnell sie auch war, Skudder war schneller. Er versuchte nicht, sich auf sie zuzustürzen wie die drei anderen Männer, sondern ließ sich einfach zur Seite fallen, einen Sekundenbruchteil, bevor Charitys Waffe einen zweiten, tödlichen Laserblitz in seine Richtung spie, und gleichzeitig sauste sein rechter Arm vor. Das Beil glitt aus seiner Hand und jagte mit tödlicher Präzision auf Charity zu.

Sie versuchte noch, der Axt auszuweichen, aber schon während sie es tat, wußte sie, daß sie es nicht schaffen würde.

Die Axt traf ihre linke Schulter, in ihrem Körper entflammten furchtbare Schmerzen, und dann verlor sie das Bewußtsein.

»Das war verdammt knapp«, sagte Raoul leise, während er sich vollkommen aufrichtete. »Alles in Ordnung?«

In Ordnung? Skudders Blick glitt über das Schlachtfeld, in das Laird den Farmhof verwandelt hatte. Ein Toter, drei Verletzte, vier Maschinen Totalschaden, zwei tote *Wastelander* – nein, dachte er grimmig; nichts war in Ordnung. Eine einzelne Frau gegen Skudder und sieben seiner Männer, und sie hatten pures Glück gehabt, daß sie sie nicht alle erledigt hatte!

»Ich werde ein paar ernste Worte mit Daniel reden«, knurrte er. »Er hätte mich vor dieser Frau warnen müssen!« Er schüttelte zornig den Kopf, hob seinen Tomahawk auf und schob ihn mit einer ärgerlichen Bewegung unter den Gürtel; erst dann beugte er sich zu der Bewußtlosen herab und untersuchte sie flüchtig. Ihr Puls ging ruhig und gleichmäßig, ihre linke Schulter begann bereits anzuschwellen, aber es schien nichts gebrochen zu sein. Skudder war erleichtert. Er hätte Daniel ungern einen halben Leichnam ausgeliefert. Der Statthalter Morons verstand manchmal erstaunlich wenig Spaß.

»Fesselt sie«, sagte er. »Und sorgt dafür, daß sie nicht so schnell aufwacht. Aber seid vorsichtig. Ich will nicht, daß sie verletzt wird.« Er richtete sich auf, sah wie Kink und einer der Männer herbeieilten, um seinem Befehl nachzukommen, und wandte sich wieder an Raoul. Erst jetzt fiel ihm wieder ein, daß auch sein Stellvertreter nicht ganz ungeschoren davongekommen war.

»Was ist mit dir?« fragte er. »Alles wieder okay?«

Raoul verzog das Gesicht zu einem schmerzhaften Lächeln. »Halb so wild«, log er. »Solange ich nicht laufen muß, wird mir die Wunde keine Schwierigkeiten machen.«

»Laß mich dein Bein sehen«, verlangte Skudder. Raoul wollte abwinken, aber Skudder packte ihn einfach am Arm, zwang ihn, sich zu setzen und riß sein Hosenbein bis über das Knie auf. Raoul stöhnte leise.

Die Wunde war nicht sehr viel größer als ein Nadelstich, aber das Fleisch ringsum war ziemlich angeschwollen, und sein Bein fühlte sich hart wie Eisen an. Skudder drehte Raouls Bein behutsam und sah, daß der nadeldünne Lichtstrahl seine Wade glatt durchschlagen hatte. Er sah auf, blickte einen Moment lang zu den brennenden Maschinen hinüber, und schauderte. Plötzlich war er sehr froh, daß er Lairds Schuß um Haaresbreite entgangen war.

»Das ist ein bißchen mehr als ein Kratzer«, sagte er ernst. »Sieht nicht gut aus.«

Raoul zuckte mit den Schultern und zog das Bein vorsichtig zurück. »Fühlt sich auch nicht besonders gut an«, gestand er. »Ich möchte wissen, was das für ein Teufelsding war.«

Gegen seinen Willen mußte Skudder lachen. Kopfschüttelnd beugte er sich zur Seite, angelte nach Charitys Laser und hob ihn mit einer fast ehrfürchtigen Bewegung auf. Vorsichtig drehte er ihn in den Händen. Die Waffe ähnelte auf den ersten Blick einem Kleinkalibergewehr, aber sie war überraschend leicht und bestand nicht aus Metall und Holz, sondern aus einem Kunststoffmaterial, wie

Skudder es noch niemals gesehen hatte. Statt in einer Mündung endete der Lauf in einem fingerlangen Rohr aus Glas, in dem ein dunkelrotes, ganz sanft pulsierendes Licht glomm, und wo der Abzug sein sollte, befand sich ein roter Knopf; dicht daneben eine Art Rad, das wohl dazu diente, die Leistungsstärke der Waffe zu regulieren. Skudder war verwirrt. Er hatte schon Strahlenwaffen gesehen – aber diese Waffe unterschied sich völlig von denen, die die Moroni benutzten.

Dann begriff er. Diese Waffe war auf der Erde gebaut worden. Von Menschen und für Menschen. Verwirrt legte er die Waffe neben sich in den Sand und half Raoul dabei, wieder aufzustehen. Mit der freien Hand deutete er auf die Harley, mit der Laird gekommen war. »Du nimmst die Maschine und fährst zum Lager zurück«, sagte er. »Laß dein Bein verarzten. Bart kann dich fahren.«

»Dann habt ihr kein Fahrzeug«, gab Raoul zu bedenken.

»Unsinn«, widersprach Skudder. »Wir können sowieso nicht zu fünft auf einer einzigen Kiste fahren, oder?« Er klopfte mit der Hand auf das kleine Funkgerät, das in seinem Gürtel steckte. »Wir warten auf die anderen. Und du schickst Matt mit dem Wagen her, sobald du im Lager angekommen bist. Und jetzt verschwinde.«

Raoul wollte abermals widersprechen, aber Skudder brachte ihn mit einer fast herrischen Geste zum Verstummen. »Du tust, was ich sage.«

Raoul nickte. »Vielleicht hast du recht«, murmelte er. Vorsichtig machte er einen Schritt, sog hörbar die Luft zwischen den Zähnen ein und schüttelte mit einem gequälten Lächeln den Kopf.

»Nein«, verbesserte er sich. »Du hast recht. O verdammt, tut das weh.« Er stöhnte und bewegte vorsichtig sein Bein. Skudder ging dicht neben ihm her, um ihn nötigenfalls auffangen zu können, falls er stürzte. Raoul blieb abermals stehen, als sie an der bewußtlosen Laird vorbeikamen.

»Ich möchte nur wissen, warum sie das getan hat«, murmelte Raoul plötzlich.

»Was?«

Raoul deutete auf die Berge im Osten. »Wir hätten sie nie eingeholt«, sagte er überzeugt. »Aber sie ist freiwillig zurückgekommen. Das ist doch verrückt.«

»Vielleicht hat sie das Feuer gesehen«, vermutete Skudder.

»Und ist zurückgekommen, um den *Wastelandern* zu helfen?« Raoul schüttelte den Kopf. »Das ergibt keinen Sinn. Sie kann doch unmöglich geglaubt haben, allein mit uns allen fertig zu werden.«

»Beinahe hätte sie uns erledigt«, antwortete Skudder ruhig. »Wenn du sie nicht abgelenkt hättest . . .«

»Weißt du, was die Kleine erzählt hat?« fragte Raoul mit einer Geste auf Net. Skudder schüttelte den Kopf, und Raoul fuhr fort: »Sie behauptet, Laird wäre auf dem Weg zurück in die Berge gewesen. Um die Tiefen zu suchen.«

»Blödsinn«, knurrte Skudder. »Aber ich werde sie danach fragen, wenn sie aufwacht. Und jetzt verschwinde. Fahr los und sieh zu, daß der Laster hierherkommt. Ich habe keine Lust, hier zu übernachten.« Reglos sah er zu, wie Raoul auf die Maschine zuhumpelte und sich mühsam in den Sattel zog, nachdem Bart vor ihm Platz genommen und den Motor gestartet hatte. Erst nachdem die beiden außer Sicht waren, drehte er sich herum und winkte Kink zu sich. Raoul war ein wenig überrascht gewesen, als Skudder darauf bestanden hatte, ausgerechnet diesen Psychopathen mitzunehmen – aber Skudder war einfach wohler dabei, ihn im Auge zu haben.

»Was machen wir mit der *Wastelanderin*?« erkundigte sich Kink. Skudder sah einen Moment lang nachdenklich zu Net hinüber, die – jetzt wieder an Händen und Füßen gefesselt – ein Stück abseits saß und ihn und Kink abwechselnd aus Augen anstarrte, in denen sich panische Angst und nackte Mordlust mischten.

»Wir nehmen sie mit«, bestimmte er nach kurzem Überlegen. »Vielleicht gibt es noch das eine oder andere, was sie uns erzählen kann.«

Kink schien widersprechen zu wollen, beließ es aber dann bei einem kaum angedeuteten Nicken und starrte zu Boden.

»Wolltest du etwas sagen?« fragte Skudder scharf.

»Sie hat Den erledigt«, antwortete Kink zögernd.

»Ach?« machte Skudder lauernd. »Sagt sie das?«

»Nein«, gestand Kink. »Aber ich weiß es. Und du auch. Es war Garth' Maschine, oder? Und . . .«

»Wenn es so ist«, unterbrach ihn Skudder scharf, »dann finden wir es noch früh genug heraus. Wir nehmen sie mit. Und du rührst sie nicht an, verstanden? Übrigens – was ist mit dem Jungen?«

fügte er hinzu, ehe Kink abermals widersprechen konnte. »Habt ihr ihn erwischt?«

Kink senkte den Blick noch weiter und schüttelte den Kopf. »Er war zu schnell«, gestand er. »Aber ich kriege ihn, wenn du es willst. Zu Fuß hat er keine Chance.«

»Idiot«, sagte Skudder ruhig. Er zog das Funkgerät aus dem Gürtel und drückte es Kink in die Hand. »Versuch mal, einen der anderen zu erreichen. Ich fühle mich nicht besonders wohl hier draußen, solange ich nicht weiß, ob im nächsten Moment nicht eine ganze Armee rachedurstiger *Wastelander* hier auftaucht.«

Kink nahm das Funkgerät und ging. Skudders Befürchtungen waren keineswegs aus der Luft gegriffen. Einer der *Wastelander* war entkommen, und vielleicht schaffte er es tatsächlich, irgendwo Verstärkung zu holen.

Seufzend drehte er sich um, nahm Charitys Gewehr, um es sich über die Schulter zu hängen, und ging dann noch einmal zu seiner bewußtlosen Gefangenen hinüber. Trotz des blutigen Kratzers auf ihrer Stirn sah sie sonderbar friedlich aus, wie sie so dalag; fast, als schliefe sie. Und ihr Gesicht wirkte . . .

Es fiel Skudder schwer, sich darüber klarzuwerden, welche Gefühle ihr Anblick wirklich in ihm auslöste. Er war verwirrt. Sie war eine hübsche Frau – keine Schönheit, aber sehr hübsch, fast noch ein bißchen mädchenhaft, obwohl sie älter sein mußte als er. Und doch haftete ihrem Gesicht eine eigentümliche Strenge an. Wer war sie? Und warum war sie so wichtig, daß Daniel all seine Macht ausspielte, um sie in seine Gewalt zu bringen?

Er bedauerte fast, Kink den Befehl gegeben zu haben, sie zu betäuben. Es gab eine Menge, was er sie fragen wollte.

Kink erreichte niemanden mit seinem Funkgerät, was Skudder nicht besonders überraschte; die kleinen Walkie-talkies, die Daniel ihnen zur Verfügung gestellt hatte, besaßen weder eine sehr große Reichweite, noch waren sie besonders zuverlässig. Aber eine halbe Stunde später stieß eine der anderen Gruppen von sich aus zu ihnen, und Skudder begann sich wieder ein wenig sicherer zu fühlen.

Etwa eine Stunde vor Mittag brachen sie auf, obwohl es vielleicht klüger gewesen wäre, auf Raoul und den Lastwagen zu warten; die Maschinen waren völlig überladen, und die drei reglosen Gestalten, die sie auf den Satteln festbinden mußten, machten die Sache auch nicht gerade leichter. Sie fuhren etwa eine Stunde, ehe der Truppführer plötzlich langsamer wurde und schließlich anhielt. Die Kolonne kam schwerfällig zum Stehen, nur Skudder lenkte seine Maschine neben den ersten Shark und sah ihn fragend an. »Was ist los?«

Der Mann hob den Arm und deutete nach Norden. Skudder folgte der Bewegung – und fuhr erschrocken zusammen.

Ein bizarrer Schatten bewegte sich in einiger Entfernung auf sie zu, aber Skudder wußte gleich, um was es sich handelte.

»Ein *Reiter*?« murmelte er verwirrt und alarmiert zugleich. »Verdammt, was bedeutet das?«

Die gewaltige Käferkreatur kam rasend schnell näher, sie hielt genau auf den Motorradkonvoi zu. Skudder gab den anderen ein Zeichen, die Motoren abzustellen, er selbst stieg von seiner Maschine ab und ging dem Reiter ein Stück entgegen.

Es vergingen kaum fünf Minuten, bis aus dem schwarzen Umriß ein elefantengroßes, glänzendes Insekt geworden war. Skudder mußte sich mit aller Macht beherrschen, um nicht ganz instinktiv zurückzuweichen, als der Reiter auf ihn zupreschte. Obwohl er ihre Nähe gewohnt war, erschreckte ihn der Anblick der riesigen Reitinsekten so sehr wie am ersten Tag.

Mit einem unbeschreibbaren Unbehagen sah Skudder zu dem Reiter hinauf, der im Nacken des Käfers hockte. Er bemerkte erst jetzt, daß er nicht allein war. Hinter der schmalen, vierarmigen Gestalt erhob sich eine zweite, sehr viel kräftigere, die allerdings auch sehr viel mehr Mühe hatte, sich auf dem glatten Chitinpanzer festzuklammern.

Skudder fuhr überrascht zusammen, als er erkannte, wer es war. »Raoul!?«

Der *Reiter* preschte weiter heran, kam zwei Meter vor Skudder mit einer abrupten Bewegung zum Stehen und musterte ihn einen Augenblick lang aus seinen riesigen, dunkelroten Facettenaugen; ein Blick, der Skudder erschaudern ließ. Zwei, drei endlose Sekunden lang schwebte der gigantische Kopf mit den mörderischen Mandibeln fast direkt vor seinem Gesicht, dann bewegte sich die

Riesenkreatur ein Stück zur Seite und knickte gleichzeitig in den beiden vorderen Beinpaaren ein, um ihrem Reiter ein bequemeres Absteigen zu ermöglichen. Der Moroni blieb reglos in ihrem Nacken sitzen, aber Raoul ließ sich mit einem erleichterten Seufzer vom Rücken des Riesenkäfers sinken und humpelte auf ihn zu. Irgend etwas an diesem Humpeln erweckte Skudders Mißtrauen. Er wirkte nicht echt, fast, als wäre Raouls Verletzung längst geheilt. Aber das war natürlich unmöglich. Skudder verscheuchte den Gedanken.

»Was . . . was bedeutet das . . .?« fragte er verwirrt.

»Wir sind ihm auf halber Strecke begegnet«, unterbrach ihn Raoul, in einem Tonfall, der Skudder fast mehr alarmierte als der Anblick des Reiters selbst. »Ich soll dir etwas ausrichten.«

»Ausrichten?« Skudder sah erst ihn, dann den Moroni verstört an. Er verstand überhaupt nichts mehr. »Von wem?«

»Von Daniel.«

5

Ihre linke Körperhälfte war immer noch gefühllos, als sie erwachte. Es war Nacht, und sie lag neben einem auflodernden Feuer, das eine karge, aus Felsen und Büschen bestehende Landschaft erhellte. Es war nicht nur der Schlag gewesen, der ihr so lange das Bewußtsein geraubt hatte. In ihrem Mund und ihrer Nase war ein widerwärtiger Geschmack, der ihr verriet, daß Skudder außer einer Axt auch noch eine Flasche Chloroform mit sich herumschleppen mußte.

Charity versuchte sich zu bewegen, aber es ging nicht. Sie war an Händen und Füßen gefesselt, und selbst, wenn es ihr gelungen wäre, die Stricke zu lösen, wäre sie wohl kaum sehr weit gekommen: Rings um sie herum wimmelte es nur so von Sharks. Sie sah mindestens zwanzig der abenteuerlich gekleideten Gestalten, die am Feuer saßen oder sich in der Dunkelheit hin und her bewegten.

Wo war sie? Sie konnte nicht sehr viel von ihrer Umgebung erkennen. Sie entdeckte ein paar Motorräder – blinkende schwarze Schatten in der Dunkelheit –, die Umrisse mächtiger Felsen und hier und da einen Busch. Sie war nicht mehr auf der Ebene, aber das war auch alles, was sie mit Sicherheit sagen konnte.

Und sie war nicht die einzige Gefangene. Kaum anderthalb Meter neben ihr saß eine zweite, halb aufrecht an einen Baum gebundene Gestalt, schlanker als sie und mit kurzgeschnittenem, dunklem Haar: Net. Charity hielt vergebens nach den anderen *Wastelandern* Ausschau. In ihrer unmittelbaren Nähe befand sich nur ein einziger Shark, der mit untergeschlagenen Beinen dasaß, ihr den Rücken zukehrte und vor sich hin zu dösen schien.

Charity versuchte sich umzudrehen. Ihre Schulter tat weh, und obwohl der Schmerz sich in Grenzen hielt, mußte sie all ihren Mut zusammennehmen, den Kopf zu drehen und an sich herabzublicken. Aber was sie sah, erleichterte sie. Offenbar war sie nicht verletzt.

»Du hast nicht viel abbekommen«, sagte eine Stimme über ihr: Skudder.

Charity sah auf, blickte einen Moment in Skudders Gesicht und fragte sich, wo er hergekommen war. Sie hatte ihn nicht gehört; trotz seines riesenhaften Wuchses schien er sich lautlos wie eine Katze bewegen zu können.

Sekundenlang hielt er ihrem Blick stand, dann lächelte er, ließ sich in die Hocke sinken und streckte die Hand nach ihr aus, zog sie dann aber wieder zurück, ohne sie berührt zu haben.

»Tut es sehr weh?«

»Nein«, antwortete Charity. Skudder verwirrte sie; und nicht nur er, sondern beinahe noch mehr ihre eigene Reaktion auf seinen Anblick. Sie hätte zornig sein müssen, statt dessen betrachtete sie den Führer der Sharks mit einer Neugier, die sie selbst überraschte. Mit einer Kopfbewegung deutete sie auf die Axt, die wieder an Skudders Gürtel hing. Sie sah jetzt zum ersten Mal, daß es sich um einen echten indianischen Tomahawk handelte. In der Welt, in der sie geboren und aufgewachsen war, wäre diese Waffe sicherlich ein Vermögen wert gewesen. »Du kannst gut mit diesem Ding umgehen«, sagte sie. Und fast gegen ihren Willen hörte sie sich hinzufügen: »Sieht so aus, als hätte ich noch einmal Glück gehabt. Wenn du ein bißchen besser gezielt hättest, wäre ich jetzt wohl tot.«

»Ja.« Ihre Antwort schien Skudder zu amüsieren. »Aber vielleicht auch, wenn ich schlechter gezielt hätte.«

Bei jedem anderen hätte sie diese Worte für glatte Angabe gehalten; ihm glaubte sie. »Woher hast du gewußt, in welche Richtung ich springen werde?«

Skudder machte eine unbestimmte Geste. »Erfahrung. Du warst in Panik. Menschen, die in Panik reagieren, fliehen fast alle in dieselbe Richtung: nach rechts, nach vorne und nach unten.«

Charity nickte anerkennend. Sie begriff allmählich, wieso ausgerechnet dieser Mann der Anführer der Sharks geworden war. Und sie nahm sich vor, ihn nicht noch einmal zu unterschätzen.

»Was willst du?« fragte sie.

Skudder antwortete nicht gleich, sondern sah sie wieder auf diese sonderbare Art an. Er lächelte, aber auf eine Art und Weise, die sie frösteln ließ. »Ich weiß es nicht«, sagte er schließlich. »Vermutlich einfach nur mit dir reden. Ich . . . möchte gerne wissen, wer diese Frau ist, derentwegen Daniel eine ganze Armee losschickt.«

»Ich weiß nicht einmal, wer dieser Daniel ist«, murmelte Charity. »Geschweige denn, was er von mir will.«

»Hast du Hunger?« fragte Skudder unvermittelt.

Charity nickte, obwohl sie eigentlich hatte ablehnen wollen.

Drei, vier Atemzüge lang starrte er sie durchdringend, aber nicht unfreundlich, an, dann stand er mit einer fließenden Bewegung wieder auf. »Versprichst du mir, keinen Unsinn zu machen, wenn ich dich losbinde?«

Charity nickte abermals, und Skudder zog ohne ein weiteres Wort sein Messer und schnitt ihre Fesseln durch. Charity versuchte aufzustehen, aber sie schaffte es nicht aus eigener Kraft. Die Fesseln hatten ihr das Blut abgeschnürt, und ihr linker Arm und ihr linkes Bein waren wie taub.

»Und sie?« Charity deutete auf Net, die der kurzen Unterhaltung aufmerksam und mit steinernem Gesicht gefolgt war. Skudder schüttelte entschieden den Kopf.

»Ihr geschieht nichts, keine Sorge«, sagte er. »Aber sie ist nicht klug genug, als daß ich ihr trauen könnte. Ich lasse ihr etwas zu essen bringen. Kink!«

Das letzte Wort galt dem Wächter, der die ganze Zeit über reglos dagesessen und ihnen den Rücken zugekehrt hatte. Aber er schlief keineswegs, wie Charity angenommen hatte, denn er drehte rasch den Kopf und sah Skudder fragend an. Charity erhaschte einen raschen Blick auf ein breites, narbenzerfurchtes Gesicht mit harten Augen und einem brutalen Mund.

»Kümmere dich um Net«, befahl Skudder. »Und behandele sie gut.«

Kink sprang auf und beeilte sich, dem Befehl nachzukommen, während Skudder Charity behutsam am Arm ergriff und zum Feuer führte. Sie wehrte sich nicht dagegen. Das Leben kehrte allmählich in ihre abgestorbenen Glieder zurück. Ohne Skudders Hilfe aber hätte sie keine zehn Schritte geschafft.

Sie gingen nicht zum großen Lagerfeuer, sondern zu einer zweiten, etwas abseits gelegenen Lagerstelle, an der ein kleineres Feuer brannte. Der verlockende Duft von gebratenem Fleisch stieg ihr in die Nase. Als sie näher kam, sah sie, daß Skudder und sie auch hier nicht allein waren – aber immerhin war es nur eine einzelne Gestalt, die auf sie wartete, und keine grölende Bande von mehr als zwanzig Sharks. Sie war erleichtert, nahm sich aber vor, weiter auf der Hut zu bleiben. Skudders Freundlichkeit und die Sympathie, die sie ihm entgegenbrachte, täuschten sie keine Sekunde darüber hinweg, was er wirklich war: der Anführer einer brutalen Armee von Barbaren, denen ein Menschenleben absolut nichts galt.

Skudder half ihr, sich auf einen flachen Stein zu setzen, hockte sich selbst auf der gegenüberliegenden Seite des Feuers hin und deutete aufmunternd auf eine Anzahl hölzerner Spieße, an denen kleine Fleischscheiben über dem Feuer brieten. Charity ließ sich nicht zweimal bitten. Das karge Frühstück bei Dad und seiner Familie war alles gewesen, was sie heute gegessen hatte, und ihr Magen meldete sich mit Macht zu Wort.

Skudder deutete auf den zweiten Shark, der am Feuer saß und Charity aufmerksam beobachtete. »Das ist Raoul«, sagte er. »Mein Stellvertreter. Du kannst ihm vertrauen.«

»Den anderen nicht?« fragte Charity trocken.

»Nein«, antwortete Skudder im selben Tonfall. »Jedenfalls nicht allen. Aber Raoul und du seid ja gewissermaßen schon alte Bekannte.«

Charity sah ihn fragend an, und Skudder fügte mit einem nur angedeuteten Lächeln hinzu: »Heute morgen. Du hast ein Loch in sein rechtes Bein geschossen. Aber er ist nicht nachtragend.«

Charity musterte den Shark eingehend. Sie erkannte ihn nicht wieder, aber das besagte nichts – sie hatte wahrlich anderes zu tun gehabt, als sich die Gesichter der Männer einzuprägen. Aber sie sah, daß sein rechtes Hosenbein bis übers Knie hinauf aufgeschnitten war. Darunter schimmerte ein weißer Verband.

»Tut's noch weh?« fragte sie.

Raoul schüttelte den Kopf.

»Schade«, sagte Charity. »Ich hätte einen Meter höher zielen sollen.«

Raouls Gesicht blieb weiterhin unbewegt, aber Skudder lachte leise. »Du tust ihm unrecht, Laird«, sagte er. »Raoul hat dir das Leben gerettet.«

»So?« erwiderte Charity böse. »Das muß mir irgendwie entgangen sein.«

»Wenn er dich nicht an der Flucht gehindert hätte, hätten die Jungs dich getötet«, sagte Skudder ernsthaft. »Oder die Ebene hätte dich umgebracht. Niemand überlebt dort draußen, wenn er kein *Wastelander* ist. Und du bist kein *Wastelander.*«

»Nein«, antwortete Charity. »Das bin ich nicht.«

»Und was bist du?«

Der bewußt beiläufige Ton der Frage täuschte sie keine Sekunde – Skudder hatte sie nicht nur losgeschnitten, weil er ein so netter Mensch war, sondern weil er etwas ganz Bestimmtes von ihr wollte.

»Jedenfalls kein *Wastelander*«, antwortete sie ausweichend. »Du hast es ja selbst gesagt.« Sie beugte sich vor, angelte sich einen der Fleischspieße vom Feuer und kostete. Das Fleisch schmeckte sonderbar, aber gut, und nach den ersten, vorsichtigen Bissen kaute sie schneller und fast gierig. Sie merkte erst jetzt richtig, was für einen Hunger sie hatte.

Skudder ließ sie eine Weile in Ruhe, aber er sah sie unentwegt an, auch während sie aß, und auch Raouls Blicke folgten jeder ihrer Bewegungen. Charity begann sich zunehmend unbehaglicher zu fühlen. Am liebsten hätte sie das Fleisch zurückgelegt und darum gebeten, wieder an ihren Baum gebunden zu werden. Aber abgesehen davon, daß Skudder das wahrscheinlich abgelehnt hätte, war sie dazu einfach zu hungrig.

»Ich verstehe ja, daß du uns nicht traust«, sagte Skudder nach einer Weile. »Aber wir sind nicht deine Feinde.«

»Das habe ich gemerkt«, antwortete Charity sarkastisch. »Und Net und ihre Familie auch. Brennt ihr immer die Häuser der Leute nieder, die nicht eure Feinde sind?«

Skudder preßte ärgerlich die Lippen aufeinander, schluckte aber die scharfe Entgegnung herunter, die ihm auf der Zunge lag. »Das wäre nicht passiert, wenn du nicht weggelaufen wärst«, sagte er mit mühsam erzwungener Ruhe. »Aber das hatten wir ja schon, nicht? Wer bist du?«

»Wer ist Daniel?« entgegnete Charity.

Wieder blitzte Ärger in Skudders Augen auf, und wieder beherrschte er sich mühsam. »Du weißt es wirklich nicht?« fragte er. »Von wo kommst du? Vom Mond?«

»Vielleicht.« Charity zuckte mit den Schultern und sah Skudder abschätzend an. »Warum tust du nicht so, als käme ich wirklich von dort, und beantwortest mir ein paar Fragen? Vielleicht«, fügte sie mit einem neuerlichen Achselzucken hinzu, »beantworte ich dann auch deine.«

Skudder seufzte. Aber zu ihrer eigenen Überraschung nickte er plötzlich. »Okay – warum auch nicht? Ich weiß nicht, wer Daniel ist.« Er machte eine hilflose Handbewegung, als Charity ihn ungläubig ansah. »Ich bin ihm nie begegnet«, fuhr er fort. »Er ist unser Verbindungsmann. Aber ich habe sein Gesicht nie gesehen. Niemand hat das.«

»Euer Verbindungsmann? Zu wem?«

»Zu den Herren Morons«, antwortete Skudder bereitwillig. »Ich weiß nicht, ob er ein Mensch ist oder einer von ihnen. Die Reiter unterstehen ihm.«

»Und ihr.«

»Nein.« Die Antwort kam so scharf, daß Charity spürte, daß sie einen empfindlichen Punkt getroffen hatte. Und auch Skudder sah, daß sie es gemerkt hatte. Er lächelte verlegen. »Nein«, sagte er noch einmal. »Wir unterstehen niemandem. Er ... treibt Handel mit uns, wenn du es so nennen willst. Wir achten ein bißchen darauf, daß in unserem Gebiet alles seinen ordentlichen Gang geht, und er ...« Er überlegte einen Moment. »Was man eben so braucht«, sagte er schließlich. »Treibstoff, Ersatzteile ... wir sind viele.«

Das war nicht die ganze Wahrheit. Charity spürte deutlich, daß Skudder ihr etwas Wesentliches verschwieg. Aber es hätte wenig Zweck gehabt, wenn sie nachfragte. Skudder schien ohnehin schon mehr zu sagen als ihm eigentlich recht war.

»Was seid ihr?« fragte sie dann. »So eine Art privater Schlägertrupp dieses Daniel?«

Skudder überhörte den bewußt beleidigenden Tonfall, in dem diese Frage gestellt war. Beinahe ungerührt schüttelte er den Kopf. »Wir sind frei«, sagte er. »Niemand sagt uns, was wir zu tun und zu lassen haben. Woher kommst du, Laird? Aus dem Süden?«

Natürlich antwortete sie nicht, aber diesmal schien Skudder ihr Schweigen als Zustimmung zu deuten, denn er fuhr unvermittelt fort: »Ich weiß, daß diese Narren dort uns verachten. Aber weißt du, Laird, sie und ihre famosen Städte und ihre sogenannte Zivilisation können uns gestohlen bleiben. Der Preis, den sie dafür bezahlen, ist mir zu hoch.«

Städte? Es gelang Charity nicht ganz, ihre Überraschung zu verbergen. Und ihre Erleichterung. Immerhin bewiesen ihr Skudders Worte, daß es nicht überall auf der Erde so schlimm auszusehen schien wie in dieser Einöde.

»Von welchem Preis sprichst du?« fragte sie wie beiläufig.

Skudder schnaubte. »Die Sklaverei«, antwortete er heftig. »Oh, ich weiß, ihr wollt es nicht wahrhaben, aber es ist nichts anderes. Wir ...« Er brach ab, sah sie einen Moment lang fast betroffen an und verzog die Lippen dann zu einem dünnen, widerwillig anerkennenden Lächeln.

»Du kommst nicht aus dem Süden.«

»Nein«, sagte Charity. »Das habe ich auch nicht behauptet.«

Skudder schüttelte seufzend den Kopf. »Du ...«

Eine Gestalt in schwarzem Leder trat hinter Skudder und beugte sich zu ihm herab. Charity verstand nicht, was der Shark sagte, aber es schien nichts zu sein, was Skudder erfreute, denn auf seinem Gesicht machte sich ein eindeutig besorgter Ausdruck breit. Ein paar Sekunden lang hörte er dem Mann schweigend zu, dann nickte er, stand mit einer kraftvollen Bewegung auf und sah Charity bedauernd an.

»Wir müssen unsere Unterhaltung später fortsetzen«, sagte er. »Raoul bringt dich zurück.«

Charity stand ebenfalls auf, und sie war fast überrascht, daß sie sich beinahe ausgeruht fühlte. »Keine Fragen?«

Skudder lächelte. »Du würdest sie sowieso nicht beantworten, oder? Und die Fragen, die *du* gestellt hast, waren sehr interessant.« Er lächelte ein wenig breiter, als er ihre Betroffenheit bemerkte, gab Raoul einen Wink und sah zu, wie sein Stellvertreter sich erhob und mühsam auf sie zuhumpelte. Sie würden einen herrlichen Anblick bieten, dachte Charity sarkastisch, wenn sie durch das Lager humpelten und sich dabei gegenseitig stützten.

6

Nets rechte Hand war losgebunden worden, als sie wieder zu ihr zurückkam, und dicht daneben stand eine kleine, verbeulte Metallschüssel mit Wasser; auf ihrem Rand eine Scheibe gebratenes Fleisch, und darauf wiederum ein Stück Brot. Doch Net machte keinerlei Anstalten, danach zu greifen, obwohl sie so hungrig wie Charity sein mußte.

Raoul fesselte sie wieder, aber längst nicht so fest wie beim ersten Mal. Er lächelte sogar entschuldigend, als er sich aufrichtete, drehte sich dann aber beinahe hastig um und humpelte davon. Charity blickte ihm verwirrt nach. Je länger sie ihn ansah, desto sicherer wurde sie, daß es wirklich der Mann war, dem sie ins Bein geschossen hatte – und desto unmöglicher erschien ihr dieser Gedanke.

Seufzend drehte sie den Kopf und sah Net an. Haßerfüllt blickte die *Wastelanderin* sie an.

»Wie geht es dir?« fragte Charity unbeholfen. Eine ziemlich dumme Frage, aber irgendwie mußte sie das Gespräch schließlich beginnen. Net antwortete auch nicht, sondern starrte sie nur weiterhin voller Verachtung und hilfloser Wut an.

»Das mit eurem Haus tut mir leid«, fuhr sie fort. »Ich wäre nicht zu euch gekommen, wenn ich gewußt hätte, was . . . was passiert.«

Net verzog das Gesicht. »Oh, das mit dem Haus tut dir leid. Das ist tröstlich. Sonst tut dir nichts leid?« Ihre Stimme bebte vor Zorn.

»Ist sonst noch etwas . . .« Charity stockte – und begriff endlich. »Deine Eltern?«

»Sie sind tot«, bestätigte Net. »Bob konnte entkommen, aber Mom und Dad haben sie umgebracht.« Sie deutete mit einer abgehackten Kopfbewegung auf den Wächter, der zusammengekauert dasaß und ihrer Unterhaltung zuhörte. Ein flüchtiges, sehr häßliches Lächeln huschte über sein düsteres Gesicht, als Net fortfuhr. »Er hat ihnen die Kehlen durchgeschnitten. Und er hätte mich auch getötet, wenn sie mich nicht gebraucht hätten, um dich zu kriegen.«

»Was nicht ist, kann ja noch werden«, sagte Kink beinahe freundlich.

Net reagierte gar nicht auf seine Worte. »Gibt es sonst noch irgend etwas, was dir leid tut?« fuhr sie fort.

Charity antwortete nicht, aber plötzlich konnte sie Nets Blick nicht mehr standhalten. Betroffen senkte sie den Kopf. Skudder hatte sie belogen – zumindest hatte er es ihr nicht gesagt, was auf das gleiche hinauslief. Nach einer Weile hob sie den Blick und sah wieder zum Feuer hinüber.

Im Lager hatte sich eine gewisse Unruhe breitgemacht. Die meisten Sharks waren aufgestanden, einige gingen zu ihren Maschinen hinüber. Auf den Felsen, die das Lager an drei Seiten wie eine natürliche Wehrmauer umgaben, waren Männer mit Gewehren aufgetaucht, die gebannt in die Dunkelheit starrten. Charity suchte vergebens nach Skudder oder Raoul, die beide irgendwo in dem Gewimmel aus schwarzgekleideten Gestalten verschwunden waren.

»Was ist los?« Die Frage galt Kink, der ebenfalls den Kopf gedreht hatte, aber keine Anstalten machte, aufzustehen.

Der Shark zuckte mit den Schultern. »Keine Ahnung«, gestand er. »Mir auch egal. Ich soll aufpassen, daß ihr zwei Hübschen keine Dummheiten macht.«

Charity schenkte ihm einen bösen Blick, den Kink mit einem hämischen Grinsen beantwortete, und wandte sich wieder an Net.

»Wir sind wieder in den Bergen, nicht wahr?« sagte sie. »Ungefähr in der Gegend, in der wir uns das erste Mal getroffen haben.«

Net nickte widerwillig. »Ja.«

Aber nach allem, was sie gehört hatte, lag das Gebiet der Sharks nur zwei oder drei Stunden von Nets Farm entfernt – und es war früher Vormittag gewesen, als Skudder sie überwältigt hatte. Charity fragte sich vergebens, warum die Sharks diesen Umweg in Kauf genommen und sogar ein Nachtlager aufgeschlagen hatten, statt sie gleich in ihr Lager zu bringen. Die Gegend hier schien alles andere als sicher zu sein, wie das Benehmen der Sharks deutlich verriet. Plötzlich tauchte Skudder wieder auf. Er rief ein paar Befehle, und seine Sharks teilten sich in drei gleich große Gruppen auf, von denen eine die Männer oben auf den Felsen verstärkte, während die beiden anderen das Lager in unterschiedlichen Richtungen verließen. Nur eine Handvoll Männer blieb am Feuer zurück.

»Irgend etwas stimmt da nicht«, murmelte Charity. Sie sah Net an. »Gibt es außer euch und den Sharks noch andere Gruppen hier?«

Net nickte und zuckte dann mit den Schultern. »Keine, die so verrückt wären, Sharks anzugreifen«, murmelte sie. Sie versuchte es zu verbergen, aber Charity spürte deutlich, daß auch sie sich ihre Gedanken über die plötzliche Aufregung unter den Sharks machte. »Vielleicht ... irgendwelche Tiere«, fügte sie unsicher hinzu. »Diese Gegend ist gefährlich.«

»Maul halten«, sagte Kink grob. Auch er wurde allmählich nervös. Er stand auf, kam drohend auf Net zu und ging neben ihr in die Hocke. Net versuchte mit der freien Hand nach seinem Gesicht zu schlagen, aber der Shark fing den Hieb spielerisch ab, verdrehte ihren Arm und griff mit der anderen Hand nach dem Strick, um sie wieder zu fesseln.

»Ich verschnüre dich besser wieder«, sagte er. »Nachher kommst du noch auf dumme ...«

Eine dünne, rasiermesserscharfe Klinge zuckte aus der Dunkelheit und streifte seine Kehle. Er griff sich an den Hals und begann zu keuchen. Seine Augen weiteten sich. Beinahe lautlos sackte er nach vorne, fiel gegen Net und wäre zur Seite gekippt, hätten sich nicht plötzlich zwei dürre, graue Hände nach ihm ausgestreckt und ihn gehalten.

»Keinen Laut!« sagte ein dünnes Stimmchen. »Halt ihn fest, Net. Wenn die anderen etwas merken, sind wir alle erledigt.«

Charity sah hastig zum Feuer hinüber. Die vier oder fünf Sharks, die zurückgeblieben waren, blickten gebannt in die Nacht hinaus. Keiner sah auch nur in ihre Richtung. Aber das konnte sich verdammt schnell ändern.

Gurk durchschnitt Nets Fesseln und half ihr, den toten Shark in eine halbwegs sitzende Position zu bugsieren. Sie benutzten sein Gewehr, um ihn zu stützen. Für jemanden, der nur sehr flüchtig herübersah, mochte es aussehen, als döse er vor sich hin.

»Gurk!« murmelte sie überrascht. »Wo kommst du denn ...«

»Still!« zischte der Gnom. »Ich mache dich los, aber halt um Gottes willen den Mund!« Er sagte es so laut, daß es Charity fast wie ein kleines Wunder vorkam, daß die Sharks seine Stimme nicht hörten. Aber sie verstummte gehorsam. Der Gnom war mit einem Satz bei ihr, durchtrennte auch ihre Fesseln und legte den ausgestreckten Zeigefinger über die Lippen, als sie etwas sagen wollte.

»Schnell jetzt!« wisperte er. »Sie sind abgelenkt, aber Skudder und die anderen kommen bestimmt gleich wieder. Keinen Laut!«

Charity deutete ein Nicken an, blickte aber konzentriert zum Feuer hinüber.

»Ich verschwinde jetzt«, wisperte Gurk ihr ins Ohr. »Gib mir einen Augenblick Vorsprung, okay? Wir rechnen ab, wenn wir uns wiedersehen.«

»Abrechnen?« wiederholte Charity verstört. »Wieso? Was meinst du?«

Gurk lachte leise. »Mach dir keine Sorgen. Du hast unbegrenzten Kredit bei mir.«

»Warte!« sagte Charity hastig. »Du . . .«

Aber Gurk hörte schon gar nicht mehr zu. Für ein, zwei Sekuden hörte sie noch seine Schritte, dann verklangen auch sie; der Zwerg war so lautlos verschwunden, wie er aufgetaucht war.

Und als sie den Kopf drehte, um nach ihm zu sehen, hatte auch Net sich davongemacht.

Entschlossen sprang auch Charity auf und schlich sich davon in die Schwärze der Nacht.

Raoul senkte das Fernglas und gab es ihm zurück, schüttelte aber rasch den Kopf, als Skudder es ansetzen wollte. »Hat keinen Zweck mehr«, sagte er halblaut. »Sie ist zwischen den Felsen verschwunden. Irgendwo dort oben.« Seine Hand machte eine vage Bewegung in die Dunkelheit hinein.

»Und Kink?«

»Tot«, antwortete Raoul knapp. Nach einer kurzen Weile fügte er hinzu. »Aber das hast du ja wohl gewollt, oder?«

Skudder war nicht sicher, aber er glaubte so etwas wie einen Vorwurf aus Raouls Worten herauszuhören.

»Nein«, antwortete er grob, während er sich fragte, ob Raoul vielleicht sogar recht hatte. »Aber ich kann nicht gerade sagen, daß es mir das Herz bricht.«

Raoul sah ihn an, und obwohl Skudder nicht in seine Richtung blickte, sondern die Dunkelheit zu durchdringen versuchte, in der Laird untergetaucht war, spürte er seine Blicke wie eine unangenehme Berührung.

»Irgendeines Tages bricht dir dein Gerechtigkeitssinn noch den Hals«, prophezeite er düster.

Skudder antwortete gar nicht. Wenn er an dem, was passiert war, überhaupt etwas bedauerte, dann höchstens den Umstand, Kink nicht selbst den Hals aufgeschlitzt zu haben. Außerdem hatten sie wichtigere Dinge zu tun, als sich den Kopf über das Schicksal eines Psychopathen zu zerbrechen, der in seinem Leben mehr Menschen umgebracht hatte, als er Läuse auf dem Kopf gehabt hatte.

»Was ist mit dem Mädchen?«

»Die *Wastelanderin*?« Raoul zuckte mit den Achseln. »Sieht so aus, als wäre sie in die entgegengesetzte Richtung gelaufen. Die beiden waren wohl nicht unbedingt dicke Freundinnen.« Er lächelte, griff unter seine Weste und zog einen flachen, schwarzen Kasten heraus. Auf seiner Vorderseite begann ein mattgrünes, münzgroßes Auge zu leuchten, als er einen Knopf drückte. Ein winziger roter Punkt bewegte sich über den Miniaturbildschirm. Sehr langsam, und noch nicht sehr weit von seinem Zentrum entfernt.

Skudder betrachtete den Sucher einen Moment lang nachdenklich, dann, als Raoul ihm das Gerät auffordernd hinhielt, schüttelte er den Kopf. Er mochte die Technik der Moroni so wenig wie sie selbst. Außerdem kannte er andere Mittel und Wege, einer Spur zu folgen.

»Noch nicht«, sagte er. »Gebt ihr eine Stunde Vorsprung. Die Jungs sollen ein bißchen Lärm machen, damit sie glaubt, wir suchen sie.«

Raoul nickte wortlos, steckte den Sucher wieder ein und wollte sich herumdrehen, aber Skudder hielt ihn noch einmal zurück. »Bart und ein paar Jungs sollen das Mädchen zurückholen«, befahl er. »Aber vorsichtig. Ich will sie lebend und unverletzt. Und bringt mir diesen verdammten Zwerg.«

»Auch lebend und unverletzt?« fragte Raoul.

Skudder antwortete erst nach einer Weile. »Lebend«, sagte er.

7

Die Nacht war wie eine schwarze Wand, in die sie hineingelaufen war. Während der ersten zehn Minuten rannte sie einfach, blindlings und beinahe ziellos, stürmte durch Dickicht und dürres Geäst. Es kam Charity gar nicht richtig zu Bewußtsein, daß sie auf diese Weise früher oder später sehr wohl in eine *wirkliche* Schlucht stürzen konnte. Für Minuten hatte sie Panik übermannt; es war pures Glück, daß sie sich in dieser Zeit nicht selbst umbrachte oder den Sharks geradewegs wieder in die Arme lief. Aber schließlich übernahm ihr bewußtes Denken wieder die Kontrolle über ihre Handlungen. Sie lief langsamer, versuchte sich zu orientieren – ein Vorhaben, das sie rasch wieder aufgab – und blieb schließlich stehen, um zu lauschen. Im ersten Moment hörte sie nur das Hämmern ihres eigenen Herzschlages und ihre eigenen, lauten Atemzüge, aber nach einer Weile begann sie andere Geräusche zu identifizieren – das Heulen des Windes, hier und da ein gedämpftes Knacken, das ihr verriet, daß sie nicht das einzige Lebewesen in dieser Einöde war, und ganz leise die Stimmen der Sharks.

Aufmerksam sah sie sich um, entdeckte nicht weit entfernt einen Felsen, der die Ebene wie ein einsamer Wachtturm überragte, und machte sich an den Aufstieg.

Aber sie war kaum einen Meter weit gekommen, als sie verwirrt innehielt. Was im blassen Silberlicht des Mondes wie ein Fels ausgesehen hatte, war in Wahrheit eine von Moos überwucherte, verwitterte Ruine.

Ohne es zu bemerken, war sie die ganze Zeit durch eine Ruinenlandschaft gelaufen: Schwarze Steinhaufen schimmerten im Mondlicht, alte Stahlträger stachen in den Nachthimmel. Es war eine verfallene Stadt – eine Stadt, die sie vielleicht gekannt hatte.

Diese Erkenntnis erschreckte sie, und plötzlich wußte sie, wo sie war, zweifelsfrei... Der zerborstene Turm, vor dem sie stand, hatte einmal zu einer kleinen, weißen Kirche gehört, das Schiff war verschwunden, aber es gab keinen Zweifel: Auf der Vorderfront des Schuttberges neben ihr hatten einmal die Buchstaben TOWN HALL gestanden.

Es war Brainsville. Drei Monate vor ihrer Flucht in den Bunker war sie hier gewesen, und dann noch einmal am Abend der Katastrophe, aber da hatte die Stadt schon gebrannt.

Der Gedanke erschreckte sie. Zum ersten Mal sah sie wirklich, was mit ihrer Welt geschehen war. Alles andere, die Berge, die Ebene, die zerfallene Farm, selbst die Sharks, gehörte zu einer völlig anderen Welt, in die sie hineingeschleudert worden war, aber Brainsville war der erste wirkliche und unleugbare *Beweis*, daß es sie nicht auf einen anderen Planeten oder in ein anderes Universum verschlagen hatte.

Charity schauderte. Es fiel ihr schwer, die Lähmung abzuschütteln, mit der dieses jähe Wiedererkennen sie erfüllte, und sich in Erinnerung zu rufen, warum sie eigentlich hier war.

Irgendwo in den Ruinen hörte sie ein Geräusch. Charity fuhr zusammen, griff ganz instinktiv nach dem leeren Halfter an ihrer Seite und wurde sich schmerzhaft der Tatsache bewußt, daß sie unbewaffnet war.

Wenigstens wußte sie endlich, wo sie sich befand. Sie war nur ein paar Meilen vom Haupteingang des Bunkers entfernt – fünf, sechs Meilen bergauf.

Alles andere als ein Spaziergang, aber mit etwas Glück konnte sie es schaffen, ehe es Tag wurde.

Wieder – und nicht zum letzten Mal – kamen ihr Zweifel. Vielleicht hatte Gurk ja recht gehabt, und es war nichts als eine Legende, und vielleicht fand sie statt den sagenumwobenen Tiefen nur eine ausgebrannte Ruine – aber wenn es sie gab, dann wußte sie, wo sie sie suchen mußte. In den Ruinen von SS Nulleins.

Es wurde wirklich kein Spaziergang. Die Sharks hatten ihr auch ihre Uhr abgenommen, so daß sie nicht wußte, wie lange sie so durch die Nacht irrte, aber es waren Stunden. Charity fühlte sich bald so erschöpft, daß sie sich am liebsten einen Platz zum Schlafen gesucht hätte, ganz egal, ob sie nun von den Sharks verfolgt wurde oder nicht. Sie hatte die Ruinen durchsucht und schließlich eine rostige Eisenstange gefunden, keine besonders gute Waffe, aber besser als nichts.

Der Anstieg war eine Tortur gewesen. Es war, als ginge sie nicht nur den Berg hinauf, sondern auch in der Zeit zurück, ein zweites, schreckliches Durchleben dieser letzten Meilen, die sie sich durch eine sterbende Welt gekämpft hatte. Selbst das Panzerwrack stand noch da, das ihr vor so vielen Jahren den Weg gewiesen hatte; fast völlig von Unkraut und Gestrüpp überwuchert, aber scheinbar unverändert, trotz all der Jahre, die seither vergangen waren. Charity schlug einen gewaltigen Bogen um den rostigen Stahlkoloß. Sie hatte die glühenden Insektenaugen nicht vergessen, die sie damals aus den Schatten heraus angestarrt hatten.

Die letzte Meile war die schlimmste. Die Straße war verschwunden, und wo der stacheldrahtumzäunte Vorplatz mit seinen Geschützstellungen und den Toren gewesen war, erhob sich eine gewaltige Schutthalde.

Charity hatte nichts anderes erwartet. Die sagenhaften Tiefen wären kaum so lange unentdeckt geblieben, wenn das Tor zu ihrem Reich jedem offengestanden hätte. Es gab andere Eingänge – sie kannte sie zwar nicht – aber sie würde sie finden.

Jetzt, im nachhinein, kam es ihr fast lächerlich vor, und so ganz nebenbei auch wie ein grausamer Scherz des Schicksals: Sie war wahrscheinlich nur ein paar Dutzend Meter von den überlebenden Bunkerbewohnern entfernt gewesen, als sie aufgewacht war. Hätte sie diese verdammte Panzertür aufbekommen, statt sich der Rutsche anzuvertrauen, dann wäre ihr diese ganze haarsträubende Flucht vielleicht erspart geblieben.

Sie verscheuchte diesen Gedanken, bedachte die gewaltige Schutthalde vor sich mit einem letzten, fast wehleidigen Blick und ging weiter.

Beinahe wäre es der letzte Schritt ihres Lebens gewesen.

Das *Ding* stand ganz plötzlich vor ihr, so lautlos und schnell, wie sich nur Insekten zu bewegen vermögen, und so abrupt, als wäre es buchstäblich aus dem Boden gewachsen. Es sah aus wie eine riesige Heuschrecke – und es wirkte verdammt gefährlich.

Charity machte einen halben Schritt zurück und erstarrte wieder, als sich auch die Heuschrecke bewegte: Ihr runder Kopf zuckte, die fingerdicken Antennenfühler peitschten erregt in ihre Richtung, und eine ihrer schrecklichen Fangscheren machte ein schnappendes Geräusch. Charity sah, wie sich die muskulösen Hinterläufe ganz sacht bewegten, als sammele sie Kraft für einen Sprung.

Charity machte einen weiteren vorsichtigen Schritt, und wieder vollführten die Fangarme der Heuschrecke diese zupackende Bewegung. Charity erstarrte wieder. Ihre Gedanken überschlugen sich. Sie wagte es nicht, sich zu rühren, ja, nicht einmal heftig zu atmen. Das Ungeheuer schien nur auf Bewegung zu reagieren, zumindest hoffte sie, daß es so war – aber selbst, wenn sie recht hatte, nutzte ihr das verdammt wenig. Sie wußte, wie ungeheuer geduldig Insekten sein konnten, und sie war unbewaffnet, so daß sie es auch nicht riskieren konnte, die Heuschrecke zu attackieren. Mit der Eisenstange würde sie überhaupt nichts ausrichten. Aber sie konnte auch nicht mehr lange reglos stehenbleiben. Sie ... sie mußte etwas *tun.*

Irgendwo hinter ihr erscholl ein Geräusch, und der Kopf der Heuschrecke ruckte in einer absurden Bewegung herum. Ihre Mandibeln zuckten nervös.

Wieder ertönte irgendwo hinter ihr dieses Geräusch, und diesmal identifizierte sie es als das Tappen schwerer, weicher Pfoten, das allmählich näher kam. Etwas schlich sich von hinten an sie an, und dann –

Und dann ging alles furchtbar schnell. Ein schrilles, wütendes Heulen erscholl, und plötzlich flog ein graues, massiges Etwas über Charitys Kopf hinweg und prallte wie ein pelziger Ball gegen die gepanzerte Brust des Rieseninsektes, das sich blitzschnell auf die hinteren Beinpaare aufgerichtet hatte. Charity sah kleinfingerlange, blendendweiße Zähne im Mondlicht aufblitzen. Das graue Wesen grub sich splitternd durch den Chitinpanzer der Heuschrecke.

Wölfe! dachte Charity fassungslos. Das ... das waren *Wölfe!* Fast ein Dutzend der riesigen hundeähnlichen Kreaturen fielen heulend und geifernd über die Heuschrecke her. Doch das Rieseninsekt wehrte sich mit der ganzen mörderischen Kraft eines Titanenkörpers. Charity sah seine Fangarme wie tödliche Hornkeulen wirbeln; einer der Wölfe heulte vor Schmerzen auf, und die Dunkelheit spie immer noch mehr der grauen Jäger aus. Sie schienen keinerlei Respekt vor der überlegenen Kraft ihres Gegners zu haben. Charity wich Schritt für Schritt zurück, während die Riesenheuschrecke sich verzweifelt gegen die graue Übermacht zur Wehr setzte.

Vorsichtig drehte sie sich herum –

– und unterdrückte im letzten Moment einen Schrei.

Sie war nur noch zwei oder drei Schritte vom Waldrand entfernt, aber es hätten ebensogut zwei oder drei Meilen sein können, oder auch zwei Lichtjahre – denn zwischen ihr und den rettenden Bäumen stand ein gewaltiger, schwarzgrau gescheckter Wolf, der sie aus brennenden Augen anstarrte. Er regte sich nicht, aber seine Lefzen waren drohend zurückgezogen und entblößten ein fürchterliches Gebiß, und aus seiner Brust drang ein tiefes, drohendes Knurren.

»Nicht bewegen!«

Die Stimme kam irgendwo aus der Dunkelheit. Charity unterdrückte mit allerletzter Macht noch einmal ein erschrockenes Zusammenzucken; eine Bewegung, die den Wolf vielleicht zum Angriff provoziert hätte.

»Keine Bewegung«, sagte die Stimme noch einmal. »Egal, was passiert.«

Die Ohren des Wolfes zuckten aufmerksam, ohne daß er sie jedoch auch nur eine Sekunde aus dem Auge ließ. Er schien die Gefahr instinktiv zu spüren, die sich ihm von hinten näherte. Aber er sah auch die Beute, die vor ihm stand.

Das Unterholz teilte sich raschelnd, und ein zwei Meter großer Gigant stürzte hervor. Der Wolf stieß ein schrilles Knurren aus und wirbelte herum, aber er war eine Winzigkeit zu langsam.

Skudders Tomahawk traf seinen Schädel mit tödlicher Präzision und spaltete ihn.

»Weg jetzt!« Der Shark packte sie grob am Arm und zerrte sie einfach mit sich; keine Sekunde zu früh, wie Charity mit einem Blick über die Schulter erkannte. Die Heuschrecke war unter dem Anprall des Wolfsrudels zu Boden gegangen und wurde gerade in Stücke gerissen, aber einige Wölfe waren auch auf Skudder und sie aufmerksam geworden und jagten heran.

Sie erreichten den Waldrand, und sie retteten sich vor den Wölfen, wie sich Menschen seit einer Million Jahre vor ihnen gerettet hatten. Skudder hetzte mit weit ausgreifenden Sprüngen auf einen mächtigen Baum los, packte Charity kurzerhand bei den Hüften und warf sie einfach in die Höhe. Instinktiv griff sie nach einem Ast, bekam ihn zu fassen und zog sich hastig hinauf, während

Skudder mit weit vorgestreckten Armen nach einem weiteren Ast sprang –

– und ihn verfehlte.

Er schrie auf, stürzte anderthalb Meter in die Tiefe und kam mit einem Fluch wieder auf die Beine. Die Wölfe jagten heran; zwei, drei, fast ein halbes Dutzend grauer Schatten. Charity schrie erschrocken auf. Aber Skudder schaffte es. Er versuchte nicht noch einmal, nach dem Ast zu springen, sondern kletterte mit schier unglaublicher Schnelligkeit am Baumstamm hinauf, während die Wölfe mit wütend gefletschten Zähnen auf ihn zufederten.

»Skudder – hier!« Charity beugte sich vor, hielt sich mit einem Arm am Ast fest und streckte Skudder die andere Hand entgegen. Mit einer ungeheuren Kraftanstrengung zog sie ihn zu sich herauf. Und dann war er es, der *sie* halten mußte, weil sie vor Erschöpfung fast vom Ast fiel.

Sekundenlang saß sie einfach da und rang keuchend nach Atem, ehe ihr zu Bewußtsein kam, daß Skudder sie noch immer festhielt. Zornig befreite sie sich aus seiner Umarmung und stieß ihn von sich. Skudder grinste.

»Wenn du jetzt darauf wartest, daß ich mich bei dir bedanke, dann täuschst du dich«, sagte sie ärgerlich. Skudders Grinsen wurde noch ein bißchen breiter, aber er schwieg. Und das machte Charity noch rasender.

Wütend blickte sie nach unten. Die Wölfe hatten den Baum eingekreist und sprangen kläffend und jaulend an seinem glatten Stamm empor. Es kamen immer mehr. Offenbar hatte das Rudel nicht besonders lange gebraucht, um die Heuschrecke aufzufressen.

»Das war knapp«, sagte Charity leise.

Skudder lachte. »Die Heuschrecke war übrigens völlig harmlos«, sagte er amüsiert. »Sie sind Pflanzenfresser. Sie werden nur gefährlich, wenn sie sich verteidigen müssen.«

Charity starrte ihn zornig an. Gleichzeitig hatte sie das heftige Bedürfnis, sich selbst zu ohrfeigen. Vor allem, als Skudder im gleichen, fast beiläufigen Tonfall fortfuhr: »Ziemlich leichtsinnig von dir, allein und unbewaffnet durch diese Gegend zu laufen, findest du nicht? Du wärst nicht die erste, die von den Wölfen gefressen wird. Sie waren schon eine ganze Weile auf deiner Spur.«

»So wie du?«

Skudder schüttelte den Kopf. »Nein. Ich bin den Wölfen gefolgt. Aber ich wußte schon seit einer Stunde, wo du bist.«

»Warum hast du dann nicht einfach gewartet, bis sie mich erledigen?« fragte Charity. Ihr Zorn galt eigentlich mehr sich selbst als Skudder. Er hatte nur zu recht – es war mehr als nur leichtsinnig von ihr gewesen, einfach loszulaufen, in einer Welt, von der sie wenig mehr wußte, als daß sie die meisten ihrer Bewohner getrost als Feinde betrachten konnte.

»Ich soll dich lebend abliefern«, erinnerte Skudder. Er schüttelte den Kopf. »Wo wolltest du überhaupt hin? Hier gibt es im Umkreis von hundert Meilen nichts, wohin es sich zu fliehen lohnen würde.«

Charity zog es vor, nicht auf diese Frage zu antworten, sondern blickte wieder zu den Wölfen hinab. Die Tiere gerieten immer weiter außer sich. Mit einer fragenden Geste deutete Charity auf die Maschinenpistole – *ihre* MP, wie sie ärgerlich registrierte –, die in Skudders Gürtel steckte. »Warum knallst du nicht ein paar von ihnen ab?« fragte sie. »Vielleicht verschwinden die anderen dann. Ich habe keine Lust, auf diesem Baum zu übernachten.«

Skudder schüttelte den Kopf. »Warum sollte ich sie erschießen?« fragte er ernst. »Sie tun uns nichts mehr. Und sie gehen sowieso bald.«

Tatsächlich schienen die ersten Wölfe bereits das Interesse an Charity und ihm zu verlieren. Hier und da sprang noch einer der grauen Jäger in die Höhe und versuchte den Baum zu erklimmen, aber die Tiere schienen allmählich zu begreifen, daß ihnen diese Beute entwischt war.

»Es war ziemlich dumm von dir zu fliehen«, sagte Skudder noch einmal. »Nicht, daß ich es nicht auch versucht hätte – aber ich hätte mir eine andere Richtung ausgesucht, weißt du? Nicht einmal die Reiter wagen sich in die Berge.«

»Nur die tapferen Sharks, wie?« fragte Charity höhnisch.

Skudder schüttelte den Kopf. »Nicht einmal die«, sagte er. »Außer, wenn sie müssen. Du hast Glück, daß du noch lebst.«

»Ich habe mich schon bedankt«, sagte Charity spitz. »Oder?«

»Versuch es nicht noch einmal«, fuhr Skudder unbeeindruckt

fort. »Ich weiß nicht, ob ich jedesmal rechtzeitig zur Stelle sein kann, um dich zu retten. Es gibt Schlimmeres hier als die Wölfe.«

Charity antwortete nicht mehr. Statt weiter mit ihm zu reden, blickte sie wieder nach unten.

Die Wölfe zogen sich tatsächlich langsam zurück; zuerst einzeln, dann in kleineren und größeren Gruppen, die in nördlicher Richtung im Unterholz verschwanden, bis nur noch ein einzelnes Tier unter dem Baum saß, das hechelnd und mit heraushängender Zunge wie ein Hund dasaß, ehe es sich ebenfalls davonmachte.

Trotzdem vergingen noch gute zehn Minuten, bevor Skudder hinuntersprang. Mit einer kraftvollen Bewegung schwang er sich zur Seite, hing einen Moment lang mit ausgestreckten Armen wie ein Reckturner am Ast und ließ sich schließlich in die Tiefe fallen. Fast gegen ihren Willen mußte Charity die kraftvolle Geschmeidigkeit seiner Bewegungen bewundern. Er fiel, rollte sich blitzschnell über die Schulter ab und kam wieder auf die Füße; gleichzeitig zog er die Axt aus dem Gürtel – nicht die Schußwaffe, wie Charity sehr wohl registrierte.

Er wurde nicht angegriffen. Das Unterholz spie weder Wölfe noch andere Ungeheuer aus, und nach einer Weile richtete er sich wieder auf und hob die Arme. »Spring!« sagte er.

Charity sprang tatsächlich. Aber sie ließ sich nicht in seine Arme fallen, wie er wohl angenommen hatte, sondern drehte sich halb um ihre Achse, landete ein gutes Stück neben ihm, rollte über die Schulter ab – und griff warnungslos an. Ihr Fuß beschrieb einen perfekten Halbkreis und traf sein Kinn mit der dreifachen Wucht eines Faustschlages.

Die meisten anderen Männer hätte dieser Tritt getötet oder kampfunfähig gemacht, zumal Skudder so überrascht war, daß er nicht einmal versuchte, ihm auszuweichen.

Aber Skudder stürzte nicht, sondern taumelte nur zwei, drei Schritte mit wild rudernden Armen zurück und fing sich wieder. Benommen schüttelte er den Kopf.

Charity setzte sofort nach. Mit aller Kraft stieß sie sich ab, drehte sich halb in der Luft und rammte ihm beide Füße vor die Brust, und *diesmal* stürzte er, schwer und ohne einen Laut.

Aber er war in der gleichen Sekunde wieder auf den Füßen wie sie. Charity schlug mit der flachen Hand nach seinem Hals, und versuchte ihm gleichzeitig das Knie zwischen die Beine zu rammen, doch er fing ihre Schläge ab, beinahe spielerisch, wie es ihr vorkam, und versetzte ihr im Gegenzug eine schallende Ohrfeige, die sie haltlos zurücktorkeln ließ.

Dennoch beging er den Fehler, sie wieder zu unterschätzen. Charity versuchte nicht, ihm auszuweichen oder ihn aufzuhalten. Ganz im Gegenteil packte sie seine ausgestreckten Arme, zerrte mit aller Kraft daran und ließ sich gleichzeitig nach hinten kippen. Skudder prallte mit einem erschrockenen Laut gegen ihr plötzlich hochgerissenes Knie, schien mit einemmal schwerelos zu werden und segelte drei, vier Meter weit mit wild rudernden Armen durch die Luft.

Charity war mit zwei blitzschnellen Schritten bei ihm, zerrte die MP aus seinem Gürtel und wich wieder zurück. Hastig entsicherte sie die Waffe und legte auf ihn an.

Skudder richtete sich stöhnend auf und griff nach seinem Kopf. Als er seine Finger wieder zurückzog, klebte Blut daran.

»Bewege dich, und du bist tot«, sagte Charity drohend.

Skudder betrachtete eine Sekunde lang seine blutigen Fingerspitzen, ehe er aufsah. Sein Blick wirkte eher vorwurfsvoll als zornig. »Ich habe dich schon wieder unterschätzt«, sagte er. »Allmählich wird das zu einer schlechten Angewohnheit. Wo hast du gelernt, dich so zu prügeln?«

»Da, wo ich auch gelernt habe, wie man mit Typen wie dir umgeht«, antwortete Charity wütend. Als er sich bewegen wollte, fügte sie drohend hinzu. »Bleib unten. Du bist mir ein bißchen zu schnell.«

Skudder erstarrte tatsächlich, aber er sah nicht besonders ängstlich aus. Ganz im Gegenteil – er lächelte, als er in den Lauf der MP blickte, die Charity auf sein Gesicht richtete. »Das tust du ja doch nicht«, behauptete er.

»Bist du sicher?«

Skudder nickte. »Sehr. Du schießt ebensowenig auf einen Unbewaffneten wie ich. Ich werde jetzt aufstehen.«

Charitys Daumen berührte eine winzige Taste auf der MP, und auf dem schwarzen Leder, das Skudders rechtes Knie umhüllte, erschien ein münzgroßer, blutroter Punkt. Der Lasersucher stieß ein kaum hörbares, aber scharfes Summen aus.

»Möchtest du eine Kugel dorthin?« fragte Charity. »Es macht mir nichts aus.«

Skudder zögerte. Zum erstenmal, seit sie ihn kennengelernt hatte, wirkte er unsicher.

»Es macht mir nicht einmal etwas aus, dich hinterher eigenhändig wieder auf den Baum zu schleppen, damit dich die Wölfe nicht fressen, Skudder«, sagte Charity ernst. »Aber ich drücke ab, wenn du auch nur hustest.«

Skudder betrachtete fast eine Minute lang den roten Lichtfleck auf seinem Knie, ehe er wieder zu ihr aufsah. »Du hast keine Chance«, sagte er leise. »Glaub mir, du überlebst nicht einmal einen Tag hier draußen.«

»Ich werde mein Möglichstes tun«, erwiderte Charity ruhig. »Und jetzt leg dich hin. Auf den Bauch und mit ausgestreckten Armen und Beinen.«

Skudder zögerte noch einmal, aber dann begann er – sehr langsam – Charitys Befehl auszuführen. Aber er beendete die Bewegung nicht. Plötzlich erstarrte er. Seine Augen wurden groß, während sich sein Blick auf etwas hinter ihr heftete.

Charity seufzte. »Wenn du glaubst, ich falle auf diesen Trick herein, Skudder«, sagte sie. »Der war schon alt, als ich geboren wurde. Und das ist lange her.«

»Es ist kein Trick.« Skudders Lippen preßten sich zu einem schmalen, fast blutleeren Strich zusammen. »Verdammt, ich wollte, es wäre einer«, flüsterte er.

Charity zögerte. Entweder war Skudder der beste Schauspieler, dem sie jemals begegnet war – oder der Ausdruck fast panischen Schreckens auf seinem Gesicht war echt. Aber auf keinen Fall wollte sie sich herumdrehen.

Natürlich tat sie es trotzdem.

Nein – es war kein Trick. Sie waren nicht mehr allein, ein gutes Dutzend Männer und Frauen in eng anliegenden, hellblauen Uniformen bildeten einen weiten Halbkreis um sie und Skudder. Die Uniformen sahen ihrer zum Verwechseln ähnlich. Und die Waffen, die sie in den Händen hielten, waren ganz eindeutig Lasergewehre. Die Haut des Dutzends Männer und Frauen war sehr blaß. Kein Zweifel – sie hatten die Tiefen gefunden. Und sie waren weit mehr als eine Legende. Charity ließ mit einem erleichterten Seufzen ihre Waffe sinken und trat den Uniformierten entgegen.

Sie fand nicht einmal mehr Zeit, die Bewegung zu bedauern.

Einer der zwölf Laser stieß einen dünnen, grellroten Blitz aus, der ihr das Bewußtsein nahm.

8

Im Verlaufe der letzten halben Stunde hatte sich der rote Punkt im oberen Drittel des Sucherbildschirmes nicht mehr bewegt. Dann, vor ein paar Minuten, war er wieder zitternd weitergewandert, aber nur um ein winziges Stückchen, um dann wieder zur Reglosigkeit zu erstarren. Seither wurde er schwächer. Ganz so, als entferne er sich langsam aus dem Aufnahmebereich des Suchers, nahm seine Leuchtkraft ganz allmählich ab, ohne daß er sich auch nur um einen Millimeterbruchteil von der Stelle rührte.

Jeden anderen an Raouls Stelle hätte dieses Phänomen zumindest verwirrt, wenn nicht sogar erschreckt. Raoul nicht. Nüchtern registrierte er das sonderbare Verhalten des Leuchtpunktes, versuchte Schlüsse daraus zu ziehen und wog die verschiedenen möglichen Erklärungen gegeneinander ab.

Er hörte Schritte, verbarg den Sucher rasch unter seinem Hemd und sah auf. Bart näherte sich ihm, und wie sie alle sah er sehr nervös aus. Das Gewehr hielt er in der linken Hand, die rechte hing in einer Schlinge vor seiner Brust, sie war mit einem schmutzigen Verband umwickelt – ein kleines Andenken an das Wolfsrudel, auf das sie vor einer Stunde gestoßen waren. Sie hatten drei Männer verloren, und fast ein Dutzend war mehr oder weniger schwer verwundet worden, ehe es ihnen gelungen war, die Biester in die Flucht zu schlagen.

»Sie kommen«, sagte Bart. Er deutete mit dem Gewehrlauf auf den Felsen, auf dessen Spitze einer der Männer Wache hielt. Raoul hatte die Motorräder, die sich mühsam die halbverfallene Straße hinaufquälten, schon seit einer geraumen Weile gehört.

»Soll ich den Jungs Bescheid sagen?« fragte Bart. »Wir können gleich weiterfahren.« Mit einem verlegenen Lächeln fügte er hinzu. »Ist vielleicht besser, wenn wir nicht zu lange hier bleiben.«

Raoul überlegte einen Moment. Dann schüttelte er den Kopf. »Nein«, sagte er. »Wir warten noch, bis es hell ist.«

»Skudder ist schon ziemlich lange weg«, gab Bart zu bedenken. »Wir sollten nach ihm suchen. Ich ... mache mir allmählich Sorgen um ihn.«

»Brauchst du nicht«, sagte Raoul kalt. »Wir warten noch.«

Bart sah betroffen aus. Aber natürlich wagte er es nicht, noch einmal zu widersprechen.

Diesmal wachte sie nicht einfach auf – jemand prügelte sie ins Bewußtsein zurück, nicht besonders heftig, aber ziemlich ausdauernd. Charity stöhnte. *Warum konnten diese Idioten nicht auf die altmodische Weise vorgehen?* dachte sie zornig. *Ein Eimer Wasser hätte es doch auch getan!*

Der Zorn mobilisierte neue Kräfte in ihr. Sie öffnete die Augen, versuchte instinktiv die Hand vor das Gesicht zu heben und stellte fest, daß sie gefesselt war.

Die Hand klatschte ein letztes Mal in ihr Gesicht, dann schien ihr Besitzer endlich zu merken, daß sie wach war, und zog sich einen Schritt zurück.

Charity war nicht sicher – aber sie *glaubte* zumindest, das Gesicht wiederzuerkennen: Es war einer der Tiefen, denen Skudder und sie draußen vor dem Hang begegnet waren. Sie befanden sich nicht mehr im Freien, sondern in einem kleinen, weiß gestrichenen Raum, der von einer Anzahl Neonröhren in kaltes Licht getaucht wurde. Das Gesicht über ihr war bleich, und die weiße Helligkeit ließ es noch blasser erscheinen, als es ohnehin schon war. Wären die Augen schwarz umrandet gewesen und hätte jemand noch eine Träne darunter gemalt, dann hätte dieses Gesicht ausgesehen wie eine Pierrot-Maske.

»Sie können aufhören, auf mich einzuschlagen«, sagte sie endlich.

»Halt den Mund«, erwiderte der Mann. »Du sprichst nur, wenn du gefragt wirst.«

»Zu Befehl«, sagte Charity – was ihr prompt eine weitere, schallende Ohrfeige einhandelte. Ihre Wangen brannten jetzt wie Feuer. Aber sie unterdrückte jeden Schmerzlaut und starrte den Weißgesichtigen nur an.

Er war nicht der einzige Tiefe, der sich im Raum aufhielt. Charity lag lang ausgestreckt auf einer Art Feldbett, an das sie gefesselt war, immerhin aber konnte sie den Kopf bewegen. Auf der anderen Seite des Raumes, nur knapp drei Meter entfernt, stand eine zweite, gleichartige Liege, auf der gefesselt eine Gestalt in schwarzem Leder lag. Zwei Gestalten in hellblauen NASA-Uniformen lehnten lässig an der Wand neben ihm, und zwei weitere hatten sich neben Charitys Bett postiert. Also fünf, wenn sie den Mann mitrechnete, der sie geweckt hatte. Ein ziemlicher Aufwand, wenn man bedachte, daß sie gefesselt waren.

»Wer bist du?« fragte der Mann mit dem bleichen Gesicht. Seine Stimme klang scharf und so, als wäre er es nicht gewohnt, eine Frage zweimal zu stellen.

»Mein Name ist Laird«, sagte sie. »Captain Charity Laird von der U.S. Space Force.« Sie deutete mit einer Kopfbewegung auf seine Uniform und fügte lächelnd hinzu: »Wir sind vom selben Haufen, Kamerad.«

Er zog eine Grimasse, die Erstaunen ausdrückte. Aber ihre Antwort schien ihn zumindest so weit zufriedenzustellen, daß er darauf verzichtete, sie wieder zu ohrfeigen.

»Wo kommst du her?« fuhr er fort. »Und wie kommst du an diese Kleidung?«

»Warum bindest du mich nicht los, und wir reden in aller Ruhe über alles?« fragte sie. »Ich stehe auf eurer Seite.«

»Niemand steht auf unserer Seite – außer uns«, erwiderte der Tiefe. Er sagte es mit sonderbarer Betonung, fand Charity. Sehr schnell und irgendwie heruntergeleiert, wie etwas, das er sich selbst so oft eingehämmert hatte, bis er gar nicht mehr darüber nachdachte. Er wechselte auch sofort wieder das Thema und fuhr mit einer Geste auf Skudder fort: »Was hast du mit diesem Shark zu schaffen?«

»Nichts«, antwortete Charity.

»Warum wart ihr dann zusammen?«

Allmählich machte dieses Verhör Charity wirklich wütend. »Falls es deiner geschätzten Aufmerksamkeit entgangen sein sollte«, sagte sie böse, »ich war gerade dabei, mich von ihm zu verabschieden, als ihr aufgetaucht seid.«

»Ihr seid zusammen hierhergekommen«, beharrte der Tiefe. »Warum?«

»Das sind wir nicht«, mischte sich Skudder ein. »Sie sagt die Wahrheit. Ich war hinter ihr her.«

»Er ist anhänglich«, bestätigte Charity, während sie erstaunt zu Skudder hinübersah. Der Shark wirkte sehr ernst. Nicht ängstlich, aber besorgt.

»Sie lügen, Mark«, sagte einer der anderen Tiefen. »Das ist ein Trick. Wir sollten sie erschießen und den Wölfen zum Fraß vorwerfen.«

Mark nickte. »Vielleicht tun wir das«, sagte er ernst, dann wandte er sich wieder an Charity. »Es sei denn, du hast ein paar sehr gute Antworten, Laird. Also – wo kommst du her und woher hast du diese Kleidung?«

Charity seufzte lautlos. Aber vielleicht war es das beste, Marks Fragen einfach der Wahrheit nach zu beantworten. »Ich komme aus New York«, antwortete sie. »Und diese Kleider sind meine Uniform. Die Dienstkleidung eines Raumpiloten der U.S. Space Force.«

Auf Marks Hieb war sie nicht gefaßt. Bunte Schmerzblitze flackerten vor ihren Augen. Ihre Unterlippe blutete ein wenig.

»Du lügst.«

»Nein«, sagte Charity gepreßt. »Aber ich kann mir gerne ein paar Lügen ausdenken, wenn dir die Wahrheit nicht gefällt.«

Marks Augen funkelten, aber er verzichtete darauf, sie noch einmal zu schlagen, und wandte sich an Skudder.

»Gut, dann zu dir, Shark. Du bist also Skudder.« Er lachte ganz leise. »Es freut mich, dich persönlich kennenzulernen. Ich habe viel von dir gehört.«

Skudder nickte. »Es ist wirklich ein Kreuz, so berühmt zu sein«, sagte er im Plauderton. »Aber ich kann es . . .«

Mark versetzte ihm einen Faustschlag ins Gesicht, und Skudder verstummte. Ein dünnes, böses Lächeln erschien auf seinen Lippen, und plötzlich war es der Tiefe, der einen halben Schritt vor dem Shark zurückwich, nicht umgekehrt.

»Deine dummen Sprüche werden dir vergehen«, prophezeite Mark. »Du kommst hier nicht mehr lebend raus. Wir haben lange auf dich gewartet.«

Skudder blickte haßerfüllt zu ihm auf, aber seine Stimme war ganz ruhig, als er antwortete: »Das ist mir klar, Mark. Ihr könnt mich nicht leben lassen, jetzt, wo ich weiß, wo ich euch suchen muß. Aber laßt Charity laufen. Sie sagt die Wahrheit. Sie gehört wirklich eher zu euch als zu uns.«

»Ja, und deshalb nimmst du sie auch in Schutz, nicht wahr?« sagte Mark höhnisch. »Ich glaube dir kein Wort. Wahrscheinlich habt ihr diese Uniform irgendwo gefunden und kommt euch jetzt besonders schlau dabei vor, uns dieses kleine Schmierentheater vorzuspielen. Sie ist eine von euch.«

Skudder schwieg eine Weile. Charity konnte sehen, wie es hinter seiner Stirn arbeitete. »Selbst wenn es so wäre«, sagte er schließlich. »Dann wäre es um so dümmer, uns umzubringen. Oder glaubst du wirklich, wir beide wären allein gekommen?«

»Nein«, antwortete Mark ungerührt. »Ich weiß sogar, daß es nicht so ist. Aber wenn du darauf hoffst, daß deine Aasgeier dir zu Hilfe eilen, irrst du dich. Wir wissen von jedem einzelnen, wo er ist. Wenn sie hierherkommen, töten wir sie.«

»Ach?« sagte Skudder spöttisch. »Übernehmt euch nicht.«

»Er hat recht, Skudder«, sagte Charity ernst. »Deine Männer haben keine Chance. Dieser Bunker ist eine Festung.«

Skudder sah sie verwirrt an, und auch Mark drehte sich wieder herum. »Woher willst du das wissen?«

»SS Nulleins«, antwortete Charity betont. »Die größte und sicherste Bunkeranlage der westlichen Welt. Sechsundzwanzig Ebenen, von denen einige allerdings zerstört sein dürften. Ausgerüstet mit den modernsten Waffensystemen, einer autarken Energieversorgung und Startvorrichtungen für drei Space Shuttles, von denen noch zwei unten im Hangar stehen. Noch mehr?«

Mark schwieg eine ganze Weile, und zum ersten Mal schienen ihm Zweifel zu kommen. Aber dann machte er eine abrupte, wegwerfende Handbewegung. »Das beweist nichts«, behauptete er. »Das kannst du überall erfahren haben.«

»Überall vielleicht nicht, aber du hast natürlich recht«, antwortete Charity. »Aber ich kann dir gerne einen Grundriß der Kommandoebene zeichnen. Ich kann dir sagen, wie viele Räume es dort unten gibt und wie sie aussehen. Und ich habe noch etwas, was dich vielleicht überzeugt.«

»Und was?«

Charity berührte mit dem Kinn ihre Brust. »Schau unter meiner Jacke nach.«

Mark zögerte, beugte sich dann aber fast hastig vor und öffnete den Klettverschluß ihrer Uniformjacke. Charity bedauerte ein bißchen, ihren Körperschild nicht eingeschaltet zu haben. Sie hätte diesem eingebildeten Ekel einen kleinen Stromschlag gegönnt.

Marks Augen weiteten sich, als er die kleine, silberfarbene Erkennungsmarke sah, die an einer Kette um ihren Hals hing. »Ein ... Class-A-Ausweis?« fragte er ungläubig.

»Sieht so aus«, antwortete Charity ärgerlich. »Machst du mich jetzt los?«

Mark wollte etwas entgegnen, als plötzlich ein heller, durchdringender Pfeifton erklang und auf dem kleinen Schaltpult neben der Tür ein rotes Lämpchen aufleuchtete. Mark fuhr fast erschrocken herum.

»Ja?« sagte er.

»Bringt sie zu mir«, antwortete eine Stimme aus einem unsichtbar angebrachten Lautsprecher. »Sofort.«

»Beide?« fragte Mark. »Sie sind ...«

»Beide«, unterbrach ihn die Lautsprecherstimme. »Den Shark und Captain Laird. Und behandelt sie gut.« Ein scharfes Knacken verriet, daß der Lautsprecher abgeschaltet worden war, ohne eine Antwort abzuwarten. Mark blickte noch eine Weile hilflos ins Leere, dann straffte er sich und gab seinen Begleitern einen Wink, Charity und Skudder loszubinden.

Der Weg führte nach unten, und zum ersten Mal, seit Charity SS Nulleins betreten hatte, begriff sie wirklich, *wie* gigantisch die Bunkeranlage war – schließlich war es ja auch das erste Mal, daß sie den Weg bis zur zwanzigsten Ebene hinab zu Fuß zurücklegen mußte. Irgendwo zwischen drei- und vierhundert hörte sie auf, die Stufen zu zählen, die Skudder und sie hinuntergingen; größtenteils einfach, weil sie all ihre Konzentration brauchte, um auf der halbzerstörten Betontreppe nicht das Gleichgewicht zu verlieren.

Die Treppe war nur schwach erhellt und lediglich notdürftig repariert worden, so daß es manchmal zu einer geradezu lebensgefährlichen Kletterei wurde, mit Mark und seinen Begleitern Schritt zu halten. Zu allem Überfluß hatte Mark ihr Handschellen angelegt.

Von der Bunkeranlage sah Charity nur wenig. Die Türen, an denen sie vorüberkamen, waren ausnahmslos verschlossen, und auch als sie endlich ihr Ziel erreicht hatten – die verblichene Ziffer auf der Tür behauptete, daß es sich um die zweiundzwanzigste

Ebene handelte –, sahen sie wenig mehr als einen kahlen, von nur wenigen Neonröhren erhellten Korridor. Aber anders als der Treppenschacht war er nicht verfallen. Es gab weder Trümmer noch irgendwelche Schäden, ja, nicht einmal Staub. Obwohl menschenleer, machte dieser Teil des Bunkers einen durchaus bewohnten Eindruck. Es war tatsächlich so, wie sie angenommen hatte – sie war nur ein paar Dutzend Schritte von hier aufgewacht! Hätte sich diese verdammte Tür geöffnet, dann ...

»Stehenbleiben!«

Marks Stimme riß sie in die Wirklichkeit zurück. Sie gehorchte, versuchte aber über seine Schulter hinwegzublinzeln, als er die Tür öffnete und mit schnellen Schritten dahinter verschwand. Charity erhaschte einen kurzen Blick auf einen hellen, sehr sauberen Raum. Männer und Frauen in hellblauen und weißen Uniformen saßen vor eingeschalteten Computern.

»Phantastisch«, murmelte Skudder neben ihr. Sie sah auf und erkannte, daß sich sein Gesicht zu einer Grimasse verzerrt hatte. »Und das nennt ihr Leben?«

Charity antwortete nicht gleich. Skudders Bemerkung ärgerte sie. Dieser Bunker, der Computerraum hinter der Tür, ja, selbst Mark in seiner blauen Space-Force-Uniform, das alles hatte ihr für Augenblicke das Gefühl gegeben, nach Hause gekommen zu sein. Skudders Worte zerstörten diese Illusion.

»Nein«, antwortete sie. »Aber ich glaube nicht, daß sie es sich ausgesucht haben.«

Skudder konnte nicht mehr antworten, denn in diesem Moment kam Mark zurück und machte eine befehlende Geste. »Mitkommen.«

»Wohin bringen Sie uns?« fragte Skudder.

»Zu unserem Führer«, erwiderte Mark kalt. Skudder fuhr fast unmerklich zusammen, aber Charity war nicht sonderlich überrascht. *Captain* Laird, hatte die Lautsprecherstimme gesagt, und das Wort *Captain* war ihr ein bißchen zu glatt über die Lippen gegangen. Sie hatte das bestimmte Gefühl, zu wissen, wer sie auf der anderen Seite der Tür erwartete.

Sie durchquerten den Raum, in den Charity gerade hineingesehen hatte und der wirklich so etwas wie eine Computerzentrale zu sein schien. Die Männer und Frauen an den Pulten waren ausnahmslos so blaß und schlank wie Mark, und ihre gleichförmige Kleidung ließ sie wie Automaten wirken. Sie fühlte sich in einen jener alten Science-Fiction-Filme versetzt, in denen die Menschen nach einer Atomkatastrophe in unterirdischen Bunkeranlagen überlebt hatten, menschliche Maulwürfe, die nicht einmal mehr wußten, daß es einmal einen Himmel gegeben hat, der nicht aus Stein oder Beton bestand.

Nur, daß dies keine erfundene Geschichte war, sondern die Wirklichkeit. Und daß sie hundertmal schlimmer war als alles, was menschliche Phantasie jemals ersonnen hatte.

Endlich hatten sie den Raum durchquert, und Mark öffnete eine weitere Tür. Charity registrierte, daß rechts und links des Durchganges bewaffnete Posten standen, die sie und Skudder mit unverhohlenem Mißtrauen musterten.

Als sie durch die Tür traten, wurden sie von grellen Scheinwerfern geblendet. Hinter einem richtigen Schreibtisch saß eine Gestalt, die sie im gleißenden Licht kaum wahrnehmen konnten.

Ärgerlich hob sie die gefesselten Hände ans Gesicht und blinzelte. »Was soll dieser Unsinn, Stone?« fragte sie. Sie sah, wie Skudder erstaunt zusammenfuhr und sie aus großen Augen anblickte, und auch auf Marks Gesicht erschien ein fragender Ausdruck. »Wir haben jetzt lange genug Theater gespielt, finden Sie nicht?« fuhr sie fort. »Schalten Sie das blödsinnige Licht aus!«

Im ersten Moment geschah nichts. Dann bewegte sich der Schatten hinter dem Lichtvorhang, und ein leises, sehr dünnes Lachen erscholl. Etwas klickte, und das Licht erlosch.

Es dauerte ein paar Sekunden, bis sich Charitys Augen wieder an die veränderten Lichtverhältnisse gewöhnt hatten – und dann noch einmal eine Weile, bis sie begriff, daß sie sich getäuscht hatte.

Es war nicht Stone. Aber sie kannte das Gesicht auf der anderen Seite des Schreibtisches trotzdem; obwohl es sich auf unglaubliche Weise verändert hatte.

»Niles!« flüsterte sie fassungslos.

9

Raoul schob sich Zentimeter für Zentimeter auf den Hang zu. Er hatte zwanzig Minuten gebraucht, um die zehn Schritte vom Waldrand bis zum Fuß der Geröllhalde zurückzulegen, auf dem Bauch kriechend und so langsam, daß er manchmal das Gefühl gehabt hatte, überhaupt nicht mehr von der Stelle zu kommen. Die ganze Zeit über hatte er das kleine, blinkende Glasauge nicht einmal aus den Augen gelassen, das aus der Schutthalde herab auf den Waldrand starrte.

Keiner der anderen hätte es bemerkt, und auch Raoul hatte es nur gesehen, weil er erstens ziemlich genau gewußt hatte, wonach er suchen mußte, und weil es sich bewegte – sehr langsam, aber unaufhörlich.

Eine halbe Drehung nach rechts, Pause.

Eine halbe Drehung nach links, Pause...

Manchmal, wenn ein fallendes Blatt, ein Staubwirbel oder ein kleines Tier in seinen Sichtbereich gekommen waren, hatte es angehalten, aber nie für sehr lange.

Raoul kannte diese Art von Überwachungsgeräten, und das war auch der Grund, warum er sich auf Händen und Knien und im Schneckentempo bewegte. Immer dann, wenn das matte Glasauge direkt in seine Richtung blickte, erstarrte er zu völliger Reglosigkeit. Dann atmete er nicht einmal mehr.

Es war eine Videokamera, aber das kleine, in unregelmäßigen Abständen flackernde rote Auge darunter verriet ihm auch, daß sie nicht permanent eingeschaltet, sondern mit einem primitiven Melder gekoppelt war, der auf jegliche Art von Bewegung reagierte. Er vermutete, daß es Dutzende, wenn nicht Hunderte solcher künstlichen Augen gab, die das Gelände rings um den Berg absuchten. Wahrscheinlich waren sie mit einem Computer gekoppelt, der jede registrierte Bewegung auswertete.

Raoul hatte die Schutthalde erreicht. Die Kamera war ihm so nahe, daß er nur die Hand auszustrecken brauchte, um sie zu berühren.

Sein Blick huschte über die Trümmerlandschaft aus Felsbrocken und Schutt und blieb an einem niedrigen, dreieckigen Spalt hängen. Der Eingang. Hier nur konnte der Eingang liegen.

Langsam, unendlich langsam, richtete er sich auf und streckte die Hand nach der Kamera aus. Zwischen seinen Fingern glitzerte ein rundes Glas, geschliffen wie ein Prisma, aber viel zu dick dafür, und auf sonderbare Weise gleichzeitig durchsichtig wie milchig.

Seine Hand brauchte zehn Minuten, um die knapp zwanzig Zentimeter zurückzulegen, und seine Kräfte drohten abermals zu erlahmen. Er wartete. Die Kamera drehte sich, hielt an, drehte sich weiter, richtete sich für einen Moment genau auf seine Hand. Raouls Finger zuckten in einer unglaublich schnellen Bewegung vor.

Das Prismenglas prallte klirrend gegen die Aufnahmeoptik und verdeckte sie. Für den Bruchteil einer Sekunde verzerrten graue Schlieren das Glas, und Raoul wußte, daß jetzt irgendwo im Inneren des Berges eine Alarmglocke anschlug und wahrscheinlich ein Monitor zum Leben erwachte.

Dann klärte sich das Glas, und unten auf dem Monitor würde im gleichen Moment nichts anderes als das vertraute Bild des Waldrandes zu sehen sein, farbig und dreidimensional und sogar mit der Illusion von Bewegung – aber ohne die Sharks, die auf sein Zeichen hin aus ihrer Deckung traten und sich dem Hang näherten. Das Prisma filterte sie einfach heraus, so, wie es alles aus dem Bild herausgefiltert hätte, von dem Raoul wollte, daß es es tat. Es war ein kleines Wunderwerk, dieses harmlos aussehende Glas. Es war nicht auf der Erde gemacht worden.

Raoul erhob sich stöhnend und verbrachte die nächsten Minuten damit, seine Hand- und Fußgelenke zu massieren, bis das Leben kribbelnd in seine Glieder zurückkehrte. Dann drehte er sich zu Bart und den gut hundert anderen Sharks herum, die hinter ihm stehengeblieben waren, zog seine Waffe und deutete auf den dreieckigen Spalt im Berg.

»Los!« befahl er.

Es ist völlig unmöglich, dachte Charity, absolut ausgeschlossen. Aber der Mann auf der anderen Seite des Schreibtisches war Niles. Niles, mit dem sie zum Mond und zum Mars und dann zum Sternenschiff hinaufgeflogen war. Sie hatte ihn gemocht, hatte gern mit ihm zusammengearbeitet. Niles war ein gutes Jahr jünger als sie gewesen, ein Bild von einem Mann, sehr intelligent, nur manchmal hatte er sich darin gefallen, den dummen Nigger zu spielen.

Jetzt aber war er ...

Charity starrte das Gesicht auf der anderen Seite des Tisches an, suchte krampfhaft nach Worten und versuchte vergeblich, das Entsetzen zu unterdrücken, mit dem der Anblick sie erfüllte.

Niles war *alt.* Unglaublich alt. Sein Gesicht schien nur noch aus Runzeln und Falten zu bestehen. Er hatte keine Haare mehr. Seine Wangen waren eingefallen, und seine Augen, die immer so lebenslustig und wach gewirkt hatten, waren vom Alter trüb geworden.

»Großer Gott«, flüsterte sie schließlich.

Mehr brachte sie nicht heraus. Sie konnte nicht in Worte fassen, welche Gefühle Niles' Anblick in ihr auslöste. Und dann dachte sie, daß ihre Reaktion ihn tief verletzen mußte. Betreten senkte sie den Blick.

»Sie müssen sich nicht entschuldigen, Laird«, sagte er. Seine Stimme war dünn, wirkte aber dennoch voller Kraft. »Für mich war es ein ebensolcher Schock, Sie zu sehen. Aber ich war nicht ganz unvorbereitet.«

Er deutete auf einen der kleinen Bildschirme, die nebeneinander auf einem Bord hinter dem Schreibtisch aufgereiht waren. »Ich hatte eine halbe Stunde, mich an den Gedanken zu gewöhnen.« Er lachte. »Ich habe mir eine Menge kluger Worte zurechtgelegt, mit denen ich Sie begrüßen wollte – aber eigentlich ist das alles albern. Wer ist Stone?«

Charity sah wieder auf. Es fiel ihr noch immer schwer, dem Blick seiner um zwei Generationen gealterten Augen standzuhalten.

»Niemand«, antwortete sie.

»Niemand?«

»Ein Mann, den ich hier zu treffen erwartete. Es spielt keine Rolle.« Plötzlich fiel ihr wieder der erste Gedanke ein, der ihr durch den Kopf geschossen war, als sie ihn erkannte. »Wieso leben Sie noch?«

Die Worte taten ihr schon im gleichen Moment wieder leid, in dem sie sie aussprach. Selbst in ihren eigenen Ohren klangen sie fast wie ein Vorwurf. Aber Niles schien ihr die Bemerkung nicht übelzunehmen.

»Unkraut vergeht nicht, das wissen Sie doch.« Er lachte wieder, aber diesmal klang es nicht echt. Charity hatte das Gefühl, daß ihm das Sprechen große Mühe bereitete. Er hustete.

»Ich habe es überlebt, so wie Sie – wenn ich mich auch nicht ganz so gut gehalten habe.«

»Aber New . . .«

»Ich bin herausgekommen«, unterbrach sie Niles. »Fragen Sie mich nicht wie. Ich weiß es nicht mehr. Irgendwie habe ich es geschafft. Und andere auch. Die . . . die Vernichtung war nicht so total. Sie haben Manhattan ausradiert und einen Teil der Küste, aber wir . . . hatten Glück.«

»Und Ihre Frau.«

»Sie ist tot«, antwortete Niles. »Meine Tochter auch. Sie hatten weniger Glück als ich.« Er lächelte milde. »Es macht mir nichts aus, darüber zu reden«, sagte er, und es klang ehrlich. »Es ist lange genug her, wissen Sie?«

»Wer ist das?« mischte sich Skudder ein. »Ihr kennt euch?«

»Halt den Mund!« rief Mark und hob drohend die Hand, als wolle er Skudder schlagen. Niles winkte hastig ab.

»Sie sind manchmal wirklich etwas zu übereifrig, Mark«, sagte er mit sanftem Tadel. Er seufzte, drehte sich mühsam in seinem Stuhl um und bedachte Skudder mit einem langen, nachdenklichen Blick.

»Also Sie sind der legendäre Skudder«, sagte er schließlich. Er seufzte wieder. »Geben Sie mir Ihr Ehrenwort, mich weder anzugreifen noch zu fliehen, wenn ich Mark Sie losbinden lasse?«

Mark sog scharf und hörbar erschrocken die Luft zwischen den Zähnen ein, und auch Skudder sah für einen Moment sehr verwirrt aus. Niles seufzte erneut.

»Ich hasse es, mit einem gefesselten Mann zu sprechen, Mister Skudder«, sagte er. »Habe ich Ihr Wort?«

Skudder nickte, und Niles machte eine neuerliche, befehlende Geste zu Mark. »Binden Sie sie los, Mark. Beide.«

»Aber . . .«

»Bitte!« sagte Niles noch einmal. Seine Stimme klang eher ungeduldig als verärgert. »Ich weiß, was Sie sagen wollen, Mark. Auch ich habe schon eine Menge über Mister Skudder gehört – aber daß er sein Wort bricht, gehört nicht dazu.«

»Wie Sie meinen«, entgegnete Mark ärgerlich und machte sich an die Arbeit. Er öffnete Charitys und Skudders Handschellen und bezog wieder Posten.

»Es ist gut, Mark. Ich rufe Sie, wenn ich etwas brauche. Bitte lassen Sie uns allein.«

Mark wurde sichtlich blaß, widersprach aber nicht. Mit einem übertrieben zackigen Gruß drehte er sich herum und stampfte aus dem Raum, gefolgt von seinen drei Begleitern. Niles sah ihm kopfschüttelnd nach. Dann wandte er sich in fast entschuldigender Tonart an Skudder.

»Ein guter Mann, wenn auch manchmal etwas hitzig. Ihnen ist doch klar, daß ich nicht für Ihr Leben garantieren kann, nicht wahr?«

Skudder nickte. »Völlig klar. Aber wieso legen Sie Ihr Leben in meine Hände? Sie sind ein alter Mann – und ich könnte Ihr Genick brechen, ehe Sie auch nur um Hilfe rufen.«

»Kaum«, antwortete Niles überzeugt. »Und ich bin nicht ganz so schutzlos, wie Sie vielleicht glauben, Mister Skudder.« Er lächelte, schwenkte seinen Stuhl wieder zu Charity herum und sah sie an, und plötzlich begriff sie, daß sein kurzes Gespräch mit Skudder keinen anderen Sinn gehabt hatte, als ihr einige Sekunden Zeit zu verschaffen, mit ihrer Überraschung fertig zu werden.

»Wenn Sie wollen, lasse ich Mister Skudder hinausbringen«, sagte er. »Aber es wäre mir lieber, wenn er...« Er warf Skudder einen raschen, schwer zu deutenden Seitenblick zu. »... wenn er dabei wäre«, fuhr er nach einer winzigen Pause fort. »Im Gegensatz zu Mark und den meisten anderen hier bin ich nämlich nicht der Meinung, daß er ein blutrünstiger Barbar ist. Ganz im Gegenteil. Er ist ein guter Mann. Er steht nur auf der falschen Seite.«

Skudder wollte etwas sagen, aber Niles brachte ihn mit einem raschen Kopfschütteln zum Verstummen. »Hören Sie einfach zu, Mister Skudder. Ich bin sicher, Sie werden hinterher so manches mit anderen Augen sehen.«

Skudder zog eine Grimasse, entgegnete aber nichts.

»Was ist passiert?« fuhr Niles fort, wieder an Charity gewandt. »Sie waren im Kälteschlaf, nehme ich an?«

»Sie wissen davon?«

Niles nickte. »Es gibt nicht viel in dieser Station, von dem wir nichts wissen«, antwortete er mit sanftem Tadel. »Wir hatten Zeit genug, sie zu erkunden. Wir haben einen Großteil wieder aufgebaut, wissen Sie? Leider ist es uns nie gelungen, in den Raum mit den Hibernationstanks vorzudringen. Er war von innen versiegelt. Es war mir klar, daß jemand die Tanks benutzt hatte. Ich habe nur nicht zu hoffen gewagt, daß ausgerechnet Sie es sein könnten. Und daß wir uns noch einmal wiedersehen.«

»Das war nicht so ganz freiwillig«, murmelte Charity. »Was ist passiert, Niles? Wieviel Zeit ist vergangen, und wer . . .«

Niles unterbrach sie mit einer beruhigenden Handbewegung. »Viel«, antwortete er. »Sie sehen es ja. Es müssen . . .« Er überlegte einen Augenblick, dann lächelte er wieder. »Ziemlich genau siebenundfünfzig Jahre. Ich bin jetzt sechsundachtzig.« Er öffnete eine Schublade seines Tisches und sah hinein. »Falls es Sie interessiert, Captain Laird, heute ist der 16. Juni 2057.«

»Und . . .«

Wieder unterbrach sie Niles mit einer Geste. »Ich verstehe, daß Sie tausend Fragen haben, Captain«, sagte er. »Aber es wäre besser, wenn wir unsere Geschichten nacheinander erzählen. Meine ist länger – also fangen Sie vielleicht an?«

Es war keine Frage, sondern ein Befehl, aber Charity spürte auch, daß Niles hier nicht den Commander spielen wollte. Er war einfach seit so langer Zeit daran gewöhnt, Befehle zu erteilen, daß ihm nicht einmal mehr bewußt wurde, was er tat.

»Es ist verrückt«, sagte Charity. »Sie haben recht, Niles – ich war in einem dieser Tanks. Ich . . . ich bin vielleicht hundert Meter von hier aufgewacht.«

»Wer war noch bei Ihnen?« fragte Niles. »Außer diesem Stone?«

»Niemand«, antwortete Charity. »Und er war auch nicht mehr da, als ich erwacht bin. Er muß vor mir den Bunker verlassen haben. Als ich gestern das erste Mal von Ihnen . . . von Ihren Leuten hörte«, verbesserte sie sich rasch, »da hoffte ich, ihn hier zu finden. Aber das spielt jetzt keine Rolle. Ich bin vor drei Tagen aufgewacht, und . . .«

Sie erzählte Niles die ganze Geschichte, beginnend mit ihrem Erwachen bis hin zu dem Moment, in dem Skudder sie vor den Wölfen gerettet und sie zusammen von Niles' Männern überwältigt wurden. Sie ließ nichts aus, obwohl sie vor Ungeduld und Neugier immer nervöser wurde, endlich *ihm* Fragen stellen zu können. Trotzdem dauerte es eine gute Stunde, ehe sie endlich mit ihrem Bericht zu Ende gekommen war. Niles hörte die ganze Zeit über mit unbewegtem Gesicht zu; nur einmal, als sie von der Begegnung mit der Heuschrecke erzählte und der Todesangst, mit der sie der Anblick des Rieseninsektes erfüllt hatte, huschte ein flüchtiges Lächeln über seine faltigen Züge.

»Sie haben sehr viel Glück gehabt, daß Sie noch leben, wissen Sie das, Charity?« fragte er, als sie schließlich zu Ende gekommen war.

Charity nickte. »Ich hatte gehofft, hier ein paar Antworten zu finden«, sagte sie dann.

Niles sah sie ernst an. »Das werden Sie. Aber sie werden Ihnen nicht gefallen, fürchte ich.«

»Ist es so schlimm?«

Niles zögerte. Ein Schatten huschte über sein Gesicht, und für einen winzigen Moment schien sein Blick geradewegs durch Charity hindurchzugehen. »Ich weiß es nicht«, sagte er dann. »Die Welt dort draußen ist die Hölle, aber wie es wirklich dort aussieht, das weiß ich so wenig wie Sie.«

»Aber Sie . . .«

»Ich«, unterbrach sie Niles mit leicht erhobener Stimme, »habe diesen Bunker seit dreiundfünfzig Jahren nicht mehr verlassen, Captain Laird. Genausowenig wie einer meiner Männer.«

»Meine Frau und ich verließen New York drei Tage nach Ihnen«, begann Niles. Er sprach mit sehr leiser, fast tonloser Stimme, als wüßte er schon jetzt, daß er lange sprechen und ihn das Reden sehr anstrengen würde und versuchte, sich seine Kräfte einzuteilen.

»Ich erinnere mich noch gut an jenen Tag. Ich habe viel vergessen, was danach geschah, aber den Anblick Ihrer Maschine werde ich immer vor Augen haben.« Er lachte, ganz leise und bitter.

»Wären Sie noch einmal umgekehrt, Laird, dann wären wir mitgekommen. Ich war ein Narr, Ihr Angebot auszuschlagen. Aber ich dachte, es wäre leichter zu sterben. Aber das ist es nicht.«

»Es wäre nicht gegangen«, sagte Charity leise. »Der Hubschrauber war zu klein.«

»Ich weiß«, sagte Niles. »Trotzdem – ich bin Ihnen sehr dankbar, daß Sie nicht zurückgekommen sind. Ich ... weiß nicht, was ich getan hätte. Vielleicht wäre ich wirklich zum Feigling geworden und hätte meine Familie im Stich gelassen. Aber so konnte ich es nicht. Und eine halbe Stunde später spielte es sowieso keine Rolle mehr.«

Obwohl er das Gegenteil behauptet hatte, spürte Charity, wie schwer es ihm fiel, über jenen Tag zu sprechen. Aber sie unterbrach ihn nicht. Schlimmer als der Schmerz der Erinnerung, den er jetzt spürte, mußten die Jahrzehnte gewesen sein, in denen er mit niemandem darüber hatte reden können.

»Plötzlich war alles tot«, fuhr er fort, mit leerem Blick und leiser, zitternder Stimme. »Es war ... eine Art Strahlung. Erinnern Sie sich an das Haus voller Toter, das wir in der Bronx gefunden haben?«

Charity nickte.

»Es war dasselbe«, fuhr Niles fort. »Eine Art ... graues Leuchten, anders kann ich es nicht beschreiben. Zuerst hielt ich es für Gas, aber das war es nicht. Es ... es war überall, und es tötete nur Menschen. Keine Pflanzen. Keine Tiere, nur Menschen. Sie fielen einfach um und waren tot, von einer Sekunde auf die andere. Aber nicht alle. Meine Tochter starb, und alle unsere Nachbarn, aber meine Frau und ich spürten nichts.«

»Es gab Überlebende in New York?« fragte Charity ungläubig.

Niles nickte und schüttelte fast gleichzeitig den Kopf. »Nicht in der City. Manhattan wurde ausgelöscht, aber wir ... wir lebten in den Randgebieten. Vielleicht war die Strahlung dort nicht mehr so stark.« Er zuckte die Achseln. »Viele überlebten. Viele flohen, aber manche blieben auch, wenigstens in den ersten Tagen. Bis die ...«

»Bis die *Reiter* kamen«, sagte Skudder.

Niles nickte. »Sie wissen davon?«

Skudder lächelte kalt. »Wenn Sie von demselben New York sprechen wie ich, ja. New York ist so etwas wie ihr Hauptquartier auf diesem Kontinent. Daniel kommt von dort.«

Niles' Blick nach zu urteilen, konnte er mit dem Namen Daniel noch weniger anfangen als Charity. Aber er nickte. »Bis sie kamen, ja«, bestätigte er. »Sie ... begannen irgend etwas zu bauen, und ihre Truppen machten Jagd auf uns. Sie haben viele getötet, aber sie haben auch viele entkommen lassen. Offensichtlich kam es ihnen nur darauf an, uns aus der Stadt zu verjagen. Meine Frau und ich gehörten jedenfalls zu denen, die entkommen konnten.«

Wieder stockte er, und wieder konnte Charity sehen, wie ihn die Erinnerung zu übermannen drohte. Diesmal dauerte es sehr lange, bis er sich wieder in der Gewalt hatte.

»Ich will Sie nicht mit Einzelheiten langweilen, Charity«, sagte er dann mit veränderter Stimme. »Meine Frau starb wenige Wochen darauf, und ich irrte fast ein Jahr durch das Land, ehe ich mich bis hierher durchschlagen konnte. Als Sie und Mike sich in New York von mir verabschiedeten, da war ich bereit, zu sterben, und später, nachdem sie erst meine Tochter und dann meine Frau umgebracht hatten, da wollte ich es sogar, eine Zeitlang. Aber dann ... dann wollte ich nur noch überleben. Irgendwie und irgendwo, um es ihnen später einmal heimzuzahlen.«

Er sah Skudder an. »Aber im Gegensatz zu den meisten hatte ich ein Ziel«, fuhr er fort. »Ich wußte von diesem Bunker, und mir war klar, daß ich nur hier eine Chance haben würde. Leider kam ich zu spät.«

»Vielleicht ist es gut, daß Sie zu spät gekommen sind, Niles«, sagte Charity ernst. »Als ich ... in den Tank stieg, wurde der Bunker gerade angegriffen. Ich weiß nicht, ob es Überlebende gab.«

»Nein«, antwortete Niles. »Es gab keine. SS Nulleins war eine Ruine, als wir hierherkamen.«

»Wir?«

Niles machte eine Kopfbewegung zur Tür. »Ich war nicht allein. Einige von denen, die mich damals begleiteten, sind noch heute hier, aber die meisten sind tot. Mark und die anderen sind ihre Nachkommen.«

Charity starrte ihn an. Ein unglaublicher Verdacht begann in ihr emporzusteigen, aber sie verscheuchte den Gedanken, noch ehe sie ihn wirklich zu Ende denken konnte.

»Was geschah in diesem Jahr?« fragte sie.

Niles lachte hart. »Unsere Welt ging unter, Captain Laird«, sagte er. »Zuerst dachte ich sogar, daß wir eine kleine Chance hätten. Ich glaube, sie haben uns unterschätzt. Es gab überall Widerstand, und nach ein paar Wochen gelang es uns sogar, sie hier und da zurückzuschlagen. Es sind Bomben gefallen. Die Chinesen hatten ein paar uralte Dinger, denen der EMP nichts ausgemacht hatte, und ich schätze, von unserer U-Boot-Flotte haben einige überlebt. Alles in allem dauerte es fast ein halbes Jahr. Aber am Ende wurden wir besiegt. Sie können nicht gegen einen Feind siegen, der über unbegrenzten Nachschub verfügt.«

»Tut er das?« fragte Charity.

Niles nickte. »Ich habe eine Menge über sie herausgefunden«, sagte er. »Die Moroni scheinen keine Geheimnisse zu haben. Sie fühlen sich so sicher, daß sie Geheimhaltung wohl nicht mehr für nötig halten. Und vielleicht sogar zu Recht. Sie herrschen nicht nur über ein paar Planeten, Charity, die Hälfte der Milchstraße gehört ihnen, und die andere Hälfte erobern sie wahrscheinlich gerade. Es ist völlig sinnlos, gegen sie zu kämpfen. Wir haben es versucht, aber sie haben uns einfach niedergewalzt.«

»Aber das ist absurd!« protestierte Charity. »Es sind ... Ungeheuer. Ein Volk von primitiven Monstren, das ...«

»Moroni?« Niles schüttelte lächelnd den Kopf. »O nein, Charity. Was Sie gesehen haben, was ich gesehen habe, was diesen Planeten niedergeknüppelt hat, *das* waren Ungeheuer. Aber das waren keine Moroni. Niemand hat die Herren von Moron jemals zu Gesicht bekommen. Was wir gesehen haben, das waren Sklaven. Eine Art ... lebender Kampfroboter, wenn Sie so wollen. Mehr nicht.«

»Das stimmt«, sagte Skudder. »Die *Reiter* und die anderen sind nur die Fußtruppen. Die Herren Morons verlassen ihre Festung nie.«

Charity starrte ihn fassungslos an. Alles in ihr sträubte sich dagegen, auch nur ein Wort von dem zu glauben, was sie gehört hatte. Aber gleichzeitig wußte sie auch, daß es die Wahrheit war.

»Was geschah danach?« fragte sie mit mühsam beherrschter Stimme. »Nach dem Krieg?«

»Alles brach zusammen«, berichtete Niles. »Was die Insektenkrieger oder der Graue Tod nicht niedermachten, das zerstörten unsere eigenen Bomben. Die meisten großen Städte wurden ausradiert, hier, in Europa, in Asien – überall. Die Armeen Morons zogen sich langsam zurück – die meisten starben nach wenigen Wochen. Ich vermute, daß sie sich nicht an die fremde Umgebung gewöhnen konnten. Aber manche blieben auch. Ein paar Gattungen überlebten, paßten sich an. Es gab ... Mutationen. Kreuzungen zwischen einheimischen Lebensformen und den anderen.«

Er seufzte tief. »Sie sind noch nicht lange genug wieder hier, Charity, um es zu wissen, aber dieser Planet ist nicht mehr die Erde. Sie beginnen, ihn zu verändern. Auf unglaubliche Weise und unglaublich schnell.«

»Ich weiß«, sagte Charity.

Aus irgendeinem Grund schienen Niles diese Worte zornig zu machen. Er fuhr ein wenig hoch und sank fast in der gleichen Bewegung wieder in seinen Stuhl zurück. »Nein, das wissen Sie nicht«, sagte er heftig. »Sie wissen nicht, daß die meisten irdischen Tierarten verschwunden sind, ebenso wie die meisten Pflanzen. Die Moroni besetzen nicht einfach eine Welt. Sie *verändern* sie. Sie . . . sie sind dabei, aus unserer Erde einen anderen Planeten zu machen.«

Skudder wollte etwas sagen, aber Charity warf ihm einen raschen, warnenden Blick zu. Sie spürte, daß es besser war, Niles jetzt einfach erzählen zu lassen.

»Ich hatte viel Zeit, darüber nachzudenken«, fuhr er fort, ganz leise und fast wie im Selbstgespräch. »Wissen Sie, daß die einzige Gattung, die von der Invasion profitiert hat, die Insekten sind?«

Charity nickte. Sie erinnerte sich sehr lebhaft an ihre Begegnung mit der Heuschrecke.

»Ich vermute, daß die Moroni Insekten sind«, fuhr Niles fort. »Ich habe keinen Beweis dafür, aber ich bin trotzdem fast sicher.«

»Wieso?« fragte Skudder.

Niles bedachte ihn mit einem fast verzeihenden Lächeln. Sein Tonfall wurde dozierend, als er antwortete.

»Die Insekten waren die erste höhere Lebensform, die sich auf diesem Planeten entwickelte«, sagte er. »Und ich vermute, nicht nur hier. Sie sind perfekt: zäh, schnellebig, mit einer unglaublichen Vermehrungsrate, unvorstellbaren Körperkräften und einer Anpassungsfähigkeit, von der höhere Lebensformen als sie nicht einmal zu träumen wagen. Zu unserer Zeit gab es Hochrechnungen, junger Mann, was geschehen würde, wenn irgendein Idiot einmal den Knopf drückt und das alles hier in die Luft jagt. Wissen Sie, was dabei herausgekommen ist? Mit ziemlicher Sicherheit wären es die Insekten gewesen, die den großen Knall überlebten.«

»Sie meinen, diese Monster sind Nachfahren einer Welt, auf der . . .«

»Ich meine gar nichts«, unterbrach ihn Niles. »Es war nur ein Beispiel. Es ist auch möglich, daß die Insekten sich auf ihrer Welt einfach weiter entwickelten. Daß sie Intelligenz entwickelten. Wäre dies hier geschehen, hätte es niemals eine menschliche Rasse gegeben. Wahrscheinlich überhaupt keine Säugetiere.«

»Interessant«, knurrte Skudder. »Und was hat das alles mit Moron zu tun?«

»Nichts«, antwortete Niles. »Verzeihen Sie einem alten Mann, daß er ins Schwatzen geriet. Ich . . . habe nur versucht, mir vorzustellen, wie diese Welt einmal für unsere Enkelkinder aussehen wird.«

»Sie übertreiben doch«, sagte Charity erschrocken.

Statt zu antworten, stand Niles umständlich auf. Mit kleinen, mühsamen Schritten schlurfte er zu einer Computerbank neben der Tür, drückte einige Tasten und ging zu seinem Stuhl zurück. Hinter seinem Schreibtisch glomm ein fast wandgroßer Monitor auf. Charity erkannte eine Satellitenaufnahme der Erde, offenbar aus extrem großer Höhe aufgenommen und mit einer Kamera, die ihre besten Zeiten hinter sich hatte. Das Bild war alles andere als scharf; voller Schnee, und auch die Farben stimmten nicht.

Skudder riß erstaunt die Augen auf. »Was ist das?«

»Die Erde«, antwortete Niles. »Unser Planet, mein Freund. Aus großer Höhe aufgenommen.« Er amüsierte sich einige Sekunden über Skudders erstaunte Miene, dann wandte er sich wieder an Charity.

»Wir haben noch Verbindung mit einigen der alten Satelliten«, sagte er.

Charity trat neugierig näher. Irgend etwas . . . stimmte nicht mit diesem Bild. Aber sie wußte noch nicht, was.

»Ich dachte, die Bomben hätten sie alle zerstört.«

»Ein paar nicht«, antwortete Niles kopfschüttelnd. »Dieser und zwei oder drei andere waren hoch genug, um die Explosion zu überstehen.«

»Wenigstens zum Teil«, schränkte Charity ein, aber Niles schüttelte sofort wieder den Kopf.

»Sie irren sich. Der Satellit ist völlig in Ordnung.«

»Aber die Farben . . .«

»Stimmen nicht, ich weiß«, fiel ihr Niles ins Wort. »Aber sie sind so.«

»Das ist unmöglich!« protestierte Charity. Sie trat um den Schreibtisch herum und ging ganz nahe an die riesige Video-Wand heran.

Dann erkannte sie, daß Niles recht hatte. Die Farben stimmten wirklich nicht, aber das lag nicht an der Kamera. Es war der Planet, der sich verändert hatte. Sie entdeckte große, manchmal sicherlich Tausende von Meilen messende Flecken, die einen unwirklichen, purpurfarbenen Ton angenommen hatten.

»Was ist das?« fragte sie atemlos.

»Ich weiß es nicht«, antwortete Niles. »Niemand, der je versucht hat, diese Gebiete zu erforschen, ist zurückgekehrt. Das ist das, was sie aus unserer Welt machen.« Seine Stimme zitterte. »Sie kolonisieren die Erde nicht einfach. Sie . . . verändern sie. Verstehen Sie, was ich meine? Das da ist eine völlig fremde Vegetation, eine andere Tier- und Pflanzenwelt . . . vielleicht sogar eine fremde Atmosphäre.«

»Wie bitte?« sagte Charity erschrocken.

Niles nickte. »Wir haben versucht, Einzelheiten herauszufinden, aber es ist unmöglich. Nicht von hier aus. Auch die Zusammensetzung der gesamten Erdatmosphäre hat sich in den letzten fünfzig Jahren verändert. Noch nicht so stark, daß man es sofort spüren würde, aber der Prozeß geht weiter – und er beschleunigt sich. Ich habe es ausgerechnet. Wahrscheinlich dauert es nicht einmal mehr hundert Jahre, bis die gesamte Erde . . . verändert ist.«

Charity schwieg erschüttert.

»Das . . . das ist . . . die Erde?« murmelte Skudder.

Langsam drehte sich Charity zu ihm herum. In den letzten Augenblicken hatte sie seine Gegenwart vollkommen vergessen. Skudders Blick war starr auf den Monitor gerichtet.

»Nein«, sagte Niles hart. »Das ist sie nicht. Das da ist sie.« Er betätigte einen Schalter auf seinem Schreibtisch, und das Bild flackerte. Als sich die Streifen und bunten Schlieren wieder verzogen, war auf dem Monitor eine Aufnahme der Erde zu sehen, wie sie einmal gewesen war – ein blaugrüner Planet voller weißer Wolken und ausgedehnter Meere.

Niles' schmale Hände flogen über die Tastatur in seinem Schreibtisch, und das Bild wechselte abermals: Die Kamera näherte sich der Erde, als befände sie sich an Bord eines extrem hoch fliegenden

Flugzeuges, das zur Landung ansetzte. Der blaugrüne Ball wuchs plötzlich und nahm den ganzen Bildschirm ein. Wolken tauchten auf, verschleierten das Bild für Augenblicke und verschwanden wieder, als die imaginäre Kamera tiefer sank.

Charity wußte, daß es sich nur um eine Computersimulation handelte, aber das spielte keine Rolle. Was die Kamera zeigte, das war ein Bild der Erde, wie sie Skudder niemals kennengelernt hatte, einer Erde, die fünfzig Jahre und einen Weltuntergang zurücklag: grüne Täler und Wiesen wechselten sich mit Flußläufen und Bergen ab, Meere und Städte huschten unter der Kamera vorbei, Menschen und Tiere . . .

Es dauerte lange, sicherlich eine halbe Stunde, aber Skudder nahm in all dieser Zeit nicht für eine Sekunde den Blick vom Schirm. Sein Gesicht war wie Stein. Schließlich näherte sich die Kamera der Skyline einer gewaltigen Stadt. Charity erkannte Manhattan. Ein völlig unzerstörtes, intaktes Manhattan, voller glücklicher Menschen und spielender Kinder, bunte Autos und Flugzeuge, die über den Himmel zogen. Das Bild war falsch – die Stadt war niemals so sauber gewesen, und sie hatte niemals so glücklich gewirkt. Und trotzdem trieb es auch Charity die Tränen in die Augen.

Das Bild erlosch, der Film war zu Ende, und auf dem Monitor erschien wieder das Abbild einer geschändeten Erde. Die purpurroten Gebiete wirkten wie Krebs.

Niemand wagte das Schweigen zu durchbrechen. Schließlich räusperte sich Skudder. »Sie machen mir das nicht nur vor, nicht wahr?« fragte er. »Ich meine . . . das ist kein Trick?«

Niles schüttelte traurig den Kopf. »Nein. Das war unsere Heimat, Mister Skudder. Ich schaue mir diesen Film oft an. So war dieser Planet einmal – bevor Moron ihn zu einer Welt der Monster und Mutanten gemacht hat.«

»Aber warum?« fragte Charity erschüttert. »Das ergibt doch keinen Sinn!«

»Sie sind auf Eroberung aus«, antwortete Niles. »Ihr Reich ist groß. Sie brauchen Rohstoffe, Energie – und Menschen.«

»Menschen?«

»Sie haben Millionen verschleppt«, bestätigte Niles. »Und sie tun es noch. Niemand weiß, wozu, denn keiner ist bisher zurückgekehrt. Vielleicht brauchen sie Sklaven. Vielleicht fressen Sie sie auch auf.« Er sah Skudder an. »Ich weiß, das klingt hart, aber Sie brauchen sich keine Vorwürfe zu machen, junger Mann. Es ist nicht falsch, was Sie tun. Sie versuchen zu überleben, so wie wir auch.«

Skudder schwieg, offensichtlich völlig überrascht von dem, was er hörte. »Soll das heißen, Niles, daß Sie sich seit fünfzig Jahren hier verstecken, ohne irgend etwas zu unternehmen?« fragte Charity ungläubig.

»Dreiundfünfzig«, verbesserte sie Niles ruhig. »Plus der Zeit, die wir brauchten, um hierher zu kommen. Natürlich haben wir etwas getan – wir haben diese Station wieder hergerichtet.«

Er beugte sich leicht vor und sah Charity durchdringend, ja, beinahe beschwörend an. »Ich weiß, was Sie jetzt denken, Captain«, sagte er. »Ich habe vor fünfzig Jahren genauso gedacht. Aber es ist sinnlos, glauben Sie mir. Wir sind fast fünfhundert hier unten, aber wir sind nichts gegen Moron und seine Macht. Und wir sind vielleicht die letzten freien Menschen dieses Planeten.«

»Frei?« Skudder schnaubte. »Ich sehe den Unterschied nicht so ganz, wissen Sie? Die dort oben werden eingesperrt, und Sie sperren sich freiwillig ein. Ihr seid ja alle verrückt.«

Niles lächelte milde. »Vielleicht. Aber wir können nichts tun. Sollen wir einen Gegner besiegen, der einen ganzen Planeten in die Knie gezwungen hat?«

»Aber Sie können doch nicht . . .«

»Was?« unterbrach sie Niles sanft. »Einfach leben? Warum nicht? Was sollen wir tun? Hinausgehen und uns töten lassen, nur um einer Geste willen?« Er schüttelte den Kopf. »Ich verstehe Sie nur zu gut, Captain Laird – doch glauben Sie mir: Ich habe siebenundfünfzig Jahre Zeit gehabt, darüber nachzudenken, und es gibt nur diese eine Wahl für uns. Niemand kann Moron besiegen.«

»Heißt das, daß Sie für alle Zeiten hier unten sitzen und so tun wollen, als wäre nichts geschehen?« fragte Charity entsetzt.

»Wohin sollten wir gehen?« erwiderte Niles. »Moron hat uns vergessen. Selbst für die Menschen hier in der Umgebung sind wir kaum noch mehr als eine Legende. Wir haben Frieden, Laird. Hier unten wächst jetzt die dritte Generation heran, die in Frieden lebt, und dies ist vielleicht das höchste Gut auf dieser Welt, nicht erst, seit die Krieger Morons kamen. Wir könnten gehen. Wir besitzen Ausrüstung, Waffen, Lebensmittel – aber was würden wir finden? Mit sehr viel Glück ein neues Versteck.«

»Sie wollen ihnen die Erde einfach schenken?«

»Man kann nichts verschenken, das man nicht mehr besitzt«, sagte Niles. »Diese Welt gehört jetzt ihnen, Captain. Die meisten Menschen wissen gar nicht mehr, daß es einmal anders war.«

»Aber das ist doch nicht möglich!« widersprach Charity. »Es sind doch nur . . .«

»Zwei Generationen vergangen«, fiel ihr Niles ins Wort. »Unterschätzen Sie Moron nicht, Charity. Sie haben Erfahrung damit, ganze Welten zu versklaven. Viele Menschen leben relativ frei, aber sie achten scharf auf gewisse Dinge. Sie haben mit den *Wastelandern* gesprochen? Dann wissen Sie, wie die Welt aussieht. Moron herrscht, und Moron weiß alles. Sie kontrollieren die Schulen. Sie haben Bücher verboten und das Erzählen alter Geschichten. Es ist nicht erlaubt, einen Kalender zu führen. Oder eine Uhr zu besitzen.«

»Aber warum?« wunderte sich Skudder.

Niles lächelte. »Ein Volk ohne Geschichte ist weniger gefährlich«, antwortete er. »Es gibt nichts, worum sie kämpfen würden, wenn sie glauben, daß es schon immer so war. Und es gibt nichts, wofür sie sterben würden, ohne eine Geschichte.«

»Aber es gibt die Rebellen.«

Niles seufzte. »Die hat es immer gegeben. Unzufriedene und Querulanten. Aber sie sind harmlos. Moron läßt sie gewähren, weil sie nicht wirklich gefährlich sind. Ganz im Gegenteil – ein bißchen ähneln sie Ihnen und Ihren Sharks, Mister Skudder. Sie bilden sich ein, frei zu sein, und wissen nicht einmal, daß sie in Wahrheit den Invasoren dienen.«

»Das ist nicht wahr!« widersprach Skudder heftig.

»Ich weiß«, seufzte Niles. »Die Sharks sind frei und gehorchen niemandem, nicht wahr? Deswegen sind Sie ja auch jetzt hier, Skudder.«

»Sie . . . Sie sprechen von Moron, als wäre es der Teufel persönlich«, murmelte Charity.

»Vielleicht ist er es«, erwiderte Niles ernsthaft. »Ich glaube, daß es das Prinzip des Bösen an sich ist.«

»Unsinn.«

»Dann lassen Sie es mich anders formulieren«, sagte Niles. »Sie werden mir zustimmen, daß es zwei Arten von Kräften im Universum gibt – konstruktive und destruktive, nicht wahr? Wenn es so ist, dann symbolisieren die Herren Morons mit Sicherheit die negativen Kräfte.«

»Die dunkle Seite der Macht, wie?« sagte Charity. Die Worte hatten spöttisch klingen sollen, aber sie wirkten nur hilflos. Niles nickte auch wieder.

Charity antwortete nicht mehr. Plötzlich mußte sie mit aller Macht gegen die Tränen ankämpfen, die ihre Augen füllten.

10

Raoul zog den Dolch aus dem Hals des Mannes, ließ den reglosen Körper vorsichtig zu Boden sinken und wischte die Klinge an dessen Uniformhemd sauber. Der Wächter hatte nicht einmal gespürt, wie er gestorben war; ebensowenig wie die drei anderen, denen Raoul auf dem Weg nach unten begegnet war. Und er war der letzte gewesen. Sie waren ihrem Ziel jetzt sehr nahe. Der rote Leuchtpunkt befand sich wieder genau im Zentrum des Suchers, er glühte so kräftig, daß er kaum noch mehr als ein paar hundert Meter von seinem Ursprung entfernt sein konnte.

Trotzdem beging Raoul nicht den Fehler, in letzter Sekunde leichtsinnig zu werden. Die Wächter waren unaufmerksam gewesen, weil sie sich viel zu sehr auf ihre technischen Spielereien verlassen hatten: ein halbes Dutzend unterschiedlichster Alarm- und Sicherungsanlagen, die Raoul der Reihe nach und auf die unterschiedlichsten Arten ausgeschaltet hatte, während er den Weg für Bart und die anderen ebnete. Aber das bedeutete nicht, daß es so einfach weitergehen würde, und Raoul wußte das. Es war eine kleine Armee, die hier unten auf sie wartete, und sie hatten nichts zu verlieren.

Lautlos schob sich Raoul weiter, öffnete die Tür, vor der der Wächter gedöst hatte, einen Spaltbreit und spähte hindurch.

Auf der anderen Seite der fingerdicken Tür aus Panzerstahl erstreckte sich eine gut fünfzig Meter lange, von kaltem, weißem Licht erfüllte Halle, von der zahlreiche Türen abgingen. Einige standen offen und gewährten Raoul einen Blick in die dahinterliegenden Räume. Menschen bewegten sich darin, und gerade als er die Tür wieder schließen wollte, rollte ein kleiner, summender Elektrokarren durch die Halle und blieb vor einer Tür stehen. Eine junge Frau stieg von dem Gefährt herunter, klopfte und trat nach kurzem Zögern ein.

Raoul hatte genug gesehen. Lautlos schloß er die Panzertür wieder, trat einen Schritt zur Seite und zog seine Waffe. Mit der anderen Hand löste er das Funkgerät vom Gürtel, hob es an die Lippen und drückte die Sprechtaste. Er war sich der Tatsache bewußt, daß das Funkgerät vermutlich angepeilt werden konnte und daß in längstens einigen Sekunden die Alarmsirenen losheulen würden. Aber das spielte jetzt keine Rolle mehr.

»Es geht los«, sagte er. Er wartete die Antwort nicht ab, sondern steckte die Maschinenpistole wieder ein, stieß die Tür mit einem Fußtritt auf und stürmte hindurch.

Raoul begann zu schießen, noch ehe die ersten Schreckensschreie aufgellten.

Niles hatte noch eine Weile geredet, aber Charity hatte kaum mehr zugehört. Sie fühlte sich mutlos, und nur ganz langsam gelang es ihr, so etwas wie Zorn zu empfinden.

Schließlich war es Skudder, der das Schweigen brach.

»Was hast du eigentlich erwartet?« fragte er. »Einen Ritter auf einem weißen Pferd, der dich in den Sattel hebt und in einer heroischen Schlacht die Angreifer vertreibt?«

Sein Spott tat ihr nicht mehr weh; irgendwo hatte er sogar recht. Es war ziemlich naiv von ihr gewesen, hierher zu kommen und zu glauben, damit wäre alles gut. Hätte sie auch nur einen Moment in Ruhe darüber nachgedacht, was es bedeutete, daß sich die Tiefen seit Jahrzehnten hier versteckten, wäre sie vielleicht von selbst darauf gekommen.

»Sie sind jetzt enttäuscht, Captain«, sagte Niles. Er warf Skudder einen fast dankbaren Blick zu. »Ich verstehe das. Auch ich habe Jahre gebraucht, um mich an den Gedanken zu gewöhnen, daß es vorbei ist.«

»Sie haben aufgegeben«, erwiderte Charity. »Sie . . . Sie hätten ebensogut hinausgehen und sich Skudder und seinen Männern ergeben können.«

»Wir leben«, erwiderte Niles, als wäre dies Antwort genug. »Auch Sie können hierbleiben, Captain, wenn Sie wollen.«

»Hier?« Charity schüttelte traurig den Kopf.

»Überlegen Sie es sich«, sagte Niles. »Es gibt nicht viele Orte, an denen Sie sicherer wären als hier, und wir brauchen jemanden wie Sie.«

Plötzlich lächelte er. »Ich bin alt, Captain Laird. Selbst wenn wir die Sharks und ihre Herren noch eine Weile an der Nase herumführen können, habe ich nicht mehr allzu lange zu leben. Sie könnten meine Nachfolgerin werden. Und wer weiß – vielleicht könnten Sie Mark und die anderen sogar überzeugen.«

Im ersten Moment war Charity von diesen Worten überrascht. Aber sie durchschaute sie schnell. Sie würde wie Niles werden, wenn sie auf sein Angebot einging. SS Nulleins war zwar ein sicherer Unterschlupf, aber hier würde sie früher oder später einem Gift erliegen, das Bequemlichkeit hieß. Wenn sie Niles' Angebot annahm und wirklich an seiner Seite über die unterirdische Stadt regierte, würde sie sich irgendwann ernsthaft fragen, ob er nicht recht hatte. Sie schüttelte den Kopf.

»Ich habe nichts anderers erwartet«, sagte Niles, beinahe traurig. »Aber Sie bleiben ein paar Tage unser Gast, bis Sie sich erholt haben und sich darüber im klaren sind, was Sie tun wollen.«

»Ganz bestimmt«, sagte Charity. »Wir haben viel zu erzählen.« Sie lächelte, wenn auch etwas gezwungen, wurde sofort wieder ernst und deutete mit einer Kopfbewegung auf Skudder. »Was geschieht mit ihm?«

Niles sah den Shark nachdenklich an. »Ich kann Sie nicht gehen lassen, Mister Skudder, das wissen Sie. Aber ich gebe Ihnen mein Wort, daß Ihnen nichts geschieht, bis wir entschieden haben, wie wir mit Ihnen verfahren.«

Skudder schnaubte abfällig. »Das wissen Sie doch jetzt schon, alter Mann«, sagte er böse. »Sie werden mich umbringen. Sie können mich gar nicht gehen lassen, nach allem, was ich weiß.«

»Der Tod ist nicht das einzige Mittel, eine Erinnerung zu löschen«, widersprach Niles ärgerlich. »Wir sind keine Tiere, Mister Skudder.«

Er wollte noch mehr sagen, aber in diesem Moment wurde die Tür aufgerissen, und Mark stürmte herein. Er hielt ein Lasergewehr in der Hand.

»Die Sharks!« schrie er. »Sie greifen an!«

Niles fuhr erschrocken im Stuhl hoch. »Was?«

»Sie kommen!« keuchte Mark. »Irgendwie haben sie die Sperren überwunden. Sie sind im Bunker!« Plötzlich fuhr er herum. Sein Gesicht verzerrte sich vor Haß. »Das warst du!« brüllte er, an Skudder gewandt. »Du hast sie hierher gebracht!«

Er schlug zu, so schnell, daß selbst Skudders instinktive Abwehrbewegung zu spät kam. Sein Gewehrkolben traf das

Gesicht des Sharks, schleuderte ihn aus dem Stuhl und ließ ihn halb besinnungslos zusammenbrechen.

»Aufhören!« befahl Niles scharf.

Im ersten Moment sah es fast so aus, als würde Mark seine Worte einfach ignorieren. Mit einem gellenden Wutschrei trat er zurück, drehte die Waffe herum und legte auf den Shark an, der sich stöhnend auf Hände und Knie zu erheben versuchte.

»Aufhören, habe ich gesagt!« befahl Niles noch einmal. Und diesmal gehorchte Mark. Widerwillig senkte er die Waffe, wich bis zur Wand zurück und sah zu, wie Skudder sich mühsam aufrichtete.

»Also – was ist passiert?« fragte Niles scharf. »Wo sind sie, und wie viele sind es?«

»Ich weiß es nicht«, antwortete Mark nervös. »Aber es sind viele. Sie schießen alles nieder, was sich bewegt. Wir hätten diesen Mistkerl da draußen einfach abknallen sollen. Aber vielleicht hole ich es ja noch nach.«

»Idiot«, sagte Skudder stöhnend. »Wenn ihr mich erschießt, dann bleibt hier unten keiner mehr am Leben.«

»Da wäre ich nicht so sicher, Mister Skudder«, sagte Niles eisig. »Wir sind nicht ganz wehrlos, wissen Sie?«

»Ihr habt keine Chance, und das weißt du auch, alter Mann«, erwiderte Skudder abfällig. »Gebt auf, und ich lasse euch am Leben.«

Mark stieß ihn so grob mit dem Gewehrlauf zwischen die Rippen, daß er sich erneut vor Schmerzen krümmte. »Für jemanden, der auf der falschen Seite einer Waffe steht, riskierst du ziemlich viel, Shark«, sagte er.

»Hören Sie endlich auf, Mark«, sagte Niles. »Wieviel Zeit haben wir noch?«

Mark brauchte nicht zu überlegen. »Nicht mehr viel«, gestand er dann. »Vielleicht können wir sie aufhalten. Sie waren schon in der Station, ehe wir sie überhaupt bemerkt haben.«

Niles wandte sich an Skudder. »Wie haben sie das geschafft?«

Skudder grinste. Langsam hob er die Hand und streckte sie nach Charity aus. Mark fuchtelte drohend mit seiner Waffe herum, aber Charity winkte ab. »Lassen Sie ihn.«

Skudder bedankte sich mit einem spöttischen Kopfnicken, öffnete den Reißverschluß ihrer Ärmeltasche und zog eine kleine Scheibe aus weichem, grauem Kunststoff heraus. Charitys Augen weiteten sich vor Erstaunen.

»Eine Wanze!« sagte sie. »Du ... du hast mir eine Wanze angehängt? Aber dann ... das war alles ...«

»Geplant, natürlich«, sagte Skudder ruhig. »Glaubst du wirklich, du hättest fliehen können, wenn ich es nicht gewollt hätte?« Er schüttelte den Kopf. »Deine Freundin Net war so freundlich, uns zu verraten, was du vorhattest, und da ich schon lange eine Gelegenheit gesucht habe, Mister Niles einmal persönlich kennenzulernen ...«

Charity starrte ihn an. In ihrem Mund war plötzlich ein bitterer Geschmack, und sie mußte all ihre Selbstbeherrschung aufbringen, um sich nicht einfach auf ihn zu stürzen und ihm die Fäuste ins Gesicht zu schlagen. Großer Gott, was für eine Närrin war sie doch gewesen!

»Nimm es nicht tragisch«, sagte Skudder spöttisch. »Früher oder später hätten wir sie auch allein gefunden.«

»Du verdammter Mistkerl!« brüllte Mark. »Dafür bringe ich dich um!«

»Mark!« schrie Niles.

Aber diesmal reagierte Mark nicht mehr darauf. Mit einer wütenden Bewegung riß er den Laser hoch und legte auf Skudder an.

Charity schlug ihm die Waffe aus der Hand, versetzte ihm einen Hieb in die Seite, der ihn auf die Knie herunterfallen ließ, und hob blitzschnell den Laser auf. Drohend richtete sie die Mündung der Waffe auf Skudder, behielt aber auch Mark scharf im Auge.

»Und jetzt?« fragte Skudder ruhig.

Charitys Gedanken überschlugen sich. Sie hatte einfach gehandelt, fast ohne zu denken, und es tat ihr auch nicht leid, Skudders Leben gerettet zu haben – aber er hatte recht, sie wußte einfach nicht, was sie tun sollte!

»Erschießen Sie ihn!« stöhnte Mark. Niles schwieg.

»Die Leute hier«, fragte Charity unsicher. »Haben sie eine Chance?«

»Gegen meine Männer?« Skudder schüttelte überzeugt den Kopf. »Nein.«

»Er lügt!« keuchte Mark. Taumelnd stemmte er sich hoch, streckte die Hand aus und schaltete die Gegensprechanlage ein. Plötzlich erfüllten Schüsse und Schreie das kleine Büro, der Kampf tobte noch immer.

»Ich will dein Wort!« sagte sie. »Du garantierst mir, daß Niles' Leute am Leben bleiben, wenn sie sich ergeben.«

Skudder überlegte einen Moment. Dann nickte er. »Okay. Ich verspreche es.«

»Glauben Sie ihm nicht!« kreischte Mark. »Alle Sharks sind Lügner!«

Charity beachtete ihn gar nicht. Sie sah Niles an. Und nach einer Weile nickte der alte Mann.

Langsam beugte er sich vor und drückte einen Knopf auf seinem Schreibtisch. Aus dem Lautsprecher drang ein gedämpftes Knacken, dann seine Stimme, die jetzt überall gleichzeitig in der Station erscholl: »Hier spricht Commander Niles. Stellen Sie das Feuer ein. Wir ergeben uns.«

Charity reichte Skudder schweigend ihre Waffe.

11

Die Sonne ging wieder auf, bis sie das Gebiet der Sharks erreichten. Skudder hatte Wort gehalten. Nachdem die Verteidiger ihren Widerstand aufgegeben hatten, hatten auch sie das Feuer eingestellt; aber obwohl der Kampf alles in allem nicht einmal zehn Minuten gedauert hatte, gab es auf beiden Seiten Dutzende von Opfern zu beklagen – Charity schätzte, daß mindestens zwanzig, vielleicht auch dreißig Sharks getötet worden waren, während es beinahe hundert Bunkerbewohner erwischt hatte. Selbst Mark war sehr still geworden, als er die Bilanz des kurzen Gefechtes gehört hatte. Natürlich würde er niemals zugeben, daß Charity richtig gehandelt hatte.

Es spielte auch keine Rolle, dachte sie düster, während sie zusah, wie die kleine Kolonne sich dem Rande der Wüste näherte und die ersten Wagen bereits langsamer wurden, um einen steilen Hang hinaufzukriechen. Es waren fast dreihundert Menschen, die Skudders Sharks auf einigen altersschwachen Lastwagen zusammengepfercht hatten und die einem sehr ungewissen Schicksal entgegensahen. Charity bezweifelte nicht, daß Skudders Versprechen ernst gemeint gewesen war, ihr Leben zu schonen. Aber sie war nicht sicher, ob er sein Versprechen halten konnte.

Sie verscheuchte den Gedanken und versuchte, durch die zerkratzte Windschutzscheibe hindurch mehr von ihrer Umgebung zu erkennen. Die Sonne stand wie ein lodernder Feuerball eine halbe Handbreit über dem Horizont und blendete sie, so daß sie kaum mehr als scharfe, schwarze Schatten wahrnehmen konnte, aber sie sah zumindest, daß das verbrannte Wüstenland in eine karge Steppe übergegangen war. Vor ihnen, vielleicht noch zwei, drei Meilen entfernt, erhob sich etwas, das wie die Silhouette einer Stadt aussah, Charity aber gleichzeitig irgendwie fremd vorkam. Viele der fünfzig Motorräder, die die Lastwagenkolonne eskortierten, war vorausgefahren, während der Rest von Skudders Streitmacht im Bunker zurückgeblieben war, um Jagd auf Überlebende zu machen, die sich in den labyrinthischen Gängen und Stollen von SS Nulleins verborgen haben mochten. Charity hoffte, daß wenigstens einige von ihnen entkommen konnten.

Die Sonne stieg rasch höher, und als sie näher kamen, erkannte Charity, daß das, was sie für eine Stadt gehalten hatte, in Wahrheit nur mehr die *Ruinen* einer Stadt waren. Der Anblick verwirrte Charity nur für einen Moment, ehe sie begriff, was er bedeutete. Sie dachte an das blauweiße Feuer, das vom Himmel gefallen war, kurz bevor sie den Bunker erreichte. Waren sechzig Jahre genug, die Strahlung auf ein erträgliches Maß zu dämpfen? Sie wußte es nicht.

»Wir sind bald da«, sagte Raoul, dem ihre Unruhe nicht entgangen war. Er versuchte zu lächeln, war aber zu müde dazu. »Sind die Fesseln zu eng?«

Charity blickte kurz auf ihre gefesselten Hand- und Fußgelenke und schüttelte den Kopf, antwortete aber nicht. Es war nicht das erste Mal, daß Skudders Stellvertreter ein Gespräch mit ihr anzufangen versuchte, aber bisher hatte sie nie reagiert. Sie mochte Raoul nicht, und diese Ablehnung ging weit über den instinktiven Widerwillen hinaus, den sie allen Sharks entgegenbrachte. Raoul war ihr unheimlich. Dabei behandelte er sie gut, und das Bedauern, mit dem er sie gefesselt hatte, schien echt zu sein.

Der Shark setzte erneut dazu an, etwas zu sagen, zuckte dann aber nur mit den Schultern, als Charity demonstrativ den Kopf wandte und wieder aus dem Fenster sah. Sie wollte nicht mit Raoul reden. Weder mit ihm noch mit sonst irgend jemandem.

Die Stadt kam jetzt rasch näher. Sie *war* von einer Bombe getroffen worden. Ruinen und Schuttberge bestimmten das Bild. Die Szenerie war mehr als unheimlich. Gelegentlich stach ein einzelner verrosteter Stahlträger wie ein Mahnmal in den Nachthimmel.

Die Kolonne wurde langsamer und fuhr schließlich fast nur noch im Schrittempo, bis sie in einen Teil der verbrannten Stadt gelangten, der wenigstens den Anschein menschlichen Lebens erweckte – auch hier waren die meisten Häuser nur noch verbrannte Ruinen, aber die Autowracks und Trümmerberge waren fortgeschafft worden, und hier und da brannte ein Feuer hinter einer geschwärzten Fensterhöhle. Vor einigen Häusern standen Motorräder.

Schließlich hielt Raoul an und öffnete die Tür, schaltete den

Motor aber nicht aus. Charity sah, daß die anderen LKWs weiterfuhren.

Raoul umkreiste den Wagen mit wenigen schnellen Schritten, öffnete die Tür an ihrer Seite und machte ein Zeichen, auszusteigen. Gleichzeitig wich er einen Schritt zurück und legte die Hand auf die Pistole, die in seinem Gürtel steckte.

Wäre sie nicht zu müde dazu gewesen, hätte sie gelacht. Sie hatte kaum noch die Kraft, aus dem Wagen zu steigen, geschweige denn, ihn anzugreifen. Doch Raoul schien einen gehörigen Respekt vor ihr zu haben.

»Wo bringst du mich hin?« fragte sie. Sie hatte gar nicht mit einer Antwort gerechnet, aber sie bekam sie.

»Zu Skudder. Er wartet schon.«

Raoul deutete mit einer Kopfbewegung auf das Haus, vor dem sie angehalten hatten, einem dreistöckigen Gebäude, das einmal ein Schul- oder Verwaltungsbau gewesen sein mußte. Sogar die Türen und Fenster waren noch intakt. Skudders Palast, dachte sie spöttisch, aber auch ein bißchen ängstlich. Sie fragte sich, was sie erwarten würde.

Zwei weitere Sharks gesellten sich zu ihnen, während sie das Haus betraten, ein dritter nahm Raouls Platz hinter dem Steuer ein und fuhr den LKW davon. Charity fragte sich bedrückt, ob sie diese Männer und Frauen jemals wiedersehen würde. Obwohl sie wußte, daß es nicht stimmte, gab sie sich noch immer die Schuld an dem, was geschehen war.

»Dort entlang.« Raoul deutete mit einer Kopfbewegung auf eine Tür ganz am Ende des Korridors und machte eine auffordernde Geste. Charity ging ein wenig schneller, wartete, bis er die Tür geöffnet hatte, und trat gebückt unter dem niedrigen Eingang hindurch.

Sie wußte nicht, was sie erwartet hatte – eine Art barbarischer Thronsaal vielleicht oder eine Kammer voller Gerümpel und Beutestücke, grellbunte Poster und Waffen an den Wänden oder auch ein paar nackte Groupies mit tätowierten Brüsten... irgend etwas, das zum äußeren Erscheinungsbild der Sharks gepaßt hätte; aber das Zimmer, in das sie Raoul führte, war überraschend nüchtern und hell – ein einzelner, vollkommen leerer Tisch, eine Anzahl billiger Kunststoffstühle in unterschiedlichen

Farben, an der Wand ein Bücherschrank und ein schmales Bett, fast eine Pritsche. Skudders Thronsaal glich eher einer etwas zu groß geratenen Klosterzelle.

Skudder wartete auf sie, aber er war nicht allein. Auf dreien der bunten Plastikstühle saßen Niles, Abn El Gurk und Net. Niles und Gurk starrten an Skudder vorbei ins Leere, während das Mädchen sie fast haßerfüllt anblickte. Charity schluckte die Bemerkung herunter, die ihr auf der Zunge lag. Ganz egal, was sie zu Net gesagt hätte, es hätte alles nur noch schlimmer gemacht.

Skudder deutete wortlos auf einen der Stühle, wartete, bis sie sich gesetzt hatte, und sah sie dann fragend an. »Möchtest du etwas trinken?«

Charity antwortete nicht, obwohl sie vor Durst fast umkam, und nach einer Sekunde zuckte Skudder die Achseln und setzte sich ebenfalls. Er machte einen sehr unentschlossenen, fast bedrückten Eindruck. So, als wüßte er jetzt, wo er sie alle endlich in seiner Gewalt hatte, nicht so recht, was er überhaupt mit ihnen anfangen sollte. Er wandte sich an Net.

»Hast du jemanden, zu dem du gehen kannst?« fragte er.

Net sah auf. Sie wirkte ein bißchen verwirrt, aber auch mißtrauisch. Nach ein paar Sekunden schüttelte sie den Kopf. »Nein«, sagte sie hart. »Ihr habt alle umgebracht.«

»Würdest du mir glauben, wenn ich dir sage, daß es mir leid tut?« fragte Skudder.

Net schwieg, aber Skudder hatte auch nicht mit einer Antwort gerechnet. »Du bleibst hier, bis wir wissen, wie alles wird«, sagte er. »Danach kannst du gehen. Du kannst aber auch bei uns bleiben.«

»Wie großzügig«, sagte Net böse. »Das habe ich mir schon immer gewünscht.«

Skudder runzelte die Stirn. Für einen Moment sah es so aus, als wollte er auffahren, aber dann schüttelte er nur den Kopf und gab den beiden Sharks, die mit Charity und Raoul hereingekommen waren, einen Wink. »Verschwindet.«

Die Männer gehorchten. Skudder wartete, bis sich die Tür hinter ihnen geschlossen hatte, dann wandte er sich an Raoul. »Versuche, Daniel zu erreichen«, sagte er. »Ruf mich, wenn er sich meldet. Ich möchte selbst mit ihm sprechen.«

Raoul nickte, ging an Charity vorbei und verließ das Zimmer durch eine zweite Tür, die sie bisher noch gar nicht bemerkt hatte. Sie erhaschte einen flüchtigen Blick auf einen schmalen Treppenschacht mit unverkleideten Betonwänden. Unmerklich atmete sie auf, als Raoul das Zimmer verlassen hatte. Das sonderbare Gefühl, das sie in seiner Nähe verspürte, war die ganze Zeit über nicht gewichen.

»Daniel?« sagte sie. »Er ist nicht hier?«

Skudder schien überrascht zu sein. Dann lachte er, als hätte sie etwas sehr Dummes gesagt.

»Nein«, sagte er. »Aber du wirst ihn kennenlernen. Er brennt schon darauf, dich zu sehen. Und Sie auch, Commander«, fügte er an Niles gewandt hinzu.

Niles sah auf, und zum ersten Mal, seit Charity hereingekommen war, schien wieder so etwas wie Leben in seine Augen zurückzukehren. »Sie wissen ja nicht, was Sie tun, Sie Narr!« sagte er. »Sie haben alles zerstört.«

Skudder zuckte scheinbar gleichgültig mit den Schultern. »Zumindest *tue* ich etwas, alter Mann«, sagte er. »Wir verkriechen uns nicht unter der Erde und tun so, als wäre nichts passiert.« Er machte eine herrische Handbewegung, als Niles widersprechen wollte.

»Ich habe Sie nicht hierherbringen lassen, um mich mit Ihnen zu streiten, alter Mann«, fuhr er fort.

»So?« sagte Niles. »Weshalb dann . . .«

»Um . . .« Skudder ballte wütend die Faust, beherrschte sich dann aber im letzten Moment wieder und sank in seinen Stuhl zurück. Aber nur für eine Sekunde; dann sprang er wieder auf, so heftig, daß sein Stuhl klappernd umfiel, und befahl Charity mit einer Geste, ihm zu folgen. Wütend riß er die Tür auf, durch die Raoul gerade verschwunden war, zog sie ungeduldig hindurch und warf sie hinter sich wieder ins Schloß.

»Dieser verstockte alte Narr«, sagte er, während sie nebeneinander die steile Betontreppe hinuntergingen. »Ich versuche, ihm zu helfen, aber er will das einfach nicht begreifen.«

Charity sah ihn verwirrt an. Skudders Bemerkung kam so unvermittelt, daß sie im ersten Moment nicht wußte, was sie davon zu halten hatte. Der Shark wirkte merkwürdig verändert. Er war unsicher und nervös. Irgend etwas schien ihn sehr ernsthaft zu beschäftigen.

Sie gelangten in einen kleinen, nur von einer nackten Glühbirne erhellten Kellerraum, der schon eher Charitys Erwartungen von einer Shark-Höhle entsprach: Skudder schien hier alles zusammengetragen zu haben, was er in den Ruinen der Stadt gefunden hatte. Bis unter die Decke stapelten sich Kisten und Kartons, und an der gegenüberliegenden Wand hing eine wirklich beeindruckende Waffensammlung. Raoul stand vor einem kleinen Tischchen, auf dem Charity ohne besondere Überraschung ein modernes Bildfunkgerät entdeckte. Der Monitor war eingeschaltet und zeigte ein verschlungenes, feuerrotes ›M‹. Die Herren Morons schienen einen Hang zur Dramatik zu haben, aber nicht über viel Originalität zu verfügen.

Skudder machte eine ärgerliche Handbewegung zu Raoul. »Verschwinde. Paß auf, daß die da oben keinen Blödsinn machen.«

Raoul schien widersprechen zu wollen, aber Skudder warf ihm einen so eisigen Blick zu, daß er wie ein geprügelter Hund den Kopf einzog und sich beeilte, seinem Befehl zu folgen. Charity schauderte, als er an ihr vorüberging.

»Du magst ihn nicht, wie?« fragte Skudder plötzlich. Charity drehte sich zu ihm herum und begriff erst jetzt, daß sich ihre Gefühle ziemlich deutlich auf ihrem Gesicht widergespiegelt haben mußten.

»Nein«, gestand sie. »Er ist mir unheimlich.«

Skudder nickte. »Mir auch«, sagte er. »Aber er ist ein guter Mann. Einer der wenigen hier, denen ich traue. Vielleicht der einzige.«

Er zuckte mit den Schultern, drehte sich zum Funkempfänger und starrte das flimmernde ›M‹ auf dem Bildschirm fast feindselig an. Charity wollte etwas sagen, aber sie hatte plötzlich das sehr sichere Gefühl, daß Skudder nicht antworten würde. Erneut und noch stärker spürte sie, daß irgend etwas in ihm vorging.

Nur um überhaupt etwas zu sagen, deutete sie auf den indianischen Federschmuck, der Skudders Waffensammlung krönte. »Ist der echt?« fragte sie.

Skudder sah nicht einmal auf. Aber er nickte. »Er gehörte meinem Vater. Und vor ihm dessen Vater.«

Es dauerte einen Moment, bis Charity begriff. Überrascht sah sie Skudder an. »Du bist ein Indianer?«

»Ein Hopi«, verbesserte sie Skudder. »Indianer habt ihr uns genannt. Für viele von uns ist das ein Schimpfwort.«

Ein heller Pfeifton drang aus dem Funkgerät, und Skudder straffte sich sichtlich. Ein angespannter Ausdruck trat auf seine Züge. Das rote ›M‹ auf dem Bildschirm flackerte für eine Sekunde und erstarrte dann wieder, und dann drang eine Stimme aus dem Gerät:

»Skudder? Habt ihr sie?«

Charity erstarrte. Die Übertragung war schlecht und die Stimme verzerrt, aber *es war eine Stimme, die sie schon einmal gehört hatte!*

Ungläubig starrte sie das Bildsprechgerät über Skudders Schulter hinweg an.

»Was ist los?« fuhr die Stimme ungeduldig fort, als Skudder nicht antwortete. »Habt ihr sie gefangen?«

Skudder antwortete auch jetzt noch nicht. Statt dessen ergriff er Charity unsanft beim Arm, zog sie an den Tisch heran und postierte sie so, daß ihr Gesicht in den Aufnahmewinkel der Kamera geriet.

Sekundenlang geschah gar nichts. Das rote Videoauge unter dem Bildschirm starrte sie an, und Charity spürte eine immer größer werdende Bestürzung in sich, als sie an die Stimme dachte, die aus dem Empfänger gekommen war.

Das rote ›M‹ auf dem Bildschirm begann zu flackern und erlosch, und zum ersten Mal, seit Skudder Daniels Stimme gehört hatte, sah er nun auch sein Gesicht.

Und Charity auch.

»Stone? Sie? Sie sind ... sind Daniel?« Charitys Stimme drückte den mit Entsetzen gemischten Unglauben hundertmal deutlicher aus, als ihre Worte es gekonnt hätten. Der Anblick lähmte sie.

Das Gesicht auf dem Bildschirm nickte. »Es freut mich, daß Sie mich wiedererkennen, Captain Laird – nach all der Zeit«, sagte Stone. »In der Tat – ich bin derjenige, den unser Freund Skudder als Daniel kennt. Mein wirklicher Name hat mir nie gefallen.«

»Aber ... aber wieso?« stammelte Charity »Warum Sie? Wie ... wieso sind Sie ...«

Stone unterbrach sie mit einer raschen Geste. »Ich kann mir Ihre Verwirrung gut vorstellen, Captain Laird«, sagte er. »Aber die Erklärung ist ganz einfach. Ich bin vor Ihnen aufgewacht. Ich hoffe, meine kleine Sicherheitsmaßnahme im Hangar hat Sie vor schweren Verletzungen bewahrt.«

»Vor mir?« murmelte sie, rein automatisch und ohne eigentlich wirklich zu wissen, was sie sagte. »Aber . . .«

»Gut drei Jahre«, unterbrach sie Stone. »Die Energieversorgung Ihres Tanks hat ein wenig länger gehalten als meine.« Er lächelte. »So einfach ist das. Ich habe versucht, sie aufzuwecken, aber . . . ich verstehe nicht viel von Computern. Und ich wollte Sie nicht aus Versehen umbringen – also zog ich es vor, Sie schlafen zu lassen und auf eigene Faust aufzubrechen. Allerdings ließ ich eine kleine . . . Vorrichtung zurück, die mich benachrichtigte, sobald Sie den Bunker verließen.«

»Aber wieso . . .« Charity brach ab, starrte Stone eine Sekunde lang aus ungläubig aufgerissenen Augen an und spürte plötzlich eine Woge ungläubigen Zornes. »Sie . . . Sie arbeiten für . . .«

»Für Moron, ja«, sagte Stone. »So wie auch Sie bald, meine Liebe.«

»Ich? Sie sind ja verrückt.«

»Keineswegs«, erwiderte Stone trocken. »Oh, ich habe nicht anders gedacht als Sie, als ich erwachte, glauben Sie mir.« Er lachte bitter.

»Stone gegen den Rest der Welt . . . Sie werden auch noch einsehen, daß es sinnlos ist, gegen sie kämpfen zu wollen.«

»Sie . . . Sie elender Verräter«, murmelte Charity.

Stone lachte wieder. Die Beschimpfung schien ihn nicht sonderlich zu stören. »Erinnern Sie sich an das, was ich Ihnen gesagt habe, als wir uns das letzte Mal gesehen haben? Ich will nur überleben.«

»Indem Sie Ihr Volk an eine Horde außerirdischer Monster verkaufen?«

»Jetzt ist nicht der Moment, darüber zu streiten«, sagte Stone sanft. »Aber wir haben noch viel Zeit, miteinander zu reden.«

Charity antwortete nicht. In ihrem Kopf herrschte noch immer ein völliges Durcheinander. Sie begriff nur, daß Daniel Stone war, Stone, der Mann, der sie gezwungen hatte, in den Tank zu steigen, während rings um sie herum die Welt in Stücke brach, und daß er ganz offensichtlich für die Invasoren arbeitete.

»Aber warum?« flüsterte sie. »Stone, Sie ... Sie können nicht für diese ... diese Ungeheuer arbeiten! Sie haben doch mit eigenen Augen gesehen, was sie getan haben!«

»Später«, sagte Stone noch einmal. Sein Gesicht wirkte plötzlich fast gelangweilt, und irgendwie glaubte Charity einen harten, zynischen Zug um seine Mundwinkel zu sehen.

»Bitte, Stone!« begann sie noch einmal, aber wieder unterbrach er sie.

»Später. Ich lasse Sie so schnell wie möglich hierher bringen, keine Sorge. Bis dahin wird Ihnen niemand etwas antun. Skudder?«

Skudder trat an ihr vorbei und blickte in die Kameralinse. Er wirkte verstört. »Ja?«

»Du bereitest alles vor. Ich schicke einen Gleiter, der Captain Laird abholt. Bis dahin behandelst du sie wie einen Gast, ist das klar? Du haftest mir persönlich für ihre Sicherheit.« Er sprach sehr schnell, als stünde er unter Zeitdruck. »Ich komme persönlich mit dem Gleiter und hole sie ab. Bis morgen.« Charity sah, wie er den Arm ausstreckte, als wolle er das Funkgerät ausschalten.

»Warte noch«, sagte Skudder hastig.

Stone sah ungeduldig auf. »Was ist denn noch?«

Skudder zögerte. »Wir haben ... die Tiefen gefunden«, sagte er.

»Ich weiß«, erwiderte Stone unwillig. »Und?«

»Die Gefangenen«, sagte Skudder. »Was tun wir mit ihnen? Es sind zu viele, um sie hierzubehalten.«

»Gefangene?« Stone runzelte unwillig die Stirn. »Ihr habt Gefangene gemacht? Das war ... nicht vorgesehen.«

»Sie haben aufgegeben«, erklärte Skudder. »Es gab kaum einen Kampf. Sie hatten keine Chance, und sie wußten es.«

Stone überlegte einen Moment. Dann zuckte er mit den Schultern. »Tötet sie«, sagte er.

Charity unterdrückte im letzten Moment einen ungläubigen Aufschrei, und auch Skudder fuhr sichtlich zusammen. »Das ... das ist nicht dein Ernst, Daniel«, stammelte er. »Es sind über vier ...«

»Du hast meinen Befehl verstanden?« unterbrach ihn Stone kalt.

Skudder erstarrte, aber irgend etwas in seinem Blick erlosch. Dann nickte er. Die Bewegung wirkte abgehackt wie die einer Puppe, die an Fäden geführt wurde.

»Ja«, sagte er. »Ich habe verstanden.«

Stone nickte. Der Bildschirm wurde dunkel.

12

Charity war allein mit Skudder in dem großen, fast leeren Zimmer, das ihm als Wohn- und Schlafraum diente. Net, der Gnom und Niles waren fortgebracht worden, wohin, wußte sie nicht, und nach einer Weile war auch Raoul gegangen, nachdem er Skudder dreimal hintereinander vergeblich angesprochen und auf eine Antwort gewartet hatte. Niemand außer Charity wußte bisher von Stones Mordbefehl, aber Raoul mußte schon ziemlich dumm sein, um nicht zu spüren, daß irgend etwas passiert war, was Skudder bis ins Innerste erschüttert hatte. Sie hatten gegessen, aber kaum miteinander gesprochen, und Skudders Blick ging noch immer ins Leere. Charity las ein Entsetzen in seinen Augen, als hätte er geradewegs in die Hölle geblickt.

»Was wirst du tun?« fragte sie leise.

Skudder war bleich, als er sie ansah.

Charity spürte, welche Mühe es ihn kostete, überhaupt auf ihre Frage zu reagieren.

»Das kann nicht sein Ernst sein«, murmelte er. »Er ... er kann nicht von mir verlangen, daß ich *das* tue.«

»O doch«, flüsterte Charity. »Er kann. Stone ist verrückt.«

Skudder schluckte mühsam. Seine Hände zitterten. »Du kennst ihn.«

»Ja«, antwortete Charity und verbesserte sich sofort: »Das heißt – nein. Ich *habe* ihn gekannt, aber das ist ... lange her. Der Stone, den ich gekannt habe, war ein anderer.«

»Er kommt aus der gleichen Welt wie du, nicht wahr?« fragte Skudder.

»Wir waren zusammen, als der Bunker angegriffen wurde«, erwiderte sie. »Es war seine Idee, in die Kälteschlaftanks zu gehen. Ich wollte es gar nicht. Er hat mich gezwungen.«

»Dann ist alles wahr, was der alte Mann erzählt hat?«

»Niles?« Charity nickte. »Natürlich. Die Welt war nicht immer so, wie du sie kennst.«

Sie lächelte traurig, lehnte sich auf dem unbequemen Plastikstuhl zurück und sah ihn nachdenklich an. Durch das Fenster fiel gelbes Sonnenlicht herein, und die Helligkeit ließ sein Profil scharf und überdeutlich hervortreten. Plötzlich fragte sie sich, wieso sie nicht gleich gemerkt hatte, was er war.

»Du solltest nicht für sie arbeiten, Skudder«, sagte sie. »Gerade du nicht.«

Skudder blickte sie an. »So?«

»Du bist ein Indi . . . ein Hopi«, verbesserte sie sich. »Dieses Land hier hat einmal euch gehört. Es ist lange her, aber es gab eine Zeit, da hat dein Volk hier geherrscht.«

»Bis die Weißen kamen und es uns weggenommen haben, ja«, sagte Skudder heftig. »Ich kenne die Geschichten. Mein Vater hat sie mir oft genug erzählt.« Er zog eine Grimasse. »Und dann kamen die Moroni und haben es euch weggenommen. Wo ist der Unterschied?«

»Vielleicht gibt es keinen«, gestand Charity. »Aber wir waren wenigstens Menschen. Und wir sind . . . Freunde geworden. Es hat lange gedauert, aber aus unseren beiden Völkern ist am Ende eines geworden.«

»So?« sagte Skudder bitter. »Ist es das? Mein Vater war da anderer Meinung.«

»Und vielleicht hatte er sogar recht«, sagte Charity. Sie war selbst ein bißchen überrascht, wie leicht ihr diese Worte von den Lippen kamen. Aber es machte ihr nichts aus, es zuzugeben. »Vielleicht hätte es noch einmal zweihundert Jahre gedauert, bis wir uns gegenseitig akzeptiert und geachtet hätten, aber wir waren auf dem richtigen Weg.«

»Und mit Moron wird uns das nie gelingen, nicht wahr?« Skudder nickte grimmig. »Das willst du doch damit sagen, oder? Was soll ich tun? Mein Gesicht bunt anmalen und das Kriegsbeil ausgraben? Die Sharks gegen die *Reiter* hetzen?«

Er schüttelte heftig den Kopf. »Sie würden es nicht tun, Charity. Du kennst sie nicht. Du denkst, sie wären Barbaren, aber das sind sie nicht. Auf ihre Art sind sie so stolz und frei wie du.«

»Aber du bist ihr Führer.«

»Nur, solange ich sie *gut* führe«, erwiderte Skudder. »Sie gehorchen mir, weil sie mir vertrauen, Charity. Nicht, weil sie Angst vor mir haben.«

»Und du gehorchst Stone«, fügte Charity hinzu. »Weil du ihm vertraust?«

Skudder schwieg betroffen. Aber sie spürte, daß er nicht nachgeben würde – und wie konnte er auch?

»Und was wirst du tun?« fragte sie schließlich. »Was tust du, wenn Stone kommt und sieht, daß du seinen Befehl mißachtet hast?«

»Wer sagt dir, daß ich es tue?« fragte Skudder unsicher.

»Ich«, erwiderte Charity überzeugt. »Du kannst mir nichts vormachen, Skudder. Ich weiß nicht, wie du hierher gekommen bist und was du bei diesen . . . diesen Sharks suchst, aber ich weiß, daß du kein Mörder bist. Du kannst keine vierhundert Menschen umbringen.«

Skudder schwieg. Seine Fingernägel kratzten nervös über die Tischplatte. Er schien es nicht einmal zu merken. Sie hatte recht gehabt, dachte Charity – etwas geschah mit Skudder. Daniel hatte ihn vor eine Entscheidung gestellt, die er nicht fällen konnte.

»Warum bist du hier?« flüsterte er plötzlich. Charity wollte antworten, aber dann begriff sie, daß es gar keine Frage war. »Verdammt, warum konntest du nicht bleiben, wo du warst? Alles war gut, bevor du aufgetaucht bist!«

»Das war es nicht«, widersprach Charity. »Du hast es nur nicht gemerkt.«

Für zehn, zwanzig endlose Sekunden starrte Skudder sie nur an, und sie spürte, daß ihre Worte irgend etwas in ihm auslösten; wie die letzte, winzige Schneeflocke, die die Lawine ins Rollen brachte. Plötzlich stand er auf, wandte sich um und klatschte laut in die Hände. Die Tür hinter Charitys Rücken öffnete sich, und Raoul kam herein.

»Bring Niles hierher«, sagte Skudder, »und diesen Mark. Außerdem den Zwerg und die *Wastelanderin.* Schnell!«

»Was hast du vor?« fragte Charity, nachdem Raoul wieder gegangen war.

Skudder blickte sie beinahe haßerfüllt an. »Etwas, das dich sehr freuen wird«, sagte er zornig. »Ich begehe Selbstmord.«

Es dauerte eine halbe Stunde, bis Niles, Mark, Gurk und Net gebracht wurden. Skudder schickte die Männer, die sie begleitet hatten, wieder hinaus, winkte aber ab, als sich Raoul ihnen anschließen wollte, und deutete ihm mit einer Geste, sich ebenfalls zu setzen. Auch Skudder nahm Platz, und für eine Weile breitete sich eine unbehagliche Stille im Raum aus. Schließlich wandte er sich an Gurk.

»Ich müßte dich eigentlich töten, du Zwerg«, sagte er. »Du hast einen meiner Männer umgebracht.«

Gurk zog eine Grimasse. »Niemand tötet Abn El Gurk«, behauptete er. »Ihr braucht mich.«

»Die Welt würde nicht untergehen ohne dich«, antwortete Skudder. Er hob unwillig die Hand, als Gurk widersprechen wollte. »Aber du hast recht – vielleicht brauche ich dich wirklich noch. Wenigstens im Moment. Kannst du vierhundert Leute über die Ebene führen ...«

»Kein Problem«, sagte Gurk, und Skudder fuhr ungerührt fort: »... ohne daß die Reiter es merken?«

Gurk riß die Augen auf und starrte ihn an, und auch Mark und Niles tauschten überraschte Blicke. Nur in Nets Augen glomm so etwas wie Verachtung auf.

»Warum?« fragte Mark mißtrauisch.

»Weil Sie verschwinden müssen«, antwortete Skudder, ohne ihn anzusehen. »Sie und Ihre Leute.«

»Vielleicht meint er das wortwörtlich«, sagte Net. »Glaubt ihm nicht. Das ist ein Trick. Wahrscheinlich bringen sie euch in die Wüste, um euch dort in aller Ruhe zu erledigen.«

»Was soll das heißen – verschwinden?« fragte Niles. »Sie lassen uns ... gehen?«

Skudder lachte abfällig. »Was haben Sie gedacht, alter Mann?« fragte er. »Ihr seid mehr als wir. Glauben Sie, wir hätten Lust und Zeit, uns um vierhundert Gefangene zu kümmern? Ihr müßt weg, und zwar so schnell wie möglich. Und so weit wie möglich.«

»Ich glaube ihm kein Wort«, sagte Mark. »Das ist lächerlich – zuerst überfallen uns seine ... seine Kreaturen, und dann lassen sie uns wieder laufen, als wäre nichts geschehen? Wieso?«

Skudder schwieg, aber dafür antwortete Charity.

»Weil Daniel den Befehl gegeben hat, euch zu töten«, sagte sie. »Alle.«

Mark wurde blaß, und auch Niles und Net starrten sie ungläubig an. Nur auf Gurks Gesicht war nicht die Spur einer Überraschung zu erkennen. Auch Raoul zeigte keine Spur von Erstaunen. Instinktiv rückte Charity auf ihrem Stuhl ein Stück von dem Shark weg. Das Unwohlsein, das sie stets in seiner Nähe verspürte, war stärker denn je.

»Ist . . . das wahr?« fragte Niles zögernd.

Skudder nickte. »Ja. Aber ich werde es nicht tun.«

»Das wird Daniel nicht besonders erfreuen«, sagte Raoul.

Skudder funkelte ihn wütend an. »Daniel«, antwortete er ärgerlich, »wird nichts davon erfahren. Du nimmst dir zwei oder drei Laster und fährst zurück zum Bunker. Ihr holt alle Toten, die ihr findet. Auch unsere eigenen Jungs. Steckt sie in Uniformen.«

Raoul zog eine Grimasse. »Das ist doch Wahnsinn! Daniel wird . . .«

»Die Jungs werden ein Feuer machen, draußen vor der Stadt«, fuhr Skudder nervös fort. »Wir verbrennen ein paar Autoreifen und ein bißchen Müll. Und die Toten legen wir dazu.«

»Damit Daniel glaubt, wir hätten sie alle erschossen?« Raoul lachte gezwungen. »Damit kommst du nie durch!«

»Vielleicht schon«, widersprach Skudder. »Daniel hat keinen Grund, uns zu mißtrauen. Und Sie werden die Geschichte bestätigen.« Er sah Niles an.

Niles nickte, schüttelte aber gleich darauf den Kopf und lächelte traurig. »Ihr Freund hat recht, Skudder«, sagte er. »Daniel wird das niemals glauben.«

»Haben Sie eine bessere Idee?« fuhr Skudder auf. »Verdammt, was soll ich tun? Euch alle umbringen? Oder es nicht tun und zusehen, wie Daniel *uns* alle umbringt?«

»Es könnte funktionieren«, mischte sich Gurk ein. »Wenn Net mir hilft, finden wir vielleicht ein Versteck. Aber wir können nur nachts marschieren.« Er sah die *Wastelanderin* an. »Nun?«

Net nickte widerwillig. »Ich habe ja wohl keine andere Wahl, oder? Aber es ist Wahnsinn.«

»Ich glaube ihm nicht«, beharrte Mark. »Das ist eine Falle.«

»Halten Sie endlich den Mund, Sie Idiot«, fauchte Charity. »Sie können ja hierbleiben.«

»Schluß jetzt!« sagte Skudder scharf. »Wir machen es so. Sie gehen zurück zu Ihren Leuten und bereiten alles für den Abmarsch vor. El Gurk und Net bringen euch weg, sobald es dunkel wird. Wir geben euch so viel Wasser und Essen mit, wie wir können – aber es wird hart werden.«

Mark starrte ihn an. »Und jetzt erwarten Sie auch noch, daß ich Ihnen dankbar bin, wie?« fragte er.

»Nein«, antwortete Skudder wütend. »Ich erwarte, daß Sie die Schnauze halten und tun, was ich von Ihnen verlange.« Ärgerlich drehte er den Kopf und funkelte Raoul an. »Und du? Worauf wartest du noch?«

Raoul stand gehorsam auf. Aber er ging noch nicht. »Damit kommst du nicht durch«, sagte er ernst. »Daniel wird uns alle umbringen.«

Skudder lachte abfällig. »Kaum. Er braucht uns nämlich noch, und das weiß er genau. Was ist los mit dir, Raoul – hast du Angst?«

Raoul antwortete nicht mehr. Mit einer abgehackten Bewegung drehte er sich herum und warf die Tür hinter sich ins Schloß.

Der Tag verging schleppend. Mark wurde zurück zu seinen Leuten gebracht, die in einer Tiefgarage irgendwo im Westen der Stadt eingeschlossen worden waren, um alles für den Abmarsch vorzubereiten, während Skudder, Net, Niles und Gurk noch über tausend Einzelheiten sprachen, von denen Charity kaum ein Wort verstand. Ein besonderes Gefühl von Unwirklichkeit machte sich in Charity breit, während sie den dreien zuhörte – es fiel ihr immer noch schwer, zu glauben, daß Skudders Angebot ernst gemeint war, und plötzlich verstand sie Marks Mißtrauen. Gleichzeitig kam sie sich fast schäbig vor, ihm nicht zu glauben – ihr war, als müsse er ihre Gedanken deutlich auf ihrem Gesicht lesen, und jedesmal, wenn er in ihre Richtung blickte, sah sie rasch weg. Sie begriff sehr wohl, daß Skudder nicht halb so aufrecht und edel war, wie sie es ihm im ersten Moment unterstellt hatte: Daniel hatte ihn einfach vor eine Entscheidung gestellt, die er nicht treffen konnte. Seine Ruhe war nur gespielt. In seinem Inneren tobte ein entsetzlicher Kampf. Charity war sich beinahe sicher, daß sein schöner Plan scheitern würde. Stone – Daniel – mußte schon ein kompletter Narr sein, um auf Skudders Lüge hereinzufallen. Aber sie hatten einfach keine andere Wahl. Trotzdem – es *konnte* nicht funktionieren.

Und es funktionierte auch nicht.

Zwei Stunden, nachdem Raoul die Stadt verlassen hatte, kam er zurück. Und er war nicht allein.

13

Es waren sechs – fünf der panzergroßen, braunen Käferkreaturen, die Net und die Sharks *Reiter* nannten, und ein fast doppelt so großes, aber sehr viel schlankeres Etwas, das Charity an eine fette Libelle erinnerte und sich so ungeschickt auf seinen kurzen Beinchen bewegte, daß klar wurde, daß sein eigentliches Element die Luft war. Im Nacken jedes einzelnen dieser Ungeheuer saß eine jener vierarmigen Insektenkreaturen, die Charity schon mehrmals zu Gesicht bekommen hatte. Einzig die Riesenlibelle trug zwei Reiter: einen der Vierarmigen – und Raoul.

»Das ist doch kein Zufall mehr«, murmelte Skudder. Er wirkte mehr verstört als erschrocken. Sie waren aus dem Haus getreten, so wie Dutzende von anderen Sharks, die das überraschende Auftauchen der Moroni herbeigelockt hatte. Und es kamen immer noch mehr. Im gleichen Maße, in dem sich die sechs gewaltigen Kreaturen die Straße hinaufschoben, füllte sich der Platz vor und hinter ihnen mit abenteuerlich gekleideten Gestalten. Charity hatte bisher ganz automatisch angenommen, daß der Anblick der Sternenmonster für Skudder und seine Sharks eine Alltäglichkeit sein mußte, aber plötzlich begriff sie, daß das ganz und gar nicht stimmte. Diese Stadt hier gehörte den Sharks, und die Riesenkreaturen hatten darin so wenig verloren wie sie oder Niles und seine Leute. Die Spannung, die plötzlich in der Luft lag, war fast greifbar. Die Sharks waren erstaunlich ruhig, beinahe diszipliniert, aber Charity spürte, daß sie die Reiter nicht unbedingt als Freunde betrachteten. Eher als Eindringlinge.

»Sieht so aus, als hätte uns dein Freund verladen«, sagte Gurk. »Ich habe dieser Ratte gleich nicht getraut.«

Skudder machte eine ärgerliche Handbewegung. »Sei ruhig!« zischte er. »Ich will hören, was sie wollen. Vielleicht hat es ja nichts zu bedeuten.«

Aber daran glaubte er selbst nicht, das spürte Charity. Trotzdem warf auch sie Gurk einen warnenden Blick zu, sah sich unbehaglich um und folgte dann Skudder, der der Prozession der Ungeheuer entgegenging.

Die Giganten blieben stehen. Skudder musterte den vordersten

Reiter mit gespielter Ruhe, drehte sich dann herum und schritt fast gelassen auf die titanische Libelle zu. Einige Sharks – ihre Zahl mußte auf mehr als hundert angestiegen sein, dachte Charity – wollten sich zu ihm gesellen, aber Skudder scheuchte sie mit einer unwilligen Handbewegung zurück. Zwei Schritte vor der riesigen Libelle blieb er stehen und legte den Kopf in den Nacken. Vor dem gigantischen Insekt sah er aus wie ein Zwerg.

»Hallo, Raoul«, sagte er ruhig. »Du kommst zu früh. Und du hast lieben Besuch mitgebracht, wie ich sehe.«

Raoul war zu weit entfernt, als daß Charity auf seinem Gesicht irgendeine Reaktion ablesen konnte, aber seine Stimme klang nervös, als er antwortete.

»Tut mir leid, Skudder«, sagte er. »Sie . . . sind mir auf halber Strecke entgegengekommen.« Er deutete mit einer Kopfbewegung auf den schwarzgepanzerten Insektenkrieger vor sich. »Das ist R'hen. Daniel schickt ihn.«

»Daniel, so?« Skudder schüttelte den Kopf, als amüsiere ihn diese Antwort. »Willst du nicht absteigen, Raoul?« fragte er harmlos. »Es spricht sich so schlecht, wenn ich zu dir aufsehen muß.«

Raoul zögerte. Nicht nur Charity bemerkte, daß er einen sehr langen, fast verständigen Blick mit R'hen tauschte, ehe er Skudders Befehl endlich nachkam. Mit einer Bewegung, die so fließend war, als hätte er das schon unzählige Male gemacht, schwang er sich aus dem Nacken der Reitlibelle und kam federnd vor Skudder auf dem Boden auf. Skudder musterte ihn kalt, dann drehte er sich herum und winkte Charity.

Widerwillig setzte sie sich in Bewegung. Jeder einzelne Schritt kostete sie große Kraft, und es wurde schwerer, je mehr sie sich den Insektenmonstern näherte. Es war wie damals, im Sternenschiff, als sie der fremden Technik der Außerirdischen das erste Mal gegenübergestanden hatte, und später in New York, beim Kampf gegen die Monsterkrieger – es war, als spürte etwas in ihr das unsagbar Fremde, Böse, das die Seele dieser titanischen Kreaturen ausmachte. Plötzlich war sie sehr sicher, daß Niles recht gehabt hatte, als er behauptete, Moron symbolisiere die dunkle Seite der kosmischen Kräfte.

Skudder machte eine komplizierte Handbewegung, die sowohl sie als auch R'hen einschloß. »Ich nehme an, Daniel hat ihn geschickt, um Captain Laird abzuholen«, sagte er. »Er ist zu früh. Sag ihm das.«

Raoul schluckte nervös. Er hatte Angst, das war unübersehbar. Unsicher wandte er sich um, legte den Kopf in den Nacken und rief R'hen einige Worte in einer schrillen, völlig unverständlichen Sprache zu, die nur aus Pfeif- und Klicklauten zu bestehen schien.

»Dein Freund ist sehr talentiert«, sagte sie.

Skudder nickte und schwieg, aber Raoul hatte die Worte deutlich gehört. Nervös sah er zu Charity hinüber und wandte sich erst nach einer Weile wieder an R'hen. Der Libellenreiter antwortete in der gleichen Sprache, die er allerdings ungleich besser als Raoul beherrschte.

»Nun?« fragte Skudder lauernd.

Raoul druckste einen Moment herum. »Er ... er sagt, er weiß nichts von Captain Laird«, sagte er schließlich. »Er sagt, Daniel ... hat ihn geschickt, um ... um die Exekution zu überwachen.«

»So, sagte er das?« Skudder klang nicht einmal besonders überrascht.

Raoul wich seinem Blick aus und schwieg.

»Weißt du was, Raoul?« fuhr Skudder nach einer Sekunde fort, noch immer im gleichen, fast beiläufigen Tonfall. »Ich glaube dir kein Wort.«

»Was willst du damit sagen?« fragte Raoul.

»Mir geschehen in letzter Zeit ein paar Zufälle zuviel«, antwortete Skudder. »Du bist ihnen ganz zufällig begegnet, wie? Ebenso zufällig wie vorgestern, als ich dich zurückgeschickt habe. Weißt du, ich habe mich schon die ganze Zeit über gefragt, woher Daniel wußte, daß sie die Tiefen sucht.«

»Woher soll ich das wissen?« sagte Raoul gepreßt. Nervös sah er sich um. Die Straße rings um die Reiterkolonne war jetzt schwarz vor Sharks.

»Ich denke schon, daß du es weißt«, sagte Skudder ruhig. »Unser Freund Daniel ist immer ziemlich gut informiert, findest du nicht? So gut, als gäbe es hier jemanden, der ihn auf dem laufenden hält.«

Aus den Reihen der Sharks erklang jetzt ein drohendes Murren. Ein paar der Männer rückten näher, blieben aber wieder stehen, als eine der Käferkreaturen drohend den Schädel hob.

»Willst du behaupten, daß ich ein Spitzel bin?« fragte Raoul trotzig.

Skudder nickte. »Ja.«

Es dauerte eine ganze Weile, bis Raoul reagierte. Und als er es tat, schien er eingesehen zu haben, daß es wenig Sinn hatte, weiter zu leugnen. In seinen Augen stand ein trotziges Funkeln.

»Gut, du hast recht«, sagte er wütend. »Ich arbeite für Daniel.«

Ein wütender Schrei gellte irgendwo hinter ihm auf. Charity sah, wie einige der Sharks abermals näher rückten. Ein paar Messer wurden gezogen. Jemand entsicherte ein Gewehr.

Skudder hob hastig die Hand. »Nicht«, sagte er. »Laßt ihn reden.«

»Ich arbeite für Daniel!« wiederholte Raoul trotzig. »Und? Das tun wir doch alle, oder?«

»Du bist ein mieser, kleiner Verräter«, sagte Skudder kalt.

»Ach, bin ich das?« Raoul reckte kampflustig das Kinn vor. »Vielleicht bin ich nur ein wenig vernünftiger als du.«

»Indem du uns bespitzelst?«

»Indem ich dafür sorge, daß wir nicht alle umgebracht werden!« schrie Raoul. »Verdammt, hast du wirklich geglaubt, mit dieser idiotischen Idee durchzukommen? Du hättest Daniel keine fünf Minuten damit täuschen können!« Er schüttelte zornig den Kopf. »Du bist zu weich, Skudder«, sagte er. »Du riskierst das Leben aller hier, um ... um dieses Pack zu retten.«

Skudder blickte ihn lauernd an. »Was wird das, Raoul?« fragte er. »Eine kleine Palastrevolution? Bist du scharf auf meinen Posten?«

»Nein«, fauchte Raoul. »Ich bin scharf darauf, weiterzuleben.«

»Hast du uns deshalb an Daniel verkauft?« fragte Skudder ruhig.

»Verkauft!« Raoul schnaubte. »Wach endlich auf, Skudder! Du träumst, wenn du glaubst, daß du irgend etwas ohne Daniels Einverständnis tun könntest. Verdammt, ja, ich arbeite für ihn, aber ich habe es für uns getan. Glaubst du wirklich, auch nur einer von uns wäre noch am Leben, wenn er es nicht wollte?«

»Und was schlägst du vor?« fragte Skudder, noch immer in diesem ruhigen, fast beiläufigen Ton. »Daß wir vierhundert Leute erschießen, nur weil *Daniel* es so will?«

Für eine Sekunde wurde es still; absolut still, aber Charity sah das Entsetzen auf den Gesichtern der Sharks. Keiner außer ihnen und Raoul hatte bisher von Daniels Befehl gewußt. Sie begann sich zu fragen, ob sie die Sharks nicht trotz allem falsch eingeschätzt hatte.

»Du hast gar keine andere Wahl«, sagte Raoul trotzig. »Sie oder wir.«

»Und du glaubst, ich würde das akzeptieren? Wie lange bist du jetzt bei uns, Raoul – zehn Jahre? Und du hast in der ganzen Zeit nicht begriffen, daß wir uns nichts vorschreiben lassen. Auch nicht von Daniel.«

»Idiot«, sagte Raoul kalt. »*Du* hast nichts begriffen, Skudder. Wir haben von Anfang an nur hier gelebt, weil Moron es wollte.« Wütend deutete er auf die Reiter hinter sich. »*Sie* sind die wahren Herren hier!«

»O ja, und es geht euch ja so gut unter ihrer Herrschaft«, mischte sich Niles ein. »Sie geben euch ein paar Waffen und Treibstoff und sehen im übrigen zu, wie ihr ihre Schmutzarbeit erledigt und zum Dank auch noch verreckt, ohne es zu merken.«

Skudder sah ihn verwirrt an. »Was soll das heißen.«

Niles schürzte wütend die Lippen. »Ich wollte es euch nicht sagen«, antwortete er. »Ich wollte zusehen, wie ihr alle vor die Hunde geht, Skudder. Aber jetzt ...« Er machte eine weit ausholende Handbewegung. »Wer hat euch erlaubt, in dieser Stadt zu leben? Daniel?«

Skudder nickte verwirrt, während sich auf Raouls Gesicht ein Ausdruck ungläubigen Schreckens ausbreitete. »Ja. Wieso?«

»Weil sie euch umbringt, eure famose Stadt«, antwortete Niles hart.

»Was willst du damit sagen?«

Niles lächelte dünn. »Hast du dich nie gefragt, was es wohl gewesen ist, das diese Stadt zerstört hat?« fragte er. »Nein? Ich will es dir sagen: Es war eine Atombombe. Hier ist alles verstrahlt. Es ist lange her, aber die Strahlung reicht noch immer, um euch irgendwann umzubringen.«

»Das ist nicht wahr!« protestierte Skudder.

»Nein?« Niles lachte böse. »Deine Leute sterben nicht manchmal einfach so? Ihr leidet nicht unter einer Krankheit, bei der ihr erst Ausschlag bekommt und dann immer schwächer werdet?«

»Er lügt!« behauptete Raoul. Er klang nicht sehr überzeugend.

»Nein«, sagte Charity. »Er sagt die Wahrheit.«

»Du weißt überhaupt nichts!« brüllte Raoul. Wütend sprang er vor, packte Charity beim Arm und versetzte ihr einen Stoß.

Und im gleichen Moment, in dem er sie berührte, wußte sie es.

Plötzlich begriff sie, warum sie sich in seiner Nähe stets so unwohl gefühlt hatte und warum er den Lasertreffer so ungerührt hingenommen hatte – und ebenso plötzlich wußte sie auch, daß es nicht nur die Reiter und die vierarmigen Insektenkrieger waren, deren Nähe sie innerlich zu Eis erstarren ließ.

»Niles sagte die Wahrheit«, sagte sie ruhig. »Und Raoul weiß das auch ganz genau.« Sie sah Skudder an. »Er gehört nämlich zu ihnen.«

Plötzlich ging alles unglaublich schnell. Skudder fuhr herum und starrte seinen Stellvertreter aus ungläubig aufgerissenen Augen an, während Raoul zurücksprang, gegen die Libelle prallte und blitzschnell unter seine Jacke griff. In seiner Hand lag plötzlich eine kleine, silberglänzende Waffe.

Skudder ließ sich zur Seite fallen, versetzte Charity einen Stoß, der sie in die entgegengesetzte Richtung taumeln ließ, und griff gleichzeitig nach dem Beil, das an seinem Gürtel hing. Raouls Waffe stieß einen fingerdicken, blendendweißen Blitz aus, aber der Energiestrahl verfehlte Skudder und traf einen der hinter ihm stehenden Sharks. Der Mann flammte auf wie eine Fackel und zerfiel in Sekundenbruchteilen zu Asche, aber Raoul kam nicht dazu, noch einmal zu schießen.

Skudders Beil traf seinen Schädel und spaltete ihn.

Charity vergaß den Anblick nie mehr im Leben. Raoul prallte zurück und ließ die Waffe fallen. Ein hoher, pfeifender Ton drang aus seiner Brust, während sein Kopf auseinanderklappte, entlang einer sauberen, rasiermesserscharf gezogenen Linie, nicht wie eine Wunde, sondern so, als bestünde sein Körper aus zwei Kunststoffhälften, die sich jetzt trennten.

Und darunter kam der wirkliche Raoul zum Vorschein.

Das Wesen war nur halb so groß wie ein Mensch und von nachtschwarzer Farbe. Sein Körper war fast formlos, ein zuckendes, pulsierendes Etwas, das in ein Dutzend unterschiedlich großer Segmente aufgeteilt war und über ein Dutzend spinnendürrer Glieder verfügte. Faustgroße, unendlich böse Augen starrten Skudder und Charity an.

Und das Wesen war keineswegs tot oder verletzt. Langsam, mit spinnenartigen, abrupten Bewegungen, kroch es aus der Raoul-Maske heraus, richtete sich zitternd auf und tastete mit zweien seiner zahllosen Arme nach seiner Waffe.

Es erreichte sie nie.

Hinter Charity erscholl plötzlich ein gellender Schrei, und dann stürzte eine große, dunkelhäutige Gestalt an ihr und Skudder vorbei und warf sich mit weit ausgebreiteten Armen auf das Ungeheuer.

Das Wesen, das aus Raoul herausgekrochen war, wirbelte blitzschnell herum. Aber es hatte keine Chance. Niles begrub es einfach unter sich. Das Spinnending bekam seine Waffe zu fassen und versuchte sie hochzureißen, aber trotz seines Alters war Niles noch immer ein Mensch, mehr als doppelt so groß wie das Ungeheuer und viermal so schwer. Seine Hand packte den Arm des Insektenwesens und brach ihn einfach durch; gleichzeitig hämmerte seine andere Faust immer wieder in das flache Gesicht des Monsters.

Plötzlich ertönte ein schriller, unglaublich *lauter* Schrei. Charity sah, wie zwei der Reiterkreaturen herumfuhren und der Vierarmige im Nacken der Libelle mit gleich drei Händen nach seinen Waffen griff.

Aber er führte die Bewegung nie zu Ende. Mit einemmal ragte der zitternde Griff eines Messers aus seiner Brust. Ein Schuß krachte, dann ein zweiter, und der schwarze Chitinpanzer R'hens zerbarst splitternd.

Dann brach auf der schmalen Straße im wahrsten Sinne des Wortes die Hölle los. Plötzlich waren überall Schreie und Schüsse und rennende Gestalten, und zwei, drei weitere Vierarmige kippten von den Rücken ihrer gigantischen Reittiere. Skudder schrie wütend auf, nahm Anlauf und riß einen weiteren Insektenkrieger vom Rücken seines Reiters. Aneinandergeklammert fielen sie zu Boden und verschwanden unter der Menge der heranbrandenden Sharks. Der letzte überlebende Streiter R'hens riß sein Tier herum, zog gleichzeitig seine Waffe und begann ziellos in die Menge zu feuern. Der Käfer machte einen gigantischen Satz nach vorne, rannte fast ein Dutzend Sharks einfach über den Haufen und packte mit seinen schrecklichen Scheren zu. Charity hörte einen gellenden Todesschrei, der selbst den Lärm des Kampfes für einen Moment übertönte, dann krachten wieder Schüsse, und der Vierarmige sackte reglos vom Rücken seines Tieres.

Aber der Kampf war noch nicht vorbei. Die gigantischen Käfer gerieten in Panik – und sie waren mindestens ebenso schreckliche Gegner wie ihre Reiter! Charity sah, wie eines der Tiere in blinder Angst einfach losstürmte und die Fassade eines Hauses durchbrach. Das Gebäude kippte über ihm zusammen und begrub auch mehr als ein Dutzend Sharks unter sich.

Charity begriff plötzlich, daß auch sie keineswegs außer Gefahr war. Sie besaß keine Waffe – und die Riesenlibelle vor ihr begann zu toben! Mit einem schrillen, ungeheuer *lauten* Pfeifen richtete sie sich auf, versuchte die Flügel zu spreizen und sich in die Höhe zu katapultieren. Ihr fürchterlicher Schwanz peitschte; der mannslange Stachel daran tötete in einer einzigen, wuchtigen Bewegung vier, fünf Sharks, und die so zerbrechlich aussehenden Flügel fegten ein halbes Dutzend weiterer Männer einfach von den Füßen. Auch Charity sah einen riesigen Schatten auf sich zu rasen, warf sich instinktiv zu Boden und hörte einen Schrei, als der Libellenflügel einen der Männer hinter ihr traf wie ein gläsernes Schwert.

Ganze Salven von Schüssen wurden abgefeuert. Eines der riesigen Regenbogenaugen der Libelle erlosch, kleine, runde Löcher entstanden in ihrem schimmernden Panzer, aber der Schmerz trieb das Ungeheuer eher noch mehr zur Raserei. Verzweifelt versuchte es sich abzustoßen, fuhr wieder herum und schnappte in blinder Wut nach allem, was sich in seiner Nähe bewegte. Seine fürchterlichen Mandibeln zuckten wie eine gigantische, zweifingrige Hornklaue auf Charity herab.

»Laird! Zur Seite!«

Charity reagierte instinktiv, als sie den Schrei hörte. Blitzschnell rollte sie herum, krümmte sich und schlug schützend die Arme über dem Gesicht zusammen.

Ein fingerdicker Strahl aus blutrotem Licht jagte einen halben Meter an ihr vorbei, traf den Chitinpanzer der Libelle dicht hinter dem Kopf und brannte ein kaum münzgroßes Loch hinein. Das Ungeheuer kreischte, bäumte sich auf die beiden hinteren Beinpaare auf – und explodierte regelrecht, als sich die gesamte Energie des Laserstrahlers in seinem Körper entlud.

Das letzte, was sie halbwegs bewußt mitbekam, war der Anblick Abn El Gurks, der unter der Tür von Skudders Haus stand, Charitys Lasergewehr in den viel zu kleinen Händen hielt und in aller Seelenruhe auf ein weiteres Rieseninsekt anlegte.

Sie konnte nicht länger als ein paar Sekunden bewußtlos gewesen sein, denn als sie wieder zu sich kam, war zwar der Kampf vorbei, aber immer noch erfüllten Stöhnen und Wehklagen die Luft. Charity richtete sich auf. Ihr wurde schwindelig, und der pochende Schmerz in ihrem Hinterkopf wurde übermächtig, aber sie kämpfte dagegen an und stemmte sich vollends in die Höhe. Sie blinzelte ein paarmal und strich sich mit der Hand über das Gesicht, um die Benommenheit zu vertreiben, erst dann schaute sie sich um.

Der Anblick war furchtbar. Die gigantischen Käfer und die Riesenlibelle waren so tot wie ihre Reiter, aber die Sharks hatten einen schrecklichen Preis für ihren Sieg bezahlen müssen. Die Straße war gesäumt von Toten – es mußten weit mehr als ein Dutzend sein –, und auch von den anderen Sharks war kaum einer ohne Blessuren davongekommen. Viele der Verletzten hatten so schlimme Wunden erlitten, daß man kein Arzt sein mußte, um zu erkennen, daß sie die nächsten Stunden nicht überleben würden.

Ein Stück entfernt entdeckte sie Skudder, der voller Abscheu auf die Überreste der Kreatur starrte, die einmal Raoul gewesen war. Langsam wandte er den Kopf. Sein Blick flackerte unstet, und ein abgrundtiefes Grauen spiegelte sich in seinen Augen.

»Was... was um alles in der Welt war das?« flüsterte er.

Charity schwieg – und was hätte sie auch sagen sollen? Sie wußte selbst auch nicht mehr als er. Sie ließ ihren Blick zu Niles' Leichnam weiterwandern, den jemand von der Kreatur getrennt und ein paar Schritte entfernt auf den Boden gelegt hatte. Ein kalter, irgendwie zielloser Zorn überkam sie. Niles war einmal ihr Freund gewesen, aber das schien mehr als ein paar Ewigkeiten her zu sein.

Sie ließ ihren Blick zu dem Raoul-Wesen zurückwandern und merkte erst jetzt, daß Skudder sie immer noch anstarrte und auf

Antwort wartete. Ratlos zuckte sie mit den Schultern. »Ich weiß es nicht.«

»Vielleicht kann ich Ihnen weiterhelfen«, sagte eine Stimme hinter ihnen. Mark war unbemerkt zu ihnen getreten. »Es ist nur eine Vermutung . . .« Er fuhr sich mit der Zungenspitze über die Lippen und versuchte vergeblich, sich den Ekel nicht allzu deutlich anmerken zu lassen, den der Anblick des getöteten Ungeheuers in ihm auslöste.

»Was wissen Sie?« fragte Skudder.

»Es . . . es sind nur Vermutungen.« Mark lächelte nervös. »Die . . . Wesen, die wir bisher kennen, sind mehr oder weniger insektoider Abstammung. Die meisten sind uns in kleineren, ansonsten aber nur geringfügig anderen Gattungen aus dem irdischen Tierreich bekannt.«

»Reden Sie nicht lange herum, sondern kommen Sie endlich zur Sache«, unterbrach Skudder ihn barsch. »Was ist mit Raoul passiert?«

»Vermutlich war es eine Art Parasit«, sagte Charity.

Mark sah überrascht auf. »Sie wissen . . .?«

»Moron hat kein Monopol auf Ungeheuer«, wandte Charity ein. Sie blickte auf die geborstene Hülle herab, die einmal ein menschlicher Körper gewesen war. Selbst aus allernächster Nähe war nicht festzustellen, ob es sich um ein Kunstprodukt handelte oder *wirklich* um einen Menschen, dessen Zellmasse durch eine unvorstellbare Metamorphose verwandelt worden war. Mühsam riß sie sich von dem Anblick los und sah Mark an. »Sie denken dasselbe wie ich.«

Skudders Blick wanderte nervös zwischen Marks und ihrem Gesicht hin und her. »Würde es euch etwas ausmachen, mich an eurer kleinen Fachsimpelei teilhaben zu lassen?« fragte er spitz.

»Das ist kein Geheimnis«, sagte Mark. Es fiel ihm immer noch schwer, ganz offen mit dem Mann zu sprechen, den er noch vor einer halben Stunde für seinen Todfeind gehalten haben mußte. Plötzlich lächelte er. »Aber ich dachte immer, als echter Indianer müßten Sie das alles viel besser wissen als wir.«

Skudders Blick wurde finster, und Charity beeilte sich, hinzuzufügen: »Was Mark meint, ist, daß Raoul – der *echte* Raoul – von einer Art Parasit befallen wurde.«

Skudder erbleichte. »Ihr meint . . .«

»Etwas hat ihn von innen heraus aufgefressen, ja«, sagte Mark hart. »Wahrscheinlich war er schon seit Jahren nicht mehr er selbst.«

»Das ist . . . monströs«, flüsterte Skudder.

»Es ist ganz normal«, sagte Charity leise. Skudder starrte sie an, und sie fuhr fort: »Denk nur an die Schlupfwespen – sie legen ihre Eier in die Körper anderer Tiere ab. Die Larven schlüpfen dann irgendwann und fressen ihre Wirte bei lebendigem Leibe auf.«

»Aber das sind *Tiere!*« protestierte Skudder.

»Das sind wir für die Moroni wahrscheinlich auch«, sagte Mark bitter.

»Sie meinen, daß sich die Moroni-Larven in ihrem Wirtskörper ausbreiten und ihn irgendwann ganz übernehmen«, führte Skudder den Gedanken zu Ende. »Sie wachsen und . . . und verändern ihn von innen, bis . . .« Er brach ab und starrte auf das herunter, was aus Raoul geworden war. »Aber es sind trotzdem nur Tiere«, sprach er schließlich weiter. »Sie können menschliches Verhalten nicht so perfekt nachahmen, daß niemand einen Unterschied bemerkt.«

»Um das zu verstehen, müßten wir eines dieser Biester lebend in die Hand bekommen«, sagte Charity. »Vielleicht lassen sie das Gehirn ihres Opfers unangetastet und bringen nur seinen Willen unter ihre Kontrolle. Oder sie absorbieren Teile seiner DNA, seine Erinnerungen, sein Wissen, charakterliche Eigenarten und dergleichen, um die Rolle nach außen hin weiterzuspielen. Auf jeden Fall müssen sie intelligenter sein, als ihr bislang geglaubt habt.«

»Und . . . wenn er nicht der einzige war?« murmelte Skudder. »Vielleicht gibt es noch mehr? Jeder hier könnte einer der Moroni sein.«

»Nein.« Charity schüttelte den Kopf. »Jedenfalls glaube ich es nicht.«

»Woher willst du das wissen? Woran hast du ihn überhaupt erkannt? Ich kannte Raoul seit Jahren, und nicht einmal ich habe etwas gemerkt.«

Charity sah Skudder ernst an. »Doch«, widersprach sie leise, aber mit sehr fester Stimme. »Du hast es gemerkt. Nicht so deutlich wie ich, aber trotzdem, und bei mir hat es auch lange gedauert, bis ich die richtigen Schlüsse gezogen habe. Die Kopie war perfekt, und es gab keine Unterschiede zu einem echten Menschen, nichts, was man erkennen konnte. Ich habe es einfach nur gespürt.«

»Ich verstehe nicht, was du meinst«, sagte Skudder verwirrt.

»Ich mochte ihn von Anfang an nicht«, erklärte Charity. »Irgend etwas an ihm stieß mich ab, ohne daß ich wußte, was es war. Und du hast vorhin zugegeben, daß er dir auch unheimlich wäre. Du hast dieses Gefühl nur unterdrückt, weil du ihm unbedingt vertrauen wolltest, und das war der Fehler. Schon als ich das erste Mal auf die Außerirdischen traf, sogar als ich mich nur in der Nähe ihrer Maschinen befand, habe ich mich so unbehaglich gefühlt. Dann, als ich vorhin direkt vor den Moroni stand, und Raoul mich berührte, habe ich plötzlich gemerkt, daß es die gleiche Art von Unbehagen war.«

»Gefühle.« Skudder versuchte, seiner Stimme einen verächtlichen Tonfall zu verleihen, aber es gelang ihm nicht; was geschehen war, hatte ihn viel zu sehr erschüttert, als daß er seine Unsicherheit verbergen könnte. Er lächelte gezwungen. »Das ist etwas wenig, um sich darauf zu verlassen. Es kann Zufall gewesen sein. Vielleicht hatte sich das ... Ding nur nicht gut genug unter Kontrolle. Es wäre etwas zu einfach, wenn wir sie alle auf diese Art erkennen könnten. Zu einfach, als daß ich mein Leben darauf setzen würde.«

Charity musterte ihn noch einige Sekunden, dann wandte sie sich schweigend um. Skudder wußte so gut wie sie, daß ihnen keine andere Wahl blieb, wollten sie nicht ständig jeden verdächtigen. Jede vernünftige Zusammenarbeit würde unmöglich werden, die Zweifel an der wahren Identität des anderen würden sie einander mehr entzweien und jede Tatkraft lähmen, als die Moroni es vermochten.

Sie wollte zu den verletzten Sharks hinübergehen, um zu sehen, ob sie ihnen helfen konnte, doch Gurk trat ihr in den Weg. »Was geschieht nun mit Mark und seinen Leuten?« fragte er, wobei er abwechselnd sie und Skudder anschaute. »Wir dürfen nicht noch mehr Zeit vertrödeln, sonst war alles umsonst.«

Unwillig verzog Skudder das Gesicht. »Was gibt es da noch zu bereden? Es bleibt bei meiner Entscheidung. Du wirst sie über die Ebene führen, und wir verbrennen die Toten und die *Reiter.*«

»Dazu bleibt keine Zeit mehr«, widersprach Gurk. »Es kann nicht mehr lange dauern, bis Daniel hier ist. Wenn wir über die Ebene ziehen, wird er uns aus der Luft ent...«

Skudder trat blitzschnell einen Schritt vor, packte den Zwerg am Kragen und hob ihn scheinbar mühelos hoch. »Woher weißt du davon?« zischte er. »Außer Captain Laird war niemand dabei, als ich mit Daniel gesprochen habe, und keiner von uns hat gesagt, daß er herkommen würde. Also – woher weißt du davon?«

Gurk versuchte vergeblich, sich aus seinem Griff zu befreien. »Laß mich los, du Grobian!« zeterte er. Dann sah er die Sinnlosigkeit seiner Bemühungen ein und schnaubte verächtlich. »Ich bin vielleicht klein, aber deshalb noch lange nicht blöd. Bei dem Aufwand, den Daniel getrieben hat, um Charity in die Hände zu bekommen, wird er so schnell wie möglich mit ihr sprechen wollen. Und am schnellsten geht es, wenn er herkommt, um sie persönlich abzuholen. Außerdem wird er sich mit eigenen Augen davon überzeugen wollen, daß du seinen Befehl ausgeführt hast. Wie du siehst, brauchte ich nur ein bißchen logisch nachzudenken. Und jetzt laß mich endlich runter.«

Diesmal erfüllte Skudder ihm seinen Wunsch. Aus einem Meter Höhe stürzte Gurk zu Boden, rappelte sich mit einem Fluch auf und rieb sich sein Hinterteil.

Skudder grinste, aber das Mißtrauen war noch nicht ganz aus seinem Gesicht gewichen. »Du denkst für meinen Geschmack ein bißchen zuviel, Zwerg«, sagte er. »Das kann manchmal ungesund sein. Und du weißt immer etwas mehr, als gut für dich ist.«

»Laßt das jetzt«, mischte sich Charity unwirsch ein. »Das ist kaum der richtige Moment zum Streiten. Gurk hat recht. Wir sollten sehen, daß wir von hier wegkommen.«

»Von *wir* war nie die Rede.«

Skudders Worte kamen so rasch und scheinbar beiläufig, daß ihr erst nach ein paar Sekunden klarwurde, daß er mit dem *wir* nicht nur sich und seine Leute meinte. »Du gehst ein bißchen zu selbstverständlich davon aus, daß ich dich freilasse«, fügte er hinzu. »Was soll ich Daniel erzählen? Daß wir dich versehentlich auch umgebracht und verbrannt haben? Oder daß du uns erneut entkommen bist?«

»Du wirst ihm gar nichts sagen«, antwortete Charity. »Weil es keinen Sinn hat, länger Theater zu spielen. Daniel wird deinen Bluff in jedem Fall durchschauen, ob du mich auslieferst oder nicht. Vielleicht weiß er schon längst, was hier passiert ist, und wenn nicht, wird er spätestens dann mißtrauisch werden, wenn er von Raouls Tod erfährt. Er wird sich an dir und deinen Männern rächen. Ihr könnt nicht hierbleiben.«

Einer der Sharks kam heran und wechselte leise ein paar Worte mit Skudder. Der Hopi zögerte und überlegte einen Moment, dann schüttelte er den Kopf und scheuchte den Mann mit einer unwilligen Handbewegung fort, bevor er sich wieder an Charity wandte. »Ich hätte dich erschießen sollen, als ich dich zum ersten Mal sah, das hätte mir einiges erspart. Jetzt ist es leider zu spät«, murmelte er. »Also schön, was sollen wir deiner Meinung nach jetzt tun?«

Charity deutete auf Mark. »Er und seine Leute werden sterben, wenn du sie zu Fuß in die Ebene hinausschickst. Dann kannst du sie auch gleich hier umbringen. Der einzige halbwegs sichere Unterschlupf ist der Bunker. Laß sie mit den Lastwagen nach SS Nulleins zurückbringen, dann haben sie eine Chance.«

»Daniel *weiß* von dem Bunker.«

»Das wußte er schon immer«, antwortete Charity. »Verdammt, er war drinnen, genau wie ich. Aber Raoul war der einzige, der den Eingang kannte. Ich weiß, es ist gefährlich, aber es ist eine Chance. Und nicht nur für sie. Auch für euch. Ihr solltet euch ihnen anschließen.«

»Und ebenfalls zu Tiefen werden?« Skudder lachte bitter. »Uns unter der Erde verkriechen und darauf warten, daß Daniel uns findet oder daß ein Wunder geschieht? Du weißt, daß wir so nicht leben könnten. Wir würden durchdrehen.«

»Es wäre nur für ein paar Tage; so lange bis die Wogen sich wieder geglättet hätten. Daniel dürfte Wichtigeres zu tun haben, als wochenlang nach euch zu suchen. Es ist eure einzige Chance.«

Skudder schwieg lange Zeit. Er scharrte mit den Füßen im Sand, und obwohl sein Gesicht unbewegt blieb, ahnte sie, was jetzt in ihm vorging. Von seiner Entscheidung hing das Leben von fast siebenhundert Menschen ab. Ihr fielen Dutzende weitere Argumente ein, die für ihren Vorschlag sprachen und bislang unerwähnt geblieben waren, doch sie wußte auch, daß Skudder jedes dieser

Argumente selbst kannte, und so schwieg sie, weil jedes weitere Wort überflüssig gewesen wäre.

»Nein«, sagte er schließlich in einem Tonfall, der zeigte, daß seine Entscheidung endgültig war. »Ich werde Mark und die anderen zum Bunker zurückfahren lassen, aber wir bleiben hier. Wir würden jede Selbstachtung verlieren, wenn wir uns wie Tiere unter der Erde verkriechen würden. Ganz abgesehen davon, daß meine Männer mir nicht gehorchen würden, wenn ich einen solchen Befehl gäbe.«

Gurk schüttelte resignierend den Kopf. Mark schaute Skudder noch einen Moment verständnislos an, dann zuckte er mit den Schultern, drehte sich abrupt um und eilte mit einem gemurmelten: »Wie Sie meinen!« davon.

»Was ist mit euch?« fragte Skudder. »Ihr könnt euch ihnen meinetwegen anschließen, aber ihr könnt auch hierbleiben, wenn ihr wollt.«

»Was ich will«, sagte Charity gedehnt, »ist Stone. Aber nicht hier und nicht jetzt. Er ist nicht so unbesiegbar, wie er euch glauben macht, Skudder. Wenn ich Ort und Zeit bestimmen kann, habe ich eine Chance, ihn zu schlagen.«

Skudder lächelte. »Wenn man dir so zuhört«, murmelte er, »könnte man fast glauben, daß du es wirklich schaffst. Aber du wirst Hilfe dabei brauchen.«

Es dauerte eine Weile, bis Charity begriff, was Skudder überhaupt meinte. »Du willst . . .«

»Dich begleiten, ja«, unterbrach sie der Shark.

»Und ich ebenfalls«, schloß sich ihm Gurk an. »Ihr seid zwar alle verrückt, aber wenigstens ist es in eurer Nähe nie langweilig.«

Auf der riesigen Sitzbank der Harley-Davidson wirkte Gurks Gestalt schlichtweg lächerlich, verloren wie ein Kind, das es sich im Sessel eines Riesen bequem gemacht hatte und jetzt nicht so richtig wußte, was es dort überhaupt sollte. Er grinste zwar, aber dieses Grinsen war nicht echt, und man sah ihm an, wie unwohl er sich in seiner Haut fühlte.

Charity warf ihm ein aufmunterndes Lächeln zu, drehte sich zu ihrer eigenen Maschine um und wartete, bis Net Platz genommen hatte, ehe sie zu ihr stieg. Automatisch streckte sie die Hand nach dem Zündknopf aus, führte die Bewegung aber nicht zu Ende. Es kam auf eine Minute nicht mehr an. Sehr müde schaute sie auf, sah sich um und blickte schließlich der ganz in Schwarz gekleideten, breitschultrigen Gestalt entgegen, die den Platz überquerte und sich ihnen näherte.

Es war ein fast unheimlicher Anblick. Eines der Häuser brannte noch immer, und die Flammen schienen Skudders schwarze Ledermontur mit flüssigem Blut zu übergießen. Mehr denn je erinnerte er Charity jetzt an einen Indianer – und nicht nur wegen des archaischen Bogens, den er neben dem Lasergewehr über dem Rücken trug. Sie hatte selten einen Mann gesehen, der so . . . ja, so *stolz* wirkte wie er; trotz allem, was während der letzten Stunden geschehen war.

»Seid ihr soweit?« fragte Skudder, nachdem er herangekommen war.

Charity nickte, aber sie antwortete nicht gleich. Wieder glitt ihr Blick über die Straße, und wieder schauderte sie, als sie das Schlachtfeld sah. Skudders Leute hatten die Toten und Verwundeten fortgeschafft, aber wie wußte, daß es entsetzlich viele gewesen waren.

»Es tut mir leid«, sagte sie unvermittelt.

Skudder lächelte sanft. »Das muß es nicht. Wir hätten nicht anders gehandelt, wenn du nicht gekommen wärst.«

Charity glaubte ihm. Aber das änderte nichts daran, daß sie sich die Schuld an allem gab.

»Daniel hat einen Fehler gemacht«, fuhr Skudder fort. »Er hat geglaubt, wir wären seine Sklaven, wie diese Insektenkreaturen. Aber das sind wir nicht. Ein Shark gehorcht niemandem, außer sich selbst. Raoul hätte das wissen müssen. Er hat lange genug unter uns gelebt.«

»Und was werden sie jetzt tun?« fragte Charity.

Diesmal dauerte es eine Weile, bis Skudder antwortete. »Ich weiß es nicht«, gestand er. »Erst einmal verschwinden, denke ich. Ein paar werden sich Mark und seinen Tiefen anschließen, und die anderen . . .« Er zuckte mit den Schultern. »Bart und ein paar von den Jungs haben gefragt, ob sie uns begleiten dürfen. Ich habe nichts dagegen. Du?«

Charity schüttelte den Kopf. Skudder verwirrte sie. Er machte nicht den Eindruck eines Mannes auf sie, der alles verloren hatte. »Natürlich nicht«, sagte sie hastig. »Skudder ...?«

»Ja?«

»Du ... mußt nicht mitkommen«, sagte sie. Plötzlich fiel es ihr schwer zu sprechen. »Net und ich kommen schon allein durch.«

»Unsinn«, widersprach Skudder. »Das kommt ihr nicht. Du weißt ja nicht einmal, wo du hinwillst.«

»Diese Rebellen, von denen Niles sprach ...«

»Würdest du nicht einmal ohne mich finden«, unterbrach sie Skudder. Er stieg auf sein Motorrad, kippte die Maschine hoch und ließ den Motor an. »Und außerdem gibt es etwas, was ich zusammen mit dir tun möchte«, fügte er hinzu.

Charity sah ihn fragend an. »So?«

Skudder grinste. »Nicht, was du jetzt denkst. Jedenfalls nicht nur.« Er griff in die Tasche, streckte den Arm aus und ließ etwas in Charitys ausgestreckte Hand fallen. Überrascht erkannte sie, daß es ihre Uhr war.

»Der alte Mann hat recht gehabt, als er erzählte, daß Moron es verbiete, die Zeit zu messen«, sagte Skudder lächelnd. »Aber ich finde so ein Ding ganz praktisch. Was hältst du davon, wenn wir versuchen, auf diesem Planeten wieder einen Kalender einzuführen?«

»Wir zwei allein?« fragte Charity ungläubig.

Skudder lachte. Aber er antwortete nicht, sondern legte einen Gang ein und fuhr so schnell los, daß Gurk hinter ihm ein erschrockenes Kreischen ausstieß.

Und nach ein paar Sekunden folgte ihm Charity.

ENDE DES ZWEITEN BUCHES

DRITTES BUCH

Die Königin der Rebellen

Erstens: Lokalisation: Ein kalter Raum aus Stahl. Alle Seiten exakt gleich lang – etwa zwei Meter. Eine angenehme Temperatur, achtzehn Grad, vielleicht zwanzig. Mobiliar ist kaum vorhanden – eine schmale, ungepolsterte Liege, rechts neben der Tür in Kopfhöhe ein Interkomschirm, darunter eine einzige rote Taste. Die Tür selbst massiv, mehr als mannshoch, ohne sichtbaren Öffnungsmechanismus. Der Raum ist nur von außen zu öffnen. Die Luft riecht steril; Klimaanlagenluft, sorgsam gefiltert.

Zweitens: Lageerfassung/-beurteilung – Er ist allein. Vor einer nicht näher zu definierenden Zeitspanne angekommen und mit einem noch nicht näher definierten Auftrag.

Drittens: Aktion – Keine.

Ruhephase: Zeit für subjektive Eindrücke.

1

Kyle war allein, lauschte auf das gleichmäßige, schwere Schlagen seines Herzens und versuchte, einen Rhythmus zu erarbeiten, nach dem er das Verstreichen der Zeit messen konnte. Vor Momenten hatte er das Bewußtsein wiedererlangt und die Augen aufgeschlagen.

Langsam, mit der gleichen Bedächtigkeit, die alle seine Bewegungen auszeichnete und die so entsetzlich über die wahre Schnelligkeit hinwegtäuschen konnte, zu der er fähig war, richtete er sich auf seinem Lager auf, blickte einen Moment lang das kalte Videoauge rechts neben der Tür an und nahm dann seine gewohnte Wartestellung ein: aufrecht sitzend, mit leicht nach vorne gebeugten Schultern und untergeschlagenen Beinen; für einen unbeteiligten Zuschauer hätte es ausgesehen, als schliefe er. Aber das tat er nicht.

Kyle schlief nie. Er wußte nicht, was Schlaf war, und hätte er es gewußt, hätte er es für eine Vergeudung von Zeit und Energie gehalten.

Zeit verging.

Für seinen Auftrag war es irrelevant, wieviel, aber etwas in ihm registrierte trotzdem getreulich ihr Verstreichen: Viertausend Herzschläge – mehr als drei Stunden, bei der verminderten Atem- und Herztätigkeit, zu der er seinen Körper gezwungen hatte. Dann begann der Boden zu zittern; ganz sacht nur, aber deutlich genug, Kyle seine eigene Einschätzung der Gegebenheiten korrigieren zu lassen. Offensichtlich befand er sich nicht in einem Gebäude, sondern in einem Fahrzeug; ein Schiff, möglicherweise auch ein sehr großes Transportflugzeug, in das man ihn gebracht haben mußte, während er bewußtlos war.

Ein kaum hörbares Summen drang an sein Bewußtsein, und Kyle öffnete im gleichen Moment die Augen, in dem die Metalltür aufglitt. Herzschlag und Atmung beschleunigten sich wieder, und ein kurzer, nur halb bewußter Befehl zwang eine hypersensibilisierte Drüse in seinem Körper, eine adrenalinähnliche Substanz in seine Blutbahn abzugeben.

Als sich die Tür vollends geöffnet hatte und die Gestalt eintrat, war Kyle bereit.

Ein Humanoider und eine Dienerkreatur betraten den Raum. Kyle musterte den Vierarmigen flüchtig – durchschnittliche Erscheinung, durchschnittliche Größe, aber von etwas präziseren und schnelleren Bewegungen als gewöhnlich. Kyle stufte ihn automatisch als Angehörigen der Elite-Kaste ein – und wandte seine Aufmerksamkeit dann dem Humanoiden zu. Der Mann war größer als er, ein wenig schlanker, trotzdem etwas übergewichtig. Seine Haut war ein wenig zu blaß. Der Mann war nicht sehr gut in Form. Offensichtlich ein Ureinwohner der Welt, für die auch er, Kyle, konditioniert worden war. Das rote Flammen-M Morons, das auf sein rechtes Handgelenk tätowiert war, wies ihn als Weisungsberechtigten aus.

Kyle ignorierte die Dienerkreatur und trat dem Humanoiden einen halben Schritt entgegen. Sein Gesicht blieb starr. Höflichkeitsfloskeln gehörten nicht zu seiner Konditionierung.

»Du bist ...?«

»Kyle«, antwortete Kyle, als der Humanoide nicht weitersprach, sondern ihn nur fragend ansah. »Megakrieger erster Klasse, abkommandiert zu ...«

»Ich weiß«, unterbrach ihn der Humanoide. Seine Stimme verriet Nervosität, und Kyle registrierte darüber hinaus deutliche Anzeichen von Furcht – beschleunigter Atem, starke Schweißbildung, kleine, rasche Bewegungen der Finger und Augen, die nicht seiner bewußten Kontrolle unterlagen. Kyle verstand den Grund dieser Furcht nicht – oder doch: Es war eindeutig Furcht vor IHM. Aber er verstand nicht, warum der Humanoide Angst vor ihm hatte. Wäre er dazu in der Lage gewesen, hätte er vielleicht Verachtung empfunden.

»Spar dir den ganzen Quatsch«, fuhr der Mann nach einer langen, nervösen Pause fort. »Ich weiß, wer du bist. Ich bin Daniel.«

Kyle nickte. Das war der Name, den man ihm genannt hatte. »Ich unterstehe Ihrem Kommando.«

»Auch das weiß ich«, murrte Daniel. Sein Blick huschte nervös über Kyles Gesicht, blieb einen Moment an seinen Augen hängen und glitt weiter. »Du kennst deinen Auftrag?«

Kyle nickte knapp. »Zum Teil.«

»Zum Teil? Was soll das heißen?« Daniels Herzschlag beschleunigte sich weiter. Er begann unruhig in der kleinen Zelle auf und ab zu gehen. »Wieso schickt man dich hierher, wenn man . . .«

Er brach mitten im Wort ab, starrte Kyle wütend an und ballte die Hand zur Faust.

Kyle verstand diesen Wutausbruch nicht. Zorn war ein schädliches Gefühl, und ein Mann in Daniels Position sollte dies eigentlich wissen. Er, Kyle, hatte sich keinen Fehler zuschulden kommen lassen. Es war nicht nötig, Details zu kennen, bevor der Einsatz begann. Kyle fragte sich, wieso man ein so unbeherrschtes Wesen wie den Humanoiden Daniel als Governor eines ganzen Planeten einsetzte. Natürlich sprach er nichts von alledem aus.

»Dein Auftrag ist einfach«, fuhr Daniel nach einer Weile fort. »Du wirst jemanden suchen. Einen Menschen. Eine . . . Ureinwohnerin dieses Planeten, wenn du so willst.«

Er hob herrisch die Hand. Die Dienerkreatur reichte Kyle einen durchsichtigen Plastikumschlag, in dem sich ein großformatiges Farbfoto und zwei winzige Datenchips befanden. Kyle warf einen flüchtigen Blick auf das Bild, reichte es Daniel zurück und schob die Datenchips in eine Tasche seines Gürtels, ohne sie auch nur anzusehen.

Aus irgendeinem Grund schien dies Daniel zornig zu machen. Für eine Sekunde starrte er Kyle wütend an, dann fuhr er mit einem Ruck herum und verließ die Kammer, ohne auch nur noch ein einziges Wort zu sagen.

Kyle folgte ihm. Er versuchte nicht mehr, eine Erklärung für Daniels seltsames Benehmen zu finden. Es gehörte nicht zu seinem Auftrag.

Dicht hinter Daniel und der Dienerkreatur durchquerte er das Schiff. Kyle identifizierte das Fahrzeug jetzt als schweren Transportgleiter, eine primitive, aber äußerst effiziente Konstruktion, wie sie auf vielen Welten der ersten Kolonisationsphase zum Einsatz kamen.

Das Fahrzeug war bereits gelandet. Beide Schleusentore standen offen, und eine breite, sehr sanft geneigte Rampe führte zur Oberfläche des Planeten hinab.

Kyle sah sich rasch und routiniert nach beiden Seiten um, während er Daniel folgte. Eine durchschnittliche gelbe Sonne vom A-Typ. Der Planet selbst – zumindest der Teil, in dem sie sich befanden – wüstenhaft, heiß; ein wenig trockener, als seine Konditionierung vorsah. Im Norden die Ruinen einer niedergebrannten Stadt, im Süden eine gewaltige, ausgedörrte Ebene. Sehr wenig, sehr primitives Leben: ein paar Flechten und Büsche, wenige, größtenteils insektoide Lebewesen. So gut wie keine Luftfeuchtigkeit.

Kyle korrigierte den Flüssigkeitshaushalt seines Körpers um eine Winzigkeit, änderte die Struktur seiner Haut und dämpfte seinen Atemrhythmus; gleichzeitig verengte er seine Pupillen, um seine Sehschärfe dem grellen Licht anzupassen. Als er hinter Daniel von der Rampe heruntertrat, war er innerlich zu einem perfekten Wüstenbewohner geworden; einem Wesen, das tage-, wenn nicht wochenlang von seinem eigenen Wasservorrat zehren konnte und so gut wie keine Erschöpfung oder Schwäche kannte.

Daniel blieb stehen, drehte sich ungeduldig um und schien etwas sagen zu wollen, schwieg aber dann einen Moment und sah Kyle mit offenkundiger Verwirrung an. Seine Haut war dunkler geworden, und die Augen lagen jetzt tiefer in den Höhlen, um sie vor dem grellen Sonnenlicht zu schützen. Kyle schloß aus Daniels offenkundiger Verwirrung, daß der Planetengeborene keine nennenswerte Erfahrung im Umgang mit Megakriegern hatte. Diese Welt war jung. Möglicherweise war er der erste Jäger, der hier zum Einsatz kam.

Kyle registrierte diese Vermutung sorgfältig und beschloß, sie möglichst bald zu überprüfen. Wenn es so war, hatte er einen gewissen Vorteil den Planetengeborenen gegenüber.

Daniel überwand endlich seine Verwirrung und deutete mit der Hand; zuerst auf Kyle, dann auf die zerstörte Stadt im Norden. »Unsere Gleiter haben Captain Lairds Spur knapp hundert Meilen weiter südlich verloren«, sagte er. »Ich könnte dich dort absetzen, aber man hat mir gesagt, ich soll dich hierher bringen. Anscheinend halten dich die Herren für eine Art Spürhund.«

»Korrekt«, antwortete Kyle knapp. »Es ist möglich, wenn auch nicht sehr wahrscheinlich, daß das Objekt absichtlich eine falsche Fährte gelegt hat.«

»Das Objekt?« Daniels linke Augenbraue rutschte ein Stück nach oben. Kyle verstand nicht warum, aber er schien wenig Gefallen an diesem Wort zu finden. Captain Laird gehörte der gleichen Spezies an wie er. Möglicherweise empfand er eine unbewußte, angeborene Solidarität. Kyle registrierte auch diesen Verdacht sorgfältig und fügte ihn den knappen Informationen zu, die man ihm über die Bewohner dieser Welt gegeben hatte.

»Wie du willst«, sagte Daniel. »Mir ist es egal, wie du sie nennst. Du wirst Captain Laird finden, wie und auf welche Weise, spielt keine Rolle. Bring sie zu mir – lebend. Das ist wichtig, verstehst du?«

Kyle schwieg. Daniel starrte ihn ein paar Sekunden lang an, als warte er auf eine Antwort, schüttelte dann zornig den Kopf und deutete auf den Transportgleiter. »Deine Ausrüstung . . .«

»Ich brauche keine weitere Ausrüstung«, unterbrach ihn Kyle ruhig.

»Keine Ausrüstung?«

»Ich habe alles bei mir, was nötig ist.« Kyle schlug bekräftigend mit der Hand auf seinen Instrumentengürtel; eine völlig überflüssige Geste. Aber er hatte gelernt, sich seinem Gegenüber anzupassen. Mimikry bedeutete weit mehr als nur äußerliche Tarnung. »Haben Sie sonst noch Befehle?« Auch diese Frage war überflüssig, aber je eher er damit begann, sich den nicht unbedingt logischen Verhaltensmustern der Planetenbewohner anzupassen, desto besser.

Daniel preßte für eine Sekunde die Lippen aufeinander. Dann schüttelte er abrupt den Kopf. »Nein. Du kannst anfangen.«

Kyle wollte sich umwenden, aber Daniel hielt ihn noch einmal zurück. »Du meldest dich im Zwölf-Stunden-Rhythmus bei mir«, sagte er.

Kyle nickte.

»Und . . . du kennst das Zeitlimit?«

»Zweihundertvierzig Stunden«, bestätigte er.

Diesmal wartete er, ob Daniel ihn noch einmal zurückrief, aber er tat es nicht. Und nach ein paar Augenblicken drehte er sich endgültig um und begann auf die Ruinen der niedergebrannten Stadt im Norden zuzugehen.

Die Jagd hatte begonnen.

2

Der Angriff kam völlig warnungslos. Vor einer Sekunde war der Sand noch glatt und unberührt gewesen, aber dann ging alles unglaublich schnell; und durch die große Entfernung mit einer fast gespenstischen Lautlosigkeit:

Der Sand explodierte, als wäre dicht unter seiner Oberfläche ein Geysir zum Leben erwacht, und innerhalb der stiebenden gelben Fontäne richtete sich ein ... ein *Etwas* auf; riesig, schwarz und schimmernd, mit fürchterlichen Krallen und Fängen und schwarzen, glotzenden Augen, das trotz seiner absurden Größe ungeheuerlich schnell war. Ein blitzschnelles Schnappen und Reißen, gefolgt von einem furchtbaren, mahlenden Geräusch – und wo vor einer Sekunde noch ein ahnungsloser Kojote gesessen hatte, versickerten nur noch ein paar Blutflecken im Sand. Nicht einmal ein Fellbüschel blieb zurück, als sich das schwarze *Ding* wieder in sein unterirdisches Versteck zurückzog. Wie von einer unsichtbaren Hand berührt, glättete sich der Sand wieder. Fünf Sekunden nach dem heimtückischen Überfall war der Boden wieder so glatt wie zuvor; eine tödliche Falle, die auf das nächste ahnungslose Opfer wartete.

Charitys Finger zitterten, als sie den Feldstecher sinken ließ.

Net hatte ihr gesagt, was passieren würde, und doch war ihr ein ordentlicher Schreck in die Glieder gefahren.

»Glaubst du mir jetzt?«

Charity verzichtete auf eine Antwort. Sekundenlang starrte sie die helle, so trügerisch glatte Ebene am Fuß der Felsen noch mit einer Mischung aus Entsetzen und Verwirrung an, dann hob sie das Fernglas wieder an die Augen und sah nach Osten.

Charity beobachtete das Fort (oder was immer es sein mochte) seit einer halben Stunde, aber der Anblick erfüllte sie noch immer mit der gleichen Mischung aus Staunen und *Furcht.*

Auf den ersten Blick glich das Bauwerk einer zwar gigantischen, aber trotzdem primitiven Festung, einer unregelmäßig geformten Ansammlung aus schimmernden Palisaden und irgendwie verkrüppelt wirkenden Türmen und Erkern. Aber die Ähnlichkeit endete jäh, sobald man auch nur etwas genauer hinsah oder gar versuchte, Einzelheiten zu erkennen.

Es war verrückt – aber Charity hatte mehr und mehr das Gefühl, daß das Bauwerk sich ihren Blicken irgendwie zu *entziehen* versuchte. Es gelang ihr nicht, einen bestimmten Punkt länger als ein paar Sekunden zu fixieren; ihr Blick glitt ab wie ein Lichtstrahl von der Oberfläche eines Spiegels. Selbst wenn sie in diesem Moment, noch mit dem Glas an den Augen, das Fort hätte beschreiben sollen, hätte sie es nicht gekonnt. Alles an ihm wirkte fremd und düster und auf eine schwer zu beschreibende, aber überdeutlich zu spürende Weise *bedrohlich.*

Es war, dachte sie schaudernd, als versuche sie einen Blick in eine völlig fremde, feindselige Welt zu tun. Die Stahlburg schien nach Regeln einer Geometrie erbaut worden zu sein, die aus einem fremden Universum stammen mußten.

Wie hatten Gurk und Skudder dieses Ding genannt? *Shait-Tempel?*

Charity hatte nicht die mindeste Ahnung, was ein *Shait-Tempel* war und wen oder was man darin anbetete. Aber jetzt schien das Wort allein einen düsteren, drohend nachhallenden Klang zu bekommen. Vielleicht, dachte sie, war das bedrückendste daran die Vorstellung, daß dieses Monstrum von Tempel zwar von den Außerirdischen erbaut, aber von *Menschen* bewohnt wurde.

»Es wäre Selbstmord, sich dem Ding auch nur zu nähern«, sagte Net leise.

»Aber was *tun* sie dort?« murmelte Charity. Dieses ... *Etwas* konnte nicht nur ein Tempel sein, dachte sie, ganz egal, welche monströse Gottheit dort angebetet wurde. Es war einfach zu *groß.*

Net antwortete erst nach einigen Sekunden auf ihre Frage. »Außer Kinder zu entführen, meinst du?« Sie zuckte mit den Achseln. »Ich weiß es nicht. Niemand weiß es. Niemand ist einem solchen Ding jemals nahe genug gekommen, um es herauszufinden.«

Sie stand auf. »Nur die Priester dürfen sich einem *Shaitaan* weiter als bis auf fünf Meilen nähern.«

Charity blickte wieder auf die so trügerisch glatte Sandfläche herab, in die die Felsebene kaum zehn Meter unter ihnen überging. Und diese Sandebene war nur der erste – und, wie Gurk behauptet hatte, harmloseste – von insgesamt drei Verteidigungsringen, die das *Shaitaan* umgaben, zum Schutz vor ...

Ja, vor was eigentlich? dachte sie verwirrt.

Es war jetzt gut zwei Wochen her, daß sie aus dem Schlaftank gestiegen und in diese völlig fremde, zerstörte Welt hinausgetreten war, und sie kannte sie längst noch nicht gut genug, um sich wirklich ein Urteil erlauben zu können. Trotzdem war sie sicher, daß es im Umkreis etlicher tausend Meilen nichts gab, was diesem Monstrum von Bauwerk dort hinten *gefährlich* werden konnte.

Verwirrt drehte sie sich zu Net herum und ging ohne ein weiteres Wort los. Die *Wastelanderin* folgte ihr schweigend. Die zwanzig Minuten, die sie im Sand gelegen und den monströsen Tempel angestarrt hatten, waren vergeudete Zeit gewesen. Skudder hatte sie gewarnt, sich der Todeszone zu nähern, die das *Shaitaan* umgab, aber sie hatte sich einfach überzeugen müssen, daß das, was sie aus der Entfernung gesehen hatten, auch wirklich wahr war. Jetzt bedauerte sie es beinahe. *Großer Gott*, dachte sie, *was haben sie aus unserer Welt gemacht?*

Skudder hatte ein Feuer entzündet, als sie zurückkamen, und nicht zum ersten Mal fragte sich Charity, wie um alles in der Welt er es immer wieder fertigbrachte, ein solches Feuer zu entfachen, ohne daß auch nur eine Spur von Rauch zu sehen war.

Wortlos setzte sie sich neben ihn, angelte einen der Stöcke herunter, auf die Bart irgendein Stück Fleisch gespießt hatte, und begann lustlos zu essen.

Shait. Shaitaan. Das Wort ging ihr nicht aus dem Sinn. Irgendwo hatte sie dieses Wort schon einmal gehört, und irgendwann einmal hatte sie sogar gewußt, was es bedeutete. Auch wenn sie auf der anderen Seite ganz genau wußte, daß das unmöglich war.

Sie verscheuchte den Gedanken und beugte sich erneut vor, um einen weiteren Spieß vom Feuer zu nehmen. Bart lächelte sie über die Flammen hinweg an. »Schmeckt, nicht wahr?«

Charity nickte. »Ausgezeichnet«, lobte sie. »Was ist es?«

Der Shark grinste noch ein bißchen breiter. »Willst du das wirklich wissen?«

Charity blinzelte, blickte das gebratene Stück Fleisch in ihrer Hand eine Sekunde lang irritiert an und schüttelte schließlich den Kopf. »Eigentlich nicht. Hauptsache«, fügte sie lächelnd hinzu, »es macht satt.«

»Genau das hat es wahrscheinlich über mich gedacht, als es noch lebte«, antwortete Bart grinsend. Er stand auf, ging zu seinem Motorrad und kam mit einer Wasserflasche zurück. Charity griff dankbar danach, als er sie ihr hinhielt, trank einen gehörigen Schluck und reichte sie Bart zurück. Sie hatte immer noch Durst, aber sie mußte sich beherrschen. Die drei letzten Wasserstellen, an denen sie vorbeigekommen waren, waren ausnahmslos verseucht gewesen, und ihre Vorräte waren bereits bedenklich geschrumpft. Und nicht nur, was das Wasser anging.

Überhaupt war ihre Lage alles andere als rosig, ganz vorsichtig ausgedrückt. Die Lebensmittel, die sie aus der Bunkerfestung mitgenommen hatten, waren schon vor drei Tagen zur Neige gegangen, und in den Tanks der drei Harleys schwappte nur noch ein kümmerlicher Rest Benzin. Wenn sie die Rebellen nicht im Laufe dieses oder spätestens des nächsten Tages fanden, dann würden sie die Welt zu Fuß befreien müssen ...

Falls sich die Welt nicht vorher von *ihnen* befreite, dachte sie, wofür eine Menge mehr sprach als für die andere Möglichkeit. Es war ein kleines Wunder, daß sie überhaupt noch lebten. Ohne Skudders fast schon unheimliche Instinkte, ohne Nets hervorragende Ortskenntnis, ohne Barts Kraft und vor allem ohne ein schon fast aberwitziges Glück wären sie niemals so weit gekommen.

Es war eine Woche her, daß sie das Shark-Lager verlassen hatten, und sie waren allein in den beiden ersten Tagen fast ein dutzendmal angegriffen worden; acht- oder neunmal von *Reitern,* die Daniel gleich zu Hunderten losgeschickt zu haben schien, und zweimal von kleinen, scheibenförmigen Fluggeräten, die aus dem Himmel stürzten und auf alles schossen, was sich bewegte. Skudder hatte ihr erklärt, daß diese winzigen fliegenden Killer vielleicht das einzige waren, was die überlebenden Menschen noch mehr fürchteten als die *Reiter.* Und nachdem Charity das erste Mal ihre ungeheuerliche Feuerkraft gesehen hatte, glaubte sie ihm.

Skudder sah ihr eine Weile schweigend beim Essen zu und schien darauf zu warten, daß sie etwas sagte. Als Charity nur genüßlich weiterkaute, brach er schließlich von sich aus das Schweigen. »Du hast es gesehen, nicht wahr?«

Charity antwortete nicht. Eigentlich war Skudders Frage ziemlich blödsinnig. Aber Charity sprach die scharfe Antwort, die ihr auf der Zunge lag, nicht aus; schon, weil sie einfach keine Lust mehr hatte, Net und den beiden anderen eine weitere Runde in ihrem und Skudders kleinem Machtkampf vorzuspielen. Und sie hatte sich Skudders Zynismus redlich verdient – verdammt, was mußte noch passieren, bis ihr Stolz ihr gestattete, endlich zuzugeben, daß sich Skudder in dieser Welt besser auskannte als sie?

Trotzdem: Der Gedanke, daß er bei ihrem kleinen Katz-und-Maus-Spiel schon wieder einen Punkt gutgemacht hatte, ärgerte sie noch mehr. Doch diesmal zog sie es vor, zu schweigen. Sie war gereizt, aber das war auch nur zu verständlich. Sie war nur ein Mensch. Manchmal fragte sie sich allen Ernstes, ob er einer war.

»Wir sollten von hier verschwinden«, sagte sie. »Ich fühle mich nicht wohl, in der Nähe dieses . . . *Dinges.*«

»Warum?« fragte Gurk. »Er tut dir nichts, solange du ihm nicht zu nahe kommst. Außerdem sind wir hier sicher. Die *Ameisen* suchen uns überall, aber bestimmt nicht in der Nähe eines *Shaitaan.*«

Charity blickte den Zwerg einen Moment lang feindselig an. Er irritierte sie noch immer, trotz all der Zeit, die sie jetzt zusammen waren, und es war ganz und gar nicht nur sein absurdes Aussehen, obwohl dies allein schon lächerlich genug war: El Gurk – *Abn El Gurk Ben Amar Ibn Lot Fuddel Der Vierte, Informationen und Schwarzmarktwaren aller Art, Mietkiller und Drogen gegen Aufpreis,* wie sein korrekter Name lautete – war knapp anderthalb Meter groß, dabei aber so unproportioniert, als hätte jemand drei völlig verschiedene Körper genommen und versucht, einen vierten daraus zusammenzubasteln. Gurks Arme und Beine waren dürr und knochig, dafür hätte sein Kopf einem Riesen gehören können. Seine Augen waren groß und ganz eindeutig nicht menschlich: Es gab kein Weiß darin, sondern nur verschiedene Schwarztöne. Charity hatte ihn nie gefragt – *warum eigentlich nicht?* –, aber sie war sehr sicher, daß Abn El Gurk Ben Amar Ibn Lot Fuddel Der Vierte nicht auf der Erde geboren war.

Und trotzdem war es nicht sein Aussehen, das Charity auch jetzt noch manchmal schaudern ließ, wenn sie ihn ansah. Auf die eine oder andere Weise bot keiner von ihnen einen normalen Anblick.

Skudder, ein reinrassiger Hopi-Indianer, sah in seiner schwarzen

Lederkleidung und mit dem dunklen, streng aus der Stirn gekämmten Haar stets irgendwie hilflos aus, wie ein Tier, das in eine Haut geschlüpft war, die ihm nicht paßte. Vor acht Tagen noch war er Herrscher über eine kleine Armee und treuester Handlanger der Moroni gewesen.

Bart, ein Zwei-Meter-zehn-Riese, mit streifig grün-rot gefärbtem Haar und einem Gesicht, von dem Gurk einmal behauptet hatte, daß man damit Eier abschrecken konnte; dazu Net mit ihrer dunklen Haut und Augen, die wie die eines wilden Tieres waren, das vom ersten Tag seines Lebens an stets auf der Flucht gewesen war.

Und schließlich sie selbst – Captain Charity Laird, jüngste Raumpilotin der Space Force, gegen ihren Willen aus ihrer Welt herausgerissen und auf einen Planeten geschleudert, der zwar noch Erde hieß, aber nun grausamen Invasoren aus dem All gehörte.

Sie waren schon ein verrückter Haufen.

Und ein ziemlich hilfloser dazu.

Sie merkte mit einiger Verspätung, daß Gurk noch immer auf eine Antwort wartete.

»Wir hätten nicht auf dich hören sollen«, sagte sie übellaunig. »Es war völlig verrückt, hierher zu kommen. Wir hätten gleich zur Küste fahren sollen.«

Der Gnom grinste sie fröhlich an und reagierte im übrigen darauf, wie er immer reagiert hatte, wenn sie das sagte – nämlich gar nicht. Aber diesmal ließ Charity es nicht bei einem verärgerten Blick bewenden; sie war gereizt, sie war müde und fror.

»Wer sagt uns denn, daß es diese sagenhaften Rebellen überhaupt gibt?« fuhr sie gereizt fort. »Und wenn, warum sollten sie wohl so verrückt sein, sich ausgerechnet in der Nähe dieses . . . dieses *Shaitaan* zu verstecken?«

Gurk lächelte, auf eine Art, die es ihr sehr schwermachte, nicht eine Handvoll Sand oder besser noch einen brennenden Ast aus dem Feuer aufzuklauben und dieses dämliche Grinsen damit ein für allemal auszulöschen. »Aus dem gleichen Grund, aus dem ich euch hierher geführt habe«, antwortete er gelassen. »Weil man sie hier am wenigsten vermutet. Und es gibt sie. Ich habe zuverlässige Informationen, nach denen . . .«

»Du und deine Informationen«, knurrte Charity. »Vielleicht gibt es sie gar nicht. Und wenn doch, finden wir sie nie!«

»Das brauchen wir auch nicht«, mischte sich Skudder ein. »Sie werden uns finden – wenn sie das wollen.«

»Ja«, maulte Charity. »Die haben auch bestimmt nichts Besseres zu tun, als nach einem abgehalfterten Indianer . . .«

»Hopi«, verbesserte sie Skudder ruhig.

». . . und einer arbeitslosen Raumpilotin Ausschau zu halten«, fuhr Charity ärgerlich fort. »Und außerdem . . .«

»*Still!*«

Skudder sprach nicht einmal sehr laut, aber so scharf, daß Charity mitten im Wort verstummte und ihn erschrocken ansah.

»Was ist?« fragte sie.

Skudder winkte hastig ab, legte den Kopf schräg und lauschte. Natürlich hörte sie nichts, aber das überraschte sie nicht besonders – Skudder hatte schon oft genug bewiesen, daß er über weit schärfere Sinne als sie verfügte.

»Was ist los?« fragte sie noch einmal.

»Jemand kommt«, murmelte Skudder.

Er stand auf und deutete nach Süden, in die Richtung, aus der sie gekommen waren. Auch Charity drehte sich herum, und obwohl sie weiterhin nichts sah außer braunen Sanddünen, hörte sie es jetzt auch: Geräusche, die sie noch nicht identifizieren konnte, die aber näher kamen.

»Wir bekommen Besuch«, murmelte Bart. Er stand auf und griff nach seinem Gewehr.

»Stimmt.« Skudder nahm ohne sichtbare Hast die MP vom Rücken, entsicherte die Waffe und machte eine rasche, befehlende Geste zu Net und Abn El Gurk. »Ihr bleibt hier«, sagte er. »Wir schauen nach, was da los ist.«

Ohne eine Antwort abzuwarten, ging er zu seinem Motorrad, ließ die Maschine an und fuhr los, und kaum eine Sekunde später bestieg Bart die zweite Harley und entfernte sich in die entgegengesetzte Richtung. Es war nicht nötig, viel Zeit mit Erklärungen zu verschwenden; einer der Hauptgründe, weswegen sie die letzten zehn Tage überhaupt überlebt hatten, war der Umstand, daß sie sehr schnell gelernt hatten, als perfekt aufeinander eingespieltes Team zu handeln.

Auch Charity wußte genau, was sie zu tun hatte. Sie erklomm mit schnellen kleinen Schritten die nächste Düne, ließ sich halb in den Sand fallen und setzte das Fernglas an. Nach ein paar Sekunden sah sie die *Reiter.*

Es waren drei – große, schwarzbraun glänzende Käfergestalten, die sich gegen den hellgelben Sand abhoben. Ihre Bewegungen wirkten plump, aber Charity wußte sehr wohl, daß es nur ihre ungeheuerliche Größe war, die sie so behäbig aussehen ließ – die Titanenkäfer rannten weitaus schneller als ein Pferd, wenn es darauf ankam, und sie waren ein gutes Stück schwerer als ein Sherman-Panzer.

Und ungefähr genauso schwer aufzuhalten.

Charity nahm das Gewehr von der Schulter, schaltete die Zieloptik ein und visierte die Rieseninsekten an. Aus den ameisengroßen Umrissen wurden jäh gigantische Scheußlichkeiten, in deren Nacken schlanke, vierarmige Kreaturen hockten, die auch nicht wesentlich hübscher anzusehen waren als ihre Reittiere. Der, den Charity anvisierte, fuchtelte gleich mit drei kleinen Strahlenpistolen herum, während seine vierte Hand den Zügel des *Reiters* hielt.

In ihrem rechten Ohr knackte es. »Cherry?«

Charity schaltete mit dem Kinn das winzige Mikrofon ein, das vor ihren Lippen hing. »Ich sehe sie. Sie . . . scheinen jemanden zu verfolgen.«

»Eine Frau«, bestätigte Skudder. »Sie ist zwischen den Hügeln.«

Charity schwenkte das Gewehr herum. Die sonnendurchglühten Dünen wurden zu einem verwischten Farbenspiel aus allen nur denkbaren Gelb- und Brauntönen in ihrem Zielfernrohr, aber von der Frau, von der Skudder sprach, war nichts zu sehen. Was auch weiter kein Wunder war: Selbst die an die zehn Meter großen Käfermonster tauchten nur dann und wann auf einer Hügelkuppe auf und verschwanden wieder; wie weit entfernte Schiffe auf der Oberfläche eines stürmischen Meeres.

»Schnappen wir sie uns?«

»Sicher«, bestätigte Skudder. »Du die *Reiter,* ich die Frau.«

»Idiot«, murmelte Charity. Skudder lachte, aber sie konnte hören, wie seine Atemzüge schneller wurden, als er weiterfuhr. Für einen Moment bedauerte sie es, nicht über ein zweites Funkgerät zu verfügen, so daß sie auch mit Bart hätte reden können. Aber auf den Shark war Verlaß; er würde wissen, was zu tun war.

Charity beobachtete die heranstampfenden Chitinkolosse noch

einen Moment, dann schob sie sich rückwärts den Hang wieder hinab, richtete sich auf halber Höhe auf und lief die letzten Meter zu ihrer Harley, so schnell sie konnte. Gurk sah sie fragend an.

»Reiter«, sagte Charity. »Drei, vielleicht mehr. Geh auf den Hügel und halt die Augen auf. Und wenn irgend etwas schiefgeht, dann schnappst du dir Net und bringst sie in Sicherheit.«

Die junge *Wastelanderin* wollte protestieren, aber Charity ignorierte sie einfach. Entschlossen startete sie den Motor und gab Gas.

Sie fuhr im Slalom zwischen den gleichförmigen Dünen hindurch, wobei sie sich nur anhand des Kompasses orientierte und darum betete, daß die *Reiter* nicht plötzlich ihren Kurs änderten. Warum meldete sich Skudder nicht?

Irgendwie mußte er wohl ihre Gedanken gelesen haben, denn in diesem Moment erklang seine Stimme wieder in ihrem Ohr: »Ich habe sie jetzt genau vor mir. Die Frau hat ein Kind bei sich.«

Ein Kind? Aus irgendeinem Grunde beunruhigte Charity diese Vorstellung. Was zum Teufel machte eine Frau mit einem Kind in dieser Einöde, fünfzig Meilen von der nächsten menschlichen Ansiedlung entfernt? Und warum jagten sie die *Reiter*, statt einfach eine Drohne auf sie anzusetzen und zu warten, bis der Robotkiller ihre Leiche zurückbrachte?

»Sie holen auf«, sagte Skudder. Seine Stimme klang beunruhigt. »Wir schnappen sie uns. Nimm den Vordermann.«

»Okay«, bestätigte Charity. Sie tippte leicht auf die Bremse, visierte eine etwas flacher ansteigende Düne an und gab noch einmal Gas. Der Motor der Harley brüllte auf. Das Fahrzeug schoß wie ein rotweiß lackiertes Ungeheuer den nächsten Hang hinauf, drehte sich halb um seine Achse und kam inmitten einer gewaltigen stiebenden Wolke aus staubfeinem Sand zum Stehen. Charity hob das Gewehr und visierte den vordersten *Reiter* an.

Sie erschrak ein wenig, als sie feststellte, daß das erste der drei Ungeheuer kaum noch dreißig Meter von ihr entfernt war – nur ein paar Schritte für einen Koloß wie den *Reiter*.

Aber sie gab ihm keine Gelegenheit, sie zu tun.

Charity hatte ihren Laser schon vorher auf die höchste Wirkungsstufe eingestellt. Ein blutroter, fast fingerdicker Stift aus Licht leckte plötzlich aus dem Lauf der klobigen Waffe, schuf für den tausendsten Teil einer Sekunde eine Verbindung zwischen ihr und dem *Reiter* und brannte ein winziges Loch in seine Chitinpanzerung. Der gigantische Käfer machte noch eine einzelne, komplizierte Bewegung mit seinen sechs Beinen – und explodierte innerlich, als der Laserblitz seine gesamte Energie schlagartig freisetzte.

Gleichzeitig traf auch Skudder. Das zweite Ungeheuer überschlug sich mitten in der Bewegung; ein Teil seiner Chitinpanzerung platzte auseinander, und ein Vulkan aus schwarzem Horn und Insektenblut und zerkochtem Gewebe fegte den Vierarmigen aus dem Nacken des zusammenbrechenden Ungeheuers.

Charity schwenkte den Laser herum, visierte den letzten verbliebenen *Reiter* an und schoß erneut. Aber diesmal zielte sie zu hastig. Der Energiestrahl verfehlte den Riesenkäfer und explodierte harmlos in der Flanke eines Hügels, fast fünfzig Meter hinter ihm. Fast im gleichen Augenblick hob die Kreatur in seinem Nacken drei ihrer vier Arme und zielte mit einer kleinen, glänzenden Waffe auf Charity.

Charity schwenkte verzweifelt das Gewehr herum, aber sie spürte, daß sie nicht schnell genug war. Ein hellweißer Energiestrahl zuckte aus der Hand des Vierarmigen und ließ zwei Meter neben ihr einen Geysir aus kochender Erde und Dampf in die Höhe steigen.

Ein dumpfer Knall wehte zu Charity herüber. Der Vierarmige wankte, beugte sich in einer fast grotesken Bewegung im Nacken des Reiters nach vorne und ließ zwei seiner drei Waffen fallen. Wieder erscholl dieser dumpfe, sonderbar gedämpfte Knall, und plötzlich bellte irgendwo zwischen den Hügeln eine Maschinenpistole auf. Eine Reihe kleiner Sandexplosionen raste auf den Riesenkäfer zu, und plötzlich stoben Funken aus seiner Panzerung. Eines seiner Beine knickte ein. Dann hatte Charity endlich ihre Lähmung überwunden und schoß ebenfalls.

Der Laserstrahl zerriß den Schädel des Käfermonsters und seinen verletzten Reiter gleich mit. Trotzdem torkelte das Ungeheuer noch zwanzig, dreißig Meter weiter, ehe es endlich auf die Seite fiel und reglos liegenblieb.

Charity atmete erleichtert auf. »Das war knapp«, sagte sie in ihr Mikrofon. »Danke.«

»Wofür?« erkundigte sich Skudder. »Das war ich nicht.«

»Du...?«

»Wenn Sie sich bedanken wollen, Mylady«, sagte eine Stimme hinter ihr, »dann tun Sie das bei mir. Besser gesagt, bei meinen Leuten.«

Charity erstarrte abermals für eine Sekunde, dann drehte sie sich erschrocken herum – und verharrte mitten in der Bewegung.

Der Mann, der diese Worte gesprochen hatte, stand kaum drei Meter hinter ihr. Und er war nicht allein. Ein gutes halbes Dutzend Gestalten in fleckigen Tarnanzügen bildeten einen Halbkreis um ihn und das Motorrad. Sie waren bewaffnet; einige mit MPs, andere mit Gewehren, einer sogar mit einer Armbrust – aber eines hatten diese Waffen alle gemeinsam: ihre Mündungen waren ausnahmslos auf Charity gerichtet.

»Was . . . soll das?« fragte Charity.

»Legen Sie die Waffe weg, Gnädigste«, sagte der Mann, der sie angesprochen hatte. Er lächelte, aber seine Augen blieben ernst. »Ganz vorsichtig, bitte. Und dann heben Sie die Hände, und steigen von dem Ding da herunter. Bitte.«

Skudder kam keine zehn Minuten später – und auch er war nicht mehr allein. Dem grimmigen Ausdruck auf seinen Zügen nach zu urteilen war er mindestens ebenso überrascht wie Charity; und seine Bewacher schienen ihn nicht mit so ausgesuchter Höflichkeit behandelt zu haben wie die Männer, die Charity überrumpelt hatten. Eine der drei hochgewachsenen Gestalten, die ihm in einigem Abstand und mit angelegten Waffen folgten, hatte eine aufgeplatzte Unterlippe, wie Charity mit einem leisen Gefühl von Schadenfreude registrierte.

»Der Zweite im Bunde«, sagte der Mann fröhlich, der Charity entwaffnet hatte – er schien so etwas wie der Anführer zu sein, wenngleich Charity auch noch immer nicht die mindeste Ahnung hatte, worum es sich bei diesen Männern überhaupt handelte. Vielleicht waren es die Rebellen, nach denen sie seit einer Woche so verzweifelt suchten – aber vielleicht auch nicht.

Sie warf Skudder einen schnellen, warnenden Blick zu, den er auf die gleiche Weise beantwortete. Er hatte verstanden.

Aber leider nicht nur er.

»Würdet ihr beiden uns vielleicht an eurem kleinen Zwiegespräch teilhaben lassen?« sagte der Mann mit der MP freundlich. »Es ist unhöflich, Geheimnisse vor seinen Gastgebern zu haben.«

»Seid ihr das?« fragte Charity. »Unsere Gastgeber?«

Sie musterte den anderen herausfordernd. Von seinem Gesicht war unter all dem Schmutz und einem stoppeligen Drei-Tage-Bart nicht viel zu erkennen, aber er erschien ihr fast ein bißchen zu jung für die Rolle, die er spielte. Trotzdem – was sie sah, war nicht einmal unsympathisch – ein sehr kräftiges, trotz seiner Jugend sehr männliches Gesicht mit gutmütigen Augen, die im Moment nur ein bißchen müde wirkten.

Er nickte. »Ich denke schon«, sagte er. »Mein Name ist Kent. Ihr seid hier in unserem Gebiet.«

»So?« sagte sie spitz. »Und ich dachte wirklich, wir wären im Staate Colorado.«

Für einen Moment huschte ein verärgerter Ausdruck über Kents Gesicht. Dann lachte er. »Wer seid ihr beiden?« fragte er. »Und was sucht ihr hier?«

Charity überlegte einen Moment. *Ihr beiden? Offensichtlich hatten sie bisher weder von Barts noch der Anwesenheit der beiden anderen etwas gemerkt.* Und was hatten sie zu verlieren? Wenn diese Männer die Rebellen waren, nach denen sie seit Wochen suchten, nichts. Und wenn nicht – nun, dann blieben zwar noch eine ganze Reihe anderer Alternativen übrig, aber nicht eine einzige davon war besonders angenehm.

»Mein Name ist Charity«, sagte Charity. Mit einer Kopfbewegung auf Skudder fügte sie hinzu: »Das ist Skudder.«

»Interessant«, sagte Kent. »Und was habt ihr hier zu suchen?«

»Vielleicht euch«, sagte sie vorsichtig.

»Oh.« Kent wirkte überrascht. »Und wer sind wir?«

»Verdammt, was soll der Quatsch?« mischte sich Skudder ein. »Hier kann jeden Moment die Hölle losbrechen, und . . .«

»Stimmt«, unterbrach ihn Kent ruhig, aber sehr kalt. »Mit ziemlicher Sicherheit sogar. Welcher Teufel hat euch geritten, hier mit Energiewaffen herumzuballern? Wahrscheinlich heulen in dem Rattenbau dort drüben jetzt schon sämtliche Alarmsirenen.« Er deutete mit einer ärgerlichen Geste in die Richtung, in der sich das *Shaitaan* hinter den Hügeln erhob. Aber trotz dieser Worte schien er es nicht besonders eilig zu haben. Kopfschüttelnd trat er an Charity vorbei, nahm ihr das Lasergewehr ab und begutachtete die Waffe von allen Seiten.

»Ein interessantes Gerät«, sagte er. »Importware von Moron?«

»Nein«, antwortete Charity im gleichen Ton. »Made in USA. Patentrechtlich geschützt.«

Kent blinzelte. Aber seltsamerweise ging er nicht auf diese Worte ein, sondern hängte die Waffe schweigend neben seine MP über die Schulter und sah sie und Skudder abwechselnd an. Mit einem Blick, der Charity nicht besonders gefiel. »Ihr sucht also uns?«

Charity nickte. »Wenn ihr zu den Rebellen gehört, die in dieser Gegend leben sollen, ja«, sagte sie. Sie hielt Kent und seine Männer bei diesen Worten genau im Auge. Kents Gesicht zeigte nicht die mindeste Reaktion, aber zwei, drei seiner Männer fuhren ganz leicht zusammen.

»Rebellen?« Kent runzelte übertrieben die Stirn. »Ja, ich habe davon gehört. Es soll immer noch dumme Menschen geben, die einfach nicht einsehen wollen, daß es diesem Planeten unter der Herrschaft unserer heißgeliebten Freunde von Moron einfach viel besser geht, als wäre er frei. Aber wie kommst du auf die verrückte Idee, daß wir dazugehören?«

Charity antwortete nicht, und Kent fuhr nach sekundenlangem Schweigen fort: »Und selbst wenn – woher sollten wir wissen, daß ihr keine Spione Daniels seid?«

»Du kennst ihn?« entfuhr es Charity überrascht.

»Wer kennt ihn nicht?« sagte Kent achselzuckend. »Aber im Ernst: Wißt ihr, wenn ich ein Rebell wäre – was ich nicht bin, aber nur gesetzt den Fall –, also wenn ich einer von diesen törichten Rebellen wäre, dann könnte ich mir vorstellen, daß ich jeden Fremden, der herkommt und nach den Rebellen fragt, einfach über den Haufen schießen würde. Unser Freund Daniel ist sehr gerissen, wenn es darum geht, diese Unbelehrbaren zu fassen.«

»Immerhin haben wir drei von diesen Biestern erledigt, nicht?« sagte Skudder.

Kent zuckte ungerührt mit den Schultern. »Zwei«, korrigierte er. »Und? Was besagt das schon? Ein uralter Trick – Knall einen von deinen eigenen Leuten ab, um zu beweisen, daß du zur Gegenseite gehörst. Es sind nur dumme Tiere. Und es gibt genug davon.«

Er hätte vielleicht noch weiter geredet, aber er wurde unterbrochen, denn in diesem Moment kamen zwei weitere seiner Leute über die Hügelkuppe, eine schmalschultrige, in ein dunkelblaues einfaches Kleid gehüllte Frau zwischen sich, die einen Säugling auf den Armen trug – offensichtlich die Frau, die von den drei *Reitern* verfolgt worden war. Ihr Gesicht war rot. Finger- und Zehenspitzen waren blutig und ihr Kleid zerfetzt. Sie trug keine Schuhe, und das Kind auf ihren Armen war nur in eine dünne, zerschlissene Windel gewickelt. Aber es schrie nicht. Wahrscheinlich war es zu schwach dazu.

Kent trat auf die Frau zu, wechselte ein paar Worte mit ihr, sehr leise und schnell und in einem Dialekt, den Charity kaum verstand, und winkte schließlich einem seiner Männer, ihr das Kind abzunehmen. Die Frau ließ es widerspruchslos geschehen.

Schließlich wandte sich Kent wieder an Skudder und sie. »Ihr sucht also die Rebellen, wie?« fragte er nachdenklich. »Das könnte sogar stimmen. Ihr seid schon seit heute morgen hinter uns her, richtig?«

Skudder nickte verblüfft, und auch Charity signalisierte Kent ihre Zustimmung. »Okay, ihr habt uns gefunden«, sagte er schließlich. »Was wir mit euch tun, entscheiden wir später. Jetzt sollten wir hier verschwinden, ehe Daniel uns ein Dutzend Drohnen auf den Hals hetzt.«

Ganz plötzlich war von seiner bisherigen Gelassenheit auch nicht mehr viel übrig. »Beeilt euch. Die *Ameisen* haben die Schüsse garantiert bemerkt.«

Charity zögerte. »Wir ...«

»Wenn du dir Sorgen um deine drei Freunde machst, Lady«, unterbrach sie Kent, »ist das überflüssig. Meine Männer kümmern sich um sie.« Er lächelte. Charity lächelte etwas verkrampft zurück, widersprach aber nicht mehr.

Der Weg war nicht sehr weit. Sie marschierten etwa zehn Minuten, bis sich zu ihnen eine zweite, ebenso abenteuerlich zusammengewürfelte Gruppe gesellte, in deren Begleitung sich sowohl Bart als auch Gurk und die *Wastelanderin* befanden, danach bogen sie in westlicher Richtung ab. Sie hatten das Ende der Felswüste fast erreicht und näherten sich der Todeszone rund um das *Shaitaan*, ehe Kent abermals stehenblieb und eine befehlende Geste machte. Drei seiner Leute rollten einen Felsen beiseite, der nur so aussah, als wöge er Tonnen. Dahinter kam der Eingang eines runden, sehr finsteren Tunnel zum Vorschein. Die Männer rollten die Motorräder hinein, dann versetzte jemand Charity einen derben Stoß, der sie ungeschickt hinterherstolpern ließ.

Für einen Moment wurde es dunkel um sie herum, dann glommen die trüben runden Augen von zwei, drei Handscheinwerfern auf, und die Gestalten von Kent und seinen Männern erschienen als schwarze Schemen in der künstlichen Nacht. Charity rechnete damit, daß sie die Motorräder mitnehmen würden, aber Kent winkte nur ungeduldig ab und deutete mit seiner Lampe in die Dunkelheit hinein. »Die Dinger holen wir später«, sagte er. »Schnell jetzt. Und keinen überflüssigen Laut.«

Gehorsam setzten sie sich in Bewegung. Der halbrunde Gang erweiterte sich schon nach wenigen Dutzend Schritten zu einem mehr als fünf Meter messenden gemauerten Tunnel, in dessen Seitenwände in unregelmäßigen Abständen kleinere, halbrunde Stollen mündeten. Der Boden, über den sie gingen, war trocken, aber der Gang war trotzdem nichts anderes als ein Teil eines ehemaligen Kanalisationsnetzes, dachte Charity.

Die Rebellen bewegten sich noch immer auf den gleichen Wegen, auf denen sich Rebellen zu allen Zeiten bewegt hatten – im Untergrund. Trotz allem hatten sich wohl gewisse grundsätzliche Dinge nicht geändert; ganz egal, ob der Kampf nun gegen menschliche Unterdrücker ging oder solche, die von irgendwelchen anderen Planeten kamen.

Die Vorstellung ließ sie lächeln. Allerdings nicht sehr lange. Nur bis zu dem Moment, in dem sie begriff, daß dieses Kanalisationsnetz zwar noch existierte, die dazugehörige Stadt aber nicht mehr da war.

Es gab *doch* einen Unterschied zwischen diesen Rebellen und ihren Vorgängern.

Sie marschierten etwa zehn Minuten lang durch die Dunkelheit, ehe sie ihr vorläufiges Ziel erreichten – einen hohen, feuchten Raum, dessen Wände aus rissigem Beton bestanden und dessen Boden gute fünf Meter unter dem Niveau des Tunnels lag, so daß sie über eine rostige Metalleiter in die Tiefe steigen mußten. Zwei flackernde Petroleumlampen sorgten für Licht. Eine große und mehrere kleine Holzkisten ersetzten Tisch und Stühle, und es gab eine Anzahl niedriger Feldbetten, die bewiesen, daß dieses feuchte Verlies den Männern wohl auch für längere Zeit als Quartier dienen mußte – eine Vorstellung, die Charity schaudern ließ. Sie selbst kämpfte schon jetzt gegen eine beginnende Klaustrophobie an. Außerdem war es kalt hier unten, und nach der Gluthitze der Wüste empfand sie die Kälte doppelt schlimm.

Kent dirigierte sie und Skudder mit einer wortlosen Geste zu zwei weit auseinanderliegenden Sitzplätzen, wies der jungen Frau und ihrem Baby eine der Liegen zu und setzte sich ebenfalls. Bart und Gurk wurden zum anderen Ende des Raumes gescheucht, wo sie von jeweils zwei Männern bewacht wurden, und selbst hinter Net nahm ein Mann mit angeschlagener Waffe Aufstellung. Kents Männer waren vorsichtig.

Charity warf Gurk einen wütenden Blick zu, den der Zwerg geflissentlich ignorierte. Wenn das hier vorüber war, dachte sie grimmig, würde sie sich mit ihm unterhalten müssen. Seine und ihre Auffassung des Wortes *Freunde* schienen sich nicht immer unbedingt zu decken.

Die Rebellen begannen sich im Raum zu verteilen; einige nahmen auf den Kisten Platz, andere auf den Feldbetten, eine Anzahl blieb einfach stehen, aber niemand machte Anstalten, auch nur seine Jacke auszuziehen, obwohl die Tarnanzüge alles andere als bequem sein mußten. Charity hatte das sichere Gefühl, daß sie ihr endgültiges Ziel noch lange nicht erreicht hatten.

Trotzdem machte Kent keinerlei Anstalten, weiter zu gehen – oder sich auch nur um sie zu kümmern. Statt dessen wandte er sich an einen seiner Begleiter und begann mit rascher, halblauter Stimme mit ihm zu reden. Der Mann blickte dabei ein paarmal in ihre und Skudders Richtung. Charity hatte das sehr ungute Gefühl, daß es sich bei der Unterhaltung der beiden schlicht und einfach um ihrer aller Leben drehte. Sie warf Skudder einen besorgten Blick zu, erntete aber nur ein Achselzucken.

»Okay«, drang Kents Stimme in ihre Gedanken. »Dann noch einmal, und der Reihe nach.«

El Gurk richtete sich auf, so weit dies einem Mann von anderthalb Metern Körpergröße überhaupt möglich war. »Wir sind . . .«

»Eines nach dem anderen«, unterbrach ihn Kent, lächelnd, aber in sehr scharfem Tonfall. »Du bekommst schon noch Gelegenheit zu reden.« Er sah den Zwerg eine Sekunde lang kopfschüttelnd an, dann drehte er sich umständlich auf seinem Sitzplatz herum und betrachtete die Frau, die sich auf der Liege zusammengekauert und ihr Baby gegen die Brust gedrückt hatte.

»Fangen wir mit dir an«, sagte er. »Wer bist du, und was suchst du hier?«

»Lydia«, antwortete die Frau. »Mein Name ist . . . Lydia.« Ihre Stimme klang sehr leise. Sie sah zwar in Kents Richtung, als sie antwortete, blickte ihn aber nicht direkt an. Und sie scheint noch immer halb verrückt vor Angst zu sein, dachte Charity verwirrt. Aber warum? Sie mußte doch annehmen, in Sicherheit zu sein.

»Ist das dein Kind?« fragte Kent.

Lydia nickte. »Mein Sohn, ja. Ich habe noch zwei Kinder, aber sie . . . sie . . .« Sie begann zu stammeln. Ein schriller Unterton mischte sich in ihre Stimme. Auch Kent schien die Anzeichen einer beginnenden Hysterie deutlich zu erkennen, denn er unterbrach sie hastig und machte eine beruhigende Geste.

»Die *Ameisen*«, sagte er. »Was wollten sie von dir? Wieso waren sie hinter dir her?«

»Sie haben mich verfolgt«, antwortete Lydia. »Sie . . . sie wollten mir mein Kind wegnehmen. Sie haben mir alle meine Kinder weggenommen, zuerst die beiden Mädchen und dann . . . dann meinen Sohn. Aber sie dürfen es nicht.« Ihre Stimme wurde wieder schrill. Sie setzte sich auf, zog die Knie an den Leib und preßte den Säugling schützend gegen ihre Brust. »Sie dürfen ihn mir nicht auch noch wegnehmen. Niemand darf das! Ich lasse nicht zu, daß ihn jemand anrührt.«

»Das will auch niemand«, sagte Kent beruhigend. »Du hast ihn gestohlen, nicht wahr?«

Charity blickte überrascht auf. *Gestohlen?* Wie meinte er das?

Lydia hielt Kents Blick für zwei, drei Sekunden stand, dann senkte sie den Kopf, preßte das Kind noch fester an sich und nickte beinahe unmerklich.

»Ja«, gestand sie. »Sie haben ihn geholt. Vor zwei Tagen haben sie ihn geholt, zusammen mit den anderen. Ich . . . ich habe ihn mir wiedergeholt, aber sie haben mich bemerkt und verfolgt, und ich bin . . . bin weggelaufen . . .« Plötzlich sah sie auf. In ihren Augen blitzte Trotz auf. »Ich war ihnen immer treu!« sagte sie. »Meine

Schwester ist *Shait*-Priesterin, und ... und auch ich habe ihnen mein Leben lang treu gedient. Ich habe nie eine Regel gebrochen und immer ...«

Die Aufwallung von Trotz verging so schnell, wie sie gekommen war, und Charity konnte regelrecht sehen, wie Lydia innerlich zusammenbrach. Plötzlich füllten sich ihre Augen mit Tränen. »Zwei Kinder haben sie mir weggenommen, aber dieses ...« Sie stockte und begann zu weinen; leise, krampfhaft und schluchzend.

Einen Moment lang blickte Kent Lydia betroffen an, dann wollte er aufstehen, aber Charity schüttelte nur rasch den Kopf, erhob sich von ihrem Platz und ging zu Lydia hinüber. Kent bedankte sich mit einem stummen Blick für ihre Hilfe, während Charity sich neben sie setzte und behutsam den Arm um ihre Schulter legte. Im ersten Moment versteifte sich Lydia unter ihrer Berührung; dann, als sie erkannte, wer es war, der sich neben sie gesetzt hatte, ließ sie sich abrupt gegen sie sinken und vergrub das Gesicht an ihrer Brust.

Charity fühlte sich plötzlich sehr hilflos. Sie hatte wenig Erfahrung darin, eine verzweifelte Mutter zu trösten, aber es schien Lydia schon zu genügen, daß sie da war; vielleicht einfach, weil sie eine Frau war und weil sie ihr das Gefühl gab, nicht ganz allein zu sein.

Unsicher streckte sie die Hand aus, berührte Lydias kurzgeschnittenes Haar und wollte mit der anderen Hand nach dem Baby in ihrem Arm greifen, um es zu streicheln.

Sie tat es nicht, als sie ins Gesicht des Säuglings blickte. Und begriff, warum das Kind so ruhig war.

Seine Haut war weiß und kalt, und seine Züge so schlaff und friedlich, als schliefe es nur. Seine Augen waren weit geöffnet. Aber sie waren starr, und der Sand hatte einen hauchdünnen matten Film wie Rauhreif über seine Pupillen gelegt.

Ein paar Momente lang blickte Charity mit einer Mischung aus Entsetzen und Trauer auf das Kind herab, ehe ihr bewußt wurde, daß Lydia aufgehört hatte zu weinen und sie ansah. Ihre Augen waren groß und fast so starr wie die ihres toten Kindes.

Charity wollte etwas sagen, aber sie konnte es nicht. Ihre Kehle war wie zugeschnürt. Mühsam, mit einer Anstrengung, als koste sie diese kleine Bewegung all ihre Kraft, löste sich Lydia aus ihrer

Umarmung, schob sie ein kleines Stückchen von sich fort, griff nach ihrer Hand und führte sie, so daß sie die Augen des Säuglings schließen konnte.

»Es tut mir so leid«, flüsterte sie.

Lydia lächelte traurig. »Sie haben ihn nicht bekommen, nicht wahr?« sagte sie. »Sie haben ihn mir nicht auch noch weggenommen.«

»Nein«, antwortete Charity. »Das haben sie nicht. Und das werden sie auch nicht.«

Sehr vorsichtig stand sie auf, half Lydia, sich auf der Liege auszustrecken und breitete eine der zerschlissenen Decken über ihr und dem Kind aus, die darauf lagen. Dann atmete sie tief und hörbar ein und wandte sich schließlich wieder zu Kent und den anderen um.

Skudder blickte sie erschreckt an, und auch auf den Gesichtern der meisten Rebellen hatte sich ein betroffener Ausdruck breitgemacht; nur Kent wirkte zornig. Aber es war ein Zorn, der Charity schaudern ließ.

Sie ging zu ihrem Platz zurück, ließ sich darauf nieder und barg für einen Moment das Gesicht in den Händen. Sie fühlte sich müde; müde und ausgelaugt und ganz plötzlich ebenfalls zornig, wenngleich es ein ohnmächtiger Zorn war. Sie versuchte vergeblich, ihn auf die drei *Reiter* zu konzentrieren, die Skudder und sie niedergeschossen hatten. Sie waren nur Werkzeuge gewesen; wenig mehr als Roboter, die nur durch Zufall aus Fleisch und Blut bestanden statt aus Metall und Kunststoff.

Sie wollte etwas sagen, aber Kent winkte rasch ab und gab zwei seiner Männer mit Gesten zu verstehen, Lydia hinauszubringen.

»Wie lange war es schon tot?« fragte Charity, als sie allein waren.

»Schon seit wir sie gefunden haben«, antwortete Kent. »Wahrscheinlich schon lange vorher.« Er zuckte mit den Schultern. »Vielleicht war es auch schon tot, als sie es entführt hat. Ist vielleicht besser so. Es wäre sowieso gestorben.« Er seufzte, starrte einen Moment lang an Charity vorbei ins Leere und gab sich dann einen sichtbaren Ruck.

»Aber jetzt zu euch«, fuhr er mit veränderter Stimme fort. »Ihr seid also auf der Suche nach den Rebellen.«

»Nein«, antwortete Charity spöttisch. »Nicht nach Rebellen.

Nach El Gurks *Freunden.«* Sie warf Gurk einen drohenden Blick zu.

»Ich weiß nicht, was er euch erzählt hat«, sagte Kent gelassen. »Ich kenne ihn jedenfalls nicht.«

»Aber ich dich!« sagte Gurk aufgebracht. »Du bist . . .«

Kent machte eine fast gelangweilte Handbewegung. Einer seiner Männer packte Gurk kurzerhand im Nacken, hob ihn mit einer Hand hoch und hielt ihm mit der anderen den Mund zu.

»Ihr sucht also die Rebellen«, sagte Kent noch einmal.

Charity nickte. »Ich glaube, wir haben sie gefunden.«

»Möglich. Die Frage ist nur, was wir mit euch machen. Woher sollen wir wissen, daß wir euch trauen können?«

»Nicht schon wieder!« sagte Skudder gereizt. »Verdammt, wie sollen wir euch beweisen, wer wir sind und was wir von euch wollen? Wollt ihr vielleicht eine schriftliche Bestätigung von Daniel, daß wir nicht zu seinen Leuten gehören?«

Kent lächelte, wenn auch nur sehr flüchtig. »Eine gute Frage«, sagte er. »Vielleicht erzählt ihr uns einfach, wer ihr seid und wo ihr herkommt. Wir haben gewisse Möglichkeiten, eure Angaben zu überprüfen.«

Skudder wollte abermals auffahren, aber Charity brachte ihn mit einer raschen Handbewegung zum Schweigen. »Nicht«, sagte sie. »Er hat völlig recht. Wir wären genauso mißtrauisch gewesen, wenn er plötzlich bei uns aufgetaucht wäre, oder?« Zu Kent gewandt, fuhr sie fort: »Wenn du so gut informiert bist, dann hast du sicher von den Sharks gehört.«

Kent überlegte einen Moment, dann nickte er. »Daniels Handlanger«, bestätigte er finster. »Jedenfalls waren sie es, bis Moron ihnen ein Dutzend Kampfgleiter geschickt hat, die sie zur Hölle gebombt haben.«

Charity schwieg einen Moment. Allein die Wahl von Kents Worten ließ sie erkennen, daß er den Sharks nicht unbedingt ein Übermaß an Sympathie entgegenbrachte. Sehr vorsichtig nickte sie.

»So . . . könnte man es ausdrücken«, sagte sie. »Allerdings waren sie nicht unbedingt seine Handlanger. Und sie haben auch nicht alle umgebracht.«

Es dauerte einen Moment, bis Kent verstand. »Ihr . . . gehört dazu?« fragte er mißtrauisch.

»Skudder war ihr Anführer«, bestätigte Charity und fügte rasch und mit leicht erhobener Stimme hinzu: »Bis er begriffen hat, was Daniel wirklich ist, Kent. Daniel hat die Sharks auslöschen lassen, weil sie sich geweigert haben, vierhundert unschuldige Menschen umzubringen.«

Kents Blick wurde eisig. Seine Hand senkte sich auf die Pistole in seinem Gürtel, und auch ein paar von seinen Männern rückten drohend näher.

Charity sah, wie Skudder sich spannte. Die beiden Männer, die Bart bewachten, hoben ihre Waffen.

»Stimmt das?« fragte Kent lauernd.

»Was?« erwiderte Skudder. »Daß ich der Anführer der Sharks war oder daß Daniel uns ein Bombengeschwader geschickt hat?« Er nickte grimmig. »Beides stimmt. Wenn es dich beruhigt – es gibt keine Sharks mehr. Bart und ich sind die einzigen, die überlebt haben.«

Charity spürte instinktiv, daß Skudder einen Fehler gemacht hatte. Der Rebell wußte mehr über das, was auf der anderen Seite der großen Ebene geschehen war, als er zugab.

»Jedenfalls die einzigen, die nicht in alle Himmelsrichtungen zerstreut worden sind«, fügte sie hastig hinzu. »Ein paar sind nach Norden geflohen. Vielleicht sind sie durchgekommen.«

Das entsprach nicht ganz der Wahrheit – sie waren weit mehr gewesen, als sie die Stadt der Sharks verlassen hatten, aber im Laufe der letzten Tage war ihre kleine Armee mehr und mehr zusammengeschrumpft. Sie konnte es keinem der Männer verübeln, sich von ihnen getrennt zu haben. Sie verstand nur nicht genau, warum Skudder log.

Skudder runzelte die Stirn, und Kent sah sie mit ausdrucksloser Miene an. Aber er ging nicht weiter auf ihre Worte ein. »Daniel hat die Sharks also ausgelöscht«, murmelte er nach einer Weile. Er schien nicht sehr überrascht zu sein. Allerdings auch nicht sonderlich betroffen. »Und jetzt seid ihr hier. Warum?«

Sein Blick wurde lauernd. »Sucht ihr jemanden, der euch dabei hilft, euch an ihm zu rächen?«

»Unsinn!« sagte Charity ärgerlich – obwohl sie insgeheim zugeben mußte, daß Kent der Wahrheit damit näherkam, als ihr recht war. »Wir suchen jemanden, der das gleiche Ziel verfolgt wie wir, der aber . . .«

»Und das wäre?«

»Daniels Auftraggeber dahin zurückzujagen, wo sie hergekommen sind«, antwortete Charity.

Einen Moment lang blickte Kent sie verblüfft an. »Oh«, sagte er dann. »Mehr nicht?«

»Mehr nicht«, antwortete Charity ernsthaft. Bewußt spöttisch fügte sie hinzu: »Aber ich dachte bisher, das wäre auch euer oberstes Ziel. Oder warum sonst kämpft ihr gegen Moron?«

Diesmal dauerte es einen Moment, bis Kent antwortete, und als er es tat, da war in seiner Stimme eine sonderbare Mischung aus Mißtrauen und Resignation. »Das sind große Worte, Charity. Aber sie sind leichter gesagt als getan – findest du nicht?«

»Möglich.« Charity gab sich keine Mühe, sich ihre Verärgerung nicht anmerken zu lassen. »Aber wir werden Daniel nicht los, wenn wir herumsitzen und darauf warten, daß er von selbst geht.«

Kent seufzte. »Und alle anderen auch nicht, ich weiß.« Aus irgendeinem Grund wurde er plötzlich zornig. »Was bildet ihr euch eigentlich ein, was ihr seid? Leute, die uns sagen müssen, was wir zu tun oder zu lassen haben?« Er schüttelte zornig den Kopf. »Verdammt, was glaubt ihr, tun wir hier seit Jahren? Wir bekämpfen diese Monster, wo immer wir es können.«

»Ich habe es gesehen«, antwortete Charity lächelnd. »Man muß nur nach Osten sehen, und man sieht ganz deutlich, wie ihr sie bekämpft, Kent.«

Kents Blick wurde hart. »Was glaubst du, sollen wir tun?« fragte er, nur noch mühsam beherrscht. »Wir sind nicht einmal vierzig Mann hier. Sollen wir unsere Waffen nehmen und das *Shaitaan* stürmen?«

»Nein«, antwortete Charity ruhig. Sie hatte mit dieser Frage gerechnet. »Das wäre Selbstmord. Wißt ihr, wie man solche Probleme dort löst, wo ich herkomme? Man versucht, den Grund einer Bedrohung herauszufinden, und eliminiert ihn.«

Kent sah sie verwirrt an. »Wer bist du, Charity?« fragte er unvermittelt. »Du gehörst doch nicht zu den Sharks, oder?«

»Ich ... habe eine Weile bei ihnen gelebt«, antwortete Charity ausweichend. »Seit Daniel die Sharks ausgelöscht hat, sind wir zusammen. Seit acht Tagen.«

Kent lächelte, und das auf eine Art, die ihr sehr klarmachte, wie wenig ihn diese Antwort zufriedenstellte.

»Und was habt ihr jetzt vor?« fragte er, noch immer lächelnd. »Wollt ihr Daniel den Krieg erklären – zu fünft?«

»Wir suchen Hilfe«, sagte Charity. Sie spürte, wie Skudder sie mahnend ansah, obwohl sie nicht einmal in seine Richtung blickte. Wenn sie jetzt einen Fehler machte, würden sie vielleicht etwas mehr verlieren als nur ein paar potentielle Verbündete. Zum Beispiel ihr Leben.

»Hilfe? Wobei?«

»Bei etwas, was wir allein nicht schaffen«, antwortete sie vorsichtig. »Wir haben die nötige Ausrüstung«, fügte sie mit einer Kopfbewegung auf die Waffe auf Kents Knien hinzu, »aber wir brauchen Informationen. Jemanden mit der entsprechenden Ortskenntnis, mit Wissen . . .«

»Wozu?« fragte Kent noch einmal.

Charity atmete hörbar ein, ehe sie antwortete. Und es fiel ihr auch dann noch sehr schwer, die drei Worte auszusprechen.

»Wir wollen Daniel«, sagte sie.

3

Das Dorf lag versteckt in einer Senke. Es bestand nur aus einem knappen Dutzend kleiner, kuppelförmiger Bauten, aber er sah zahlreiche Spuren; sehr viel mehr, als die geringe Anzahl der Hütten glauben machen wollte. Und nicht nur die Spuren von Menschen.

Er hatte die Stadt am nördlichen Rand der Ebene inspiziert und war zu demselben Schluß wie Daniel gekommen – nämlich, daß Captain Laird und eine größere Anzahl Begleiter das Camp der Sharks verlassen haben mußten, bevor die Gleiter dort eintrafen, und die Ebene in südlicher Richtung durchquert hatten; allerdings hatte er sehr viel weniger Zeit als Daniel gebraucht, um zu dieser Erkenntnis zu gelangen. Er hatte auch schon im Laufe der Nacht begriffen, daß neunzig Prozent der Spuren, die Daniels Gleiter und die Reiterkommandos verfolgt hatten, falsch waren – entweder Spuren einzelner Flüchtlinge, die sich vom Haupttrupp getrennt hatten, oder absichtlich gelegt, um die Verfolger in die Irre zu führen.

Nicht aber Kyle.

Er blickte schweigend auf das Dorf hinab, verfolgte mit einem Teil seiner Aufmerksamkeit das Treiben der braun- und graugekleideten Gestalten zwischen den ärmlichen Hütten und konzentrierte einen anderen Teil seines Denkens darauf, das fehlende Stück der Spur zu extrapolieren. Es war keine sehr schwierige Aufgabe. Die Reichweite der Fahrzeuge, die Laird und ihre Begleiter zur Flucht benutzt hatten, war beschränkt, ebenso ihr Vorrat an Wasser und Lebensmitteln. Es war sehr wahrscheinlich, daß sie in dieser Ansiedlung halt gemacht und ihre Vorräte erneuert hatten. Aber Kyle wußte auch, daß er nicht einfach hinuntergehen und nach ihnen fragen konnte; ebensowenig, wie es Sinn gehabt hätte, Gewalt anzuwenden. Das hatten Daniels Männer bereits versucht – die niedergebrannte Ruine einer Hütte bewies es. Die Lebewesen dort unten gehörten der gleichen Spezies an wie Laird und ihre Begleiter. Und ganz offensichtlich handelte es sich um eine Rasse mit einem stark ausgeprägten Solidaritätsbewußtsein.

Als Kyle an diesem Punkt seiner Überlegungen angekommen

war, war sein weiteres Vorgehen klar. Lautlos und ohne daß einer der Menschen dort unten im Tal auch nur etwas von der Anwesenheit des stummen Beobachters ahnte, erhob er sich aus seinem Versteck und ging ohne sichtbare Hast zu der Felsgruppe zurück, hinter der er sein Fahrzeug abgestellt hatte. Es handelte sich um eine der zweirädrigen Maschinen, wie sie auch Laird und die anderen zur Flucht verwendet hatten. Er hatte Daniels Angebot, ihm einen schnellen Jagdgleiter zur Verfügung zu stellen, abgelehnt und statt dessen eines der Motorräder genommen, von denen es im ehemaligen Camp der Sharks genug gab. Eines der Grundprinzipien der Jagd war, dem Opfer auf dem gleichen Weg zu folgen, auf dem es geflohen war. Und das Fahrzeug hatte sich als zwar primitiv, aber in dieser flachen harten Ebene überraschend effektiv erwiesen. Und es hatte ihm eine Menge über Captain Laird und die überlebenden Sharks verraten.

Kyle löste bedächtig den Wasserkanister vom Sattel, schüttete die kostbare Flüssigkeit in den Sand und startete die Harley-Davidson. Er fuhr los und entfernte sich zwei, drei Meilen weit von der verborgenen Siedlung, ehe er in einem weiten Bogen herumschwang und wieder auf südlichen Kurs ging, wobei er streng darauf achtete, das Fahrzeug nur über felsigen Untergrund zu lenken, auf dem die Maschine keine Spuren hinterließ. Seine linke Hand glitt zum Gürtel und berührte eine Taste auf dem kleinen Instrumentenbord, das den Platz einer Schnalle einnahm.

Der Chamäleonanzug färbte sich dunkel. Das hauteng anliegende Material, das vor Augenblicken noch die Farbe des Wüstensandes gehabt hatte, wurde rauh und schien zu pulsieren wie die Haut eines lebenden fiebernden Wesens. Zehn Sekunden, nachdem Kyle die Taste berührt hatte, hatte sich sein Anzug in eine Kombination aus schwarzem, zerschrammtem Leder verwandelt.

Kyle drosselte seine Geschwindigkeit ein wenig, warf einen Blick in den Spiegel des Motorrades und veränderte die Pigmentierung seiner Haut. Aus dem dunklen glatten Teint seines Gesichtes wurde ein kränkliches Braun; Sonnenbräune, unter der sich Erschöpfung und Schwäche breitgemacht hatten. Dunkle, schwere Ringe erschienen unter seinen Augen. Seine Lippen trockneten aus, wurden rissig und vernarbten. Gleichzeitig färbte sich sein Haar heller: aus Schwarz wurde Blond, in das ein schmaler, hellgrüner Streifen eingefärbt war. Kyle musterte diese letzte Änderung einen Moment lang kritisch und nahm sie dann zurück.

Er näherte sich der Ortschaft jetzt schnell. Die vermeintliche Mauer aus trockenem Dornengebüsch wuchs rasch heran, und fast gegen seinen Willen mußte Kyle die Perfektion der Tarnung bewundern. Selbst er hätte Mühe gehabt, die Täuschung als das zu durchschauen, was sie war.

Kyle fuhr langsamer, entdeckte nach kurzem Suchen die Stelle, die er von den Felsen aus als besten Durchlaß ausgemacht hatte, und gab entschlossen Gas.

Der Motor des Fahrzeugs brüllte auf und katapultierte ihn regelrecht nach vorne. Dornen und dürre, trockene Zweige schlugen nach ihm, zerkratzten seine Kleider und hinterließen tiefe, blutige Striemen in seinen Händen und seinem Gesicht. Die Maschine schlingerte, legte sich für einen Moment lang gefährlich schräg und kam taumelnd wieder hoch. Unten im Dorf wurden erschrockene Rufe laut. Gesichter wandten sich ihm zu; ein paar Gestalten begannen zu rennen. Kyle fuhr weiter, jetzt nicht mehr schnell, sondern taumelnd, mühsam, halb im Sattel zusammengesunken und so, als hielte er die Maschine nur noch mit letzter Kraft aufrecht.

Kurz bevor er die erste Hütte erreichte, fügte er seiner Tarnung den letzten, entscheidenden Teil hinzu. Sein Körper kapselte schlagartig sämtliche Wasservorräte ein, die er in den letzten anderthalb Tagen gesammelt hatte. Gleichzeitig erhöhte er seine Hauttemperatur auf annähernd vierzig Grad. Kyle konnte spüren, wie sich sein Gaumen schmerzhaft zusammenzog und der Durst ihn ansprang wie ein Raubtier. Gleichzeitig begann seine Haut zu reißen. Große, häßlich-braune Flecken entstanden auf seinem Gesicht und seinen Händen, und seine Finger waren plötzlich von einer Anzahl kleiner, halbverschorfter Wunden übersät.

Als er vor der ersten Hütte zum Stehen kam, konzentrierte er sich ein letztes Mal, und diesmal brauchte er seine ganze Kraft.

Kyle schrie gellend auf, als sich seine linke Schulter von einer Sekunde auf die andere in eine einzige, entzündete Wunde verwandelte. Den Schwächeanfall, der ihn aus dem Sattel der stürzenden Harley schleuderte und bewußtlos liegenbleiben ließ, mußte er nicht einmal mehr schauspielern.

Charity fror. Das tat sie, seit sie aufgewacht war, aber seit gut zwei Stunden wurde es immer schlimmer. Die Flasche des kleinen Propangasofens war leer, und sie begann eigentlich erst jetzt zu spüren, wie kalt es hier unten *wirklich* war: kalt genug, ihren Atem in Dampf und ihre Finger und Zehen in schmerzende Eisklumpen zu verwandeln. Dabei war sie ziemlich sicher, daß man sie nicht absichtlich erfrieren lassen wollte. Immerhin *wußte* Kent, wie kalt es hier, zehn oder zwanzig Meter unter der Wüste, während der Nacht werden konnte, denn ihre kleine Zelle wies sogar den Luxus eines Gasofens auf – aber ihre Bewacher hatten schlichtweg vergessen, nach der Flasche darin zu sehen.

Allerdings machte das wohl keinen so großen Unterschied, dachte Charity zornig. Allerhöchstens eine etwas andere Inschrift auf ihrem Grabstein: *Hier ruht Charity Laird, Retterin der Welt und Zeitreisende wider Willen, aus Versehen das zweite Mal leider etwas zu gründlich eingefroren.*

Sie versuchte, sich fester in die dünne Decke einzuwickeln, die Kent ihr gegeben hatte, aber ihre Finger waren bereits zu steif geworden. Schade, dachte sie sarkastisch, daß Kent nicht noch einmal hereinkam, um nach ihr zu sehen. Vielleicht könnte sie ihn noch umbringen – einfach schockgefrieren, indem sie ihn nur einmal anhauchte. Oder ...

Charity war in Gedanken bei der siebten oder achten originellen Todesart, die sie Kent und seinen idiotischen Spießgesellen angedeihen lassen wollte, ehe sie überhaupt bemerkte, daß sie nicht mehr allein in der winzigen Zelle war. Jemand stand neben ihrer Liege, rüttelte beharrlich an ihrer Schulter und redete dabei unentwegt auf sie ein, ohne daß sie auch nur ein Wort verstand. Mühsam hob sie den Blick, sah in ein bärtiges Gesicht, auf dem sich ein sehr erschrockener Ausdruck breitgemacht hatte.

Der Mann sah ehrlich besorgt aus. »Ist alles in Ordnung mit Ihnen?« fragte er.

Charity rappelte sich mühsam auf und wankte neben ihm zur Tür.

Es dauerte zehn Minuten, bis das Leben allmählich in ihre Glieder zurückzukriechen begann. Der Schmerz trieb Charity die Tränen in die Augen. Tapfer trank sie den kochendheißen Tee, den ihr Retter ihr einzuflößen versuchte.

»Alles wieder okay?« fragte der Bärtige, den sie zuerst erblickt hatte. Charity funkelte ihn wütend an, aber sie sah trotzdem, daß der Ausdruck von Schrecken in seinen Augen echt war.

»Es... geht«, sagte sie mühsam. Das Sprechen fiel ihr noch immer schwer. Ihre Lippen waren taub. »Wolltet ihr mich umbringen?«

»Ich... ich verstehe das nicht«, sagte der Bärtige kleinlaut. »Die Flasche war voll. Jedenfalls dachte ich das.« Er schüttelte den Kopf. »Sie hätte für drei Tage reichen müssen!«

Charity starrte ihn an. *Drei Tage?* Wenn sie die Flamme ganz heruntergedreht und es sich bei sieben oder acht Grad Celsius bequem gemacht hätte, vielleicht, aber nicht, wenn...

Sie holte Luft zu einer wütenden Antwort – und schloß den Mund wieder, ohne auch nur ein Wort zu sagen, als ihr Blick auf die winzige blaue Flamme des Gasöfchens fiel, der unmittelbar neben ihr brannte. Er war ganz heruntergedreht, und in diesem Raum herrschten wirklich nur sieben oder acht Grad. Die Füllung ihrer Propangasflasche *war* ausreichend gewesen; sie war nur nicht für einen Menschen gedacht, der in einem Zeitalter der Verschwendung geboren war und noch immer nicht ganz begriffen hatte, daß Überleben und Bequemlichkeit nicht unbedingt dasselbe bedeuten mußten.

»Es ist schon gut«, sagte sie lächelnd. »Fehler kommen vor, oder? War nicht Ihre Schuld.«

In den Augen ihres Gegenübers glomm Erleichterung auf. Aber er wirkte noch immer sehr erschrocken. Und sie glaubte auch plötzlich zu wissen, warum.

»Wirklich, es ist alles wieder in Ordnung«, sagte sie, so überzeugend, wie sie konnte. »Und ich verspreche Ihnen auch, Kent nichts davon zu sagen – falls Sie mir noch eine Tasse von Ihrem scheußlichen Tee geben.«

Der Mann nickte erleichtert, sprang auf und kam so hastig mit dem heißen Getränk zurück, daß er die Hälfte davon auf den Boden schüttete, ehe Charity ihm den Becher aus der Hand nehmen konnte. Der Tee schmeckte wirklich scheußlich, aber er war zumindest heiß.

»Wo ist Skudder?« fragte sie. »Habt ihr ihn auch tiefgefroren?«

Der Bärtige lächelte nervös, aber Charity sah, daß er ganz und gar nicht sicher war, wie sie ihre Worte wirklich meinte.

»Ihr Begleiter ist bei Kent«, antwortete er zögernd. »Wir sollten Sie auch zu ihm bringen, aber . . .«

Charity lächelte aufmunternd. »Worauf warten wir dann noch?« Sie erhob sich und machte einen vorsichtigen Schritt.

Der Rebell erwartete sie in einer hohen, halbrunden Betonhalle, in der es sogar den Luxus elektrischer Beleuchtung gab – und die zweifellos nichts anderes war als das Sammelbecken einer ehemaligen Kläranlage, wie Charity auf den ersten Blick erkannte.

Kent war nicht allein. Außer Skudder und dem obligatorischen Dutzend Bewaffneter, die Charity und ihn so mißtrauisch anblickten, hielten sich noch drei weitere Männer in der Halle auf. Einer von ihnen redete mit Kent, brach aber dann mitten im Wort ab und machte eine Bewegung, die Kent veranlaßte, sich zu ihr herumzudrehen. »Wo bleiben Sie so lange?« fragte er anstelle einer Begrüßung.

Charity sah, wie ihre beiden Begleiter schuldbewußt zusammenfuhren, und zuckte gleichmütig mit den Schultern. »Wir Frauen brauchen immer etwas länger, um uns fertig zu machen«, sagte sie. »Wußten Sie das nicht? Außerdem konnte ich mich so schlecht von dem gemütlichen Appartement losreißen, das Sie mir zugewiesen haben.«

Kent blinzelte irritiert, setzte zu einer Antwort an – und beließ es dann ebenfalls bei einem Achselzucken. Charity ignorierte ihn kurzerhand und wandte sich an Skudder.

»Alles in Ordnung?« fragte sie.

Skudder lächelte und sagte: »Nein.«

»Nein? Was . . .«

»Es ist nichts Schlimmes«, sagte er. »Ich habe nur jemanden gesehen, der mich an jemanden erinnert, weißt du?«

Wütend fuhr Kent Skudder ins Wort: »Zum Teufel, was soll der Unsinn? Falls Sie es noch nicht gemerkt haben sollten, Skudder – es geht hier um Ihren Hals!«

»Ich weiß«, antwortete der Shark ungerührt. Er lächelte matt, wandte sich an den Mann, der unmittelbar neben Kent stand, und fügte erklärend hinzu: »Sie müssen mich für verrückt halten, aber die Ähnlichkeit ist wirklich verblüffend, wissen Sie? Ich hatte einen Freund, der . . .« Er sprach nicht weiter, sondern zuckte abermals die Achseln. »Tut mir leid, wenn ich Sie langweile. Aber Sie ähneln Raoul wie ein Bruder.«

Charity erstarrte. Der Mann hatte nicht die geringste Ähnlichkeit mit Skudders ehemaligem Stellvertreter, aber sie begriff sehr gut, was Skudder ihr sagen wollte.

Und sie selbst spürte es in der gleichen Sekunde.

Der Mann, auf den Skudder gedeutet hatte, runzelte verwirrt die Stirn und war ebenso ratlos wie Kent und die anderen, aber er hatte ganz offensichtlich nicht verstanden, was Skudder Charity hatte sagen wollen.

»Jetzt reicht's«, sagte Kent verärgert. »Sie scheinen immer noch nicht zu be...«

Charity hatte ihre Überraschung endlich überwunden und drehte sich mit einem Ruck zu ihm herum.

»Das stimmt!« sagte sie zornig. »Es reicht wirklich, Kent. Was habt ihr euch dabei gedacht, Skudder und mich zwei Tage lang in einen Kühlschrank einzusperren? Wir sind hierhergekommen, weil wir eure Hilfe brauchen.«

Kent seufzte. Aber offensichtlich konnte er mit ihrem Zorn sehr viel mehr anfangen als mit Skudders Auftritt, denn sie sah auch, wie er sich innerlich entspannte. Der Mann neben ihm nicht. Seine gelassene Haltung täuschte.

»Es tut mir leid, wenn du es unbequem hattest«, sagte Kent in einem Tonfall, der das Gegenteil behauptete. »Aber ich habe euch gesagt, daß ich eure Behauptungen überprüfen werde. Und daß ich eine solche Entscheidung nicht allein treffen kann. Wie ihr seht, habe ich die anderen Führer unserer Organisation rufen lassen.«

»Ja«, fauchte Charity. »Du hast nur vergessen zu erwähnen, daß du sie aus Timbuktu einfliegen lassen mußtest.«

Kent lächelte pflichtschuldig. »Jetzt sind sie ja da«, sagte er kühl. »Und nicht nur sie. Ich habe eure Geschichte überprüft.«

»Und?« fragte Charity. Sie mußte sich beherrschen, um den Mann neben Kent nicht unentwegt anzustarren.

»Die Geschichte scheint zu stimmen«, antwortete Kent. »Einige Sharks sollen dem Gemetzel entkommen sein, und unter ihnen...« Er sah Charity scharf an. »... auch eine Frau, die unter... sehr sonderbaren Umständen bei ihnen aufgetaucht ist.«

»Ja«, sagte Charity. »Geradewegs vom Himmel gefallen.«

»Bist du diese Frau?« fragte Kent ungerührt.

»Wer hat euch von ihr erzählt?« erwiderte Charity. Und sie war nicht einmal sonderlich überrascht, als Kent mit einer Kopfbewegung auf den Mann neben sich deutete. »Faergal. Seine Gruppe arbeitet an der Grenze des *Wastelandes.* Ihr seid geradewegs durch ihr Gebiet marschiert – wenn ihr die seid, für die ihr euch ausgebt.«

Charity nutzte dankbar die Gelegenheit, sich den angeblichen Rebellen ein wenig genauer anzusehen. Er war einen halben Kopf kleiner als Kent, aber wesentlich kräftiger; ein Mann von vielleicht fünfzig Jahren mit verwittertem Gesicht und narbigen, sehr starken Händen. Seine Augen waren wach und von einer geradezu absurden Ehrlichkeit. Und etwas an ihm war entsetzlich *falsch.*

»Du bist Faergal?« fragte sie.

»Die Fragen stelle ich hier«, sagte Kent grob. Charity fiel auf, daß er irgendwie . . . angespannt aussah. So, als fühle er sich einfach nicht wohl.

»Okay, wir sind die beiden, von denen ihr sprecht«, gestand sie. Ohne Faergal aus den Augen zu lassen, fügte sie hinzu: »Ich wüßte allerdings nicht, wie ich das beweisen sollte, jetzt und hier.«

Statt Kent antwortete Faergal auf ihre Bemerkung. »Zum Beispiel, indem du uns erzählst, wo du das da herhast.« Er deutete auf das Lasergewehr, das Kent über der Schulter trug.

»Jederzeit – sobald ich weiß, auf welcher Seite du stehst«, antwortete Charity stur. Faergals Gesicht verdunkelte sich vor Zorn, aber er antwortete nicht, sondern sah nur Kent durchdringend an. Charity ihrerseits blickte die Männer hinter Kent an. Einen Moment lang erwog sie ernsthaft die Möglichkeit, es einfach zu riskieren – ein entschlossener Sprung, ein Griff, eine blitzschnelle Drehung – aber nein, das war aussichtslos.

»So kommen wir nicht weiter«, seufzte Kent. »Ihr wollt unsere Hilfe, also vertraut uns.« Er deutete wieder auf Faergal. »Skudder und die Fremde waren nicht allein. Wo sind die anderen?«

»Woher soll ich das wissen?« fragte Charity stur. »Wahrscheinlich habt ihr sie genauso eingefroren wie Skudder und mich.«

Kents Gesicht verdüsterte sich vor Zorn, aber er beherrschte sich noch immer. »Ich rede weder von dem Mädchen noch von diesem Shark«, sagte er gepreßt. »Wohin habt ihr die Leute gebracht, die aus dem Bunker geflohen sind?«

»Was für Leute?« fragte Charity harmlos.

»Wo sind sie?« fauchte Faergal. »Wenn wir sie finden, dann wäre das ein Beweis.«

»Da, wo auch die Lasergewehre her sind«, antwortete Charity lächelnd. Sie hob die Hand, deutete auf die Waffe auf Kents Schulter und machte gleichzeitig einen Schritt auf Faergal und Kent zu.

»Dieses Versteckspiel hat wenig Sinn, findet ihr nicht?« fragte Kent seufzend. Charity funkelte ihn mit gespielter Wut an und trat einen weiteren Schritt auf sie zu. Sie war den beiden jetzt sehr nahe, aber noch nicht nahe genug. Kent rechnete sicherlich nicht mit einem Angriff, aber seine Männer waren wachsam, und Charity zweifelte nicht daran, daß in Faergals Adern statt Blut verflüssigtes Mißtrauen pulsierte.

»Kaum«, fauchte sie. »Aber was stellt ihr euch vor? Ihr fallt mit euren Männern über uns her, stehlt uns unsere Ausrüstung, sperrt uns zwei Tage und Nächte in ein eiskaltes schwarzes Loch und erwartet dann noch unsere Hilfe?« Ein weiterer Schritt, aus einer perfekt geschauspielerten, wütenden Bewegung heraus. »Ihr seid ja verrückt!« fügte sie hinzu.

»Mein liebes Kind«, sagte Kent gepreßt, »meine Geduld ist erschöpft. Ich habe dir geglaubt. Ich habe meine Freunde herkommen lassen, weil ich dachte, du wärst wichtig für uns. Aber ich habe nicht gewußt, daß ich es mit einer hysterischen Frau zu tun habe!« Bei den letzten Worten wurde seine Stimme immer lauter. Er kochte jetzt wirklich vor Zorn, aber schließlich war das genau das, was Charity wollte. Sie entschloß sich, noch ein bißchen Öl auf die Flammen zu gießen.

»Und ich glaube, daß ihr alles Feiglinge seid«, sagte sie. »Genauso habe ich mir das vorgestellt – ein Haufen von Narren, die Krieg spielen und den Schwanz einziehen, sobald es ernst wird.«

Kent riß die Augen auf, starrte sie eine Sekunde lang fassungslos an und streckte die Hand aus, um sie zu packen. Und genau darauf hatte Charity gewartet.

Es ging so schnell, daß Kents Männer keine Chance mehr hatten, irgend etwas zu unternehmen. Charity packte sein Handgelenk, versetzte ihm einen Stoß und zerrte plötzlich mit aller Kraft in die entgegengesetzte Richtung, als er sich instinktiv nach vorne warf. Kent verlor plötzlich den Boden unter den Füßen, prallte gegen sie und rollte mit einem krächzenden Schrei über ihren plötzlich gekrümmten Rücken ab.

Und Charity bekam das Gewehr zu fassen.

Sie machte sich nicht die Mühe, Kent die Waffe von der Schulter zu reißen, sondern stürzte an ihn geklammert zu Boden, entsicherte die Waffe und riß Kent mit einer verzweifelten Kraftanstrengung herum, bis der Lauf des Lasers auf Faergal deutete, und drückte ab; alles in einer einzigen, rasend schnellen Bewegung. Ein nadeldünner Energiestrahl zuckte aus der Waffe und durchbohrte Faergals Unterleib.

Plötzlich geschah alles gleichzeitig. Charity hörte Skudder schreien, hörte Schritte und das helle metallische Klacken von Waffen, die in fliegender Hast entsichert wurden, dann die Geräusche eines Kampfes und wieder Schreie, und plötzlich fühlte sie sich von fast einem Dutzend Händen gleichzeitig gepackt und weggerissen. Jemand schlug ihr in den Magen, ein anderer Mann packte ihre Hand und drehte sie so brutal auf den Rücken, daß sie mit einem Schmerzlaut auf die Knie fiel. Ein Dutzend Gewehrläufe richteten sich auf sie.

Aber niemand schoß.

Faergal war zu Boden gestürzt, als ihn der Laserstrahl traf. Aber er lag nicht still.

Er tobte. Sein Körper zuckte wie in Krämpfen, während seine Arme und Beine rasend schnell wirbelten; mit Bewegungen, die ein menschlicher Körper einfach nicht vollbringen *konnte*, ganz gleich, was man ihm antat.

Dann klappte er auseinander. So sauber und rasch wie zwei Teile einer perfekt angepaßten Form, die plötzlich ihren Halt verloren. Und aus seinem Inneren kroch ... *etwas* hervor. Ein großes schwarzes Wesen mit dürren Spinnengliedern, das Charity aus einem Dutzend Facettenaugen haßerfüllt anstarrte.

Charity riß sich mit einem entschlossenen Ruck los, hob den Laserstrahler auf und legte auf das Ding an.

Niemand versuchte sie aufzuhalten.

Diesesmal stellte sie den Laser auf volle Energieabgabe ein, ehe sie abdrückte.

»Ich glaube es immer noch nicht«, sagte Kent. »Ich sehe es mit eigenen Augen, aber ich ... ich glaube es einfach nicht. Das ist unmöglich!« Er war blaß. Seine Stimme klang brüchig wie die eines uralten Mannes, und trotz des Entsetzens, das er empfand, schien es ihm unmöglich zu sein, seinen Blick von dem verkohlten Etwas zu lösen, das von Faergal übriggeblieben war. Ein wenig Blut lief über sein Gesicht aus einer Wunde, die er sich beim Sturz auf den Betonboden zugezogen hatte. Er schien es nicht einmal zu spüren.

»Genau dasselbe habe ich auch gesagt, als ich gesehen habe, was Raoul wirklich war«, sagte Skudder leise. Die Männer hatten ihn wieder losgelassen, und er war neben Charity und Kent getreten. Außer Charity schien er der einzige zu sein, der nicht mit aller Kraft um seine Fassung kämpfen mußte.

Kent sah mühsam auf. Sein Blick flackerte wie der eines Wahnsinnigen, als er Charity ansah. »Du . . . du hast es gewußt?«

Charity nickte. »Skudder auch«, antwortete sie. »Er hat ihn sogar vor mir erkannt. Oder was glaubt ihr, sollte dieses ganze Theater sonst bedeuten?«

»Aber wieso?« murmelte Kent. »Woher . . .?«

»Ich kann sie spüren«, antwortete Charity. »Ich fühle es, wenn einer der Fremden in meiner Nähe ist. Skudder ebenfalls.«

Kents Blick irrte verwirrt zwischen ihr und Skudder hin und her. »Was . . . was seid ihr beiden?« fragte er. Seine Angst schien sich nicht gelegt zu haben; im Gegenteil.

»Wir sind nichts Besonderes«, sagte sie hastig. »Ich glaube, jeder spürt ihre Nähe. Ich bin vielleicht nur ein bißchen sensibler als die meisten hier.« Sie machte eine Geste auf den aufgeplatzten Körper, dann auf Kent. »Ich habe dich beobachtet. Vorhin, als du neben ihm standest. Du hast es auch gespürt.«

Kent nickte zögernd. »Ja. Aber das . . .«

»Erschien nicht wichtig, ich weiß«, unterbrach ihn Charity. »Skudder ging es bei Raoul ebenso. Instinktive Abneigung, Antipathie . . . Vielleicht spüren wir einfach die Nähe einer vollkommen fremden Lebensform.« Sie zuckte mit den Achseln. »Es gibt tausend Gründe, die sich finden lassen.«

»Aber wieso spürst du es so deutlich?«

»Vielleicht, weil ich nicht in ihrer Nähe aufgewachsen bin«, antwortete Charity. Aus den Augenwinkeln registrierte sie Skudders warnenden Blick, und sie reagierte darauf. Es konnte ein Fehler sein, Kent jetzt einzuweihen. Manchmal war es besser, die Wahrheit in kleinen Dosen zu verabreichen. »Ich bin in einer Gegend aufgewachsen, in der es sie nicht gibt«, fügte sie hinzu. »Vermutlich ist das das ganze Geheimnis. Skudders Stellvertreter war der erste lebende Moroni, dem ich näher als ein paar Meilen gekommen bin. In ein paar Jahren verliert sich das vielleicht.«

»Heißt das, daß es vielleicht noch mehr von diesen Wesen gibt?« fragte einer der anderen Rebellenführer.

»Nein«, antwortete Charity ruhig. »Nicht vielleicht. Bestimmt.« Sie lachte humorlos. »Ich wäre überrascht gewesen, hier keinen von ihnen anzutreffen.«

»Aber Faergal gehört seit zwanzig Jahren zu uns!« protestierte der Rebellenführer. »Ich kenne ihn, solange er lebt! Das ist völlig unmöglich.«

»Vielleicht haben sie ihn erst später ausgetauscht«, vermutete Skudder.

»Aber wenn sie von uns wußten, wieso haben sie uns dann nicht längst getötet?« murmelte Kent.

»Warum sollten sie?« fragte Skudder. »Ein Feind, den man kennt, ist nicht mehr gefährlich.« Er lachte ganz leise, deutete auf den verbrannten Kadaver und dann mit einer weit ausholenden Geste auf die Rebellen. »Sie haben euch ein bißchen Krieg spielen lassen und waren im übrigen wahrscheinlich ganz sicher, daß es außer euch keine wirklichen Rebellen gibt.«

Niemand antwortete, und Charity bezweifelte auch, daß außer Kent überhaupt einer der Männer wirklich verstanden hatte, was Skudder mit seinen Worten meinte. Der Schock saß noch zu tief.

Charity warf Skudder einen raschen, warnenden Blick zu, es nicht zu übertreiben, ging zu der zerborstenen Faergal-Hülle hinüber. Sie wollte sie berühren, aber sie konnte es nicht. Obwohl sie sich mit aller Macht einzureden versuchte, daß es nichts als Technik war, die sie sah, eine perfekte Mimikry aus dem Computer und vielleicht einem Cloning-Tank, löste der Anblick einen solch unüberwindlichen Ekel in ihr aus, daß sie es nicht einmal fertigbrachte, die Hand danach auszustrecken.

Sie bat einen der Wächter um sein Messer. Der Mann reichte es ihr, und Charity zog die auseinandergeborstene Menschenmaske mit der Klinge herum, während sich Skudder, Kent und die anderen langsam um sie herum zu sammeln begannen.

Was sie sah, war erschreckend und faszinierend zugleich. Die menschenimitierende Hülle war nur wenig dicker als ihr kleiner Finger, aber sie sah selbst jetzt noch entsetzlich lebendig aus. Es gab eine Unzahl mikroskopisch feiner Adern, in denen etwas wie Blut pulsierte, aber auch andere, seltsam formlose Organe, die nicht in einen menschlichen Körper gehörten und deren Funktion Charity erst gar nicht zu erraten versuchte. Selbst jetzt, als sie wußte, was sie vor sich hatte, hätte sie immer noch geschworen, es mit lebendem Fleisch und Blut zu tun zu haben, nicht mit künstlichem Material.

»Das ist unglaublich«, murmelte sie. »Ich verstehe ja nicht viel davon, aber ich glaube, das ist die perfekteste Maske, die es jemals auf diesem Planeten gegeben hat. Das Ding blutet, wenn man es verletzt, stimmt's?«

Der Mann, der in Faergals Begleitung gekommen war, nickte. »Voriges Jahr hat er sich den Arm gebrochen. Ich habe ihn selbst geschient. Ich . . . ich habe es nicht einmal gemerkt.«

»Vielleicht war er da noch er selbst«, sagte Skudder. Er runzelte die Stirn, als er sah, daß Charity den Kunstkörper mühsam ganz auseinanderbrach und mit angeekeltem Gesicht hineinblickte. »Was suchst du?«

Charity antwortete nicht, sondern führte ihre Untersuchung zu Ende, obwohl sich ihr dabei schier der Magen herumzudrehen schien. Erst dann stand sie auf, wischte das Messer an der Hose des Toten sauber und gab es seinem Besitzer zurück.

»Etwas, das nicht da war«, antwortete sie. »Ein Funkgerät, oder so etwas.«

Kent erschrak sichtlich. »Du glaubst . . .«

»Nein«, unterbrach ihn Charity rasch. »Das tue ich nicht. Ich habe es befürchtet. Aber es ist nichts da.« *Und jetzt mußten sie nur noch beten, daß das Ding nicht telepathisch war,* fügte sie in Gedanken hinzu. Aber das sprach sie lieber nicht laut aus. Plötzlich bedauerte sie es fast, den Insektenspion so gründlich ausgelöscht zu haben. Sein Leichnam hätte ihnen wertvolle Aufschlüsse über . . .

Sie dachte den Gedanken nicht einmal zu Ende, als sie den Fehler darin begriff. Wertvolle Aufschlüsse hätte der Kadaver einem *Wissenschaftlerteam* geben können, das in einem voll ausgerüsteten Labor arbeitete. Aber so etwas gab es nicht mehr. Sie hatte noch lange nicht gelernt, sich in dieser Welt zurechtzufinden. Vielleicht würde sie es niemals wirklich lernen. Vielleicht wollte sie es auch gar nicht.

»Schafft das weg«, sagte sie, müde und mit einer Kopfbewegung auf die zerrissene leere Hülle. »Und dann sollten wir vielleicht endlich tun, wozu wir hergekommen sind, und miteinander reden.«

Es verging noch mehr als eine Stunde, bis sie endlich in Kents improvisierter Kommandozentrale zusammenkamen. Charity hatte darum gebeten, jeden einzelnen der Männer dabeizuhaben, die Zeuge der schrecklichen Ereignisse geworden waren; und selbstverständlich auch Bart, Net und El Gurk – und sie hatte darauf bestanden, daß vorerst niemand von Faergals Enttarnung erfuhr. Kent hatte beides widerspruchslos hingenommen, und auch die drei anderen Rebellenführer hatten sich dieser Anordnung gefügt.

Es war eng in Kents Refugium. Die winzige Betonkammer war groß genug, um zehn Menschen bequem aufzunehmen, aber im Moment hielt sich fast die doppelte Anzahl darin auf. Wenigstens war die Kälte auf diese Weise ein wenig besser zu ertragen. Nicht nur zu Charitys Überraschung hatte Kent auch Lydia herbringen lassen, die Frau, die sie vor zwei Tagen vor den Reitern gerettet hatten. Sie saß auf einer Kiste und starrte ins Leere, und Charity hatte sich ein paarmal dabei ertappt, sie mit einem Gefühl von Schuldbewußtsein anzublicken, das sie selbst nicht verstand. Irgendwie machte sie sich und Skudder für den Tod ihres Kindes verantwortlich.

»Ihr sucht also Daniel«, begann Kent. Er sprach noch immer sehr leise und ein bißchen schleppend; von allen Anwesenden hatte er seinen Schrecken bisher am schlechtesten überwunden, und Charity gefiel das nicht. Sicher, der Schock mußte gewaltig gewesen sein, aber ein Mann in Kents Position durfte sich Gefühle nur dann erlauben, wenn er sie sich auch leisten konnte. Charity sah ihn besorgt an. Sie war nicht sicher, ob sie sich auf jemanden verlassen wollte, der so leicht zu erschüttern war wie er. Zum ersten Mal fiel ihr auf, wie jung er noch war. Zögernd nickte sie.

»Daniel oder seine Auftraggeber. Am besten beide. Aber zuerst Daniel.«

»Und das ist keine persönliche Sache?« fragte einer der drei anderen Rebellenführer. Er lächelte entschuldigend, als er Charitys ärgerlichen Blick bemerkte, und breitete in einer erklärenden Geste die Hände aus. »Wir sind nicht viele, und es hat lange gedauert, diese Organisation aufzubauen. Wir . . .«

». . . legen keinen besonderen Wert darauf, in einen persönlichen Rachefeldzug verwickelt zu werden«, führte der Mann neben ihm den Satz zu Ende. »Dazu steht zuviel auf dem Spiel.« Er sprach leiser als der andere, aber irgendwie entschlossener.

»Vielleicht habt ihr sogar recht«, sagte Charity ungerührt.

Der Mann funkelte sie an, dann wandte er sich abrupt um. Sein ausgestreckter Finger deutete beinahe anklagend auf Skudder. »Wie es aussieht, scheinen sie wirklich die zu sein, für die sie sich ausgeben. Aber ich weiß nicht, ob meine Leute mit einem Shark zusammenarbeiten wollen.«

Skudder widersprach wütend, aber Charity hörte gar nicht mehr hin. Sie nutzte die Gelegenheit, sich die drei Männer neben Kent eingehender anzusehen.

Da war Arson, der Mann gleich neben Kent. Er war sehr groß und noch recht jung und hatte wache Augen und ein offenes Gesicht, aber Charity spürte einfach, daß er trotz seiner Stärke ein sehr weicher Mann war. Sie fragte sich, wie er es geschafft haben mochte, zum Führer einer Rebellenarmee zu werden. Neben ihm Tidewell, ein Mann Anfang Dreißig, schlank, aber zäh, dessen Augen mit einer nie erlöschenden Wut in die Welt blickten. Und schließlich der Mann, dessen Namen sie schon wieder vergessen hatte; der einzige der Rebellen, über den sie sich noch keine Meinung hatte bilden können. Vielleicht, weil er als einziger bisher kein Wort gesagt hatte, sondern Skudder, sie und Kent nur abwechselnd ansah.

Arson bemerkte ihren prüfenden Blick und begann nervös auf seinem Stuhl hin und her zu rutschen. Er sah plötzlich aus, als wünschte er sich weit, weit weg.

»Stimmt etwas nicht?« fragte Charity.

Arson lächelte unsicher. »Nichts«, behauptete er. »Aber der letzte, den du so prüfend angesehen hast, ist nicht mehr bei uns.«

Charity blickte ihn einen Moment verblüfft an, dann lachte sie. Tidewell und Skudder hörten auf, sich zu streiten, und starrten sie verwirrt an. Nur Kent blieb sehr ernst.

»Arson hat gar nicht so unrecht«, sagte er. »Niemand garantiert uns, daß Faergal der einzige Spion war.« Er zögerte einen Moment. »Glaubst du, alle überprüfen zu können?«

Charity nickte. »Kein Problem. Und auch die Männer in den anderen Verstecken. Aber ich werde mich hüten, es zu tun.«

»Wieso?« fragte Tidewell scharf.

»Weil das das Dümmste wäre, was wir überhaupt tun könnten«, sagte Skudder. Er bedachte Tidewell mit einem abfälligen Blick. Die beiden scheinen Freundschaft geschlossen zu haben, dachte Charity spöttisch.

»Es wird schwer genug werden, eine überzeugende Erklärung für Faergals Verschwinden zu erfinden«, fuhr Skudder fort. »Glaubt ihr, Daniel würde nicht zwei und zwei zusammenzählen, wenn alle seine Spione mit einem Schlag von der Bildfläche verschwinden?«

»Skudder hat recht«, sagte Charity rasch, ehe Tidewell auffahren konnte. »Alles muß so bleiben, wie es war. Deshalb wollte ich ja, daß niemand erfährt, was hier passiert ist. Ich weiß, daß es hart ist, aber ihr dürft niemandem vertrauen, der nicht jetzt hier bei uns im Raum ist. Nicht einmal euren besten Freunden.«

»O ja, sicher«, sagte Tidewell spöttisch. »Wir sind ja genug, fast zwanzig Mann. Wir stürmen Daniels Festung einfach allein. Gegen diese Übermacht kann er nichts ausrichten.«

»Ich brauche keine Armee«, antwortete Charity ruhig. »Skudder und ich gehen allein. Wir brauchen euer Wissen, nicht eure Männer.«

»Ihr beide gegen Daniel?« Tidewell lachte gezwungen. »Ihr seid ja verrückt.«

»Vielleicht«, mischte sich Kent ein. »Aber sie hat trotzdem recht, Tidewell.« Er versuchte, seiner Stimme einen besänftigenden Klang zu verleihen. »Zwei oder zweihundert, das spielt keine Rolle.« Er seufzte und sah Charity an.

»Das Problem ist ein ganz anderes«, fuhr er fort. »Niemand kommt auch nur in Daniels Nähe. Nach dem kleinen Kunststück, das du uns vorhin vorgeführt hast, traue ich dir sogar zu, ihn zu erwischen. Aber ihr kommt nicht an ihn heran. Es gibt keinen Weg nach New York hinein.«

»Unsinn!« widersprach Skudder scharf. »Daniels Leute schaffen es auch, und ...«

»Keinen, den wir gehen können«, fuhr Kent fort. Er machte eine unbestimmte Kopfbewegung in nördlicher Richtung. »Glaubt ihr, wir hätten es nicht hundertmal versucht? Der einzige Weg in die Stadt hinein führt durch die Luft. Und wir haben keine Flugmaschinen. Und selbst, wenn wir sie hätten, würden Daniels Gleiter sie abschießen, lange, ehe sie der Stadt auch nur nahe kämen. Das gleiche gilt für den Weg durch die Hügel.«

»Wir haben Mittel und Wege, uns zu verteidigen«, sagte Charity. Aber die Worte klangen selbst in ihren eigenen Ohren nicht sehr überzeugend. Es war wohl nur so, daß sie die Wahrheit einfach noch nicht akzeptieren *wollte*.

»Nicht gegen die Todeszone«, sagte Kent überzeugt. »Wir haben es versucht. Ein Dutzend guter Männer hat mit dem Leben dafür bezahlt. Glaubt ihr, wir hätten nicht längst über eine Möglichkeit nachgedacht, sie dort zu treffen, wo es ihnen wirklich etwas ausmacht?« Er schüttelte den Kopf, als Charity antworten wollte, und fuhr etwas leiser, aber beinahe traurig fort: »Ihr hattet recht mit dem, was ihr uns gestern vorgeworfen habt. Wir sind keine Rebellen, die wirklich Ernst machen.«

Tidewell blickte ihn böse an, aber Kent fuhr ungerührt fort: »Trotzdem tun wir, was wir können. Aber wir können Moron nicht den Krieg erklären. Dazu haben wir weder die nötigen Leute noch die Mittel.«

»Oder das Wissen«, fügte Arson hinzu.

Charity sah ihn verwirrt an. »Wie meinst du das?«

»Wir wissen ja noch nicht einmal, gegen *wen* wir wirklich kämpfen«, antwortete der Rebell. »Niemand hat die Schwarze Festung je betreten. Niemand weiß, *wer* darin sitzt.«

»Die Schwarze Festung?«

»Das Hauptquartier der Moroni«, erklärte Arson. »Ich glaube, nicht einmal Daniel hat es je betreten.«

»Und wo liegt es?«

»Wenn ich das wüßte, wäre ich nicht hier«, antwortete Arson.

Charity schwieg einen Moment. Es paßte alles. Was sie hörte, so unglaublich es war, fügte sich nahtlos in das Bild, das sie sich von dieser neuen Welt gemacht hatte. Morons Herrschaft ruhte auf zwei Säulen: der Präsenz seiner Besatzungstruppen auf der einen und totaler Desorientierung auf der anderen Seite. Sie hatten den Menschen nicht nur einfach ihre Freiheit genommen. Sie hatten ihnen ihre Geschichte gestohlen und damit ihre Identität. Was ihr im ersten Moment lächerlich vorgekommen war – das absolute Verbot, sich an die Geschichte der Erde zu erinnern, Morons eifersüchtiges Wachen darüber, die sozialen Bindungen der überlebenden Erdbevölkerung zu zerstören –, das erwies sich auf den zweiten Blick als schlichtweg genial. Sie sah Net an, und die *Wastelanderin* erwiderte ihren Blick, aber sie glaubte nicht, daß Net ahnte, was sie wirklich in ihr sah. *Zwei Generationen,* dachte sie. Vor zwei Generationen waren die Vorfahren dieses Mädchens Menschen wie sie gewesen, Amerikaner, die in einem freien Land geboren und aufgewachsen waren. Net und ihre Eltern *erinnerten* sich nicht einmal mehr daran, wie diese Welt einmal gewesen war . . .

Verbitterung machte sich in ihr breit, als sie die volle Tragweite dieses Gedankens begriff. Vielleicht war sie schon zu spät gekommen. Noch ein, höchstens zwei weitere Generationen, und die Menschen würden vergessen haben, daß es jemals anders gewesen war. Morons Plan war viel subtiler, als sie bisher hatte wahrhaben wollen. Wahrscheinlich hatten die schwarzen Insektenkrieger schon Tausende von Welten erobert, aber sie begnügten sich nicht damit, deren Bevölkerung zu versklaven. Sie sorgten dafür, daß sie *vergaßen,* jemals frei gewesen zu sein.

»Ein Grund mehr, uns diesen Daniel zu schnappen«, sagte Skudder. »Und zwar lebend.«

»So schlau waren wir auch schon«, sagte Tidewell ärgerlich. »Aber es ist unmöglich. Du hast den Todesgürtel um das *Shaitaan* gesehen?«

Skudder nickte.

»Es gibt einen ähnlichen Ring um New York«, fuhr Tidewell fort. »Aber er mißt *hundert Meilen.*« Er deutete mit einer Kopfbewegung auf Charitys Laserwaffe. »Selbst mit Hunderten von den Dingern wäre es Selbstmord. Auch wenn ihr mit den Monstern fertig werdet, die den Todesstreifen bevölkern, schießen euch Daniels Gleiter zusammen, ehe ihr auch nur zehn Meilen schafft.«

Er sagte *ihr,* dachte Charity. Nicht *wir.*

Sie verscheuchte den Gedanken. Ihr Mißtrauen begann zu einer Krankheit zu werden. Sie mußte aufpassen, nicht hinter jedem gedankenlos dahergesagten Wort Verrat und Heimtücke zu vermuten.

»Aber es muß einen Weg in diese Festung geben«, sagte sie. New York war die Hauptstadt dieses Kontinents, das Zentrum, von dem aus Daniel ganz Nord- und Südamerika beherrschte. Es war einfach unmöglich, daß er all dies nur mit Hilfe einiger TeleKom-Verbindungen und einer Handvoll Gleiter tat.

»Warum fragt ihr nicht einfach mich?«

Nicht nur Charity fuhr verblüfft auf ihrem Stuhl herum und starrte Lydia an. Sie begriff plötzlich, daß sie alle Lydia schlichtweg vergessen hatten. Aber die Frau hatte zugehört. Und sie hatte jedes Wort verstanden. Ihr Gesicht blieb weiter unbewegt, aber in ihren Augen war plötzlich etwas, das Charity fast erschreckte. Ein so abgrundtiefer Zorn, wie sie ihn noch nie zuvor bei einem Menschen erblickt hatte.

»Dich?« fragte Kent überrascht.

Lydia nickte. »Ich weiß, wie ihr in die Stadt kommt«, sagte sie.

Für Augenblicke wurde es sehr still in dem kleinen, unterirdischen Verlies. Alle starrten Lydia an, aber sie blickte in Charitys Richtung, als ginge das, was sie zu sagen hatte, nur sie beide an.

»Du?« sagte Kent schließlich. Seine Stimme klang sehr mißtrauisch, und mit einemmal fiel Charity wieder ein, wie stark Lydias Angst auch vor ihm und seinen Männern gewesen war. Kents Rebellen schienen unter der Bevölkerung nicht nur Freunde zu haben.

»Die Kinder«, fuhr Lydia fort, mit einer Stimme, als rede sie in Trance. »Die Kinder, die sie im *Shaitaan* sammeln – sie werden nach New York gebracht.«

Charity sog überrascht die Luft ein, aber Kent machte eine schnelle, befehlende Geste und trat einen Schritt auf Lydia zu. »Woher willst du das wissen?« fragte er mißtrauisch. »Niemand war je in einem *Shaitaan.* Niemand, der nicht zu ihnen gehört, jedenfalls.«

»Meine Schwester schon«, antwortete Lydia. »Sie ist *Shait-Priesterin.*«

»Ein Grund mehr, dir nicht zu glauben«, versetzte Tidewell heftig. »Sie wird uns verraten«, fügte er hinzu, an Kent und die anderen gewandt.

»Das werde ich nicht!« widersprach Lydia. »Ich hasse sie. Sie haben mir meine Kinder gestohlen. Sie haben meine Töchter entführt und meinen Sohn umgebracht.«

Tidewell wollte widersprechen, aber Charity wandte sich wieder an Lydia. »Was geschieht mit den Kindern, die sie ins *Shaitaan* bringen?« fragte sie.

»Sie werden *Shai* geweiht und . . . und weggebracht«, antwortete Lydia mit bebender Stimme.

»Wohin?«

Lydia zuckte mit den Schultern. »Das weiß niemand«, antwortete sie. »Aber meine Schwester war . . . war ein paarmal dabei. Sie hat mir erzählt, daß die Geweihten in einen großen Raum unter dem *Shaitaan* gebracht werden, von dem aus ein Weg nach New York geht.«

»Nach New York?« Kent gab sich keine Mühe, seinen Unglauben zu verbergen. »Das sind fast tausend Meilen.«

»Ich weiß«, sagte Lydia. »Aber das ist es, was sie erzählt hat. Sie . . . sie sagte, sie wäre einmal dagewesen.«

»Aber das ist völlig unmöglich!« protestierte Tidewell. »Sie lügt!«

»Nein«, sagte Charity leise. »Das tut sie nicht.«

Tidewell starrte sie finster an, und auch Kent runzelte fragend die Stirn, aber Charity ignorierte beide und wandte sich wieder an Lydia. »Ein großer Raum mit einem Ring aus Metall in der Mitte, der schwerelos über dem Boden hängt?«

Lydia nickte. »Das stimmt«, sagte sie. »Aber woher weißt *du* das?«

»Das würde mich auch interessieren«, fügte Tidewell lauernd hinzu.

»Ein Materietransmitter«, sagte Charity. Die Erklärung war so einfach, daß sie sich am liebsten selbst geohrfeigt hätte. »Das *Shaitaan* ist nichts anderes als eine Transmitterstation.«

Kents Blick machte deutlich, wie wenig ihm dieses Wort sagte.

»Eine Art... Sender«, sagte sie erklärend. »Nur, daß er keine Funkwellen oder Bilder überträgt, sondern feste Materie.«

»Das meinst du nicht wirklich«, murmelte Kent verblüfft.

»Sie sind auf diesem Wege hierhergekommen, Kent«, antwortete Charity. »Sie haben uns einen dieser verdammten Sender geschickt. Wir hätten ihn vernichten sollen. Wir hätten es sogar *gekonnt*, aber wir... wir wußten ja nicht, was da zu uns kam. Und als wir es gemerkt haben, war es zu spät.« Ihre Stimme wurde bitter. Sie sah Arson an. »Das Ding, das ihr die Schwarze Festung nennt – ich glaube, es ist das Schiff am Nordpol. Nichts anderes als eine Transmitterbasis. Wahrscheinlich gibt es Hunderte davon auf der Erde.«

Es dauerte einen Moment, bis ihr das plötzliche Schweigen auffiel. Und dann dauerte es noch einmal Sekunden, bis sie begriff, warum alle plötzlich *sie* anstarrten und nicht mehr Lydia.

»Sagtest du: *wir?«* fragte Kent. »Wie meinst du das? Es gibt noch mehr wie dich?«

»Ja«, sagte Charity, verbesserte sich sofort und schüttelte den Kopf. »Genauer gesagt, nein. Ich glaube nicht.« Sie schwieg noch einmal einen Moment, dann begann sie mit leiser, aber sehr fester Stimme zu erzählen.

4

Eine Hand lag auf seiner Stirn; schmal und kühl und sehr leicht – die Hand eines Kindes oder eines sehr kleinwüchsigen Planetenbewohners. Geräusche: das Murmeln von Stimmen, zu weit, als daß er die Worte verstehen konnte, Schritte, Lachen: alltägliche Geräusche einer menschlichen Ansiedlung. Keine Bedrohung.

Kyle öffnete die Augen. Sein Blickfeld war eingeschränkt, und im ersten Moment hatte er Mühe, die richtige Sehschärfe zu finden; alles war verschwommen, düster, das Licht ein wenig ins Rote verschoben. Eine Gestalt saß neben ihm, blickte in sein Gesicht und strich weiter sanft mit der Hand über seine Stirn. Er hatte Fieber. Die Berührung der schmalen Hand tat sonderbar gut. Kyle hatte entsetzlichen Durst.

»Verstehst du mich?«

Die Stimme klang so jung, wie sich die Berührung der Hand anfühlte. Kyle nickte schwach, konzentrierte sich einen Moment lang darauf, sein außer Kontrolle geratenes Sehvermögen zu korrigieren, und registrierte mit leiser Verwunderung, welche Anstrengung es ihn kostete.

Der verschwommene helle Fleck über ihm gerann zu einem schmalen, von schulterlangem schwarzen Haar eingefaßten Gesicht, wie er vermutet hatte, das Gesicht eines Mädchens. Er wollte etwas sagen, aber seine Stimme verweigerte ihm den Dienst. Sein Gaumen war geschwollen und hart. Der Durst hatte die Intensität echter körperlicher Schmerzen erreicht.

»Warte«, sagte das Menschenjunge. »Ich hole dir Wasser. Beweg dich nicht.« Es stand auf und verschwand aus seinem Sichtfeld, verließ die Hütte aber nicht; Kyle hörte es irgendwo rechts neben sich hantieren.

Besorgt lauschte er in sich hinein. Der Zusammenbruch und die Ohnmacht waren programmiert gewesen; vier, maximal fünf Stunden, in denen er fiebergeschüttelt dagelegen und Worte gestammelt hatte, die sein niemals schlafendes Unterbewußtsein pedantisch überwachte. Er wußte, daß er das Vertrauen der Planetenbewohner jetzt schon gewonnen hatte; die scheinbar zusammenhanglosen Wort- und Satzfetzen wiesen ihn als das aus, was sein Äußeres zu sein vorgab. Rasch rekapitulierte er noch einmal das, was er im Schlaf gesagt hatte, und registrierte zufrieden, daß ihm kein Fehler unterlaufen war. Trotzdem war etwas nicht so, wie es sein sollte. Er war erschöpfter, als er hätte sein dürfen, und sehr viel durstiger. Der Wassermangel hatte gefährliche Ausmaße angenommen. In seinem rechten Bein pulsierte ein heftiger, klopfender Schmerz.

Kyle konzentrierte sich einen Moment lang darauf und stellte fest, daß es gebrochen war. Mehrmals und nicht glatt, so daß Knochensplitter in sein Fleisch gedrungen waren und bereits eine Entzündung hervorgerufen hatten. Der Sturz vom Motorrad war schwerer gewesen, als er vermutete.

Aber der Schaden war nicht irreparabel. Noch bevor das Menschenjunge mit dem versprochenen Wasser zurückkehrte, aktivierte Kyle eine Anzahl schlafender Abwehrmechanismen, die es seinem Körper ermöglichten, mit der Infektion binnen weniger Stunden fertig zu werden. Gleichzeitig leitete er einen behutsamen Heilungsprozeß ein. In seinem rechten Bein machte sich ein taubes Prickeln breit, der Schmerz verschwand wie abgeschaltet. Kyle hätte den Bruch auch innerhalb weniger Minuten heilen können, aber das durfte er nicht. Er hatte das Vertrauen dieser Menschen hier gewonnen, aber noch nicht die Informationen, die er benötigte.

Das Menschenjunge kam zurück, eine flache hölzerne Schale mit Wasser in beiden Händen haltend. Vorsichtig kniete es neben ihm nieder, stellte die Schale ab und schob dann eine Hand unter seinen Nacken, um seinen Kopf zu stützen. Dann hob es die Schale mit der anderen Hand wieder an und setzte sie an seine Lippen. »Hier«, sagte es. »Trink. Aber vorsichtig. Nur ganz kleine Schlucke – versprochen?«

Kyle deutete ein Nicken an, öffnete den Mund und trank. Das Wasser schmeckte schlecht. Es war warm und abgestanden und voller Krankheitserreger, und Kyle hätte es nicht einmal nötig gehabt – jetzt, als er wieder die volle Kontrolle über seinen Körper hatte, konnte er behutsam einen Teil des eingekapselten Flüssigkeitsvorrates freisetzen und den bedrohlich werdenden Wassermangel so regulieren. Trotzdem trank er mit großen gierigen Schlucken, so daß das Junge schließlich den Kopf schüttelte und die Schale mit einem bedauernden Seufzen wieder zurückzog.

»Nicht so hastig«, sagte es. »Du bekommst, so viel du willst, aber du mußt langsamer trinken.«

»Durst«, flüsterte Kyle. Seine Stimme zitterte und klang krank.

»Ich weiß«, sagte das Humanoidenjunge. »Du hast Fieber. Aber Stanley hat mir verboten, dir zuviel Wasser zu geben, bevor er dich nicht untersucht hat. Du hast zwölf Stunden dagelegen und phantasiert.«

Zwölf Stunden? Kyle erschrak. Mehr als doppelt so lange wie vorgesehen. Etwas war schiefgelaufen. Sein Körper war schwerer beschädigt, als er hätte sein dürfen.

Das Mädchen bemerkte sein Erschrecken und deutete es natürlich vollkommen falsch. »Keine Sorge«, sagte es rasch. »Du bist außer Gefahr. Stanley ist ein guter Arzt.« Es stand auf. »Ich hole ihn jetzt – einverstanden?«

Kyle nickte. Das Mädchen lächelte ihm noch einmal aufmunternd zu, drehte sich dann um und verschwand aus der Hütte.

Zwölf Stunden? Er hätte keine zwölf Stunden daliegen und fiebern dürfen. Und da war dieser Arzt – offensichtlich die planetare Bezeichnung für einen Biochemiker. Was hatte er getan, und was hatte er herausgefunden? Kyle wußte, daß sein Körper einer flüchtigen Untersuchung standhalten würde. Auf den ersten Blick unterschied er sich in nichts von einem Einheimischen, aber jemandem, der etwas von Biologie verstand, würden gewisse Unterschiede auffallen.

Besorgt lauschte er in sich hinein. Sein Verdacht bestätigte sich: In seinem Körper waren Substanzen, die nicht hineingehörten. Primitive Chemikalien, die der Arzt ihm verabreicht haben mußte, in dem Bemühen, das Fieber zu senken und seinen Allgemeinzustand zu stabilisieren. Sie hatten das Gegenteil erreicht – Kyle sah zwar aus wie ein Mensch, aber er war keiner. Die fremden Chemikalien hatten bedrohlich in seinen Körperhaushalt eingegriffen und zu einer besorgniserregenden Destabilisierung geführt. Kyle begriff ohne die Spur eines Schreckens, daß er um ein Haar gestorben wäre. Rasch schied er die verschiedenen organischen Gifte aus, mit denen der Humanoide ihn fast zu Tode gepflegt hatte, achtete aber sorgsam darauf, nichts an seinem Äußeren zu verändern.

Er sah noch immer mehr tot als lebendig aus, als das Junge zurückkam, begleitet von drei weiteren Planetenbewohnern, zwei männlichen und einem weiblichen Exemplar, alle wesentlich älter als das Menschenjunge. Einer der Männer kniete wortlos neben ihm nieder, betastete seine Stirn, blickte in seine Augen und fühlte dann mit spitzen Fingern über sein bandagiertes rechtes Bein. Kyle schloß, daß es sich bei ihm um Stanley handeln mußte.

»Das sieht gar nicht schlecht aus«, sagte Stanley, nachdem er seine Untersuchung beendet hatte. »Das Schlimmste scheint überstanden zu sein. Sie sind ein zäher Bursche, wie?« Seine Stimme klang ein bißchen unsicher. Kyle fragte sich, ob er Verdacht geschöpft hatte. Möglicherweise hatte er den Heilungsprozeß trotz allem zu sehr forciert. Er nahm sich vor, den Arzt bei der ersten sich bietenden Gelegenheit zu töten.

Laut sagte er: »Es geht. Ich fühle mich schon wieder ... besser.«

Der Arzt lächelte. »Sicher doch«, sagte er spöttisch. »Gleich werden Sie aufstehen und Bäume ausreißen, wie?« Er grinste, erhob sich wieder und machte für die beiden anderen Humanoiden Platz. Kyle musterte sie aufmerksam. Der Mann war alt – im letzten Viertel seiner Lebenserwartung, die Frau etwas jünger, aber verhärmt, mit großen, schlecht verheilten Narben auf Händen und Unterarmen. Ihre Bewegungen waren ein wenig schneller als die des Mannes, ihr Blick härter. Zweifellos war sie die Gefährlichere der beiden.

»Ich bin Antony. Das sind Stanley und Liz. Können Sie reden?« begann der Mann. Die Frau schwieg. Kyle konnte ihr Mißtrauen fühlen.

Er nickte. »Wo bin ich hier?«

»Vielleicht beantworten Sie uns erst einmal ein paar Fragen, ehe sie selbst welche stellen«, sagte die Frau scharf, ehe der Mann antworten konnte. »Wer sind Sie? Was wollen Sie hier bei uns?«

»Kyle«, antwortete Kyle. »Mein Name ist Kyle. Ich suche Skudder.«

In den Augen des Mannes erschien ein deutlicher Ausdruck von Erkennen, das Gesicht der Frau blieb starr. »Wer soll das sein?« fragte sie.

Kyle seufzte. Mühsam stemmte er sich auf die Ellbogen, versuchte sich ganz aufzusetzen und sank wieder zurück. Er hatte keine Kraft. Das Fieber war noch immer zu hoch. Er dämpfte es ein wenig. »Hören Sie, Liz«, sagte er. »Ich verstehe Ihr Mißtrauen.

Aber wir haben keine Zeit für Spielchen. Ich muß Skudder und die anderen finden.«

»Müssen Sie das?« Liz lächelte dünn. »Und warum?«

»Weil sie in Gefahr sind«, antwortete Kyle mühsam. »Bitte, ich... muß zu ihnen.«

»Sie gehen nirgendwo hin«, unterbrach ihn Stanley bestimmt. »Daß Sie überhaupt noch leben, ist ein Wunder, guter Mann. Sie bleiben mindestens eine Woche hier liegen, und...«

»Bis dahin sind Skudder und Charity Laird tot«, sagte Kyle ruhig.

»Was soll das heißen?« schnappte Liz.

Kyle wartete einen Moment, ehe er antwortete. »Das versuche ich Ihnen ja die ganze Zeit über zu erklären«, sagte er. »Daniel hat einen Mann auf sie angesetzt. Einen... Spezialisten. Ich muß sie warnen.«

»So?« sagte Liz mißtrauisch. »Und wenn Sie dieser Spezialist sind? Nur so, als Gedankenspiel...«

Kyle seufzte. »Wenn, dann wäre ich ein ziemlicher Idiot, halbtot hier anzukommen und das Risiko einzugehen, daß ihr Knochenflicker mich umbringt«, sagte er heftig. Stanley grinste. Kyle hatte die richtige Tonart angeschlagen. Er spielte die Rolle eines Shark. Sharks waren nicht für ihre ausgesuchten Umgangsformen bekannt.

»Hören Sie zu«, fuhr er nach einer Weile fort. »Ich weiß, daß sie hier waren. Ich gehöre zu ihnen. Wir wurden getrennt, aber wir hatten ausgemacht, uns hier zu treffen.«

Er begriff im gleichen Moment, daß er einen Fehler gemacht hatte. Antony sah ihn überrascht an, und das Mißtrauen in Liz' Augen wurde wieder stärker. »Hier?«

»Hier oben in der ersten menschlichen Ansiedlung weiter südlich«, sagte er grob. »Wir...«

Liz schnitt ihm mit einer energischen Handbewegung das Wort ab. »Okay«, sagte sie. »Nehmen wir an, das stimmt. Wer sind Sie? Wenn Sie zu ihm gehören, wieso sind Sie zurückgeblieben? Skudder und die anderen sind vor einer Woche hier durchgekommen.«

Die Offenheit dieser Antwort überraschte Kyle für einen Moment. Aber dann begriff er, daß Liz damit kein Risiko einging. Wenn er die falschen Antworten gab, würde sie ihn töten.

»Erzählen Sie von Anfang an«, sagte Antony. »Wir glauben Ihnen ja, aber wir müssen sichergehen.«

Liz warf ihm einen ärgerlichen Blick zu. Antony ignorierte ihn, lächelte aufmunternd in Kyles Richtung und machte eine Geste. »Bitte.«

»Also gut«, begann Kyle. »Wir wurden getrennt. Ich ... bin in der Stadt zurückgeblieben, um noch ein paar Dinge mitzunehmen. Nicht lange, eine Stunde vielleicht, aber als ich losfahren wollte, kamen die Gleiter.« Er sprach stockend, als bereite ihm allein die Erinnerung körperliche Schmerzen. Liz starrte ihn ausdruckslos an, aber er sah auch Mitgefühl in den Augen Antonys, Stanleys und des Mädchens. Mit zitternder Stimme und ins Leere gerichtetem Blick fuhr er fort: »Es war entsetzlich. Sie ... haben auf alles gefeuert, was sich bewegte. Wir ... wir haben uns zurückgezogen. Ein paar von uns haben versucht, durchzubrechen, aber sie haben sie alle erwischt. Wir anderen haben uns in die Keller verkrochen.«

»Und?« fragte Liz, als er nicht weitersprach, sondern absichtlich eine Pause einlegte, als fiele es ihm schwer, die Bilder aus seiner Erinnerung in Worte zu fassen.

»Dann kamen die Ameisen«, flüsterte er. »Es waren Hunderte. Sie ... sie haben die Stadt abgeriegelt und ... Haus für Haus durchsucht. Wir haben gekämpft, aber es ... es waren einfach zu viele. Sie haben alle umgebracht.«

»Alle?«

Kyle nickte. Dann deutete er auf seine bandagierte Schulter. »Ich hatte Glück, das ist alles. Ich wurde angeschossen, aber ich hab' diese verdammte Ameise auch erwischt, ehe sie mir den Rest geben konnte. Danach ...« Er stockte, hob hilflos die Hände. »Ich weiß nicht, wie lange ich bewußtlos war. Vielleicht ein paar Stunden, vielleicht Tage. Sie haben mich irgendwie übersehen. Dachten wohl, ich wäre tot.«

»Und weiter?«

Kyle blickte einen Moment lang an Liz vorbei ins Leere. »Es war gestern ... nein, vorgestern«, flüsterte er. »Ich habe ... Wasser gefunden, und ein bißchen Morphium, um die Schmerzen zu dämpfen. Ich wollte weg. Die Ameisen waren abgezogen, nachdem sie alle umgebracht hatten. Und dann ist der Gleiter gelandet.«

»Was für ein Gleiter?« fragte Liz mißtrauisch.

Kyle mußte davon ausgehen, daß das Transportschiff geradewegs über die Siedlung hinweggeflogen war. Er wußte nicht, welchen Kurs es genommen hatte. »Ein riesiges Ding«, antwortete er. »Eine Art . . . Scheibe, fast eine halbe Meile groß. Ich hab' so etwas noch nie zuvor gesehen. Ein paar Ameisen sind herausgekommen, und dann . . .« Er sah Liz an, als glaube er selbst nicht, was er da sagte. »Ich vermute, es war Daniel persönlich«, fuhr er fort. »Ein Mann in schwarzer Kleidung, mit dem Zeichen Morons. Jedenfalls jemand mit Macht. Er war nicht allein. Eine Ameise war bei ihm, und ein . . . ein anderer Mann. Ich konnte hören, was sie sprachen.«

»Und dieser andere Mann war der Jäger, von dem Sie sprachen?« Liz' Mißtrauen war keineswegs besänftigt.

Kyle nickte. »Ja. Ich . . . weiß nicht, wer er ist, oder was, aber ich muß Skudder warnen.«

Liz lächelte dünn. »Wie kommen Sie auf die Idee, daß ein einzelner Mann Skudder finden könnte?« fragte sie. »Daniel und all seine Ameisen haben es nicht geschafft.«

»Das ist kein normaler Mensch«, antwortete Kyle aufgebracht. »Ich weiß nicht, was er ist, aber er . . . er muß eine Art menschlicher Spürhund sein.« Er hob erregt die Hände. »Hören Sie, Liz. Ich bin ihm gefolgt. Ein . . . ein paar von unseren Jungs hatten sich in die Berge geschlagen, aber er hat sie gefunden. Es gab keine Spuren. Nichts, was sie hätte verraten können, und das Versteck war perfekt. Er hat nicht einmal eine Stunde gebraucht, um sie aufzuspüren. Er hat alle getötet.«

Antony starrte ihn an, und auch Liz schwieg einen Moment. Dann sagte sie: »Und jetzt glauben Sie, er wäre hinter Skudder her.«

»Ich weiß es!« widersprach Kyle. »Verdammt, begreifen Sie denn nicht, daß Sie auch in Gefahr sind? Er wird hierherkommen. Ich bin gefahren wie der Teufel, aber ich glaube nicht, daß ich einen allzugroßen Vorsprung habe. Er wird euch alle umbringen!«

»Das glaube ich nicht«, antwortete Liz gelassen. »Wir sind nicht ganz wehrlos.« Sie wandte sich an Antony. »Stell ein paar Wachen auf.«

Der Mann nickte und entfernte sich. Liz drehte sich wieder zu Kyle um. »Eine ziemlich phantastische Geschichte, die Sie da erzählen, nicht?«

»Aber sie ist wahr!« widersprach Kyle heftig. »Verdammt, wenn Sie mir nicht glauben, dann schicken Sie wenigstens jemanden zu Skudder, der ihn warnt. Ihr müßt mir ja gar nicht sagen, wo er ist.«

Liz blickte ihn einen Moment lang sehr nachdenklich an. Dann zuckte sie mit den Schultern, drehte sich um und ging zur Tür, blieb aber noch einmal stehen. »Wir denken darüber nach«, sagte sie. »Wenn Ihre Geschichte stimmt, sehen wir weiter.«

Kyle starrte ihr mit perfekt geschauspielertem Zorn nach, sagte aber nichts mehr.

»Sie dürfen es ihr nicht übelnehmen«, sagte Stanley. »Liz ist das Mißtrauen in Person. Aber ohne sie wären wir alle schon lange nicht mehr am Leben.« Er schwieg einen Moment, schien darauf zu warten, daß Kyle antwortete.

»Spielt sowieso keine Rolle«, fuhr er in verändertem Tonfall fort. »Ob wir Ihnen glauben oder nicht – mit dem Bein gehen Sie nirgendwohin, in den nächsten zwei oder drei Wochen.« Er wandte sich an das Mädchen. »Du bleibst hier und paßt auf ihn auf, ja? Ich komme später noch einmal vorbei.«

Kyle schwieg weiter, bis auch er die Hütte verlassen hatte. Dann drehte er sich langsam zu dem Mädchen um und schüttelte den Kopf. »Was ist mit den beiden los?« fragte er. »Sind sie völlig bescheuert, oder arbeiten sie für die Ameisen?«

Das Menschenjunge lächelte, aber es sah irgendwie schmerzlich aus. »Du mußt das verstehen«, sagte es, während es näher kam. »Noch etwas Wasser?«

Kyle nickte, und das Mädchen setzte die Wasserschale wieder an seine Lippen. »Wir hatten vor vier Tagen Besuch von Daniels Freunden«, fuhr es fort, während er trank. »Sie suchen Skudder. Sie... haben drei von uns umgebracht und eine Hütte niedergebrannt. Liz traut niemandem mehr. Aber sie weiß, daß du die Wahrheit sagst«, fügte sie hinzu.

Kyle sah überrascht auf.

»Du hast im Schlaf gesprochen«, erklärte das Mädchen. »Völlig wirres Zeug, aber jetzt ergibt es einen Sinn, weißt du? Ich denke, sie glaubt dir. Sie ist nur vorsichtig. Und Stanley hat recht«, fügte sie mit einer Geste auf sein Bein hinzu. »Du kannst sowieso nichts tun.«

»Ich kann fahren«, antwortete Kyle stur. »Ist meine Maschine in Ordnung?«

Das Mädchen zuckte mit den Schultern. »Ich verstehe nichts davon«, antwortete es. »Ich denke schon. Aber das ändert nichts. Du kannst mit dem Bein auch nicht fahren, glaub mir.«

»Aber jemand muß Skudder warnen«, beharrte Kyle. Er sprach jetzt leiser, und etwas in seiner Tonart änderte sich, Nuancen, die das Mädchen nicht einmal bewußt registrierte, die aber ihre Wirkung taten. Es war eine Art äußerst subtiler Hypnose. Ohne daß das Mädchen es auch nur begriff, begann sein ohnehin schwach ausgeprägtes Mißtrauen zu zerbröckeln.

»Ich weiß«, sagte es.

Kyle lächelte. »Dann versprich mir etwas«, sagte er sanft. »Ich hänge hier fest, aber du kannst dafür sorgen, daß man jemanden zu Skudder schickt. Warnt ihn. Und verschwindet von hier, ehe dieser Killer auftaucht.«

Das Mädchen schwieg. Es sah verwirrt aus. Dann nickte es, schüttelte aber gleich darauf den Kopf. »Ich würde es ja tun, aber . . .«

»Du traust mir nicht«, stellte Kyle fest. Seine Stimme klang verletzt, aber nicht vorwurfsvoll. Trotzdem wußte er, daß sie heftige Schuldgefühle in dem Mädchen weckte. Diese Humanoiden waren so leicht zu beeinflussen.

»Das ist es nicht«, sagte sie. Sie lächelte nervös, drehte sich plötzlich um und sah rasch und fast erschrocken zur Tür, als fürchte sie, belauscht zu werden.

»Sondern?«

»Sie waren hier, das stimmt«, fuhr das Mädchen stockend fort. »Aber Liz weiß selbst nicht genau, wo sie hingegangen sind. Skudder meint, es . . . es wäre sicherer, wenn sie es nicht wüßte. Sie wollten nach Osten.«

»An die Küste?«

Das Mädchen zuckte hilflos mit den Schultern. »Ich weiß nicht«, sagte es unsicher. »Der Zwerg, der bei ihnen war, erzählte von irgendwelchen Rebellen. Aber niemand hier weiß genau, wo sie zu finden sind.«

Kyle schwieg einen Moment. Er empfand keine Enttäuschung. Er hatte eine Spur — keine sehr gute, aber immerhin eine Spur. Es gab jetzt keinen Grund mehr für ihn, noch länger zu bleiben. Er wußte, daß das Mädchen die Wahrheit sprach. Er selbst hätte nicht anders gehandelt, an Skudders und Lairds Stelle.

Mit einem Ruck setzte er sich auf. Das Mädchen erschrak – und erstarrte mitten in der Bewegung, als es sah, welch unheimliche Veränderung mit Kyle vor sich ging.

Kyles zerfurchtes Gesicht glättete sich. Die Spuren von Fieber und Durst verschwanden binnen Sekunden. Plötzlich waren auf seinen Händen keine Narben mehr, und für eine Sekunde begann sich der graue Verband über seiner Schulter wie ein lebendes Wesen zu bewegen, als sich das Fleisch darunter glättete und die Wunde verschwand, die Kyle mit seiner puren Willenskraft geschaffen hatte.

Kyle gab dem Mädchen keine Chance, auch nur einen warnenden Schrei auszustoßen. Er tötete es, stand auf und konzentrierte sich für die nächsten drei Minuten darauf, sein gebrochenes Bein zu heilen. Dann verließ er die Hütte.

Als er das Dorf eine halbe Stunde später verließ, lebte in dem kleinen Felsental niemand mehr.

5

Was einmal Denver, Colorado, gewesen war, war jetzt eine Ruinenstadt. Die stolze Skyline mit ihren himmelhoch aufstrebenden Wolkenkratzern war ebenso verschwunden wie die kleinen, gepflegten Villenviertel, die die City umgeben hatten.

Der Anblick setzte Charity mehr zu, als sie sich eingestehen wollte. Mehr als den anderen, mehr als selbst Lydia, die noch vor weniger als einer Stunde voller Verbitterung erzählt hatte, was die Invasoren aus ihrer Heimat gemacht hatten. Vielleicht, weil sie von allen hier die einzige war, die diese Stadt gekannt hatte.

»Dort ist es.« Lydia deutete auf ein Gebäude schräg auf der anderen Seite der Straße. Es war sehr breit, hatte zahllose Fenster und maß sechs oder sieben Stockwerke. Die beiden oberen Etagen waren verkohlt und ausgebrannt, und ein gewaltiger Schuttberg streckte sich zu beiden Seiten des Gebäudes bis weit über die Straßenmitte hinaus.

»Deine Wohnung?«

Lydia schüttelte den Kopf. »Die meiner Schwester«, sagte sie. »Ich kann nicht nach Hause zurück. Sie wissen, was ich getan habe. Sie suchen mich.«

Charity konzentrierte ihre Aufmerksamkeit wieder auf das Gebäude. Alles wirkte ruhig, fast ausgestorben, so wie die ganze Stadt – oder das, was davon übrig war. Sie waren kaum einem Dutzend Menschen begegnet. Aber Lydia hatte sie gewarnt – Morons Augen waren überall. Und die neuen Herrscher der Erde duldeten viel, nur eines nicht: daß sich ihnen jemand widersetzte. Sie würden nicht eher aufgeben, bis sie Lydia wieder eingefangen hatten.

»Worauf warten wir?« fragte Kent ungeduldig.

Charity warf ihm einen warnenden Blick zu. Für ihren Geschmack war es hier einfach *zu* ruhig. Auch wenn Denver – wie sie von Lydia wußte – nur noch knapp fünftausend menschliche Einwohner hatte, hätten sie mehr Menschen treffen müssen. Irgend etwas stimmte hier nicht. Die Stadt schien den Atem angehalten zu haben, als warte sie auf etwas.

»Vielleicht sollte ich allein vorgehen«, sagte Lydia. »Wenn es eine Falle ist, dann gilt sie nur mir. Sie wissen nicht, daß ihr da seid.«

»Blödsinn«, sagte Gurk. »Du ...«

»Halt die Klappe, Zwerg«, unterbrach ihn Kent grob. »Sie hat recht.« Einen Moment lang sah er Lydia nachdenklich an, dann griff er unter seine Jacke und zog eine Maschinenpistole hervor.

»Hier. Nur zur Sicherheit. Wir kommen nach, sobald du drinnen bist.«

Sekundenlang zögerte die junge Frau, nach der Waffe zu greifen. Dann nahm sie sie aus Kents Hand, schob sie scheinbar achtlos unter ihre Jacke und trat rasch und ohne ein weiteres Wort aus dem Schatten der Häuserfront.

Charity, Kent, Gurk und Skudder beobachteten sie aufmerksam, während sie die Straße überquerte. Sie bewegte sich ohne Hast, fast gelangweilt, wie ein Spaziergänger, der gar nicht genau weiß, wohin er überhaupt geht. Charity spürte eine gewisse Bewunderung für die Kaltblütigkeit der jungen Frau. Aber vielleicht war es auch nur Verzweiflung. Die Lydia, die dort die Straße überquerte, hatte kaum noch etwas mit der verzweifelten jungen Frau zu tun, die sie vor den *Reitern* gerettet hatten.

Sie verscheuchte den Gedanken.

Ihre Vorsicht erwies sich – diesmal – als überflüssig. Lydia erreichte unbehelligt die gegenüberliegende Straßenseite und verschwand im Inneren des Gebäudes. Nach wenigen Augenblicken tauchte ihre Gestalt wieder unter der Tür auf. Sie winkte. *Alles okay.*

Nacheinander folgten sie ihr. Charity und Gurk waren die letzten, die die Straße überquerten, wobei Gurk an ihrer Hand ging, damit sie den Eindruck einer Frau und eines Kindes erweckten. Charity wußte nicht, ob die Täuschung funktionierte – es gab niemanden, den sie narren konnten. Die Straße blieb leer wie in einer Geisterstadt.

Trotzdem atmete sie erleichtert auf, als sie in die verwüstete Eingangshalle des ehemaligen Wolkenkratzers traten. Gurk riß sich mit einem Ruck von ihrer Hand los und zerrte sich den Strohhut vom Kopf, während Kent und Skudder ihn mit unverhohlener Schadenfreude angrinsten.

»Warum läßt du ihn nicht auf?« erkundigte sich Kent feixend.

»Er steht dir ausgezeichnet«, fügte Skudder hinzu.

Gurks Augen verschossen kleine Giftpfeile in Richtung der beiden ungleichen Männer. »Zerreißt euch ruhig die Mäuler«, geiferte er. »Ich werde als letzter lachen, wenn Daniel . . .«

»Schluß«, bestimmte Charity. »Alle drei. Wir haben wirklich Wichtigeres zu tun.«

Gurk knurrte etwas Unverständliches, und Charity wandte sich wieder an Lydia. »Wo wohnt deine Schwester?«

Lydia deutete auf die Treppe. »Im zweiten Stockwerk. Aber wir müssen vorsichtig sein. Es . . . wohnen noch andere Diener der Moroni in diesem Haus. Folgt mir, aber paßt auf.«

»Gibt es sonst noch etwas, was du vergessen hast, uns zu erzählen?« fragte Skudder übellaunig. Lydia musterte ihn kalt und wandte sich ohne ein weiteres Wort ab.

Charity sah sich aufmerksam um, während sie der jungen Frau zur Treppe folgten. Das Gebäude mußte früher einmal ein Hotel oder ein großes Geschäftshaus gewesen sein – an einer der Wände waren noch Teile einer ehemals riesigen Empfangstheke zu sehen, und es gab gleich fünf Aufzüge, von denen natürlich keiner mehr funktionierte. Decke und Wände wiesen zahlreiche Brandspuren auf, aber auch Hunderte faustgroßer Löcher – unübersehbare Spuren eines Kampfes, der auch hier getobt hatte. Trotzdem war alles überraschend sauber, und die schlimmsten Schäden waren sogar repariert worden. Die Menschen, die hier lebten, hatten zumindest *versucht*, sich so etwas wie ein Heim zu schaffen. Als sie den Treppenschacht betraten, entdeckte sie ein paar Bilder an den Wänden, und über den nackten Beton der Stufen hatte jemand ein Flickwerk aus verschiedenen Teppichstücken gelegt. Der Anblick hätte ihr Mut machen sollen, aber er erfüllte sie nur mit noch größerer Verbitterung.

Sie passierten die Tür zur ersten Etage und erreichten die zweite. Lydia gab ihnen mit Gesten zu verstehen, daß sie zurückbleiben sollten, öffnete die schwere Brandschutztür, indem sie sich mit der Schulter dagegenwarf, und verschwand in dem dahinterliegenden Gang. Diesmal dauerte es lange, bis sie zurückkam, und als sie es tat, wirkte sie sehr besorgt.

»Was ist?« fragte Kent.

Lydia zögerte. »Meine Schwester ist zu Hause«, antwortete sie. »Aber sie ist nicht allein. Ich . . . habe Stimmen gehört.«

»Wie viele?«

Lydia zuckte mit den Achseln. »Ich weiß nicht. Drei, vielleicht auch vier. Sie klangen sehr aufgeregt. Als stritten sie.« Kent griff unter seine Jacke und zog seine MP hervor. »Warum streiten wir nicht ein bißchen mit?«

Charity antwortete gar nicht darauf, und natürlich erwartete Kent auch gar keine Antwort. Er wußte so gut wie sie, daß sie unter gar keinen Umständen *auffallen* durften.

»Dann warten wir hier«, sagte Charity nach kurzem Überlegen. »Früher oder später wird dieser Besuch schon wieder gehen. Deine Schwester lebt doch allein, oder?«

»Angellica ist eine *Shait*-Priesterin«, antwortete Lydia, als wäre dies Erklärung genug. Als sie Charitys und Skudders irritierte Blicke bemerkte, fügte sie hinzu: »Sie müssen allein leben.«

»Dann warten wir hier«, bestimmte Charity.

»Und wenn jemand kommt?«

»Dann erklären wir, daß wir eine Umfrage im Auftrag von Pepsi-Cola machen«, antwortete Charity. Kent, Skudder und auch Lydia blickten sie verständnislos an, und sie beeilte sich, hinzuzufügen: »Wir müssen eben vorsichtig sein.«

»Und vielleicht fangt ihr damit an, etwas weniger laut zu werden«, sagte Gurk giftig. »Man hört euch wahrscheinlich bis nach New York.«

Kyle bekam Durst. Er war seit etwas mehr als vier Stunden unterwegs, und der Wasservorrat in seinem Körper hätte für mindestens noch einmal die gleiche Zeitspanne ausreichen müssen – aber etwas stimmte nicht.

Er hatte es schon gespürt, kurz nachdem er das kleine Dorf verlassen hatte. Seine Körperchemie war irgendwie durcheinandergeraten. Er beherrschte seinen eigenen Körper noch immer so virtuos wie andere ein Instrument, aber es kostete ihn erheblich mehr Mühe als gewöhnlich.

Die Tatsache allein beunruhigte ihn kaum. Trotz allem wußte er, daß er ein Wesen aus Fleisch und Blut war, eine unvorstellbar perfekte, aber dennoch *verwundbare* Einheit, die auch sterben konnte.

Was ihn beunruhigte, war vielmehr die Tatsache, daß er nicht wußte, *was* mit ihm geschehen war. Die Verletzungen, die er sich selbst mit bloßer Willenskraft zugefügt hatte, waren längst verheilt, und sein Körper hatte genug Energie gesammelt, um eigentlich tagelang zu funktionieren, ehe sich die ersten Ausfallerscheinungen einstellten.

Vielleicht hatte ihn die *Medizin*, die ihm der Arzt gegeben hatte, vergiftet?

Kyle konnte sich das nicht vorstellen. Er war immun gegen die meisten Gifte, die im kolonisierten Universum bekannt waren. Außerdem hatte man ihn speziell auf *diese* Welt konditioniert, ehe er diesen Einsatz begann. Unvorstellbar, daß man irgendein Gift oder auch nur eine schädliche Substanz übersehen haben sollte. Was also geschah dann mit ihm?

Kyle begriff, daß er die Antwort auf diese Frage durch bloßes Nachdenken kaum finden würde, und hörte auf, Energie darauf zu verschwenden. Statt die Ursachen zu behandeln, was er im Moment nicht konnte, konzentrierte er sich darauf, mit den Symptomen fertig zu werden. Er hatte kein Wasser mitgenommen, als er das Dorf verließ, aber das war das kleinste Problem. Er wußte, daß es eine Wasserstelle gab, nur wenige Meilen von seinem eigentlichen Kurs entfernt. Er schätzte, daß er dadurch eine Stunde verlieren würde, was bedauerlich war, aber er änderte trotzdem seinen Kurs. Es spielte keine Rolle, ob er Captain Laird eine Stunde früher oder später stellte, aber es spielte sehr wohl eine Rolle, ob er im entscheidenden Moment vielleicht einen Fehler beging, weil sein Körper unter Mangelerscheinungen litt.

Nach exakt zweiundzwanzig Minuten hatte Kyle das Wasserloch erreicht, stieg von der Maschine und kostete vorsichtig von der schmutzigbraunen Flüssigkeit, indem er einen Finger ins Wasser tauchte und daran leckte. Es war vergiftet, wie er vermutet hatte, und für einen Augenblick verspürte er wieder Verachtung für den Humanoiden, der sich Daniel nannte. Wenn Captain Laird auch nur halb so fähig war, wie er behauptete — woran Kyle mehr und mehr zu zweifeln begann —, würde er sie mit einem vergifteten Wasserloch kaum aufhalten. Dafür fügte er der Ökologie dieser Zone unwiderbringlichen Schaden zu, denn es war ein Gift, das auf jede Lebensform wirkte. Kyle nahm sich vor, nach seiner Rückkehr nach Hinweisen darauf zu suchen, ob es in der Nähe der Wasserstelle tote *Reiter* oder *Dienerkreaturen* gegeben hatte, und Daniel unter Umständen dafür zur Rechenschaft zu ziehen.

Er ging zu seinem Motorrad zurück, holte die Feldflasche und füllte sie. Erst dann beugte er sich zum Wasserloch hinab und trank. Sein Metabolismus hatte keine Schwierigkeiten, das Gift zu neutralisieren. Als er seinen Durst gestillt hatte, ging er zum Motorrad zurück und fuhr weiter. Er schätzte, daß es in zwei, allerhöchstens zweieinhalb Planetenstunden dunkel wurde.

Mit etwas Glück würde er Captain Laird bis dahin gefunden haben.

Sie mußten länger als zwei Stunden warten, bis Angellicas Besuch sich endlich verabschiedete. Allein viermal in dieser Zeit hörten sie über sich eine Tür fallen und zogen sich hastig auf den Korridor zurück, bis die Schritte auf der anderen Seite der Metalltür verklungen waren, und es kam Charity im nachhinein selbst wie ein kleines Wunder vor, daß niemand aus *diesem* Korridor gekommen war und sie überrascht hatte.

Um ein Haar wären sie dann doch noch entdeckt worden, denn sie waren so darauf konzentriert, auf Schritte auf der Treppe zu lauschen, daß sie die, die sich ihnen aus dem *Gang* näherten, fast zu spät bemerkt hätten. Erst im letzten Augenblick stieß Gurk eine geflüsterte Warnung aus, und sie zogen sich in aller Hast auf die nächste Etage zurück, gerade noch rechtzeitig, um die Tür unter sich auffliegen und fast ein halbes Dutzend Gestalten zu sehen, die hintereinander und heftig gestikulierend den Treppenschacht betraten. Charity konnte nicht verstehen, was sie sprachen, aber der Klang ihrer Unterhaltung war nicht unbedingt *freundlich.* Sie erinnerte sich wieder, daß Lydia vermutet hatte, die Männer in der Wohnung ihrer Schwester hätten miteinander gestritten.

Sie warteten, bis Schritte und Stimmen unter ihnen verklungen waren, und gaben vorsichtshalber noch gute zwei Minuten zu, ehe Charity Lydia zu verstehen gab, daß es soweit sei. Lydia ging ein Stück voraus, als sie den Korridor betraten, auf dem ihre Schwester wohnte.

Charity hatte kein gutes Gefühl. Der Anblick des Korridors bestätigte ihre Vermutung, daß es sich bei dem Gebäude um ein ehemaliges Hotel handelte. Aber auch hier waren Brandflecken an den Wänden zu sehen. Und: Es gab keine Fenster. Wenn sie in diesem Haus überrascht wurden, dann saßen sie in der Falle.

Sie bemerkte, wie Kent nervös an der Waffe unter seiner Jacke zu zupfen begann, und warf ihm einen warnenden Blick zu. »Nicht«, flüsterte sie. »Wir sind nur lieber Besuch, mehr nicht.«

Kent starrte sie finster an und nahm die Hand herunter. Charity war längst nicht mehr sicher, ob es richtig gewesen war, Kent mitzunehmen. Er war zu jung und zu unerfahren, und Charity befürchtete, daß er im entscheidenden Moment die Nerven verlieren könnte. Aber schließlich war dies hier *sein* Revier, und im Grunde konnten sie froh sein, daß *er* ihnen erlaubt hatte, *ihn* zu begleiten, und nicht umgekehrt.

Vor der letzten Tür des Ganges blieb Lydia stehen und klopfte. Skudder preßte sich gegen die Wand, während Kent auf der anderen Seite der Tür Aufstellung nahm, um nicht sofort gesehen zu werden.

Lydia mußte insgesamt dreimal gegen die Tür klopfen, und auch dann dauerte es noch eine geraume Weile, bis Schritte zu hören waren. Eine ziemlich mißgelaunt klingende Stimme rief etwas, das Charity nicht verstand, dann klirrte eine Kette.

»Was ist denn jetzt noch? Ich habe euch doch gesagt...« Angellica hatte offensichtlich jemand anderen erwartet, denn sie verstummte mitten im Wort, als sie die Tür vollends öffnete und sah, wer davor stand.

Angellica war ein gutes Stück älter als ihre Schwester, machte aber keinen so verhärmten und ausgezehrten Eindruck. Sie hatte dunkles, lang bis auf die Schultern herabfallendes Haar und trug eine dünne Silberkette mit einem auffallend großen Edelstein um den Hals. Ihr Kleid war einfach, aber so gut geschneidert, daß es ein kleines Vermögen wert sein mußte. An ihren Fingern blitzten zahlreiche, schwere Ringe. Es schien gewisse Vorteile zu haben, dachte Charity, auf der Seite der Besatzer zu stehen. Manche Dinge änderten sich anscheinend nie. »Lydia?« flüsterte sie. »Du? Du bist...« Sie brach wieder ab. Ihr Blick glitt kurz und taxierend über Charity, dann über Gurk, der wieder den Strohhut aufgesetzt hatte und mit gesenktem Kopf dastand.

»Was willst du hier?« fragte sie dann mit eisiger Stimme. »Was sind das für Leute?«

»Laß uns rein, Angellica«, bat Lydia. »Es sind . . . Freunde von mir. Sie haben mir geholfen, aber jetzt brauchen wir selbst Hilfe.«

»Hilfe?« Angellicas Lippen verzogen sich zu einem kalten, abfälligen Lächeln. »Hilfe – wobei?« fragte sie. »Hast du noch nicht genug Schaden angerichtet?«

Kent warf Charity hinter der Tür einen fragenden Blick zu. Sie ignorierte ihn.

»Bitte, Ag«, sagte Lydia. »Nur für einen Moment.«

Charity konnte direkt sehen, wie es hinter Angellicas Stirn arbeitete. Und es vergingen noch einmal endlose Sekunden, ehe sie schließlich mit sichtlichem Widerwillen nickte.

»Also gut«, sagte sie. »Fünf Minuten. Und gebt euch gar nicht erst die Mühe, euch irgendwie verrückte Geschichten auszudenken. Keine Sekunde länger.«

Was für ein Herzchen, dachte Charity. Laut sagte sie: »Ich danke Ihnen«, trat an Lydia und ihrer Schwester vorbei in die Wohnung und schob Gurk dabei wie ein Kind vor sich her. In der gleichen Bewegung und ohne die mindeste Spur von Hast trat sie hinter Angellica, legte ihr den Arm um den Hals und bog ihren Kopf in den Nacken, während sie ihr mit der anderen Hand den Mund zuhielt.

Angellica war viel zu überrascht, um auch nur den Versuch einer Gegenwehr zu machen. Aber Charity hielt sie trotzdem mit eiserner Kraft fest, bis auch Kent und Skudder das Zimmer betreten und die Tür hinter sich geschlossen hatten. Erst dann nahm sie die Hand von Angellicas Mund und lockerte den Druck auf ihren Nacken ein wenig. Gleichzeitig tastete sie mit der freien Hand nach Angellicas Arm und bog ihn auf den Rücken.

»Wenn du schreist, breche ich dir den Arm, Schätzchen«, sagte sie freundlich. »Verstanden?«

Angellica nickte. »Ich habe verstanden. Sie können mich loslassen.«

Charity zögerte. Aber dann fing sie einen Blick Lydias auf. Lydia nickte, und sie ließ Angellicas Arm los und trat rasch einen Schritt zurück.

Angellica drehte sich langsam zu ihr herum und blickte abwechselnd sie, Gurk und die beiden Männer an, während sie sich mit schmerzverzerrtem Gesicht ihren Arm rieb. Aber sie sagte kein Wort, sondern wandte sich zornig an ihre Schwester.

»Reizende Freunde hast du«, schnappte sie. »Aber dein Umgang war ja noch nie der beste. Also – was wollt ihr?«

»Die Fragen stellen wir hier«, sagte Kent.

In Angellicas Augen blitzte es auf. »So?« sagte sie. »Und ich dachte, das hier wäre meine Wohnung.«

Kent lächelte kalt. »So kann man sich täuschen, Gnädigste. Aber keine Sorge – wir bleiben nicht lange. Wir haben nur ein paar Fragen an Sie. Wenn Sie sie beantworten, sind wir schneller wieder weg, als wir gekommen sind.«

»Jetzt reicht es«, fauchte Angellica. »Verschwindet – alle fünf. Wenn ihr nicht auf der Stelle macht, daß ihr rauskommt, rufe ich die Wachen!« Sie fuhr herum, trat mit zwei, drei weit ausgreifenden Schritten an ein Schränkchen neben der Tür und streckte die Hand nach einem flachen schwarzen Kästchen aus.

»Ich an Ihrer Stelle würde das nicht tun«, sagte Skudder. Mit aller Seelenruhe griff er in seine Jacke, zog eine der kleinen, handlichen Maschinenpistolen heraus, mit denen Kent sie ausgerüstet hatte, und ließ den Sicherungshebel zurückschnappen.

Angellica sah nicht einmal in seine Richtung. Aber die Art, auf die sie mitten in der Bewegung erstarrte, als das metallische Schnappen erklang, überzeugte Charity davon, daß sie diesen Laut nicht zum ersten Mal in ihrem Leben hörte. Sie wurde noch ein wenig bleicher, als sie es ohnehin schon war, und drehte sich mit mühsam erzwungener Ruhe herum.

»Ihr gehört zu diesen Rebellen«, sagte sie ruhig.

Skudder nickte. »Stimmt.«

Angellica starrte ihn fast haßerfüllt an, dann wandte sie sich an ihre Schwester. »Und du?« fragte sie. »Gehörst du auch zu diesen . . . Aufrührern?«

»Ja«, antwortete Lydia. »Jedenfalls haben sie mir das Leben gerettet.«

»Wie edel«, antwortete Angellica spöttisch. »Und was verlangen sie dafür? Mein Leben?«

»Nicht, wenn Sie vernünftig sind, Ag«, antwortete Charity an Lydias Stelle. »Wir sind nicht Ihretwegen hier.« Sie deutete auf

Kent. »Es ist so, wie Kent sagte: Wir haben nur ein paar Fragen an Sie. Wenn Sie sie beantworten, gehen wir.«

»Und wenn nicht?« fragte Angellica höhnisch. »Bringt ihr mich dann um, oder beschränkt ihr euch darauf, mich ein bißchen zu foltern?«

»Keines von beidem«, sagte Skudder. »Sie werden reden, meine Liebe. Das weiß ich.«

Angellica lachte. Sie hatte ihre Selbstsicherheit wiedergefunden – überraschend schnell wiedergefunden, dachte Charity alarmiert. Sie verhielt sich nicht wie ein Mensch, der sich in Gefahr glaubt.

»Ihr seid ja verrückt«, sagte sie. »Aber bitte – was wollt ihr wissen?«

»Sie sind *Shait*-Priesterin?« begann Charity. »Was immer das sein mag.«

»Das bin ich«, erklärte Angellica stolz. »Warum fragen Sie, wenn Sie es wissen?«

Charity überging die Frage. »Sie gehören also zu denen, die mithelfen, Kinder zu entführen und in dieses verdammte Ding dort draußen hinter dem Todesgürtel zu schaffen?« fuhr sie fort.

Angellica starrte ihre Schwester haßerfüllt an, ehe sie antwortete. »Nein, das tue ich nicht.«

»Nicht?«

Angellica gab einen Laut von sich, der eine Mischung aus Lachen und Schluchzen war. »Ich weiß nicht, was diese Verrückte Ihnen erzählt hat«, sagte sie mit einer Geste auf Lydia. »Aber wir *entführen* keine Kinder. Es ist meine und die Aufgabe meiner Schwestern, die Auserwählten in das *Shaitaan* zu bringen und sie den Herren zu übergeben.«

»O ja, ich verstehe«, sagte Charity. »Das kommt mir irgendwie bekannt vor. Aber Sie bringen die Kinder dorthin, das stimmt. Und sie kommen nie wieder? Ich meine, hat irgend jemand eines dieser Kinder je wiedergesehen?«

»Natürlich nicht!« sagte Angellica empört. Wieder blickte sie ihre Schwester voller Verachtung an. »Ich kenne die Geschichten, die man über uns erzählt. Sie sind nicht wahr. Den Auserwählten geschieht nichts – im Gegenteil! Es ist ein besseres Leben, das sie bei unseren Herren erwartet.«

»Ihr bringt sie um«, sagte Lydia.

»Manche sterben, das ist wahr«, antwortete Angellica ungerührt. »Doch nur die Schwachen, Lebensuntüchtigen. Die anderen werden in eine neue, bessere Welt gebracht.«

»Ach?« sagte Kent. »Und was geschieht mit ihnen – in dieser neuen, besseren Welt?«

»Sie dienen den Herren«, erwiderte Angellica stolz. »Aber warum rede ich überhaupt mit euch? Ihr seid schon tot. Ihr habt Hand an eine *Shait-Priesterin* gelegt.«

»Ich werde noch etwas ganz anderes an dich legen, Schätzchen«, sagte Skudder, »wenn du nicht ein wenig freundlicher wirst.«

Angellica starrte ihn voller Verachtung an, und Charity konnte spüren, wie zwischen ihr und dem Hopi etwas vorging. Trotz allem waren sich die beiden sehr ähnlich – beide waren stolz und beide sehr stark. Mit einem raschen Schritt trat sie zwischen Angellica und Skudder.

»Wir sind nicht hier, um Ihnen etwas anzutun, Ag«, sagte sie hastig. »Wir wollen nur ein paar Informationen von Ihnen, das ist alles.«

»So?« sagte Angellica. »Und welche?«

»Sie kennen den Weg in das *Shaitaan*«, sagte Charity. »Und Sie werden ihn uns verraten.«

Angellica riß erstaunt die Augen auf. Eine, zwei Sekunden lang starrte sie Charity voller maßloser Verblüffung an – und dann begann sie schallend zu lachen.

»Was ist daran so komisch?« erkundigte sich Gurk mißtrauisch.

»Ihr wollt ... in das *Shaitaan* eindringen?« fragte Angellica, noch immer atemlos vor Lachen. »Ihr seid ja verrückt. Ihr würdet ihm nicht einmal nahe kommen, selbst wenn ich euch den Weg verraten würde – und das werde ich nicht.«

Lydia trat wortlos neben sie, riß sie an der Schulter herum und versetzte ihr eine schallende Ohrfeige. Angellicas Kopf flog zurück. Sie taumelte gegen die Tür, fand im letzten Moment Halt und preßte die Hand gegen die schmerzende Wange. Ihre Augen flammten. Aber Charity las selbst jetzt in ihrem Blick nicht die mindeste Spur von Angst, sondern nur Verachtung und Zorn.

Plötzlich löste sie sich von der Tür, trat mit zwei raschen Schritten auf ihre Schwester zu und ergriff sie grob am Arm. Lydia versuchte ihre Hand abzuschütteln, aber Angellica zerrte sie einfach hinter sich her zum Fenster, ehe sie sie losließ.

»Was willst du eigentlich noch?« schrie sie. »Schau hinaus! Und dann sag mir, was du siehst!«

Lydia gehorchte verwirrt. Sekundenlang blickte sie wortlos auf die menschenleere Straße, ehe sie wieder ihre Schwester ansah. »Da ist nichts«, sagte sie.

»Eben!« Angellicas Stimme klang beinahe triumphierend. »Vor drei Tagen haben dort noch Menschen gelebt, kleine Schwester. Sie sind noch immer da, aber sie wagen sich nicht mehr aus dem Haus. Und weißt du auch, warum? Weil sie Angst haben. Deinetwegen!«

»Was soll das heißen?« fragte Charity scharf.

»Die Herren haben eine Strafexpedition losgeschickt«, antwortete Angellica zornig. »Aber warum fragen Sie das nicht Lydia? Sie weiß so gut wie ich, welche Strafe auf den Mord an einem *Reiter* steht. Hundert für einen.«

Im ersten Moment begriff Charity nicht einmal, was Angellica überhaupt meinte. Dann durchfuhr sie ein eisiger Schreck. Ungläubig starrte sie abwechselnd Lydia und ihre Schwester an.

»Hundert für ...«

»Sie töten dreihundert Menschen, ja«, sagte Lydia mit zitternder Stimme. »Einhundert für jeden *Reiter,* den ihr erschossen habt. Das ist immer so. Wenn ... wenn einer von ihnen getötet wird, dann ... dann schicken sie *Reiter* los, die sich wahllos ihre Opfer suchen. Niemand weiß, wen es trifft.«

»Und das hast du *gewußt?«* fragte Skudder fassungslos.

»Natürlich hat sie es gewußt«, antwortete Angellica an Lydias Stelle. »Aber ich glaube, sie hat vergessen, es euch zu erzählen.«

Charity fuhr herum und starrte Kent an. Der junge Rebell wich ihrem Blick aus.

»Und du?« fragte sie. »Hast du davon gewußt?«

Kent nickte. »Ja«, sagte er. »Aber was hätte sich geändert, wenn ich es erzählt hätte? Es ist nun einmal passiert. Verdammt!« fügte er in zornigem Ton hinzu, allerdings noch immer, ohne Charity oder Skudder anzusehen. »Warum glaubt ihr wohl, sind wir so vorsichtig bei dem, was wir unternehmen. Das ist nun einmal Morons Gesetz, und nicht nur hier – hundert für einen!«

»Ich glaube, meine Schwester hat Ihnen nicht alles erzählt«, fügte Angellica böse hinzu. »Hat sie Ihnen zum Beispiel gesagt, daß Moron die belohnt, deren Kinder auserwählt werden?«

»Belohnt? Wie?«

»Mit Leben«, antwortete Angellica. »Zehn Jahre für jedes Kind, das ihnen genommen wird. O ja, ich kann mir vorstellen, was Lydia euch erzählt hat. Aber sie wird *dreißig Jahre* länger leben als ich.« Sie schwieg einen Moment, ehe sie in höhnischem Ton fortfuhr: »Das hat sie nicht erzählt, wie?«

»Dreißig Jahre länger ...?« wiederholte Charity verwirrt.

Angellica nickte. »Vielleicht auch vierzig – wer weiß? Ihr Erbgut ist gut, sonst wäre sie nicht dreimal hintereinander erwählt worden.«

»Aber das ist doch Unsinn!« protestierte Charity. »Ich meine ... niemand weiß, wie lange er leben wird, und ... und ...«

Sie brach ab, als sie den betroffenen Ausdruck auf Skudders und Gurks Gesichtern sah. Kent blickte sie einfach nur verwirrt an. Und plötzlich machte sich ein furchtbarer Verdacht in ihr breit.

»Wie lange?« fragte sie. »Wie lange läßt Moron die Menschen auf diesem Planeten leben, Skudder?«

Der Hopi sah weg. Kent und Angellica tauschten verwirrte Blicke miteinander, während Gurk unbehaglich von einem Fuß auf den anderen zu treten begann.

»Wie lange?« fragte Charity noch einmal.

»Fünfzig Jahre«, antwortete Skudder leise.

6

Der *Reiter* lag halb im Sand begraben, und die Düne wies eindeutige Laserspuren auf. Es waren nicht die Spuren einer Moron-Waffe, wie Kyle sofort erkannt hatte. Die Energieabgabe dieser Waffe mußte doppelt so hoch gewesen sein wie die der kleinen Handfeuerwaffen, mit denen die *Dienerkreaturen* ausgestattet waren. Und wer immer sie benutzt hatte, verstand sein Handwerk: nur ein Schuß war fehlgegangen. Die beiden anderen hatten präzise ihr Ziel getroffen und auf der Stelle vernichtet.

Keyles Blick glitt noch einmal über die drei flachen Sandhügel, unter denen jemand die Kadaver der drei *Reiter* zu verbergen versucht hatte – nicht besonders geschickt allerdings. Selbst ohne seine überscharfen Sinne hätte er die drei Leichname wahrscheinlich entdeckt: Über der Wüste kreiste eine Anzahl dunkler, gefiederter Umrisse, aasfressende Geschöpfe der heimischen Ökologie, die die Kadaver gewittert und schon wieder halb aus dem Sand ausgegraben hatten. Und der Gestank der verwesenden Riesengeschöpfe war schon in einer Meile Entfernung deutlich zu spüren gewesen. Wer immer Charity Laird geholfen hatte, hatte sich nicht besonders viel Mühe gegeben, die Spuren dieser Hilfe zu verwischen. Das konnte zweierlei bedeuten: entweder, er war von einem bodenlosen Leichtsinn erfüllt, oder er fühlte sich absolut sicher. Kyle beschloß, sich zumindest fürs erste so zu verhalten, als träfe die zweite Annahme zu. Er hatte noch nie einen Gegner unterschätzt.

Langsam ging er zu seiner Maschine zurück und stieg in den Sattel. Aber er fuhr noch nicht los. Für einen Moment war er unschlüssig, was er tun sollte. Bisher hatte er angenommen, Charity Lairds Ziel sei die Stadt im Norden – eine kleine Ansiedlung der Planetengeborenen namens Denvercolorado –, aber jetzt war er nicht mehr sicher. Er an Captain Lairds Stelle hätte es sich zweimal überlegt, den eingeschlagenen Kurs weiterzuverfolgen, wäre er auf eine Patrouille gestoßen. Daß sie die drei *Reiter* getötet hatte, bedeutete nichts, denn zum einen bestand die Möglichkeit, daß diese vor ihrem Tod noch einen Hilferuf abgesetzt hatten, zum anderen würde ihr Wegbleiben auffallen, und Laird mußte die Regel der *Hundert* kennen.

Sein Blick streifte den zerklüfteten Schatten im Westen. Ein *Shaitaan.* Einen Moment lang erwog er die Möglichkeit, daß Laird sich dorthin gewandt hatte, verwarf diesen Gedanken aber fast sofort wieder. Nicht einmal er rechnete sich gute Chancen aus, in ein *Shaitaan* einzudringen.

Kyle streckte die Hand nach dem Startknopf des Motorrades aus – und zog sie wieder zurück.

Er war nicht mehr allein.

Der Rhythmus der Raubvögel am Himmel hatte sich verändert, als sie ein neues Objekt unter sich gewahrten. Kyle wußte nicht, wie viele es waren, aber er wußte, daß er beobachtet wurde.

Nach weniger als einer Sekunde streckte er erneut die Hand aus und startete die Maschine diesmal wirklich. Er fuhr schnell los, aber nicht zu schnell, und er fuhr nicht *genau* in die Richtung, in der er die Beobachter vermutete. Innerlich machte er sich kampfbereit: sein Körper produzierte eine adrenalinähnliche Substanz, die seine Reflexe gut zehnmal so schnell wie die eines normalen Menschen werden ließen, und seine Haut veränderte sich. Sie sah genau so aus wie zuvor, aber sie war jetzt zäh und widerstandsfähig wie gegerbtes Leder und würde selbst einem kleinkalibrigen Explosivgeschoß standhalten, solange es nicht aus unmittelbarer Entfernung abgefeuert wurde.

Kyle lenkte die Harley die Düne hinauf. Ein Geräusch drang an sein Ohr: das Rascheln von Sand, der sich unter einem oder mehreren schweren Körpern löste. Aber er reagierte nicht darauf, um sich nicht zu verraten, ebensowenig wie auf den Schatten, der für den Bruchteil einer Sekunde durch sein Gesichtsfeld huschte. Er roch heißes Metall und menschlichen Schweiß, und lange, ehe er den Kamm der Düne erreichte, wußte er, daß es mindestens drei, wahrscheinlich aber mehr Männer waren, die auf der anderen Seite des Sandhügels auf ihn warteten.

Wäre Kyle ein normaler Mensch gewesen, dann hätte ihn der Angriff vollkommen überrascht. Eine Gestalt in einem grünbraunen, fleckigen Tarnanzug sprang ihn an, als er die Harley über den Dünenkamm lenkte, und die Bewegung kam selbst für Kyle *schnell.*

Instinktiv duckte er sich und riß den linken Arm in die Höhe. Der Mann prallte gegen ihn, versuchte sich festzuklammern und wurde zurückgeschleudert, als Kyles Handrücken seine Schläfe traf. Hilflos stürzte er in den Sand zurück.

Aber der Anprall hatte auch Kyle aus dem Gleichgewicht gebracht. Die Harley schlingerte, Sandfontänen stoben unter den Rädern hoch, und der Motor brüllte auf, als Kyle hastig in einen kleineren Gang schaltete und Gas gab, um die bockende Maschine abzufangen.

Es wäre ihm leichtgefallen, sie mit bloßer Körperkraft wieder unter seine Kontrolle zu bringen, aber damit hätte er sich vollends verraten. Kyle bedauerte schon, den ersten Angreifer überhaupt abgewehrt zu haben, aber der Mann war so plötzlich aufgetaucht, daß er selbst ihn überrascht hatte. Statt die Harley herumzureißen und einfach davonzurasen, ließ er es zu, daß das Motorrad vollends aus dem Gleichgewicht geriet und zur Seite kippte. Im letzten Moment erst ließ er sich aus dem Sattel fallen und riß die Arme vor das Gesicht. Das Motorrad rutschte noch ein Stück den Hang hinab, und Kyle selbst prallte auf ein Stück Fels, das aus dem Sand ragte.

Sekunden vergingen, in denen Kyle vollkommen reglos liegenblieb. Er hörte Schreie, und durch den wirbelnden Sand konnte er drei, vier dunkle Gestalten ausmachen, die sich ihm näherten. Kyle spannte sich innerlich.

Als er sich mit perfekt geschauspielerten, mühsamen Bewegungen in die Höhe zu stemmen begann, hatten ihn die Männer erreicht. Eine Hand packte ihn grob an der Schulter und zerrte ihn hoch, eine zweite ergriff seinen linken Arm und drehte ihn mit einem Ruck auf den Rücken. Kyle krümmte sich. Ein Schmerzlaut kam über seine Lippen und brach wieder ab, als sich ein Gewehrlauf in seine Rippen bohrte.

»Okay, Freundchen«, sagte einer der Männer. »Keine Bewegung, oder es war deine letzte.«

Kyle erstarrte. Sein Gesicht verzerrte sich in gespieltem Schmerz, während er rasch, aber sehr aufmerksam die drei Männer musterte, die ihn gepackt hatten. Zwei von ihnen waren ungefähr in seinem Alter, aber selbst für Bewohner dieses Planeten in erstaunlich schlechter Verfassung. Kyle erkannte die Spuren von mindestens einem halben Dutzend verschiedener Krankheiten und Mangelerscheinungen auf ihren Gesichtern und ihrer Haut. Und sie waren sehr nervös.

Der dritte war etwas älter, dunkelhaarig, bärtig und sehr muskulös. Natürlich kein Gegner für einen Mann wie Kyle, aber eindeutig der Gefährlichste der drei, und das lag nicht nur an seiner besseren körperlichen Verfassung. In seinen Augen stand eine wache, mißtrauische Intelligenz geschrieben.

Außer diesen dreien gab es noch zwei weitere Männer – der, der ihn angesprungen hatte, und einen weiteren Mann in Tarnkleidung, der sich um die reglose Gestalt kümmerte. »Wer bist du?« fragte der Bärtige. »Und was suchst du hier?«

Kyle spuckte einen Mund voll Blut und Sand aus, ehe er antwortete. Er mußte vorsichtig sein. Immerhin hatte er gerade einen schweren Sturz hinter sich. »Welche Frage soll ich zuerst beantworten?« fragte er mühsam.

Der Bärtige ohrfeigte ihn.

Der Schlag war nicht sehr heftig, aber Kyle stöhnte trotzdem wie unter Schmerzen und bog den Kopf zurück, um einem weiteren Hieb auszuweichen.

»Kyle«, sagte er. »Mein Name ist Kyle. Ich bin . . . auf dem Weg nach Denver.«

»Und was willst du dort?« fragte der Bärtige mißtrauisch.

»Ich suche jemanden«, antwortete Kyle. Trotzig fügte er hinzu: »Was zum Teufel geht dich das an? Wer seid ihr überhaupt?«

Natürlich bekam er keine Antwort. Statt dessen drehte sich der Bärtige herum und wandte sich mit erhobener Stimme an den Mann auf der Hügelkuppe: »Was ist los? Wie geht es Pete?«

Die Gestalt im Tarnanzug hob den Kopf, und Kyle konnte einen Ausdruck ungläubigen Schreckens auf seinem Gesicht erkennen.

»Er ist tot«, antwortete er.

Kyle fluchte in Gedanken lautlos in sich hinein. Er hatte gespürt, daß er hart zugeschlagen hatte, und zudem hatte ihn der Mann aus einem sehr unglücklichen Winkel angesprungen. Seine eigene Bewegung hatte die Wucht seines Schlages noch verstärkt. Aber ein solcher Fehler *durfte* einfach nicht passieren!

»Tot?« vergewisserte sich der Bärtige.

»Sein Genick ist gebrochen. Er muß unglücklich gestürzt sein.«

»Das wollte ich nicht«, sagte Kyle hastig. »Wirklich, ich . . . war selbst erschrocken, und . . .«

Ein Faustschlag trieb ihm die Luft aus den Lungen. Kyle keuchte, fiel auf die Knie herab und krümmte sich vor Schmerz, als ihn ein zweiter, noch härterer Hieb traf.

»Das reicht!« sagte der Bärtige scharf. »Laßt ihn in Ruhe.«

»Das Schwein hat Pete umgebracht!«

»Möglich. Aber vielleicht war es wirklich nur ein Unfall.« Der Bärtige ging vor Kyle in die Hocke und benutzte den Lauf seines Gewehres, um Kyles Kinn anzuheben. »Das war es doch, oder?« fragte er lauernd.

Kyle nickte mühsam. »Ich . . . wußte nicht einmal, daß ihr hier seid«, sagte er stockend. »Es tut mir wirklich leid. Ich . . . wollte das nicht.«

»Schon gut. Ich glaube dir ja. Steh auf«, antwortete der Bärtige – in einem Ton, der Kyle klarmachte, daß dies vielleicht die Wahrheit war, aber rein gar nichts an seinem Schicksal ändern würde, sollte der Bärtige zu dem Schluß kommen, daß Kyle *nicht* auf seiner Seite stand.

»Also«, fragte er, nachdem sich Kyle erhoben hatte. »Du suchst jemanden. Wen?«

Kyle ließ seinen Blick lange und nachdenklich über die Tarnanzüge und Waffen der vier Männer gleiten, ehe er antwortete: »Vielleicht euch.«

»Uns?« Die Augen des Bärtigen wurden schmal. »Und wer sollen wir sein?«

»Ihr seid doch die Rebellen, zu denen Laird wollte, oder?« entgegnete Kyle.

»Rebellen?«

»Verdammt, ich habe keine Zeit für euren Blödsinn!« fuhr Kyle auf. »Ich muß Captain Laird warnen. Wenn sie bei euch ist, dann bringt mich hin – und wenn nicht, laßt mich gefälligst weiterfahren.«

»Von was für Rebellen sprichst du?« fragte der Bärtige. »Und wer soll das sein, Captain Laird?«

»Leg ihn um, Arson«, sagte einer der Männer, die Kyle hielten. »Ich traue ihm nicht.«

»Ist Charity Laird bei euch oder nicht?« fragte Kyle noch einmal.

»Bitte – sie ist in Gefahr. Und ihr auch, wenn sie wirklich bei euch ist.«

»In Gefahr?« sagte Arson. »In welcher Gefahr?«

Kyle seufzte und tat so, als resigniere er. »Daniel hat einen Killer auf sie angesetzt«, sagte er. »So eine Art Superman. Ich bin ihm eine Weile gefolgt, bis ich seine Spur verloren habe. Aber er kann nicht mehr sehr weit sein. Seine Spur verlor sich im Dorf.«

»In welchem Dorf?« fragte Arson.

»Keine Ahnung, wie es hieß«, antwortete Kyle. »Die Leute, die dort gewohnt haben, konnten es mir nicht mehr sagen. Er hat sie alle umgebracht.«

Arson wurde bleich, und Kyle gab ihm eine genau abgemessene Zeitspanne, den Schrecken auch richtig zur Wirkung kommen zu lassen, ehe er hinzufügte: »Was ist jetzt? Wißt ihr, wo Captain Laird ist, oder nicht?«

»Ich traue ihm nicht«, sagte der Mann, der sich um seinen toten Kameraden bemüht hatte. »Wir sollten ihn umlegen.«

»Ich auch nicht«, sagte Arson nachdenklich. »Aber wenn er die Wahrheit sagt . . .« Er zögerte, blickte einen Moment lang an Kyle vorbei ins Leere und kam schließlich zu dem Entschluß.

»Wir nehmen ihn mit«, sagte er. »Begrabt Pete – und grabt auch seine Maschine ein.« Er deutete mit einer Kopfbewegung auf Kyles Motorrad. »Das Ding ist auf eine Meile zu sehen wie ein Signalfeuer.«

»He!« protestierte Kyle. »Das ist . . .«

»Keine Angst«, unterbrach ihn Arson kalt. »Wenn du die Wahrheit sagst, kommen wir zurück und holen sie. Ich helfe dir sogar selbst, sie sauberzumachen. Und wenn du gelogen hast«, fügte er mit einem fast freundlichen Lächeln hinzu, »verspreche ich dir, daß wir dich direkt neben ihr begraben.«

»Ihr hättet es mir sagen müssen«, sagte Charity.

»Wozu?« Skudder sah noch immer nicht in ihre Richtung, während er antwortete. »Was hätte es geändert?«

»Alles«, antwortete Charity heftig. »Ich . . .«

»Unsinn«, unterbrach ihn Gurk. »Du wärst nur noch zorniger geworden. Und es hätte überhaupt nichts an deinen Plänen geändert. Und außerdem«, fügte er mit einer Kopfbewegung auf Skudder hinzu, »wollte er dir nicht weh tun.«

»Nicht *weh* tun?« Charity schrie fast. »Du erzählst mir, daß diese Monster uns nicht nur unsere Welt gestohlen haben und unsere Zivilisation in die Steinzeit zurückgebombt hatten, daß dieser Planet von Ungeheuern beherrscht wird und es bei Todesstrafe verboten ist, auch nur eine Uhr zu besitzen, und willst mir nicht *weh* tun? Du ...« Sie brach mitten im Satz ab, als ihr klar wurde, daß sie Unsinn redete.

Natürlich hatte Gurk recht – Skudder war längst mehr als nur ein mehr oder weniger freiwillig Verbündeter für sie geworden. Trotz ihrer ständigen Streitereien verspürte Charity eine tiefe Zuneigung zu dem hochgewachsenen Hopi-Indianer, und sie ahnte, daß auch er etwas für sie empfand. Wenn Skudder ihr überhaupt irgend etwas *absichtlich* verschwieg, dann sicherlich nicht aus Heimtücke, sondern wirklich, um sie zu schützen. Aber das änderte nichts daran, daß es weh tat. Und sie fast wahnsinnig vor Zorn machte. *Euthanasie* ... Nach allem, was sie bisher erlebt hatte, hätte sie dieser weitere Schrecken nicht einmal mehr überraschen dürfen. Fast gewaltsam mußte sie ihre Gedanken zwingen, sich wieder wichtigeren Dingen zuzuwenden.

Mit einem Ruck drehte sie sich herum und wandte sich an Angellica. »Du wirst uns erzählen, wie wir in dieses *Shaitaan* hineinkommen«, sagte sie.

»Werde ich das?« antwortete Angellica. Sie lächelte flüchtig. »Eigentlich glaube ich das nicht. Ich ...«

»Ich kann dich auch eine Viertelstunde mit Kent oder Skudder allein lassen«, unterbrach sie Charity kalt. »Vielleicht ändert das deine Meinung ein wenig?«

Tatsächlich wirkte Angellicas Lächeln plötzlich nicht mehr völlig überzeugend. Ihr Blick flackerte.

»Das tust du nicht«, behauptete sie. »Und wenn – woher wollt ihr wissen, daß ich euch nicht in eine Falle laufen lasse?«

»Das ist das kleinste Problem«, sagte Charity. Sie deutete auf Gurk. »Er wird bei dir bleiben. Sollten wir nicht zurückkommen – oder sollte gar an unserer Stelle einer deiner Insektenfreunde hier auftauchen –, dann wird es Gurk ein Vergnügen sein, dich umzubringen.«

Die Drohung machte keinen besonderen Eindruck auf Angellica. »Ich bin *Shait*-Priesterin«, antwortete sie hochmütig. »Mein Leib und meine Seele sind den Göttern des Kosmos geweiht. Glaubst du, ich hätte Angst vor dem Tod, du Närrin?« Sie maß Charity mit einem langen, verächtlichen Blick, musterte dann rasch und sehr viel kälter ihre Schwester und seufzte gekünstelt.

»Aber ich mache euch einen anderen Vorschlag«, fuhr sie fort. »Ihr verschwindet jetzt, alle und auf der Stelle. Ich werde eine Stunde warten, bis ich Alarm schlage. Ich dürfte es nicht, aber ich tue es trotzdem.«

»Wie großzügig«, spöttelte Charity. »Womit haben wir diese Gnade nur verdient?«

»Ich riskiere mein Leben, wenn ich euch nicht sofort melde«, erwiderte Angellica ernst. »Aber ich tue es, weil Lydia meine Schwester ist. Ich weiß, daß sie mich haßt, aber das ändert nichts daran.«

»Jetzt reicht es mir aber«, sagte Kent. »Warum laßt ihr mich nicht einfach zwei Minuten mit dieser *Priesterin* allein? Danach wissen wir, wie wir in das *Shaitaan* kommen.«

»Sei still, Kent«, sagte Charity. Sie überlegte angestrengt. Angellicas Überheblichkeit war kein bißchen geschauspielert. Sie *tat* nicht nur so, als fühle sie sich absolut sicher – sie hatte wirklich keine Angst. Und Charity begriff auch, daß sie mit Drohungen rein gar nichts bei dieser Frau erreichen würden. Angellica war eine Fanatikerin. Sie *glaubte* an das, was sie sagte – und wie sollte man jemanden einschüchtern, der der Überzeugung war, nach dem Tod in eine bessere Welt zu kommen?

Nur, um ein wenig Zeit zu gewinnen, trat sie ans Fenster und blickte auf die Straße hinaus. Die Stadt war noch immer so ruhig wie vorher, aber jetzt, als Charity wußte, welchen Grund diese Ruhe hatte, hatte der Anblick nichts Friedliches mehr für sie. Im Gegenteil. Die Stille dort unten war die Stille des Todes.

Sie drehte sich wieder herum, lehnte sich gegen die Wand neben dem Fenster und verschränkte die Arme vor der Brust, während sie Angellica ansah. »Früher nannte man diese Situation ein Patt«, sagte sie.

»So heißt das heute auch noch«, antwortete Angellica gelassen. »Aber du täuschst dich – im Moment seid ihr vielleicht im Vorteil, aber das ändert nichts daran, daß ihr verlieren werdet.« Sie schüttelte beinahe traurig den Kopf, sah Charity eine Sekunde lang durchdringend an und begann unruhig im Zimmer auf und ab zu gehen. Ihre Hände vollführten kleine, unbewußte Bewegungen.

»Ich weiß nicht, wer du bist«, sagte sie. »Aber ich glaube nicht, daß du zu diesem Haufen von Kindsköpfen gehörst, der sich Rebellen nennt.« Sie maß Kent mit einem verächtlichen Blick. »Du solltest aufgeben.«

»So?« sagte Charity.

Angellica nickte heftig. »Du hast keine Chance. Niemand kann sich gegen Moron wehren.«

»Vielleicht hat es noch niemand versucht?« fragte Charity.

»Moron ist nicht einfach nur eine Welt«, antwortete Angellica ernsthaft. »Es sind Hunderte von Welten – vielleicht Tausende. Selbst, wenn ihr siegen solltet, würden sie wiederkommen. Was Lydia getan hat, ist dasselbe, was ihr tut: Töte einen *Reiter*, und sie töten hundert von uns. Befreie einen Planeten, und sie kommen zurück und zerstören ihn.« Sie sah Charity durchdringend an und schritt weiter durchs Zimmer. Ihre Hände hoben sich in einer fast beschwörenden Geste. »Glaubst du denn, ihr wärt die ersten, die versucht haben, Morons Herrschaft zu brechen?« sagte sie. »Es ist schon getan worden, auf Dutzenden von Welten. Keine von ihnen existiert heute noch. Moron zerstört, was es nicht in Besitz nehmen kann.«

»Du weißt eine Menge für eine kleine Priesterin«, sagte Charity.

Angellica lächelte nachsichtig. »Ich habe die Weihen erhalten«, sagte sie. »Ich war auf einigen dieser Welten, von denen ich erzählte. Ihr haltet Moron für grausam, aber das ist nicht wahr. Dieser Planet wäre zugrunde gegangen, wie viele vor ihm, wären die Herren nicht gekommen.«

»Ich verstehe«, erwiderte Charity spöttisch. »Sie wollten uns nur beschützen, nicht? Deshalb haben sie auch neunzig Prozent der Erde samt ihrer Bevölkerung in radioaktiven Staub verwandelt. Wie überaus großzügig von deinen Freunden.«

»Es tut weh, den Krebs herauszuschneiden«, antwortete Angellica kalt. »Aber es rettet manchmal auch das Leben.« Sie lachte ganz leise und machte wieder eine wedelnde Bewegung mit beiden

Händen. »Ich habe nicht geglaubt, daß du mich verstehst. Aber es war einen Versuch wert.«

Ihre Bewegung war so schnell, daß Charity sie kaum sah. Sie begriff im gleichen Moment, in dem Angellica herumwirbelte, daß all ihre Worte nur dem einen Zweck gedient hatten – nämlich sie einzulullen und von Angellicas eigentlicher Absicht abzulenken. Aber diese Erkenntnis kam zu spät.

Angellica sprang mit einem überraschend kraftvollen Satz an Skudder vorbei; ihre ausgestreckte Hand klatschte auf den flachen Metallkasten auf dem Schrank neben der Tür, und Charity sah, wie ein grünes Licht darauf zu flackern begann.

Kent, Skudder und Charity schrien fast gleichzeitig auf und versuchten, sich auf die *Shait*-Priesterin zu werfen.

Gurk kreischte wütend und griff nach Angellicas Kleid, verfehlte es aber und fiel ungeschickt auf Hände und Knie herab.

Und Lydia zog die kleine Maschinenpistole, die Kent ihr gegeben hatte, unter dem Kleid hervor und schoß ihrer Schwester in den Rücken.

Das Krachen der MP-Salve war in dem winzigen Raum fast ohrenbetäubend. Angellica wurde herum- und gegen die Wand gewirbelt, starrte ihre Schwester eine Sekunde lang aus ungläubig aufgerissenen, weiten Augen an und brach dann ganz langsam in die Knie. Sie war tot, ehe sie den Boden berührte.

Charity war mit einem Satz bei Lydia und entriß ihr die Waffe. »Bist du verrückt geworden?« keuchte sie.

Lydia sah sie an, aber ihr Blick schien geradewegs durch sie hindurchzugehen. Ein seltsames Lächeln lag auf ihrem Gesicht. Charity schauderte.

»Warum hast du das getan?« fragte sie. »Sie war deine Schwester, Lydia!«

»*Sie* hat mich auserwählt«, flüsterte Lydia. »Sie war es, die meine Kinder ausgesucht hat. Ich mußte sie töten.«

»Ja, und damit hast du uns wahrscheinlich alle umgebracht«, sagte Kent wütend. Er kniete neben Angellica nieder, drehte sie auf den Rücken und tastete mit den Fingerspitzen nach ihrer Halsschlagader. »Sie ist tot«, sagte er überflüssigerweise. Seine Augen flammten vor Zorn, als er zu Lydia aufsah. »Warum habe ich Idiot dir nur diese Waffe gegeben?«

»Vielleicht hört ihr einmal für einen Moment auf, euch zu streiten«, mischte sich Gurk ein, »und seht dorthin.« Sein dürrer Zeigefinger deutete auf das Kästchen, das Angellica berührt hatte. Das grüne Licht auf seiner Vorderseite flackerte noch immer, aber sein Rhythmus war jetzt schneller geworden.

Charity reichte Skudder die MP, die sie Lydia weggenommen hatte, trat zum Schrank und beugte sich über den winzigen Apparat. Die Konstruktion war ihr vollkommen fremd. Ein wenig ähnelte es einem altmodischen Telefon, denn es hatte eine Wählscheibe mit mehreren fremdartigen Symbolen. Es gab aber keinen Hörer, dafür aber eine Anzahl kleiner Knöpfe, von denen einer jetzt immer hektischer blinkte.

»Kannst du es abschalten?« fragte Skudder hinter ihr.

»Ich weiß nicht einmal, was es ist«, sagte Charity unglücklich. Einen Moment lang erwog sie den Gedanken, den Apparat einfach zu zerstören, verwarf ihn aber fast sofort wieder.

»Dann laß uns verschwinden«, sagte Skudder. »Und zwar auf der Stelle.«

»Das ist nicht nötig.«

Charity sah überrascht auf, als Lydia mit einem schnellen Schritt neben sie trat, aber sie erhob keine Einwände, als Lydia die Hand nach dem Kästchen ausstreckte, sondern trat im Gegenteil einen Schritt zur Seite, um ihr Platz zu machen. Lydias Hände flogen schnell und geschickt über die Tasten und drückten mehrere davon in einem komplizierten Rhythmus. Das grüne Licht erlosch.

»Der Alarm wird erst nach zwei Minuten wirklich ausgelöst«, sagte sie. »Ich habe ihn abgeschaltet.«

»Woher weißt du, wie das geht?« erkundigte sich Kent mißtrauisch.

»Ich bin einmal versehentlich an den Knopf gekommen«, antwortete Lydia. »Meine Schwester hat mir gezeigt, wie man ihn wieder entschärft.«

Charity atmete hörbar auf. »Danke«, sagte sie. »Das war knapp.«

»Danke?« Kent lachte böse. »Dann bedank dich doch gleich auch dafür, daß sie Angellica erschossen hat. Damit hat sie uns eine Menge Arbeit abgenommen. Jetzt brauchen wir uns wenigstens nicht mehr den Kopf darüber zu zerbrechen, wie wir in den Tempel kommen.«

»Hör auf, Kent«, sagte Charity müde. »Es nutzt überhaupt nichts, wenn wir uns jetzt gegenseitig Vorwürfe machen.«

»Na wunderbar«, knurrte Kent. »Dann können wir ja wieder gehen und so tun, als wäre überhaupt nichts gewesen.«

»Ich kann euch in den Tempel bringen«, sagte Lydia leise.

Kent sah mit einem Ruck auf, und auch Charity blickte sie ungläubig und überrascht zugleich an. »Wie?«

»Ich kenne den Weg«, sagte Lydia. Ihre Stimme war sehr leise, und ihr Blick ruhte unverwandt auf dem Gesicht ihrer toten Schwester. »Und ich kenne das Zeremoniell.«

Charity tauschte einen verwirrten Blick mit Skudder. »Du ... du meinst, du weißt, wie wir in dieses ... Ding hineinkommen?« vergewisserte sie sich.

Lydia nickte. »Es ist gefährlich. Aber es geht.«

»Ohne deine Schwester?« fragte Kent. Sein Gesicht färbte sich dunkel vor Zorn, als Lydia abermals mit einem Nicken auf seine Frage antwortete. Und plötzlich schrie er: »Warum zum Teufel sind wir dann überhaupt hier?!«

Lydia deutete auf Angellica. »Ihretwegen. Sie mußte sterben.«

»Du hast uns nur hierhergebracht, damit wir dir helfen, deine Schwester umzubringen?« brüllte Kent. »Wir haben das alles ...«

»Nein«, unterbrach ihn Lydia. »Nicht nur. Ich hätte sie so oder so getötet. Sie mußte sterben. Aber es gibt ein paar Dinge, die wir brauchen. Kleider und ein paar ... Gegenstände.«

Kent ballte zornig die Fäuste. »Ich glaube ihr kein Wort«, rief er erregt. »Sie ist ja völlig übergeschnappt!«

»Vielleicht«, sagte Gurk. »Aber vielleicht auch nicht.« Sein ohnehin zerknittertes Gesicht legte sich noch mehr in Falten, als er zu Charity aufsah. »Ich weiß nicht viel über die *Shait*-Priester – aber sie sind sehr mächtig. Niemand stellt Fragen, wenn sie etwas verlangen. Niemand hält sie auf. Nicht einmal die *Reiter.* Wenn sie ein Kind ausgewählt haben, dann nehmen sie es und bringen es in den Tempel.«

»Und wie?« fragte Skudder mißtrauisch.

»Ein Gleiter kommt und bringt sie durch die Todeszone«, antwortete Lydia an Gurks Stelle. Ihre Stimme war noch immer tonlos, und auf ihrem Gesicht lag noch immer das gleiche, furchtbare Lächeln, das Charity erneut einen eisigen Schauer über den Rücken laufen ließ. Langsam beugte sie sich zu Angellica herab, streckte die Hände aus und löste die dünne Silberkette mit dem Anhänger von ihrem Hals.

»Ein Druck auf diesen Edelstein genügt, um ihn herbeizuführen«, sagte sie.

Charity streckte die Hand nach dem vermeintlichen Schmuckstück aus und zögerte dann, es zu berühren. Ihr Blick glitt forschend über Lydias Gesicht. Charity verstand Kents Mißtrauen nur zu gut, nach dem, was gerade passiert war, und sie fühlte sich immer unbehaglicher – und gleichzeitig spürte sie, daß Lydia die Wahrheit sagte.

»Woher weißt du das alles?« fragte sie.

»Von Ag«, antwortete Lydia. »Es ist lange her, aber sie hat mir ... alles gezeigt. Ich war sogar einmal mit im *Shaitaan.*«

»Du?« fragte Gurk zweifelnd. »Niemand betritt einen *Shaitaan*, der nicht die Priesterweihen hat.«

»Ich weiß«, flüsterte Lydia. »Ich selbst sollte Priesterin werden, wie sie. Aber ich wurde schwanger, ehe ich die Weihen erhielt. Von diesem Tag an hat sie mich gehaßt.«

»Warum?« fragte Skudder.

»Weil sie bestraft wurde«, antwortete Lydia. »Sie zeigte mir Dinge, die sie mir nicht hätte zeigen dürfen. Sie ... wollte mir helfen, damit ich es etwas leichter hätte als sie. Als ich dann schwanger wurde, da wurde sie zurückgestuft. Sie hätten sie getötet, hätte sie nicht Freunde gehabt, die sie schützten. Aber ihr Traum, zur Hohepriesterin geweiht zu werden, war zerschlagen.«

»Und sie hat sich an dir gerächt, indem sie dir deine Kinder nahm«, sagte Charity.

Lydia nickte. In ihren Augen schimmerten Tränen, aber ihr Gesicht blieb starr. »Ja. Sie wollte mich umbringen, damals. Aber dann ... fiel ihr eine bessere Rache ein.«

Charity schwieg betroffen. Sie akzeptierte den Mord an Angellica noch immer nicht, aber sie *verstand* jetzt wenigstens, warum Lydia es getan hatte. Vielleicht hätte sie nicht anders gehandelt, an ihrer Stelle.

Abermals streckte sie die Hand aus, löste die Kette aus Lydias

Fingern und hängte sie sich vorsichtig um. Das Metall fühlte sich sonderbar an – es war weder warm noch kalt, sondern schien *überhaupt* keine Temperatur zu besitzen.

Und es stammte nicht von dieser Welt.

Charity fühlte sich fast sofort unbehaglich, kaum daß der Edelstein ihre Haut berührt hatte. Es war wie damals im Sternenschiff, wie immer, wenn sie etwas berührte, das von Moron kam – etwas in ihr schien sich unter der Berührung zu krümmen, als hätte sie glühendes Eisen gestreift.

»Das funktioniert niemals!« behauptete Kent. »Angellicas Verschwinden wird auffallen. Und sie werden merken, daß wir nicht die sind, für die wir uns ausgeben.«

»Niemand wird etwas merken«, widersprach Lydia. »Es gibt Hunderte von *Shait*-Priesterinnen. Sie kommen von weither, um die Auserwählten zu bringen. Und manchmal unternehmen sie lange Reisen, um nach Kindern zu suchen. Angellica war manchmal wochenlang fort.«

»Und die Leute, die vorhin hier waren?« schnappte Kent.

»Schluß jetzt«, bestimmte Charity scharf. »Wir reden später darüber. Jetzt sollten wir erst einmal von hier verschwinden.« Sie wandte sich an Lydia. »Wir müssen die Leiche verstecken. Kennst du einen Ort, an dem man sie nicht so schnell findet?«

Lydia deutete mit einer Kopfbewegung nach oben. »Alles, was über dem fünften Stockwerk liegt, ist zerstört. Niemand wohnt dort. Niemand kommt je dorthin.«

»Gut«, sagte Charity. »Dann verstecken wir sie dort und hoffen, daß du recht hast und wirklich *niemand* nach ihr sucht. Und danach holen wir die Kleider deiner Schwester und was wir sonst noch brauchen, und gehen zurück in Kents Versteck.«

»Ich kann euch sofort ins *Shaitaan* bringen«, sagte Lydia. »Wir brauchen nur die Kette und ein paar Zeremonienmäntel.«

»Nein«, sagte Charity. »Das Risiko ist zu groß. Außerdem brauchen wir noch ein paar Dinge aus dem Versteck.« Sie schlug mit der flachen Hand auf die kleine Maschinenpistole in ihrem Gürtel. »Ich fühle mich nicht besonders sicher, nur mit diesem Spielzeug bewaffnet. Und wir können auch Net und Bart nicht einfach zurücklassen.«

Kent fuhr auf. »So eine Chance bekommen wir nie wieder!«

»Das kann schon sein«, antwortete Charity ruhig. »Aber die haben wir auch morgen noch.«

Und genau in diesem Punkt sollte sie sich täuschen. Sie hatten sie nicht einmal in diesem Moment.

7

Der Eingang war so perfekt getarnt, daß vermutlich nicht einmal Kyle ihn entdeckt hätte. Er war sogar auf dem Weg hierher daran vorbeigekommen, und mit ziemlicher Sicherheit war er von einem halben Dutzend Überwachungs- und Ortungsgeräten erfaßt worden, ohne es auch nur zu bemerken. Die Erkenntnis beunruhigte Kyle – nicht, weil er die Technik der Rebellen fürchtete, sondern weil sie ein weiteres Indiz war, daß seine Fähigkeiten rapide abnahmen. Etwas stimmte nicht mit ihm. Die Entwicklung war noch lange nicht bedrohlich, aber er mußte sie im Auge behalten.

»Du wartest hier.«

Der Mann, der sich ihm als Arson vorgestellt hatte, deutete auf eine niedrige Tür. Sie war nur angelehnt, so daß Kyle erkennen konnte, daß sie äußerst massiv war – fünf Zentimeter dick und aus altem, verrostetem Eisen. Selbst seine Kräfte würden nicht ausreichen, sie gewaltsam zu öffnen. Der Raum dahinter war winzig: eine nackte Betonkammer, kaum hoch genug, um aufrecht darin zu stehen, und knapp fünf mal fünf Schritte groß. Aus den Wänden ragten abgeschnittene Rohre und Kabelenden. Kyle vermochte nicht zu erkennen, welchem Zweck diese Kammer einmal gedient hatte.

Jetzt war sie eindeutig ein Gefängnis. Auf dem Boden lag eine zerschlissene Matratze, daneben ein primitiver, offenbar mit Flüssiggas zu betreibender Heizofen. Der Raum stank.

Kyle trat widerspruchslos durch die Tür und wandte sich wieder zu Arson um. Der bärtige Rebell musterte ihn auf eine Art, die Kyle nicht gefiel. Sein Herz schlug schnell, und Kyle registrierte eine stark vermehrte Schweiß- und Adrenalinausschüttung. Arson ... hatte Angst.

Aber warum? *Spürte* er, daß Kyle nicht der war, der er zu sein vorgab? Aber das war unmöglich.

»Was habt ihr mit mir vor?« fragte er, als Arson die Tür schließen wollte.

Arson zögerte. Er sah Kyle an, aber aus irgendeinem Grund gelang es ihm nicht, seinem Blick standzuhalten. Er wurde immer nervöser.

»Nichts«, sagte er schließlich. »Nichts, wenn du die Wahrheit sagst.« Er schloß die Tür, aber ehe er den Riegel einschnappen ließ, öffnete er sie noch einmal und sah zu Kyle herein. »Brauchst du irgend etwas?« fragte er.

»Ich bin durstig«, antwortete Kyle.

»In Ordnung. Ich lasse dir Wasser bringen.«

Die Tür fiel mit einem dumpfen Laut ins Schloß, und Kyle war allein. Es war vollkommen dunkel, und plötzlich spürte er auch, wie kalt es hier drinnen war. Rasch erhöhte er seine Körpertemperatur und veränderte seine Hautoberfläche so, daß sie kaum noch Wärme abstrahlte. Dann setzte er sich mit angezogenen Knien auf die Matratze, schloß die Augen und versank in eine Mischung aus Schlaf und Trance, in der er weder das Verstreichen der Zeit noch die Kälte oder den quälenden Durst spürte. Trotzdem blieb ein winziger Teil seines Bewußtseins wach – als Arson nach einer Weile zurückkam, um ihm etwas zu trinken zu bringen, fand er Kyle zitternd vor Kälte auf der Matratze hockend vor. Kaum hatte er die Tür hinter sich wieder geschlossen, da leerte Kyle die Tasse, die er ihm mitgebracht hatte, mit einem Zug und versank abermals in seinen tranceähnlichen Schlaf.

Als ihn die lautlose Alarmsirene hinter seinen Schläfen das nächste Mal weckte, waren fast anderthalb Stunden vergangen. Schritte näherten sich der Tür, die Schritte von mehreren Personen, von denen eine eine Frau zu sein schien, dann wurde der Riegel zurückgeschoben, und die Tür ging quietschend auf. Der grelle Lichtstrahl eines starken Handscheinwerfers fiel auf sein Gesicht.

Kyles Pupillen verengten sich und filterten den Großteil der Helligkeit heraus, so daß er die drei Gestalten unter der Tür deutlicher erkennen konnte als sie ihn. Trotzdem hob er hastig die Arme vor das Gesicht und blinzelte. Seine Haut war jetzt grau, und unter den Augen lagen dunkle Ringe. Er sah aus wie ein Mann am Ende seiner Kräfte.

»Komm raus«, sagte eine Stimme. Sie gehörte nicht Arson.

Kyle erhob sich so ungeschickt, wie er es gerade noch wagte, um nicht zu übertreiben, trat gebückt durch die Tür und blinzelte mehrmals, als müßten seine Augen sich an die veränderten Lichtverhältnisse gewöhnen. Während er es tat, musterte er seine Gegenüber genau.

Außer Arson waren noch vier weitere Personen da: eine schlanke, schmalgliedrige Eingeborene mit kurzgeschnittenem, dunklem Haar – ihrem Teint und ihren flinken Bewegungen zufolge eine *Wastelanderin.* Zwei Männer, die die fleckigen Phantasie-Uniformen der Rebellen trugen, und ein fünfter, sehr großer Mann, an dem Kyle ein zweifingerbreiter, grüngefärbter Haarstreifen auffiel. Kyle stufte diesen Mann sofort als den Gefährlichsten ein, nicht nur, weil er ein wahrer Riese war. Sein Gesicht hatte einen fast dümmlichen Ausdruck, aber Kyle merkte sofort, daß dieser Eindruck täuschte. Hinter den Augen des Riesen lauerte ein messerscharfer Verstand.

»Das ist Bart«, sagte Arson mit einer Geste auf den Mann mit dem grüngefärbten Haar. »Ihr kennt euch?«

Kyle schüttelte den Kopf. »Nein«, sagte er. »Aber ich habe von dir gehört. Du bist Skudders Stellvertreter, nicht wahr?« Er wandte sich an die Planetengeborene. »Und du mußt Net sein.«

»Hast du auch von ihr *gehört?«* fragte Bart lauernd.

Kyle fuhr innerlich zusammen. Hatte er einen Fehler gemacht? Seine Worte hatten Barts Mißtrauen geschürt, statt zu besänftigen. Zögernd nickte er.

»Ich habe euch gesucht«, sagte er. »Das heißt, nicht euch beide, sondern Skudder und diese Frau, die bei ihm ist. Man hat mir erzählt, daß ihr beide sie begleitet. Wo sind sie?«

Arson wollte antworten, aber Bart machte eine rasche, kaum bemerkbare Bewegung, und der Rebell schwieg.

»Wir bringen dich zu ihnen«, sagte er. »Komm mit.«

Das war gelogen. Arson sah nicht einmal in seine Richtung, aber Kyle entging das unmerkliche Zusammenzucken des Rebellen keineswegs. Seine Pupillen weiteten sich um eine Winzigkeit, und der Geruch seines Schweißes änderte sich. Neben anderen Talenten war Kyle auch so etwas wie ein wandelnder Lügendetektor. Es war möglich, ihm etwas zu verschweigen. Aber es war nicht möglich, ihn zu belügen. Captain Laird und der Shark waren entweder gar nicht hier, oder Bart hatte nicht vor, ihn wirklich zu ihnen zu bringen.

Er ließ sich nichts von alledem anmerken, sondern folgte den Männern tiefer in die unterirdische Anlage hinein.

Der erste Eindruck, den er von dem Rebellenversteck gehabt

hatte, bestätigte sich: Das Labyrinth unterirdischer Gänge und Stollen war nichts anderes als die ehemalige Kanalisation einer Stadt. Kyle befragte seinen Erinnerungssektor und erfuhr, daß es gerade in diesem Teil des Planeten ausgedehnte Zerstörungen gegeben hatte. Die Eingeborenen hatten sich erbittert gegen die Kolonisation zur Wehr gesetzt, und da sie bereits über eine – wenn auch primitive – thermonukleare Waffentechnologie verfügten, hatten sie einen Großteil ihres eigenen Planeten verwüstet, ehe es den Sturmtruppen gelang, ihren Widerstand zu brechen.

Es war seltsam – aber der Gedanke erfüllte ihn mit Unbehagen. Er war schon auf anderen Welten gewesen, die Spuren eines atomaren Krieges aufwiesen, und manche davon waren sehr viel mehr zerstört worden als dieser Planet. Aber niemals hatte ihn das so beeinflußt. Sonderbar.

Dann stiegen sie eine rostige Leiter in einen großen Raum hinab. Der Saal diente offenbar als Aufenthaltsraum – es gab ein paar einfache Möbel und ein primitives, aber funktionstüchtiges Funkgerät, vor dem ein Rebell mit Kopfhörern und Mikrofonen saß. Neben Bart und seinen vier Begleitern erwartete sie ein weiteres halbes Dutzend Männer. Alle waren bewaffnet, und alle machten einen sehr wachen Eindruck. Kyle konnte die Gefahr geradezu riechen. Er mußte vorsichtig sein. Aus einem Grund, den er noch nicht wußte, trauten ihm die Rebellen nicht. Kyle schätzte seine Chancen, mit diesen Männern fertig zu werden, nicht einmal allzu schlecht ein, aber er war schließlich nicht unverletzbar. Und er war nicht hier, um die *Rebellen* unschädlich zu machen.

»Setz dich.« Bart deutete auf eine zerschlissene Couch, hinter der zwei bewaffnete Rebellen standen. Der eine hatte sein Gewehr in der Armbeuge liegen, aber die Waffe war gesichert. Die Maschinenpistole des anderen deutete drohend auf Kyles Rücken. Falls es zum Kampf kam, würde er sich um diesen Mann zuerst kümmern müssen.

»Wo ist Captain Laird?« fragte er.

»Später«, antwortete Bart. »Zuerst wirst du uns noch ein paar Fragen beantworten. Du heißt also Kyle. Du fährst eine Shark-Maschine, du trägst Shark-Kleider, und du sprichst wie wir. Wie kommt es dann, daß ich dich nicht kenne?«

»Ich bin kein Shark«, antwortete Kyle. »Ich wollte es immer werden, aber ich habe . . .« Er schwieg einen Moment und lächelte dann verlegen. »Ich habe mich nicht getraut, zu euch zu kommen«, sagte er. »Ich hatte Angst vor euch.«

»Vielleicht ja zu Recht«, sagte Bart kalt. »Du hast uns bespitzelt, wie?«

»Nicht bespitzelt«, verteidigte sich Kyle. »Ich habe euch beobachtet, aber nicht mehr.« Er wußte, daß er mit dieser Behauptung kein Risiko einging. Daniel hatte ihm erklärt, daß immer wieder junge Männer oder auch Frauen zu den Sharks gestoßen waren. Meistens, um zu sterben. Nur sehr wenige überlebten die Mutproben der Sharks.

»Wir halten nicht viel von Schnüfflern«, sagte Bart. »Weißt du das eigentlich?«

»Ja«, antwortete Kyle verärgert. »Aber wenn ich nicht *geschnüffelt* hätte, dann wäre ich jetzt nicht hier, um euch zu warnen. Ihr seid in Gefahr. Vor allem Laird und Skudder, aber ich denke, ihr anderen auch.«

»Was ist passiert?« fragte Bart.

»Ich . . . war in der Nähe eurer Stadt, als die Gleiter angegriffen haben«, begann Kyle. »Ich hatte mich versteckt. Sie haben mich nicht gesehen. Aber dafür habe ich alles genau beobachtet.«

Bart wurde ein wenig hellhörig. Kyle wußte, daß *er* nicht mehr dagewesen war, als Daniels Kampfschiffe die Stadt angegriffen hatten.

»Du hast alles gesehen?« fragte er. »Wie viele von den Jungs haben sie erwischt?«

»Viele«, antwortete Kyle wahrheitsgemäß. »Wahrscheinlich die meisten. Sie sind in die Berge geflohen, aber Daniels Drohnen haben sie aufgespürt. Vielleicht sind ein paar entkommen, aber bestimmt nicht viele. Danach haben sie die Stadt bombardiert. Ich war ganz in der Nähe, aber ich habe es nicht gewagt, mein Versteck zu verlassen.«

Bart schwieg. Sein Gesicht war wie aus Stein, aber sein Herzschlag hatte sich fast auf das Doppelte erhöht, und seine Hände zitterten ganz leicht. Aber Kyle spürte auch, daß es eher Zorn war als Schmerz, der den Shark aufwühlte.

»Weiter«, sagte er nach einer Weile.

»Wie gesagt – ich hatte ein Versteck gefunden, aber ich wagte es nicht, es zu verlassen«, fuhr Kyle fort. »Ich bin fast zwei Tage in dieser Höhle geblieben. Und dann kam das Schiff.«

»Was für ein Schiff?«

»Eine riesige fliegende Scheibe«, antwortete Kyle. »Ich habe so was noch nie vorher gesehen. Wie die Gleiter, aber zehnmal so groß. Ein paar Männer stiegen aus, und eine ganze Horde *Ameisen,* und dann einer, der Daniel gewesen sein muß.«

»Daniel?« Das Mißtrauen in Barts Augen flackerte erneut auf. »Woher weißt du, wie er aussieht?«

»Das weiß ich gar nicht«, antwortete Kyle ruhig. »Aber er muß es gewesen sein. Die *Ameisen* haben sich fast überschlagen, um seine Wünsche zu erfüllen. Und es war noch jemand bei ihm. Ein Mann.«

»Was für eine präzise Beschreibung«, spöttelte Net.

»Ich habe ihn nicht genau erkannt«, verteidigte sich Kyle. »Ich war fast zwei Meilen weit weg. Aber ich habe gesehen, wie Daniel eine ganze Weile mit ihm gesprochen hat. Und dann hat er sich eine von euren Maschinen geschnappt und ist aus der Stadt gefahren. Ein paar Minuten später ist das Riesenschiff dann wieder abgeflogen.«

»Und daraus schließt du, daß wir in Gefahr sind?« fragte Net höhnisch.

»Nein«, sagte Kyle verärgert. »Aber als alle weg waren, bin ich auch in die Stadt gegangen. Ich habe mir die Maschine genommen, mit der ich herkam, und bin dem Typen gefolgt. Ihr habt in einem kleinen Dorf in den Bergen Hilfe gefunden, nicht wahr?«

Barts Augen wurden schmal. »Woher weißt du das?«

»Weil ich dem Typen gefolgt bin«, antwortete Kyle. »Fragt mich nicht, wie er eure Spur gefunden hat, aber er hat. Er ist in dieses Dorf gefahren und hat ...« Er schwieg einen Moment, als koste es ihn Überwindung, weiterzusprechen. »Er hat sie alle getötet«, sagte er.

»Was?!« Bart fuhr zusammen wie unter einem Hieb.

»Das ist nicht möglich!« sagte Net überzeugt. »In dem Dorf lebten fast ...«

»Sie waren alle tot, als ich ankam«, unterbrach sie Kyle. »Alle, bis auf ein Mädchen.« Er sah Net an. »Sie war ungefähr so alt wie du. Sie war verletzt, aber sie konnte mir noch sagen, was geschehen war, ehe sie starb. Sie sagte, ihr Name sei Liz. Kanntest du sie?«

Net nickte.

»Was ist passiert?« fragte Bart.

»Liz konnte nicht mehr viel sagen«, antwortete Kyle ausweichend. »Aber wie es aussieht, sucht dieser Mann nach euch. Und er weiß, wo ihr seid.«

»Ich glaube dir kein Wort«, sagte Net. »Ein einzelner Mann hätte das nie geschafft.«

»Liz sagte, es wäre ein ...« Er suchte eine Sekunde nach Worten. »Metakrieger. Habt ihr schon einmal davon gehört?«

»Mega«, verbesserte ihn Arson. Seine Augen verdunkelten sich vor Sorge. »Es heißt Megakrieger. Ich habe davon gehört.«

»Was soll das sein?« fragte Bart.

»So eine Art künstlicher Superman«, antwortete der Rebell leise. »Sie setzen sie ein, wenn sie mit normalen Mitteln nicht mehr weiterkommen. Und wenn auch nur die Hälfte von dem stimmt, was man sich über sie erzählt, dann möchte ich lieber nicht hier sein, wenn er auftaucht.«

»Wir sind mehr als zwanzig Mann«, sagte Bart zweifelnd.

Arson lachte humorlos. »Vor ein paar Jahren soll einer von ihnen drüben in Europa eine ganze Stadt zerstört haben«, antwortete er.

Das stimmte. Die Informationen, die man Kyle über diesen Planeten gegeben hatte, wußten von einem solchen Zwischenfall. Kyle war nur ein wenig erstaunt, daß Arson davon wußte. Offenbar gab es einen Informationsaustausch von Kontinent zu Kontinent.

Bart wirkte mit einemmal sehr besorgt. Sekundenlang starrte er an Arson vorbei ins Leere, ehe er sich mit einem Ruck wieder umwandte und auf Kyle herabsah. »Und dieser Superman ist also auf dem Weg hierher«, sagte er. »Dann verrate mir eins, Freundchen – wenn er wirklich so gut ist, wieso bist du vor ihm angekommen?«

»Woher soll ich das wissen?« fragte Kyle trotzig. »Liz hat mir gesagt, wo ich euch finde, und ich bin sofort losgefahren. Vielleicht haben sie ihn angelogen. Oder er wurde aufgehalten.«

Die Ankunft eines weiteren Rebellen hinderte ihn daran, weiterzusprechen. Es war einer der Männer, die er draußen in der Wüste getroffen hatte. Er wirkte erregt. So schnell, daß er fast das Gleichgewicht verloren hätte, stieg er die Eisenleiter herunter und winkte Arson zu sich heran. Kyle sah, wie die beiden Männer einen Moment aufgeregt miteinander sprachen, aber obwohl er sich anstrengte, konnte er die Worte nicht verstehen.

Es gehörte jedoch nicht viel Phantasie dazu, sich auszurechnen, daß es um *ihn* ging. Arson sah mehrmals in seine Richtung, und sein Blick wurde dabei immer finsterer. Schließlich gab der Rebell Arson etwas, das dieser sorgsam hinter dem Rücken hielt, als er wieder zu Kyle und Bart zurückkam. Kyle spannte sich innerlich. Irgend etwas war schiefgelaufen.

»Was ist passiert?« fragte Bart.

Arson zögerte. Sein Blick wanderte zwischen Kyle und Bart hin und her, und Kyle hatte das sichere Gefühl, daß sich die beiden Männer wortlos miteinander verständigten.

Bart schien sich überhaupt nicht zu bewegen, und trotzdem lag plötzlich eine klobige Waffe in seinen Händen, an deren Mündung ein giftgrüner Kristall glühte.

»Beweg dich, und du bist tot«, sagte Bart ruhig.

Kyle erstarrte. Er wußte noch immer nicht, was schiefgelaufen war, aber er begriff, daß seine Tarnung nicht mehr funktionierte. Und daß er wirklich kaum eine Chance hatte. Bart war *schnell.* Möglicherweise würde es ihm gelingen, sich zur Seite zu werfen, aber er hatte keine Ahnung über das Funktionsprinzip der Waffe, mit der Bart auf ihn zielte. Er hatte einen Strahler wie diesen noch nie zuvor gesehen.

»Wie habt ihr es gemerkt?« fragte er ruhig.

»Gemerkt?«

Net ächzte. Ihre Augen weiteten sich. Sie schien erst jetzt zu begreifen, was überhaupt geschah. Kyle hörte hastige Schritte, als die Männer hinter ihm beiseite sprangen, um aus Barts Schußfeld zu kommen.

Bart antwortete nicht, aber Arson trat einen weiteren Schritt auf ihn zu und nahm den Arm hinter dem Rücken hervor. Kyle sah jetzt, was ihm der andere Rebell gegeben hatte. Es war die Feldflasche, die er an der Wasserstelle gefüllt und an den Sattel seiner Maschine gehängt hatte. Ein unverzeihlicher Fehler. Kyle verstand nicht, wie er ihm hatte unterlaufen können.

»Stan ist tot«, sagte Arson. Net sah ihn fragend an, und der

Rebell hob demonstrativ die Feldflasche. »Er war draußen bei uns, als wir diesen Typen fanden. Er hatte Durst. Ich schätze, er hat die Feldflasche gesehen und einen kräftigen Schluck daraus genommen.« Er lachte bitter, schraubte den Verschluß der kleinen Flasche auf und reichte sie an Net weiter. Die *Wastelanderin* schnupperte daran, benetzte ihren Zeigefinger mit dem Wasser und kostete vorsichtig mit der Zungenspitze.

»Es ist vergiftet«, sagte sie ungläubig. »Das . . . das muß Wasser aus der Quelle sein, an der wir vorbeigekommen sind. Daniel hat sie alle verseuchen lassen.«

»Ja«, sagte Arson düster. »Ich weiß. Und Stan ist daran gestorben.« Er deutete mit einer Kopfbewegung auf Kyle. »Er nicht.«

»Aber das ist doch nicht möglich!« protestierte Net. »Ich kenne dieses Gift. Es tötet einen Menschen innerhalb weniger Stunden!«

»Einen Menschen vielleicht«, sagte Bart. »Aber ich schätze, unser Freund hier ist kein Mensch.«

»Das stimmt«, sagte Kyle und sprang Bart mit übermenschlicher Schnelligkeit an, und der Shark feuerte beinahe noch schneller seinen Laser ab.

8

Der Tag war fast vorbei, ehe sie sich wieder dem Versteck der Rebellen näherten. Sie hatten länger für den Rückweg gebraucht, als Charity vorher geglaubt hatte. Einmal waren sie einer Patrouille der gewaltigen Käferkreaturen nur noch mit Mühe und Not entkommen, und dreimal hatten sie sich in den Ruinen verstecken müssen, bis ein Zug der gewaltigen Geschöpfe an ihnen vorüber war. Dafür hatten sie auch auf dem Weg aus der Stadt heraus so gut wie keinen Menschen getroffen. Angellica hatte keineswegs übertrieben – die Stadt hielt im wahrsten Sinne des Wortes den Atem an vor Angst.

Charity hatte kein gutes Gefühl, und das lag nicht nur an der Präsenz der Moroni-Reiter. Aber sie konnte es drehen oder wenden, wie sie wollte – ihre Expedition in die Stadt war ein kompletter Fehlschlag gewesen.

Mit ein paar weit ausgreifenden Schritten holte sie zu Kent und Lydia auf und ergriff den jungen Rebellen am Arm; so rasch und so grob, daß er nicht einmal auf den Gedanken kam, sich loszureißen, sondern sie nur überrascht anstarrte.

»Ich muß mit dir reden«, sagte sie. »Jetzt.«

Kent starrte sie an und schwieg. Gurk und Skudder sahen überrascht auf, enthielten sich aber jeden Kommentars und gingen weiter. »Was ist los mit dir?« fragte Charity geradeheraus. »Wenn du das Gefühl hast, irgend etwas mit mir klären zu müssen, sollten wir das jetzt tun.«

»Auf der Stelle, wie?« Kent riß sich los und funkelte sie an. »Solange wir allein sind.«

»Ganz recht«, antwortete Charity. »Oder brauchst du Verstärkung, um mit einer Frau fertig zu werden?«

Kent wollte auffahren, schüttelte aber dann nur den Kopf und murmelte etwas, das Charity nicht verstand. Dann geschah etwas Seltsames – der Zorn in seinem Blick erlosch, und mit einemmal wirkte er fast verlegen.

»Entschuldige«, sagte er. »Es tut mir leid. Ich habe mich reichlich blöd benommen.«

»Das hast du«, sagte Charity. Aber sie lächelte bei diesen Worten, und sie spürte, daß Kent sie ihr nicht übelnahm.

»Es wäre Selbstmord, das *Shaitaan* anzugreifen«, sagte sie.

»Ich dachte, deswegen wären wir losgegangen«, antwortete Kent.

»Aber nicht einfach so, ohne Plan, ohne Ausrüstung und allein.« Sie deutete – schon beinahe wieder zornig – auf Skudder und Gurk, die ein Stück weitergegangen und dann stehengeblieben waren. »Wenn jemand in dieses *Ding* geht, dann Skudder und ich«, sagte sie in einem Ton, der keinen Widerspruch duldete. »Das hier ist unser Spiel, Kent – nicht deines.«

»Ach«, sagte er. »Ich dachte, ihr wärt zu uns gekommen, weil ihr Hilfe braucht.«

Im stillen verfluchte sie sich für ihre eigenen Worte. Verdammt – sie kannte Kent noch nicht sehr lange, aber sie kannte ihn auf der anderen Seite lange *genug*, um zu wissen, daß sie *so* nicht mit ihm reden konnte. Ganz egal, ob sie recht hatte oder nicht.

»Das sind wir auch«, antwortete Charity, so ruhig sie konnte. »Ich ...« Sie brach wieder ab, seufzte und schwieg ein paar Sekunden. »Tut mir leid«, sagte sie. »Jetzt habe ich mich blöd benommen. Ich würde sagen, wir sind quitt – okay?«

Nein, es war nicht *okay*, wie Kents Blick bewies. Er sagte nichts.

»Kent«, sagte sie geduldig. »Es tut mir leid. Ich ... ich kann mir vorstellen, wie du dich fühlst – wirklich. Ihr kämpft seit Jahren gegen die Moroni, und jetzt ...«

»... kommt ihr und zeigt uns, daß wir nichts als Idioten waren«, unterbrach Kent sie. Er lachte bitter. »Das wolltest du doch sagen, oder?«

Charity hätte es anders ausgedrückt, aber sie widersprach nicht.

»Verdammt«, sagte Kent plötzlich. »Natürlich hast du recht – ich weiß so gut wie du, daß wir nicht einfach in dieses ... *Ding* hineinstürmen und es erobern können. Aber du ...«

»Ihr wußtet es nicht besser«, sagte Charity sanft, als Kent abermals stockte. Sie verstand nur zu gut, was in dem jungen Mann vorging – und sie machte sich selbst Vorwürfe, es nicht gleich besser gewußt zu haben. Im Grunde waren Kent und seine Freunde keine Rebellen – sie waren es nie gewesen, und spätestens seit dem Gespräch mit Angellica mußte auch ihm das klargeworden sein. Sie hatten ein bißchen Guerilla *gespielt*, das war alles – und selbst das nur, weil Moron es ihnen *erlaubte*.

»Ihr hattet nie die Chance, euch wirklich zu wehren«, fuhr sie fort.

»Was hätten wir denn tun sollen?« fragte Kent bitter. »Ab und zu einen *Reiter* erschießen und zusehen, wie sie dafür hundert von uns umbringen? Oder das *Shaitaan* angreifen und darauf warten, daß sie diese ganze verdammte Stadt in die Luft jagen?«

»Natürlich nicht«, antwortete Charity sanft. »Ihr hättet . . .«

»Wenn ihr zwei damit fertig seid, euch zu streiten, sollte einer von euch mal hierher kommen«, mischte sich ein schrilles Stimmchen in ihr Gespräch. »Da kommt irgendwer auf uns zu.«

Charity sah fast erschrocken auf. Gurk, Lydia und Skudder waren auf den Kamm der nächsten Sanddüne geklettert. Lydia starrte weiter ins Nichts, aber Skudder hatte einen Feldstecher angesetzt und blickte konzentriert nach Süden.

»Wir reden später weiter, okay?« Charity wartete Kents Antwort nicht ab, sondern beeilte sich, zu Skudder und den beiden anderen auf den Hügel zu gelangen. Skudder schien ihre Schritte zu hören, denn er machte ein Handzeichen, vorsichtiger zu sein, und Charity legte die letzten Schritte gebückt gehend zurück.

Sie blinzelte, als sie neben Skudder anlangte und genau in die tiefstehende Sonne blickte. Und trotzdem sah sie den kleinen, schwarzen Punkt sofort, der sich am unteren Ende einer gewaltigen Staubfahne auf sie zubewegte. Nicht sehr schnell und in verrückten Schlangenlinien, aber doch zweifelsfrei in ihre Richtung.

»Was ist das?« fragte sie.

Skudder setzte den Feldstecher ab und zuckte mit den Schultern. »Ein Motorrad«, sagte er. »Ich glaube, es ist eine von unseren Maschinen – aber ich kann nicht erkennen, wer sie fährt.«

»Und vor allem warum«, fügte Gurk hinzu. Charity sah den Gnom fragend an, und Gurk fuhr fort: »Die Staubfahne muß meilenweit zu sehen sein. Der Blödmann da unten legt es ja direkt darauf an, entdeckt zu werden.«

»Entweder das – oder er hat einen verdammt triftigen Grund, so unvorsichtig zu sein«, sagte Skudder. Ein paar Sekunden lang blickte er Charity und den Gnom abwechselnd und sehr nachdenklich an, dann fuhr er mit einer abrupten Bewegung herum, hängte sich den Feldstecher wieder um den Hals und zog statt dessen seine Waffe.

»Verteilt euch«, sagte er. »Das kann eine Falle sein. Und keinen Laut.«

Kent und Gurk huschten ohne ein überflüssiges Wort davon, während Lydia einfach stehenblieb und weiter ins Leere starrte, als hätte sie Skudders Worte gar nicht gehört. Wahrscheinlich hatte sie es auch nicht, dachte Charity. »Kümmere dich um sie«, sagte Skudder halblaut, ehe auch er sich umwandte und mit ein paar schnellen Schritten in der Deckung einer weiteren Sanddüne verschwand.

Charity ergriff Lydia am Arm und zog sie einfach mit sich. Die junge Frau folgte ihr gehorsam, aber sie bewegte sich willenlos wie eine Puppe. Als Charity sie losließ, wäre sie einfach weitergelaufen, hätte sie nicht rasch wieder zugegriffen und sie in den Schutz eines gewaltigen Felsbrockens gezerrt, der halb im Sand vergraben lag. Erst, als sie sich dahinter niedergelassen hatten, sah Charity, daß es gar kein Felsen war – sondern Beton. Wahrscheinlich erstreckte sich unter ihren Füßen eine ganze Stadt, deren Ruinen unter dem Sand vergraben waren.

Sie verscheuchte den Gedanken, sah einen Moment gebannt nach Norden – die Staubfahne war näher gekommen – und wandte ihre Aufmerksamkeit dann wieder Lydia zu.

»Alles in Ordnung mit dir?« fragte sie.

Zu ihrer eigenen Überraschung reagierte Lydia auf die Frage, wenn auch erst nach einigen Sekunden. Langsam, wie ein Mensch, der aus tiefem Schlaf erwachte, drehte sie den Kopf und sah Charity an, und nach einigen weiteren Augenblicken kehrte auch das Leben in ihre Augen zurück.

»Warum fragst du das?« fragte sie. »Du brauchst mich nicht zu trösten – wenn du das wolltest.«

»Ich wollte nur freundlich sein«, antwortete Charity verärgert.

»Ich habe sie erschossen, nicht?« fragte Lydia, als hätte sie ihre Antwort gar nicht registriert. »Ich meine – sie ist tot, oder?« Sie lächelte.

Charity sah alarmiert auf. Lydias Zustand schien schlimmer zu sein, als sie bisher geglaubt hatte. Es war im Grund völliger Wahnsinn, sich der Führung einer Frau anzuvertrauen, die sie kaum kannte und die halb verrückt zu sein schien.

Sie maß Lydia mit einem letzten, traurigen Blick, drehte sich herum und spähte wieder nach Süden.

Die Staubfahne war näher gekommen, und jetzt hörte sie auch ein leises Summen. Skudder hatte recht gehabt – es *war* ein Motorrad. Der Gedanke beruhigte sie ein wenig. Die Moroni arbeiten mit allen denkbaren Tricks – aber sie konnte sich schwerlich einen der vierarmigen Insektenkrieger auf einer Harley-Davidson vorstellen.

Skudder schien es ähnlich zu ergehen, denn er war wieder aus seinem Versteck hervorgekommen und auf den Kamm der Sanddüne hinaufgestiegen.

Eine ganze Weile lag er flach im Sand und blickte angestrengt durch den Feldstecher nach Süden, dann drehte er sich herum und winkte mit der Hand.

Charity zögerte. Ihr war nicht wohl dabei, Lydia allein zu lassen. Aber der Shark winkte noch einmal, und sie hatte das Gefühl, daß es dringend war, und so erhob sie sich und huschte geduckt zu ihm hinauf. Die letzten zehn Meter legte sie auf Händen und Knien kriechend zurück.

»Hier.« Skudder reichte ihr das Fernglas. »Wofür würdest du das halten?«

Charity setzte den Feldstecher an. Im ersten Moment hatte sie Mühe, den winzigen Punkt in der monotonen Sandwüste wiederzufinden – und dann fuhr sie überrascht zusammen.

»Das ist Net!« Verblüfft setzte sie das Glas ab und tauschte einen Blick mit Skudder. »Ich wußte gar nicht, daß sie Motorrad fahren kann.«

»Das kann sie auch nicht«, sagte Skudder grimmig. »Sie wird sich den Hals brechen. Da muß etwas passiert sein! Komm!« Er sprang auf und half Charity ungeduldig, sich ebenfalls in die Höhe zu stemmen. Nebeneinander rannten sie los.

Das Motorrad kam jetzt schnell näher. Offenbar hatte Net sie gesehen, denn sie beschleunigte nochmals. Der Motor der Harley brüllte auf. Sand wirbelte in einer Fontäne unter dem Hinterrad hervor, als Net dann versuchte zu bremsen. Sie schrie auf, als die Harley zu schlingern begann, und warf sich in den Sand. Die Maschine raste noch ein Stück weiter, dann stürzte auch sie in eine gewaltige Düne.

»Net!« Skudder war mit zwei, drei gewaltigen Sätzen bei der *Wastelanderin* und kniete neben ihr nieder. Net rührte sich nicht,

aber Charity sah, wie Skudder erschrocken zusammenfuhr, als er sich über sie beugte.

»Was ist passiert?« rief sie. »Ist sie verletzt?«

Skudder antwortete nicht. Aber als Charity neben ihm ankam, hob er den Blick, und Charity sah, daß sein Gesicht bleich vor Schrecken war.

Und seine Hände, die er unter Nets Hinterkopf und Schultern geschoben hatte, voller Blut.

Zum ersten Mal überhaupt in seinem Leben empfand Kyle Ungeduld. Es war drei Minuten her, daß er das Motorrad angehalten hatte, um sich zu identifizieren; anderthalb, seit er der Dienerkreatur seine ID-Karte ausgehändigt hatte und die damit verschwunden war, um sie zu überprüfen – und das allein war schon etwas, was Kyle verwirrte. ID-Karten der ersten Klasse konnten nicht gefälscht werden – es gab keinen Grund, sie zu nehmen, um sich von ihrer Echtheit zu überzeugen. Aber er wußte auch, daß der Vierarmige dies nicht aus eigenem Antrieb tat – ganz einfach, weil eine Dienerkreatur *nichts* tat, was ihr nicht ausdrücklich befohlen werden konnte, und weil sie über die Gefühle, die für eine solche Handlungsweise Voraussetzung gewesen wären, gar nicht verfügte. Der Vierarmige war wenig mehr als ein Roboter, der eigentlich nur durch Zufall aus Fleisch und Blut bestand statt aus Metall.

Ungeduldig sah sich Kyle um, während er auf die Rückkehr des Vierarmigen wartete. Er befand sich in den Außenbezirken der Stadt Denver, wenige Straßenzüge von seinem Ziel entfernt, und somit wenige Augenblicke von dem Moment, in dem er Captain Laird stellen und seinen Auftrag erfüllen würde; fast sechs Tage vor Ablauf der Frist, die ihm Daniel gesetzt hatte. Um so mehr ärgerte er sich über diese weitere Verzögerung.

Aber er wußte auch, daß er es nur seinen phantastischen Reaktionen und – (auch, wenn er das nicht gerne zugab) einer gehörigen Portion Glück zu verdanken hatte, daß er überhaupt noch lebte. Kaum einen halben Meter von der Stelle entfernt, an der seine Maschine zu Boden gestürzt war, war der Asphalt geschmolzen, und auch auf der Wand hinter ihm prangten zwei unregelmäßig geformte, glasierte Flecken – Spuren der Schüsse, die der

Vierarmige auf ihn abgegeben hatte. Wahrscheinlich, überlegte Kyle zornig, lebte er nur noch, weil der Vierarmige ein so miserabler Schütze war.

Dabei hatte er eigentlich gar keinen Grund, zornig auf die Dienerkreatur zu sein – sein Ärger sollte viel mehr ihm selbst und seinem bodenlosen Leichtsinn gelten, in der Verkleidung eines Rebellen in eine Stadt hineinzufahren, in der die Regel der Hundert galt. Hätte er auch nur eine Minute über das nachgedacht, was er auf dem Weg zum und später im Versteck der Rebellen erfahren hatte, hätte er gewußt, daß *diese* Tarnung geradezu eine Herausforderung an die Vierarmigen darstellen mußte, ihn über den Haufen zu schießen. Der zweite, schwerwiegende Fehler, der ihm innerhalb kurzer Zeit unterlief. Alles, was Kyle sich selbst zugute halten konnte, war die Tatsache, daß er verwundet gewesen war, und zwar so schwer, daß der Regenerationsprozeß sein logisches Denkvermögen beeinträchtigte. Gleichzeitig spürte er, daß das nicht der einzige Grund war. Vielleicht war es *überhaupt* nicht der Grund . . .

Er verscheuchte den Gedanken und ließ seinen Blick über die ausdruckslosen Insektengesichter der drei anderen Dienerkreaturen schweifen, die ihn von den Rücken ihrer Kampfkäfer herab beobachteten. Nicht einmal ihm gelang es, irgend etwas von diesen Gesichtern abzulesen, die im Grunde nicht mehr als Masken aus Horn und starrenden Facettenaugen waren. Aber er *spürte* die Feindseligkeit der Kreaturen. Hätte er nicht genau gewußt, daß es unmöglich war, dann hätte er geschworen, daß die Geschöpfe es bedauerten, ihn nicht töten zu dürfen.

Die Rückkehr der vierten Dienerkreatur hinderte Kyles Gedanken daran, noch weiter auf solch sonderbaren (und verbotenen) Wegen zu wandeln. Der Vierarmige kam mit raschen, staksenden Schritten heran, blieb dicht vor ihm stehen und deutete eine Verbeugung an. Eine seiner vier Hände reichte Kyle die ID-Karte, und als Kyle den schmalen Plastikstreifen wieder an sich nahm, fühlte er, daß seine Oberfläche warm war. Offensichtlich hatte der Vierarmige ihn mit Hilfe eines elektronischen Geräts abgetastet, um sich von seiner Echtheit zu überzeugen.

»Du kannst passieren«, sagte der Vierarmige mit einem klickenden, zischelnden Akzent. Er sprach sehr langsam, und Kyle spürte, wie schwer es ihm fiel, die ungewohnten Laute zu formen. Es wäre ihm ein leichtes gewesen, sich der Sprache der Dienerkreaturen zu bedienen, um zu antworten, aber plötzlich empfand er eine sinnlose Freude daran, dem Geschöpf diese Mühe zumuten zu können. Der Gedanke verwirrte ihn. Trotzdem bediente er sich der Sprache dieser Welt, als er antwortete:

»Wieso hast du den Ausweis überprüft? Du weißt, daß es unmöglich ist, ihn zu fälschen. Ich verliere wertvolle Zeit!«

Die Dienerkreatur zögerte einen Moment. Dann machte sie eine komplizierte, deutende Geste mit drei ihrer vier Arme. »Ein Befehl des Governors«, antwortete sie. »Alle Ausweise sind zweimal auf zwei verschiedene Arten zu überprüfen.«

»Auch der eines Megakriegers?«

»Der Befehl lautete ausdrücklich: *alle* Arten von Ausweisen.«

Kyle setzte zu einer zornigen Antwort an, zuckte aber dann nur mit den Schultern und verstaute den Ausweis wieder in dem Geheimfach seiner Jacke. Die Molekularstruktur des Streifens änderte sich, kaum daß er es getan hatte. Er wurde weicher, veränderte seine Farbe und Form. Selbst unter einem Röntgengerät hätte er jetzt ausgesehen wie ein Stück einfaches, bedeutungsloses Leder.

Nach einem letzten, fast zornigen Blick auf die vier Dienerkreaturen drehte sich Kyle herum, ging zu seinem Motorrad zurück und richtete es auf.

Er startete den Motor und fuhr los. Sein rechter Arm schmerzte. Er hatte ihn sich gebrochen, als er von der Maschine gestürzt war, und der Knochen war noch nicht wieder ganz zusammengewachsen. Unter normalen Umständen hätte es nur einer einzigen, bewußten Anstrengung Kyles bedurft, diesen Defekt zu reparieren, aber die Regenerationsfähigkeit seines Körpers war in den letzten Stunden fast über die Maßen strapaziert worden. Kyle war sich der Tatsache, daß er um Haaresbreite dem Tod entgangen war, durchaus bewußt. Der Wirkungsgrad der Waffe, mit der Bart auf ihn gefeuert hatte, war weitaus höher gewesen, als er erwartet hatte; obwohl ihn der Energiestrahl nur *gestreift* hatte, wäre er fast gestorben. Wenn diese Waffe ein Produkt dieses Planeten war, dann mußte seine technische Entwicklung vor der Kolonisation bereits ein weitaus höheres Niveau erreicht haben, als der Anblick dieser verwüsteten Stadt und der primitiven Maschine, auf der er saß, vermuten ließen.

Kyle fuhr schneller, als er die Straße hinter sich gebracht hatte, in der die Vierarmigen warteten. Das dumpfe Röhren der Maschine war in den verlassenen Straßenschluchten überlaut zu hören, und Kyle war sich auch völlig darüber im klaren, daß er Aufsehen erregen mußte: in einer Stadt, in der die Regel der Hundert zur Anwendung kam, mußte ein Mann auffallen, der ganz offen die Straße überquerte.

Aber er versuchte jetzt auch gar nicht mehr, sich irgendwie zu tarnen. Ganz im Gegenteil – während er sich dem Häuserblock näherte, den der sterbende Rebell ihm beschrieben hatte, verwandelte sich sein Körper wieder in sein ursprüngliches Aussehen: das eines schlanken, dennoch sehr muskulösen Mannes schwer bestimmbaren Alters mit einem harten, aber nicht unsympathischen Gesicht, dunklen Augen und kurzgeschnittenem, schwarzem Haar. Aus der zerfetzten Shark-Kleidung wurde ein mattschwarzer, fast hauteng anliegender Anzug mit zahlreichen Taschen und Schlaufen, auf dessen Brust- und Rückenteil Kyle nach kurzem Zögern auch noch das grellrote Flammen-TRM Morons erscheinen ließ; womit seine Tarnung endgültig dahin war. Aber so lief er wenigstens nicht mehr Gefahr, von irgendeinem hirnlosen Insektenbastard aus dem Hinterhalt erschossen zu werden.

Nach wenigen Minuten erreichte er die Straße, in der das Haus der Shai-Priesterin lag. Kyle stellte das Motorrad ab und legte die letzten hundert Meter zu Fuß zurück, wobei er geschickt jeden Schatten als Deckung ausnutzte. In der Eingangshalle des Hauses blieb er stehen und lauschte sekundenlang.

Nichts.

Das Haus war still. Ganz schwach hörte er die verschiedenen Geräusche der Bewohner, aber keiner dieser Laute war irgendwie besorgniserregend.

Kyle zog seine Waffe, sah sich sichernd nach allen Seiten um und veränderte die Struktur seiner Retina. Für normales, sichtbares Licht war er jetzt blind, dafür arbeiteten seine Augen jetzt besser als jede Infrarotkamera. Aus dem zersprungenen, staubbedeckten Mosaikboden der Halle wurde ein wirres Durcheinander verschieden hell leuchtender Wärmespuren, die vom Eingang zum Treppenhaus und zurück führten.

Kyle betrachtete diese Spuren eine ganze Weile, ehe er sein Sehvermögen wieder normalisierte. Er war ein wenig enttäuscht. Die Spuren waren gut sichtbar, und einige davon waren sehr frisch, noch keine Stunde alt – aber es waren einfach zu viele. Während der letzten Stunden mußten Dutzende von Leuten dieses Haus betreten und wieder verlassen haben. Unmöglich festzustellen, ob Laird und die Rebellen noch hier waren.

Einen Moment lang sah er nachdenklich zum Treppenhaus hinüber, wandte sich dann um und ging statt dessen zu einem der Aufzüge. Seinem Zustand nach zu urteilen, funktionierte der Lift schon seit gut fünfzig Jahren nicht mehr. Die Kabine war abgerissen und lag als Trümmerhaufen anderthalb Stockwerke unter Kyle im Keller des Hauses, aber die Drahtseile, an denen der Korb einmal gehangen hatte, waren noch vorhanden. Kyle wechselte die Waffe von der rechten Hand in die linke, griff nach einem der rostigen Kabel und zog prüfend daran. Als er sicher war, daß es sein Gewicht tragen würde, schwang er sich mit einer entschlossenen Bewegung in den Liftschacht und kletterte zur ersten Etage hinauf.

Seine Vorsicht erwies sich als überflüssig. Niemand hielt sich in diesem Stockwerk auf, das spürte er, kaum daß er den Liftschacht verlassen und sich wieder aufgerichtet hatte. Trotzdem bewegte er sich lautlos weiter und blieb vor der Wohnung der Priesterin noch einmal stehen und lauschte. Die Wahrscheinlichkeit, daß Laird eine Falle zurückgelassen hatte, war verschwindend gering, aber er durfte sie nicht außer acht lassen.

Behutsam öffnete er die Tür und lauschte abermals. Nichts. Die Wohnung war verlassen.

Aber Kyle spürte, daß darin etwas geschehen war, noch bevor er sie betrat. Seine hypersensiblen Sinne nahmen Schweißgeruch wahr und die typische Ausstrahlung von Menschen, die Angst hatten oder extremem Streß ausgesetzt waren. Und noch etwas: In diesem Zimmer war eine Explosivwaffe abgefeuert worden.

Kyle schloß die Tür hinter sich, schob die Waffe wieder unter seinen Gürtel und sah sich rasch und sehr aufmerksam um.

Seine Vermutung bestätigte sich. In der Wand neben der Tür waren die Einschlaglöcher mindestens eines Dutzends kleiner Geschosse. Um den dunklen Fleck neben der Tür zu identifizieren, hätte er kein Megamann sein müssen. Rasch ließ er sich in die

Hocke, streckte die Hand nach dem Blutfleck aus und tastete mit den Fingerspitzen darüber.

Das Blut war bereits trocken, aber noch nicht sehr alt. Eine Stunde, schätzte Kyle; allerhöchstens. Er hatte Laird verfehlt, aber das machte nichts. Er wußte, daß Laird und die anderen zu Fuß unterwegs waren.

Aber wer hatte hier geschossen und warum? Es konnte wichtig sein, dies herauszufinden, ehe er Laird weiter verfolgte.

Kyle brauchte fünf Minuten, um die aus nur zwei Zimmern und einer primitiven Hygienezelle bestehende Wohnung zu durchsuchen. Er fand nichts Auffälliges, aber dafür fand er eine ganze Menge von Dingen *nicht,* die eigentlich hätten dasein müssen: der Kleiderschrank im angrenzenden Schlafraum war offensichtlich durchwühlt worden, mehrere Bügel waren leer. Kyle wußte nicht, was Laird und die Rebellen mitgenommen hatten, aber er hatte das sichere Gefühl, daß es sich lohnte, noch ein paar Minuten zu opfern, um es herauszufinden.

Als er ins Wohnzimmer zurückkam, fiel sein Blick auf den kleinen Transmitter neben der Tür. Es war ein primitives Gerät mit nur geringer Reichweite, aber es erfüllte seinen Zweck, und es war noch in Betrieb. Kyle schraubte die Kunststoffverkleidung ab, warf sie achtlos beiseite und fuhr mit den Fingerspitzen über das Gewirr von einfachen Chips. Auf der Vorderseite des Apparates begann ein winziges grünes Lämpchen in einem ganz bestimmten Rhythmus zu blinken. Jemand hatte den Alarmknopf gedrückt, den Notruf aber vor Ablauf der Sperrfrist wieder zurückgenommen. Doch Kyle brauchte noch mehr Informationen über die Besitzerin dieser Wohnung.

Abermals huschten seine Finger über das Innenleben des Transmitters. Diesmal dauerte es länger, bis er mit seiner Arbeit fertig war, aber danach erfüllte das kleine Gerät eine Aufgabe, die seine frühere Besitzerin vor Staunen hätte erstarren lassen.

Kyle setzte das Chassis sorgsam wieder ein und drückte einen Knopf. Ein Teil der mattschwarzen Kunststoffoberfläche färbte sich silbern und füllte sich Sekunden darauf mit weißem Rauschen. Kyles Finger tippten einen bestimmten Code in die Zwölfer-Tastatur des Transmitters. Das statische Rauschen verschwand und machte dem Flammen-›M‹ Morons Platz.

Selbst Kyle war überrascht, wie schnell die Verbindung zustande kam. Der Code, den er eingegeben hatte, hatte die höchste Priorität, aber Daniel war immerhin Governor eines ganzen Planeten und somit ein Mann, der ziemlich beschäftigt sein mußte. Um so mehr verwunderte es Kyle, wie schnell er auf den Anruf reagierte. Auf dem winzigen Bildschirm erschien das Gesicht Daniels, des Mannes, den Charity Laird als Lieutenant Stone kannte.

»Kyle!« Daniel sah mehr erfreut als überrascht aus. »Ich hätte nicht gedacht, daß du dich so früh meldest! Ich nehme an, du hast Captain Laird gefaßt?«

»Noch nicht«, antwortete Kyle. »Aber ihr Vorsprung beträgt nur noch eine Stunde.«

»Worauf wartest du dann?« fragte Daniel ärgerlich. »Verfolge sie und bring sie zu mir. Du kennst deinen Auftrag!«

»Ich brauche ein paar Informationen«, antwortete Kyle.

Daniels Gesicht verdunkelte sich vor Zorn, was zu Kyles Einschätzung seines Charakters paßte – er war kein besonders geduldiger Mann. »Was für Informationen?«

»Ich befinde mich in der Wohnung einer *Shait*-Priesterin«, antwortete Kyle. »Die Nummer ihres Transmitters ist Denver-siebenfünfsieben-Alpha-neunzehn.«

Daniel machte eine Handbewegung zu jemandem, der sich außerhalb des Kamerabereichs aufhielt, ehe er sich wieder an Kyle wandte. Seine Ungeduld war jetzt nicht mehr zu übersehen. »Du bekommst ein komplettes Dossier«, sagte er, »in drei Minuten. Aber warum?«

»Captain Laird war hier«, sagte Kyle. »Es gibt Kampfspuren. Einige Kleider und andere Dinge sind verschwunden. Ich muß wissen, wer diese Frau ist, die hier lebt.«

»Eine *Shait*-Priesterin?« Daniels Augen verengten sich. »Es gibt ein *Shaitaan* in der Nähe von Denver, nicht wahr?« fragte er.

Kyle nickte.

»Ich verstehe«, sagte Daniel. »Du vermutest, Laird könnte einen Angriff auf das *Shaitaan* planen. Aber so verrückt ist nicht einmal sie. Es wäre Selbstmord.«

»Ich fürchte, Sie unterschätzen Captain Laird und ihre Verbündeten«, sagte Kyle. »Einem ihrer Männer wäre es fast gelungen, mich zu töten. Sie hätten mich informieren müssen, daß die Rebellen über Hochleistungswaffen verfügen.«

Daniel sah für einen Moment betroffen aus, dann rettete er sich in ein nervöses, wenig überzeugendes Lachen. »Ich dachte, ihr Megamänner seid unverwundbar«, sagte er.

Kyle antwortete überhaupt nicht darauf. Daniels Spott ärgerte ihn, und das wiederum irritierte ihn. Er fügte dieses Gefühl der immer länger werdenden Liste von Fragen hinzu, die er nach Beendigung seines Auftrags klären würde. Irgend etwas war nicht mit ihm in Ordnung, seit er diesen Planeten betreten hatte.

»Die Informationen, um die du mich gebeten hast«, sagte Daniel.

Sein Gesicht verschwand vom Bildschirm. An seiner Stelle erschien das Dossier der *Shait*-Priesterin, der diese Wohnung gehörte.

Kyle brauchte knapp zwei Minuten, um das über vierzig Seiten lange Dossier zu lesen. Als er fertig war, war das ungute Gefühl in ihm echter Besorgnis gewichen.

»Bist du jetzt schlauer?« fragte Daniel spöttisch.

Kyle nickte knapp. »Die Priesterin ist die Schwester einer Eingeborenen, die sich in Lairds Begleitung befindet«, sagte er.

»Und?« Auch Daniel wirkte mit einemmal sehr aufmerksam.

»Ihr Kind wurde erwählt«, fuhr Kyle fort. »Sie floh. Offensichtlich halfen ihr Laird und einige Sharks bei der Flucht. Dabei wurden drei Dienerkreaturen getötet, aber auch das Kind.«

»Und jetzt tauchen sie in der Wohnung einer *Shait*-Priesterin wieder auf«, sagte Daniel nachdenklich. »Verdammt, was bedeutet das?«

»Ich weiß es nicht«, antwortete Kyle. »Wenn die Kampfspuren bedeuten, daß die Priesterin tot ist, handelt es sich um einen puren Racheakt . . .«

»Unsinn!« schnappte Daniel. »Nicht bei Charity Laird!«

». . . sollte die Priesterin allerdings noch leben und sich in Lairds Begleitung befinden«, fuhr Kyle unbeirrt fort, »dann müssen wir ernsthaft mit einem Angriff auf das *Shaitaan* rechnen.«

»Das ist absoluter Unsinn«, entgegnete Daniel zornig. »Warum sollte Laird wohl . . .« Er brach ab, und Kyle konnte selbst auf dem winzigen Bildschirm erkennen, wie sein Gesicht alle Farbe verlor.

»Der Transmitter!«

Kyle sah ihn fragend an.

»Sie muß erfahren haben, daß es eine Transmitterverbindung

nach New York gibt!« sagte Daniel aufgeregt. »Natürlich – das ist die einzige Erklärung! Sie ... sie will hierher!«

»Nach New York?« fragte Kyle zweifelnd. »Aber warum?«

»Weil ich hier bin, du Idiot!« schrie Daniel. »Begreifst du denn nicht? Sie will mich!«

»Sie? Aber ...«

Kyle verstummte mitten im Wort, als er begriff, was Daniel ihm soeben unbeabsichtigt verraten hatte.

»Sie?« sagte er noch einmal. »Jetzt verstehe ich. Es handelt sich um eine persönliche Angelegenheit zwischen Laird und Ihnen!«

Daniel antwortete nicht.

»Sie haben einen Megakrieger angefordert, um *persönliche Rache* zu üben?« fuhr Kyle fassungslos fort.

»Keine Rache«, antwortete Daniel. »Sie wird mich töten, wenn sie die Gelegenheit dazu findet, Kyle.«

»Das berechtigt Sie nicht ...«

»Wozu ich berechtigt bin und wozu nicht«, unterbrach ihn Daniel kalt, »das entscheidest nicht du.«

»Das ist richtig«, antwortete Kyle. »Aber ich werde diese Information weiterleiten. Sie werden sich an anderer Stelle für Ihr Verhalten zu verantworten haben.«

»Sicher«, sagte Daniel wütend. »Tu das ruhig. Aber zuerst erfüllst du deinen Auftrag.«

9

Nets Verletzung erwies sich als weniger schwer, als es im ersten Moment den Anschein gehabt hatte. Sie hatte ein paar Hautabschürfungen und Prellungen, und beim Sturz vom Motorrad hatte sie sich eine heftig blutende Platzwunde am Hinterkopf zugezogen, die nicht besonders gefährlich war. Aber nachdem Skudder und Charity die junge *Wastelanderin* in den Schatten eines Felsens getragen hatten und Charity sie etwas gründlicher untersuchte, entdeckte sie etwas, was sie zutiefst erschreckte:

Über ihrer rechten Hüfte war der Stoff ihrer Bluse verkohlt, die Haut darunter war dunkelrot und blasig, entlang einer bleistiftdünnen, geraden Linie, die sich fast zehn Zentimeter weit über ihre Seite zog. Es war nicht einmal der Anblick der Wunde selbst, der Charity so erschreckte – sie war sicherlich sehr schmerzhaft, aber kaum gefährlich.

Es war das, was sie bedeutete.

Die dunkelrote Spur auf Nets Haut war die Brandspur eines Laserschusses.

»Was ist das?« fragte Kent, obwohl er so gut wie Charity und Skudder wußte, was die Verbrennung an Nets Hüfte bedeutete.

»Das finden wir bestimmt nicht heraus, wenn wir hier herumstehen«, sagte Gurk. »Ich werde mir die Wunde ansehen.«

Charity zögerte, aber Skudder schien größeres Vertrauen in die Fähigkeiten des Gnoms zu setzen – er stand auf und machte eine entsprechende Geste zu Charity und Kent, ebenfalls Platz zu machen. Der Zwerg kniete neben der *Wastelanderin* nieder, beugte sich über die Wunde und begann dann, sich mit seinen dürren Greisenhänden an ihrem Hals und ihren Schläfen zu schaffen zu machen. Und tatsächlich öffnete Net nach nur wenigen Momenten stöhnend die Augen.

»Seht ihr?« sagte Gurk feixend. »So macht man das!«

Charity verzichtete auf eine Antwort. Statt dessen löste sie die Wasserflasche von ihrem Gürtel, kniete wieder neben Net nieder und hob vorsichtig ihren Kopf an. Net stöhnte vor Schmerz, blickte sie aber dankbar an und trank mit großen, gierigen Schlucken.

»Besser?« fragte Charity.

Net nickte. Ihre Augen glänzten fiebrig, und durch den dünnen Stoff ihrer Bluse hindurch konnte Charity spüren, daß sie am ganzen Körper zitterte.

»Danke«, flüsterte sie.

»Was ist passiert?« fragte Kent ungeduldig. »Wieso hast du die Basis verlassen? Was ist mit Arson und den anderen?«

»Sie sind tot«, antwortete Net.

»Tot?« Kent richtete sich kerzengerade auf.

»Ich ... glaube es wenigstens«, sagte Net. »Wenn ... wenn ein paar überlebt haben, dann nicht viele. Er hat ... wie ein Berserker gewütet.«

»Er?« Kent beugte sich erregt vor. »Wovon sprichst du? Was ist passiert? Haben die *Reiter* ...«

»Keine *Reiter«*, unterbrach ihn Net. Ihr Blick flackerte, als bereite ihr allein die Erinnerung an das, was sie erlebt hatte, noch einmal Todesangst.

»Wer zum Teufel war es dann?« schnappte Kent. »Rede endlich!«

Charity machte eine besänftigende Geste. »Bitte, Kent!« An Net gewandt fuhr sie fort: »Was ist passiert? Erzähl einfach der Reihe nach!«

»Ihr müßt weg!« sagte Net. Plötzlich schwang ein hörbarer Unterton von Panik in ihrer Stimme mit. »Er kann jeden Moment hier sein! Flieht!«

»Immer mit der Ruhe«, antwortete Charity. »Ganz egal, was passiert ist, auf die paar Augenblicke kommt es jetzt auch nicht mehr an.«

Trotz dieser Worte richtete sich sich ein wenig auf und wandte sich an Gurk.

»Geh auf einen der Hügel und halt die Augen auf, okay?« bat sie. Zu ihrer Überraschung verzichtete Gurk diesmal völlig darauf, irgendeine unpassende Bemerkung zu machen, sondern drehte sich gehorsam um und ging, nachdem er sich Skudders Fernglas ausgeliehen hatte.

»Also?«

»Wir sind angegriffen worden«, begann Net. »Es war ... ein einzelner Mann. Er hat Bart getötet und Arson und alle, die in der Zentrale waren. Ich bin liegengeblieben und habe mich tot gestellt, und deshalb hat er mich übersehen, aber ich habe Kampfgeräusche gehört . . .«

»Ein einzelner Mann, sagst du?« Der Zweifel in Skudders Stimme war nicht zu überhören.

Net nickte. »Er sah so harmlos aus«, sagte sie. »Ich . . . ich hatte fast Mitleid mit ihm, als Arson ihn gebracht hat . . .«

Sie begann mit leiser, aber gefaßter Stimme zu erzählen, was geschehen war. Niemand unterbrach sie, aber Charity warf dann und wann einen Blick zu den anderen, und ihr entging keineswegs der immer stärker werdende Ausdruck von Sorge auf Skudders Gesicht.

Es dauerte gute zehn Minuten, bis Net mit ihrem Bericht zu Ende gekommen war. Sie hatte sich erholt, während sie sprach; jetzt saß sie wieder aus eigener Kraft zwischen Charity und Skudder, und ihr Gesicht war nur noch vor Angst blaß, nicht mehr vor Schwäche.

»Und das alles soll ein einzelner Mann getan haben?« sagte Charity noch einmal, als Net nicht weitersprach.

»Ich glaube ihr«, sagte Skudder. Charity sah ihn fragend an, und der Shark fuhr fort: »Ich habe von diesen Megakriegern gehört. Sie sind eine Art künstlich gezüchteter Supermenschen – irrsinnig schnell und fast unverwundbar.«

»Das stimmt«, sagte Net. »Ich . . . ich habe nicht einmal *gesehen,* wie er Bart angesprungen hat. Bart hat ihn mit dem Laser getroffen, aber es hat ihm nichts ausgemacht.«

Niemand sagte etwas. Skudders Gesicht war plötzlich wie Stein, und auch Charity spürte eine Mischung aus Zorn und Trauer, als sie an den breitschultrigen Shark mit dem grüngefärbten Haar dachte. Bart und sie hatten sich nicht lange genug gekannt, um wirklich Freunde werden zu können, aber sie hatte den gutmütigen Riesen, der sich so darin gefiel, den Grobian zu spielen, irgendwie gemocht.

Und für Skudder *war* er ein Freund gewesen; einer der ganz wenigen, die er je gehabt hatte.

»Und wo ist er jetzt?« fragte sie.

»Ich vermute, er sucht euch«, antwortete Net. »Er hat eines der Motorräder genommen und ist in die Stadt gefahren.«

»Es ist eine Stunde her, sagst du?« fragte Skudder.

Net nickte. »Ungefähr. Ich weiß nicht, wie lange ich unterwegs war.«

»Das heißt, daß er jetzt schon in Angellicas Wohnung ist«, fuhr Skudder grimmig fort.

»Wenn er nicht aufgehalten wurde, dann weiß er jetzt bestimmt schon, was passiert ist.«

»Ein Grund mehr, keine weitere Zeit zu verlieren«, fügte Kent hinzu. »Wenn wir uns beeilen, schaffen wir es.«

»Schaffen wir *was*?« fragte Skudder betont.

»In die Basis zurückzugehen«, antwortete Kent fast zornig.

»Und wozu?« fragte Skudder.

»Wozu?« Kent sog hörbar die Luft ein. »Meine Freunde sind dort!« fuhr er wütend fort. »Vielleicht interessiert dich das Schicksal deiner Freunde ja nicht, aber ich muß mich um meine Leute kümmern! Möglicherweise lebt ja noch einer von ihnen und braucht Hilfe. Außerdem können wir uns dort viel besser verteidigen als hier.«

»Unsinn!« sagte Skudder scharf. »Du hast gehört, was Net erzählte. Er wird uns ebenso töten wie Bart und deine Kameraden, wenn er uns stellt. Wir ...«

»Kent hat recht, Skudder«, unterbrach ihn Charity. »Wir müssen zurück.«

»Das ist Selbstmord!« protestierte Skudder. »Was glaubst du, wie lange es dauert, bis er zwei und zwei zusammenzählt und darauf kommt, was wir getan haben? Er ist in spätestens einer Stunde wieder in der Basis!«

»Ich sage ja nicht, daß wir dort auf ihn warten sollen«, antwortete Charity, so ruhig sie konnte. »Aber wir brauchen Fahrzeuge, Verpflegung ... unsere ganze Ausrüstung ist im Lager der Rebellen. Was glaubst du, wie lange du vor ihm fliehen kannst – zu Fuß?«

»Ich habe Barts Laser mitgebracht«, sagte Net. »Er hängt am Motorrad. Ich hätte auch die anderen Waffen mitbringen sollen, aber ich hatte Angst.«

»Dann warten wir hier auf ihn und schießen ihn über den Haufen, sobald er auftaucht«, sagte Skudder.

»Bart hat ihn *getroffen*, Skudder«, sagte Net ruhig. »Er ist nicht einmal *langsamer* geworden.«

»Du mußt dich irren«, sagte Charity verwirrt. »Bart hatte eine Waffe aus der Bunkerstation.«

Niedergeschlagen richtete sich Charity auf und entfernte sich ein paar Schritte von den anderen. Sie spürte eine Mischung aus Schrecken, Verzweiflung und hilflosem Zorn. Dabei brauchte sie im Moment nichts dringender als einen klaren Kopf. Ihre Lage war – vorsichtig ausgedrückt – verzweifelt.

Unschlüssig sah sie sich um. In drei Richtungen erstreckte sich das monotone Auf und Ab der Wüste, nur im Osten erhob sich ein bizarrer, riesiger Schatten, dessen Silhouette mit der Dämmerung zu verschmelzen begann. Das *Shaitaan*. Fast ohne ihr Zutun tasteten ihre Finger über Angellicas Kette, die sie sich umgehängt hatte. Sie...

»Jemand kommt!« rief Gurk von der Höhe seines Ausgucks herab.

Charity fuhr wie von der Tarantel gestochen herum und rannte los.

Trotzdem war Skudder wieder einmal schneller. Als Charity neben dem Gnom ankam, hatte er ihn bereits erreicht und das Fernglas wieder an sich gerissen.

»Wer ist das?« fragte Charity atemlos.

Skudder antwortete nicht gleich, sondern blickte sekundenlang gebannt durch den Feldstecher – und gab das Glas dann nicht an Charity weiter, sondern an Net, die ebenso wie Kent und Lydia mittlerweile neben ihnen angelangt war. Net blickte nur kurz hindurch und fuhr so erschrocken zusammen, daß sich ihre Antwort fast erübrigte.

»Das ist er«, sagte sie. »Hier!«

Mit zitternden Fingern reichte sie das Glas weiter.

Charity veränderte den Vergrößerungsfaktor des elektronischen Feldstechers, und aus dem schwarzen Punkt wurde eine zerschrammte Harley-Davidson, in deren Sattel eine hochgewachsene, dunkelhaarige Gestalt saß. Charity konnte ihr Gesicht nicht erkennen, aber das war auch nicht nötig: der Mann trug einen einteiligen, mattschwarzen Kampfanzug, auf dessen Brust ein flammendrotes ›M‹ prangte.

»Hol mir den Laser«, bat sie.

Sie hörte, wie Net aufstand und sich mit schnellen Schritten entfernte, setzte das Glas aber nicht ab. Der Megamann fuhr sehr schnell und mit einer Geschicklichkeit, die selbst Skudder und seine Sharks vor Neid hätte erblassen lassen. Aber eigentlich sah er gar nicht gefährlich aus, dachte Charity. Im Gegenteil – sein Aufzug war geradezu lächerlich.

Und da war noch etwas – aber das fiel ihr erst nach einigen weiteren Sekunden auf.

»Er ist nicht verletzt«, sagte sie.

»Vielleicht war es nur ein Streifschuß«, vermutete Skudder.

Charity schüttelte den Kopf. »Nein. Net muß sich täuschen. Sein Anzug hat nicht die kleinste Schramme. Wahrscheinlich hat Bart doch danebengeschossen.«

Net kam zurück und reichte ihr Barts Lasergewehr. Charity warf einen flüchtigen Blick auf die Ladekontrolle – die Batterien waren noch zu gut siebzig Prozent gefüllt –, stellte die Waffe auf feinste Bündelung und gleichzeitig höchste Energieabgabe ein und blickte durch die vergrößernde Zieloptik.

Es dauerte einen Moment, bis sie den Motorradfahrer wiederfand. Er war erschreckend schnell näher gekommen in den wenigen Augenblicken, die sie ihn nicht beobachtet hatte.

»Laß dir Zeit«, sagte Skudder leise.

Charity nickte. Ihr Finger näherte sich dem Auslöser, berührte ihn aber noch nicht. Wenn auch nur ein Teil dessen stimmte, was Net erzählt hatte, dann hatte sie nur diesen einen Schuß. Sie zielte sehr sorgfältig, setzte die Waffe noch einmal ab, fuhr sich mit den Händen über die Augen und zielte noch einmal.

Ein nadeldünner, unerträglich greller Blitz zuckte aus dem grünen Kristall am Ende des Lasers, und das Motorrad samt seinem Fahrer verschwand in einer orangeroten Feuerkugel, die plötzlich wie aus dem Nichts über der Wüste aufflammte.

Charity schloß geblendet die Augen, zählte in Gedanken bis fünf und blickte dann abermals durch die Optik der Waffe.

Wo das Motorrad gewesen war, kochte der Sand. Rotglühende Metalltrümmer bedeckten den Boden in weitem Umkreis, und ein Stück dahinter lag eine dunkle Gestalt, aus der kleine Flammen leckten. Seltsamerweise verschaffte es Charity keine Befriedigung, ihren Gegner getötet zu haben. Nicht einmal Erleichterung. Ganz egal, was er getan hatte und auf welcher Seite er stand – der Mann dort drüben war ein *Mensch* gewesen, kein Insektenmonster von den Sternen.

Wortlos stand sie auf, sicherte den Laser und drehte sich um.

»Megamann!« sagte Gurk spöttisch. »Ha!«

10

Schmerz. Agonie. Angst. Noch nie zuvor im Leben hatte Kyle solche Qualen ausgestanden. Seine Erinnerungen waren ausgelöscht, fort, zu schwarzer Schlacke verbrannt wie sein Körper.

Er wußte nicht mehr, wer er war. Was er war. Wo er war. Kyles Denken war auf einen winzigen, weißglühenden Punkt im Nichts zusammengeschrumpft, eine grellodernde Sonne, die nur aus Schmerz und unvorstellbarer Qual bestand und in der nur Platz für Angst und Agonie war – und den Wunsch zu sterben.

Aber er starb nicht. Sein Körper war schlimmer verletzt worden als jemals zuvor. Er war verbrannt worden, mit unvorstellbarer Wucht gegen die Felsen geschleudert und von rotglühenden Trümmerstücken durchbohrt, von brennendem Benzin und kochender Lava übersät, aber er lebte noch.

Er lernte im wahrsten Sinne des Wortes die Hölle kennen, schritt durch die Flammen des Hades und torkelte durch das Fegefeuer, aber irgendwo in seinem Körper, der kaum noch mehr war als ein zuckender Plasmaklumpen, war noch Leben.

Zellen veränderten sich. Verbranntes Gewebe begann sich zu regenerieren, Nerven und Muskeln, die nicht mehr da waren, wuchsen mit phantastischer Schnelligkeit nach, Knochen begannen sich neu zu bilden.

Selbst Kyles Schöpfer wären wahrscheinlich erstaunt gewesen, hätten sie mit angesehen, wie perfekt der künstlich simulierte Regenerationsmechanismus seines Körpers arbeitete.

Stunden vergingen, die für Kyle zu Ewigkeiten wurden. Die Nacht brach herein, und mit ihr eine grausame Kälte, die seinem verstümmelten Körper neue, unerträgliche Schmerzen zufügte. Kyle hätte geschrien, hätte er es gekonnt, und er hätte sich selbst getötet, wäre er dazu in der Lage gewesen.

Charity duckte sich instinktiv, als die nächste Explosion die Nacht zerriß. Ein grellweißer Feuerball verwandelte die Wüste in Bruchteilen von Sekunden in ein bizarres Schwarzweißbild voller harter Schatten und Linien, und kaum eine Sekunde später rollte der krachende Donner der Detonation über die Hügel. Statt des grellen Glutballes erhellte jetzt der zuckende Schein von Flammen die Nacht. In dem flackernden, gelben und roten Licht waren die rasenden Flugscheiben am Himmel nur schemenhaft zu erkennen, wie Ungeheuer aus einem Alptraum, die aus dem Nichts kamen, ihre grellen Flammenblitze auf die Erde schleuderten und wieder ins Nichts verschwanden, lautlos wie Gespenster und hundertmal tödlicher.

Charity ließ sich vorsichtig zu Boden sinken, wandte sich um und kroch auf Knien und Ellbogen zu den anderen zurück, die in einem Spalt zwischen zwei Felsen Schutz gesucht hatten. Der Platz war viel zu eng für fünf Personen, aber es war das einzige Versteck in weitem Umkreis gewesen, das ihnen auch Schutz vor einer Entdeckung aus der Luft gewährte. Charity zweifelte keine Sekunde daran, daß die fliegenden Killer dort oben nicht nur mit Waffen, sondern auch mit allen nur denkbaren Beobachtungs- und Ortungsgeräten ausgerüstet waren.

Erst als sie den sicheren Schutz der Felsen erreicht hatte, wagte sie es, sich aufzurichten und wieder Atem zu holen. Die Luft in ihrer Kehle war heiß. Sie waren fast zwei Meilen vom Eingang des unterirdischen Rebellenverstecks entfernt, und trotzdem spürten sie die Hitze der Explosionen so stark, als stünden sie unmittelbar daneben.

Kent starrte sie an. Er sagte nichts, aber Charity sah die verzweifelte Hoffnung in seinen Augen. Auch sie schwieg, und ihr Kopfschütteln war nur angedeutet. Trotzdem wandte sich Kent mit einem Ruck um. Dort drüben lebte niemand mehr. Selbst, wenn ein paar von Kents Freunden den Angriff des Megamannes überlebt haben sollten – den Hagel aus Laserschüssen und Bomben, den Daniels Drohnen seit gut zwanzig Minuten auf die Anlage abfeuerten, konnte niemand überstehen.

Sie hatten wieder einmal Glück gehabt, überlegte Charity. Sie waren knapp zwei Meilen vom getarnten Eingang der unterirdischen Anlage entfernt gewesen, als die ersten Flugscheiben am Himmel auftauchten; und wahrscheinlich verdankten sie es nur der Programmierung der robotgesteuerten Drohnen, daß sie überhaupt noch lebten. In den ersten fünf Minuten hatten die Drohnen die geheime Basis der Rebellen nach allen Regeln der Kunst zusammengebombt. Erst *danach* waren sie ausgeschwärmt, um auch die nähere Umgebung nach Überlebenden abzusuchen. Hätten sie sofort mit einem Flächenbombardement begonnen, hätten sie keine Chance gehabt.

Charity tastete nach der Wasserflasche an ihrem Gürtel. Ihre Kehle brannte von der trockenen Hitze, die sie eingeatmet hatte. Aber sie widerstand der Versuchung zu trinken. Keiner von ihnen konnte voraussagen, wie lange sie in diesem Versteck bleiben mußten oder wann sie wieder Wasser fanden.

»Sieht so aus, als hätten wir den Burschen ein bißchen zu spät erledigt«, sagte Gurk plötzlich.

Skudder und Lydia reagierten überhaupt nicht. Kent sah den Gnom aus brennenden Augen an, während Charity einen Moment brauchte, um zu begreifen, was er damit meinte.

»Den Megamann?«

Gurk nickte. »Er muß gemeldet haben, wo das Rebellenversteck liegt.«

»Das glaube ich nicht«, sagte Skudder plötzlich.

»Wieso?« Kents Stimme klang scharf, fast feindselig, aber der hochgewachsene Hopi-Indianer ließ sich davon nicht im geringsten beeindrucken. »Weil sie dann schon viel früher zugeschlagen hätten«, antwortete er ungerührt. Mit einer Kopfbewegung deutete er auf das Inferno, in das die Drohnen das Rebellenversteck verwandelt hatten. »Wenn ihr mich fragt, dann haben sie schon immer gewußt, wo dieses Versteck liegt.«

»Was für ein Unsinn!« protestierte Kent. Er schrie fast. Seine Hände zitterten. Skudder wollte etwas erwidern, aber Charity warf ihm einen raschen, beschwörenden Blick zu und schüttelte fast unmerklich den Kopf. Skudder verstand und schwieg.

Dabei wußten sie alle – Kent eingeschlossen –, daß Skudder nur zu recht hatte. Wahrscheinlich ging auf diesem Planeten so gut wie nichts vor sich, von dem die Invasoren nicht wußten. Aber bisher waren Kents Rebellen keine Gefahr gewesen, ganz einfach, weil sie keine wirklichen *Rebellen* gewesen waren, sondern im Grunde nur große Kinder, die ein bißchen Krieg spielten, es aber nicht wagten, *wirklich* etwas zu unternehmen. Dafür sorgte schon die Regel der Hundert, dachte Charity bitter. Vielleicht war das, was sie gerade erlebten, die Antwort auf Angellicas Tod.

Und als hätte er ihre Gedanken gelesen, wandte Kent den Kopf und starrte Lydia an. »Das . . . das ist deine Schuld«, sagte er. »Das wäre nicht passiert, wenn du nicht . . .«

»Das reicht«, unterbrach ihn Charity scharf. Kent wollte auffahren, aber sie blickte ihn so wütend an, daß er verstummte.

»Es spielt wirklich keine Rolle, warum sie es tun«, sagte sie bestimmt. »Wenn wir jetzt anfangen, uns gegenseitig fertigzumachen, dann hat Daniel schon gewonnen.«

»Das hat er doch sowieso schon!« schnappte Kent. »Verdammt, was glaubst du, wie lange wir noch leben? Wo willst du denn hin?« Er deutete auf die brennende Ebene dicht vor ihnen, fuhr hoch und stieß sich schmerzhaft den Kopf an den Felsen über sich. Aber er verzog nicht einmal das Gesicht. »Was denkst du, wie weit wir kommen, zu Fuß und ohne Wasser? In die Stadt können wir nicht zurück, und durch die Wüste sind es zweihundert Meilen bis zum nächsten Ort! Ganz davon abgesehen, daß es spätestens morgen früh hier von *Reitern* wimmeln wird.«

Charity sah ihn gleichermaßen erschrocken wie fragend an, und auf Kents Gesicht breitete sich ein triumphierendes, böses Grinsen aus.

»Er hat recht«, sagte Lydia. Es waren die ersten Worte, die sie seit Stunden sprach. Charity hatte nicht geglaubt, daß Lydia überhaupt registrierte, was rings um sie herum vor sich ging. »Sie kommen immer, wenn die Drohnen irgend etwas angegriffen haben.«

»Ein Grund mehr, von hier zu verschwinden«, sagte Gurk.

»Und wie?« Skudder deutete zornig auf die rasenden Schemen am Himmel. Das Feuer ließ allmählich nach, aber immer wieder stieß einer der kleinen runden Gleiter auf die brennenden Ruinen oder auch auf die Wüste herab und gab eine kurze Salve aus seinen Lasern ab. »Die Dinger schießen auf alles, was sich bewegt!«

»Es sind nur vier Stück«, antwortete Gurk patzig. »Wir könnten sie abschießen!«

»Damit fünf Minuten später *vierhundert* von ihnen hier auftauchen, ja?« sagte Skudder. »Du bist ja verrückt, Zwerg!«

»Hast du vielleicht eine bessere Idee, Bohnenstange?« gab Gurk giftig zurück.

»Hört auf, euch zu streiten«, befahl Charity knapp. Sie konnten nicht hierbleiben und einfach abwarten, was geschah. Aber sie konnten auch nicht weg. Selbst, wenn sie es gegen jede Logik schaffen sollten, den Drohnen zu entkommen – es gab nichts, wohin sie fliehen konnten.

Das hieß – *fast* nichts, dachte Charity.

Ihr Blick suchte den verschwommenen Schatten des *Shaitaan.* Das titanische Bauwerk war viel zu weit entfernt, um in der Nacht noch sichtbar zu sein, aber dann und wann brach sich ein Lichtreflex auf den metallenen Türmen, so daß sie wie Schemen aus dem Nichts auftauchten und wieder verschwanden. Charity versuchte die Entfernung bis zum Bauwerk zu schätzen. Es gelang ihr nicht. Es konnten fünf Meilen sein, ebensogut aber auch fünfzig. Sie wußte ja nicht einmal, wie groß dieses Monstrum von Gebäude war.

»Ich weiß, was du denkst«, sagte Gurk plötzlich. Charity sah auf und wurde sich erst jetzt der Tatsache bewußt, daß nicht nur Gurk, sondern auch die drei anderen sie anstarrten. »Es ist unmöglich.«

»Das ist es nicht«, sagte Lydia. »Es sind nur vier oder fünf Meilen bis zum Rand der *Todeszone.* Wenn wir es bis dahin schaffen, können wir einen Gleiter herbeirufen.«

»Ah ja«, sagte Gurk spöttisch. »Und dann?«

»Es gibt kaum Wachen im *Shaitaan*«, antwortete Lydia. »Es ist ein heiliger Ort. Niemand würde es wagen, ihn zu freveln.«

»Und dann?« sagte Gurk spöttisch. »Wollen wir zu fünft das *Shaitaan* stürmen und eine eigene Republik ausrufen?«

»Unsinn«, antwortete Charity scharf. »Ich habe nicht vor, in dieses Ding zu gehen.« Ihre Hand tastete nach dem Anhänger an ihrem Hals. »Aber vielleicht können wir einen der Gleiter kapern. Die Dinger sind schnell. Ehe sie merken, was wir tun, sind wir schon hundert Meilen entfernt.«

»Oder in Atome zerschossen«, fügte Gurk hinzu. »Wir . . .«

»Kannst du so ein Ding fliegen oder nicht?« unterbrach ihn Charity.

Gurk zögerte. Vor ein paar Stunden, überlegte Charity, hätte er wahrscheinlich noch *nein* gesagt. Aber seit dem Zwischenfall in Angellicas Wohnung wußten sie alle, daß er weitaus mehr von der Technik der Invasoren verstand, als er zugegeben hatte. Nach ein paar Sekunden nickte er widerwillig.

»Wir brauchen ein Kind«, sagte Lydia plötzlich.

»Ein Kind?« wiederholte Charity überrascht.

»Es ist die Aufgabe der Priesterinnen, Kinder in den Tempel zu bringen«, erinnerte Lydia. »Und der einzige Grund, aus dem selbst sie das *Shaitaan* betreten dürfen.«

»Wo zum Teufel sollen wir jetzt ein Kind herbekommen?« fragte Charity. »Sollen wir vielleicht eins stehlen?«

»Ein Säugling wäre ideal«, erwiderte Lydia. »Aber manchmal nehmen sie auch ältere Kinder. Nicht oft, aber es kommt vor.«

Charity blinzelte verständnislos – und dann lächelte sie plötzlich, als ihr Blick dem Lydias folgte.

»O nein«, sagte Gurk. »Bestimmt nicht!«

Charitys Lächeln wurde noch ein wenig breiter, und plötzlich begann auch Skudder zu grinsen, und Gurk sagte noch einmal und noch energischer:

»Ganz bestimmt *nicht*!«

Irgendwann, tief in der Nacht, öffnete der Megamann die Augen und richtete sich auf. Schmerz war in ihm, ein abgrundtiefer Schmerz. Fast wäre er vernichtet worden. Doch er lebte. Seine Augen funktionierten noch, seine Arme, seine Beine. Dumpf spürte er, wie die Kraft in seinen geschundenen Körper zurückfloß. Er hatte eine Aufgabe, daran erinnerte er sich wieder mit Deutlichkeit. Er mußte Charity Laird finden und stellen. Nichts sonst zählte. Er machte einen Schritt und dann wieder einen. Die Schmerzen in ihm wallten zurück. Er würde sie finden – und wenn es ihn sein Leben kostete, aber noch durfte er nicht sterben.

Kyle sah, wo er sich befand. In der Wüste, Dunkelheit und Schwärze um ihn, und doch mußte es Spuren geben, und er würde sie finden. Charity Laird mußte glauben, daß er tot sei. Vielleicht würde sie unvorsichtig und leichtsinnig werden. Dann würde er um so eher zuschlagen können.

»Das ist völliger Irrsinn!« kreischte Gurk. »Sie werden keine zehn Sekunden darauf hereinfallen!«

»Das brauchen sie auch nicht«, antwortete Charity. »Es reicht völlig, wenn sie das Ding landen. Alles andere erledigen wir damit.« Sie ließ die Hand auf die Waffe an ihrer Seite fallen und lächelte so zuversichtlich, wie sie nur konnte. Ihr Plan wies ungefähr so viele Löcher auf wie ein Fischernetz. Gurk hatte völlig recht – was *war* Wahnsinn. Aber sie hatten keine andere Wahl mehr.

Gurks Antwort drang nur unverständlich unter dem gewaltigen Strohhut hervor, den sie ihm aufgesetzt hatten, um seinen Riesenschädel wenigstens notdürftig zu verbergen. Der Gnom wäre wahrscheinlich noch viel wütender gewesen, hätte er auch nur *geahnt*, wie lächerlich er in der Verkleidung aussah, die Charity und Net aus Resten von Angellicas Kleidungsstücken zusammengebastelt hatten. Selbst Charity mußte mit Gewalt ein Grinsen unterdrücken. Sie konnte nur hoffen, daß Lydia recht hatte und sich an Bord des Gleiters, der sie abholen würde, wirklich keine Menschen befanden. Ein Insektenkrieger von Moron würde vielleicht auf die Verkleidung hereinfallen. Ein Mensch nicht.

»Okay«, sagte sie. »Geht in Deckung.«

Net, Kent und Skudder verschwanden wortlos zwischen den Felsen, während Lydia neben Gurk Aufstellung nahm und nach seiner Hand griff. Sie trug jetzt die gleiche Art von Kleidung wie Charity – ein buntbesticktes, rot und schwarz und golden glitzerndes Gewand, das ihre Gestalt bis zu den Knöcheln verbarg. Ihr Gesicht lag im Schatten einer spitzen Kapuze, und ihre Hände steckten in ellbogenlangen Handschuhen aus einem feinen Goldgewebe. Es war eines der beiden Zeremoniengewänder, die sie aus Angellicas Kleiderschrank mitgenommen hatten, so wie auch die beiden armlangen Stäbe aus goldglänzendem Metall zur Ausrüstung der *Shait-Priesterin* gehört hatten.

Charity fühlte sich nicht wohl in dieser Kleidung. Sie kam sich auf ihre Weise ebenso lächerlich vor wie Gurk. Aber sie glaubte mittlerweile zu begreifen, warum die Kleider und Uniformen, die die Invasoren ihren menschlichen Hilfstruppen zur Verfügung stellten, allesamt aussahen, als stammten sie aus einem billigen Science-Fiction-Film der sechziger Jahre: weil sie genau daher kamen. Schwarzes Lackleder und Roben aus Gold – primitiv, aber eindrucksvoll. Lieutenant Stone war wirklich ein guter Ratgeber gewesen.

Fast widerwillig griff sie nach Gurks anderer Hand und hielt sie fest, wodurch er nun vollends wie ein Kind aussah, das die beiden Frauen zwischen sich führten. Mit der anderen Hand tastete sie nach dem schweren goldglänzenden Anhänger an ihrem Hals, zögerte noch eine Sekunde – und drückte entschlossen auf den Edelstein, der darin eingelassen war. Sie spürte, wie der künstliche Rubin ein wenig nachgab und fühlbar einrastete. Irgendwo dort drüben in dem bizarren Gebäude würde jetzt eine Lampe aufleuchten.

Die Zeit schien stehenzubleiben. Lydia hatte ihr gesagt, daß es nicht lange dauern würde – eine kleine Flotte von Gleitern stand immer bereit, um auf den Ruf einer *Shait-Priesterin* zu reagieren –, und für die fliegenden Scheiben waren die fünf Meilen über die Todeszone nur ein Katzensprung. Aber Zeit war relativ, und Charity schossen allein in den nächsten zwei Minuten mindestens zweihundert Gründe durch den Kopf, aus denen ihr Plan gar nicht funktionieren *konnte.* Aber es gab jetzt kein Zurück mehr.

»Sie kommen«, sagte Gurk plötzlich.

Charity sah auf, aber es dauerte noch Sekunden, bis auch sie den winzigen blitzenden Punkt gewahrte, der sich von einem der Spiraltürme gelöst hatte und sich in ihre Richtung bewegte. Ihr Herz schlug schneller.

»Das ist jetzt die letzte Chance«, maulte Gurk. »Noch können wir abhauen. Wenn ihr vernünftig seid, dann . . .«

»Halt die Klappe«, unterbrach ihn Charity.

»Hmpf!« machte Gurk, schwieg aber gehorsam.

Der Gleiter kam rasend schnell näher. Wie fast alle Fahrzeuge der Invasoren glich er einer Scheibe, aber er war größer als die meisten Gleiter, und über seine Basis zog sich ein goldglänzender, gezackter Kamm, rechts und links davon befanden sich zwei Sichtluken aus geschwärztem Glas. Auf den ersten Blick sah das Ding aus wie der Schädel eines stählernen Drachen.

Der Gleiter wurde langsamer und schien zur Landung anzusetzen, schwenkte aber dann plötzlich ab und flog einen weit ausholenden, niedrigen Kreis über den Felsen. Charity fuhr erschrocken zusammen.

»Was tut er da?« flüsterte sie.

»Ich weiß es nicht«, antwortete Lydia ebenso leise. »Normalerweise landen sie sofort.«

»Er sucht eine gute Schußposition«, giftete Gurk. »Ich habe doch gleich gesagt, das ist Irrsinn!«

Wahrscheinlich hatte er sogar recht, dachte Charity. Aber wenn, dann kam diese Einsicht ein wenig zu spät.

Die Flugscheibe hatte ihren Kreis vollendet und begann jetzt langsam zu sinken. Charity sah eine flüchtige Bewegung hinter den abgedunkelten Scheiben, und fast im gleichen Moment fielen ihr auch die beiden kurzen, in mattschimmernden Kristallen endenden Rohre auf, die rechts und links auf der Flugscheibe zu sehen waren. Der Gleiter war mit gefährlichen Waffen ausgerüstet.

Mit schier unerträglicher Langsamkeit sank der Gleiter tiefer. Seine abgeflachte Unterseite berührte den Boden. Sand wirbelte auf. Charity griff instinktiv nach ihrer Kapuze, und auch Gurk riß seine Hand los und hielt hastig seinen Strohhut fest. Ein Kind mit dem Gesicht eines Hundertjährigen hätte wohl nicht einmal einen Moroni überzeugt.

Als sich der Sturm legte, war die Scheibe gelandet. Eine schmale Tür öffnete sich summend, und die bizarre Gestalt einer *Ameise* erschien in der Öffnung. Sie machte keine Anstalten, aus dem Gefährt herauszukommen.

»Los«, flüsterte Lydia. »Ihr tut nichts. Kommt einfach mit.«

»Wahnsinn«, flüsterte Gurk. »Das ist das . . .«

Charity verstärkte den Druck ihrer Hand auf Gurks Finger ein wenig, und der Rest dessen, was Gurk hatte sagen wollen, ging in einem schmerzhaften Stöhnen unter.

Die *Ameise* trat ein Stück beiseite, um sie eintreten zu lassen, aber Charity glaubte das Mißtrauen in ihren schimmernden Facettenaugen fast körperlich zu spüren. Es *konnte* einfach nicht gutgehen.

Und natürlich ging es auch nicht gut.

Die Kreatur ließ Lydia anstandslos passieren, aber als Gurk den Gleiter betreten wollte, hob sie zwei ihrer vier Arme und machte eine abgehackte, befehlende Geste. Der dritte Arm hing lose an seiner Seite, während sich seine vierte Hand wie zufällig dem Griff einer der vier Strahlenwaffen näherte, die in seinem Gürtel steckten. Ein pfeifender, klackender Laut erscholl.

»Was will er?« fragte Charity.

Lydia antwortete mit einem Geräusch, das dem der *Ameise* ähnelte, ehe sie sich zu Charity umwandte. »Er fragt, wer das ist«, sagte sie. »Ich glaube, er will sein Gesicht sehen.«

»Das habe ich befürchtet«, sagte Charity seufzend. »Sag ihm, ich hätte eine Sondervollmacht.«

Lydia blickte sie überrascht an, drehte sich aber gehorsam zu dem Moroni um und gab wieder eine Reihe dieser unverständlichen, pfeifenden Laute von sich. Ganz am Rande ihres Bewußtseins nahm sich Charity vor, Lydia zu fragen, wieso sie die Sprache der Invasoren beherrschte.

»Er will ihn sehen«, sagte Lydia.

»Sicherlich. Einen Augenblick, bitte.« Charity ließ Gurks Hand los, griff unter ihr Gewand und zog die Mini-MP aus dem Halfter. Sie beging nicht den Fehler, die Waffe unter der Robe hervorzuziehen, denn sie wußte, wie irrsinnig schnell die Vierarmigen waren.

»Warte«, sagte Lydia plötzlich. »Du . . .«

Charity drückte ab. In der rechten Seite ihres goldenen Gewandes entstand ein Dutzend rauchender winziger Löcher mit verkohlten Rädern, und im gleichen Sekundenbruchteil schlugen Funken aus dem Brustpanzer des Vierarmigen. Die Kreatur kreischte vor Schrecken und Schmerz, torkelte mit einer grotesken Bewegung zurück und prallte gegen die Wand. Gurk sprang mit einem kreischenden Schrei zur Seite und duckte sich, als einige der Geschosse als heulende Querschläger von den Wänden abprallten.

Charity zog in aller Ruhe ihre Waffe unter dem Gewand hervor und beugte sich über den Insektenkrieger.

»Paß auf!« schrie Lydia. *»Da ist noch einer!«*

Eine schwarze Gestalt erschien in der Schleusentür, und ein schrilles, unglaublich durchdringendes Pfeifen erscholl. Instinktiv warf sie sich zur Seite und versuchte ihre Waffe hochzureißen, aber diesmal kam ihre Bewegung zu spät.

Der Vierarmige versuchte nicht, auf sie zu schießen. Wahrscheinlich wußte er, daß er sich selbst umgebracht hätte, hätte er in dem winzigen Raum eine Energiewaffe abgefeuert. Statt dessen warf er sich mit seinem ganzen Körpergewicht auf sie.

Charity hatte das Gefühl, von einer Dampfwalze getroffen zu werden. Der Moroni war zwei Köpfe größer als sie und dabei so spindeldürr, daß er schon fast wieder lächerlich aussah – aber in seinen wirbelnden Spinnengliedern steckte die fürchterliche Kraft eines Insekts. Ihr Arm wurde zur Seite geschleudert. Die MP flog davon und prallte klirrend gegen die Wand, und dann schlossen sich die vier Arme des Ameisenkriegers mit unvorstellbarer Kraft um ihren Körper, um sie zu zerquetschen.

11

Kyles Schritte waren geschmeidiger geworden. Er hatte Captain Lairds Spur mehrmals verloren, sie aber immer wieder gefunden, und jetzt spürte er, daß er ihr ganz nahe war.

Was in Kyle vorging, hatte kaum noch etwas mit den fast computerhaften Denkvorgängen eines Megamannes zu tun. Er dachte nicht wirklich.

Seit seinem Erwachen waren Stunden vergangen, und er hatte Meilen um Meilen zurückgelegt, aber es waren nur noch Instinkte, die ihn weitertrieben, und dieser eine, glasklare Befehl, der wie mit flammenden Lettern in sein Gehirn eingebrannt war und alles andere bedeutungslos machte:

Er mußte Laird finden und lebend zu Daniel bringen.

Allmählich, nach diesem beinahe vernichtenden Schlag, erlangte Kyle die Kontrolle über seinen Körper zurück, und er wußte, daß es allenfalls noch Stunden dauern würde, bis er wieder im Vollbesitz seiner Kräfte war: aber mit seinen Erinnerungen stimmte etwas nicht.

Da war so viel, worauf er sich nicht besann. Ein Großteil seines Lebens, das er geführt hatte, bevor ihn der Laserstrahl traf, war einfach fortgewischt. Dafür waren Bilder da, die nicht dorthin gehörten: Erinnerungen von sonderbar unwirklicher, bizarrer Art, die nur aus einem Alptraum stammen konnten und trotzdem erschreckend realistisch schienen. Erinnerungen an Orte, an denen er niemals gewesen war. Gesichter von Menschen, die er niemals gesehen hatte. Und Schmerz – das war die intensivste Erinnerung: die an eine schier unvorstellbare Qual, noch schlimmer als das, was er während der Nacht durchgestanden hatte. Aber all diese Gefühle und Erinnerungen überkamen ihn immer nur für Augenblicke. Den weitaus größten Teil der Nacht hatte er in einem dumpfen Dämmerzustand zwischen Schlaf und Wachsein verbracht.

Kyle blieb stehen, veränderte die Brennweite seiner Augen ein wenig, um sich vor der grellen Sonnenstrahlung zu schützen, und spähte nach Osten. In einigen Meilen Entfernung erhob sich das Gewirr von Türmen und Erkern des *Shaitaan*, und davor die monotone braune Sandebene der Todeszone. Laird befand sich irgendwo zwischen ihm und der Grenze dieses Gebietes. Aber er wußte nicht, wo. So weit sein Blick reichte, sah er nur zerborstene Felsen und braune, gleichmäßig geformte Sanddünen. Das Leichentuch dieser Welt. Alles, was von ihrer einst blühenden Zivilisation übriggeblieben war.

Was waren das für Gedanken?

Kyle war verwirrt. Er spürte, wie sich der Nebel aus Fieber und dumpfen, fast tierischen Instinkten in seinem Kopf ein wenig lichtete, aber an seiner Stelle erwachte nicht nur sein gewohntes, logisches Denken, sondern auch eine Vielfalt verwirrender und erschreckender Gefühle. Der Anblick dieser verbrannten Ebene erfüllte ihn mit Zorn, ohne daß er auch nur wußte, warum.

Er verscheuchte den Gedanken und versuchte, sich auf seine Aufgabe zu konzentrieren. Die Richtung, in der Laird geflohen war, ließ nur einen einzigen logischen Schluß zu, so unwahrscheinlich er Kyle auch anmutete: Daniel hatte recht gehabt. Laird und die anderen versuchten tatsächlich, in das *Shaitaan* einzudringen, um an die Transmitterverbindung nach New York zu gelangen. Ihre Lage mußte schlichtweg aussichtslos sein, wenn sie zu einem so verzweifelten Ausweg griff.

Kyle überprüfte sorgfältig seine Waffe, ehe er weiterging. Der kleine Strahler hatte die Explosion wie durch ein Wunder überstanden, aber er war beschädigt: die Ladekontrolle zeigte nur noch knappe acht Prozent der normalen Leistung an, und darunter flackerte ein winziges, rotes Licht: möglich, daß ihm das Ding in der Hand explodierte, wenn er versuchte, es abzufeuern.

Er schob die Waffe zurück und wollte weitergehen, als er etwas sah, was ihn abermals mitten im Schritt verharren ließ: Von einem der Türme des *Shaitaan* kam ein Gleiter mit hoher Geschwindigkeit näher.

Kyle rannte los. Es konnte kein Zufall sein. Er wußte jetzt, wie Laird in das *Shaitaan* gelangen wollte. Kyle war sich nicht ganz sicher, ob er ihre Kaltblütigkeit nur bewundern oder sich über ihre Dummheit ärgern sollte. Bildete sie sich wirklich ein, eine gestohlene Robe und ein erbeuteter Sender wären genug, um die Besatzung des Gleiters zu täuschen? Das war lächerlich – und unter Umständen tödlich. Die Wachmannschaften des *Shaitaan* hatten sehr eindeutige Befehle. Sie würden die Verkleidung durchschauen und Laird und all ihre Begleiter töten, ohne auch nur eine Sekunde zu zögern. Und das durfte nicht geschehen. Sein Auftrag lautete, sie unter allen Umständen lebend zu Daniel zu bringen.

Kyle lief so schnell, er konnte – aber natürlich nicht schnell genug. Der Gleiter kam näher und begann zu sinken. Hastig errechnete Kyle den Punkt, an dem der Gleiter den Boden berühren würde; gute anderthalb Meilen vor ihm und somit selbst bei seiner Geschwindigkeit viel zu weit, um Laird noch rechtzeitig zu erreichen. Er beschloß, seine Tarnung zumindest zum Teil aufzugeben und somit das Risiko einzugehen, von Laird oder einem ihrer Begleiter entdeckt zu werden. Blitzartig wechselte er die Richtung und rannte eine Sanddüne hinauf. Der Gleiter raste noch eine Sekunde weiter in steilem Winkel dem Boden entgegen, machte eine plötzliche Wendung und schoß fast im Sturzflug auf Kyle zu, als seine Besatzung den winkenden Mann auf dem Hügelkamm bemerkte.

Hastig zog sich Kyle in den Schutz der Düne zurück. Für eine Sekunde hatte er Laird gesehen – jedenfalls *vermutete* er, daß eine der drei Gestalten am Rande der Todeszone Captain Laird sein mußte. Und mit ein wenig Glück war er selbst unentdeckt geblieben.

Kyle blickte an sich herab. Wie sein Körper hatte sich auch sein Chamäleonanzug wenigstens zum Teil regeneriert. Der schwarze, halb synthetische, halb lebendige Stoff hing noch immer in Fetzen, und hier und da waren große, häßlich verkohlte Flecken, die nie wieder heilen würden – aber das flammendrote ›M‹ auf Brust und Rücken der Montur war deutlich zu sehen. Kyle konnte nur hoffen, daß auch der Impulsgeber in der Molekularstruktur des Anzuges noch funktionierte. Wenn der Gleiter herankam und sein Bordcomputer *nicht* das vereinbarte Signal auffing, dann würde er zu Asche verbrannt werden, noch ehe er Gelegenheit fand, seinen Fehler zu bereuen.

Der Gleiter raste heran, legte sich in eine irrsinnig schnelle Linkskurve und stieß wie ein Raubvogel aus Stahl und Glas auf Kyle herab. Die Abstrahlkristalle der beiden schweren Bordlaser begannen in einem drohenden Rot zu leuchten – und erloschen.

Kyle atmete erleichtert auf, als der Gleiter sekundenlang völlig reglos über ihm schwebte. Schattenhaft konnte er die Bewegung der beiden *Dienerkreaturen* hinter den Sichtscheiben erkennen. Entweder funktionierte der Sender in seinem Anzug noch, oder die beiden Geschöpfe hatten das rote ›M‹ auf seinem Anzug gesehen und waren jetzt unschlüssig, was sie tun sollten.

Kyles Hand tastete nach einem Schalter auf den verkohlten Resten seines Gürtels und drückte ihn. In dem winzigen Empfänger in seinem rechten Ohr knackte es hörbar. Der Sender arbeitete noch.

Aber die erhoffte Reaktion blieb aus. Vielleicht empfing die Besatzung des Gleiters seinen Ruf gar nicht, oder er war nicht mehr in der Lage, ihre Antwort zu empfangen.

Kyle verschwendete keine Zeit damit, diesen Umstand zu bedauern. Statt dessen hob er abermals die Arme und gab der Besatzung des Gleiters in der Zeichensprache zu verstehen, daß alles in Ordnung war. Der Gleiter schwebte eine weitere Sekunde reglos über ihm, gewann dann wieder rasch an Höhe und flog zurück.

Kyle rannte weiter. Er hatte nur Sekunden gewonnen. Die Besatzung des Gleiters würde so auf den Anblick Lairds reagieren, wo ihre Befehle lauteten – und durch den Ausfall des Senders hatte er keine Möglichkeit, ihr andere Befehle zu erteilen. Kyle stürmte zwischen den Dünen entlang und rannte einen weiteren Hügel hinauf.

Er war noch eine knappe Dreiviertelmeile von Laird und den beiden anderen entfernt, als der Gleiter landete. Keine Chance mehr, rechtzeitig dort zu sein, um ihr auch nur eine Warnung zuzurufen.

Aber es gab etwas anderes, was er tun konnte.

Der Anprall des Insektenkriegers schleuderte sie beide aus dem Gleiter. Charity fühlte sich von den Füßen gerissen und hilflos durch die Luft gewirbelt, dann überschlugen sich Himmel und Erde vor ihren Augen, und sie prallte auf.

Es war pures Glück, daß ihr nicht schon der Sturz sämtliche Knochen im Leib brach – aber der Insektenkrieger wollte sie nun endgültig unschädlich machen. Seine dürren, horngepanzerten Arme schlossen sich mit entsetzlicher Kraft um Charitys Oberkörper und preßten ihr die Luft aus den Lungen. Sie wollte schreien, aber sie konnte es nicht. Ein rasender Schmerz brachte sie fast um den Verstand. Sie spürte, wie eine ihrer Rippen unter dem unbarmherzigen Druck nachgab und brach. Rote Schlieren tauchten vor ihren Augen auf, und in ihrem Mund war plötzlich der Geschmack von Blut. Aus den Augenwinkeln registrierte sie immerhin, wie sich Gurk und Lydia gleichzeitig auf den Insektenkrieger warfen und versuchten, ihn von ihr herunterzuzerren oder wenigstens seinen Griff zu lockern. Aber das Monster verstärkte den mörderischen Druck auf ihre Rippen und ihre Wirbelsäule noch.

Der Tod, auf den sie wartete, kam nicht. Plötzlich schien die ganze Welt in einem grausam hellen, weißen Licht aufzuflammen, als ein Energiestrahl ihr Gesicht um Zentimeter verfehlte und sich mit tödlicher Präzision in den Schädel des Moroni bohrte. Das Wesen starb ohne einen Laut. Der entsetzliche Würgegriff seiner vier Arme lockerte sich, und mit einemmal war es nur noch ein schlaffes, totes Gewicht, das Charity niederdrückte.

Trotzdem waren Lydias und Gurks vereinte Kräfte nötig, um das tote Rieseninsekt von ihr herunterzuzerren.

Charity rang verzweifelt nach Luft. Ihre Lungen brannten, als versuche sie Säure einzuatmen, und ihre gebrochene Rippe sandte Wellen unerträglichen Schmerzes in ihren Körper. Für wenige Augenblicke verlor sie das Bewußtsein.

Skudder und Kent knieten neben ihr, als sich die roten Schleier vor ihren Augen wieder lichteten. Irgendwo erscholl ein schrilles, wütendes Kreischen, und genau in dem Moment, in dem Charity die Augen aufschlug, hob Skudder Barts Strahlengewehr und gab einen weiteren Schuß auf ein Ziel im Inneren der Flugscheibe ab. Eine dumpfe Explosion erscholl. Flammen und schwarzer Rauch drangen aus der offenstehenden Schleuse des Gleiters.

»Schnell!« rief Lydia. »Das Ding hat eine Notautomatik! Es startet, sobald es angegriffen wird!«

Skudder und Kent spurteten gemeinsam los, während Charity vergeblich versuchte, auf die Füße zu kommen. Alles drehte sich um sie. Sie versuchte einen Schritt zu machen, fiel auf die Knie herab und griff dankbar nach Lydias Hand. Ihr Mund war noch immer voller Blut, und die Schmerzen in ihren Rippen wurden noch heftiger. Mehr von Net, Lydia und Gurk getragen als aus eigener Kraft, erreichte sie die Schleuse des Fluggleiters und sank stöhnend gegen die Wand.

Der Boden unter ihren Füßen begann zu zittern. Ein dumpfes, immer mächtiger werdendes Grollen erklang, und fast im gleichen Moment begann sich das äußere Schleusentor zu schließen; nicht besonders schnell, aber unerbittlich. Eine Sekunde später begann sich auch die innere Schleusentür zu bewegen.

Net und Lydia zerrten Charity weiter, und diesmal schafften sie es wirklich nur um Haaresbreite: Die Schleusentür sauste wie ein stählernes Schafott an ihrem Rücken vorbei und rastete ein. Charity taumelte einen Schritt nach vorne, ließ Nets Hand los und wäre beinahe über einen dritten toten Insektenkrieger gestolpert.

»Alles okay mit dir?« fragte Net.

»Ja«, antwortete Charity und schüttelte den Kopf. Sie bekam kaum Luft. Etwas, das sich wie ein Glassplitter anfühlte, steckte in ihren Lungen und machte jeden Atemzug zu einer Qual. Trotzdem ignorierte sie Nets hilfreich ausgestreckte Hand und wankte mit zusammengebissenen Zähnen weiter.

Der Raum, in dem sie sich befanden, war angesichts der Größe der Flugscheibe überraschend klein. Durch die beiden dreieckigen Sichtscheiben im Bug erkannte Charity, daß die Scheibe entgegen Lydias Befürchtungen noch nicht gestartet war – aber das dumpfe Dröhnen unter ihren Füßen wurde immer durchdringender. Sie hatten höchstens noch Sekunden. Und für einen winzigen Augenblick glaubte sie zu sehen, wie ...

Aber das war unmöglich. Charity gestattete sich nicht einmal, den Gedanken zu Ende zu denken.

»Gurk!« Charity deutete auf die fremdartigen Kontrollinstrumente und Skalen auf dem hufeisenförmigen Pult vor den beiden Fenstern. »Sieh zu, daß du das Ding unter Kontrolle bekommst! *Schnell!*«

Ihre Worte wären nicht einmal nötig gewesen. Der Zwerg hatte sich bereits seines Strohhutes entledigt und kämpfte fluchend mit einer Stoffbahn, in die sich sein rechter Arm verwickelt hatte. Skudder sprang wortlos neben ihn, zog sein Messer und schnitt das Gewebe kurzerhand entzwei, während er Gurk gleichzeitig mit der freien Hand auf den Pilotensessel der Scheibe bugsierte. Gurk blieb ungefähr eine Sekunde lang darauf sitzen; genau so lange, wie Skudder und er brauchten, um zu begreifen, daß der Sessel auf die Proportionen eines zwei Meter großen *Moroni* zugeschnitten war

– Gurks Arme waren viel zu kurz, um die Instrumente auch nur zu erreichen. Fluchend sprang er wieder auf, stellte sich auf die Zehenspitzen und begann in einer unbekannten, zwitschernden Sprache vor sich hin zu murmeln, während seine Finger über Tasten und Schalter strichen.

»Wie geht es dir?«

Es dauerte fast eine Sekunde, bis Charity überhaupt begriff, daß es Skudder war, der diese Frage gestellt hatte. *Woher nahm er nur den Nerv, in diesem Moment daran zu denken?* Trotzdem lächelte sie dankbar und antwortete: »Gut. Wenigstens lebe ich noch. Das war ein verdammt guter Schuß.« Sie berührte mit der flachen Hand ihre Wange, auf der sie noch immer die Hitze des Lasers zu spüren glaubte. Hätte sie genau in den Laserblitz hineingesehen, dann wäre sie jetzt vermutlich blind.

Skudder sah sie verwirrt an. »Was für ein Schuß?«

»Der, mit dem du . . .« Charity brach verwirrt ab und blickte auf den Gammalaser, den Skudder noch immer über der Schulter trug. Und erst jetzt begriff sie, daß der Strahl, der den Moroni getötet hatte, *weiß* gewesen war. Gammastrahllaser verwendeten kohärentes *grünes* Licht. Trotzdem fuhr sie fort: ». . . mit dem du die *Ameise* von mir heruntergeschossen hast.«

»Das habe ich nicht«, antwortete Skudder. »Ich . . . ich dachte, das wäre Lydia gewesen. Oder der Gnom.«

»Nicht?« vergewisserte sich Charity verstört. »Du hast nicht auf ihn geschossen?«

»Aus hundert Metern Entfernung?« fragte Skudder. »Wofür hältst du mich?«

»Aber wenn . . . wenn du es nicht warst«, murmelte Charity, »wer war es dann?«

Fragend sah sie Kent an, aber der junge Rebell schüttelte nur den Kopf und hob seine Maschinenpistole. Skudder war der einzige von ihnen, der eine Strahlenwaffe hatte.

»Vielleicht klären wir diese Frage später!« sagte Gurk plötzlich. »Falls sie dann noch jemanden interessiert.« Er rutschte von der Instrumentenkonsole herunter und stieß einen Laut aus, der eine Mischung aus einem enttäuschten Seufzer und Entsetzensschrei war.

»Was ist los?« fragte Charity erschrocken. »Kannst du das Ding fliegen oder nicht?«

»Das . . . das kann niemand«, sagte Gurk düster.

»Was soll das heißen?« Kent war mit einem Schritt bei ihm und packte ihn so grob an der Schulter, daß der Gnom vor Schmerz aufschrie. Skudder spannte sich, aber Kent ließ den Gnom bereits wieder los, ehe er eingreifen mußte.

»Ich denke, du kannst mit so einem Ding umgehen!« sagte Kent aufgebracht.

»Das kann ich auch!« antwortete Gurk zornig. »Aber nicht mit diesem hier! Niemand kann das! Es . . . es hat keine Steuerung!«

»Und was ist das da?« Kent deutete anklagend auf das Durcheinander von Zeigern, Bildschirmen und fremdartig beschrifteten Skalen auf dem Pult.

»Das sind nur Überwachungsgeräte«, sagte Gurk. »Das Ding hat keine Steuerung, glaubt mir. Es . . . es muß ferngelenkt sein!« Plötzlich fuhr er herum. »Nichts wie raus hier!«

Und als wäre sein Schrei ein Stichwort gewesen, startete der Gleiter in genau diesem Moment.

Die Beschleunigung war unvorstellbar. Der Gleiter wurde regelrecht in die Luft katapultiert, und Charity und die anderen wurden wie von Hammerschlägen getroffen und zu Boden geschleudert. Vor den Sichtluken begannen Himmel und Erde einen irrsinnigen Tanz aufzuführen, als das Fahrzeug rasend schnell in die Höhe stieg und gleichzeitig nach links abkippte.

Charity wartete mit angehaltenem Atem, bis der irrsinnige Beschleunigungsdruck allmählich nachließ und sie nicht mehr das Gefühl hatte, von der Faust eines Riesen genüßlich in den Eisenboden hineingestampft zu werden. Ihre gebrochene Rippe schmerzte noch heftiger, und sie mußte bei jedem Atemzug einen Schrei unterdrücken.

Und trotzdem vergaß sie all das, als sie sich hochstemmte und ihr Blick die Fenster traf.

Die Landschaft hatte aufgehört, Purzelbäume vor den Sichtluken zu schlagen. In den beiden dreieckigen Fenstern war jetzt nur noch das *Shaitaan* zu sehen.

Und es kam rasend schnell näher.

12

Der Raum war sehr groß – die Wände aus rostzerfressenem Eisen verbargen sich hinter schweren Tapeten aus Seide und anderen, kostbaren Stoffen. Hier und da hingen Bilder. Das Mobiliar hätte eher in ein Museum oder eines der großen Schlösser Europas gepaßt als in den obersten Turm eines *Shaitaan.* Genaugenommen stammten die Möbel auch aus Palästen, so wie die Bilder aus den ehemals wertvollsten Kunstsammlungen dieses Planeten gestohlen worden waren.

Daniel hatte dieses Zimmer nach seinem persönlichen Geschmack eingerichtet. Er hatte auf keine Kosten Rücksicht nehmen müssen – immerhin standen ihm die Schätze eines ganzen Planeten und eine riesige Dienerschar zur Verfügung. Das Zimmer glich zwei oder drei Dutzend anderen Räumen, die es in verschiedenen Gebäuden und an verschiedenen Orten dieser Welt gab, und eigentlich hätte er sich hier wohl fühlen müssen.

Das Gegenteil war der Fall. Daniel fühlte sich nicht wohl. Er fühlte sich sogar ganz und gar *unwohl,* und das mit gutem Grund.

Es war ein Fehler gewesen, den Megamann anzufordern, um Captain Laird unschädlich zu machen – und so, wie die Dinge sich entwickelt hatten, sogar überflüssig. Kyle war zu einem Problem geworden, und nicht erst seit seinem Anruf aus Angellicas Wohnung. Daniel war sich durchaus darüber im klaren, daß seine Herrschaft über diesen Planeten auf tönernen Füßen stand. Die Herren Morons waren großzügig, so lange ihre Untergebenen zu ihrer Zufriedenheit arbeiteten – aber das Wort *Vergebung* gehörte nicht zu ihrem Vokabular.

Unruhig stand Daniel auf und begann in der Suite umherzugehen. Seine Gedanken überschlugen sich. Er hatte einen Fehler gemacht. Er durfte jetzt keinen zweiten begehen und sich damit womöglich sein eigenes Grab schaufeln. Wie die meisten Governore hatte Daniel wenig Erfahrung im Umgang mit Megakriegern. In den letzten Stunden hatte er mit schmerzhafter Deutlichkeit zu begreifen begonnen, daß er den so harmlos aussehenden jungen Mann unterschätzt hatte. Kyle war mehr als eine menschliche Kampfmaschine. Er besaß darüber hinaus einen messerscharfen

Verstand, und er war durchaus in der Lage, ihn nicht nur zur Erfüllung seines Auftrages einzusetzen. Der Megamann hatte Dinge gesehen, die Daniel lieber für sich behalten hätte.

Ein leises Summen drang in seine Gedanken und ließ Daniel abrupt stehenbleiben. Er drehte sich um, blickte die geschlossene Tür einen Moment lang fast irritiert an und sagte dann leise: »Ja?«

Das Schott glitt auf, und eine *Ameise* betrat den Raum. Für einen kurzen Moment erhaschte Daniel einen Blick auf eine andere, sehr viel weniger prachtvolle Welt als die, die er sich selbst hier geschaffen hatte: Hinter der Tür lag ein schmaler, kaum beleuchteter Gang, dessen Wände im dunklen Rot von verrostetem Eisen schimmerten. Das *Shaitaan* war ein gigantisches Bauwerk, vielleicht eines der größten, das jemals auf diesem Planeten errichtet worden war, aber es war nicht für die Ewigkeit gebaut. Das war auch nicht nötig.

»Ja?« sagte Daniel noch einmal, als die *Ameise* keine Anstalten machte, von sich aus zu reden, sondern zwei Schritte vor ihm stehenblieb und ihn aus ihren kalten, ausdruckslosen Augen musterte.

»Der Gleiter befindet sich im Anflug, Herr«, sagte das Wesen. Seine Stimme war wohlmoduliert und sanft; sie hatte keinerlei Ähnlichkeit mit dem unangenehmen Zischeln und Lispeln, das die Moroni-Diener normalerweise von sich gaben. Es war auch nicht wirklich *seine* Stimme, sondern der Klang eines winzigen Übersetzungsgeräts, das in seinen Kehlkopf implantiert worden war.

»Sehr gut«, sagte Daniel abwesend. »Ihr habt eure Anweisungen.«

Das Wesen deutete ein Nicken an. Aber es rührte sich nicht.

»Ist noch etwas?« fragte Daniel unwillig.

Die *Ameise* zögerte. Hätte Daniel nicht gewußt, daß sie zu solchen Empfindungen gar nicht fähig war, dann hätte er in diesem Moment geschworen, daß es ihr unangenehm war, weiterzusprechen.

»Der ... Megakrieger, Herr«, sagte es. »Es gibt ein Problem.«

»So?« fragte Daniel. »Was für ein Problem? Captain Laird kommt sozusagen aus freien Stücken zu uns. Damit ist sein Auftrag erfüllt. Ihr könnt ihn zurückschicken.«

»Das ist es nicht«, antwortete die *Ameise.* »Wir sind nicht sicher, ob wir das noch können.«

»Was soll das heißen?«

»Er hat auf einen unserer Krieger geschossen, Herr.«

»Er hat . . .« Daniel verstummte verwirrt. »Wieso?«

»Das wissen wir nicht. Der Krieger hatte Captain Laird bereits überwältigt, als der Megamann ihn erschoß und ihr somit die Flucht ermöglichte.«

»Und es gibt keinen Zweifel?« vergewisserte sich Daniel. »Es ist kein Irrtum möglich?«

»Die automatische Kamera des Gleiters hat die ganze Szene aufgenommen«, antwortete die *Ameise.* »Sie können sie sich ansehen, wenn Sie es wünschen.«

»Das ist nicht nötig«, antwortete Daniel halblaut. Die Worte des Moroni hatten ihn auf eine Idee gebracht – ein Einfall, der ihm selbst so wahnwitzig erschien, daß er schon fast wieder genial war. Vielleicht, dachte er, hatte Kyle ihm jetzt unabsichtlich selbst einen Weg gezeigt, wie er doch noch aus dieser unangenehmen Lage herauskam, ohne sein Gesicht zu verlieren.

»Wo ist er jetzt?« fragte er.

»Auch das wissen wir nicht«, antwortete der Moroni-Diener. »Der Gleiter wurde beschädigt, als einer der Rebellen einen Schuß abfeuerte. Aber er wird sicher landen.«

»Ist denn so etwas überhaupt möglich?« fragte Daniel. »Ich meine, ich weiß nicht viel über Megakrieger . . . aber ich dachte immer, sie sind absolut loyal.«

Die Ameise zögerte einen Moment. »Er wurde verletzt«, sagte er schließlich. »Sehr schwer verletzt. Es ist unwahrscheinlich, aber denkbar, daß seine Konditionierung dabei durchbrochen wurde. Er stammt von dieser Welt.«

Genau das war es, was Daniel hatte hören wollen. Er hatte plötzlich Mühe, ein zufriedenes Lächeln zu unterdrücken. »Das heißt, wenn dieser unwahrscheinliche Fall eingetroffen ist«, antwortete er umständlich, »dann haben wir es vielleicht mit einem Megakrieger zu tun, der auf Captain Lairds Seite steht.«

»Die Wahrscheinlichkeit dafür beträgt nicht einmal . . .« begann die Ameise, wurde aber sofort von Daniel unterbrochen:

»Ist das denkbar?«

»Ja, Herr«, antwortete der Moroni-Diener nach einem abermaligen, spürbaren Zögern.

Daniel seufzte. Er sah sehr besorgt aus. Aber innerlich triumphierte er. »Was sieht die Standardregel für einen solchen Fall vor?«

»Seine Eliminierung, Herr«, antwortete die Ameise. »Aber ich möchte darauf hinweisen, daß . . .«

»Dann verfahrt nach euren Befehlen«, unterbrach ihn Daniel. »Ich habe keine besondere Lust, mich mit einer wild gewordenen Ein-Mann-Armee herumzuschlagen. Tötet Kyle.«

Das *Shaitaan* war längst zu einem Monstrum geworden, das die Welt draußen vor den Fenstern von einem Ende bis zum anderen ausfüllte. Während der letzten Sekunden war der Flug des Gleiters langsamer geworden, näherte sich dem Bauwerk aber immer noch mit ziemlich hoher Geschwindigkeit. Dort erwartet uns der Tod, dachte Charity unwillkürlich. Das Fahrzeug war automatisch gestartet, als es angegriffen wurde – und das bedeutete nichts anderes, als daß sie dort drinnen wahrscheinlich von einer ganzen Armee bewaffneter Riesenameisen empfangen wurden . . .

Als hätte er ihre Gedanken gelesen, trat Skudder in diesem Augenblick neben sie und lächelte aufmunternd. »Angst?« fragte er augenzwinkernd.

»Nein«, antwortete Charity. »Ich mache mir nur Sorgen um die armen Kerle, die auf uns warten. Du weißt doch, wie tierlieb ich bin. Verdammt, *natürlich* habe ich Angst.« Sie sah nervös zum Fenster. In einem der Spiraltürme hatte sich ein Tor geöffnet.

»Sieht so aus, als wäre eure kleine Revolution zu Ende, ehe sie richtig angefangen hat, wie?« fragte Gurk. Charity warf ihm einen bösen Blick zu, auf den der Gnom aber nur mit einem Grinsen reagierte, während er gleichzeitig einen der erbeuteten Strahler hob.

Wenigstens sind sie nicht mehr völlig wehrlos, dachte Charity. Die beiden toten Riesenameisen hatten sich als wandelnde Waffenarsenale erwiesen – außer Skudder, der noch immer Barts Lasergewehr trug, war jetzt jeder von ihnen mit einer der kleinen Strahler ausgerüstet. Sie waren nicht für Menschen konstruiert worden, und es gehörte schon einige Fingerakrobatik dazu, damit zu zielen – aber Daniels Sturmtruppen würden sich wundern, wenn sie glaubten, es nur mit einer Handvoll schlecht ausgerüsteter Möchtegern-Rebellen zu tun zu haben.

Die Schleuse kam näher. Für einen Moment konnte Charity eine Anzahl winziger, spinnengliedriger Gestalten erkennen, die sich im Halbkreis aufgebaut hatten, dann kippte die Flugscheibe sanft ab, vollführte eine rasche Drehung und setzte mit einem dumpfen Laut auf.

»Okay«, sagte Skudder. »Verteilt euch.«

Niemand antwortete. Sie waren nervös und hatten Angst wie noch nie in ihrem Leben.

Die Triebwerke des Gleiters verstummten mit einem letzten, mächtigen Dröhnen, und fast in der gleichen Sekunde begannen sich die beiden Schleusentore zu öffnen. Charitys Hände wurden feucht vor Aufregung, als die stählernen Türhälften auseinanderglitten. Sie hob ihre Waffe, zielte mit beiden Händen und wartete darauf, daß etwas geschah.

Aber zumindest in den ersten Sekunden blieb alles ruhig. Entweder, dachte sie, die Insektenkrieger dort draußen hatten beschlossen, den Angreifern die Initiative zu überlassen – oder sie waren einfach verwirrt und wußten nicht, was sie tun sollten. Vielleicht hatte der Gleiter einfach nur ein automatisches Notsignal gesendet, ohne die Besatzung des *Shaitaan* über Einzelheiten zu informieren.

»Übrigens«, begann Kent plötzlich. »Was ich gestern gesagt habe, tut mir leid. Ich wollte nur, daß ihr das wißt, wenn . . .«

»Halt's Maul, Kent«, unterbrach ihn Skudder grob. »Wir sind nicht hier, um Abschiedsreden zu halten. Wir wollen überleben.«

»Das werdet ihr nicht«, sagte Lydia.

»Reizend«, murrte Charity. »Solche Aufmunterungen können wir wirklich gebrauchen. Hast du noch mehr solcher . . .«

Sie verstummte mitten im Wort, als sie Lydia ansah.

Die junge Frau hatte das Zeremoniengewand abgelegt, wie sie auch, und sie hielt wie Charity und Net in jeder Hand einen der kleinen, silbernen Laserstrahler. Aber es gab einen eklatanten Unterschied:

Die Mündung der einen Waffe deutete direkt auf Skudder.

Die der anderen auf Charity.

»Was . . . was soll das?« fragte Charity überrascht. »Bist du verrückt geworden?«

»Nein«, antwortete Lydia. Ihr Gesicht war hart, und ihre Stimme bebte. »Legt die Waffen weg.«

»Du bist wohl übergeschnappt!« schrie Kent. »Das ist doch . . .«
Lydia schoß auf ihn.

Es ging so schnell, daß keiner der anderen auch nur Gelegenheit fand, einen Schreckensschrei auszustoßen. Die Waffe in Lydias Hand bewegte sich eine Winzigkeit nach rechts, spie einen kurzen, nadeldünnen Lichtblitz aus und richtete sich sofort wieder auf Skudder. Kent taumelte zurück, prallte gegen die Wand und brach zusammen.

»Glaubt noch jemand, daß ich es nicht ernst meine?« fragte Lydia kalt.

Niemand antwortete. Charity sah aus den Augenwinkeln, wie sich Skudder spannte, aber zu ihrer Erleichterung schien er auch im gleichen Moment einzusehen, daß ein Angriff der reine Selbstmord gewesen wäre.

»Tut, was sie sagt«, sagte Charity ruhig. Langsam senkte sie ihre Waffe, ging in die Hocke und legte den Laser vor sich auf den Boden, mit bedächtigen, übertrieben umständlichen Bewegungen, um Lydia nicht zu einer Unbesonnenheit zu provozieren. Nacheinander legten auch die anderen ihre Waffen fort.

»Gut«, sagte Lydia. »Und jetzt stellt euch an die Wand. Nebeneinander und mit erhobenen Armen.«

»Du gehörst also auch zu ihnen«, sagte Charity bitter. »Mein Kompliment, Lydia. Nicht einmal ich habe dich durchschaut. Habt ihr eine neue Art der Tarnung entwickelt?«

»Ich bin keines dieser . . . *Tiere!*« antwortete Lydia erregt. Das letzte Wort schrie sie fast.

Charity war nicht einmal überrascht. Sie hätte gespürt, wenn Lydia kein Mensch gewesen wäre, ganz gleich, wie perfekt ihre Tarnung auch sein mochte.

»Warum tust du es dann?« fragte sie.

»Das geht dich nichts an«, antwortete Lydia. »Und es spielt auch keine Rolle mehr.«

»Für mich schon«, sagte Charity. »Was haben sie dir geboten? Unsterblichkeit? Macht?«

In Lydias Gesicht arbeitete es. Für einen Moment zerbrach die Maske aus Stein, und Charity sah sie so, wie sie in Wahrheit war: nichts als eine hilflose junge Frau, die vor Angst fast den Verstand verloren hatte. Ganz langsam senkte sie die Arme.

Die Waffe in Lydias Hand ruckte hoch. »Mach keine Dummheiten«, sagte sie. »Ich soll euch lebend bringen, aber tot seid ihr Daniel bestimmt immer noch lieber, als bekäme er euch gar nicht.«

Charity erstarrte wieder. Lydia befand sich in einem Zustand, der sie absolut unberechenbar werden ließ.

»Du arbeitest also für Daniel«, sagte Net. »Das hätte ich mir denken können. Woher wußte er, wo wir sind?«

»Gar nicht«, antwortete Lydia. Sie deutete auf Kent. »Eigentlich sollte ich nur das Versteck dieses Narren da ausfindig machen. Daß ihr mir über den Weg gelaufen seid, war ein Zufall.«

»Hoffentlich bereust du ihn nicht noch«, sagte Net zornig.

An der Tür wurden Schritte laut: das klackende Geräusch von Insektenklauen, aber auch die Schritte eines Menschen. Ein halbes Dutzend schwerbewaffneter Insektenkrieger drängte in den Gleiter und nahm rechts und links neben Lydia Aufstellung. Mehr als zwanzig Strahlenwaffen gleichzeitig richteten sich auf Charity, Skudder, Net und Abn El Gurk.

Der Gnom lachte gehässig. »Was glauben diese Blödmänner eigentlich, was passiert, wenn sie alle zusammen schießen?« fragte er beinahe fröhlich. »Die braten sich doch selbst!«

»Kaum«, sagte eine Stimme von der Tür aus.

Charity sah auf, und obwohl sie genau gewußt hatte, wen sie sehen würde, ließ der Anblick sie doch erschrocken zusammenfahren.

Daniel Stone ließ ihr ausreichend Zeit, ihn in aller Ruhe zu mustern.

Er hatte sich kaum verändert – sein Gesicht war trotz allem noch immer das eines zu groß geratenen, ein wenig schüchternen Jungen. Statt der dunkelblauen Space-Force-Uniform, in der Charity ihn zuletzt gesehen hatte, trug er jetzt eine einteilige Montur aus einem schwarzen Material, das irgendwie *lebendig* aussah.

»Aber du hast natürlich völlig recht«, fuhr Stone nach einer Weile an Gurk gewandt fort. »Es wäre ziemlich dumm, euch zu töten, nachdem ich mir solche Mühe gegeben habe, euch *lebend* zu bekommen.« Er wandte sich mit einer herrischen Geste an die Krieger. »Steckt die Waffen weg. Unsere Gäste werden kaum so dumm sein, sich mit bloßen Händen wehren zu wollen.«

Charity hatte Mühe, ihre Gefühle im Zaum zu halten. Was sie

Stone gegenüber empfand, war abgrundtiefer Haß. Und doch wußte sie, daß er nicht der wahre Schuldige war. Irgend etwas war in jenen drei Jahren mit ihm geschehen, die er vor ihr aus dem Schlaftank gestiegen war.

»Sie sind nicht sehr gesprächig, wie?« fragte Stone. Er seufzte. »Aber das wird sich ändern. Und wir haben viel Zeit, uns zu unterhalten.«

Eine Sekunde lang wartete er vergeblich auf eine Antwort, dann wandte er sich um und maß Skudder mit einem langen, sehr nachdenklichen Blick. »Wir übrigens auch, mein Freund. Und ich weiß auch schon ein paar Themen, über die wir reden könnten.«

»Ach?« sagte Skudder. »Und welche?«

»Loyalität«, schlug Daniel vor. »Oder die Strafe für einen gebrochenen Vertrag.«

»Was ist mit meinem Kind?« mischte sich Lydia ein. Daniel drehte sich zu ihr herum und sah sie stirnrunzelnd an, fast als verstünde er den Sinn ihrer Frage nicht.

»Ich habe sie gebracht«, fuhr Lydia fort. Ihre Stimme schwankte. »Ich habe getan, was Sie verlangt haben. Jetzt geben Sie mir mein Kind zurück.«

»Dein Kind?« Charity sah überrascht auf. Und plötzlich begriff sie. Voller Zorn starrte sie Stone an.

»Sie haben ihr *Kind* entführt, um sie zu erpressen?«

»Nicht entführt«, berichtigte Daniel sie. »Es wurde erwählt. Ihre Freundin war so dumm, es zu nehmen und damit fliehen zu wollen. Sie ist nicht besonders weit gekommen. Aber ihr Mut hat mir imponiert. Und da wir ohnehin ein kleines Problem mit den Rebellen hatten . . .«

»Ich mußte es tun, Charity«, sagte Lydia. Ihre Selbstbeherrschung zerbrach endgültig. Sie begann zu schluchzen. »Sie haben mich gefaßt, als ich die Stadt verlassen wollte. Er . . . er hat gesagt, daß er mir das Leben schenkt, und mir meinen Sohn zurückgibt, wenn ich ihm helfe, das Rebellenversteck zu finden.«

»Und darauf bist du hereingefallen?« fragte Skudder zornig. »Verdammt, das kannte er doch längst! Spätestens, als wir Feargal erledigt haben, hättest du wissen müssen, was wirklich vorgeht! Er hat nur mit dir gespielt!«

»Sie tun mir Unrecht, Skudder«, sagte Daniel. Seltsamerweise hatte Charity bei diesen Worten das Gefühl, daß sie durchaus ehrlich gemeint waren. »Wir haben ein paar Verbindungsleute, das ist richtig. Aber die Rebellen sind mißtrauisch. Die wenigsten verraten irgendeinem Außenstehenden ihr Versteck.« Er machte eine abgehackte Handbewegung, um das Thema damit für erledigt zu erklären, und wandte sich an einen der Insektenkrieger.

»Führe sie zu ihrem Kind«, sagte er. »Und dann bringt sie zurück in die Stadt.« Er lächelte in Charitys Richtung. »Sie sehen, ich halte mein Wort. Auch meinen Feinden gegenüber.«

»Beeindruckend«, antwortete Charity. »Vielleicht habe ich mich wirklich in Ihnen getäuscht.«

Daniel lachte kurz auf, aber dann wurde er sofort wieder ernst. »Genug jetzt«, sagte er bestimmt. »Ich muß noch ein paar Kleinigkeiten erledigen, danach habe ich Zeit genug, mich mit Ihnen zu unterhalten.«

»Über die Art meiner Hinrichtung?« erkundigte sich Charity.

Stones Lächeln gefror. »Bringt sie weg!« befahl er.

13

Diesmal dauerte das Erwachen länger; und es war noch qualvoller als zuvor. Kyle erinnerte sich kaum noch, wie er hierher gekommen war – er war gelaufen, gesprungen, geklettert, und dann hatte ihn die Faust eines Riesen getroffen. Alles, was danach geschehen war, war zu einem wirren Durcheinander sinnloser Bilder und Geräusche verschmolzen: Er erinnerte sich an eine Welt, auf der er nie gewesen war, ein Planet, der sich unter einem giftgrünen Himmel duckte, eine Welt voller Stürme und Orkane, verbranntem Boden und wucherndem Dschungel, auf dem jeder Schritt den Tod bringen konnte, und nur der Stärkste eine Chance hatte. Dann wieder lange, klinisch saubere Korridore voller blitzender Geräte und summender Maschinen, ein ausdrucksloses Gesicht aus Chrom, Hände aus Stahl, die nicht streichelten, sondern nur festhielten und die er bald zu hassen begann; so sehr, daß er sie am Ende liebte. Einer von dreitausend. Die Regel des *Shai*. Die Jagd, von der nicht alle zurückkehrten. Eine verschwommene, aufgedunsene Sonne, deren Licht in den Augen schmerzte. Blitzende Messer in seinem Fleisch. Wieder ein Chromgesicht, anders, strenger...

Die Bilder begannen zu zerfließen, und plötzlich verspürte er einen unvorstellbaren Verlust; etwas war ihm genommen worden, noch ehe er es bekam.

Kyle erwachte, und in dem Moment, in dem er die Augen öffnete, verschwand das Chaos hinter seinen Schläfen und machte dem präzisen Denken Platz, das er gewohnt war. Er begriff, daß dieser Wechsel von Wachsein und Fast-Bewußtlosigkeit kein Zufall war. Sein Körper war bis über die Grenzen des Vorstellbaren hinaus geschunden und verletzt worden, und seine Energievorräte reichten lange nicht mehr aus, ihn in der gewohnten Art funktionieren zu lassen.

Er versuchte sich aufzurichten und konnte es nicht. Seine Muskeln waren verkrampft und schmerzten. Die sanft geneigte Metallfläche, auf der er lag, klebte von seinem eigenen Blut. Er lag auf der Oberseite des Gleiters, hielt sich an winzigen Zacken fest, während seine Füße an den winzigen Vorsprüngen der Fensterumrandungen Halt gefunden hatten. Diesmal hatte er einfach nur *Glück* gehabt. Nicht einmal seine Kraft hätte gereicht, ihn auf dem rasenden Fluggerät zu halten – der einzige Grund, aus dem er nicht heruntergestürzt war, waren die irrsinnige Beschleunigung und der Fahrtwind gewesen, die ihn einfach gegen die Metallhülle des Gleiters preßten. Kyle stöhnte, schloß für Sekunden die Augen und versuchte, den Schmerz zu isolieren und aus seinem Körper herauszudrängen.

Er konnte es nicht mehr. Hilflos lag er da und spürte, wie er allmählich den Halt zu verlieren begann. Erst langsam, dann immer schneller glitt er auf dem spiegelnden Metall dahin, und dann war plötzlich nichts mehr unter ihm als vier Meter Leere und ein Boden aus rostigem Eisen, auf den er mit grausamer Wucht aufschlug. Stöhnend wälzte sich Kyle herum, krümmte sich und schlang die Arme um den Oberkörper, bis er wie ein übergroßer Fötus dalag, wimmernd und von keinem anderen Wunsch erfüllt als dem zu sterben.

Aber das durfte er nicht.

Das gleiche Etwas, das sein Bewußtsein nach Belieben ein- und ausschaltete und ihn mit diesen fürchterlichen Nicht-Erinnerungen quälte, verbot ihm auch, aufzugeben, denn da war noch etwas, was er tun mußte.

Laird.

Captain Charity Laird.

Er mußte sie finden.

Er mußte sie finden und zu Daniel bringen.

Stöhnend vor Schmerzen kroch Kyle los.

Sie hatte damit gerechnet, in eine Zelle gesteckt zu werden, doch sie wurde nicht einmal bewacht. Eine Eskorte der schwarzen Insektenkrieger begleitete Net, Skudder und Charity in eine der oberen Etagen des *Shaitaan,* wo sie zwar voneinander getrennt wurden, aber die Geschöpfe machten sich nicht einmal die Mühe, sie nach verborgenen Waffen zu durchsuchen, sondern stießen sie nur unsanft durch eine Tür und ließen sie allein.

Charity sah sich mit einer Mischung aus Überraschung und Zorn um. Der Raum, in dem sie sich befanden, hätte der Präsidentensuite im New Yorker Hilton zur Ehre gereicht. So konnte sie sich zum Beispiel nicht erinnern, daß in der Präsidentensuite irgendeines Luxushotels je ein Bild von Van Goghs Sonnenblumen gehangen hätte. Hier hing es. Und obwohl Charity nicht viel von Malerei verstand, war sie ziemlich sicher, daß es sich um das Original handelte. Und es war längst nicht das einzige Bild, das an den mit Seidentapeten bedeckten Wänden hing.

»Gefällt es Ihnen?«

Betont langsam drehte sich Charity herum. Sie hatte nicht einmal gehört, daß die Tür aufgegangen war, aber Stone stand nur ein paar Schritte hinter ihr. Er war allein und offenbar unbewaffnet.

»Ich weiß, was Sie denken, Captain Laird«, sagte Daniel. »Versuchen Sie es nicht. Ich weiß, daß Sie mir körperlich überlegen sind. Und wahrscheinlich wären Sie im Moment zornig genug, mich umzubringen, selbst wenn das Ihren eigenen Tod bedeutet. Aber ich trage etwas Ähnliches wie Sie.« Er deutete auf die zerfetzte dunkelblaue Space Force-Uniform, die wieder zum Vorschein gekommen war, als Charity das Zeremoniengewand ablegte, und die flache silberne Gürtelschnalle, in der sich der Schildgenerator verbarg. »Nur meines funktioniert sehr viel besser. Sie würden sich sehr weh tun, wenn Sie mich auch nur anrühren.«

Er wartete ein paar Sekunden lang vergeblich auf eine Antwort, dann zuckte er mit den Achseln und deutete auf das Bild hinter Charity. »Gefällt Ihnen meine kleine Sammlung?« fragte er noch einmal.

»Ich verstehe nichts von Kunst«, antwortete Charity. »Aber trotzdem – mein Kompliment. Zumindest als Plünderer sind Sie ein As, Stone.«

»Das sehe ich anders«, antwortete Daniel ungerührt. »Hätte ich diese Kunstschätze nicht ... *geplündert,* wie Sie es ausdrücken, dann wären sie jetzt vermutlich schon vernichtet. Vielleicht hätte sie irgend jemand verbrannt, um ein Kaninchen darüber zu schmoren.«

»Oh, ich verstehe«, sagte Charity zynisch. »Bitte entschuldigen Sie, daß ich mich so in Ihnen getäuscht habe, Lieutenant. Das ist dann wohl auch der Grund, aus dem Sie unsere Welt an diese ... Monster verkauft haben?«

Daniel seufzte. Einen Moment lang sah er fast traurig aus, dann wandte er sich wortlos um und ging zu einem kleinen Schränkchen neben der Tür. Als er zurückkam, hielt er zwei Champagnergläser in der Hand. Charity hatte plötzlich Lust, das Glas zu nehmen und ihm seinen Inhalt ins Gesicht zu schütten, aber sie begriff auch fast im gleichen Moment, daß es genau diese Reaktion war, die Daniel von ihr erwartete. Eine Sekunde lang zögerte sie noch, dann griff sie nach dem Glas und nippte vorsichtig an seinem Inhalt.

»Es ist nicht vergiftet«, sagte Daniel spöttisch. »Einen solchen Tropfen zu vergiften wäre Gotteslästerung.«

Charity starrte ihn an. Sie war verwirrt. Seit zwei Wochen hatte sie fast unentwegt an Stone gedacht und an die verschiedensten Möglichkeiten, ihm den Hals umzudrehen. Aber jetzt, als sie ihm gegenüberstand, fühlte sie sich hilflos. Er war völlig anders, als sie geglaubt hatte. Statt des großen Tyrannen, als den ihn Skudder und Kent und alle anderen gesehen hatten, sah sie noch immer den jungen Soldaten, einen Mann mit einem Kindergesicht, schmalen, fast weiblichen Händen und Augen, die an die eines verstörten Rehs erinnerten.

Und doch war es der gleiche Mann, der Skudder in ihrem Beisein den Befehl erteilt hatte, vierhundert Menschen umzubringen.

Stone schien genau zu spüren, was in ihr vorging, denn er gab ihr ausreichend Zeit, ihn in aller Ruhe zu mustern. »Zufrieden mit dem, was Sie sehen?« fragte er schließlich.

»Nein«, gestand Charity. »Ich bin ein bißchen ... verwirrt.«

»Verwirrt?« Daniel lachte, stellte sein Glas auf einen Tisch, setzte sich auf seine Kante und ließ die Beine baumeln. Er sah jetzt vollends aus wie ein großer Junge, der in ein schwarzes Kostüm geschlüpft war und Darth Vader spielte, dachte Charity.

»Was haben Sie erwartet?« fragte er. »Ein Monster?«

»Sind Sie das denn nicht?«

Wenn ihn diese Frage verletzte, dann überspielte er es meisterhaft. Sein Lächeln wurde eher noch breiter. »Ich hoffe nicht, daß Sie mich so sehen, Captain Laird ... Charity. Darf ich Charity zu Ihnen sagen?«

»Kann ich Sie daran hindern?«

»Kaum«, gestand Daniel lächelnd. »Wissen Sie, daß ich sehr froh bin, daß wir uns so gegenüberstehen?«

»So?« sagte Charity. »Ich nicht.«

»Ich meine es ernst«, fuhr Daniel fort. »Ich wollte nicht, daß Sie verletzt oder gar getötet werden.«

»Wie großzügig«, antwortete Charity spöttisch. Sie versuchte zu lachen, aber die unvorsichtige Bewegung ließ einen stechenden Schmerz durch ihre Brust schießen. In ihrem Mund war plötzlich wieder bitterer Blutgeschmack. Sie verzog das Gesicht, krümmte sich ein wenig und preßte die Hände gegen die Seite.

»Was ist mit Ihnen?« fragte Daniel erschrocken. »Sind Sie verletzt?«

»Nein«, log Charity.

»Wir haben sehr gute Ärzte hier«, antwortete Stone. »Ich lasse Sie untersuchen, sobald wir in New York sind.«

»Ihre Sorge rührt mich zu Tränen«, sagte Charity böse.

»Warum sind Sie so bitter?« fragte Daniel. Er hob die Hand, als sie antworten wollte, und fuhr fort: »Es ist zum Teil meine Schuld. Ich hätte Sie nicht allein in der Bunkerstation zurücklassen dürfen. Vielleicht wäre alles anders gekommen, wenn ich Sie geweckt hätte.«

»Bestimmt sogar«, antwortete Charity freundlich. »Ich hätte Ihnen das Genick gebrochen, ehe Sie auch nur *Hallo* zu diesen Monstern hätten sagen können.«

Daniel seufzte. »Ich verstehe Ihren Zorn«, sagte er. »Sie müssen mich verachten. Wahrscheinlich würde ich ebenso fühlen, an Ihrer Stelle ... Sie erwachen, finden Ihre Welt in Trümmern und sehen mich als Verräter. Wie gesagt, ich verstehe Sie. Aber versuchen Sie doch auch, mich zu verstehen.«

»Wie bitte?« Charity starrte ihn fassungslos an.

»Geben Sie mir eine Chance, Charity«, sagte Daniel ernsthaft. »Und sich auch. Glauben Sie mir, als ich aus dem Tank stieg, vor drei Jahren, da habe ich genauso empfunden wie Sie jetzt. Ich ... ich war fast wahnsinnig vor Zorn. Ich habe viele von ihnen getötet, bis sie mich schließlich stellten.«

»Ach«, sagte Charity. »Und dann? Hat Ihnen der große Gottvater von Moron ins Gewissen geredet und Sie davon überzeugt, daß diese Kreaturen eigentlich nur unser Bestes wollen?«

»Er hat mich davon überzeugt, daß wir keine Chance haben«, antwortete Daniel. »Widerstand gegen einen Feind, der unbesiegbar ist, ist dumm, und Stolz, der keinen Grund mehr hat, manchmal tödlich. Es gibt auf dieser Welt nichts mehr, worum es sich zu kämpfen lohnt.«

»Wenn ich Sie so ansehe, könnte ich das fast glauben«, sagte Charity. Aber die Worte klangen nicht ganz so sarkastisch, wie sie beabsichtigt hatte.

»Wir haben verloren, Charity«, fuhr Daniel ungerührt fort. »Denken Sie, es hat mir nicht ebenso weh getan wie Ihnen? Zum Teufel, ich war Mitglied der gleichen Armee wie Sie! Ich war ebenso stolz auf unsere Waffen und unsere Macht und all unsere technischen Errungenschaften, und ich habe uns für ebenso unbesiegbar gehalten! Aber wir *sind* besiegt worden, und zwar ein für allemal! Sie können nicht gegen Moron kämpfen! Niemand kann das!«

»Ich habe es wenigstens versucht.«

»Ja«, antwortete Daniel, plötzlich beinahe zornig. »Sie haben ein oder zwei Dutzend Insektenkrieger getötet, und Sie haben ein paar meiner Spione ausgeschaltet. Und was hat Sie dieser Sieg gekostet? Wie viele Menschen sind gestorben, seit Charity Laird aus der Vergangenheit kam und damit begonnen hat, die Menschheit zu befreien? Zweihundert? Dreihundert? Tausend? Ich kann eine Million dieser Krieger herbeirufen, wenn ich will! Und wenn das nicht reicht, hundert Millionen! Oder tausend!«

»Hören Sie auf!« sagte Charity.

Daniel lachte. »Warum? Weil Ihnen nicht gefällt, was ich sage? Mir hat es auch nicht gefallen – aber es ist die Wahrheit. Wir sind geschlagen. Keine Macht des Universums kann die Erde noch retten. Verdammt, erinnern Sie sich doch einfach! Sie waren dabei! Sie haben die Kämpfe miterlebt. Und damals waren wir sechs Milliarden! Wir hatten unsere Armeen, unsere Flotten. Raumschiffe. Atombomben. Sie wissen so gut wie ich, wieviel es uns genutzt hat. Sie haben uns einfach niedergewalzt, und sie würden es wieder tun, selbst wenn wir noch in der Lage wären, uns zu wehren.« Er nahm das Glas wieder auf, drehte es einen Moment in der Hand und betrachtete die blitzenden Lichtreflexe in dem geschliffenen Kristall.

»Ich habe in den letzten drei Jahren eine Menge gelernt, Charity«, sagte er. »Diese Welt ist nur eine Facette von Tausenden, vielleicht sogar Millionen. Die großen Brüder von den Sternen sind leider keine weisen alten Männer, sondern Ungeheuer. Sie haben einen Großteil dieser Galaxis erobert, und sie werden auch den

Rest noch erobern. Nichts kann sie aufhalten.« Er seufzte erneut. »Ich weiß nicht einmal, warum sie es tun.«

Charity sah überrascht auf.

»Ich weiß es wirklich nicht«, sagte Daniel, als er ihren zweifelnden Blick bemerkte.

»Und Sie haben nie danach gefragt?«

»Ich habe niemals jemanden getroffen, dem ich diese Frage stellen konnte«, antwortete Stone. »Auch ich weiß nicht, wer die Moroni wirklich sind. Ich glaube, es gibt einen oder mehrere von ihnen in dem Raumschiff am Nordpol, aber wenn, dann verlassen sie es nie.«

»Sie machen es sich ein bißchen leicht, finden Sie nicht?« fragte Charity.

»Vielleicht.« Stone stellte das Glas auf den Tisch zurück und sah sie an. »Aber da ist noch etwas, was Sie wissen sollten.«

»So?«

»Sie und Ihre Freunde sind nicht die ersten, die versuchen, sich gegen Morons Herrschaft aufzulehnen«, sagte Daniel. »Es ist immer wieder vorgekommen. Sie sind nicht unverwundbar. Im Gegenteil – je länger ich für sie arbeite, desto mehr glaube ich, daß ihre Technik kaum weiter entwickelt ist, als es unsere war, kurz bevor sie kamen. Es ist nur ihre unvorstellbare Zahl, die sie immer wieder siegen läßt. Töten Sie einen, werden hundert neue hinzukommen. Trotzdem wurden sie schon besiegt.«

»Von wem?« fragte Charity.

»Von verschiedenen Völkern«, antwortete Daniel. »Manchmal gelingt es den Ureinwohnern eines Planeten, sie zurückzuschlagen, trotz ihrer ungeheuren Zahl. Nicht oft, aber manchmal. Dieser Zwerg, den Sie bei sich haben ...«

»Gurk?«

Daniel lächelte flüchtig. »Nennt er sich so? Ihre Technik war weit genug fortgeschritten, es mit den Angreifern aufnehmen zu können. Sie schossen die Krieger schneller ab, als sie über den Transmitter herangeschafft werden konnten.«

»Und?« fragte Charity.

Stone schwieg eine ganze Weile. »Erinnern Sie sich an Pro-Alpha-Neun?« fragte er. »Die Supernova, die ein Jahr vor dem Auftauchen des Sternenschiffes entdeckt wurde?«

Charity nickte.

»Es war die Sonne ihrer Welt«, sagte Daniel. »Auch das gehört zu Morons Taktik. Sie vernichten, was sie nicht haben können. Sie wurden zurückgeschlagen, und als sie begriffen, daß sie diesen Planeten nicht unterwerfen konnten, sprengten sie seine Sonne. Gurk ist wahrscheinlich einer der letzten Überlebenden seines Volkes. Vielleicht der letzte überhaupt.«

»Ich ... ich glaube Ihnen kein Wort!« sagte Charity erschüttert.

»Dann fragen Sie ihn selbst«, antwortete Daniel. »Er wird Ihnen sagen, daß es die Wahrheit ist. Sie können diese Ungeheuer nicht besiegen. Sie können sich unterwerfen und weiterleben – oder kämpfen und sterben.«

»Dann sterbe ich lieber«, sagte Charity. Aber die Worte klangen nicht sehr überzeugend, und Daniel machte sich nicht einmal die Mühe, darauf zu reagieren.

Er stand auf. »Ich wollte, daß Sie das wissen«, sagte er, »ehe wir weiterreden. Vielleicht bewahrt es Sie davor, einen Fehler zu machen.« Seine Stimme wurde sehr eindringlich. »Wissen Sie, Charity – ich traue Ihnen durchaus zu, das Unmögliche möglich zu machen. Vielleicht hätten Sie es wirklich geschafft, sie zu besiegen. Aber damit würden sie dieser ganzen Welt den Tod bringen.«

»Sie stirbt doch sowieso«, sagte Charity. Zornig deutete sie auf eines der großen Fenster. »So blind können nicht einmal Sie sein, Stone! Sehen Sie hinaus! Das ist nicht mehr die Erde! Sie verändern sie. In hundert oder zweihundert Jahren wird es hier keine Menschen mehr geben.«

»Vielleicht«, antwortete Daniel. »Aber das sind dann immer noch hundert oder zweihundert Jahre mehr, als sie sonst hätten.«

»Sie glauben das wirklich, nicht wahr?« fragte Charity erschüttert. »Ich meine, Sie glauben wirklich, daß Sie den Menschen *helfen*, mit dem, was Sie tun!«

»Ich weiß es«, antwortete Daniel ruhig. »Ich weiß, daß ich sie nicht mehr retten kann. Aber vielleicht helfe ich ihnen, noch ein paar Generationen mehr geschenkt zu bekommen. Vielleicht ist es nur Sterbehilfe, die ich leiste, aber das ist immer noch besser, als gar nichts zu tun.«

»Sie sind ja völlig wahnsinnig«, murmelte Charity.

»Denken Sie über meine Worte nach, Charity«, bat Stone. »Ich gebe Ihnen so viel Zeit dazu, wie Sie brauchen. Und jetzt kommen Sie.«

Er machte eine einladende Geste zur Tür, aber Charity bewegte sich nicht.

»Wohin bringen Sie mich?«

»Nach New York«, antwortete Daniel. »Das hier ist kaum der richtige Ort, um in Ruhe über solche Dinge reden zu können.«

»Und die anderen?«

»Skudder und diese *Wastelanderin*?« Daniel tat so, als müsse er einen Moment über den Sinn ihrer Frage nachdenken. »Ich verspreche, daß sie gut behandelt werden. Sie werden uns begleiten, wenn Sie das wünschen. Unter einer Bedingung.«

»Und welcher?«

»Daß Sie wirklich über unser Gespräch nachdenken, Charity. Nehmen Sie sich Zeit. Reden Sie mit Skudder und Gurk, und dann denken Sie darüber nach, ob es sich wirklich lohnt, für die Erinnerung an einen untergegangenen Planeten eine ganze Welt zu opfern.«

14

Die Spur war nicht sehr deutlich. Während der letzten halben Stunde mußten sich Hunderte von Menschen und *Dienerkreaturen* in der Hangarschleuse aufgehalten haben; hinzu kam, daß es Kyle immer mehr Mühe kostete, im Infrarotbereich zu sehen; was für ihn normalerweise so deutlich zu erkennen gewesen wäre, als hätte man es mit Leuchtfarbe auf den Boden gemalt, das erriet er jetzt mehr, als er es wirklich sah. Und doch wußte er, wohin Captain Laird gegangen war. Ihr Ziel war der Transmittersaal in der großen Halle des *Shaitaan*, der einzige Ort, von dem aus ein Weg nach New York führte.

Kyle wußte nicht mehr, warum Laird dorthin wollte. Er hatte es einmal gewußt, aber vergessen. Alles, was jetzt noch zählte, war, sie einzuholen und zu stellen, um sie zu Daniel zu bringen, weil ... weil ...

Er erinnerte sich nicht. Es spielte auch keine Rolle mehr.

Vor ihm lag jetzt eine eng gewundene, schmale Treppe, die in halsbrecherischem Winkel in die Tiefe führte. Die Stufen bestanden aus nacktem Stahl, der schon vor zwanzig Jahren begonnen hatte, Rost anzusetzen, und das Licht war so schwach, daß es nur wenige Meter weit in die Tiefe fiel; alles, was darunter lag, war selbst für Kyles überscharfes Sehvermögen unsichtbar. Er schätzte, daß er gute zehn Minuten brauchen würde, um diese Treppe zu überwinden, selbst im Laufschritt. Es gab Aufzüge, aber Kyle spürte instinktiv, daß er sie besser mied. Er war keinem lebenden Wesen begegnet, seit er die Schleuse verlassen hatte.

Kyle fiel in einen leichten Trab, bei dem er immer drei Stufen auf einmal nahm, während er die Treppe hinunterstürmte. Seine Schritte erzeugten dröhnende, unheimlich nachhallende Echos auf der gewaltigen Eisenkonstruktion. Er brauchte länger als die veranschlagten zehn Minuten, um das Ende der Treppe zu erreichen. Zweimal verließen ihn die Kräfte, er mußte stehenbleiben und warten, bis sich sein rasender Herzschlag wieder einigermaßen beruhigte und die Welt aufhörte, sich vor seinen Augen zu drehen. Ein nie gekanntes, auf absurde Art beinahe wohltuendes Gefühl der Schwäche hatte sich in seinem Körper ausgebreitet, eine schleichende Verlockung, sich einfach auf die eisernen Stufen sinken zu lassen und die Augen zu schließen. Aber er wußte, daß er nie wieder aufwachen würde, wenn er dieser Verlockung nachgab. Kyle war ziemlich sicher, daß er starb. Aber das spielte keine Rolle, und noch war es nicht soweit. Er würde seinen Auftrag erfüllen, was danach geschah, war gleichgültig.

Endlich erreichte er das Ende der Treppe und damit einen hohen, halbrunden Kuppelsaal, in dessen Wänden sich zahlreiche Türen befanden. Er blieb stehen. Er war niemals in diesem *Shaitaan* gewesen und wußte nicht, wohin die einzelnen Gänge führten. Und er konnte es sich nicht leisten, sie der Reihe nach zu untersuchen – zum einen, weil er einfach nicht mehr die Kraft dazu hatte, und zum anderen, weil ihm auch keine Zeit mehr blieb. Selbst wenn Captain Laird sich ihren Weg freikämpfen mußte, würde sie den Transmitter bald erreicht haben. Und dann hatte er die Auswahl unter ungefähr fünfzigtausend Transmitterstationen, auf denen er sie suchen konnte – allein auf *dieser* Welt ...

Auf gut Glück drang Kyle in einen der Gänge ein und blieb nach ein paar Schritten wieder stehen. Vor ihm erklangen Geräusche: das undeutliche Summen ferner Stimmen und das harte Klacken von Insektenkrallen. Eine Dienerkreatur näherte sich. Ganz instinktiv und ohne auch nur darüber nachzudenken, wich Kyle ein Stück zur Seite und nahm so Aufstellung, daß er die Ameise einen Sekundenbruchteil eher sehen konnte als sie ihn.

Es war ein Krieger, der ihm entgegenkam – Kyle erkannte die winzigen Unterschiede, die einem Menschen vermutlich nicht aufgefallen wären, sofort: Die Augen des Insekts waren eine Spur größer und schimmerten leicht rötlich, und seine Glieder waren schlanker als die der Moroni-Diener.

Und er schoß sofort, als er Kyle erblickte.

Ein dünner, grellweißer Lichtblitz stach nach Kyle, verfehlte ihn um Haaresbreite und ließ die Wand neben seiner Schulter dunkelrot aufglühen.

Abermals reagierte Kyle rein instinktiv. Noch bevor sein Bewußtsein die Gefahr überhaupt richtig begriff, in der er schwebte, übernahmen Instinkte und jahrelang antrainierte Reflexe den Befehl über seinen Körper. Er versuchte nicht, seine eigene Waffe zu ziehen, denn er wußte, wie unglaublich schnell die Insektenkrieger waren, sondern stieß sich mit aller Kraft ab, erreichte den Moroni mit einem gewaltigen Satz und tötete ihn mit einem Handkantenschlag gegen die einzige Stelle seines Körpers, an der das Geschöpf verwundbar war – die dünne Verbindung zwischen seinem Ober- und Unterleib. Der Krieger stieß einen schrillen Pfiff aus, taumelte zur Seite und brach zusammen. Seine Glieder zuckten, aber Kyle wußte, daß er tot war.

Kyle löste zwei der vier kleinen Strahlenpistolen aus dem Gürtel der Ameise, warf seine eigene, ohnehin fast nutzlose Waffe fort und sah sich aufmerksam um. Es war möglich, daß der Krieger rein versehentlich auf ihn geschossen hatte, vielleicht hatte es Kämpfe zwischen den Wächtern und Lairds Begleitern gegeben, und die Ameisen feuerten einfach auf alles, was nach einem Menschen aussah. Aber es gab auch noch eine andere Erklärung, und die erschien Kyle im Moment fast überzeugender: Wenn der beschädigte Chamäleonanzug aufgehört hatte, den Kennimpuls auszustrahlen, dann *war* er ein Eindringling, und dann würde man ihm denselben erbitterten Widerstand entgegenbringen wie Laird und den anderen.

Kyle war sehr vorsichtig, als er weiterging.

Der Gang endete vor einem wuchtigen, runden Panzerschott, das nur halb geschlossen war. Geschickt den Schatten als Deckung nutzend, näherte sich Kyle der Tür und spähte hindurch. Vor ihm lag ein weiter, fast leerer runder Saal, in dem sich ein Dutzend *Dienerkreaturen* aufhielten: fünf Krieger, der Rest Arbeiterinnen, die zwar unbewaffnet, aber kaum weniger gefährlich waren. Keine Spuren von Kämpfen. Kyle erwog für einen Moment die Möglichkeit, daß man Laird bereits gefaßt hatte und die Jagd somit zu Ende war. Aber der Angriff des Kriegers sprach dagegen.

Er zögerte noch eine Sekunde, dann schob er eine der beiden Waffen hinter seinem Rücken in den Gürtel und verbarg die andere so gut wie möglich in der Hand. Ohne eine Spur von Hast trat er in den Saal hinein und hob die linke Hand. Gleichzeitig rief er in der Sprache der *Diener* die Worte, die ihn als Megakrieger und Angehörigen der befehlenden Kaste auswiesen.

Kyle begriff im gleichen Moment, daß er schon wieder einen Fehler gemacht hatte.

Die Arbeiterinnen erstarrten mitten in der Bewegung, aber die fünf Krieger griffen fast gleichzeitig nach ihren Waffen und eröffneten das Feuer.

Kyle wich den ersten Laserblitzen mit einem verzweifelten Satz aus, während er zugleich den zweiten Strahler aus dem Gürtel zerrte, und begann zu schießen, noch ehe er wieder vollends auf die Füße kam.

15

In gewissem Sinne glich das Innere des *Shaitaan* dem Sternenschiff, das am Nordpol gelandet war: Das Bauwerk war gigantisch, aber offenbar vollkommen leer.

Die Halle, in die Daniel Charity gebracht hatte, war groß genug, um bequem die Liberty nebst einigen mittleren Wolkenkratzern aufnehmen zu können. In der Mitte erhob sich eine vielleicht fünf Meter hohe, runde Plattform, zu der eine Anzahl rostiger Stufen hinaufführten, und es gab eine geländerlose Galerie, die in halber Höhe an der Wand des riesigen Raumes entlangführte – aber das war auch schon alles. Ein gutes Dutzend schwerbewaffner *Ameisen* bildete einen lebenden Schutzwall rings um die Eisenplattform.

»Sind Sie enttäuscht?« fragte Daniel.

»Sollte ich das sein?«

Daniel zuckte mit den Schultern und gab einem der beiden Insektenkrieger in seiner Begleitung einen Wink. Er antwortete erst, als sich das Wesen entfernt hatte. »Vielleicht. Ich weiß nicht, was Sie erwartet haben.«

»Nichts«, antwortete Charity. »Wo sind Skudder und die anderen?«

»Sie werden geholt«, antwortete Daniel leicht verstimmt. Er schien wirklich enttäuscht zu sein, daß Charity sich so wenig von der ungeheuerlichen Größe des stählernen Domes beeindruckt zeigte.

»K'tan ist bereits auf dem Weg, um sie herzubringen. Ich habe Ihnen doch gesagt, daß ich mein Wort halte.«

Er wartete einen Moment lang vergeblich auf irgendeine Reaktion Charitys, dann zuckte er mit den Schultern und deutete auf den runden Aufbau in der Mitte des Saales. »Sie werden gleich etwas Einzigartiges erleben, Charity«, sagte er. Er gab sich jetzt nicht einmal mehr Mühe, den Stolz in seiner Stimme zu verbergen. »Das dort ist der Weg nach New York.«

Charitys Blick folgte seiner Geste, und sie erkannte erst jetzt den schmalen, silbrigen Ring aus Metall, der über dem Sockel hing. Er war leer, nur ein schmaler, von Hunderten kleiner runder Öffnungen durchbrochener Kreis aus Metall, hinter dem sie die rückwärtige Wand des Saales erkennen konnte, aber die Luft in seinem Inneren schien ganz schwach zu flimmern.

»Ein Transmitter?«

Daniel nickte. Seine Augen leuchteten. »Ja. Es ist immer faszinierend, sie zu benutzen. Ich habe es schon oft getan, aber es ist jedes Mal so aufregend und erhaben wie beim allerersten Mal. Ein einziger Schritt, und Sie sind tausend Meilen entfernt. Oder eine Million Lichtjahre – ganz wie Sie wollen.«

»Ein kleiner Schritt für einen Mann, wie?« fragte Charity spöttisch. »Aber ein großer für die Menschheit.«

»Wenn Sie so wollen.«

»Vielleicht brechen Sie sich ja eines Tages den Hals dabei«, sagte Charity freundlich. »*Das* wäre dann ein wirklich großer Tag für die Menschheit.«

Daniel lachte. »Ich sehe schon, es wird ein langer Weg, bis ich Sie überzeugt habe.«

»Bestimmt«, versprach Charity. »Länger, als Sie auch nur ahnen, Stone.«

Daniel lächelte gequält. Er schien etwas sagen zu wollen, etwas, das wahrscheinlich nicht mehr besonders freundlich ausgefallen wäre, drehte sich dann aber mit einer abrupten Bewegung herum und ging auf einen der Insektenkrieger zu, die den Kordon um die Plattform bildeten. Charity sah, wie er ein paar Worte mit dem Moroni wechselte. Als er zurückkam, stand eine steile Falte zwischen seinen Augenbrauen.

»Ärger?« fragte sie hoffnungsvoll.

»Nein«, antwortete Daniel. »Es gibt nur eine kleine Verzögerung. Der Transmitter ist bereits auf einen anderen Empfänger eingestellt worden. Und es dauert ziemlich lange, ihn umzuprogrammieren.«

Charity sah erneut zu dem riesigen, schwebenden Ring auf. Der Anblick war bizarr und irgendwie zugleich absurd. Was sie da vor sich sah, war vielleicht eine der phantastischsten Erfindungen, die jemals gemacht worden waren, Produkt einer Technik, die der Erde um Jahrtausende voraus sein mußte. Den Moroni allerdings auch. Von wenigen Ausnahmen abgesehen, hätte nichts von alledem, was sie bisher zu Gesicht bekommen hatte, nicht auf der Erde entwickelt und hergestellt werden können, das Sternenschiff eingeschlossen. Nein, dachte sie – irgend etwas stimmte an dieser ganzen Geschichte über Moron und seine galaxisumspannende Macht nicht, die Daniel ihr erzählt hatte.

»In gewissem Sinne ist es sogar Ihre Schuld, wissen Sie das?« fuhr Daniel fort. »Ich hatte nicht damit gerechnet, Sie so rasch überwältigen zu können.«

»Das tut mir leid«, sagte Charity. »Hätte ich das geahnt, hätte ich mich natürlich heftiger zur Wehr gesetzt. Es wird nicht wieder vorkommen.«

»Bestimmt nicht«, sagte Daniel ärgerlich. »Aber vielleicht ist es sogar ganz gut so – Sie werden etwas sehen, was Sie bestimmt interessiert. Schauen Sie dorthin.«

Seine Hand wies auf einen Punkt hinter ihr, und als Charity sich herumdrehte, sah sie, daß sich in der Wand der Halle ein gewaltiges, dreieckiges Tor geöffnet hatte. Grelles Sonnenlicht fiel von draußen herein, so daß Charity die Gestalten, die in einer langen Reihe in die Halle traten, im ersten Moment nur als verschwommene dunkle Schatten wahrnehmen konnte. Dann sah sie ein flüchtiges Aufblitzen und hörte einen Laut, der sie erschrocken zusammenfahren ließ: das leise Weinen eines Kleinkindes.

»Das sind . . .«

»Shait-Priesterinnen«, sagte Daniel, als sie nicht weitersprach. »Sie kommen, um die Auserwählten zu bringen. Und bitte, Charity, seien Sie leise. Es ist eine heilige Zeremonie. Stören Sie sie nicht.«

»Heilig?« Charity starrte ihn an. »Sie stehlen den Menschen ihre Kinder und nennen das eine heilige Handlung?«

»Für sie ist es das«, antwortete Daniel ernsthaft. »Glauben Sie mir – den meisten dieser Kinder steht ein besseres Leben bevor, als sie es auf diesem Planeten jemals hätten erwarten können. Und nun seien Sie bitte leise.«

Das Tor begann sich langsam zu schließen, und dann erkannte Charity fünfzig gold- und silberfarbene gewändertragende Gestalten, die sich der Transmitterplattform näherten. Jede von ihnen trug einen der goldfarbenen Metallstäbe bei sich, wie auch sie einen aus Angellicas Wohnung mitgenommen hatte – und jede trug ein winziges Bündel auf den Armen.

Der Zug der Priesterinnen bewegte sich sehr langsam. Er hatte noch nicht die Hälfte des Weges zur Plattform zurückgelegt, als sich die Tür hinter Daniel und Charity abermals öffnete und ein kleiner Trupp Insektenkrieger eintrat. Zwischen ihnen schritten Skudder, Net und Abn El Gurk.

»Ihre Freunde sind da«, sagte Daniel überflüssigerweise. »Sie sehen, ich halte mein Wort.«

»Ja, Sie sind wirklich vertrauenswürdig«, sagte Charity.

Daniel sagte nichts. Mit ernster Miene trat er zurück und gab den Moroni ein Zeichen, ihre Gefangenen loszulassen. Skudder und Net traten mit hastigen Schritten neben Charity, während Gurk einfach stehenblieb und Daniel mit einer Art gelangweilter Verachtung musterte, die Charity noch nicht zuvor an ihm bemerkt hatte.

Aber es gab offensichtlich eine ganze Menge, dachte sie, was sie bisher *nicht* über Gurk gewußt hatte. Bisher war der Gnom ihr wie ein grimmiger Clown vorgekommen. Aber er war sehr viel mehr. Vielleicht der Schlüssel zu dem allem hier.

Gurk schien ihren Blick irgendwie zu spüren, denn er hörte unvermittelt auf, Daniel anzustarren, und drehte sich mit einem Ruck zu ihr herum. Und für einen Moment sah sie etwas in seinen Augen, was sie schaudern ließ; ein unendliches, uraltes Wissen und eine Ruhe und Überlegenheit, wie sie nur in den Augen eines Wesens geschrieben stehen konnte, das Jahrtausende an sich hatte vorüberziehen sehen. Doch dann, als Gurk die Augen abwandte, stand Charity wieder einem grinsenden Zwerg gegenüber. Aber sie wußte, daß sie sich nicht getäuscht hatte. Gurk war mehr, als er zu sein vorgab.

»Was geht hier vor?« drang Skudders Stimme in ihre Gedanken.

»Bitte, seien Sie leise«, sagte Daniel.

Skudder schenkte ihm einen eisigen Blick, und Charity sagte hastig, aber mit gesenkter Stimme: »Tu, was er sagt. Es ist eine *Shai*-Zeremonie. Wir müssen warten, bis der Transmitter umgepolt ist.«

»Sie bringen . . . die Kinder weg?« fragte Net. Sie deutete auf die Priesterinnen, die sich dem Podest weiter genähert hatten. »Damit? Ist das einer von diesen . . . Sendern, von denen du gesprochen hast?«

Charity nickte wortlos.

»Also das war es, was sie mit Lydias Kind vorhatten«, sagte Net. »Ich kann sie beinahe verstehen.«

»Ich *kann* sie verstehen«, sagte Charity leise.

Net sah sie mit einer Mischung aus Verwirrung und Zorn an, antwortete aber nicht mehr, und auch Charity schwieg und konzentrierte sich ganz auf das, was in der Halle geschah.

Der Zug der Priesterinnen hatte sich der Plattform bis auf hundert Schritte genähert und war stehengeblieben. Nur eine der hochgewachsenen, golden gekleideten Gestalten ging weiter – die einzige, wie Charity erst jetzt erkannte –, die *kein* Kind auf den Armen trug. Mit langsamen, gemessenen Schritten näherte sie sich der Plattform, blieb am Fuße der Treppe stehen und verharrte ein paar Momente. Dann ging sie weiter, stieg die breiten Eisenstufen empor und näherte sich dem Transmitter. Langsam, mit bedächtigen Bewegungen hob sie den goldenen Stab und schob ihn in eines der zahllosen Löcher des silbernen Ringes. Ein hartes, metallisches Geräusch erklang.

Die Priesterin trat zurück, und im gleichen Moment hörte die Luft im Inneren des Metallringes auf zu flimmern. Dann erschienen Farben wie aus dem Nichts, zuckende Blitze und weiche, wolkenartige Formen, die so rasch wieder vergingen, wie sie entstanden – und plötzlich war der Ring nicht mehr länger leer, sondern von wabernder Schwärze erfüllt, ein Nichts, das kein Nichts war.

Net sog überrascht die Luft ein, und auch Skudder fuhr ein wenig zusammen.

Nur Gurk zeigte nicht die allerkleinste Reaktion.

»Was... was ist das?« flüsterte Net.

Charity antwortete nicht, aber Daniel sagte leise: »Eine andere Welt, mein Kind. Eine von zahllosen Welten, die Ihnen offensteht, wenn Sie Vernunft annehmen.«

Und im gleichen Moment explodierte ein Teil der Wand, vor der sie standen.

Charity hörte ein schrilles, unglaublich hohes Pfeifen, und plötzlich zerriß eine weißblaue Stichflamme die Tür, durch die sie selbst vor Minuten hereingekommen war.

Die Druckwelle riß sie von den Füßen. Charity stürzte, riß instinktiv die Arme über den Kopf und rollte sich zu einem Ball zusammen, als glühende Trümmerstücke und Flammen auf sie herabregneten.

Die Wand, vor der sie gestanden hatte, war hinter einem Vorhang aus Flammen und greller Weißglut verschwunden. Und plötzlich taumelte ein brennender Insektenkrieger aus der Feuerwand, lodernd wie eine Fackel.

Und dann...

Charity vergaß das Bild nie wieder in ihrem Leben.

Es war ein Mann, aber es war auch ein Dämon, ein schreiendes, taumelndes Etwas, das gegen jede Logik noch immer lebte und sich bewegte und grellweiße, tödliche Lichtblitze aus seinen Händen schleuderte. Ein Teil seiner Kleider und sein Haar brannten lichterloh, und wo seine Haut sein sollte, war nur noch rotes Fleisch, an dem zischende Flammen leckten.

Einer der Insektenkrieger schoß auf ihn. Charity sah ganz genau, wie der Strahl seine linke Schulter traf und durchbohrte, aber die Gestalt taumelte nicht einmal, sondern fuhr mit einer unvorstellbar schnellen Bewegung herum und tötete den Moroni mit einem Laserschuß.

Und dann verwandelte sich der Saal in eine Hölle aus zuckenden Lichtblitzen. Unter den *Shai*-Priesterinnen brach eine Panik aus. Daniel begann Befehle zu brüllen, und ein halbes Dutzend seiner Insektenkrieger riß gleichzeitig seine Waffen hoch und feuerte auf den Angreifer. Gleichzeitig lösten sich auch die Wachen vor der Transmitterplattform von ihrem Platz und stürmten heran.

Charity stemmte sich mühsam auf Hände und Knie hoch, kroch ein Stück zur Seite und stand vollends auf. Rechts und links von ihr zuckten Laserblitze durch die Luft, und einer der dünnen weißen Strahlen traf nicht einmal eine Handbreit neben ihr den Boden und ließ das Eisen kirschrot aufglühen, aber sie rührte sich nicht. Wie gelähmt stand sie da und starrte die brüllende Gestalt an, die aus der Flammenwand herausgetreten war. Ihre Kleider waren nicht vollkommen verbrannt – auf dem zerfetzten Rest der schwarzen Jacke konnte sie deutlich die Umrisse eines stilisierten, feuerroten ›M‹s erkennen.

Es war der Megamann.

Sie war sicher, ihn mit dem Gammastrahler getroffen zu haben, einer Waffe, deren Energieabgabe hoch genug war, einen Panzer zum Schmelzen zu bringen. Sie hatte *gesehen,* wie das Motorrad explodierte und das, was von seinem Körper übrig war, in Fetzen riß – aber er stand vor ihr, und er lebte!

Es ist *unmöglich*!, dachte sie, vollkommen unmöglich und unvorstellbar, denn dieser einzelne, tödlich verwundete Mann stand mehr als einem Dutzend von Daniels Insektenkriegern gegenüber, aber *er war es, der die Moroni vor sich hertrieb, nicht umgekehrt!* Dutzende von Laserstrahlen zuckten in seine Richtung, und er wurde immer und immer wieder getroffen, aber er stürmte weiter und feuerte ununterbrochen zurück, und fast jeder seiner Schüsse traf.

Charity hätte fast zu spät begriffen, daß dieses unvorstellbare Wesen direkt auf sie zustürmte.

Skudder riß sie mit einem so heftigen Ruck herum, daß sie vor Schmerz aufschrie. Instinktiv wollte sie sich losreißen, aber Skudder schlug ihre Hand einfach zur Seite und zerrte sie mit sich, fort von dem tobenden, brennenden Ungeheuer. Blindlings stürmten sie los, bis Skudder plötzlich eine scharfe Wendung machte und die gleiche Richtung wie die fliehenden Priesterinnen einschlug.

»Nein!« brüllte Gurk. »Nicht dorthin! Folgt mir!«

Der Zwerg schlug einen Haken, um einem Laserschuß auszuweichen, den ein übereifriger Insektenkrieger auf ihn abgab – und rannte mit weit ausgreifenden Schritten direkt auf die Transmitterplattform zu!

Charity sah sich im Laufen um, während sie sich dem stählernen Rund näherten. Der Megamann war ein wenig zurückgefallen, und wie immer er das Kunststück fertigbrachte, die Hölle aus Energie und Hitze zu überstehen, mit der ihn die *Ameisen* überschütteten, es schien ihm zunehmend schwerer zu fallen, seine Bewegungen waren nicht mehr ganz so fließend und schnell wie noch vor Augenblicken. Aber das hieß nicht, daß er *langsam* war. Wahrscheinlich hätte er sie eingeholt, hätten sich nicht in diesem Moment gleich drei Moroni-Krieger auf ihn gestürzt.

Die Insekten schienen endgültig begriffen zu haben, daß ihre Waffen ihrem Gegner nichts anhaben konnten, denn sie versuchten nicht einmal mehr, auf ihn zu schießen, sondern griffen ihn mit ihren Krallen an.

Der Megamann tötete sie alle drei. Mit bloßen Händen.

Doch so schnell er auch war – der Kampf kostete *Zeit*, und es waren genau die wenigen Sekunden, die Charity und Skudder brauchten, um den Transmitter zu erreichen.

Skudder blieb stehen und ließ endlich ihren Arm los. Hilflos sah er sich um. Er schien erst jetzt wirklich zu begreifen, was er getan hatte. Sie befanden sich genau im Zentrum der riesigen Halle, und rings um sie herum war nichts mehr, wohin sie hätten fliehen können. Mit einer Mischung aus Verzweiflung und Zorn starrte er auf Gurk herab.

»Und jetzt, Zwerg?« fragte er schweratmend. »Hast du vielleicht noch ein kleines Wunder parat?«

»Du stehst davor«, antwortete Gurk. Er deutete auf den Transmitter. »Spring.«

»Dort hinein?!« Nets Stimme war schrill vor Entsetzen. »Das ist nicht dein Ernst!«

Aber es *war* Gurks Ernst. Und er verschwendete keine Sekunde mehr darauf, das zu sagen, sondern packte Net überraschend und mit unerwarteter Kraft am Arm – und zerrte sie mit sich in den Transmitter. Für den Bruchteil einer Sekunde schienen ihre Gestalten schwerelos im Nichts zu hängen, dann begannen sie zu verblassen, wurden transparent – und waren einfach verschwunden. Im Inneren des Transmitterkreises war wieder nichts mehr als brodelnde körperlose Schwärze.

Skudder riß entsetzt die Augen auf. »Was . . . was ist das?« stammelte er. »Wohin führt dieses Ding?«

Charity sagte nichts. Sie drehte sich herum und sah ihrem Verfolger entgegen. Der Megamann hatte den Fuß der Treppe erreicht und stürmte heran. Sie hatten noch eine Sekunde, vielleicht zwei.

Eine dieser beiden Sekunden verschwendete sie damit, Skudder ein letztes, mühsam erzwungenes Lächeln zu schenken und nach seiner Hand zu greifen.

Dann traten sie nebeneinander in den Transmitter und hörten auf zu existieren.

Daniel richtete sich stöhnend auf. Er hatte Schmerzen. Sein Kopf dröhnte, und eine Welle von Übelkeit schien sich in ihm auszubreiten. Auf seinem Gesicht und seinen Händen klebte Blut.

Es fiel Daniel selbst jetzt noch schwer, zu glauben, was er sah. *Großer Gott – und er hatte allen Ernstes bezweifelt, was man ihm über die Megakrieger erzählt hatte!*

Kyle tobte wie ein Berserker. Er hatte mehr als die Hälfte der Krieger schon bei seinem ersten Angriff getötet, aber sein Wüten fand kein Ende. Fassungslos sah Daniel zu, wie Kyle einen Krieger nach dem anderen überwand, bis schließlich auch der letzte fiel und der Weg zum Transmitter frei war. Taumelnd bewegte sich Kyle auf den fünf Meter durchmessenden Silberring zu, blieb plötzlich stehen und brach ganz langsam in die Knie.

Vielleicht war das seine Chance. Selbst die Kräfte eines Megamannes waren irgendwann einmal erschöpft. Wenn er nur ein wenig Glück hatte und vorsichtig war, dann würde es ihm vielleicht gelingen, die Halle zu verlassen, ehe Kyle auf ihn aufmerksam wurde und ihn tötete.

Als hätte er seine Gedanken gelesen, hob Kyle in diesem Moment den Kopf und sah ihn an. Sein Gesicht war eine blutige Maske, in der nur noch die Augen zu leben schienen.

»Rufen Sie... die Krieger zurück, Daniel«, flüsterte Kyle.

Daniel erstarrte. Er hatte viel zuviel Angst, und er war viel zu entsetzt, um wirklich zu *begreifen,* was Kyles Worte bedeuteten – aber er spürte, daß vielleicht alles ganz anders war, als er bisher geglaubt hatte.

»Was... was sagst du?« fragte er.

»Der... Anzug«, flüsterte Kyle. »Beschädigt. Sie... haben mich... nicht erkannt. Bitte, ich... sterbe, wenn sie... wiederkommen.«

Er weiß es nicht, dachte Daniel, beinahe hysterisch. Der Angriff hatte gar nicht ihm gegolten! Kyle hatte keine Ahnung von dem Befehl, den er erlassen hatte!

Mühsam stand er auf, biß die Zähne zusammen, um die stechenden Schmerzen in seinem Rücken zu unterdrücken, und ging auf die Transmitterplattform zu. Kyle krümmte sich wimmernd und wankte hin und her, aber er fiel nicht. Und er würde auch nicht fallen, das begriff Daniel plötzlich. Er war mit einem Male nicht einmal mehr sicher, ob es überhaupt möglich war, ihn zu töten. Bald, vielleicht schon in Minuten, würde der Körper dieses unfaßbaren Wesens anfangen, sich zu regenerieren. Und irgendwann, nicht sehr viel später, würde er anfangen, nachzudenken.

Daniel ging schneller, bückte sich nach der Waffe eines toten Kriegers und verbarg sie unter seiner Jacke. Er hatte Angst – aber er hatte keine Wahl.

Zwei Schritte hinter Kyle blieb er stehen und sah auf den stöhnenden Megamann herab. Seine Hand tastete nach der Waffe und zog sich wieder zurück. Seine Finger zitterten.

»Identifizieren Sie mich, Daniel«, stöhnte Kyle. »Bitte. Sie werden Captain Laird ...«

»Du hast sie entkommen lassen«, unterbrach ihn Daniel. Wieder griff er nach dem Laser, und diesmal schlossen sich seine Finger um den fremdartig geformten Kolben der Waffe. Er hatte nur einen einzigen Schuß, das wußte er.

»Ich werde sie stellen«, flüsterte Kyle. »Ich brauche nur ... ein wenig Zeit, um mich zu erholen.«

»Wir haben keine Zeit.« Daniel deutete auf den Transmitterring und zog blitzschnell die Waffe, als Kyles Blick der Bewegung folgte. »Wieso bist du ihr nicht gefolgt? Du warst nur noch ein paar Meter entfernt.«

»Das kann ich nicht«, flüsterte Kyle.

»Wieso?«

»Shai«, stöhnte Kyle. »Der Transmitter ist auf ... *Shai* eingestellt. Die Priesterinnen ...«

Daniel starrte den Transmitter an, dann wieder Kyle.

»Ich ... darf nicht dorthin«, stöhnte Kyle. »Es ist der einzige Ort, zu dem ich ... nie wieder zurückkehren darf. Kein Megakrieger darf das.«

»Ich befehle es dir!« sagte Daniel hart.

Aber Kyle schüttelte nur schwach den Kopf. Er versuchte aufzustehen, aber seine Kraft reichte nicht mehr. »Es ist verboten«, wiederholte er. »Es tut mir leid, aber ich kann ... Ihrem Befehl nicht folgen.«

»Verboten?« fragte Daniel lauernd. »Von wem?«

»Von den Herren«, antwortete Kyle.

»Und was geschieht, wenn du es trotzdem tust?« fragte Daniel.

Hastig fügte er hinzu: »Du hast gesehen, wie gefährlich Captain Laird ist. Es ist wichtig, sie einzufangen.«

»Ich kann es nicht«, sagte Kyle. »Kein Megamann darf an den Ort seiner Geburt zurückkehren. Er würde eliminiert.«

»Eliminiert?« Daniel steckte die Waffe wieder ein und streckte statt dessen die Hand aus, um Kyle auf die Füße zu helfen. »Bist du sicher?« fragte er.

Kyle nickte, und Daniel ergriff seinen Arm und stieß ihn mit aller Kraft in das wabernde Schwarz im Inneren des Transmitters.

16

Es war anders, als sie es sich vorgestellt hatte. Völlig anders. Sie hatte geglaubt, daß es zeitlos sein müsse, aber das war es nicht. Und sie hatte geglaubt, daß sie nichts spüren würde, aber sie fühlte etwas, auch wenn das, was sie empfand, mit nichts anderem zu vergleichen war, was sie jemals erlebt hätte.

Sie hatte keinen Körper mehr, und trotzdem empfand sie Kälte oder etwas, das sie im ersten Moment für Kälte hielt, bis sie begriff, daß es nichts als die Reaktion ihrer Seele auf die endlose Leere war, in der sie schwebte, einer Leere, die von einem Ende des Universums bis zum anderen reichte.

Zeit verging. Vielleicht nur Augenblicke, vielleicht Ewigkeiten, denn sie war Teil eines Kosmos geworden, dessen Gesetze anders waren als die der Welt, in der sie bisher gelebt hatte. Sie fühlte sich frei, unendlich frei und erhaben, von einer Ruhe erfüllt, die Teil der Schöpfung selbst war. Sie wußte jetzt, was Daniel gemeint hatte, als er mit ihr über den Transmitter sprach. Natürlich hatte er es nicht in Worten ausdrücken können, einfach, weil man das, was Charity jetzt empfand, nicht in Worte der menschlichen Sprache – irgendeiner Sprache – fassen konnte. Aber plötzlich war eine fundamentale Erkenntnis in ihr, daß es etwas wie eine unsterbliche Seele tatsächlich gab.

Sie existierte nicht mehr materiell. Die Atome ihres Körpers waren im gleichen Augenblick, in dem sie den Transmitter betrat, aufgelöst worden, zurückverwandelt in die Energie, aus der sie einmal bestanden hatten, und was auf der anderen Seite der Transmitterverbindung herauskommen würde, das war nicht mehr sie, sondern eine perfekte Kopie, ein künstliches Ebenbild, geschaffen nach der Matrix, die die unfaßbare Technik dieses Materiesenders aufgezeichnet hatte. Der Transmitter strahlte nicht wirklich *Materie ab – er vernichtete und schuf neu.*

Und doch war sie da. Sie dachte und fühlte und war, und das war das wirkliche Geheimnis des Transmitters – was er wirklich von einem Ort zum anderen schickte, das war die Seele der Dinge, jenes unfaßbare Etwas, ohne das kein Leben möglich war.

Sie machte einen ungeschickten, stolpernden Schritt, verlor den Halt an Skudders Hand und fiel kraftlos auf die Knie herab. Schwärze und ein Hauch schwüler, feuchtwarmer Luft schlugen über ihr zusammen, und wie aus weiter Ferne hörte sie einen Schrei und ein schrilles Geräusch, dann schlug sie schwer auf dem Boden auf und verlor beinahe das Bewußtsein.

Es war nur der Schmerz, der sie wach hielt. Jeder Atemzug tat weh. Ihre gebrochene Rippe bohrte sich wie ein Messer tief in ihren Körper, und Charity verbrachte Minuten damit, einfach nur dazuliegen und zu atmen.

Als die Schmerzen allmählich abklangen, öffnete sie die Augen.

Der Anblick war fast enttäuschend. Kein fremder Planet mit fünf roten Sonnen, dachte Charity sarkastisch, sondern nur ein schmutziger Raum. Sie lag auf dem Rücken in einer niedrigen, quadratischen Kammer aus rostrotem Eisen, die gerade groß genug war, den Transmitterring aufzunehmen. Auf einer Seite gab es einen Ausgang, durch den Licht von sonderbarer falscher, unangenehmer Farbe hereinfiel. Net hockte wenige Schritte neben ihr, zusammengekauert und mit fast irre flackerndem Blick und zitternd vor Angst, und das zweite, was sie sah, war Gurks zerknittertes Gesicht.

Dann beugte sich Skudder über sie; in seinem Gesicht stand nackte Angst.

»Alles in Ordnung?« fragte er.

»Nein«, sagte Charity gepreßt. »Aber ich lebe noch – oder?«

Ernst blickte sie Gurk an, der diesmal nicht mit einem Grinsen oder einer dummen Bemerkung darauf antwortete, sondern ihren Blick ebenso ernst erwiderte.

»Wir leben alle noch«, sagte er. »Aber ich weiß nicht, wie lange.«

»Was soll das heißen?« fragte Skudder. »Du ...«

»Laß ihn in Ruhe, Skudder«, unterbrach ihn Charity. Sie deutete mit einer Kopfbewegung zum Ausgang der winzigen Kammer. »Sieh lieber nach, wo wir sind – und wer sich dort draußen herumtreibt, okay?«

Skudders Blick machte deutlich, daß er das für ganz und gar *nicht* okay hielt – aber er widersprach nicht, sondern drehte sich mit einem Ruck um und ging zur Tür.

Charity beugte sich vorsichtig über Net. Das Gesicht der jungen

Wastelanderin hatte alle Farbe verloren, und ihre Augen flackerten wie die einer Wahnsinnigen. Charity streckte die Hand nach ihr aus und führte die Bewegung nicht zu Ende.

»Was hat sie?« fragte sie, an Gurk gewandt.

»Nichts«, antwortete der Gnom. »Sie wird sich erholen.« Er deutete auf das schwarze Wabern im Inneren des Transmitters. »Jeder erlebt dort drinnen etwas anderes. Und es ist nicht für alle angenehm. Aber sie kommt darüber hinweg. Laß sie einfach eine Weile in Ruhe.«

»In Ruhe?« Auch Charity sah den Transmitterring an. »Ich fürchte, das wird nicht klappen«, sagte sie. »Der Megamann weiß, wo wir sind.«

»Das macht nichts«, behauptete Gurk. »Er wird uns nicht folgen. Nicht hierher.«

Skudder hatte die Tür erreicht und blieb stehen, und obwohl Charity nicht einmal direkt in seine Richtung blickte, sah sie doch, wie er jäh zusammenzuckte. Alarmiert richtete sie sich auf und trat neben ihn. Grünes, unangenehmes Licht blendete sie, und ein feuchtwarmer Hauch streifte ihr Gesicht.

»Großer Gott!« flüsterte Skudder. »Was ist *das*?«

ENDE DES DRITTEN BUCHES

Neben den drei ersten Abenteuern
der Raumpilotin Charity Laird
sind weitere sieben Romane erschienen,
die als Einzelausgaben erhältlich sind:

In den Ruinen von Paris (23 102)
Die schlafende Armee (23 104)
Hölle aus Feuer und Eis (23 106)
Die schwarze Festung (23 110)
Der Spinnenkrieg (23 115)
Das Sternen-Inferno (23 117)
Die dunkle Seite des Mondes (23 121)

WOLFGANG HOHLBEIN
CHARITY
Die beste Frau der Space Force
Dunkel ist die Zukunft
Die Königin der Rebellen
In den Ruinen von Paris
Die schlafende Armee
Hölle aus Feuer und Eis
BASTEI
LÜBBE
Taschenbücher
Die rasanteste Frau des Universums
und ihr unerbittlicher Kampf
um das Schicksal der Erde.
WOLFGANG HOHLBEIN –
niemand schreibt spannender!

Science Fiction · Fantasy
Jubiläums-Edition
Roboter-Visionen
Nr. 21201/DM 10,00
Könige der Nebelinsel
Nr. 21202/DM 12,00
Wolfgang Hohlbein
Charity
Die beste Frau der Space Force
Nr. 21203/DM 10,00
Die Farben des Alls
Gefährtin des Lichts
Nr. 21208/DM 15,00
Larry Niven
Planeten-Träume
Nr. 21209/DM 8,00

Die Kinder von Troja
Nr. 21204/DM 5,00
Nr. 21205/DM 10,00
Die Zauberin von Alamut
Nr. 21206/DM 10,00
Himmels-Stürmer
Nr. 21210/DM 10,00
Die Marionetten-Spieler
Nr. 21211/DM 8,00
Der Thron im Diamant
Nr. 21212/DM 10,00

BASTEI
LÜBBE
Science Fiction
Bücher mit Zukunft
Die größten Erzähler der SF
holen Ihnen die Sterne vom Himmel
ISAAC ASIMOV
ROBOTER-TRÄUME
und 20 andere SF-Geschichten
ISBN 3-404-24144-4
DM 10,–
IAN McDONALD
REBELLIN DES GLÜCKS
Science Fiction Roman
ISBN 3-404-24147-9
DM 9,80
MARGARET WEIS
DIE STERNENHÜTER
DER LETZTE KÖNIG
Science Fiction Roman
ISBN 3-404-24156-8
DM 12,80
LARRY NIVEN
STEVEN BARNES
DIE WAHL DES ACHILL
Science Fiction Roman
ISBN 3-404-24157-6
DM 8,80
ORSON SCOTT CARD
XENOZID
Der Sprecher für die Toten kämpft um seinen Planeten
ISBN 3-404-24153-3
DM 12,80
ALLEN STEELE
MONDHUNDE
ISBN 3-404-23129-5
DM 9,80